KNAUR

Über die Autorin:
Claudia Weiss, Jahrgang 1967, ist promovierte Historikerin und Privatdozentin. Sie hat in Hamburg und Moskau Geschichte, Slawistik und Geographie studiert und im Anschluss zwölf Jahre als Osteuropa-Historikerin in Deutschland, Frankreich und Russland geforscht und gelehrt, bevor sie sich ganz dem Schreiben widmete. Neben wissenschaftlichen Fachpublikationen schrieb sie für *GEO Epoche* und veröffentlichte im März 2011 *Das Reich der Zaren,* einen Sachbildband. *Schandweib* ist ihr erster Roman.
Weitere Informationen finden Sie unter: www.schandweib.de

Claudia Weiss

Schandweib

Roman

KNAUR

Besuchen Sie uns im Internet:
www.knaur.de

FSC
www.fsc.org
MIX
Papier aus verantwortungsvollen Quellen
FSC® C083411

Vollständige Taschenbuchausgabe Februar 2014
Knaur Taschenbuch
Ein Unternehmen der Droemerschen Verlagsanstalt
Th. Knaur Nachf. GmbH & Co. KG, München

Umschlaggestaltung: ZERO Werbeagentur, München
Umschlagabbildungen: De Agostini Picture Library / Interfoto, Mary Evans / FinePic®, München
Satz: Adobe InDesign im Verlag
Druck und Bindung: CPI books GmbH, Leck
ISBN 978-3-426-51280-7

2 4 5 3 1

Für Frank

Prolog

»Wer wird dich lieben, meine kleine Anna, wenn ich nicht mehr bei dir bin? Wer wird dich halten?« Die im Kindbett fiebernde Mutter streichelte mit sanftem Druck die Wangen des zitternden Kindes. Langsam zog der erste Vollmond nach Ostern im Jahr des Herrn 1682 am kleinen Fenster der Garnisonswohnung in Verden vorbei. Als sein Licht von der Sterbenden wich, verließ sie auch das Leben.

Bis der Morgen graute, hockte das Kind mit leerem Blick und schreiendem Herzen vor seiner toten Mutter und dem kleinen Bruder, der noch nicht einmal das Mondlicht hatte sehen können, so schnell hatte Gott ihn zurückbefohlen. Mit dem ersten Hahnenschrei kamen der Vater und Magda, die drei Jahre ältere Schwester, in die Kammer und traten zu dem starren kleinen Mädchen.

»Sie ist von uns gegangen. Ilsabe, warum hast du mich nicht gerufen? Du solltest doch wachen!«, schalt der Vater die Kleine, schob sie zur Seite und sank weinend vor Frau und Sohn auf die Knie.

Nie wieder rief jemand das magere Kind bei seinem ersten Namen, den es von der Mutter hatte. Die Erinnerung an die warmherzige, gütige und fröhliche Frau war für den Vater und die ältere Schwester zu schmerzhaft mit ihm verbunden, als dass sie das kleine Kind damit schmücken wollten. Nie wieder wurde das Mädchen so geliebt wie von seiner Mutter, deren Lebensspanne doch nicht gereicht hatte, um es auf sicheren Bahnen ins Leben zu leiten.

Ilsabe Bunk wurde mit dem Tod der Mutter schroff und verschlossen. Sie fühlte sich verlassen und einsam und wusste sich in ihrem Schmerz nicht anders zu helfen, als sich tief in sich selbst zurückzuziehen. Ihr Vater, Kavalleriesoldat in Diensten des Herzogs von Lüneburg, litt sehr unter dem Verlust seiner Frau und des Neugeborenen. Vielleicht noch mehr darunter, dass er sich immer einen Sohn gewünscht hatte, der wie er die Soldatenlaufbahn hätte einschlagen sollen. Aber eine neue Frau nahm er nicht. Er sei zu alt, brummte er nur mürrisch, wenn ihm die Leute eine neue Verbindung nahelegten. Es gelang ihm nicht, seinen Töchtern die Mutter zu ersetzen und ihnen die Liebe und Zärtlichkeit zu geben, nach der sie sich sehnten.

Auch um die Erziehung der Mädchen kümmerte er sich wenig, sie wuchsen auf im Milieu der Garnison, hatten Kontakt zu anderen Soldatenfamilien und den Bauern der nahen Umgebung. Magda, Ilsabes größere Schwester, war das genaue Gegenteil der Kleinen. Ein aufgeschlossenes, fröhliches Mädchen, das allzeit versuchte, den Menschen zu gefallen. Bei anderen Familien half sie gern in der Küche und beobachtete genau Verhalten und Verrichtungen, die eine gute Hausmutter auszeichneten. Auch im eigenen Heim übernahm sie bald die Pflichten der Mutter. In der Sonntagsschule lernte sie ein wenig biblische Geschichte sowie lesen und schreiben. So versuchte sie dem Vater, wo es ging, zu helfen.

Ilsabe bemühte sich um die Aufmerksamkeit und Zuneigung ihres Vaters, indem sie alles imitierte, was mit dem rauen Ton und militärischen Gepränge seiner Kameraden einherging. Diese saßen häufig abends bei ihnen am Tisch, tranken Bier und erzählten von all den geschlagenen Schlachten. Ilsabe klebte an ihren Lippen und lernte ihre wilden Sprüche und Geschichten auswendig. Am nächsten war sie ihrem Vater, wenn er von Feldlagern, Reiterjagden und Duellen erzählte und Ilsabe auf seinem Schoß saß wie ein kleiner Husar und ihm Auszüge aus dem Exerzierreglement aufsagte. Vor der Zucht des Küsters hingegen wusste sich das Mädchen stets zu drücken. Lesen und schreiben lernte es nie. So wie Magda ihm die Frau, so suchte Ilsabe ihrem Vater den Sohn zu ersetzen.

Obwohl Magda mit ihrem frohen Gemüt fast jedes Herz gewann, blieb ihr das ihrer kleinen Schwester verschlossen. Ilsabe war ihr fremd wie ein Pilz in einem sonnigen Blumenbeet. Zwar bemühte sie sich redlich, Ilsabe zu versorgen, doch erwärmte sich auch ihr Herz nicht für das unzugängliche, einsame Kind.

Ilsabe wuchs zu einem großen, hageren Mädchen heran. Schon lange hatte sie niemand mehr in den Arm genommen, ihr Trost gespendet oder sie einfach nur liebevoll gehalten. Niemand hatte ihr geholfen, den mühseligen Wandel vom Kind zur Frau zu meistern. Ihren linkischen Bewegungen war anzusehen, dass sie sich in Rock und Schürze kaum zu bewegen wusste. Immer waren ihre kräftigen Schritte größer, als der Rocksaum es zuließ, und die Arme schwangen in ausladenden Bewegungen neben dem Körper. Die Jungen trieben üble Scherze mit ihr, aber Ilsabe, die viel auf ihre Ehre gab und Angst verachtete, zögerte nicht, sich mit ihnen zu prügeln. Von einem Faustschlag auf ihr rechtes Auge trug sie eine Narbe davon, die ihre dunklen Brauen verstärkte und ihr zusammen mit den zusammengebissenen Lippen einen abweisenden Ausdruck verlieh. Mit ihrer eher hohen Stimme hörte man sie aus jeglichem Getümmel heraus, und oft schlug sie mit der Faust auf den Tisch, um ihrer Rede Nachdruck zu verleihen. Nie trug sie eine Haube über ihrem blonden Haar, das lediglich nachlässig zu einem Zopf gebunden war.

Im Frühjahr 1690 wurde Ilsabe konfirmiert, und im selben Jahr heiratete ihre Schwester John Dittmer, einen Bauern aus der Umgebung. Er war eine sehr gute Partie für Magda, und sie gab alles, um den Widerstand der Schwiegereltern zu überwinden. Keine Arbeit war der ehrgeizigen Schwester zu schwer, keine Portion zu klein, kein Rat der Schwiegermutter zu viel. Als Magda ihrem Mann nach einem Jahr einen Hoferben gebar, hatte sie ihren Platz als Jungbäuerin fest erobert und auch die Zuneigung der Alten auf ihrer Seite.

Im Sommer des folgenden Jahres wurde Ilsabes Vater in den Reichskrieg gegen Frankreich kommandiert, und schon kurze Zeit später fiel er bei Höchstädt. Mit fünfzehn Jahren war das Mädchen zur Waise geworden. Es musste die kleine Garnisonswohnung verlassen und mit ihr auch jenes Leben, das ihm, wenn auch keine Liebe, so doch Sicherheit und ein Zuhause gegeben hatte.

Als Schwester der Jungbäuerin hatte Ilsabe das Recht, auf dem Hof ihres Schwagers zu leben, doch musste sie sich dafür in die häusliche Ordnung fügen, die neben den Schwiegereltern von ihrem Schwager und dessen jüngeren Bruder bestimmt wurde. Die Arbeit auf dem Hof ging Ilsabe schwer von der Hand. Die Tätigkeiten im Haus verrichtete sie zu grob, Handarbeit beherrschte sie kaum, mit ihrem kleinen Neffen wusste sie nicht recht umzugehen. Auch vom Kochen verstand sie nichts. Ständig stritt sie sich mit John und stellte so die Ordnung in Frage. Magda versuchte zu vermitteln, doch stand sie letztlich immer auf der Seite ihres Mannes.

»Mädchen, du musst erwachsen werden und lernen, dich zu fügen. Was soll sonst aus dir werden? Wie willst du einen Mann finden, wenn du dich gibst wie ein Streithahn und herumläufst wie eine Vogelscheuche? Sollen wir dich durchfüttern bis zum Sankt-Nimmerleins-Tag?«

Die Ermahnungen der Schwester wären wohl für Ilsabe noch zu ertragen gewesen. Immerhin klangen sie ihr schon seit Kindertagen im Ohr. Unerträglich hingegen wurde Johns jüngerer Bruder. Er stellte ihr nach, wo er konnte. Hatte er auf dem Hof auch sonst als jüngerer Bruder kaum etwas zu melden, so hatte wenigstens dieses dürre Ding ihm zu gehorchen und den Rock für ihn zu heben. Er lauerte ihr auf, wenn sie morgens zum Brunnen ging, um Wasser zu holen. War sie beladen mit den schweren Eimern, packte er im Vorbeigehen ihren Hintern. Befand sie sich beim Melken im Stall, schlich er sich manchmal leise von hinten an sie heran, griff ihre Brüste und ließ sie wie die Zitzen des Kuheuters fest durch seine großen Pranken gleiten.

»Ausstreichen musst du sie, Mädel, damit's ordentlich spritzt.«

Bevor Ilsabe sich befreien und ihn packen konnte, war er schon wieder weg. Ein-, zweimal stieß sie dabei den Eimer mit der Milch um, erschreckte die Kuh und musste sich von der alten Schwiegermutter maßregeln lassen, dass sie so bockig sei, sich noch nicht einmal helfen zu lassen.

Als sie eines kalten Morgens im Februar im Backhaus den Ofen feuerte und tief nach vorn gebeugt die Flammen schürte, kam er von hinten an sie heran, riss ihr den Rock hoch, warf sie auf die Seite und drückte mit seinem schweren, stinkenden Leib ihre Beine auseinander. Ihr Kopf pochte wie wild vom Aufprall gegen den Holzstoß, auf den er sie geworfen hatte. Mit dem Ellenbogen drückte er ihr Kinn nach hinten, die zweite Hand gierte unter ihrem Leibchen nach den Brüsten.

»So, du kleines Miststück, heute wirst du mir geben, was mir zusteht!«

Da spürte Ilsabe den Schürhaken in ihrer Hand. Sie packte ihn fester und schlug ihn dem kräftigen Mann mit einem heiseren Aufschrei auf den Kopf. Wie ein schwerer Sack brach er in sich zusammen und ließ sein ganzes Gewicht auf das Mädchen fallen. Ilsabe bekam kaum noch Luft, ihre linke Schulter brannte wie Feuer. Trotz des Schmerzes spürte sie eine Art wilder Befriedigung und hätte mit dem Schürhaken am liebsten weiter auf den Mann eingeschlagen. Stattdessen nahm sie alle Kraft zusammen und stemmte ihn von sich, der stöhnend zur Seite rollte. Aus seinem Hinterkopf quoll Blut, lief den Nacken hinunter und versickerte im groben Leinenhemd. Ilsabe befreite sich und rannte wütend schreiend zum Haupthaus hinüber. Ihr Laibchen war zerrissen, das Hemd färbte sich an der linken Schulter tiefrot. Der Schürhaken hatte ihr selbst einen tiefen Riss zugefügt.

»Wie kannst du meinen Bruder halb totschlagen, nur weil er dir, wie ein junger Bock, mal auf den Hintern haut?«, ging John sie wütend an. »Nicht nur faul und bockig bist du, auch streitsüchtig und böse. Dein Hausrecht hast du verwirkt. Unter meinem Dach ist für dich kein Platz mehr.«

»Ach Kind«, jammerte Magda unter Tränen, »wie hast du's so weit kommen lassen können? Anstatt mit dem Gesäß zu wackeln, hättest du das Holz schichten und das Feuer schüren sollen. Jetzt haben wir einen verletzten Mann im Haus, kurz bevor der Pflug aufs Feld muss. Aber du willst dich weiter auf unsre Kosten durchfressen, nur weil du zu unwillig und zu hässlich bist, dir einen Mann zu suchen. Und schaut dir doch mal einer hinterher, zerschlägst du ihm gleich den Kopf. Möge Gott dir weiterhelfen, ich kann's nimmer.«

Anfang März 1694, die Wunde auf der Schulter war noch kaum verschorft, machte sich Ilsabe Bunk mit einem Bündel auf dem Rücken auf den Weg nach Hamburg, um sich eine Stelle als Hausmädchen zu suchen. Vielleicht hätte sie auf dem Dittmer'schen Hof bleiben können, wenn sie um Verzeihung gebeten und alle Schuld auf sich genommen hätte. Doch wenn sie ihre Ehre vergessen und aus Dankbarkeit das nächste Mal die Beine breit gemacht hätte, wäre der geile Bock immer wieder auf sie losgegangen. Niemals! Für ihre Ehre hatte sie sich schon als Kind geprügelt, wegen ihrer Ehre schmerzte die Schulter bei jedem Schritt, den sie auf der Landstraße ging. Die Ehre war das Einzige, was ihr als Erbe von ihrem Vater blieb. Sie sollte nicht auch zu einer blassen Erinnerung verkommen wie die Liebe ihrer Mutter.

Ilsabe entschied sich für Hamburg, weil Bremen ihr zu dicht bei Verden lag. Niemand sollte sie kennen und ihr böse Worte nachsagen. Im Haushalt eines Bäckers fand sie Stellung als Dienstmagd. Sie hatte auf dessen drei Kinder aufzupassen und die Launen seiner Frau zu ertragen, der der Umstand zu Kopfe stieg, nun auch eine Dienstbotin zu haben. Ilsabe schlief in einer einfachen, zugigen Kammer unter dem Dach, hatte morgens als Erstes das Feuer anzufachen und abends als Letztes zu bügeln. An einigen Tagen musste sie in der Backstube mithelfen.

Der Bäcker war ein gutmütiger Mann. Er verstand sich meisterlich auf das Backen kleiner süßer Brötchen, die ihm seine Kasse üppig füllten. Doch die Bäckersfrau war vom Geiz gepackt und zugleich darauf versessen, den Sprung in die höchsten Kreise der städtischen Zunft zu schaffen. Entsprechend streng führte sie das Haus. Ausgehen durfte Ilsabe nicht, weil dies gegen die Vorstellungen verstieß, die sich die Bäckersfrau von der Schicklichkeit ihrer Dienstbotin machte. Auch zum Essen durfte sie nicht mit den Gesellen und der Familie des Bäckers an einem Tisch sitzen, und ihre Bezahlung war kärglich.

Nach einem Jahr gab Ilsabe den Dienst auf. Die Frau des Bäckers erzählte allen Nachbarn, sie sei ein faules Stück, und man sei froh, sie aus dem Haus zu haben. Nun war nicht mehr

daran zu denken, in diesem Teil Hamburgs in einem anderen Haushalt unterzukommen. Mit dem wenigen Ersparten, das ihr geblieben war, wanderte Ilsabe Ostern 1695 nach Bremen. Sie kam als Hausangestellte bei einem Kaufmann unter.
Die Arbeit war hier weniger hart als bei dem Bäcker. Zu essen gab es reichlich, ihre Kammer lag neben dem Schornstein, sodass sie nicht frieren musste. Die Frau des Kaufmanns hatte ein gutes Herz und viel Geduld mit Ilsabes kleinen Ungeschicklichkeiten. Doch nach drei Monaten stand eines Abends der Herr des Hauses bei ihr in der Kammertür und erkundigte sich nach ein paar erwärmenden Extradiensten, während seine rechte Hand bereits im Begriff war, die Hose aufzuknöpfen. Nur mit Mühe konnte Ilsabe den Mann aus der Kammer schieben und die Tür verriegeln. Früh am nächsten Morgen verließ sie das Haus des Kaufmanns. Dieser blieb ihr einen halben Monatslohn schuldig. Als Strafe für ihre »Verbocktheit«, wie er sich ausdrückte.
Ilsabe wusste, das Dasein als Hausangestellte würde sie früher oder später umbringen. Wie sollte sie in so umfassender Abhängigkeit von den Launen ihrer Herrschaften ehrlich und anständig ihr Brot verdienen? Bisher hatte sie bloß erlebt, dass ein jeder versuchte, sie auszunutzen und für seine persönlichen Bedürfnisse zu missbrauchen, wo es nur ging. Müde und einsam ging sie über den kleinen Markt nahe dem Haus ihres letzten Dienstherrn. Wieder war sie ohne Stellung und fast ohne Geld, ohne eine Familie, die ihr den Lebensunterhalt sicherte, ohne Halt und nur knapp der Ehrlosigkeit entkommen. Sie musste einen Ausweg finden, um nicht in der Spinnerei des Armenhauses oder als Dirne zu enden. Sie brauchte einen Mann, der für sie sorgte.
Für Männer war das Leben so viel leichter. Niemand wollte ihnen an die Wäsche, überall gab es Arbeit für sie. Männer

durften selbst bestimmen, was sie tun und was sie lassen wollten. Und wenn es darauf ankam, konnten sie ihre Ehre mit Wort und Faust verteidigen. Doch woher sollte sie einen Mann nehmen, der sie nicht gleich selbst nehmen wollte? Einen, der sie respektierte, ihr ein Kamerad war, wie der Vater Kameraden hatte, auf die er zählen konnte, wenn es darauf ankam. Ach, wäre ihr Bruder, der kleine Hinrich, nicht so früh gestorben, er wäre ihr ein Kamerad und würde für sie sorgen. Wie einfach war doch das Leben als Kind gewesen, als sie wie ein kleiner Junge auf den Knien ihres Vaters reiten durfte, als sie sich mit den anderen Kindern in der Garnison raufen konnte, wenn ihr etwas nicht passte.

Ilsabes Blick blieb an einer alten dürren Frau hängen, die am Rand des Marktes ein paar Männerkleider verkaufte. Abgetragen und ärmlich sahen sie aus, der Rock hatte schon einen Flicken auf dem Ärmel. Da durchfuhr es Ilsabe. Mit ihren großen Händen strich sie sich die schmalen Hüften entlang den weiten Rock glatt. Die Leute sahen doch nur, was man ihnen zeigte. Als kleines Kind, das noch die kurzen Hosen der Nachbarjungen auftragen durfte, hatten die Höker, die zur Garnison kamen, sie oft für einen Jungen gehalten, tobte sie doch genauso wild und ungestüm wie jene. Erst als die Schwester sie beizeiten in Rock und Schürze zwang, wurde Ilsabe für die Leute zum Mädchen. Hier auf dem Markt wusste sie mit einem Mal, wo sie den Kameraden fand, den sie für ihr Überleben brauchte. Er war in ihr, war all die Jahre lediglich unter der Schürze verborgen geblieben. Sie musste ihm nur die passenden Kleider besorgen, dann käme er wieder hervor.

»Sagt, Alte, was wollt Ihr haben für den Fetzen von Rock, der da hängt?«

»Nun, sechs Groschen sollte er dir schon wert sein, mein Kind.«

»Sechs Groschen? Ich geb Euch vier und außerdem mein Tuch, wenn Ihr noch eine Hose draufpackt. Es ist für meinen Bruder, wisst Ihr. In die Höhe geschossen ist er, sodass nichts mehr passen will. Und dabei ist die Ernte noch nicht eingebracht und die Kasse leer.«

»Wie groß ist er denn, dein Bruder?«

»So wie ich etwa, doch bald spuckt er mir bestimmt schon auf den Kopf.«

Die Alte wühlte aus ihrem Korb eine dunkle Kniebundhose hervor und hielt sie Ilsabe prüfend an die Taille. »Für fünf Groschen und das Tuch ist beides deins.«

Ilsabe überlegte nicht lange. Hastig kramte sie das Geld aus dem kleinen Beutel hervor, der unter ihrer Schürze hing, nahm das Tuch von den Schultern und tauschte beides mit der Alten gegen Rock und Hose. Sie schnürte die Kleider zu einem kleinen Bündel zusammen und eilte zügig durch eine schmale Seitengasse fort.

Eine halbe Stunde später kam ein junger Bursche am Stand der Alten vorbei. Sein blondes Haar war zu einem lässigen Zopf gebunden, sein Blick klebte am Boden, die Hände hatte er in den Taschen seiner Jacke vergraben. Sogleich erkannte die Alte Rock und Hose wieder, die sie der jungen Frau verkauft hatte.

»He, Junge«, rief sie ihm nach, »du hast aber Glück, dass dir deine Schwester ein paar neue Sachen gekauft hat. Das tut nicht jede.«

Verstohlen warf der Bursche ihr einen scheuen Blick zu.

»Siehst deiner Schwester aber auch wie aus dem Gesicht geschnitten ähnlich. Darum hat sie dir wohl so ein großzügiges Geschenk gemacht.«

Der junge Mann wandte sich schnell ab und verschwand im Gewühl der Menschen.

Am Weserufer war eine lange Reihe Lastkähne und Ewer vertäut, die täglich die Waren vom Land in die Stadt brachten. Ein paar Männer standen neben ihnen am Kai und priemten.
»Sagt, Leute, gibt's hier wohl Arbeit für einen tüchtigen Burschen?«
Ein kräftiger Kerl, dem der Bauch über die Hose hing, musterte den jungen Mann mit spöttischem Blick. »Noch kein einziges Haar im Gesicht, aber schon Kähne schleppen willst du?«
»Ich kann auch packen und sortieren, wenn's sein muss, außerdem putzen und kochen.«
»Nun, einen Jungen fürs Kleine könnten wir schon brauchen. Das Deck schrubben, die Taue aufrollen und mit anpacken, wenn Not am Mann ist. Drei Groschen am Tag zahl ich dir und eine Suppe zum Mittag.«
»Für drei Groschen am Tag bin ich dabei, wenn die Suppe auch dick genug ist.«
»Dafür, dass du Hemd was auf die Rippen kriegst, werden wir schon sorgen«, grinste der Dicke. »Wie ruft man dich, Kleiner?«
»Hinrich heiß ich, Hinrich Bunk.«
»Und ich bin Hein, Hein Pieper«, entgegnete der Dicke und streckte ihm seine schwielige Hand entgegen. »Willkommen an Bord, Hinrich.«
Seit diesem Handschlag an einem sonnigen Tag im Juli 1695 gab es für die Welt nur noch Hinrich Bunk. Anna war vergraben, zusammen mit der toten Mutterliebe, Ilsabe war gebunden unter strammen Tüchern, und alle Widrigkeiten des weiblichen Daseins waren aus Bunks Leben verscheucht.

Mittwoch, 26. Januar 1701

1

Wie Glocken schwangen die beiden Körper im Wind. Die Köpfe hingen verdreht in den Schlingen, die Augen hatten sich die Krähen schon lange geholt, auch Wangen und Lippen waren zerhackt, und die Zähne grinsten breit aus den Schädeln heraus. Schwere Ketten, um die Brustkörbe geschlungen, quietschten rostig im Takt des Windes. Sie waren an einem der drei Querbalken des Galgens auf dem Richtplatz von St. Georg befestigt und sorgten dafür, dass die Leichen nicht vor ihrer Zeit abfielen oder gefleddert wurden. Aus den Körperteilen der Gerichteten ließ sich gutes Geld machen: Salben, Elixiere, auch Aufgüsse und vielerlei mehr an Zaubermittelchen und Arzneien, die Barbiere und Apotheker sowie der Henker selbst unter der Hand an das abergläubische Volk verkauften.

Angewidert wandte sich Hinrich Wrangel von den Gehängten ab und schlug den Kragen seines schweren Umhangs hoch. Den jungen Mann fröstelte nicht nur wegen des scharfen Windes, der an diesem Januarmorgen über den Richtplatz der östlichen Vorstadt Hamburgs wehte. Auch die Größe und Komposition der Anlage jagte ihm einen kalten Schauer über den Rücken. Keinen Steinwurf vom Galgenhügel entfernt erhob sich ein viereckiger Hügel, der Köppelberg. Gut und gern drei Mann hoch war er und oben auffallend flach, damit der Henker genügend Platz hatte, sein Handwerk – das Köpfen, das

Erhängen und das Rädern – auszuüben. Ein Graben umgab ihn, von einer Zugbrücke überspannt, die in einem unter dem Hügel angelegten steinernen Gewölbe mündete. Von dort aus führte eine Treppe direkt hinauf aufs Schafott. Über die Brücke fuhren bei Hinrichtungen der Henker und seine Knechte, der Schinderwagen mit den Verurteilten, der Geistliche und die übrigen beim Strafvollzug anwesenden Personen. Also zukünftig er selbst, als neuer Prokurator und Advocatus am Hamburger Niedergericht. Wohl oder übel würde er einen Teil seiner künftigen Arbeit hier verrichten müssen.
Bisher hatte Wrangel noch nie offiziell einer Hinrichtung beigewohnt. Sein Studium der Rechtswissenschaften hatte er erst vor kurzem in Halle bei dem berühmten Rechtsgelehrten Christian Thomasius abgeschlossen. Ursprünglich hatte er auch gar nicht die Universität verlassen, sondern eine Laufbahn als Gelehrter einschlagen wollen. Aber dann war vieles anders gekommen. Nur mit einem klaren Schnitt unter sein bisheriges Leben glaubte Wrangel, die tiefen Verletzungen, die sein Herz und seine Seele in den vergangenen Monaten ertragen mussten, überwinden zu können. Die lebensnahe Arbeit als Jurist bei Gericht würde ihm sicherlich viele neue Eindrücke und Erfahrungen bescheren, wenn auch manchmal so schreckliche wie eine Hinrichtung. Ein Glück, dass sich die Brücke zum Schafott hochziehen ließ, um den Akt der Gerechtigkeit vor dem Unmut oder einfach der Zudringlichkeit der meist über tausendköpfigen Zuschauermenge zu schützen. Platz genug war jedenfalls rund um den Richtplatz, und ein Spektakel grausig eingeforderten Rechts ließ sich der Pöbel nur selten entgehen.
Wrangel überholte eilig einen schwerfälligen Karren und mehrere Lastenträger, die sich, tief unter ihre Kiepen gebeugt, schwankend gegen den eisigen Januarwind stemmten. Nach

kurzem Marsch ragte vor ihm das Steintor auf, umgeben von einer gewaltigen Menge an Menschen, Karren, Schweinen, Ziegen und Federvieh. Doch die Tore waren verriegelt, die Brücke nicht zu sehen.

»Die Brücke ist eingestürzt. Das Steintor ist geschlossen. Los, Leute, zieht weiter zum Deichtor, hier ist heute kein Durchkommen!«

Seufzend warf Wrangel seinen ledernen Beutel über die Schulter und wandte sich nach Süden. Die Füße taten ihm weh, die Zehen spürte er vor Kälte kaum noch. Schon vor Sonnenaufgang war er kurz hinter Wandsbek aus einer verkommenen Herberge aufgebrochen, nach einer mit Wanzen und Flöhen geteilten kurzen Nacht. Ein besseres Quartier war zu so später Stunde in einer stürmischen Nacht nicht mehr aufzutreiben gewesen. Nun strahlte der Himmel bereits in kräftigem Blau, neun Uhr musste durch sein. Bevor es zehn Uhr schlug, wollte er am Hamburger Niedergericht vorstellig werden, um sein neues Amt anzutreten.

Er zog seinen Hut über die dichten braunen, zu einem lockeren Zopf im Nacken gebundenen Haare und legte einen Schritt zu. Menschen, Tiere und Karren drängten sich auf dem Weg, das Geschrei der Weiber und die Pfiffe der Bauern übertönten die quiekenden Schweine und das Gegacker der Hühner. Plötzlich erblickte Wrangel links der Straße auf einem zugefrorenen Kloakengraben einen jungen Mann in ungefähr seinem Alter. Allerdings war er einen guten Kopf kleiner und auch um einiges schmächtiger als Wrangel. Sein dünnes rotblondes Haar wippte mit jedem Schritt auf und ab. Der Kleidung nach war er ein Geistlicher. Unter seinem Arm klemmte ein Stapel Bücher, mit dem anderen schwang er einen Wanderstab, den er Schritt für Schritt in die Böschung trieb.

Ein schlauer Bursche, ging es Wrangel durch den Kopf, wie er ihn auf dem Eis des schmalen Grabens entlangschlittern sah, vorbei an dem trägen Bauernvolk. Mit zwei Sätzen stand er grüßend hinter dem Rotschopf. »*Esne literatus.*«

»*Id est.* Aber Latein spreche ich nur im Seminar.« Prüfend glitt der Blick des Geistlichen an Wrangel herab, musterte den großen Mann mit dem ebenmäßigen Gesicht, den dunkelblauen Augen und kräftigen Schultern, über denen ein Sack aus weichgegerbtem Ziegenleder hing. Darunter trug Wrangel einen schweren Radmantel aus edlem Tuch sowie eine dunkle Hose, welche die langen, muskulösen Beine betonte und in festen ledernen Schaftstiefeln mündete. Alles in allem die Erscheinung eines stattlichen und wohlhabenden jungen Mannes.

»Gestatten, Matthias Claussen, Vikar am Kirchspiel von St. Katharinen bei Pastor Krüger. Und mit wem habe ich die Ehre?«, grüßte der schmächtige Geistliche schließlich mit einer ironischen Verbeugung.

»Licentiat Hinrich Wrangel, neuer Prokurator am hiesigen Niedergericht. Ich komme gerade erst hier an, und was muss ich sehen? Eine Stadtbefestigung, die schon an der ersten Brücke nicht mehr hält, was sie verspricht«, entgegnete er feixend.

»Ah, Justitias neuer Diener. Es ist mir eine Ehre, Euch vor den Toren Eurer neuen Heimat zu begrüßen. Wenn auch zu Fuß, was doch für einen Herrn wie Euch eine ungewöhnliche Form des Reisens ist.«

Wrangel grinste. Er liebte einsame Wanderungen, bei denen er seine Gedanken schweifen lassen konnte. Zugegeben, der Januar war nicht gerade ein idealer Wandermonat, aber allemal besser, als sich in einer stickigen und überfüllten Postkutsche durchschütteln zu lassen.

»Das Wandern ist nicht nur des Müllers Lust, Vikar. Auch einen Rechtsgelehrten zieht es manchmal hinaus zu kontemplativen Wanderungen, die Gelegenheit zu inneren Zwiegesprächen geben. Ihr scheint Schusters Rappen ja ebenfalls nicht abgeneigt gegenüberzustehen.«

»Da habt Ihr recht, Gelehrter des Rechtes. Doch was die Befestigung der Stadt angeht, so liegt Ihr falsch.« Das weiche, nahezu knabenhafte Gesicht des Vikars verzog sich zu einem Lächeln, das Wrangel auf Anhieb sympathisch war. »Zwar ist der Geiz des Rates schuld, dass die morschen Balken der Brücke am Steintor nicht vor dem Frost erneuert wurden und jetzt geborsten sind, doch kaum einer ist so dumm, sich an diesen Wallanlagen die Zähne ausbeißen zu wollen. Gut zehn Meter hoch sind diese Wälle, und der Wassergraben dort ist an die siebzig Meter breit.« Claussen deutete mit einem gewissen Stolz auf den Graben rechts von ihnen, der sie von der Stadt trennte. »Vor dem Wahnsinn des Dreißigjährigen Krieges haben uns diese Anlagen bereits bewahrt. Der Letzte, der versuchte sie zu stürmen, war Christian IV. von Dänemark. Gott hab ihn selig. Seine dreizehntausend Mann Fußvolk und zweitausend Mann Kavallerie bissen sich an den Bastionen die Zähne aus. Zwar fordert auch Friedrich IV. die Erbhuldigung von Hamburg und würde die Stadt gern dem Dänenreich einverleiben, aber er weiß, dass sein Großvater hier schon Prügel einstecken musste. Und bevor uns die verärgerten Bauern auch welche angedeihen lassen, weil wir hier an ihnen vorbeischlittern, lasst uns zum Deichtor eilen und hoffen, vor der Meute durchzukommen.«

So schnell es Eis und Schnee erlaubten, schoben sich die beiden hintereinander über den kleinen Graben. Nur wenige Schritte jenseits ihres ungewöhnlichen Trampelpfades fiel der Hang gut zehn Meter steil hinab in den großen Wassergraben, der nahezu die gesamte Festungsanlage umgab. Auch er war gefroren. Doch einen Sturz aus dieser Höhe wollte man auf keinen Fall riskieren. Wrangel bemühte sich, jedem seiner Schritte die nötige Aufmerksamkeit zukommen zu lassen.

»Abgesehen von den Wällen würde ein Angreifer auch den Widerstand der deutschen Fürsten zu spüren bekommen«, fuhr Claussen fort, sichtlich erfreut, einen gebildeten Zuhörer zu haben. »Vergesst eine Belagerung. Wenn Hamburg einen Feind zu fürchten hat, dann muss der schon aus seiner Mitte kommen und aus Geiz und Gier geschaffen sein.«

Zu ihrer Rechten ragte neben den beiden Wanderern eine gewaltige Bastion auf.

»Das ist die Bartholdus-Bastion«, erklärte der Vikar. »Zweiundzwanzig dieser Art hat die Stadt insgesamt, jede mit fünf Kanonen bestückt. Die Positionen der vorgeschobenen Bastionen sind so aufeinander abgestimmt, dass Angreifer auch seitlich unter Beschuss genommen werden können.«

Drei Kanonen sah Wrangel über die ihnen zugewandte Seite ragen. Ein Angreifer, der es bis hierher schaffte, saß spätestens jetzt in der Falle. Mit Respekt musterte er die perfekt durchdachte und solide gebaute Anlage. Der Marsch und die Freude, schon vor den Toren der Stadt einen freundlichen und zugänglichen Menschen höherer Bildung kennengelernt zu haben, hatten ihn die Kälte vergessen lassen.

Der Weg machte einen Knick um die Bastion, und der kleine Graben endete jäh in einer glücklicherweise ebenfalls gefrorenen Jauchekuhle. Behände erklommen die beiden Männer die Böschung und schoben sich am Rand des Weges an den Leuten vorbei. Zu ihrer Linken tauchten prächtige Villen entlang eines Geesthanges auf, gerahmt von elegant gestalteten Gärten. Die Lusthäuser der wohlhabenden Hamburger.

»Seht Ihr das?«, dröhnte der Vikar. »Hier veranstalten unsere Patrizier im Sommer sogar Feuerwerke und verschlafen dann am nächsten Tag die Predigt, wenn nicht die Ankunft eines

Schiffes mit wertvoller Ladung sie gleich ganz ihre christlichen Pflichten vergessen lässt. Unser Rat mit seinen vierundzwanzig Senatoren rekrutiert sich aus dem Kreis dieser führenden Familien. Ihnen gegenüber stehen die Bürger der Stadt. Sie sind in der Bürgerschaft organisiert. Beide, Rat wie Bürgerschaft, wollen das Sagen haben und streiten darum wie die Kampfhähne. Vor knapp zwei Jahren, 1699 war es, da musste sich der Rat in einem Rezess erneut der Bürgerschaft unterwerfen, wie schon einmal in den achtziger Jahren, als Cord Jastram und Hieronymus Schnittger – der eine Färber und Reeder, der andere ein Kaufmann – die Stadt mit ihrer Popularpartei im Würgegriff hielten. Eine schlimme Zeit war das.«
Wrangel schaute über die schneebedeckten Wiesen hinüber auf die herrschaftlichen Häuser am Geesthang. Viele von ihnen waren neumodisch hell verputzt und wiesen allerlei dekorative Schnörkeleien auf. Nicht das kaufmännische Kalkül hatte hier die Architektur bestimmt, sondern der Wunsch nach Glanz und Pracht. Das strahlende Sonnenlicht spiegelte sich in den großzügig verglasten Fenstern und warf helle Blitze über die in winterlicher Starre ruhenden Gärten.
»Heutzutage wird die Angelegenheit auch noch dadurch verkompliziert, dass die Bürgerschaft selbst in zwei Lager gespalten ist«, setzte der Vikar seine Ausführungen über die Hamburger Politik unbeirrt fort. »Die einen wollen nur jenen Bürgern mit Grundbesitz in der Stadt auch die Mitsprache bei den öffentlichen Angelegenheiten gewähren. Die anderen hingegen wollen alle Bürger auf den Konventen mit entscheiden lassen. Unter den Letzteren gibt es noch eine kleine Gruppe, die sogar den Einwohnern, die in der Stadt leben, aber kein Bürgerrecht haben, die gleichen Rechte einräumen wollen. Stellt Euch vor: also jedem dahergelaufenen kleinen Krämer und Handwerker! Seit Jahren gärt es hier. Es reichen schon die

kleinste Verletzung von Privilegien, ein falsches Wort bei einem öffentlichen Auftritt, eine geringfügige Missachtung der austarierten Rangordnung oder auch bloße Gerüchte, dann steigern sich die Leidenschaften in der Stadt bis zu Gewalttätigkeiten, und wir werden leicht zu einem gefundenen Fressen für die Dänen.«
Wrangel verzog sein Gesicht zu einem spöttischen Grinsen. Kein Wunder, dass sich das Hamburger Patriziat außerhalb der Stadtmauern prächtige Refugien baute, wollte es sich von solchem zänkischen Alltag erholen.
Der forsche Schritt der beiden Männer wurde von einem alten Weib gebremst, das nur mühsam auf dem gefrorenen Weg vorankam. In der einen Hand hielt die Alte einen Stock, mit der anderen umklammerte sie hilfesuchend den Arm eines jungen Mädchens, das neben ihr ging. Vikar Claussen machte einen schnellen Ausfallschritt und zog an den beiden vorbei. Wrangel versuchte es ihm gleichzutun, kam aber auf einer gefrorenen Pfütze ins Rutschen und konnte nur in letzter Sekunde verhindern, über den Stock des alten Weibes zu fallen.
Claussen, der merkte, dass sein Begleiter zurückblieb, drehte sich gerade in dem Moment um, als Wrangel wild mit den Armen fuchtelnd versuchte, sein Gleichgewicht wiederzufinden.
»*Cautio, advocatus!* Damit Euch nichts passiere.«
Er wartete, bis Wrangel zu ihm aufgeschlossen hatte, und fuhr dann mit seinen Erläuterungen fort. »Unter Jastram und Schnittger war das damals auch so. Irgendwann wussten die beiden gegen den inneren Feind nicht mehr weiter und beschlossen doch tatsächlich, die Hilfe des dänischen Königs anzunehmen. Ausgerechnet ihm wollten sie die Hamburger Tore öffnen! Zum Glück gab es damals noch genügend klare Köpfe in der Bürgerschaft, sodass das Schlimmste verhindert und ein dänischer Angriff in letzter Minute zurückgeschlagen werden

konnte. Jastram und Schnittger bezahlten für ihre Torheit mit dem Leben. Wegen Verrats an die dänische Krone wurden sie hingerichtet. Ihre Köpfe schmücken bis heute das Millerntor und das Steintor, um die Dänen daran zu erinnern, was sie hier erwartet.«

Bei den Worten des Vikars fielen Wrangel wieder die Erhängten vom Richtplatz ein. Ihm selbst erschienen aufgespießte Schädel vor Stadttoren ja barbarisch, aber er wusste sehr gut, dass solche Sitten den Aberglauben vieler einfacher Menschen nährten und darum immer wieder vollzogen wurden.

Die noch tiefstehende Sonne blendete Wrangel, und nur mühsam konnte er die Umrisse der majestätisch über ihnen aufragenden Stadtmauern erkennen.

Claussen hielt sich zum Schutz vor der Sonne eine Hand über die Augen und seufzte. »Aber die Hamburger scheinen nicht aus ihrer Geschichte zu lernen. Nun hat schon wieder die Bürgerschaft das Sagen, ohne jedoch den wirtschaftlichen und politischen Bedürfnissen der Stadt dabei gerecht zu werden. Dafür dürfen jetzt neue Senatoren nur noch mit der Billigung der Menge in den Rat, der Pöbel will regieren, und die Elite unserer Stadt leckt ihm die Hand, um ihre eigenen Schäflein ins Trockene zu bringen.« Der junge Vikar lächelte säuerlich. »Glaubt mir, auf den Konventen, die hinter verschlossenen Türen im Ratssaal stattfinden und manchmal bis in den frühen Morgen dauern, gibt es des Öfteren blutige Köpfe, zerrissene Perücken und ausgeschlagene Zähne. Ihr werdet Eure neue Arbeit auf einem Pulverfass antreten. Möge der Herr verhüten, dass es Euch um die Ohren fliegt.«

»Es wird schon werden«, wiegelte Wrangel ab, langsam ermüdet von all den Erläuterungen und dem immer zügigeren Zickzackmarsch zwischen Karren und Kleinvieh. »Die Gesetze sind schließlich festgeschrieben und für alle gleich …«

»Sofern Justitia nicht gerade die Augen verschließt. Doch ich will Euch nicht entmutigen. Einen tüchtigen und redlichen Anwalt können wir hier nur zu gut gebrauchen. Seht, dort vorn ist bereits das Deichtor. Lasst uns schnell die beiden großen Fuhrwerke überholen, sonst stehen wir bei dem zu erwartenden Gefeilsche um den Zoll noch bis Mittag vor dem Tor.«
Vor den beiden Männern tauchte eine befestigte Zugbrücke auf, so breit, dass zwei Wagen nebeneinander über sie hinwegrollen konnten. Das Deichtor jenseits der Brücke wurde von einer geradezu einladenden Fassade mit weißen Säulen geschmückt, die sich vom roten Backstein leuchtend abhoben. Im Laufschritt drängten sich Claussen und Wrangel an den letzten beiden Fuhrwerken vor der Brücke vorbei, nicht ohne heftig beschimpft zu werden, weil Wrangel beinahe über ein Schwein stolperte, das daraufhin quiekend zwischen die Zugtiere sprang und den hinteren Wagen zu einer Bremsung auf dem vereisten Weg zwang.
Vor dem Zöllner angekommen, nestelte Wrangel schon leicht verschwitzt seine Berufungsurkunde an das Niedergericht aus dem ledernen Sack. Kaum hatte er sie gelesen, zog der Zöllner seinen Hut vor dem neuen Mitglied des Gerichtes und ließ ihn, ohne auch nur einen Blick auf sein Bündel zu werfen, passieren. Doch Claussen entging mit seinen Büchern nicht der Inspektion. Unsicher, welchen Tarif der Zöllner dem Vikar dafür nennen sollte, rief er den Hauptmann der Wache herbei. »Ich habe sie dem Vikar in St. Georg geliehen, es sind meine Bücher, sie sind nicht außerhalb erworben!«, hörte man Claussen mit wachsender Erregung sagen. »Advocatus Wrangel, gehabt Euch wohl. Wir sehen uns hoffentlich wieder«, rief der Vikar Wrangel noch nach, der bereits von einem Menschenstrom in Richtung Schweinemarkt getrieben wurde.
Ohne im Gedränge auf ihre Standesunterschiede zu achten,

schoben sich Lastträger, Dienstmägde und Gesinde sowie Tischler, Maurer, Strumpfwirker, Bäcker, Essigbrauer und auch Bauern aus der Umgebung voreinander her. Fremde Matrosen mischten sich unter sie, wie auch Schreibgesellen aus den Kontoren und Quartiersleute. Wohlhabende Kaufleute, die ihren Reichtum mit edlen Brabanter Stoffen und Spitzenkragen zur Schau stellten, waren in der Menschenmenge ebenfalls auszumachen. Eine Gruppe Primaner des Johanneums, der Gelehrtenschule der Stadt, drängte Bettler zur Seite in die Gosse. Ein Abortanbieter schleppte einen Eimer für die Notdurft seiner Kundschaft samt ledernem Radmantel, der die Leute vor neugierigen Blicken schützte, wenn sie sich erleichtern wollten. Selbst in dem Gedränge suchte er noch sein Geschäft: »Wer muss, wer muss?«

Wrangel wurde vorwärtsgeschoben, passte sich, um nicht gestoßen oder abgedrängt zu werden, dem Tempo des Menschenzuges an. Neben ihm tauschten einige Schneidergesellen erregt Neuigkeiten aus.

»Und sie ist nackt?«

»Ja, ganz nackt, ohne den Fetzen eines Kleides am Leib! Los, los, da ist schon der Schweinemarkt, da muss sie noch liegen!«

Den Eingang zum Markt verstopfte eine Menschentraube. Neben Wrangel japste ein feister Mann mit dem gestelzten Habitus eines Kontormeisters nach Luft.

»Was ist passiert? Was soll dieser Aufruhr?«, wandte sich Wrangel ungeniert an den Dicken, der sich trotz der Kälte Schweißperlen mit einem Tuch von der Stirn tupfte.

»Heute in aller Frühe fand der Abortkehrer auf der Toilette am Schweinemarkt, gleich neben dem Steintor, eine Leiche. Man sagt, es sei eine Frauenleiche, ganz nackt. Die Leute sagen auch, man habe ihr den Kopf abgeschnitten, aber der Kopf lag nicht bei der Leiche.« Der Dicke holte zwei-, dreimal tief Luft

und schob sich dann weiter durch die Menge auf die Knechte des Brookvogts zu, die den Fundort vor den Neugierigen abzusperren versuchten.
Wie einen Blitz durchfuhr es Wrangel. Ein erster Fall schon, noch bevor er überhaupt am Gericht vorstellig geworden war. Was für eine brodelnde Stadt! Was für ein Leben ihn hier erwartete! Schnell zog er seine Berufungsurkunde hervor, drängte sich mit festen Schultern und spitzen Ellenbogen durch die Menge und rief mit lauter Stimme: »Lasst den Prokurator des Niedergerichtes durch!«
Die Knechte des Brookvogtes, die in Hamburg Röper hießen, warfen sich zögerliche Blicke zu. Weil sie aber ihren Herrn, den Brookvogt, nicht ausmachen konnten, ließen sie den Fremden schließlich durch, der unaufhörlich mit einem Stück Papier vor ihren Gesichtern wedelte.
Hinter der Absperrung war es wie davor. Menschen drängten gegeneinander und schoben sich in jede Richtung. Zum Glück war Wrangel groß genug, um über einige Köpfe hinwegzusehen. Keine zehn Schritt vor sich machte er das Toilettenhaus aus. Energisch kämpfte er sich vor, bis er plötzlich auf zwei nackte Füße starrte. Gräulich weiß waren sie und gingen über in kräftige, mit einem dichten rötlichen Flaum behaarte Waden. Noch kräftiger, schon fett, waren die Schenkel, die leicht gespreizt den Blick auf eine mit dichtem rotem Haar bedeckte Scham zuließen. Betreten schloss Wrangel für einen Augenblick die Augen. So direkt hatte er noch nie in das Verborgenste eines Weibes geblickt.
»Was glotzt Ihr hier herum?« Eine große Hand packte ihn an der Schulter.
Blitzschnell hatte Wrangel sich wieder im Griff. Mit scharfem Blick taxierte er den deutlich kleineren, aber kräftigen Mann in dem grauen, mit dem Hamburger Wappen verzierten Rock

hinter sich. »Ich glotze nicht, sondern ich begutachte den Leichenfund. Advocatus Wrangel, mein Name. Der neue Prokurator am Niedergericht. Ich bin soeben hier eingetroffen und hörte von dem Fall. Ihr müsst der Brookvogt sein, den die Knechte am Markteingang vergeblich für mich suchten.«

»Advocatus Wrangel, soso. Was heißt hier Fall? Eine Tote haben wir zwar, aber doch deshalb noch lange keinen Fall.«

»Wäre der Kopf noch an der Frau, so mögt Ihr vielleicht recht haben. Doch ist mir noch nicht zu Ohren gekommen, dass jemand freiwillig seinen Kopf hergibt. Aber lassen wir die Haarspalterei. Schildert mir lieber, wie es um den Fund hier steht.«

Der Brookvogt, ein untersetzter Mann mit einem runden Schädel und schütterem grauen Haarkranz, blickte mit einer Mischung aus Einfalt und Ehrfurcht auf Wrangel und entschied sich nach kurzem Zweifel zu dienstbeflissener Kooperation, zumal sein oberster Dienstherr, der Prätor Wilken, nicht anwesend war. Wer wusste schon, ob der nicht diesen jungen Advocatus zur Prüfung hierher geschickt hatte?

»Nun, wie Ihr seht, liegt hier eine tote Frau. Der Abortkehrer fand sie vor einer guten Stunde und schickte gleich nach mir und meinen Männern. Jetzt warten wir auf den Frohn und seine Knechte, damit man die Leiche hole und bei Gericht beschreie, so wie es bei uns Sitte und Gesetz ist.«

»Und was ist mit dem Kopf? Habt Ihr ihn bereits gefunden?«

Wrangels Blick wandte sich wieder der Leiche zu, deren fülliger Oberkörper mit den schweren, zu den Seiten herabhängenden Brüsten im Schatten des Toilettenhauses verschwand.

»Noch nicht. Aber gleich muss ja der Frohn mit seinen Knechten kommen und in der Kloake suchen. Der Abortkehrer wollte nicht hineinsteigen. Es gehört schließlich auch nicht zu seinen Aufgaben. Das Reinigen der Kloake ist Sache des Frohns.«

»Hm. Die Frau ist ganz nackt. Hat man ihre Kleider gefunden oder vielleicht andere Spuren? Gibt es einen Verdacht? Weiß man überhaupt, wer die Person ist?«

»Ihr fragt viel für die kurze Zeit, die seit dem Fund verstrichen ist. Nein, nichts hat man bisher gefunden. Aber das Gericht wird, wie Ihr ja selber wisst, alles Notwendige tun, um die Dinge zu klären und, sollte es ein Verbrechen sein, um dem Mörder auf die Spur zu kommen.«

Gereizt wegen der einfältigen Antwort des Brookvogtes, ließ Wrangel noch einmal seinen Blick über den Ort schweifen. Nirgendwo war Blut zu sehen, auch die Leiche selbst schien innen und außen frei von Blut, von den braunen Verkrustungen am offenen Hals einmal abgesehen. Die kräftigen Arme lagen leicht gespreizt neben dem Körper, sodass das dunkle Haar unter den Achseln hervorkam. Rotblond musste ihr Schopf sein, überlegte er, als plötzlich ein Raunen durch die Menschenmenge hinter ihm ging, das die Henkersknechte ankündigte.

Geschäftig schritt der Brookvogt auf die beiden Männer zu und wies schon im Gehen auf die Grube. »Los, rein mit euch, sucht mir den Kopf!«

»Da müsst Ihr Euch noch gedulden, Herr. Unser Meister verhandelt über das Handgeld für diese Arbeit mit Prätor Wilken.«

»Hör ich recht? Ein Handgeld wollt ihr Gesindel! Eure Aufgabe ist es schließlich, die Grube regelmäßig zu leeren.«

»Zu leeren schon«, grinste der ältere der beiden Männer dem Brookvogt ins Gesicht, »nicht aber, in ihr einen Kopf zu suchen, was ohne die Berührung der Zeichen menschlicher Notdurft nicht möglich ist. Und das geht doch zu weit.« Dabei machte er einen großen Schritt auf den Brookvogt zu, der unwillkürlich zurückwich. »Wenn auch die des Henkers, so sind wir ordentliche Knechte, Brookvogt. Kein Gesindel.

Merkt Euch dies. Wir sind gekommen, um die Leiche zur Beschreiung zu holen. Ruft Eure Röper, damit sie mit anpacken, das Weib zu heben. Auch ohne Kopf scheint sie mir ein rechter Brocken zu sein.«
Froh, sich von den Henkersknechten zurückziehen zu können, drehte sich der Brookvogt um und stolperte dabei fast in Wrangel hinein, der die Szene mit einem leisen Schmunzeln verfolgte. »Nun, Advocatus Wrangel«, schnaubte er wütend, »dann kommt gleich mit zum Niedergericht, damit die Dinge ihre Ordnung haben.«

2

Bürger, Einwohner, Leute! Ich, Hieronymus Wilken, Erster Prätor des Hamburger Niedergerichtes und Senator des wohlweisen Rates, gebiete euch Ruhe. Hört den Vogt des hiesigen Gerichtes!«
Mit makellosem Habit, dem Blick und der Haltung eines Menschen, der es gewohnt war, anderen vorzustehen und zu befehlen, wies der großgewachsene Mann mittleren Alters auf den Tisch neben ihm, auf dem die mit einem Tuch abgedeckte Leiche aufgebahrt lag. Trotz des Tumults und der Menge, die von den Röpern nur mühsam zurückgehalten wurde, wirkte Hieronymus Wilken ruhig, beinahe unberührbar. Eine weiße Allongeperücke, die seine buschigen dunklen Augenbrauen besonders deutlich hervortreten ließ, gab dem strengen Gesicht etwas Altmodisches, was den Eindruck selbstgefälliger Ruhe noch verstärkte.
Wrangel musterte den Prätor, der mitten auf dem für Verkündigungen vorgesehenen Platz vor dem Niedergericht stand,

aus einiger Entfernung. Er hatte sich in der Menschenmenge recht dicht an die Absperrung herangedrängt, zog es aber vor, erst einmal von hier aus seinen zukünftigen Dienstherrn zu studieren. Hinter dem extra aufgebauten Tisch standen in drei Reihen die Mitglieder des Niedergerichtes, ganz hinten die Gerichtsdiener und Schreiber mit ihren Schreibbrettern und Tintenfässern samt Federkielen. In der Mitte verharrten sieben Prokuratoren, einige von ihnen traten unruhig von einem Fuß auf den anderen, um die beißende Kälte aus den Gliedern zu vertreiben. Der achte Platz neben ihnen war unbesetzt. Die erste Reihe war den beiden Gerichtsvorstehern vorbehalten. Unweit von Prätor Wilken stand der zweite Prätor des Niedergerichtes, ein großgewachsener und wohlgenährter Mann mit gutmütigen Zügen. Gleich seinem Amtskollegen war auch er Senator, wie sein spanischer Hut zu erkennen gab. Neben ihm wippte mit respektierlichem Abstand ein dicklicher kleiner Mann mit gerötetem Gesicht unruhig von einem Bein auf das andere. An seinem Amtsstab erkannte Wrangel in ihm den Gerichtsvogt. Am rechten Rand erspähte er einen schmächtigen Mann im schwarzen Habit, den Aktuar. In seinen auffallend kleinen Händen hielt er ein ledergebundenes Buch, das viel zu schwer für ihn schien. Seine ganze Haltung ließ ahnen, dass der ständige Umgang mit Akten, Abschriften, Protokollen, Urteilen und Gutachten diesem Mann langsam allen Lebenssaft entzogen hatte, bis er so trocken war wie das Papier, mit dem er täglich umging.
Nun trat der Gerichtsvogt einen Schritt vor, zog ein Blatt Papier aus dem Aufschlag seines rechten Ärmels und faltete es umständlich auseinander. Mit hoher Stimme las er in einem weichen Singsang einen formelhaften Text ab, der offenbar immer verkündet wurde, wenn sich eine unbekannte Leiche in der Stadt fand.

»... und somit nicht ruhen werde, bis jene durch Gottes und des Gerichtes strengen Ratschluss vom Leben zum Tode gebracht sind.« Er holte tief Luft, tupfte sich leicht geziert mit einem kleinen Tuch die Stirn und trat in die Reihe zurück.
Wrangel war dem Text nur mit halbem Ohr gefolgt und hatte stattdessen den Ort und die Menschen um ihn herum betrachtet. Das direkt neben dem Rathaus liegende Gericht wirkte klein. Die Giebelspitze des zweigeschossigen Hauses reichte kaum zur Hälfte an die Höhe des Rathauses heran. Im Gegensatz zur mit Arabesken, Statuen und Putten verzierten Fassade des benachbarten Gebäudes war das Niedergericht schmucklos und schlicht, als wollte der Rat keinen Zweifel aufkommen lassen, dass er selbst das Obergericht und somit die letzte rechtliche Instanz in der Stadt war. Eine Reihe von ebenerdigen Verkaufsständen und Krämerläden drängte sich an das Haus, wo auch jetzt die Händler lauthals ihr Geschäft zu machen suchten.
Plötzlich wurde es still um Wrangel herum, und einer Welle gleich ging eine Bewegung durch die dichtgedrängt stehenden Menschen.
»Da kommt der Frohn. Macht Platz, der Frohn!«
Wie von Geisterhand öffnete sich in der Menge wenige Schritte vor Wrangel eine Gasse, in deren Mitte der in einen roten Umhang gehüllte Scharfrichter mit würdevollen Schritten auf Prätor Wilken und die anderen zuschritt und den Hut vor ihnen zog. Ihm folgten seine Knechte. Der eine trug das lange, mit zwei Händen zu führende Richtschwert, der andere ein kleines leinenes Säckchen. Die äußere Erscheinung des Henkers schien Wrangel in keiner Weise zu seinem Handwerk zu passen. Seine weichen, beinahe gütigen Züge gaben dem Gesicht eine Frische, die über sein tatsächliches Alter hinwegtäuschte. Die Haare waren ihm bereits ausgegangen, den verbliebenen

Kranz trug er kurz geschoren. Vollendet lächelnd setzte er seinen Dreispitz wieder auf. Seine elastischen, mit schneller Kraft ausgeführten Bewegungen, die wie jene eines Raubtiers anmuteten, riefen bei Wrangel selbst aus der Entfernung ein beklommenes Gefühl hervor.

»Seid gegrüßt, Meister Ismael«, erwiderte Wilken den höflichen Gruß des Scharfrichters und gab ihm ein Zeichen zu beginnen.

Mit der Sicherheit eines Mannes, der spektakuläre öffentliche Auftritte gewohnt war, schlug der Scharfrichter seinen Umhang über beide Schultern zurück und ließ sich von seinem Knecht das Richtschwert reichen. Seine Stimme füllte den Platz. »Verdammt sei jener, der …«

Wrangel starrte gebannt auf das in der Sonne blitzende Schwert. Mit beiden Händen hielt der Henker es senkrecht vor sich in die Luft gestreckt, so als sollte es jeden Moment auf einen zu Richtenden niedersausen.

»… sodass Gottes Gerechtigkeit vollzogen werde.«

Dann führte er in einer schnellen Bewegung drei Streiche in die Luft, sodass die davorstehende Menge jedes Mal zusammenzuckte. Er reichte dem Knecht das Schwert zurück, winkte den zweiten herbei und griff in das Säckchen.

»Ruhelos wird ihn die ewige Verdammnis erwarten, seinen Leichnam werde ich verbrennen und die Asche in die vier Winde verstreuen.«

Viermal warf er darauf in jede Himmelsrichtung eine Aschewolke in die Luft.

»Damit ist der Übeltäter vom Frohn beschrien. Seine schändliche Tat wird entdeckt und er seiner gerechten Strafe zugeführt werden«, war nun wieder der Prätor zu hören. »Geht jetzt nach Hause, Leute!«

Die Röper begannen die Menschen vor dem Gericht zurückzudrängen. Wrangel zwängte sich gegen den Strom zu den Wachen durch, zeigte seine Urkunde und erreichte nach wenigen Schritten Prätor Wilken, der bereits im Begriff war, sich in seine Amtsstube zurückzuziehen.

»Prätor Wilken, verzeiht mein plötzliches Erscheinen. Licentiat Hinrich Wrangel, der akkreditierte neue Prokurator.«

Wilken drehte sich um und schaute Wrangel durchdringend an. »Ihr habt Euch einen aufregenden Moment für Euren Antrittsbesuch ausgesucht, Licentiat Wrangel«, erwiderte er gelassen.

»Das ist wohl wahr, Prätor Wilken. Ich bin erst heute Morgen angekommen und wurde von den Ereignissen überrascht. Die Aufregung, die in der Stadt herrscht, hat auch mich angesteckt. So bin ich, ohne zu zögern, gleich zum Gericht geeilt.«

»Daran habt Ihr gut getan, junger Mann. Doch merkt Euch: Sich von Erregungen anstecken zu lassen, ist etwas, was ein Prokurator tunlichst vermeiden sollte, solange ich hier Gerichtsverwalter bin«, sagte Wilken mit väterlicher Strenge. »Nun folgt mir, damit wir die Formalitäten erledigen.«

Wrangel fühlte sich bei diesen Worten an seinen alten Hauslehrer erinnert. Eine Windbö fegte über den Platz, riss einigen Anwesenden die Hüte von den Köpfen und wehte das Leinen von der Leiche herunter, was die Menge mit einem Raunen quittierte. Unverwandt blickte Wrangel erneut auf den monströsen Frauenleib.

»Licentiat Wrangel, vertieft Euch nicht unnötig in den Anblick der Frauenleiche. So etwas bekommt einem jungen Mann wie Euch noch nicht sehr gut.«

Wrangel wandte sich beschämt ab und folgte dem Prätor und den übrigen Mitgliedern des Gerichts in das Gebäude.

Gleich hinter der Tür lag der Sitzungssaal, ein für das Gericht einer Stadt wie Hamburg lächerlich kleiner Raum. Zur Rechten führten einige Stufen zu den Plätzen des Gerichtes, davor war ein Stehpult für die Verteidiger aufgebaut, längs dazu eine einfache hölzerne Bank ohne Lehne für die Angeklagten. Ihr gegenüber stand die Schöffenbank und in der Mitte des Ensembles das Pult für den Gerichtsschreiber. Die Wand hinter der Schöffenbank schmückten die Bürgerwappen der Schöffen oder Dingleute, wie man sie in Hamburg nannte. Direkt über ihnen zeigte ein Bild die Justitia, das Schwert in der rechten, die Waage in der linken Hand. Die anderen Wände verzierten Tafeln mit Bibelauszügen.

Wrangels Blick fiel auf die Wand hinter den Plätzen für das Gericht. Aus dem Psalm 58 stand dort geschrieben: *Seid ihr stumm, dass ihr nicht reden wollt, was recht ist, ihr Menschenkinder.* Ein Stück weiter las er die Mahnung aus dem Paralipom 19, Vers 6: *Sehet, was ihr tut, denn ihr haltet das Gericht nicht dem Menschen, sondern dem Herrn und bei dem Herrn, unserem Gott ist kein Unrecht, noch Ansehen der Person, noch Annehmen des Geschenks.*

Durch eine Tür hinter dem Pult für die Verteidiger gelangte die kleine Gruppe in einen Raum, der normalerweise den Verteidigern dazu diente, die Prozessakten zu studieren.

Wilken setzte sich zusammen mit dem zweiten Prätor an einen der Tische. »Ich verabscheue diese Zurschaustellungen für den Pöbel. Die eigentliche Arbeit des Gerichtes vollzieht sich in Diskretion und Abgeschiedenheit, am besten im Verborgenen. Dies ist mein Amtskollege Garsmann, er wird sich ein Jahr lang die Arbeit hier anschauen. Bis dahin wendet Euch an mich, da ich die Geschäfte führe«, stellte der Prätor seinen Kollegen vor. »Gebt mir Eure Urkunde, Wrangel.«

Wrangel zog das Papier aus seinem Rock und reichte es seinem zukünftigen Vorgesetzten. Er spürte, wie sein Herz schneller schlug. Häufig hatte er sich schon diesen Augenblick vorgestellt: die Übernahme eines bedeutsamen Amtes, das

sowohl seinen jahrelangen Studien wie auch seiner Leidenschaft für die Rechtswissenschaft gerecht würde.
Wilken musterte das Dokument nickend. »Ich nehme an, die stolze Summe von viertausend Reichstalern für das Amt des Prokurators habt Ihr aus dem Erbe Eures mir wohlbekannten und geschätzten Herrn Vater gezahlt. Er war ein ehrenwerter Kaufmann, und es freut mich, dass ich nun Euch, seinem Sohn, mit Rat und Tat zur Seite stehen kann. Ihr solltet Euch anstrengen, um das Geld wieder hereinzuholen und so die Grundlage für Euren weiteren Wohlstand zu schaffen. Ein guter Jurist ist immer auch ein guter Kaufmann. Ich rate Euch, dass Ihr Euch nicht zu viel mit unergiebigen Kriminalsachen abgebt, sondern Euch das Vertrauen einiger wohlhabender Bürger erwerbt, um sie in Zivilsachen zu vertreten. Eine Zänkerei um ein Grundstück bringt Euch als Advocatus mehr als eine Strafsache.«
Wrangel spürte einen schmerzhaften Stich im Magen, aber er verschluckte eine Replik, da gerade der Gerichtsvogt mit dem Aktuar in den Raum trat.
»Hier ist unser Gerichtsvogt, Licentiat Müller. Er kümmert sich um die Verwaltung, die Eröffnung von Verfahren, Gelder, Angeklagte und die Frohnerei. Gutstellen müsst Ihr Euch mit Dr. Meyer, unserem geschätzten Aktuar«, fuhr Wilken fort, wobei er lässig mit der Hand auf den dürren Mann deutete. »Denn durch seine Hände läuft alles, was geschrieben ist. Sie werden jetzt Euren Eid bezeugen.« Wilken schob Wrangel ein Buch über den Tisch. »Ich will mich kurz fassen. Ihr kennt ja sicherlich bereits die Hamburgische Gerichtsordnung. Schwört bei Gott, dass Ihr sie einhalten und achten werdet.«
Wrangel erhob sich, legte die linke Hand auf das Buch und hob die Rechte zum Schwur. »Ich schwöre bei Gott, die Hamburgische Gerichtsordnung einzuhalten und zu achten.« Über-

rascht, nahezu gekränkt von der Schmucklosigkeit der Vereidigung, huschte ein Schatten über sein Gesicht. Als er seine Entscheidung fällte, die Universität zu verlassen und bei Gericht für das Recht zu kämpfen, hatte er sich diesen Moment erhaben vorgestellt. Ihn schneller und banaler als einen Viehkauf abgehandelt zu sehen, gab einer unguten Vorahnung Raum.
»Damit seid Ihr Prokurator am hiesigen Niedergericht«, stellte Wilken mit jovialer Miene fest. »Erlaubt mir noch einige Bemerkungen. Ich verabscheue langatmige und ausschweifende Plädoyers. Ich verlange von den Prokuratoren, dass sie ihre Sachen kurz und knapp vorbringen. Verspätungen dulde ich nicht. Ich erwarte, dass Ihr an den Gerichtstagen montags, mittwochs und donnerstags im Winter auf den Schlag neun Uhr anwesend seid, im Sommer um acht Uhr. Ausnahmen müsst Ihr von mir genehmigen lassen. Die anderen Tage nutzt zum Studium der Akten, und verzettelt Euch nicht in eigenen Ermittlungen. Die Ermittlung ist meine Aufgabe. Als jüngster der Prokuratoren habt Ihr Euch als Pflichtverteidiger zur Verfügung zu halten, sollte einmal ein armer Schlucker vor den Schranken des Gerichtes stehen.« Der Prätor lächelte Wrangel wohlwollend an. »Das ist alles, Licentiat Wrangel, Ihr könnt gehen. Sicherlich habt Ihr noch viel zu erledigen an Eurem ersten Tag in Hamburg. Habt Ihr schon eine anständige Bleibe gefunden?«
Wrangel schüttelte den Kopf. Nach dieser ernüchternden Prozedur und den altväterlichen Belehrungen wollte er nicht auch noch seine persönlichen Angelegenheiten vom Prätor kommentiert lassen.
»Dann fragt ruhig den Brookvogt. Der und seine Röper kennen sich bestens aus mit den Quartieren hier in der Stadt. Möge er Euch ein ehrenwertes Haus empfehlen.« Mit einer kurzen Handbewegung rief er den Brookvogt heran. »Wir

sehen uns dann am Montag um neun Uhr. Bis dahin lasst Euch bei Gelegenheit von Dr. Meyer in die Gebräuche an diesem Gericht einführen. Gehabt Euch wohl, Prokurator Wrangel.«
Wrangel verbeugte sich kurz und verließ in Begleitung des Brookvogtes den Raum.
Draußen hatte sich die Menge zerstreut. Einzelne standen noch in kleinen Gruppen herum und sprachen über das Ereignis. Die Leiche war bereits auf dem Weg zum Stadtphysikus Dr. Biester.
Nachdem der Brookvogt Wrangel einige mögliche Herbergen genannt hatte, verabschiedete er sich umständlich und ließ den frischgebackenen Prokurator allein zurück.
Die eisige Januarluft strömte in Wrangels Lungen und half ihm, seine Gedanken zu ordnen. Prätor Wilken schien in seinem Habitus geradezu das Musterbeispiel eines patriarchalen Hanseaten zu sein. Doch bei aller Strenge zeigte er durchaus väterliche Züge ihm, dem Neuankömmling, gegenüber.
Wrangel hatte nicht gewusst, dass sein verstorbener Vater und Wilken Geschäftsfreunde gewesen waren. Sonst hätte er sich womöglich gar nicht um die Stelle als Prokurator bemüht. Nach den fünf langen Jahren des Jurastudiums zog ihn nichts zurück in die kaufmännische Welt seiner eigenen Familie, mit der er innerlich nie warm zu werden verstanden hatte. Die Lübecker Wrangels waren in seinen Augen Kaufleute, die jedes lukrative Geschäft der moralischen Verantwortung vorzogen. Sein Großvater hatte mit dieser Einstellung während des Dreißigjährigen Krieges mit Schwarzpulver ein florierendes Handelshaus aufgebaut. Seinem Vater ermöglichte dies, sich in der vornehmen hanseatischen Gesellschaft Lübecks zu etablieren, und seinem älteren Bruder Albrecht öffnete es nun als ehrenwertem Kaufmann so manche Tür.
Schon immer war Hinrich Wrangel das krämerische Denken

und Handeln in seiner Familie zuwider gewesen. Umso reizvoller und erhabener erschien ihm darum die Juristerei, umso dringender war sein Wunsch, dem Geist des Humanismus nachzuspüren und die Lehren von Christian Thomasius zu studieren. Sein Vater war zufrieden. Gleich dem Prätor Wilken sah auch er im Juristen die rechte Hand des Kaufmanns. Ein lohnendes Geschäft also, den jüngeren Sohn derart kostspielig auszubilden.
Nun war Wrangel tatsächlich Prokurator am Hamburger Niedergericht geworden, und damit war es an ihm, das Beste daraus zu machen. Mochte man ihm auch noch so sehr eine ordentliche Portion Geschäftstüchtigkeit anraten: Nicht Geld, sondern Gerechtigkeit strebte er an. Hatte Gott ihm nicht ein Zeichen geschickt, dass ausgerechnet ein solcher Leichenfund an seinem ersten Tag als Prokurator gemacht wurde? Hier lag seine Zukunft, vielleicht sogar in dieser Frau ohne Kopf.
Noch einmal zog er die kalte Luft tief in seine Lungen und ging hinüber zum Eimbeck'schen Haus, um dem Physikus bei seiner Untersuchung der Leiche zuzusehen. Vielleicht hatten die Henkersknechte ja bereits den Kopf gefunden.

3

Das Eimbeck'sche Haus war ein Gasthaus direkt über dem Ratskeller, in dem meist Personen von Stand und Vermögen abzusteigen pflegten. Als Wrangel den großen Hauptsaal des Gebäudes betrat, war dieser gut gefüllt mit zahlendem Publikum, das unter dem Deckmantel der medizinischen Wissbegierde schaudernden Blickes dem anatomischen Theater des Physikus Dr. Biester folgte.

Wrangel schob sich an der Wand entlang bis zu den ersten Reihen vor und lauschte konzentriert den Ausführungen des Mediziners, der neben dem Seziertisch mit der geöffneten und nahezu ausgeweideten Leiche stand und mit eintöniger Stimme und mit von Körpersäften verschmutzten Händen die während seiner Untersuchung gewonnenen Erkenntnisse zusammenfasste.

»Ganz ohne Zweifel ist das dem Abtrennen des Kopfes vorhergehende oder damit einhergehende Durchschneiden der Kehle die Ursache des Todes gewesen, in den Lungen fanden sich Spuren von Blut. Die Leiche ist fast restlos ausgeblutet, die Organe gemäß den Lehrbüchern der Anatomie ohne Auffälligkeiten. Nachdem der Magen zugebunden, gegen das Licht gehalten und auch ohne äußerliche Auffälligkeiten befunden worden ist, lässt sein Inhalt den Schluss zu, dass das Opfer kurz vor dem Tod eine Fleischspeise zu sich genommen und Alkohol getrunken hat. Die schwielenlosen Hände der Leiche deuten darauf hin, dass sie keine harte körperliche Arbeit verrichtet hat. Ihre Haut ist weißlich, hell, doch ohne Sommersprossen. Die Körperbehaarung an den Unterarmen ist blond, an der Scham und unter den Achseln merklich dunkler, wie es bei diesen Körperpartien, die nicht der Sonne ausgesetzt waren, zu erwarten ist. Gleiches gilt für die auffallend üppige Behaarung der Schenkel.«

Ein Murmeln erhob sich im Saal, und einige Zuschauer reckten die Hälse, um einen besseren Blick auf den ausgeweideten Körper zu haben.

»Obwohl noch keine Anzeichen der Verwesung festzustellen sind, was der kalten Jahreszeit zuzuschreiben ist«, fuhr der Physikus nach einer kurzen Pause fort, »deuten die Leichenflecke und das Ausmaß der Totenstarre darauf, dass der Mord ein bis zwei Tage vor dem Fund des Körpers geschehen sein muss. Da man am Fundort nicht die geringste Blutspur gefunden hat, wie der Brookvogt zu berichten hatte, ist der Leichnam offenbar an einem anderen Ort ganz seines Blutes entleert und anschließend auf das Privet am Schweinemarkt gebracht worden. Die eher dickliche bis korpulente Statur des Frauenkörpers, der auch ohne Kopf noch seine gut einhundertfünfzig hamburgischen Pfund wiegt, zwingt zu dem Schluss, dass es mindestens zum Transport der Leiche Helfershelfer gegeben haben muss oder dass es sich um mehrere Täter handelt.« Biester machte eine längere Pause und ließ dabei den Blick über sein Publikum schweifen. »Aber dies herauszufinden ist nicht die Aufgabe des Physikus, sondern des Hamburger Niedergerichts. Damit beende ich die anatomische Begutachtung und verweise mein ehrenwertes Publikum für weitere Erkenntnisse an das Niedergericht.«

Enttäuscht über die magere Ausbeute der Untersuchung, verließ Wrangel noch während des ehrfürchtigen Applauses des Publikums den Saal. Was hatte er schon Neues erfahren, das ihm nicht bereits heute Morgen ins Auge gefallen war? Der Kopf blieb immer noch verschwunden. Nun galt es abzuwarten und erst einmal den Dingen ihren Lauf zu lassen. Prätor Wilken war am Zug.

Wie lange er sich damit Zeit lassen sollte, konnte Wrangel nicht ahnen.

Dienstag, 16. August 1701

4

Nachdenklich blickte Ruth Abelson aus dem Fenster auf das bunte Treiben in der Amsterdamer Nieuwe Herengracht. Elegant gekleidete Damen und Herren flanierten an diesem sonnigen Augustnachmittag entlang dem glitzernden Wassergürtel, der Tausende Lichtflecken an die hell verputzten Fassaden der prunkvollen Häuser warf. Junge Damen ließen mit Spitzen verzierte Sonnenschirme wie lichte Kreisel über ihren Köpfen drehen und plauderten ungeniert fröhlich durcheinander.

So leicht und unbeschwert wirkte das Leben da unten auf einer der reichsten Prachtstraßen Amsterdams, der drittgrößten, aber wohl aufregendsten und freiesten Metropole des europäischen Kontinents. Nur ein Zeichen von ihr, und Ruth könnte ebenfalls eine dieser jungen Damen dort unten sein. Reich, schön, jung und sorglos könnte sie innerhalb der Elite dieser dynamischen Stadt leben, in kostbarsten Kleidern die wichtigsten Salons der Stadt frequentieren und nur die erlesensten Speisen zu sich nehmen. Ein Zeichen nur, und ihr Vater würde umgehend die bestmögliche Partie auf dem Heiratsmarkt für sie möglich machen.

Schließlich hatte er sie doch wohl deshalb mit auf diese Geschäftsreise nach Amsterdam genommen. Zwar hatte er es so nicht ausdrücklich formuliert, sondern lediglich von seiner Sorge gesprochen, sie für mehrere Wochen allein in Hamburg zurückzulassen. Aber seit ihrer Abreise hatte er keine Gelegenheit verstreichen lassen, sie den Söhnen seiner Geschäftsfreunde vorzustellen.

Nun waren sie schon seit vier Wochen Gäste im Hause des Bankiers Jakob Levi, eines Jugendfreundes ihres Vaters, und Ruth hatte wirklich keinerlei Grund, sich zu beschweren. Das Haus der Levis war ein eleganter Neubau an der Nieuwe Herengracht, unweit des jüdischen Viertels von Amsterdam. Zur prächtigen portugiesischen Synagoge in der Visserplein Straat war es ein hübscher Spaziergang, auch zur Börse und zur Wisselbank war es nicht weit. Ruths Vater verbrachte dort gemeinsam mit Jakob Levi und dessen Sohn Benjamin regelmäßig viele Stunden, um seinen Geschäften nachzugehen. Um Ruth kümmerte sich meist Esther Levi, Jakobs Frau, eine elegante ältere Dame, die trotz des nahezu fürstlichen Lebensstils, der im Hause Levi herrschte, weder zu Extravaganzen noch zu ostentativem Prunk neigte. Vielmehr steckte sie ihre Energien in die Musik und Malerei sowie in eine anspruchsvolle und gepflegte jüdische Haushaltsführung.

Mehrfach hatte sie Ruth mit ins jüdische Viertel genommen, wenn sie dort persönlich beim angesehensten Schlachter des Viertels die Bestellungen aufgab. Schließlich war die Oberhoheit über die koschere Küche eine traditionelle Pflicht der Hausherrin, die sich Esther Levi von keiner Bediensteten vollends abnehmen ließ. Aber auch zu ihrem Schneider waren sie schon öfter zusammen gegangen. Das hellblaue Seidenkleid mit den zarten Brabanter Spitzen, die Ruths Dekolleté bedeckten, war ein Geschenk der Dame des Hauses an das junge Mädchen gewesen. Die Auswahl der Stoffe war beeindruckend gewesen, der Unterschied zum Hamburger Angebot unverkennbar. In die Synagoge waren die beiden Frauen eben-

falls schon öfter gegangen, und Ruth genoss es, hier so unkompliziert ihren Glauben leben zu können.
In Amsterdam war man ungemein tolerant gegenüber der jüdischen Minderheit. Nicht nur die reichen jüdischen Bankiers, auch die einfachen Leute konnten hier nahezu unbehelligt ihrem jüdischen Leben nachgehen und durften sogar Grundbesitz erwerben. Die Stadt wusste die Vorteile zu schätzen, die ihr die jüdischen Einwohner brachten. Nicht nur hohe Steuern, auch viel Fachwissen und besondere Fertigkeiten aus aller Welt hatten die Juden den zum großen Teil calvinistischen Niederländern zu bieten.
Die Hamburger waren weit zurückhaltender. Obwohl Ruths Vater, Moses Abelson, ein sehr vermögender Mann war, war es ihm nicht möglich, in Hamburg Grund zu erwerben. Er wohnte mit seiner Tochter zur Miete. Auch gab es in Hamburg keine Synagoge. Nach Wandsbek oder nach Altona, ins Dänische, musste man fahren, wollte man unter seinesgleichen den Sabbat feiern. Mit dem koscheren Fleisch war es ebenfalls nicht einfach in der Hansestadt. Zwar gab es zwei oder drei Schächter, die sich gut auf ihre Kunst verstanden, doch die Nachfrage war meist größer als das Angebot.
Trotzdem war Hamburg Ruths Zuhause. Sie fühlte sich dort wohl und sicher. Die Abelsons hatten gute Freunde in der Stadt, verkehrten in vielen angesehenen Familien, und Ruth profitierte von einer ganzen Reihe von Privatgelehrten, die ihr Vater für ihre persönliche Bildung engagierte. Denn nichts fesselte die junge Frau mehr als die Geisteswissenschaften. Mathematik, Astronomie und Philosophie waren ihre besondere Leidenschaft. Aber auch Musik faszinierte sie, nicht nur das Spiel, sondern ebenso die Komposition. Und sie liebte es, mit ihrem Vater gemeinsame Abende am Schachbrett zu verbringen, bei denen die Partien oft durch seine ausschweifenden

Erzählungen über ferne Länder und historische Ereignisse in den Hintergrund gerieten.
Dass all dies, was ihr Leben bisher so lebenswert gemacht hatte, zu Ende gehen und sie sich auf ein neues Leben als Ehefrau und womöglich auch bald als Mutter einlassen sollte, wollte ihr trotz der hiesigen Annehmlichkeiten noch nicht in den Sinn. Sie fühlte sich zu jung für einen solchen Schritt. Dabei würde sie in gut einer Woche bereits neunzehn Jahre alt werden. Ihre Mutter war in diesem Alter schon verheiratet gewesen. Ach, wäre sie doch noch am Leben, sie könnte ihr sicherlich sagen, was zu tun war.
Hier in Amsterdam, mit seinen prächtigen Wasseravenuen und den eleganten Stadtpalästen, die die Grachten säumten, hier schien das Leben immer nur einem märchenhaften Schlaraffenland zu gleichen. Selbst die wohlhabenden Flaneure auf den Straßen erinnerten an das Märchen vom Schlaraffenland, das Ruth als Kind so häufig gehört hatte. Viele Männer dort unten waren so wohlgenährt, dass ihre Züge schon nahezu weiblich wirkten, besonders wenn sie in der Kleidung der mit Spitzen und Brokat überladenen französischen Mode folgten. Würfe man ihnen ein Kleid über, so mancher von ihnen wäre nicht von einer Frau zu unterscheiden.
Wie anders stand es zugleich um die armen Leute, die Ruth auf ihren Spaziergängen mit ihrem Vater am Hafen gesehen hatte. Sie erinnerte sich an einige arme Frauen, die mit ihren ausgezehrten Körpern und von der schweren Arbeit schwieligen Händen regelrecht männlich wirkten. Nichts an Weiblichkeit hatte das harte Leben ihnen gelassen. Wie die Stadt mit ihren Prachtstraßen selbst auf Hunderttausenden Pfählen ruhte, die von mindestens genauso vielen Händen in den sumpfigen Morast getrieben worden waren, so lebten diese Flaneure auf der Promenade ebenso von der harten Arbeit jener Menschen am

Hafen, die jeden Tag das Wirtschaftswunder, das Amsterdam in den vergangenen Jahrzehnten erlebt hatte, mit ihrer Hände Tätigkeit voranbrachten.
Auch sie, Ruth Abelson, sephardische Jüdin aus Hamburg, lebte von dem Profit, der aus der Arbeit anderer Menschen gewonnen wurde. Und sie lebte gut davon. Bei aller Liebe zur Philosophie käme ihr auch niemals in den Sinn, das harte Brot der armen Leute teilen zu wollen. Sie war ihrem Vater zutiefst dankbar, dass er ihr ein sicheres und wohlhabendes Leben ermöglichte. Aber warum nur drängte er sie nun in die Ehe? Es ging ihnen doch gut, so wie sie lebten. Warum sollte es nicht einfach so weitergehen?
Leise öffnete sich die Tür, und Moses Abelson trat in das Zimmer seiner Tochter. »Ruth, liebes Kind, was sitzt du so nachdenklich am Fenster?«
»Ich betrachte die Leute auf der Nieuwe Herengracht, wie sie flanieren und sich amüsieren.«
»Ja, ein leicht anmutendes Leben herrscht in dieser Stadt. Aber auch alle Leichtigkeit hier ruht auf einem Fundament harter Arbeit.«
»Darüber dachte ich auch gerade nach, Vater. Und ich bin dir sehr dankbar für das schöne Leben, das wir beide führen. Am liebsten möchte ich, dass es immer so bleibt.«
»Nichts bleibt immer so, wie es ist, mein Kind. Mit jedem Tag ändert sich die Welt, und auch unsere Aufgaben in ihr ändern sich von Zeit zu Zeit.« Abelson betrachtete seine Tochter, die ihre grauen Augen niederschlug und an der Schürze über ihrem hellblauen Seidenkleid nestelte. Eine Strähne ihres schwarzen Haares löste sich und streifte sanft ihre Wange.
»Was bedrückt dich, mein Kind?« Behutsam nahm der alte Mann die zierliche Hand seiner Tochter zwischen seine knochigen Finger und drückte sie zärtlich.

Ruth wandte ihren Blick wieder aus dem Fenster, bevor sie anfing zu sprechen. »Für mich nähert sich wohl die Zeit, dass ich heiraten soll, wenn ich dich und unsere Reise recht verstehe.«

»Nun, du bist eine hübsche junge Frau und wirst nächste Woche neunzehn Jahre alt. Da ist es durchaus nicht abwegig, dass du bald heiratest. Wir haben in den letzten Wochen ja auch einige recht interessante junge Männer getroffen, von denen sicher der eine oder andere als ein künftiger Ehemann in Frage kommen könnte.«

Ruth seufzte leise.

»Wie gefällt dir denn Benjamin? Ich persönlich halte ihn für einen vielversprechenden jungen Mann. Er ist gebildet, sehr vermögend, und er scheint mir ein verantwortungsvoller Mensch zu sein. Schließlich hatte ich in den letzten Wochen wiederholt Gelegenheit, ihn bei der Arbeit und im Umgang mit anderen Menschen zu beobachten. Letztes Jahr gelang es ihm ganz allein, die niederländische Ostindien-Kompanie als Kunden für die Levi-Bank zu gewinnen. Drei Millionen Gulden finanziert die Bank der Kompanie, damit sie den Niederländischen Staaten die ihr gewährten Privilegien und Handelsmonopole bezahlen kann. Als Sicherheiten haben die Levis Aktien der Kompanie erhalten. Wenn die sich weiter so entwickeln, wie sie es in den vergangenen Jahrzehnten getan haben, dann wird aus dem kleinen Bankhaus Levi bald eines der größten der Niederlande. So wäre Benjamin eine wahrlich nicht zu verachtende Partie.«

Ruth hielt ihren Blick starr auf das glitzernde Wasser der Nieuwe Herengracht gerichtet.

»Auch Jakob und Esther sind anständige Menschen, gute und gläubige Juden, die eine schätzenswerte Form gefunden haben, unsere Traditionen mit den Gegebenheiten der modernen

Zeit zu vereinen. Ein Leben unter ihrem Dach könnte für dich viele Annehmlichkeiten bringen und dir auch Raum geben, deinen musischen Neigungen weiterhin nachzugehen.«

»Möchtest du denn nicht mehr mit mir unter einem Dach leben, Vater?«

»Ruth, meine Tochter, natürlich möchte ich nichts lieber, als mit dir zusammen meine Zeit zu verbringen. Du bist das einzige Kind, das mir geblieben ist. In deinem Gesicht sehe ich jeden Tag die Züge deiner Mutter, die ich über alles geliebt habe. Aber ich bin ein alter Mann, und auch meine Tage sind gezählt. Ich denke an deine Zukunft, an dein Lebensglück, wenn ich dir von der Ehe spreche. Du brauchst jemanden, der für dich sorgt, wenn ich einmal nicht mehr bin. Für eine Frau sind die Ehe und die Mutterschaft nun einmal die Krone des hiesigen Daseins. Erst als Ehefrau und Mutter wirst du die gesellschaftliche Anerkennung finden, die du dir wünschst. Und glaube mir, mein Kind, erst als Mutter wirst du die innere Erfüllung finden, nach der wir Menschen uns sehnen.«

Ruth schwieg und starrte weiter aus dem Fenster. Sie teilte nicht die Ansichten ihres Vaters über die Ehe und die Mutterschaft. Sie sah nur die traurigen Augen ihrer Mutter vor sich, die so viel Leid, so viel Verlust hatte ertragen müssen mit jedem Mal, wenn eines ihrer Kinder von ihr ging.

Ruth fühlte sich einfach nicht bereit für diesen Weg. Zumindest noch nicht. Sie wollte mehr lernen, am liebsten studieren. Aber das war natürlich völlig unmöglich als Frau. Die Universitäten waren den Männern vorbehalten. Doch wenigstens wollte sie noch etwas von der Welt sehen und über sie erfahren. Wäre sie erst einmal verheiratet, dürfte sie keinen Schritt mehr allein vor die Tür setzen, da sich das für eine ehrbare verheiratete Frau nicht schickte. Jetzt aber, in der Rolle der Tochter, konnte sie ihren Vater begleiten, wie hierher nach

Amsterdam oder vergangenen Sommer nach London. Warum sollte es nicht einfach so weitergehen können? Eine Weile wenigstens noch.

Sie biss sich auf die Lippen und zwang sich, ihrer Stimme Ruhe und Zuversicht geben, bevor sie dem alten Abelson antwortete. »Sicher hast du recht, Vater. Aber ich brauche noch ein bisschen Zeit.«

»Ich will dich nicht drängen, mein Kind. Doch Benjamin wäre wirklich eine gute Wahl. Heute werden wir gemeinsam mit den Levis und Syndikus Lorenz, der am Vormittag aus Hamburg hier eingetroffen ist, zu Abend speisen. Nutze die Gelegenheit und unterhalte dich ein wenig mit Benjamin. Vielleicht wirst du dann meine Meinung über ihn teilen, und wir könnten noch vor unserer Abreise eine Verlobung arrangieren.«

Ruth zuckte zusammen. »So schnell?«

»Eine Verlobung ist noch keine Ehe. Sie brächte dir und mir allerdings eine gewisse Sicherheit für die Zukunft, schenkte uns zugleich aber noch einige Monate gemeinsamen Lebens in Hamburg.«

Ruth blickte dem alten Mann in die Augen. Ich werde mit ihm reden und über deine Worte nachdenken, Vater.«

»Mehr erwarte ich zunächst auch nicht von dir, mein Kind.«

5

Die Sonne warf ihre letzten warmen Strahlen durch die hohen Fenster des Speisezimmers im Hause der Levis und ließ die schweren Gobelins, welche die Wände schmückten, aufleuchten. Zwei Diener standen schon bereit und warteten nur noch auf ein Zeichen der Dame des Hauses, um die

Kerzen in den Lüstern anzuzünden. Die kleine Gesellschaft hatte sich bereits an den schweren Eichentisch gesetzt und ließ sich als Vorspeise eine stärkende Bouillon reichen. Ruth saß neben ihrem Vater, gegenüber von Benjamin, der neben Syndikus Lorenz Platz genommen hatte. Die Eltern Levi saßen an den Kopfenden des Tisches.

»Ich sage euch, verehrte Freunde, das Reisen ist derzeit alles andere als eine Freude. Ja, tatsächlich ist es so gefährlich geworden, dass ich mich schon so manches Mal frage, warum ich mich immer wieder bereit erkläre, für den Hamburger Rat als Emissär durch die Lande zu ziehen.« Der Syndikus tupfte sich mit der Serviette den Mundwinkel ab und trank einen kräftigen Schluck Rotwein.

»Erzählt uns, was Ihr erlebt habt, Lorenz. Der Weg von Hamburg nach Amsterdam ist doch meist geruhsam, zumindest, wenn man zu Wasser reist.«

»Der Weg von Hamburg hierher, Abelson, war eine Kleinigkeit verglichen zu dem, was ich dieses Jahr sonst schon alles erlebt habe. Noch keinen Tag war das neue Jahr alt, als ich mich über Lübeck auf den Weg nach Königsberg machte, um der Krönung des neuen Königs in Preußen, Friedrich I., beizuwohnen. Nicht nur Schnee und Eis ließen die Reise beschwerlich werden, auch der Krieg, der im Norden immer wieder aufzuflammen scheint, bereitete mir so manches Ungemach. Hinzu kam, dass Königsberg einfach nicht den Komfort bietet, den wir von unseren Städten hier gewohnt sind. Die Preußen haben so ihre eigenen, doch recht mageren Vorstellungen von Luxus. Am schlimmsten waren aber die Soldaten, die überall lagerten, wo man innehielt. Der Krieg ist in jeder Nische spürbar.«

»Ihr meint den Krieg, den Karl XII. gegen Dänemark führte? Der war doch schneller vorbei, als er überhaupt begann.«

»Der Krieg gegen die Dänen schon, junger Mann«, kommentierte Lorenz Benjamin Levis Einwurf, »nicht aber der gegen Russland und Sachsen.«

»Aber die Russen unterlagen doch den Schweden im vergangenen Jahr in der Schlacht bei Narwa. Der Sieg Karls XII. sorgte für ziemliche Turbulenzen an der Amsterdamer Börse. Ich machte einige erfreuliche Gewinne.«

Ruth biss sich bei diesem Kommentar Benjamins in die Wange, um ja keine Miene zu verziehen. Dann richtete sie ihren Blick angestrengt auf die vor ihr stehende Kristallkaraffe mit Wein, um den Augenblick vorbeiziehen zu lassen.

»Gut für Euch, junger Mann. Aber das war ja weiß Gott noch nicht alles. Diesen Sommer erst bekamen auch die Sachsen ihr Fett weg. Ich hatte im Frühjahr geschäftlich in Riga zu tun und beobachtete dort den gewaltigen Truppenaufmarsch der Schweden. Alle Straßen waren überfüllt, nirgendwo bekam man mehr ein Pferd. Von den Unterkünften will ich gar nicht erst sprechen. Über achtzigtausend Soldaten hat der Schwedenkönig zusammengezogen. Die Heerschauen im Juni waren gewaltig. Nirgendwo ein Durchkommen. Ich war einfach nur froh, dass ich zurück in Hamburg war, bevor es den Sachsen und den Russen dann im Juli nicht weit von Riga an den Kragen ging. Und jetzt ist ganz Kurland schwedisch. Wohin diese Streitereien noch führen sollen, mag man gar nicht fragen. Schon zweimal hat der russische Zar sich eine blutige Nase an dem Schweden geholt, aber er scheint einfach nicht aufzugeben.«

Nahezu lautlos traten die Diener von hinten an den Tisch heran und trugen die Teller ab, während durch die sich leise öffnende Flügeltür bereits große Platten mit dem nächsten Gang hereingetragen wurden.

»Da mögt Ihr recht haben, Syndikus Lorenz«, warf Benjamin

Levi erneut ein, ohne sich von den Verrichtungen der Diener ablenken zu lassen. »Fast auf den Tag genau vier Jahre ist es jetzt her, dass der Zar hier in Amsterdam weilte. Offiziell war er einfach nur ein Edelmann, aber wir alle wussten doch, dass es Peter von Russland war, der hier inkognito als Meister Pieter auf den Werften der Ostindien-Kompanie arbeitete. Durch keinen Fehlschlag war der Mann zu entmutigen. Gelang ihm eine Arbeit nicht sogleich, probierte er so lange herum und übte jeden Handgriff einzeln ein, bis alles genau so war, wie es sein sollte. Ich war in jenem Sommer häufig draußen bei den Schiffen, um Begutachtungen für unsere Finanzierungen einzuholen. Man konnte den Mann kaum übersehen. Baumgroß ist er und mächtig stark. An den Abenden sah man ihn das Bier Krug um Krug in sich hineinschütten. Auch da gab er erst auf, wenn das Fass leer war.«

»Ihr habt den russischen Zaren getroffen?«, fragte Ruth aufgeregt. »Das muss ein großartiges Erlebnis für Euch gewesen sein. Er soll so ein faszinierender Mann sein, der sich ganz ausgezeichnet in der Mathematik auskennt. Auch die Astronomie und die Navigation gehören wohl zu seinen Interessen.«

»Ja, ich habe ihn getroffen, Fräulein Ruth. Aber fasziniert hat er mich nicht unbedingt. Maßlos schien er mir zu sein, mit schlechten Manieren ausgestattet, so wie er da mit den Zimmermännern um die Wette trank. Auch mit den Frauen soll er recht ungehobelt sein. Und was seine anderen Kompetenzen angeht, so scheint er in der Kriegskunst ja nicht zu brillieren.«

Nur mit Mühe gelang es Ruth, ihre Enttäuschung über diese Äußerung zu verbergen, war sie doch zutiefst beeindruckt von all den Geschichten, die sie bisher über den jungen Zaren gehört hatte. Sie griff nach dem funkelnden Pokal vor ihr und trank einen kleinen Schluck des schweren roten Weines, der zu dem koscheren Kalbsbraten gereicht worden war.

»Unterschätzt den russischen Zaren nicht leichtfertig, Benjamin. Aus dem Nichts schuf er vor wenigen Jahren eine Flotte und nahm den Türken die Festung Asow am Kaspischen Meer ab. Um das zu schaffen, braucht es wahrlich mehr als ein gutes Trinkvermögen. Und auch dieser Tage kann man an der Börse schon wieder einige Geschäfte bemerken, die sehr wohl mit Moskau in Verbindung stehen können.«

»Da kennt Ihr Euch besser aus, Herr Abelson, wenn es um verdeckte internationale Geschäfte geht. Mir liegt mehr das Offensichtliche. Als junger jüdischer Bankier in Amsterdam weiß ich, dass ich nur durch korrektes und traditionsbewusstes Verhalten bei meinen Kunden für Vertrauen sorgen kann.«

»Auf dieses Vertrauen könnt Ihr auch sehr stolz sein, junger Mann. Ich habe Euch ja in den letzten Wochen beobachten können und bin beeindruckt, wie sorgfältig und zuverlässig Ihr mit den Euch anvertrauten Aufgaben umgeht. Sollte es mir eines Tages nicht mehr möglich sein, mich persönlich um meine Geschäfte zu kümmern, so seid Ihr meine erste Wahl, deren Betreuung zu übernehmen.«

Benjamin Levi errötete über Abelsons unerwartetes Lob, zugleich formte sich ein stolzes Lächeln um seinen Mund.

Vorsichtig tupfte sich Ruth die Mundwinkel mit der linnenen Serviette ab musterte dabei unverhohlen den jungen Mann, der wieder das Wort ergriff und über die jüngsten Modernisierungsmaßnahmen an der Amsterdamer Börse sprach. Äußerlich unterschied er sich kaum von den Holländern, die in dieser Gegend heimisch waren. Er hatte dunkelblondes Haar, das entgegen der Mode recht kurz geschnitten war. Seine Gesichtszüge wirkten eher weich und rundlich, die Lippen waren voll und hatten einen rosafarbenen Schimmer. Seine runden grauen Augen betonten die weichen Züge. Obwohl er schon Mitte zwanzig war, lag noch kein sichtbarer Bartschatten auf seinen Wangen, sondern die Haut schimmerte glatt und ebenmäßig. Alles in allem war er keine hässliche Erscheinung, mittelgroß und gerade gewachsen, wenn auch nicht übermäßig kräftig. Auch seine Stimme war nicht unangenehm. Dennoch spürte Ruth eine gewisse Spannung zwischen seinem wirtschaftlichen Denken und geschäftlichen Handeln, beides von sich ständig wandelnden Gegebenheiten bestimmt, und seinen persönlichen Einstellungen, die konservativ und traditionell geprägt schienen. Im Amsterdamer Geschäftsleben war natürlich wenig Raum für jüdische Traditionen. Umso mehr würde ein Mensch wie er sie wohl aufs Familiäre verlagern. Ruth war schon bei Esther aufgefallen, dass sie sich trotz aller Führungsaufgaben im Hause doch grundsätzlich der Meinung und dem Willen ihres Mannes Jakob unterordnete, ganz gleich, ob sie seine Einstellungen teilte oder nicht. Als Ehefrau von Benjamin würde Ruth wohl auch zu solchen Verhaltensweisen finden müssen, versüßt von opulentem Luxus, der dann ihr tägliches Leben einhüllte.

»… Wenn es so weitergeht, dann werde ich meine Reisetätigkeiten sehr bald einstellen müssen«, drang die Stimme von Syndikus Lorenz in Ruths Gedanken, der soeben ausführlich seine Rückreise aus Riga geschildert hatte. »Aber das ist noch bei weitem nicht alles, liebe Freunde. Und gerade für Euch, Abelson, dürfte es von großem Interesse sein, dass die Dänen wieder einmal den Zugang zum Hamburger Hafen im Würgegriff halten. Jedes Schiff wird bis zur letzten Schiffsratte inspiziert. Finden die Dänen nur ein Körnchen Schwarzpulver, nur eine noch so verbeulte Muskete, dann beschlagnahmen sie umgehend das Schiff samt der ganzen Ladung. Vor dem Hafen liegen bereits mehrere Koggen, bis unters Deck beladen mit

Kaffee und Gewürzen, die nicht in die Stadt hineingelassen werden. Auch die Passagiere dürfen nicht von Bord, was zu größten Komplikationen führt. Die Kaufmannschaft tobt, aber der Rat hat noch kein Mittel gefunden, sich gegen dieses kriegstreibende Verhalten der Nachbarn zu wehren. In dieser Situation nach Verbündeten zu suchen, wird eines meiner Anliegen in den nächsten Tagen hier in Amsterdam sein. Aber auch für Euch, Abelson, dürfte die Lage einige Schwierigkeiten mit sich bringen. Denn per Schiff ist zurzeit kaum ein Durchkommen nach Hamburg. Und der Landweg ... nun, ich berichtete ja schon von derlei Unbill. Fräulein Ruth möchte man so etwas kaum aussetzen.«

Abelson hörte schweigend zu und nickte bedächtig. »Das klingt nicht gut, Lorenz. In Hamburg warten einige wichtige Geschäfte auf mich.«

»Lieber Freund«, mischte sich Jakob Levi ein, »mein Haus sei Euer Haus, solange Ihr hier festsitzt. Auch was die Geschäfte angeht, so vertraut auf unsere Bank und meinen Sohn. Wir werden Euch zur Hand gehen, wo wir nur können.«

»Das ist ein Wort, Jakob, auf das ich gern bauen möchte. Vielleicht könnten wir einander in einigen Dingen auch direkt behilflich sein. Denn die Levi-Bank hat sicherlich ebenfalls kein geringes Interesse an dem, was sich in den letzten Monaten zwischen Frankreich und dem Habsburgerreich abgespielt hat.«

Jakob Levi verzog sein Gesicht zu einem wissenden Lächeln und schlug zustimmend die Lider nieder.

»Worum geht es, Vater? Droht schon wieder ein neuer Krieg?«

»Es tobt schon längst ein neuer Krieg, mein Kind. Im vergangenen Februar hat Philipp von Anjou nach der Krone Spaniens gegriffen und will dort nun als Philipp V. herrschen, ganz zum Wohlgefallen des französischen Königs und zur

Unbill des Hauses Habsburg, das seine eigenen Vorstellungen in der spanischen Thronfolge hat.«

»Ein Bourbone auf dem spanischen Thron? Das dürfte dem Kaiser nicht gefallen.«

»Genau, mein Kind. Darum zögerte er auch nicht lange, sondern griff umgehend in das Geschehen ein. Einen Monat erst ist es her, seit des Kaisers wohl bester Feldherr, der Prinz Eugen von Savoyen, in Italien dem Franzosen auf dem spanischen Thron ohne Kriegserklärung in der Schlacht bei Carpi zeigte, was man in Wien von den Bourbonen hält. Der französische Marschall Catinat musste sich jämmerlich geschlagen geben. Wir alle sind gespannt, wie dieses Spiel weitergehen wird. Die spanischen Niederlande sind bereits mit einem Fuß in den Konflikt verstrickt. Wenn Europa von Norden und von Süden brennt, kann es in der Mitte, in der wir sitzen, unangenehm heiß werden.«

»Immer diese Kriege. Das ist doch nichts für die Ohren einer jungen Dame. Können wir nicht wenigstens beim Essen von anderen Dingen sprechen, meine Herren, und den Krieg den Generälen überlassen?« Esther Levi blickte sichtlich überfordert in die Runde.

»Der Krieg, verehrte Frau Levi«, mischte sich Syndikus Lorenz ein, »wird mehr vom Geld als von Generälen bestimmt. Dennoch habt Ihr natürlich recht, dass wir unsere Erörterungen auf später verschieben können und zunächst Euren köstlichen Kalbsbraten genießen. Ihr seid eine wahre Meisterin der Küchenhoheit.«

Über Esther Levis Gesicht breitete sich ein zufriedenes Lächeln aus, und sie erzählte dem Hamburger Gast umständlich von den einzelnen Verarbeitungsschritten, denen der Braten unterworfen war, bevor er auf den Tisch gelangte. Mit der reinen Schächtung war es schließlich noch lange nicht getan, ein

Stück Fleisch koscher zu machen. Nach dem gründlichen Beschnitt musste noch das häusliche Salzen und Waschen folgen, bis es endlich den Vorschriften genügte.
Ruth hingegen hätte lieber mehr über die jüngsten politischen Entwicklungen in Europa erfahren als über koschere Küchenkunst. Aber in diesem Kreis war nicht daran zu denken, ihren Vater ausführlicher auszufragen. Spätestens auf einem ihrer gemeinsamen Spaziergänge in den nächsten Tagen würde sie jedoch das Thema wieder aufgreifen. Bis zu ihrer Rückreise, die sich nun wohl noch um einige Wochen verschieben konnte, wollte sie damit zumindest nicht warten. So traurig diese Verzögerung einerseits war, so viel Zeit gab sie ihr andererseits, die Antwort für ihren Vater hinauszuschieben.
Moses Abelson lauschte ebenfalls schweigend den Ausführungen von Frau Levi. Nach einer Weile, als das Gespräch schon von der Essensbereitung zu den neuesten gesellschaftlichen Attraktionen Amsterdams fortgeschritten war und man sich über das aktuelle Opernprogramm austauschte, wandte er sich an Jakob Levi.
»Einige Finanzierungsanfragen werden nicht mehr lange auf sich warten lassen, oder was meint Ihr, Jakob? Was Lorenz aus Hamburg berichtet, sollte man nicht unbeachtet lassen. Wird Hamburg blockiert, ist der schnelle Weg zur Ostsee und zu den baltischen Häfen im Westen des Russischen Reichs eingeschränkt, und die Dänen werden am Skagerrak sicherlich keine Sonderkonditionen bieten. Die Levante ist von dem Streit um die spanische Krone bedrängt, und sollte sich der Konflikt ausbreiten, wird die Nachfrage nach Söldnern bald ins Unermessliche steigen, ebenso wie die Preise. Was glaubt Ihr?«
»Ihr seid schnell im Überschlagen, Herr Abelson«, mischte sich Benjamin in die Andeutungen des Hamburger Bankiers. »Und Ihr tut sehr wohl daran. Wenn Ihr mögt, setzen wir uns

morgen früh zusammen und kalkulieren einige mögliche Szenarien durch.«
Ruth bemerkte, wie Benjamins Augen leuchteten, als er ihren Vater auf mögliche Geschäftsoptionen ansprach. Es war unverkennbar: Spannende Geschäfte beseelten ihn. Mit Sicherheit würde Benjamin einen erfolgreichen Weg als Bankier weitergehen. Eine bessere Partie ließ sich wohl kaum machen. Aber würde ihr das reichen für ihr Leben?

Dienstag, 25. Oktober 1701

6

Eilig verließ Hinrich Wrangel um kurz nach elf Uhr das Niedergericht und drängte sich an vielen Menschen vorbei durch die Große Johannisstraße zum Berg. Eigentlich durfte er sich nicht so früh von seinen Akten davonmachen, aber er musste an die arme Alte denken, die hungrig und frierend in der Frohnerei hockte und auf Neuigkeiten in ihrem Fall wartete. Fröstelnd hauchte er sich den warmen Atem in die Hände und stampfte mit den Stiefeln kräftig auf, um seine Zehen zu wärmen. Letzte Nebelschwaden lösten sich in der kalten Herbstsonne nur widerstrebend auf.
Die vergangenen neun Monate in Hamburg hatte Wrangel in einem sich wiederholenden Gleichklang verbracht, der von den Tagen bei Gericht, dem Studium juristischer Lektüre und einem bescheidenen Privatleben bestimmt war. Die Fälle, an denen er bisher mitgearbeitet hatte, waren hauptsächlich strafrechtlicher Natur. Das lag nicht unbedingt daran, dass er sich so für das Strafrecht begeisterte, aber sobald ein Fall auch nur einen mäßigen Profit versprach, rissen sich seine Kollegen darum wie die wilden Hunde um einen Knochen. So ein Gebaren war ihm zutiefst zuwider. Vielleicht hatte er deshalb auch noch nicht so viele nähere Bekanntschaften in Hamburg gemacht. Einen ganz eigenen Fall hatte er noch nicht bekommen. Prätor Wilken war in diesem Punkt sehr zurückhaltend und vertrat die Meinung, dass ein junger Prokurator erst ein-

mal gründlich das praktische Handwerk lernen sollte, bevor er sich vor Gericht beweisen konnte. Sicherlich meinte er es nur gut mit Wrangel. Überhaupt kümmerte sich Wilken bei Gericht fast fürsorglich um ihn und verriet ihm nebenbei so manchen juristischen Winkelzug.

Wrangel wusste das zu schätzen, denn er liebte das juristische Handwerk von ganzem Herzen. Doch er kam nicht umhin zu leugnen, dass er immer stärker den Drang verspürte, seine Fähigkeiten vor Gericht zu beweisen. Die vergangenen Jahre an der Universität hatten ihr Übriges getan, ihn von dem kaufmännischen Lebensstil seiner Jugend zu entfremden, und er hatte sich eine materielle Bescheidenheit angeeignet, die seinem intellektuellen Leben gut anstand. So hatte er bei einer Witwe in der Rosenstraße lediglich zwei Zimmer und eine kleine Kammer im ersten Stock angemietet. Die alte Frau war stolz, ihn zu beherbergen. Mit einem Prokurator bei Gericht als Logiergast in ihrem Haus konnte sie gut in der Nachbarschaft prahlen. Wrangel genoss dadurch zahlreiche häusliche Annehmlichkeiten, wie die Reinigung seiner Zimmer und des Nachtgeschirrs, gute Mahlzeiten, kleinere Einkäufe und sogar das Annähen von Knöpfen und das regelmäßige Fetten der Stiefel. Aber die Alte war anstrengend. Sie war davon überzeugt, dass er bei Gericht Einblick in schreckliche und kuriose Dinge haben musste. Ständig versuchte sie ihn deshalb als Quell für Klatsch und Gerüchte auszuhorchen, mit denen sie ihre Zuhörerschaft unter den Nachbarn zu versorgen gedachte.

Wrangel schmunzelte bei dem Gedanken, welchen Schauder ihr sein heutiger Besuch beim Henker bereiten würde, sollte er ihr davon erzählen. Mit großen Schritten eilte er entlang der eng beieinanderstehenden Häuser Richtung Norden. Schon sah er den kleinen Hügel vor sich.

Die Frohnerei lag genau in der Mitte eines von zweistöckigen Häusern gesäumten Platzes. Neben dem Wohnhaus und Amtssitz des Frohns Ismael Asthusen gehörte ein weiteres kleines Gebäude zu ihr, in dem der Karren für die Abdeckerei und den Transport von Verurteilten sowie Werkzeuge für die Hinrichtung und Folter untergebracht waren. So gepflegt das Haus des Scharfrichters mit der ständig aufgefrischten weißen Tünche auch aussah, stets haftete ihm der Geruch nach Angst, Blut und Exkrementen an, der Wrangel selbst bei dieser Kälte förmlich in der Nase hing. Hinzu kam der Gestank fauligen, mit menschlichen Ausscheidungen durchsetzten Strohs, der aus dem Verlies der Gefangenen unter dem Haupthaus emporstieg und selbst für Hartgesottene schwer zu ertragen war. Grundlos kam niemand der Frohnerei zu nah. Sogar die Anordnung der anderen Häuser des Platzes erweckte den Eindruck, als suchten sie den größtmöglichen Abstand zum Haus des Henkers, um jegliche Berührung mit ihm zu meiden. So wie auch ihre Bewohner diesen Nachbarn mieden. Galt doch die Hand des Henkers als unrein, sein Handwerk als unehrlich und er selbst als mit dunklen Mächten im Bunde sowie mit geheimnisvollen Kräften und Kenntnissen beschlagen. Ging der Henker durch die Straßen, bildete sich um ihn wie um sein Haus auf dem Berg sogleich ein Kordon. Schon von weitem sprang jedem sein roter Rock und Umhang ins Auge, die er anlegen musste, wenn er das Haus verließ. Die Leute steckten die Köpfe zusammen und raunten sich schaudernd seinen Namen zu.
Beim Gedanken an den Aberglauben der Leute schnaubte Wrangel verächtlich. Ihm persönlich lag es fern, die Ehre eines Menschen derart von seinem Beruf abhängig zu machen, wie bei Gerbern, Totengräbern oder Schäfern üblich. Aber damit war er seiner Zeit weit voraus, und er wusste nur zu genau, dass er seine Einstellung nicht öffentlich aussprechen durfte.

Wrangel mochte Asthusen. Anständig und gutmütig war der Mann, soweit es sein Handwerk eben zuließ. Regelmäßig ging der Advokat zu ihm und besprach bei einem Krug Bier die Angelegenheiten in der Stadt, die sie beide miteinander verbanden. Auch über Wrangels Mandanten, die als Gefangene im Verlies auf ihre Gerichtsverhandlung warteten, redeten sie wie die Alte, die wegen Mundraubes gerade hier einsaß.
Als Mitglied des Niedergerichtes konnte sich Wrangel aber nicht zu offensichtlich über den althergebrachten Aberglauben der Leute hinwegsetzen. Denn der Umgang mit dem Henker schadete der Standesehre. Wrangel wusste, dass er seine Akzeptanz als Prokurator und Advokat nicht leichtfertig aufs Spiel setzen durfte. Darum musste sein Kontakt zu Asthusen stets im Rahmen des Berufes eingebunden sein.
Mit festem Schritt ging er auf die Tür des Haupthauses zu und klopfte.
Asthusens Kopf tauchte am Fenster auf, er nickte kurz und öffnete wenig später die Tür. »Willkommen, Prokurator Wrangel, tretet ein und sagt, was Euch zu mir führt«, brummte der Scharfrichter und winkte Wrangel in seinem dicken Wollmantel ins Haus.
»Guten Tag, Meister Ismael, Recht und Gesetz führen mich her, wie es mein Amt will.«
Damit war zufällig lauschenden Ohren Genüge getan, und der Frohn schloss hinter Wrangel die Tür.
»Kommt auf einen Schluck in die Schankstube. Auch wenn das Feuer noch nicht geschürt ist, so wird das Bier schon wärmen.«
Mit gebeugtem Kopf und herabhängenden Schultern, ganz untypisch für diesen sonst so lebendigen Mann, schlurfte Asthusen durch den Raum, wies seinem Gast den geräumigsten der drei Tische in der kleinen Schankstube und machte sich grummelnd und räuspernd mit zwei Krügen an einem Bierfass zu schaffen.

Wrangel setzte sich und wischte mit dem Ärmel eine ordentliche Lage Staub vom Tisch. »Nun, Meister Ismael, wie geht es Euch und was macht das Geschäft?«

»Dem einen wie dem anderen geht es schlecht. Aber wie soll es einem Scharfrichter auch gutgehen in einem so mageren Jahr wie diesem? Prätor Wilken bringt immer weniger Verbrecher zu mir aufs Schafott.«

Wrangel lächelte säuerlich bei dieser Bemerkung. Er selbst war nur froh, nicht zu oft hinaus nach St. Georg zum Richtplatz zu müssen.

»Dabei ist es ja nicht so, dass keine Verbrechen mehr passierten. Diebstahl und Schlägereien, wohin man schaut. Auch der Schmuggel nimmt nicht ab, glaubt man dem, was die Leute so reden.«

»Nun malt die Lage nicht zu schwarz, Meister Ismael. Euer Kerker ist gefüllt, und das Bier fließt auch noch, wie ich sehe«, grinste Wrangel aufmunternd dem Henker zu, als dieser einen schäumenden Bierkrug vor ihm auf den Tisch stellte.

»Gefüllt mit armen Hungerleidern, ja, für die der Prätor nicht aufkommen will und die er mir deshalb hier reinsetzt. Dabei sind sie kaum ein Fall für den Henker. Die arme Alte, bei deren Verteidigung Ihr zu helfen habt, ist so dünn, dass der Wind durch ihre Rippen fegt. Weil sie vor Hunger ein Brot vom Wagen des Bäckers nahm, sitzt sie nun hier. Und ich muss für sie aufkommen, sie füttern, damit sie nicht umfällt, bis das Gericht endlich ihren Fall verhandelt.«

»Was die Alte angeht, so habe ich was für Euch.« Wrangel schob Asthusen ein kleines Bündel mit einem Laib Brot, drei Eiern und einer Speckschwarte zu. »Am Montag wird das Urteil über ihren Fall verkündet. Bringt sie darum bitte zur neunten Stunde zum Gericht.«

Asthusen legte das Bündel auf den Schanktisch und brummte zustimmend. Dann setzte er sich zu Wrangel, trank einen Schluck Bier und wischte sich mit dem Handrücken den Schaum vom Mund. »Auch die Schankstube läuft nicht. Wer will auch beim Henker trinken, wenn es kein ordentliches Spektakel auf dem Richtplatz gibt, über das man bei ihm Einzelheiten hören kann? Ihr seht selbst den Staub auf den Tischen.« Missmutig wischte er über die Tischplatte. »Sechshundert Mark lübisch ist mein jährliches Salär, wie Ihr als Mitglied des Gerichtes wisst, wovon die Verpflegung der Gefangenen, die Folter, die Hinrichtungen und der Unterhalt der Frohnerei zu bestreiten sind. Auch meine Abdecker- und Hundefängerdienste sind damit entlohnt. Dann hab ich noch all die laufenden Dienste bei Gericht zu verrichten, die Anwesenheit bei Urteilssprüchen, die Beschreiung aufgefundener Mordopfer sowie die Reinhaltung und das Lüften des Niedergerichts. Und als wollte man mich demütigen, besteht der Rat immer noch auf der alten Tradition, dass ich nach getaner Arbeit das Gebäude wie ein Einbrecher durch ein Fenster kletternd verlassen muss.« Grimmig spuckte er auf den mit Sägespänen bedeckten Holzboden der Schankstube.
Wrangel nickte, obwohl ihm das Lamentieren ein bisschen lästig war. Soweit er wusste, war noch kein Henker verhungert, schon gar nicht, wenn er einen so guten Ruf in seinem Metier hatte wie Asthusen. Aber Jammern gehörte offenbar auch bei wohlbestallten Scharfrichtern zum Geschäft.
»Kommt kein extra Geld herein, sei es durch den Verkauf der hingerichteten Körper an die Angehörigen oder an den städtischen Physikus, der sie dann vor zahlenden Schaulustigen öffentlich seziert, wird es karg an meinem Tisch. Dann reicht es gerade so für mich und meine drei Knechte. Manchmal möchte ich schon den Knecht für die Abdeckerei entlassen, so faul

ist er. Aber was soll aus ihm werden ohne mich? Dabei schlägt die Reinigung der Abdeckergrube mit hundert Mark im Jahr zu Buche, und mit der Säuberung von privaten Abtritten könnte er, wäre er fleißiger, seinen Unterhalt fast selbst erwirtschaften. Ach, was red ich Euch wie ein Weib von meinen Sorgen um das Geld, als wär's das Einzige, was einen Mann im besten Alter quält ...«
Erneut nickend trank Wrangel noch einen Schluck Bier und überlegte dabei, wie er das Gespräch auf für ihn interessantere und informativere Themen lenken konnte. Denn Asthusen war eine wahre Fundgrube, wenn es darum ging, Straftaten auf den Grund zu gehen. Wohl kaum einer in Hamburg hatte so viel über Verbrechen gehört wie er. Auch die Gäste seiner Schankstube waren natürlich nicht die anständigen Bürger, sondern eher zwielichtige Gestalten, denen die Frohnerei nicht gleich Sorge um ihre Ehre bereitete.
»Die Zeiten sind schwer, Meister Ismael. Auch mir dünkt manches merkwürdig, was hier in Hamburg so geschieht. Erinnert Ihr Euch noch an die Frau ohne Kopf?«
»Natürlich! Was mir da durch die Lappen ging! Nichts ist aus der Sache geworden. Niemand kannte die Frau, und da es kein Selbstmord war, ging auch die Leiche nicht an mich. Ein christliches Armenbegräbnis auf Kosten des Kirchspieles auf dem Gottesacker bei St. Georg vor den Stadttoren hat sie bekommen.«
»Genau, und nichts kam bei den gerichtlichen Ermittlungen heraus.« Wrangel trank noch einen kräftigen Schluck Bier. Diese Sache beschäftigte ihn schon einige Zeit. So viele Hoffnungen in einen aufregenden beruflichen Einstieg hatte er damals gehabt. Nichts war daraus geworden. Vielleicht hatte Asthusen ja ein paar Neuigkeiten zu berichten. »Es war mein erster Tag hier in Hamburg, darum weiß ich's noch wie heute.

Auf alle Plätze der Stadt schwärmten die Ausrufer unter Trommelschlag aus und stellten demjenigen, der die Täter selbst anzeigen oder Hinweise zu ihnen machen konnte, eine Belohnung von zweihundert Reichstalern in Aussicht. Dabei hätten sie sogar anonym bleiben dürfen. Selbst Helfershelfer, die beim Transport der Leiche mitgeholfen hatten, und Mitwisser sollten straffrei ausgehen, wenn sie die Mörder anzeigten. Trotz der hohen Belohnung, die der Rat ausgerufen hatte, meldete sich niemand. Prätor Wilken nahm keine weiteren Nachforschungen auf. Es lohne sich nicht, sagte er mir, als ich ihm meine Unterstützung in der Sache anbot.«

»Ja, der Prätor weiß, wo das Geld zu holen ist. Habt Ihr mal sein Haus am Geesthang gesehen? Allein drei Gärtner beschäftigt er. Und wie viele Mägde durch Haus und Hof eilen, kann man nur ahnen. Die Wilkens verdienen ihr Geld eben lieber mit den Lebenden als mit den Todgeweihten, wie es mir als Scharfrichter obliegt.«

Mit einem verständnisvollen Lächeln überging Wrangel die Bemerkung Asthusens. Ein Henker war nun einmal kein Senator. Mochte er nebenbei auch ein guter Kaufmann sein, nie würde sich so viel Geld aus Folter und Tod schlagen lassen wie aus ein paar Säcken Muskat oder Kakao, zur rechten Zeit am rechten Ort verkauft. Doch darüber lohnte es nicht mit dem braven Mann zu reden.

»Was mich wundert«, nahm Wrangel den Faden wieder auf, »ist, dass sich auch der Kopf nicht fand. Der kann doch nicht einfach verschwinden.«

»Was wisst Ihr schon von Köpfen?«, grinste ihn der Henker, nun sichtlich besser gelaunt, an, da diese Frage klar in sein Metier fiel.

Wrangel lauschte gespannt. Denn tatsächlich hatte er sich noch nie weitergehende Gedanken über Köpfe gemacht.

»Ihr kennt meinen Leitspruch: Der Henker ist der Barbier am Körper der Allgemeinheit, er purgiert und schneidet heraus, was die Gesundheit des gesamten Staatskörpers gefährdet. Aber glaubt mir, nicht nur die Gesundheit des Staatskörpers fällt in mein Ressort. Durch mein Handwerk kenne ich den Bau des menschlichen Körpers besser als jeder Barbier, Wundarzt oder gar die studierten Mediziner, die nur Bücher im Kopf haben. Wenn es den Leuten schlecht genug geht, sodass sie vor echtem Schmerz ihre falsche Scheu vor mir überwinden, wenn sie sich Glieder verrenkt oder Knochen gebrochen haben, klopfen sie nachts an meine Tür, um sich kurieren zu lassen. Auch meine Arzneien wollen sie, sind sie doch aus den Teilen der Hingerichteten gemacht, und ihre Wirkung ist in vielen medizinischen Büchern bestätigt.«
Asthusen richtete sich, von einem gewissen Stolz erfasst, auf, nahm seinen Krug und trank. Dabei schaute er Wrangel vielsagend über den Rand des Kruges in die Augen.
»Was meint Ihr wohl, welche Heilkräfte aus so einem Kopf zu gewinnen sind? Und welches Geld sie bringen? Nein, mein Lieber«, der Henker schlug mit der flachen Hand auf den Tisch, »wäre der Kopf gefunden und in einer anderen als meiner Arzneiküche verarbeitet worden, ich hätte es gehört, spätestens aber am Umsatz bemerkt.«
Nachdenklich schaute Wrangel Asthusen an und versuchte sich einen Reim auf seinen Spruch zu machen. »Wenn niemand die Frau erkannte und sie auch niemand vermisste«, folgerte er schließlich, »dann kam sie nicht von hier. Wenn aber auch der Kopf fort ist, der Teil des Körpers, versteh ich Euch richtig, mit dem am meisten Geld zu machen ist …«
»… nicht nur Geld«, unterbrach ihn Asthusen, »auch medizinischer Nutzen zu erreichen ist.«
»Ja, auch medizinischer Nutzen«, fuhr Wrangel fort, »dann

liegt es doch nahe, dass der Mörder nicht von hier kommt und den Kopf einfach mitnahm.«

»*Ihr* seid der Prokurator, Wrangel …«

In diesem Moment flog die Tür zur Schankstube auf, und Jürgen, der grobschlächtige Meisterknecht, kaum jünger als Asthusen selbst, stand breitbeinig im Rahmen.

»Nun, Jürgen, was gibt es Neues?«, grüßte ihn Asthusen aufmunternd.

»Wir bekommen noch einen … äh, ich meine, eine Gefangene, Herr.«

Der Henker zog eine Augenbraue hoch. »Soso. Ich hoffe bloß, es ist nicht wieder jemand, der nur eine Birne gestohlen hat. Welches Delikt wird ihr zur Last gelegt?«

Verschämt nickte der Meisterknecht zum Prokurator hinüber und fuhr dann aufgeregt fort. »Es heißt, sie habe im Hannoverschen ihre Frau mit einem Messer am Bauch verletzt. Weil das Opfer aber aus Hamburg kommt, hat sich das hiesige Gericht der Sache annehmen müssen, denn die Angehörigen haben sie hier vor den Richter gezerrt.«

Asthusen stutzte. Jürgen war ein guter Meisterknecht, auch wenn er sich nicht durch Klugheit auszeichnete, aber wirres Zeug zu reden passte nicht zu ihm. »Was sagst du da? Ein Weib hat ihre Frau mit einem Messer verletzt? Was erzählst du uns für einen Unsinn?«

»Ich sage Euch die Wahrheit. Es ist ein Weib, das wohl Jahre wie ein Mann gekleidet gelebt hat – wenn ihr mich fragt, um ihre Spitzbübereien und ihr unehrliches Gewerbe besser verbergen zu können …«

»Jürgen«, fuhr Asthusen verärgert dazwischen. »Herauszufinden, warum jemand etwas tut, ist Sache des Gerichtes. Wir sind dafür da, um danach das Urteil zu vollstrecken. Also, worum geht es?«

»Das Weibsstück hat in jeder Hinsicht als Mann gelebt. Stellt Euch vor: Sie soll sich der Frau fleischlich haben nähern wollen. Als diese sie zurückwies, sei ihr Ehemann, ich meine diese Frau, die Schandmetze, so in Wut geraten, dass sie sie, ich meine jetzt die richtige Frau, also ihre Ehefrau, mit einem Messer am Bauch geritzt hat, um sie gefügig zu machen.«
Asthusen blickte zweifelnd zu Wrangel hinüber, der ebenfalls ungläubig auf den aufgeregt plappernden Mann starrte, und stutzte dann seinen Knecht zurecht.
»Ein Weib, das sich mit einem Weib verheiratet hat und sich diesem fleischlich nähern wollte, wie soll das gehen ohne … Außerdem, wie ist denn bitte ein solches Verbrechen, das irgendwo weit vor den Toren Hamburgs geschah, hier zur Anzeige gekommen? Prätor Wilken hat doch genug damit zu tun, sämtlichen Lumpen in der Stadt so viel Respekt einzuflößen, dass es für uns kaum etwas Richtiges zu tun gibt!«
Die Miene des Meisterknechtes erhellte sich, da er wusste, wie die Zweifel seines Herrn zu zerstreuen waren. »Das Weib, also, die sich als Mann verkleidet hat, ist nach der Tat wieder nach Hamburg zurückgekehrt und hat sich auf einer Bude am Neuen Markt eingemietet. Nachbarn erzählten der Mutter des Opfers, dass sie den Mann, der ihre Tochter habe sitzenlassen, dort gesehen hätten.«
»Aha, die Mutter ist dann also zum Prätor gegangen und hat Anzeige erstattet.« Asthusen überschlug blitzschnell, ob dieser Fall wieder Leben in sein Geschäft bringen könnte. »Habt Ihr davon gehört, Prokurator Wrangel?«
»Kein Wort, Meister Ismael.«
»Prätor Wilken«, platzte Jürgen dazwischen, »wollte den Fall zuerst auch nicht weiterverfolgen, da die Tat nicht in der Stadt begangen wurde, auch keiner von den Beteiligten Bürger ist. Aber die Familie des Opfers erschien mit einer solchen Menge

neugieriger Nachbarn vor dem Niedergericht, dass er um einen Tumult fürchten musste. Außerdem hatten sie schon die Stadtwache benachrichtigt, und die hat das Weib, also den Ehemann, gefangen gesetzt und zum Gericht geführt.«

Der Meisterknecht machte eine Pause, um angestrengt nachzudenken, ob er nicht etwas Wichtiges ausgelassen hatte.

Wrangel schaute vom Knecht zum Henker. Bei allem Wirrwarr in Jürgens Erzählung war ihm doch klar, dass dieses Ereignis für einigen Aufruhr am Niedergericht sorgen würde. Denn der Prätor hasste Fälle, die nicht eindeutig zuzuordnen waren, und neigte dann dazu, seine schlechte Laune an den Mitgliedern des Niedergerichtes auszulassen. Also musste er schnell zurück, damit er durch sein Fehlen Wilken nicht noch einen Anlass gab, die väterliche Jovialität hintanzustellen und seinen Ärger an ihm auszutoben.

»Das muss alles gerade passiert sein«, mischte er sich darum ein, »derweil wir beide hier sitzen. Als ich das Gericht vor einer knappen Stunde verließ, war noch kein Wort von dieser Frau zu hören …«

»Es war wirklich komisch, Herr«, fuhr Jürgen, den Prokurator gar nicht wahrnehmend, fort. »Als sie das Weib, die als Mann verkleidete Frau, zum Gericht führten, glaubten noch alle, dass sie es mit einem Mann zu tun hatten, so überzeugend spielte sie ihre Rolle. Alle dachten, einen Schläger und Bigamisten gefasst zu haben. Erst als sie zu weinen anfing, zerriss plötzlich der Schleier der Einbildung, den diese Frau über die Anwesenden geworfen hatte.«

Wrangel erhob sich bereits, um aufzubrechen, aber weder Asthusen noch Jürgen nahmen davon Notiz.

»Einige glaubten auch, sie sei eine Hexe, deren Zauber jetzt plötzlich gebrochen war. Die Mutter der verletzten Frau sprach ein Vaterunser und fiel in Ohnmacht. Plötzlich sahen alle, dass sie, trotz der Männerkleider, ein Weib war. Wenn wohl auch ein recht flach gebautes …« Jürgen lachte dröhnend auf.

Bei dem Wort Hexe durchzuckte es Wrangel unwillkürlich. In Halle hatte sein Lehrer Thomasius mit all seiner Kraft und Intelligenz darum gekämpft, diesen Aberglauben aus den Köpfen der Menschen und vor allem aus den Gerichtssälen zu vertreiben. Hamburg galt im Allgemeinen nicht als sehr anfällig für den Hexenwahn. Aber er wollte doch hören, wie die Leute hier damit umgingen, und setzte sich wieder hin, um Jürgens Bericht weiter zu folgen.

»Scherz beiseite, Jürgen, weißt du, was das heißt? Das wird keine ordentliche Hinrichtung geben, höchstens Stäupung, Brandmarkung und Stadtverweis. Mir wäre es lieber, wenn das Gericht sie ganz laufenließe.«

»Nun ja, Meister, Ihr müsst den Gerichtsverwalter verstehen. Die Leute waren aufgebracht, und als alle sahen, mit wem sie es wirklich zu tun hatten, konnte er nicht mehr anders, als sie gefangen zu setzen. Dass eine Frau Männerkleider trägt, ist doch nun auch gegen Gottes Gebote.«

»Blödsinn. Tatsächlich bedient sich das Gericht einfach mal wieder meiner Frohnerei als billigen Aufbewahrungsort für kleine Übeltäter«, fuhr der Scharfrichter aufgebracht dazwischen. »Hier sollen Gefangene nur einsitzen, sofern sie auf frischer Tat ertappt werden, oder aber zwischen Todesurteil und Hinrichtung oder wenn wir sie foltern müssen. Kein Wunder, dass wir jetzt so schlecht dastehen. Nichts ist für einen Henker schlimmer als eine zu streng ausgeübte Justiz, welche die Leute vom Verbrechen abschreckt. Sie werden diesem Weib ein langweiliges Verfahren machen, das auf eine milde Strafe hinausläuft, wenn das alles ist, was sie auf dem Kerbholz hat.«

Wrangel nickte und hoffte dabei heimlich, dass der Pöbel mit seinem Aberglauben nicht mehr einfordern würde.
»Aber wir können doch noch ein wenig für uns herausholen, Herr. Bedenkt doch: ein Weib in Männerkleidern. Die Leute werden in Scharen kommen, um sie zu begaffen. Vielleicht können wir das Eintrittsgeld heraufsetzen, das sie zahlen, um die Verbrecher zu sehen.«
Der Scharfrichter durchdachte kurz die Idee seines Meisterknechtes. »Weißt du, Jürgen, manchmal erstaunst du mich.« Er grinste. »Vielleicht ist der Fall doch interessant für uns. So etwas gibt es tatsächlich nicht alle Tage. Schnell jetzt, ruf die anderen Knechte zusammen und nehmt euch die Trommel! Ich werde einen Ausruf aufschreiben, der die Leute neugierig macht. Wie heißt übrigens diese ... Person?«
»Ihren richtigen Namen wollte sie nicht preisgeben, aber die Leute sagten, dass sie sich Hinrich Bunk habe nennen lassen.«
Asthusen schüttelte den Kopf. »Welch einfallsloser Name, aber für ihre Zwecke gerade richtig, um keine Aufmerksamkeit zu erregen. Wir brauchen etwas anderes ... vielleicht ... Du sagtest, sie habe sich mit einer anderen Frau verheiratet, die sie dann notzüchtigen wollte, und sie habe Männerkleider getragen ... Den welschen, papistischen und parfümierten Reichsfeinden, den Franzosen, traut man so etwas doch zu. Wie wäre es, wenn wir sie Monsieur Henry nennen? Nein, das klingt zu fein, besser nennen wir sie Monsieur Hinrich.«
Der Meisterknecht war beeindruckt und zeigte mit einem breiten Grinsen und tumben Nicken seine Zustimmung. »Die Röper des Brookvogtes führen sie jetzt gerade vom Gericht hierher, ich werde Anweisung geben, dass sie in Eisen gelegt wird, und mich dann sofort um alles kümmern.«
»So wird es allerhöchste Zeit für mich, dass ich zum Gericht

zurückkehre, Meister Ismael«, mischte sich Wrangel in die aufgeregten Vorbereitungen der beiden Männer ein, erhob sich vom Tisch und folgte dem Meisterknecht zur Tür. »Habt Dank für das Bier! Wir hören bald wieder voneinander.«
»Habt Dank für Euren Besuch, Prokurator Wrangel! Lasst mich bitte wissen, was Ihr über das Mannweib erfahrt«, erwiderte Asthusen aufgeregt.
»Keine ganz große Hinrichtung, aber das verspricht ein schönes Geschäft zu werden«, hörte Wrangel ihn noch leise vor sich hin murmeln, als er die Schankstube verließ.

7

Wenig später traf der Prokurator mit leicht geröteten Wangen vom schnellen Marsch am Niedergericht ein. Der Gerichtssaal war leer. Nur der Aktuar Dr. Meyer stand noch an seinem Pult und stapelte geflissentlich seine Papiere.
»Prokurator Wrangel, gut, dass Ihr endlich kommt«, wandte er sich mit seiner wie von Staub belegten Stimme an den Advokaten. »Prätor Wilken wies mich an, Euch zu suchen und dann zu ihm zu bringen. Es gibt einen neuen Fall zu besprechen.«
»Darum bin ich hier, Dr. Meyer. Mir kam von einem Mannweib zu Ohren, das eine Frau niedergestochen haben soll.«
»Immer mit der Ruhe, Prokurator. Was wie und wo passiert sein soll, beschreit zurzeit nur das Volk auf der Straße. Wie es sich allerdings in den Akten darstellen wird, gilt es noch zu untersuchen.« Mit knapper Geste griff der Aktuar seinen Papierstapel und wandte sich der Tür zu. »Nun kommt, ich bringe Euch zu Prätor Wilken nach Haus.«

»Zu ihm nach Haus?«, entfuhr es Wrangel. »Seit wann bespricht der Prätor Gerichtliches privat?«
»Wrangel, Ihr seid nun schon an die neun Monate bei uns in Hamburg und habt doch kaum etwas gelernt«, seufzte Dr. Meyer und schaute Wrangel mitleidig an. »Mir deucht manchmal, als wolltet Ihr nicht wissen, wie hier die Dinge laufen. Heute ist Dienstag, da speist der Prätor für gewöhnlich mit dem Brookvogt, wie es vom Rat schon vor langer Zeit vorgeschrieben wurde, um dem Amt des Brookvogtes mehr Ansehen zu verleihen. Ich erklärte Euch das bereits während meiner Ausführungen zu den Sitten und Gebräuchen am hiesigen Gericht.«
Wrangel nickte ergeben. Dr. Meyer war zwar ein staubtrockener und spröder Mann, aber darunter verbarg sich ein gutes Herz. Gelang es einem, dieses für sich zu gewinnen, hatte man in dem alten Mann einen erfahrenen und detailgenauen Informanten über die verworrenen Ränke, die sich um die Mitglieder des Gerichtes, des Rates und der wichtigsten Bürger der Stadt wanden.
»Ach, Dr. Meyer, Ihr habt recht, ich bin zu nachlässig mit diesen Dingen«, erwiderte Wrangel mit treuherzigem Blick und schalkhaftem Ton. »Verzeiht mir und lasst mich nicht allein in diesem Wirrwarr von Gebräuchen und Traditionen, die sich nur durch Erfahrung wie die Eure lernen lassen.«
»Schmeichler«, entgegnete der alte Aktuar, sichtlich erfreut, sein Wissen gewürdigt zu sehen. »Nun, der Prätor speist mit dem Brookvogt bei sich zu Hause. Ich führe Euch jetzt zum Prätor. Das Haus der Familie Wilken liegt nicht weit von hier am Nikolaifleet. Es ist ein altes Kontorhaus, seit Generationen bereits im Besitz der Familie.«
Wrangel spürte, dass dies ein günstiger Moment war, um Dr. Meyer zum Plaudern zu bringen. Er wollte schon seit länge-

rem mehr über Wilken erfahren, da es ihm schwerfiel, diesen zweifelsfrei mächtigen Mann in seinen Handlungen und Reaktionen einzuschätzen.

»Die Familie Wilken ist eine sehr alte Hamburger Familie, nicht wahr, Dr. Meyer?«

»Ganz wie man es sehen will, junger Mann. Beinahe die achte Generation sitzt nun schon im Rat der Stadt. Aber das ist noch nicht lange genug, um jene Fälschung vergessen zu machen, mit welcher sich der Erste aus dem Geschlecht der Wilken den Zutritt in diesen Kreis erwarb«, lächelte Dr. Meyer hüstelnd und strich mit seinen dünnen Fingern über seinen Rock. Es bereitete ihm sichtlich Freude, Wrangels Augen neugierig blitzen zu sehen. »Aber lasst uns nun gehen. Ich werde Euch unterwegs die Geschichte erzählen.«

Die beiden Männer verließen das Gericht und überquerten den Rathausplatz. Viele der fliegenden Händler schlossen gerade ihre Buden, um die Mittagssuppe einzunehmen. Zwei junge Mägde mühten sich mit einem schweren Korb voller Kohl. Ständig rollte einer der weißgrünen Köpfe von dem aufgetürmten Berg herab und drohte auf dem Pflaster zu zerschlagen, wenn ihn nicht eines der Mädchen rechtzeitig festhielt.

Unbeirrt von all dem Treiben fuhr Dr. Meyer mit seinen Ausführungen über die Familie Wilken fort. »Als Erster aus diesem Geschlecht ist Thomas Wilken nach Hamburg gekommen. Das war um die Mitte des 13. Jahrhunderts. Er wollte hier sein Glück als Kaufmann machen. Weil zu jener Zeit die schriftliche Behandlung öffentlicher Angelegenheiten stark zunahm, konnte sich dieser erste Wilken, dem der Umgang mit Feder und Papier leichtfiel und der sich auch in kaufmännischen Dingen gut auskannte, für den Rat der Stadt nützlich machen. Die eingesessene Kaufmannschaft sah zwar auf den

Neuankömmling herab, doch schätzte man seine Dienste. Ihr wisst, wovon ich rede, nicht wahr?«

Dr. Meyer warf dem Prokurator einen verschwörerischen Blick zu. Wrangel wusste es. Seine Amtskollegen betrachteten ihn auch als Hanseaten zweiter Klasse, obwohl Lübeck sich wahrlich nicht vor Hamburg verstecken musste. In dieser Stadt gesellschaftliche Kontakte zu knüpfen war für neu Hinzugezogene nicht leicht.

»Wilkens Ehrgeiz und sein mit Schläue gepaarter Sinn für das Praktische ließen ihn nach einigen Jahren sein ganzes Geschick unter Beweis stellen, als der Erzbischof von Bremen anfing, bei Stade auf die Waren, die von und nach Hamburg verschifft wurden, Zölle zu erheben. In Hamburg war man sich einig, dass die Erhebung von Zöllen gegen althergebrachtes Recht verstieß. Die Bremer Bischöfe hatten nämlich schon früher versucht, ihre Rechte als Stadtherren über den Umweg des Elbzolles geltend zu machen. Im Jahre 1189 war eine Abordnung der Hamburger deshalb bei Kaiser Friedrich II., Barbarossa, vorstellig geworden und hatte in Neuburg an der Donau untertänigst um Zollfreiheit für den Hamburger Hafen gebeten. Weil sich der Kaiser damals mitten im Aufbruch zu einem Kreuzzug in das Heilige Land befand, blieb keine Zeit, sein Privileg in einer rechtskräftigen Urkunde niederzulegen. Welch ein Fehler, wenn man sich nicht die Zeit zur Ordnung nimmt!«

Der Aktuar warf dem gespannt zuhörenden Wrangel einen kurzen Blick zu. Dieser wartete insgeheim jedoch darauf, dass der alte Mann endlich zur Sache käme.

»Wir müssen nach links abbiegen.« Zu beiden Seiten der schmalen Straße reihten sich hohe Kontorhäuser aneinander. Einige von ihnen hatten einen kleinen Kran über der großen Eingangstür montiert, um die Waren von den Lastkarren direkt hinauf in die Speicher befördern zu können. Dr. Meyer fuhr mit seiner Erzählung fort, den Blick seiner schon leicht getrübten Augen eher nach innen als auf das Pflaster vor ihm gerichtet.

»Zwar respektierte der damalige Erzbischof von Bremen den Spruch des Kaisers, doch war dieser nach drei Generationen in Vergessenheit geraten, und im Jahre des Herrn 1264 begann der damalige Bremer Bischof erneut die Hamburger zu schröpfen. Der Rat der Stadt war in heller Aufregung, wodurch Thomas Wilken für eine Idee Gehör fand, die früher als unredlich abgelehnt worden wäre. Wilken schlug vor, eine Urkunde, die Barbarossa versäumt hatte auszustellen, nachträglich anzufertigen. Er verwahrte sich dagegen, kaiserliche Urkunden fälschen zu wollen, sondern sagte, dass damit nur etwas, was hergebrachtem Recht entsprach, seine schriftliche Niederlegung fand. Keineswegs sei dies eine Fälschung, sondern die Beibringung einer von den Juristen verlangten Bestätigung dessen, was in Hamburg jedermann wisse. Ihr könnt Euch denken, was ich als Aktuar von so etwas halte«, hüstelte Dr. Meyer verschmitzt.

Wrangel nickte zustimmend. Eine Fälschung blieb eine Fälschung, auch wenn man versuchte sie schönzureden. Zwischen zwei Kontorhäusern wehte Wrangel und seinem Begleiter ein nasskalter Wind entgegen. Sie passierten einen schmalen Durchgang zum Fleet, durch den Lasten transportiert werden konnten, die zu groß waren, um sie von der Wasserseite in die Kontore zu schaffen.

»Jedenfalls heuerte Wilken im Auftrag des Rates zwei Kalligraphen an, welche die Urkunde verfertigen sollten. Auf vielen Umwegen gelangte er auch an das Kaiserliche Siegel. In bestem Latein verfasst und mit zierlichen Minuskeln niedergeschrieben, sorgten die Urkunde und die Kosten von über zehntausend Mark bei den Ratsmitgliedern für großes Aufsehen. Eine Abordnung machte sich nach Bremen auf. Thomas Wilkens Schicksal war auf Gedeih und Verderb an den Erfolg des Unternehmens geknüpft. Wenn es misslänge, würde der Rat die Ausgaben von ihm zurückgeordert und damit seinen Ruin besiegelt haben. Wilken glaubte, alles gründlich bedacht zu haben. Doch trotz der großen Mühe, die er auf die Anfertigung der Urkunde verwandt hatte, erregte das Siegel das Misstrauen des Bremer Bischofs. Es war nämlich nicht von Kaiser Friedrich II., sondern von Kaiser Friedrich III. Ein Fehler, der einem historisch gebildeten Mann wohl kaum passiert wäre. Wilkens Urkunde wurde entsprechend angefochten, die Ratsherren machten ihm schwere Vorwürfe. Er musste seine ganze Beredsamkeit aufbringen, um sie zu überzeugen, dass die Sache noch nicht verloren sei und man immer noch einen Schiedsrichter anrufen könne. Mit großer Mühe brachte er den Rat dazu, den Herzog von Braunschweig und einen Geistlichen zu benennen, welche – von den Hamburgern mit aufwendigen Geschenken versehen – die Echtheit der Urkunde bestätigen sollten. Wenn man so etwas hört, möchte man lieber gar nicht wissen, welche Urkunden aufgrund von Goldtalern für echt befunden wurden und was damit historisch so zurechtgerückt wurde … Nun, die Aufwendungen zahlten sich auch hier aus. Sowohl der Herzog als auch der Kirchenmann bestätigten wenige Wochen später die Echtheit der Urkunde. Thomas Wilken wurde noch im selben Jahr in den Rat der Stadt aufgenommen.«

»Welch ein Einstieg«, entfuhr es Wrangel.

»Für die Wilkens hat er sich gelohnt. Doch gilt nicht zu vergessen, junger Mann, dass die Familie in den folgenden Generationen stets darum bemüht war, Hamburg ehrbar zu dienen. Viele Söhne bekleideten Ämter in der Stadt und dienten ihr aufrichtig mit Gottes Hilfe. Und so manche Tochter aus der

Familie heiratete ehrbare Kaufleute und schenkte vielen gesunden Kindern das Leben. Die Geschichte birgt eben so manches Geheimnis, das nicht unbedacht für ein Urteil in der Gegenwart herangezogen werden sollte.«

»Ihr wisst, wovon Ihr sprecht, denn Ihr seid wahrlich bewandert in der Geschichte dieser Stadt und ihrer führenden Köpfe, Dr. Meyer. Ich sehe den Historiker in Euch«, würdigte Wrangel die Erzählung des Aktuars.

»Nun, ich will Euch nicht verheimlichen, dass ich in der wenigen freien Zeit, die mir meine Pflichten am Niedergericht lassen, an einer Chronik der Stadt Hamburg arbeite. Denn schließlich habe ich dank meines Amtes den Zugriff auf die Dokumente«, entgegnete Dr. Meyer nicht ohne Stolz.

»Das ist ein würdiges Vorhaben für Euer Wissen«, schmeichelte Wrangel und erblickte unweit vor sich ein altes Kontorhaus mit einer Fassade aus dunkelrotem Backstein und schwerem Eichengebälk. Über der gewaltigen Haustür prangte das Wilken'sche Wappen.

»Wir sind angekommen«, bemerkte Dr. Meyer trocken. »Hier lebt der Prätor mit seiner Frau und den drei Söhnen.«

Dr. Meyer klopfte zweimal kurz gegen die Tür, welche wenig später von einem alten Bediensteten geöffnet wurde, der die beiden Männer in die Diele führte. Gleich rechts davon ging das Esszimmer ab, dessen Tür nur angelehnt war und aus dem die Stimmen des Prätors und des Brookvogtes herausdrangen.

»Nun, wie steht es bei der Nachtwache, Brookvogt? Hat Er die drei noch fehlenden Röper wieder ersetzt?«, hörte Wrangel den Prätor fragen, der durch sein Amt auch die Oberaufsicht über die Gerichtsdiener und Nachtwächter hatte, welche ihn als obersten Ermittler unterstützten, Erkundigungen einzogen, Verhaftungen vornahmen und das Gesindel in seinen Schlupfwinkeln aufspürten.

»Wir haben immer noch keine achtzig Mann«, entgegnete der Brookvogt unterwürfig.
Wrangel hörte den Prätor mit dem Zeigefinger auf die Tischplatte pochen. Innerlich schmunzelte er darüber, wie peinlich Wilken immer darauf bedacht war, den Brookvogt nur mit dem Personen niederen Standes vorbehaltenen »Er« anzusprechen, obwohl dies schon länger aus der Mode gekommen war, seine autoritäre Wirkung jedoch nie verfehlte.
In diesem Moment öffnete der Diener die Tür zum Esszimmer und kündigte die Ankunft Wrangels und des Aktuars an.
»Gut, dass Ihr da seid, Prokurator Wrangel. Nehmt Platz und wartet einen Augenblick, bis wir die Sache besprechen können, wegen der ich Euch habe kommen lassen.« Wilken machte eine undeutliche Handbewegung, und Wrangel setzte sich auf einen der freien Stühle gleich bei der Tür.
»Welche Neuigkeiten hat Er sonst noch zu berichten?«
»Nun, heute ist uns mit dem Mannweib doch ein schöner Fang gelungen.«
Die Miene des Prätors nahm einen missbilligenden Zug an. »Er wird wohl schon bemerkt haben, dass ich mit dem Fall des Weibes in Männerkleidern gar nicht glücklich bin. Wäre der Pöbel nicht in solchen Scharen zusammengelaufen, hätte ich sie wegen Landstreicherei stäupen lassen und der Stadt verwiesen, als Zeichen für die Autorität des Gerichtes, und die Sache wäre in Vergessenheit geraten. Hamburg braucht nicht noch mehr Gesindel auf seinen Straßen. Es bringt nur Unruhe in die Gemüter der einfachen Leute.« Streng schaute Wilken vom Brookvogt zu Wrangel.
»Mit Verlaub, Herr Prätor«, meldete sich der Brookvogt erneut zu Wort, »dies ist aber doch endlich ein rechter Fall, an dem Ihr die Schärfe des Gesetzes voll und ganz zeigen könnt, um Euren Ruhm als Prätor zu erhöhen. Bedenkt doch nur: ein

Fall von Körperverletzung, Unzucht und … äh … Bigonie, also Heiratsschwindel.«

»Er meint wohl Bigamie. Die Bigamie ist ein Vergehen an der Ehre des Ehemannes oder der Ehefrau«, belehrte ihn Wilken. »Besonders ruchlos daran aber ist, dass sie einhergeht mit dem Betrug in Gelddingen und unter Umständen einer Verfälschung der rechtskräftigen Erbfolge. Außerdem ist sie meist verbunden mit einem nicht eingelösten Heiratsversprechen, welches dem Weib in diesem Fall wirklich nicht vorgeworfen werden kann. Falls sie sich mit einem anderen Weib vermählt hat, so verstößt dies zweifellos gegen die guten Sitten und ist ein gotteslästerlicher Frevel an der Kirche, aber es ist keine Bigamie, weil es dazu zweier Menschen verschiedenen Geschlechtes braucht. Bei uns Lutheranern ist die Ehe außerdem kein Sakrament wie bei den Papisten. Wenn sie außerdem keinen geldlichen Vorteil davon genossen hat und sich danach nicht aus dem Staub gemacht hat, so kenne ich kein Gesetz, das ich gegen sie zur Anwendung bringen könnte.«

Einerseits beruhigten Wilkens detaillierte Ausführungen Wrangel. Er war also wirklich nicht darauf aus, diese Geschichte an die große Glocke zu hängen und so dem immer noch schwelenden alten Aberglauben Tür und Tor zu öffnen. Andererseits spürte Wrangel in sich ein tiefsitzendes Unbehagen, als er sich bildlich vorzustellen versuchte, was dieser Frau tatsächlich vorgehalten wurde. Ein Messerstich war eine Sache, aber körperliche Unzucht mit einer anderen Frau, die noch nicht einmal ahnte, dass sie es ebenfalls mit einer Frau zu tun hatte …

»Ja, aber das unzüchtige Verhalten kann man doch nicht ungeahndet lassen«, entgegnete der Brookvogt mit wachsender Erregung.

»Seine Aufgebrachtheit zeigt genau, dass dieser Fall keineswegs dazu geeignet ist, die letzten Monate meiner Amtszeit in dem Licht darzustellen, in dem zu erscheinen ich mich zwei Jahre lang bemüht habe. Er lässt sich von der allgemeinen Aufregung anstecken, und das zeigt mir, wie sehr das gemeine Volk von den Untaten dieses Weibes aufgebracht ist und eine strenge Bestrafung erwartet. Mir aber sind die Hände gebunden. Ich kann sie höchstens für ihre Bagatellvergehen anklagen lassen. Damit stehe ich vor aller Welt als ein schwächlicher und nachgiebiger Prätor da. Die aufmüpfigen Zünfte und die Popularpartei werden dies als Ausdruck unzureichender Rechtspflege durch ihre Obrigkeit, den Rat, auszulegen wissen.« Wilken schlug mit der Faust auf den Tisch.

»Aber man muss sie doch wenigstens wegen ihres unzüchtigen Verhaltens bestrafen können«, wiederholte der Brookvogt aufgebracht und von rechtschaffener Erregung getrieben, da er eventuelle Vorwürfe der Bürgerpartei durchaus nachvollziehen konnte. Sein aufgedunsenes Gesicht hatte durch die Wirkung des Weines und der Aufregung eine deutlich rötliche Färbung angenommen.

»Unzucht braucht wie alle Arten von Buhlerei, Sodomie, Inzest und so weiter ein körperhaftes Delikt und ein Corpus Delicti.«

Der Brookvogt blickte Wilken mit grenzenlosem Unverständnis an.

»Ohne Penetration kann es keine Unzucht geben«, resümierte Wilken mit Nachdruck.

Der Brookvogt nickte geflissentlich. »Also keine Penetration, keine Unzucht«, folgerte er schließlich ratlos.

»Nun, ich will Ihm die Zusammenhänge in einer Leuten Seines Standes angemessenen Weise erklären. Für die Unzucht braucht es das Eindringen eines Membrum viriles, eines männlichen Gliedes, in was auch immer Er sich ausmalen kann.

Dieses Weib hat sich zweifellos mit großer Geschicklichkeit als Mann verkleidet, aber ein Glied wird ihr dadurch wohl nicht gewachsen sein. Kein Glied, kein Corpus Delicti. Ohne Glied beziehungsweise Corpus Delicti gibt es überhaupt kein Delikt, das man ahnden könnte. Er wird weder im Stadtrecht noch in der peinlichen Halsgerichtsordnung Kaiser Karls V. einen anwendbaren Passus finden.«
Wrangel betrachtete den Brookvogt, dem die Ausführungen Wilkens als juristische Spitzfindigkeiten erscheinen mussten, sollte er ihnen überhaupt folgen können.
»Vielleicht hat sie die Frau auch verhext«, überlegte der Vogt laut.
Der Prätor machte eine abweisende Handbewegung. Wrangel zuckte erneut innerlich zusammen. Der Fluch dieses Aberglaubens war allzu tief in den Köpfen und Herzen der Menschen verhaftet.
»Auch wenn solche Arten von Verfahren früher einmal gang und gäbe waren«, sagte Wilken müde, »so würde ich mich damit jetzt vor den gebildeten Ständen der Gefahr der Lächerlichkeit aussetzen, zumal die bisher vorgebrachten Vorwürfe vollkommen profaner und nicht magischer Natur sind.«
Mit einem leichten Seufzer drehte sich der Prätor zu Wrangel um. Der stimmte ihm innerlich vollends zu und hoffte, dass er kraft seines Amtes eine Möglichkeit hätte, dem Niedergericht diesen Fall vom Hals zu schaffen.
»Darum, Prokurator Wrangel, habe ich Euch herbestellt. Heute ist Euer großer Tag, denn Ihr erhaltet von mir Euren ersten Fall.« Dabei lächelte er den verdutzten Wrangel aufmunternd an. »Es ist zu erwarten, dass dieses Weib mittellos ist und das Niedergericht einen Pflichtverteidiger benennen muss. Ihr als der Jüngste am Gericht werdet diese Aufgabe übernehmen. Zeigt, was Ihr in den vergangenen Monaten bei

mir gelernt habt, und enttäuscht mich nicht. Zwar gönnte ich es Euch von Herzen, Eure Zeit für einträglichere Fälle zu nutzen, aber wo die Pflicht ruft, hat man ihr zu folgen. So werdet Ihr Euch des Falles … Wie heißt das Mannweib, Brookvogt?«
»Hinrich Bunk, Herr.«
»… dieses Hinrich Bunk wohl oder übel anzunehmen haben«, fügte Wilken mit einem Seufzer hinzu. »Schlagt Ihr Euch hier mit Bravour, so verspreche ich Euch, dass der nächste Fall ein einträglicheres Geschäft sein soll. Meine Sicht in dieser Angelegenheit habt Ihr soeben gehört. Haltet die Sache klein und ruhig, rate ich Euch, umso schneller ist sie vom Tisch. Anschließend werden wir schon etwas Passendes als kleine Entschädigung für Euch finden.«
Umständlich legte er sein Besteck zur Seite und tupfte sich die Lippen ab. Wrangel erstarrte. Ausgerechnet er, der Neuling, sollte dem Prätor den lästigen Fall vom Halse schaffen und sich mit dieser liederlichen Frau herumschlagen? Und das als sein juristischer Einstand bei Gericht? Wie kam der Prätor nur darauf, dass er dafür der richtige Mann war?
»Bei Geschäften fällt mir doch sogleich Euer Bruder ein. Sicherlich wisst Ihr bereits, dass er und seine reizende junge Frau in den nächsten Wochen bei meinem Bruder Michel zu Gast sein werden. So dürften wir beide wohl bald auch Gelegenheit haben, uns einmal im familiären Kreis zu treffen.«
Er erhob sein Glas und trank Wrangel aufmunternd lächelnd zu. »Viel Erfolg mit Eurem ersten eigenen Fall, Prokurator.«

Mittwoch, 26. Oktober 1701

8

Wrangel schlug wütend die Fäuste aneinander und kaute grimmig auf getrockneten Gewürznelken herum. Ein nasskalter Wind fegte durch Hamburgs Straßen und trieb den wenigen Menschen, die zu dieser nachmittäglichen Stunde ihrer Wege gingen, Tränen in die Augen. Wrangel musste niesen und schlug den Kragen seines Mantels hoch. Dann legte er ungeduldig einen Schritt zu, um dem ungemütlichen Wetter zu entkommen. Zu allem Überfluss schmerzte ihn die Wunde eines vor wenigen Tagen gezogenen Zahns. Mit vierundzwanzig Jahren begann nun wohl oder übel das langsame Siechtum, dem nur noch der Tod folgen würde. Andere Menschen seines Alters und Standes zeigten zwar in der Regel schon mehr Blöße im Mundraum, aber gaben sie sich auch eine derartige Blöße gegenüber ihren Vorgesetzten?

Wie hatte er sich gestern ohne jeden Widerspruch die Sache dieses Mannweibs als seinen ersten Fall vom Prätor aufhalsen lassen können? Schließlich war er nicht der einzige Prokurator bei Gericht, und nirgendwo stand geschrieben, dass der Einstand eines jungen Prokurators ein Pflichtfall sein musste. Zwar schien es Wilken leidzutun, ihm diesen Fall zu übergeben. Aber trotzdem hatte er es, ohne mit der Wimper zu zucken, getan. Dabei war Wrangel nun wirklich alles andere als geeignet, sich mit liederlichen Weibern abzugeben. Frauen waren ihm fremd. Er verstand sie nicht. Und mit einer Frau

in Männerkleidern würde er noch weniger anzufangen wissen.
Doch damit nicht genug. Zu allem Überfluss erwähnte der Prätor dann auch noch Wrangels Bruder. Albrecht kam nach Hamburg! Niemandem wollte er weniger begegnen als seinem Bruder und dessen Frau. Schließlich war er von zu Hause fortgegangen, um sich von seiner Familie zu befreien und den Idealen einer aufgeklärten Rechtsprechung bei Gericht zu dienen. Aber mit diesen Idealen fühlte er sich hier zusehends allein. Seine Kollegen gierten nur nach Macht und Geld und buhlten um die Gunst des Prätors. Bisher hatte er mit keinem von ihnen ein freundschaftliches Verhältnis aufbauen können. Der einzige Mensch in dieser Stadt, mit dem ihn wirklich Freundschaft verband, war der Vikar von St. Katharinen, Matthias Claussen.
Wenige Tage nach ihrem gemeinsamen Wettlauf in die Stadt hatten die beiden sich bei einem Kaffee wieder getroffen und viele Stunden angeregt miteinander diskutiert. Seitdem verabredeten sie sich jeden Mittwochnachmittag im Kaffeehaus am Kattrepel.
Kaffee war ihre gemeinsame Leidenschaft. Schon als Kind hatte Wrangel den warmen, sinnlich würzigen Duft der Bohnen geliebt, die in seiner Heimatstadt Lübeck damals nur in Apotheken zu bekommen waren, weil der Rat der Stadt ein Verbot gegen die verderbliche Unsitte des Kaffeerausches ausgesprochen hatte. Glücklicherweise stand sein Elternhaus unweit der Johannisapotheke, sodass er auf dem Weg in die Lateinschule häufig am kleinen Seitenfenster der Apotheke innehielt und den Duft frisch gerösteten Kaffees einsog, der seine Sinne auf eine Reise in warme südliche Länder schickte, die in seiner Phantasie von schrillster Farbenpracht und exotischen Abenteuern wimmelten. Von diesen Gegenden hatten ihm die See-

leute erzählt, wenn sie nach dem Löschen der Fracht eine Pause einlegten und eine Prise Tabak priemten. Noch heute schenkte der Duft von Kaffee Wrangel einen Moment des Innehaltens und der Befreiung vom täglichen Joch.

Eine zweite Leidenschaft, die beide Männer verband, war der intellektuelle Diskurs. Beide betrachteten althergebrachte Traditionen mit kritischem Auge. Wrangel waren die an den lateinischen Gesetzesauslegungen klebenden Professoren ein Gräuel. Darum hatte er nach zwei Jahren in Kiel sein Studium in Halle bei Christian Thomasius fortgesetzt. Begierig hatte er dessen Erörterungen aufgenommen, warum man sich in der deutschen Sprache bilden, warum die Schlüsse, die man zog, vernunftbegründet, warum der Gedanke der Hexerei ein finsterer Aberglaube und warum die Folter als Mittel der Rechtsfindung verwerflich sei.

Claussen hatte Theologie in Greifswald studiert, das unter schwedischer Herrschaft stand. Obwohl die schwedischen Könige glühende Anhänger des Luther'schen Bekenntnisses waren, holten sie fähige Lehrer an ihre Universität, die den Studenten nicht nur die lutherische Orthodoxie beibrachten, sondern sie auch vertraut machten mit den Gedanken der Katholiken und den neuen Strömungen, die in der Folge der Reformation aufgekommen waren. Claussen verstand es meisterlich, sich undogmatisch dessen zu bedienen, was dem Fortschritt eines aufgeklärten Geistes zugutekam.

Es war gut, ihn gleich im Kaffeehaus zu treffen. Wrangel legte noch einen Schritt zu, als ob er sich die Wut und den Zahnschmerz vom Leib schütteln wollte. Er passierte die St.-Jacobi-Kirche, bog links in den Speersort ein und wäre beinahe auf einem Haufen Schweinekot ausgerutscht, fing sich aber im letzten Moment. Das Kaffeehaus war zwischen zwei stattlichen Wohnhäusern eingequetscht, deren verputzte Fassaden

den etwas windschiefen Fachwerkbau regelrecht gekrümmt erscheinen ließen. Aber in der Gaststube umhüllte ihn sofort eine entspannte Atmosphäre. Der Wirt hatte wie üblich für die beiden Männer einen kleinen Tisch frei gehalten. Alle anderen Tische waren besetzt, die meisten Gäste waren in eine angeregte Unterhaltung vertieft und nahmen keine Notiz von Wrangel. Er begann in der neuesten Ausgabe des *Relations-Couriers* zu blättern, während er auf seinen Freund wartete. Die Meldungen waren besorgniserregend. Weil der sieche und missgebildete spanische König Karl II. keinen Nachkommen hatte, meldeten sowohl der König von Frankreich als auch der Kaiser ihre Ansprüche auf das spanische Erbe an.

»Na, Wrangel, habt Ihr Euch aus den Niederungen des Gerichtes jetzt in die Höhen der großen Politik aufgeschwungen?« Claussen schlug ihm fröhlich auf die Schulter.

»Es sieht so aus, als ob es Krieg geben wird«, brummte Wrangel zerstreut. »Der Kaiser hat sich im Streit um das spanische Erbe engagiert. Die deutschen Fürsten müssen ihn jetzt gegen Frankreich unterstützen.«

»Was sorgt Ihr Euch? Ihr werdet doch kaum ins Feld ziehen. Hamburg hat bis jetzt in allen Kriegen gute Geschäfte gemacht, auch wenn in der Vergangenheit dann und wann mal ein Schiff aufgebracht wurde. Alle brauchen Geld für die Truppen. Die Soldaten wollen essen und gekleidet werden, man benötigt Stahl und Schießpulver. Mars und Merkur sind zwei Brüder.«

»Es scheint ganz in der Natur dieser Stadt zu liegen, dass die Krone der oberflächlichen Wohlanständigkeit in einem Boden aus menschlicher Niedertracht und Bosheit wurzelt. Aber wie erst der Mist die schönsten Blumen richtig zum Gedeihen bringt, so sind wohl auch der Krieg und das Leid der einen das Glück der anderen.« Missmutig faltete Wrangel die Zeitung zusammen.

»Mein lieber Wrangel, Ihr habt recht, was den Krieg und das Geschäft angeht, aber bedenkt doch, dass es das Gute nur gibt, wenn es sich vom Schlechten unterscheiden kann. Beide bedingen einander. Weil wir krank werden und sterben müssen, weil wir nicht sicher sein können, ob wir der Gnade des Herrn gewiss sind, und weil uns die Sünde allerorten versucht, will ich Pastor werden, um den Menschen einen Weg zu weisen und ihnen den Glauben an die Erlösung zu predigen. Wollt Ihr mir vorwerfen, dass ich das Böse als Nährboden brauche? Nehmt Euch doch selbst. Als Jurist lebt Ihr vom Zank und Hader der Menschen. Weil sie sich belügen, betrügen und einander den Schädel einschlagen, brauchen sie jemanden, der Recht spricht und sich ihrer Anliegen annimmt. Jemanden, der dafür sorgt, dass ihnen Recht widerfährt.«

Claussens Worte machten Wrangel nachdenklich. Unter diesem Aspekt hatte er den unglückseligen Fall, den der Prätor ihm aufgebürdet hatte, noch nicht betrachtet.

»Seht die Dinge nicht nur schwarz oder weiß, sondern versucht sie mit Grau etwas aufzuhellen, sonst verliert Ihr noch den Mut und entwertet das eigene Tun.«

»Mir dünkt, mein eigenes Tun entwerte ich schon mit ganz anderen Dingen, Claussen.« Wrangel schüttelte den Kopf und rieb sich erschöpft die Schläfen, als könnte er selbst kaum glauben, wie es ihm ergangen war. »Gestern verließ ich das Gericht vor der Zeit, weil ich einer armen Alten, die bei Asthusen in der Frohnerei einsitzt, den Tag ihrer Urteilsverkündung mitteilen wollte. Auch hatte ich noch ein paar Kleinigkeiten für sie. Meine Abwesenheit muss dem Prätor gerade recht gekommen sein, um mir den unglückseligsten Fall aufzudrücken, den ich mir denken kann. Eine Frau wurde gefangen genommen, die sich als Mann gekleidet und ausgegeben hat, sie sitzt jetzt in der Frohnerei. Und mir obliegt als

mein erster eigener Fall die Pflichtverteidigung dieses Mannweibs.«
»Euer erster eigener Fall. Meinen Glückwunsch, Wrangel! Und die Frau wurde gefangen, weil sie sich als Mann gekleidet hatte?«
»Nein, nicht deswegen. Sie soll sich auch mit einer Frau verheiratet und diese im Streit mit einem Messer verletzt haben. Da sich der Fall für die Interessen des Prätors nicht lohnt, will er ihn am liebsten so schnell wie möglich vom Tisch haben.«
Wrangel leerte den letzten, kalt gewordenen Rest Kaffee in seiner Tasse in einem Zug.
Claussen machte ein nachdenkliches Gesicht. »Wisst Ihr, die Verkleidung einer Frau als Mann ist gar nicht so selten. Ich als jemand, dem das Seelenheil seiner Gemeinde am Herzen liegt, versuche mir oft ein Bild davon zu machen, was die Menschen beschäftigt, damit lässt sich so manche Predigt würzen. So las ich in Happels *Relationes curiosae*, seinen geschätzten *Großen Denkwürdigkeiten*, eine lange Geschichte über die Heldinnen und Amazonen im Kampf der Niederlande gegen die papistischen Spanier vor zweihundert Jahren. Im vorletzten Krieg zwischen Dänemark und Schweden sollen in einer Schlacht fünfhundert Weiber auf der Seite der Dänen gefallen sein, die man, bevor man die Leichen fledderte und vergrub, für Soldaten gehalten hatte. Sicher ist diese hohe Zahl übertrieben, aber einige müssen es wohl gewesen sein. Woanders las ich die Geschichte einer Spanierin, die sich von ihrem Mann getrennt haben soll, um dann als Mann gekleidet eine andere Frau geheiratet zu haben.«
Wrangel zuckte mit den Schultern. »Das sind sicher spannende Geschichten, die das Interesse des Publikums bedienen, aber ich glaube eher, dass sie von findigen Schreibern und Verlegern erfunden wurden, ähnlich wie Erzählungen von Blut-

regen, Drachen und Meeresungeheuern. Habt Ihr mir nicht kürzlich erklärt, wie die Katholiken immer neue Geschichten von weinenden Marienstatuen und blutenden Kruzifixen erdichten, um den Heerscharen von Pilgern den letzten Heller aus dem Beutel zu locken? Als Jurist muss man sich immer fragen: Wer hat den Nutzen davon?«

»Nein, Ihr habt mich da missverstanden. Sicher fördern die Geschichten der Papisten den Aberglauben, genau wie ihre Auffassung von der Präsenz Christi beim Abendmahl. Und wenn es auch das Wunder einer blutenden Heiligenstatue nicht gibt, so besitzen doch der Vatikan, die Jesuiten und der ganze Reigen ihrer Pfaffen genug Schläue und Kunstfertigkeit, um es durch unter den Altären verborgene Apparate und Leitungen so aussehen zu lassen, als wenn ein Stück Holz, das irgendeinen ihrer Heiligen darstellt, blutige Tränen weint. Dennoch verbirgt sich hinter dem unwahren Schein eine reale Verstellung, eine Maskerade. Wenn sich auch eine Frau nicht in einen Mann verwandeln kann, kann sie doch die ganze Welt über ihr Geschlecht täuschen.« Claussen betrachtete geduldig seinen grübelnden Freund. Wrangel schüttelte nach einer Weile den Kopf. »Wer wäre so verrückt, Claussen, sich ohne triftigen Grund dem Aberglauben des Volkes auszuliefern? Was meint Ihr, was der Henkersknecht als Erstes über dieses Mannweib sagte? Als Hexe habe man sie beschrien. Ihr wisst selbst, wie häufig es noch vorkommt, dass heilkundige Frauen Opfer von Verleumdung werden, die auf diesem Aberglauben beruht. Zwar sind zum Glück die Zeiten vorbei, in denen die Scheiterhaufen mehr Holz fraßen als die Badehäuser. Aber niemand kann darauf aus sein, seinen Ruf und seine Ehre durch abergläubisches Geschwätz zu gefährden. In Euren Geschichten haben die Frauen, die sich als Männer ausgaben, heldenhafte Motive: der Wunsch, einem geliebten Mann auch dort nahe zu sein, wo Frauen nicht

hindürfen. Oder aber eine Situation, in der die Verkleidung als Mann es erlaubt, aus einer Notlage zu entkommen. Aber sonst läuft doch keine Frau über Jahre in Männerkleidern herum.«
Der Vikar wiegte nachdenklich den Kopf und fuhr sich mit der Linken durch das lichte rote Haar. »Ich habe auch gehört, dass manche Hermaphroditen, Personen zweierlei Geschlechts, sich offenbar die Kleider des Geschlechts anzuziehen pflegen, dem sie sich zugehörig fühlen, ganz gleich, welcher Gefahr sie sich damit beim abergläubischen Volk aussetzen.«
»Ja, das ist mir ebenfalls zu Ohren gekommen. Es gibt ein paar juristische Lehrstücke, die davon handeln, dass das Geschlecht dieser Menschen später von einem Gericht festgelegt worden ist und sie dann einen passenden Namen annehmen und auch die jeweiligen Kleider tragen mussten … Aber ich bitte Euch, das ist Theorie oder Legende, die man immer wieder gern zitiert, um die Spitzfindigkeit der Juristen zu schulen. Doch schaut hinaus auf die Straßen: Glaubt Ihr wirklich, solche Menschen liefen hier zuhauf herum?«
»Es gäbe auch eine Möglichkeit, die ich nicht für eine Predigt verwenden würde.« Claussen beugte sich zu Wrangel herüber, damit ihn niemand hörte. »Die alten Griechen kannten das, was man den Italienern nachsagt und dessen der Bruder des französischen Königs wohl ausgiebig frönen soll, auch bei den Frauen …«
Wrangel runzelte verständnislos die Stirn.
Claussen beugte sich noch weiter vor, sodass er Wrangel beinahe berührte. »Ich meine die Entsprechung zur Knabenliebe, zur Unzucht unter Männern, zur Sodomie. Es heißt auf griechisch Tribadie: Weil es Frauen an den entsprechenden Körperteilen fehlt, um einander zu sodomisieren, sollen sie sich aneinander gerieben haben, zu griechisch *tri-ba-dein.*«
Claussen betonte jede Silbe des Wortes einzeln. Danach ließ er

sich in die Lehne seines Stuhles zurückfallen, um den Eindruck seiner Worte auf den Freund besser ermessen zu können.
Wrangel spürte, wie ihm das Blut in die Wangen schoss. »Das halte ich für ganz unmöglich«, erwiderte er aufgebracht. »Dann müssten ja diese Weiber dabei ehrliche Manneslust empfinden. Da aber der Mann das gebende, das Weib das empfangende Element ist, hat die Natur es so eingerichtet, dass …«
Claussen lachte kurz auf. »Dann hätte ja Eva von Adam verführt werden müssen. Wrangel, Ihr kennt die Frauen nicht …«
Wrangel schwieg lange. Obwohl er den Vikar als seinen Freund sah, hatte er ihm bisher noch mit keiner Silbe Einblick in diese Richtung seiner Gefühle erlaubt. »Doch, Claussen, ich kenne mich viel zu gut aus. Zwar weiß ich nicht, auf welche Erfahrungen Ihr zurückblicken könnt, aber ich weiß, dass die Weiber viel von Liebe reden und darauf bedacht sind, immer einer großen Zahl von Verehrern schöne Augen zu machen, um sich dann dem Dreistesten hinzugeben.«
Claussen betrachtete seinen Freund eine Weile. »Ihr klingt verbittert. Man könnte meinen, dass Euch in diesen Dingen eine große Enttäuschung widerfahren ist, die …«
»Ich will es besser eine große Kränkung nennen. Wie Ihr wisst, stehe ich mit meinem Bruder auf nicht besonders gutem Fuß. Wir hatten nie viel gemein, er ist ein sehr auf seinen Vorteil bedachter Mensch. Ein idealer Kaufmann. Schon früher, als wir Kinder waren, verstand er es immer, dass seine Wünsche Gehör fanden, ich jedoch vor unserem Vater dastand wie ein kleiner dummer Junge. Vielleicht habe ich auch deshalb das Studium der Rechte begonnen, weil ich mir davon versprach, meiner Abneigung gegen Menschen wie meinen Bruder ein festeres Fundament zu geben.«
»Aber was hat das mit Euren Erfahrungen mit den Frauen zu tun, auf die Ihr Euch beruft?«

Wrangel schaute auf den Boden seiner Tasse, als wollte er sich vergewissern, dass sie wirklich leer war. Dann nahm er seinen Mut zusammen und öffnete sein Herz. »Seit der Zeit an der Lateinschule wollte ich Elisabeth Stratmann heiraten, die Tochter eines Kompagnons meines Vaters. Wie ich damals dachte, verband mich mit ihr eine Verwandtschaft der Interessen, nein, des Wesens. Niemals hätte ich wie mein Bruder das Geschäft unseres Vaters weiterführen wollen. Ich glaubte, sie habe dafür Verständnis. Auch gab sie mir alle Hoffnung, dass sie auf mich warten würde, als ich in Kiel das Studium der Rechte begann. Damals war ich so oft wie möglich in Lübeck. Ihr wahres Gesicht zeigen die Menschen jedoch erst, wenn sich ihr Verhalten nicht mehr nur auf die Gewohnheit, sondern die eigene Verantwortung gründet …« Wrangel machte eine Pause, drehte die Tasse jetzt so, dass der Henkel auf Claussen zeigte.

»Ihr habt sie aber nicht geheiratet?«

»Nein, ich habe sie nicht geheiratet. Ich ging nach Halle, um dort weiter zu studieren. Nun war ich nicht mehr alle paar Wochen einmal in Lübeck. Nach zwei Jahren in Halle erhielt ich ein Schreiben, in dem mich mein Bruder von seiner Verlobung mit Elisabeth unterrichtete. Die Vermählung sollte ein halbes Jahr später stattfinden. Wahrscheinlich war es ein Fehler, dass ich nicht sofort zurück nach Lübeck gefahren bin, aber diese Angelegenheit berührte mich einfach zu stark. Als der Tag der Hochzeit näher rückte, schützte ich eine schwere Krankheit vor, die es mir unmöglich machte zu kommen.«

»Das war dumm.«

»So scheint es. Doch zeigte es mir noch deutlicher, dass für mich in Lübeck kein Platz mehr war, ja, dass man mich abgeschrieben hatte. Es kam kein Wort der Anteilnahme. Wäre ich gestorben, hätte man es wohl mit einem Schulterzucken zur Kenntnis genommen. Unter diesen Umständen hätte mein Erscheinen die ganze Angelegenheit nur verschlimmert und alle dazu gezwungen, ihre Entscheidung mit den gemeinsten Mitteln zu rechtfertigen. Wie ich später erfuhr, zögerte Elisabeth noch einige Zeit, sich mit meinem Bruder zu verloben, doch schließlich glaubte sie seinen Einflüsterungen, dass ich mein Studium in Halle nicht aus Interesse an dem Fach, sondern aus Abneigung zu ihr angetreten hätte. Warum, so soll er gefragt haben, sei ich nicht in Kiel geblieben, da hätte ich doch auch die Würden eines Gelehrten erhalten können.«

Claussen holte tief Luft und presste sie langsam zwischen seinen Lippen hervor. »Nun, zumindest habt Ihr erwartet, dass jene Elisabeth Eure Leidenschaft für die Jurisprudenz teilen würde, eine Leidenschaft, die eine Frau durchaus eifersüchtig machen kann.«

»Warum sollte man denn darauf eifersüchtig sein?«, erwiderte Wrangel verständnislos. »Das eine ist ein Interesse, das nichts mit ihr zu tun hatte, das andere ist ...«

»Ich glaube, gerade in dieser Einschätzung lag Euer Fehler. Für Euch ist die Jurisprudenz tatsächlich viel mehr als ein bloßes Interesse. Sie nimmt Eure überwiegende, wenn nicht ungeteilte Aufmerksamkeit in Anspruch. Dass jemand, den Ihr liebt, Eure Begeisterung nicht teilen könnte, kommt Euch dabei gar nicht in den Sinn. So merktet Ihr vielleicht gar nicht, dass die Frau Eures Herzens andere Bedürfnisse als Ihr hatte. Mit welchen Zeichen oder Handlungen habt Ihr Elisabeth denn zu verstehen gegeben, dass Ihr sie liebt und begehrt? Ihr habt auf eine metaphysische Verwandtschaft der Seelen vertraut. Aber das reicht nicht! Wie hätte sie Euren Fortgang nach Halle denn anders verstehen sollen, als dass sie Euch gleichgültig wäre? Und, Wrangel, seid ehrlich, hättet Ihr ihret-

wegen auf das Studium in Halle verzichtet? Hättet Ihr auf Thomasius verzichtet? Habt Ihr wirklich um sie geworben?«
Wrangel dachte für einen Augenblick, dass Claussen genauso gut einen Großinquisitor bei den ihm so verhassten Papisten hätte abgeben können. »Von Euch als Pastor hätte ich nicht erwartet, dass Ihr mir raten würdet, die Liebe durch Buhlschaft zu ersetzen.«
»Ich rate Euch, nicht beides gegeneinander auszutauschen. Die reine Buhlschaft ist eine Sünde, die aber durch die Liebe erhoben wird. Die reine Liebe solltet Ihr Euch für Gott aufheben, meist ist sowieso nur Gott selbst dazu fähig. Aber zwischen Mann und Frau ist Liebe ohne Buhlerei des Fleischlichen nichts.« Er hielt inne.
Wrangel kämpfte mit seinen Gefühlen. Sollte er Claussen diese klaren Worte übelnehmen? Oder hatte der Freund recht, und er selbst war damals blind gewesen? Nein, sein Bruder war es, der ihn hintergangen hatte. So wie schon häufig zuvor, wenn er sich dadurch einen Vorteil versprach.
Als hätte Claussen Wrangels Gedanken erraten, bohrte er nach. »Hattet Ihr seitdem nie wieder Kontakt zu Eurem Bruder?«
»Einmal bin ich noch nach Lübeck zurückgekehrt, Ende letzten Jahres. Da habe ich meinem Bruder eins ausgewischt. Womit man einen Kaufmann wirklich treffen kann, ist das Geld. Das Geld, das man ihm wegnimmt. Ich habe mein Erbteil eingefordert, der noch im Geschäft unseres Vaters steckte. Er beschwor mich, im Andenken an den Verstorbenen mein Vermögen nicht anzurühren, aber ich wusste, dass er es im Grunde als sein Eigen betrachtete. Als Rechtsgelehrten fiel es mir auch nicht schwer zu erwirken, dass er es mir bis auf den letzten Heller auszahlen musste.« Er schwieg einen Moment nachdenklich, als wollte er Claussen zu einer Entgegnung auf-

fordern. »Vielleicht denkt Ihr jetzt, dass ich aus Rache dazu bewegt worden sei … aber nein. Vielmehr habe ich das Vermögen genutzt, um es in den Dienst der Gerechtigkeit zu stellen. Für viertausend Reichstaler habe ich die Stelle des Prokurators am Niedergericht gekauft, den Rest in guten Renten angelegt. Das verschafft mir finanzielle Unabhängigkeit und erlaubt mir, mich ganz auf die Sachen bei Gericht zu konzentrieren, ohne mich dem kleinlichen Geschacher meiner Kollegen anschließen zu müssen.«

»Damit habt Ihr Euch voll und ganz Eurem Amt verschrieben. Dies wiederum ist etwas, was Eurer Elisabeth eine nachträgliche Rechtfertigung bieten könnte, Euren Bruder geheiratet zu haben. Vielleicht ist er ja ein pfennigfuchsender Kaufmann, aber er vermittelt ihr wohl das Gefühl, dass er ihr seine ungeteilte Aufmerksamkeit schenkt und seine Anstrengung auf die Mehrung des familiären Vermögens und nicht auf die Bedienung hoher, unlukrativer Ideale verwendet.«

Wrangel spürte, wie die Worte des Freundes ihn bei seinen geheimsten Zweifeln packten. »Entschuldigt, Claussen, aber ich wünsche nicht weiter darüber zu reden. Macht Euch Euren Reim darauf, doch bitte ich Euch, nicht weiter in Wunden zu stochern, die noch nicht verheilt sind.«

»Und die auch nicht verheilen werden, wenn Ihr Euch nicht der Pein der inneren Läuterung aussetzt«, fuhr Claussen fort und legte dabei seine Hand auf Wrangels Arm. »Ihr wollt vergessen, aber das Vergessenwollen ist die Ursache dafür, dass Euch früher oder später die Vergangenheit umso stärker einholen wird.« Er machte eine Pause und zog seine Hand zurück.

»Sie hat mich bereits eingeholt«, sagte Wrangel zerknirscht und starrte auf seine leere Tasse. »Der Prätor eröffnete mir, dass mein Bruder zusammen mit seiner Frau in Kürze als Gast seines Bruders nach Hamburg kommt. Ihr werdet ermessen können, dass diese Nachricht ein Übriges zu meinem momentanen Befinden beitrug.«

Claussen nickte verständnisvoll. Wrangel fühlte sich, als ob sein gesamtes Inneres zu einem gewaltigen Knäuel verknotet war, das ihm keine Möglichkeit mehr ließ, seine eigenen Wünsche und Bedürfnisse von denen anderer zu trennen. Ja, im Moment wusste er noch nicht einmal, ob er überhaupt noch zwischen richtig und falsch entscheiden konnte. Claussen rührte noch einmal den Rest kalten Kaffees um, bevor er ihn bedächtig austrank. Es war inzwischen dunkel geworden und hatte angefangen zu regnen. Zeit, nach Hause zu gehen. Die beiden Männer traten auf die Straße und verabschiedeten sich. Wrangel fühlte sich immer noch in hilfloser Anspannung gefangen, wollte aber seine Wertschätzung für Claussen nach diesem Gespräch deutlich machen. Er klopfte ihm freundschaftlich auf die Schulter. »Nun, Euer Gedanke der Sodomie unter Weibern ist zwar überaus unschicklich und scheint mir an den Haaren herbeigezogen, außerdem auf keinem evidenten Fundament begründet, aber er ist sicher interessant. Ich werde ihn überdenken.«

Claussen lächelte verbindlich. »Tut das. Mir scheint aber, weit besser täte es Euch, einmal unter andere Menschen als Eure Amtskollegen zu kommen. Begleitet mich doch, wenn Ihr mögt, morgen zu meinem Oheim zum Abendessen. Dort findet sich meist ein illustrer Kreis an Gästen ein, die gern über ihren Tellerrand hinaus die Welt betrachten. Langeweile habe ich dort zumindest in den letzten Jahren nicht erlebt.«

»Gern, ich danke Euch.«

9

Ruth hatte die schweren Vorhänge vor den Fenstern im Salon des Abelson'schen Hauses in der Kleinen Johannisstraße zugezogen und ging zu dem Spieltisch aus poliertem Nussholz, der unweit des Kamins aufgestellt war. Ein kräftiges Feuer wärmte den Raum und warf sein tanzendes Licht an die Wände. Sie setzte sich in einen der beiden Sessel vor dem Spieltisch, öffnete eine Ebenholzschachtel und baute sorgfältig die filigran geschnitzten Schachfiguren auf dem Spielbrett auf. Ihr Vater saß noch nebenan in seiner Schreibstube. Leicht vornübergebeugt schrieb er an einem Brief, den er noch vor ihrer gemeinsamen Schachpartie fertigstellen wollte.

Seit zwei Wochen waren sie wieder in Hamburg. Die Rückreise von Amsterdam war ausgesprochen mühsam gewesen. Tatsächlich hatten sie den Landweg nehmen müssen, da die Elbe engmaschig von den Dänen kontrolliert wurde und Moses Abelson sein Gepäck auf keinen Fall von den dänischen Patrouillen durchwühlen lassen wollte. So hatte er ihren Diener Jurek mit der Kutsche aus Hamburg kommen lassen. Die Hinfahrt hatte der treue Mann in neun Tagen bewältigt, die Rückfahrt aber dauerte sechzehn Tage. Die Wege waren teilweise in entsetzlich schlechtem Zustand, dreimal hatte ein Pferd ein Eisen verloren, und sie mussten lange auf die Dienste eines Hufschmieds warten. Auch die Unterkünfte waren häufig schlecht gewesen. Ihr Vater hatte sich einen kräftigen Schnupfen geholt und auch ein wenig gefiebert. Ja, der Syndikus Lorenz hatte nicht übertrieben mit seinem Bericht von der kriegerischen Stimmung auf den Straßen. Überall waren Soldaten zu sehen, und den Menschen in den Dörfern konnte man die Angst und Sorge aus den Gesichtern ablesen.

Trotzdem war Ruth froh gewesen, als sie endlich Amsterdam hinter sich ließen und zurück nach Hamburg aufbrachen. Die letzten Tage vor ihrer Abreise war es immer schwieriger für sie geworden, die Bemühungen Benjamins um ihre Gunst zu übersehen, ohne unfreundlich oder gar abweisend zu wirken. Aber es war ihr schließlich gelungen, Amsterdam ohne ein Eheversprechen zu verlassen.
»Wie ich sehe, hast du schon alles für unsere kleine Partie vorbereitet.« Moses Abelson trat, auf seinen Stock gestützt, an den Spieltisch heran und nickte wohlwollend, als er die kleine Schale mit Nüssen und die mit Portwein gefüllten Gläser neben dem Spielbrett erblickte.
Ruth lächelte und half ihrem Vater in den Sessel. Die Kraft seiner Beine hatte im Laufe des Herbstes nachgelassen. In Amsterdam hatten sie noch öfter längere Spaziergänge unternommen, hier aber, im feuchtkalten Oktoberwetter Hamburgs, schien ihren Vater manchmal schon der kurze Weg von ihrem Haus zur Börse zu ermüden. »Und du hast deinen Brief beendet, sodass wir anfangen können?«
Abelson ergriff das Glas mit Portwein, prostete seiner Tochter zu und trank einen kleinen Schluck. »Nein, ich habe ihn noch nicht beendet. Dazu fehlt mir noch eine entscheidende Information.«
Ruth schaute ihren Vater fragend an. »Was für eine denn?«
»Deine Zustimmung.«
Sie schluckte. »Wozu?«
»Benjamin Levi hat am Abend vor unserer Abreise bei mir um deine Hand angehalten.«
Ruth stockte der Atem. Vor über vier Wochen hatten sie Amsterdam verlassen. Mit keinem Wort hatte ihr Vater den Antrag Benjamins erwähnt. Überhaupt hatte er das Thema Ehe nicht wieder berührt. Hatte er sich etwa entschlossen, ohne ihre

Beteiligung einen Ehemann für sie auszusuchen? Wenn es so wäre, dann brauchte er jetzt auch nicht mehr ihre Zustimmung. Ruth spürte, wie sie von Wut gepackt wurde. Warum hatte er so lange geschwiegen? Was ging hier vor sich? »Was ist das für ein Spiel, Vater?«

»Schach, mein Kind, sehr klassisch von Weiß eröffnet mit dem Bauern von e2 nach e4. Auch die Antwort deines Bauern von e7 nach e5 erscheint mir doch sehr klassisch offensiv.«

»Warum hast du mir das Anliegen von Benjamin Levi so lange verschwiegen?«

Moses Abelson schaute vom Schachbrett zu seiner Tochter und wieder auf das Brett. »Weil es nicht an dich gerichtet war«, sagte er dann und zog den weißen Springer auf f3.

»Warum war es nicht an mich gerichtet? Schließlich geht es doch um mich als Ehefrau!« Ruth funkelte ihren Vater mit erregtem Blick an und zog ihren Springer auf c6.

»Im Wesentlichen ging es um mich als Freund der Familie, als Geschäftsmann und als deinen Vater.« Abelson schob den weißen Läufer auf b5 und trank gemächlich einen Schluck Port.

Ruths Hand zitterte vor Erregung, als sie ihren Bauern auf a6 schob. War die Entscheidung über ihre eheliche Zukunft nur noch ein Aspekt unter vielen in den Beziehungen der Familien Levi und Abelson? Sie konnte einfach nicht glauben, dass ihr Vater ihr das antun würde. Moses Abelson zog den weißen Läufer auf c6 und nahm den schwarzen Springer. Augenblicklich zog Ruth einen Bauern von d7 auf c6 und nahm den weißen Läufer.

Plötzlich hustete Moses Abelson und rang nach Luft. Ruth schaute ihn einen Moment unverwandt an, bis es sie endlich durchzuckte, sie aufsprang und ihm mit festen Schlägen auf den oberen Rücken klopfte.

Nach einem Augenblick hob der alte Mann die Hand und bedeutete ihr damit innezuhalten. »Danke, mein Kind. Es geht schon wieder. Etwas Port ist mir in den falschen Hals gekommen.« Er zog ein weißes Taschentuch aus seiner Tasche und tupfte sich vorsichtig die Lippen ab. Dann zog er seinen Springer auf e5 und nahm den schwarzen Bauern.

Ruths Blick wanderte flackernd vom Brett zu ihrem Vater. »Aber wie kann es bei einem Antrag um meine Hand nur in letzter Linie um mich gehen? Sind denn meine Bedürfnisse, meine Gefühle so nebensächlich?« Mit fester Hand schob sie die schwarze Dame auf d4.

»Oft ist es nicht gut, frühzeitig die Dame ins Zentrum zu führen.« Er zog den weißen Springer zurück auf f3.

»Keine Regel ist ohne Ausnahme.« Ruth schob die schwarze Dame auf e4 und kickte wütend den weißen Bauern vom Spielfeld. »Schach.«

Abelson lächelte Ruth verschmitzt an und schob seine Königin auf e2.

Kampfwütig rammte die schwarze Dame die weiße vom Feld. »Schach!«

Abelson schüttelte den Kopf und nahm die schwarze Dame mit seinem König.

»Warum, Vater?«

»Du hast dich derart von deinen Gefühlen treiben lassen, dass wir nun ohne Damen weiterspielen müssen.«

»Das tut ihr doch sowieso! Wann fragt man mich schon mal, was ich mir wünsche? Die Männer diktieren die Regeln, und die Frauen haben sich zu fügen.«

»Darum braucht eine Frau einen starken Mann, der sie liebt, achtet und sich um sie kümmert, so gut er es nur vermag.«

Ruth zog den schwarzen Läufer auf e6 und atmete verächtlich aus. »Und Benjamin Levi scheint dir der Mann zu sein, der diese Qualitäten bei mir an den Tag legen wird?«

Moses Abelson lehnte sich langsam zurück und schaute seiner Tochter tief in die Augen. Dann griff er ihre Hand. »Auf diese Frage weiß ich ebenfalls noch keine Antwort, mein Kind.«
Ruth schaute ihren Vater irritiert an.
»Du erinnerst dich sicherlich an unser Gespräch in Amsterdam, als ich dich bat, dir ein Bild von Benjamin zu machen und dich zu fragen, ob er dir als Ehemann zusagen würde.«
Ruth blickte verlegen zu Boden. Sie erinnerte sich nur zu gut an dieses Gespräch. Bis heute hatte sie sich nicht entscheiden können, ob Benjamin die richtige Wahl für sie wäre. Viele Umstände sprachen für eine Ehe mit ihm, allein ihr Herz schlug nicht für ihn. Aber wie sollte sie das ihrem Vater sagen, der sein Leben neben einer Frau verbracht hatte, die sich selbst vor Kummer und Sehnsucht verzehrte? War sie ehrlich mit sich selbst, so musste sie zugeben, dass sie seit Wochen jedem Gespräch mit ihrem Vater, das in diese Richtung deutete, ausgewichen war.
»Und, hast du dir ein Bild von ihm gemacht?«
Stumm und reglos starrte Ruth auf das Schachbrett. Weiß hatte zwischenzeitlich eine solide Angriffsposition aufgebaut. Wenn sie jetzt nicht aufpasste, wäre sie spätestens in fünf Zügen matt.
»Hat Benjamin sich denn um deine Gunst bemüht? Hat er dir seine Aufmerksamkeit, seine Zuneigung gezeigt?«
Ruth schlug die Augen nieder, schluckte und nickte fast unmerklich.
»Dann habe ich doch die Information, die mir noch fehlte.« Er zog den Turm auf g3. »Schach, mein Kind.«

Donnerstag, 27. Oktober 1701

10

Am späten Vormittag schlenderte Wrangel über den Hopfenmarkt vor der Nikolaikirche. Nach dem läuternden Gespräch mit Claussen am Vorabend fühlte er sich seltsam aufgeräumt und befreit. Es blieb ihm noch etwas Zeit, bis er in der Frohnerei seine erste eigene Mandantin begutachten und hören würde, was sie zu ihrer Verteidigung beizutragen hatte. Herrliches Herbstwetter hatte sich über Hamburg ausgebreitet. Der Frühnebel war verschwunden, und die Sonne brach in dicken diesigen Strahlen durch das goldene Laub. Das Wasser der Fleete glitzerte blauschwarz, und rundherum herrschte munteres und geschäftiges Treiben. Plötzlich hörte Wrangel nicht weit von sich das Rühren der Trommeln und erkannte die holprige Stimme des Frohnknechtes Jürgen, der sich redlich mühte, einen Aufruf seines Meisters ohne zu großes Stottern vorzutragen.

»Kommt, Leute, und bestaunt die unerhörte und schelmenhafte Geschichte und Verhaftung des Monsieur Hinrich, eines Weibes in Manneskleidern! Dem werten Publikum zur Besichtigung in der Frohnerei dringend empfohlene Bigamistin und Messerstecherin! Exzeptionell am Vormittag in der Frohnerei zu besehen!«

Asthusen hatte also nicht lange gezögert, um aus seinem Neuzugang finanziellen Nutzen zu schlagen. Wrangel spürte ein leichtes Unbehagen beim Gedanken an das angekündigte Spektakel. Er schüttelte sich und lief dann weiter die Stände entlang, die in mehreren Reihen vor der Nikolaikirche aufgebaut waren. Die ersten Marktleute hatten schon mit dem Abbau begonnen. Die Vierländer Bauern in ihren Trachten bemühten sich noch, die letzten Äpfel, Kohlköpfe und Suppenhühner unter lautstarken Anpreisungen und mit Preisnachlass an den Mann zu bringen. Einer alten Bäuerin kaufte Wrangel ein paar Äpfel ab und machte sich dann auf zur Frohnerei.

Schon von weitem sah er eine Menschentraube den kleinen Platz vor der Frohnerei füllen. Offenbar hatten die Frohnknechte ganze Arbeit geleistet. Die Leute, die vom Markt kamen, und auch die Bauern auf ihrem Heimweg wollten die schaurige Gelegenheit nutzen, dem Verbrechen direkt ins Auge zu blicken. Vor dem Eingang der Frohnerei standen viele Frauen mit Körben voller Einkäufe. Aufgeregte junge Bauern schwatzten in kleinen Gruppen. Wrangel sah auch ein paar Bessergekleidete, die an dem Auflauf und dem Gedränge keinen Anstoß zu nehmen schienen. Ganz vorn hatte jemand, der durch seinen bestickten Rock und ein Schnupftuch, mit dem er vor seinem Gesicht wedelte, als Mann von Adel auffiel, durch seine Diener ein Stück des Platzes freiräumen lassen. Einer der Diener hatte sich bis zur Tür vorgedrängt, um für seinen Herrn bevorzugten Einlass zu erbitten. Wrangel verzog das Gesicht. In Hamburg zählte ein Adeliger nicht per se. Die Stadt war stolz darauf, frei vom Adel und allen Fürsten zu sein. Da würde der edle Herr in seinem bunten Rock schon ein paar Silberlinge springen lassen müssen, wenn er vorgelassen werden wollte.

Der Prokurator schob sich durch die Menschen hindurch. An die hundert Schaulustige standen hier herum, keine schlechte Zahl für den ersten Besichtigungstag der Frau in Männerkleidern. Die Tür zur Schankstube stand offen, und Männer in schwerer Bauerntracht kamen ihm mit gefüllten Bierkrügen entgegen. Am Zapfhahn stand einer von Asthusens Knechten. Von dem Scharfrichter selbst war nichts zu sehen. Als der Knecht den suchenden Blick des Advokaten bemerkte, deutete er mit dem Kopf über die Schulter nach oben. Asthusen war also in seinem Arbeitszimmer. Wrangel drängte sich an den Männern vorbei auf den kleinen Flur hinaus und stieg die Treppe hinauf.

»Herein«, antwortete Asthusen auf Wrangels Klopfen.

»Guten Tag, Meister Ismael, was für einen Jahrmarkt habt Ihr denn vor dem Haus?«

»Ach, Prokurator Wrangel, kommt herein. Ja, da ist ordentlich was los. Die Leute wollen das Mannweib bestaunen. Und was führt Euch her?«

»Ebenfalls Eure gefragte Gefangene. Ich wurde zu ihrem Pflichtverteidiger bestimmt. Darum muss ich sie wohl oder übel kennenlernen. Wann könnt Ihr mir das in Ruhe ermöglichen?«

»Der Andrang ist so groß, dass ich die Besichtigungszeit ein wenig verlängert habe. Jetzt am Markttag kommen die Menschen in Scharen, aber wie lange werden sie noch so zahlreich sein? Darum freuen wir uns doch heute über das gute Geschäft. Nach der Mittagssuppe könnt Ihr das Weib für Euch allein haben.«

Plötzlich drang Geschrei zu ihnen nach oben. Asthusen und Wrangel konnten die Worte nicht verstehen, doch ein wüstes Poltern brachte das Haus zum Zittern. Der Scharfrichter sprang behände die Treppe hinunter und stürzte in die Herrenstube, in der normalerweise die Vernehmungen vorgenommen, zu bestimmten Zeiten aber auch die Gefangenen ausgestellt wurden. Wrangel folgte ihm. Sein Blick fiel zuerst auf einige Bauern, darunter zwei Frauen und zwei Kinder, die sich ängst-

lich an die Wand drückten. Eine der Frauen hielt einem Kind die Hand vor das Gesicht. Ihrer Kleidung nach kamen sie aus den Vierlanden. Asthusens Knechte hielten einen tobenden Mann von ungefähr fünfzig Jahren bei den Armen gepackt und rangen mit ihm. Der Rasende versuchte immer wieder, sich auf die bereits am Boden liegende Gefangene zu stürzen.
Die muskulösen Arme der Frau steckten in einem kaum abgenutzten dunkelbraunen Rock und schlangen sich eng um Brust und Bauch. Ein weißes, mit frischem Blut besudeltes Männerhemd quoll darunter hervor. Kräftige Beine krümmten sich in einer hellen, aber verschmutzten Kniebundhose zum Schoß hin, die mit Strümpfen überzogenen Waden zuckten heftig und ließen die neubesohlten Schnallenschuhe über den Boden kratzen. Unter besseren Umständen ergäbe das zusammen eine recht stattliche Erscheinung, die jetzt allerdings in einem jämmerlichen Zustand war. Mit einer Hand, zwischen deren Fingern Blut hervorrann, verdeckte die Gefangene ihr Gesicht. Lediglich die kräftigen Augenbrauen konnte Wrangel erkennen. Es verblüffte ihn, wirklich nicht erkennen zu können, ob vor ihm ein Mann oder eine Frau lag. Das schulterlange aschblonde, zu einem zerzausten Zopf gebundene Haar konnte genauso gut einem Kerl gehören.
Als Asthusen dem über der Gefangenen tobenden Mann beruhigend die Hand auf die Schulter legen wollte, zuckte dieser zurück.
»Nein, fasst mich nicht an!«, schrie er dem Scharfrichter entgegen. Der Schreck vor der Berührung des Henkers riss ihn aus seiner Raserei. »Was hat sie mit meiner Tochter gemacht?«, fragte er in einem jetzt flehentlichen, weinerlichen Ton.
»Was hat er? Ist sie seine Tochter?«, wandte sich Asthusen an die Knechte.
»Nein, seine Tochter ist verschwunden, offenbar glaubt er in

dem Mannweib jenen wiederzuerkennen, der seine Tochter aus Neuengamme, woher diese Leute kommen, entführt hat«, klärte Jürgen seinen Meister und den Prokurator auf.
Wrangel wandte sich an den Bauern. »Ich bin Prokurator am Hamburger Niedergericht. Erzählt uns, was Euch widerfahren ist.«
Der Bauer musterte Wrangel kurz und hob dann in einem leisen, aber schneidenden Ton an. »Ich weiß es ganz genau, diese Frau war als Mann in unserem Dorfkrug und hat dort mit meiner Tochter gesprochen. Bestimmt hat sie sie dabei verhext. Noch am selben Tag war Maria verschwunden. Die Leute haben gehört, wie sie ihr sagte, sie solle doch mit ihr nach Hamburg kommen, so ein feuchtes und windiges Nest wie Neuengamme sei nichts für ein so schönes Ding wie sie.«
»Wie heißt Eure Tochter, und wann ist das geschehen?«
»Ich erinnere mich noch ganz genau«, fuhr der Mann, vor innerer Erregung flüsternd, fort, »so genau, wie ich weiß, dass sie meine Tochter entführt hat. Es geschah an einem Dienstag nach dem Sonntag Septuagesima, am 25. Januar. Ihr Name ist Maria Rieken.«
»Was macht Euch glauben, dass diese Frau damit etwas zu tun hat?«, fragte Wrangel weiter.
»Ich habe die beiden doch zusammen gesehen, und es war genau dieses Weib, doch als Mann gekleidet. Ich habe mir ihr Gesicht eingeprägt und die ganze Zeit an der Straße, die durch das Dorf führt, Ausschau gehalten, ob sie nicht noch einmal vorbeikommen würde. Dabei ist das Gemüse ins Kraut geschossen, aber das kümmerte mich nicht. Ich habe meine Tochter auch mit zwei Nachbarn gesucht und mich erkundigt. An der lüneburgischen Fähre am Zollenspieker sagten sie uns, dass sie dort mit einem Mann gesehen worden sei, aber man wisse nicht, ob sie mit der Fähre über die Elbe

gesetzt oder aber mit einem Flussschiff hinunter nach Hamburg oder hinauf nach Lauenburg gefahren seien.«

»Herr, Anfang des Jahres hat man doch die Leiche ohne Kopf auf dem Schweinemarkt gefunden«, mischte sich der Meisterknecht ein.

»Natürlich«, erwiderte Asthusen, gebot aber mit einer Handbewegung seinem Knecht zu schweigen und wandte sich dem Mann zu, der vor ihm erneut ein Stück zurückwich. »Ich bedaure, aber wenn Eure Tochter zu jener Zeit verschwunden ist, haben wir starke Hinweise darauf, dass sie tot ist.«

Eine der Frauen schluchzte laut auf. Der Mann versuchte sich erneut verzweifelt dem Griff der Knechte zu entwinden.

»Natürlich wird erst eine gerichtliche Untersuchung die wahren Umstände des Verschwindens Eurer Tochter ans Licht bringen«, warf Wrangel ein, »und nachweisen, inwiefern dieses Weib Anteil und Täterschaft daran hat.« Er deutete auf die am Boden Liegende.

»Doch kann ich Euch sagen«, tönte Asthusen dazwischen, »dass wir es hier mit einer abgefeimten Übeltäterin zu tun haben.«

Die Gefangene stöhnte widerwillig hinter ihren mit Blut verschmierten Händen. »Ich habe mit seiner Tochter nichts zu tun. Ja, ich war einmal in Neuengamme, vielleicht habe ich auch mit ihr gesprochen, aber …«

Ein Knecht des Scharfrichters unterbrach sie jäh. »Gib Ruhe, oder ich prügle dich durch. Du wirst noch genug Gelegenheit bekommen zu reden, wenn wir dich peinlich befragen.« Wrangel musterte das Weib erneut verdutzt. Seine Stimme war derart rau, dass sie genauso gut einem Mann gehören konnte. Noch nie war er sich so unsicher gewesen, zu entscheiden, mit wem er es zu tun hatte, wie bei diesem Geschöpf.

Asthusen hob die Hände, um Ruhe zu gebieten. »Ich werde

dem Gericht von diesem Verdacht Meldung machen. Geht jetzt hinaus, ihr guten Leute, haltet euch aber noch zur Verfügung, falls ihr Zeugnis ablegen müsst. Gebt meinen Knechten eure Namen, damit das Gericht euch vorladen kann. Mein Meisterknecht kann schreiben.«
Mit knappen Worten gab er den Knechten weitere Anweisungen. »Bringt die Gefangene zurück ins Verlies, und sagt den Leuten draußen, sie sollen morgen wiederkommen. Ich muss zum Gericht.«
In seiner Eile vergaß Asthusen beinahe, seinen roten Umhang anzulegen.
Wrangel trat einen Schritt auf ihn zu. »Meister Ismael«, unterbrach er des Henkers hektisches Treiben, »vergesst mein Anliegen nicht. Ich möchte die Gefangene ungestört sprechen. Jetzt noch dringlicher als zuvor.«
»Ja, selbstverständlich, Prokurator Wrangel. Jürgen soll Euch zu ihr führen, sobald hier Ruhe eingekehrt ist. Jetzt haben wir vielleicht endlich einen Mord. Heute scheint ein Glückstag zu sein.« Schnell warf er den Umhang, den Jürgen ihm inzwischen gereicht hatte, über die Schultern und bahnte sich seinen Weg durch die murrende Menge, die gerade erfahren hatte, umsonst angestanden zu haben.
Asthusens Begeisterung rührte trotz des bisher so schlecht verlaufenen Jahres nur zum Teil von seinem kaufmännischen Interesse her, da war sich Wrangel sicher. Vielmehr schien es den Scharfrichter zu freuen, wieder Gelegenheit zu haben, auf dem Schafott die hohe Kunst seines Handwerks richtig zeigen zu können.
Im Grunde seines Herzens war er ein mitfühlender Mann. Er bedauerte es jedes Mal, einem kleinen Dieb, der sich aus Verzweiflung am Eigentum eines wohlhabenden Bürgers vergriffen hatte, das Brandmal aufzudrücken und den Rücken mit

dem Staupenbesen blutig zu schlagen, derweil das reiche Opfer herablassend über den Henker die Nase rümpfte. Schon das eine oder andere Mal hatte Wrangel selbst miterlebt, dass der Henker dann den Staupenbesen nur mit halber Kraft führte. Bei einer abgefeimten Mörderin aber, da war sich Wrangel sicher, hätte Asthusen das Gefühl, ein gerechtes und ehrbares Werk zu tun, das seine Bedeutung für das Gemeinwohl allen deutlich vor Augen führte.

Ein kalter Schauer lief ihm beim Gedanken an das Schafott über den Rücken. Sollte sich der Mord, mit dem sein Leben in Hamburg begonnen hatte, nun so aufklären? Ausgerechnet mit ihm als Pflichtverteidiger? War dies das Zeichen, das Gott ihm gesandt hatte? Für ihn nur die hoffnungslosen, die verlorenen Fälle? Oder lag seine Aufgabe vielleicht gerade darin, die Hoffnungslosigkeit zu überwinden?

Einer der Frohnknechte riss Wrangel mit dem Hinweis, dass die Gefangene nun allein für ihn zu sprechen sei, aus seinen Gedanken.

Zusammengekauert hockte das Mannweib auf einem Strohsack in der Ecke seiner schummrigen Zelle. Die Luft war zum Schneiden dick, es stank nach Urin, Kot und fauligem Stroh. Eine Ratte hatte eine Brotkrume erhascht und huschte, sie gierig aufnagend, an der Wand entlang.

»Hinrich Bunk, oder wie du auch immer heißen magst, ich bin Advocatus Wrangel, Prokurator am Hamburger Niedergericht. Der Prätor des Gerichtes hat mich ausgewählt, dir als Pflichtverteidiger bei der Anklage auf Körperverletzung zur Seite zu stehen, sofern du dir keinen eigenen Advocatus leisten kannst.«

Missmutig warf die Gefangene Wrangel einen kurzen Blick zu, verbarg dann ihr blutverschmiertes und blaurot angeschwollenes Gesicht unter ihren Händen.

»Die Selbstverteidigung ist am Hamburger Niedergericht nicht erlaubt. Es steht dir aber frei, dir selbst einen Anwalt zu nehmen, sollte ich dir nicht passen – sofern du es dir leisten kannst.« Sie machte eine abfällige Handbewegung und wandte den Kopf zur Wand.
»Du widerspenstiges Weib! Zeig mehr Respekt, wenn du mit dem Prokurator sprichst!« Der Frohnknecht schüttelte die Frau kräftig am Arm. Sie schrie vor Schmerz auf.
»Lass gut sein, Jürgen«, ging Wrangel dazwischen. »Hier stinkt es unerträglich. Wo kann ich in Ruhe mit der Gefangenen reden?«
Jürgen schaute ungläubig zu Wrangel auf und überlegte einen Augenblick. »In der Herrenstube könnt Ihr mit ihr sprechen. Ich bring Euch das Weib und einen Stuhl.«
»Bringt zwei Stühle und eine Suppe für die Frau.«
Kopfschüttelnd zog Jürgen die Gefangene vom Strohsack hoch und schleppte das stöhnende Bündel mit sich aus der Zelle.
In der Stube waren noch die Spuren des Handgemenges mit dem Bauern zu sehen. Eine kleine Blutlache versickerte langsam zwischen den Dielen, und der schmale, grob gezimmerte Tisch war an die Wand geschoben. Davor hockte nun die Gefangene mit nach vorn gebeugten Schultern und breit aufgestellten Beinen auf einem winzigen wackeligen Schemel und schlürfte gierig die dünne Suppe, die der Meisterknecht ihr soeben murrend vorgesetzt hatte.
Wrangel schob sich seinen Stuhl in die andere Ecke des kleinen Raumes und betrachtete sie. Ihre groben Hände umklammerten kräftig die Schüssel, jede Bewegung ihres Körpers verneinte alles Weibliche, Weiche. Selbst ihr Schlürfen erschien ihm männlich. Er wusste nichts mit ihr anzufangen. Dies war eine Frau? Er schloss für einen Moment die Augen. Das Schlürfen

verstummte. Als er sie wieder öffnete, sah er, dass ihn die Gefangene mit verquollenen grauen Augen fixierte.

»Was starrst du mich so an? Schmeckt's nicht? Na, besser als hungern wird's schon sein.«

Wrangel rückte seinen Stuhl zurecht, räusperte sich und fuhr dann in juristischem Tonfall fort. »Wie ich schon sagte, bin ich dein Pflichtverteidiger. Damit obliegt es mir, deine Version des Deliktes dem Gericht vorzutragen und dich zu unterstützen, dich gegen die erhobenen Anklagen zu verteidigen, sofern du etwas zu deiner Verteidigung vorzubringen hast. Zuerst müssen wir einmal feststellen, wer du eigentlich bist. Wie ist dein richtiger Name, Hinrich Bunk?«

Die Frau wandte den Blick von Wrangel ab, biss sich auf die Lippen und starrte auf ihre schmutzigen, blutverschmierten Hände.

»Du bist ein Weib. Du kannst nicht Hinrich heißen, Bunk! Auf welchen Namen wurdest du getauft?«

Der Blick der Frau heftete sich jetzt auf die Blutlache, die sich langsam in einen schwarzbraunen Fleck verwandelte.

»So kommen wir nicht weiter, Bunk. Wie soll ich dich verteidigen, wenn du nicht mit mir redest?«

Angestrengt stand Wrangel auf und ging zwei Schritte zum Fenster. Draußen hatte die Herbstsonne den Himmel in ein mildes Blau gehüllt, in das in dünnen Säulen der Rauch aus den Schornsteinen der Häuser auf dem Berg stieg. Ein Uhr musste schon durch sein. Derweil stand er hier bei diesem verstockten Weib und vertat seine Zeit. So wie Prätor Wilken es ihm prophezeit hatte. »Hör zu, Bunk, oder wie auch immer du heißt. Der Vorfall vorhin hat deinem Fall beträchtlich geschadet. Wenn der Prätor dem Zeugen aus Neuengamme Glauben schenkt und dich mit dem Mord in Verbindung bringt, der im Januar hier in Hamburg an einer jungen Frau verübt wurde, dann kann aus der Anklage wegen Unzucht und Körperverletzung auch eine wegen Mordes werden. Und dann kommst du nicht mit dem Staupenbesen davon, dann droht dir das Rad.«

»Ich habe niemanden umgebracht!«, schrie die Frau aufgebracht. »Mein Leben könnt Ihr mir vorhalten, aber mit Mord hab ich nichts zu tun!«

»Damit dir das auch das Gericht glaubt, brauchst du meine Hilfe. Wie heißt du?«

»Hinrich Bunk«, erwiderte sie mit trotziger Stimme und starrem Blick.

»Wie heißt du, Weib?«

»Bunk.«

»Nun gut«, wandte sich Wrangel resigniert ab. »Dem Prätor musst du's sagen, sonst holt es der Frohn auf der Streckbank aus dir heraus. Überleg es dir.«

Als er zur Tür ging, drückten in Wrangels Rocktaschen die Äpfel, die er am Vormittag auf dem Hopfenmarkt der alten Bäuerin abgekauft hatte. Er hielt inne, griff hinein, drehte sich um und legte einen neben die leere Suppenschüssel auf den Tisch.

»Vielleicht fällt dir mit vollem Magen schneller wieder ein, wie du heißt. Wir sehen uns, wenn du dem Prätor vorgeführt wirst.« Damit verließ er die Herrenstube und wies Jürgen, der auf dem Flur Wache hielt, an, die Gefangene zurück ins Verlies zu bringen.

11

Durch das Esszimmer des Claussen'schen Stadthauses in der Großen Reichenstraße summte das wohlige Klanggemisch einer angeregten Plauderei, unterlegt von leisem Kratzen des Silbers über chinesisches Porzellan, dem hellen Klingen der mit rotem Wein gefüllten Silberpokale und dem vereinzelten Knarren der schweren Stühle. Die mahagonigetäfelten Wände und Decken schimmerten rötlich im Licht von vier gewaltigen Kandelabern, die aus den Ecken des Zimmers eine fürstlich gedeckte Tafel für die acht speisenden Damen und Herren erleuchteten.

»Wie schön es ist, Prokurator Wrangel, Euch endlich einmal persönlich kennenzulernen. Mein lieber Neffe Matthias hat schon viel über Euch sowie über Eure Leidenschaft für den auch von mir hochverehrten Thomasius berichtet. Sicherlich werden wir viele anregende Themen für fruchtbare Erörterungen finden, wie etwa die Frage nach dem humanistischen Ideal bei …«

»Bevor du unseren jungen Gast gleich vollends in Beschlag nimmst, mein lieber Otto, möchte ich doch vorher zu gern von Euch hören, lieber Prokurator Wrangel, wie Euch das Leben in Hamburg gefällt«, unterbrach die Dame des Hauses, Margarete Claussen, ihren sich freundlich fügenden Gatten. »Für die Rechtsphilosophie bleibt euch später Zeit bei einem Kaffee in der Bibliothek. Das Leben, besonders eines jungen Mannes, hat doch noch mehr zu bieten als nur die Juristerei? Hamburg hat, wie mir scheinen will, in den letzten Jahren sehr gewonnen, um einem das Leben zu versüßen. Die herrlichen Alleen entlang der Alster, das Promenieren auf dem Jungfernstieg, auf dem die jungen Damen ihre eleganten Kleider ausführen, und dann die vielen schönen Kaffeehäuser, in die sich doch die Herren gern auf eine Partie Billard zurückziehen, wie mir mein lieber Matthias berichtet.«

»Ihr habt recht, gnädige Frau«, räusperte sich Wrangel ein wenig unsicher. Das Haus der Claussens und die ganze Atmosphäre bei diesem Abendessen beeindruckten ihn. Bis zu diesem Abend war ihm nicht klar gewesen, dass sein Freund Matthias Claussen aus einer der bedeutendsten Familien der Hansestadt stammte. Hanseatisch zurückhaltend hatte er seinen familiären Hintergrund immer heruntergespielt. Gänzlich neu war für Wrangel auch die offene Art, wie hier untereinander sowie mit anderen Menschen umgegangen wurde. Von dieser Seite hatte er Hamburg bisher noch gar nicht kennengelernt, und er musste sich unumwunden eingestehen, dass es ihm hier unter den Gästen der Claussens gut gefiel. »Hamburg ist eine schöne und reiche Stadt. Das Leben eines Prokurators jedoch lässt mir nur wenig Spielraum, mich jenseits meiner Akten und Gerichtstermine zu ergötzen. Umso höher schätze ich die gelegentlichen Treffen mit Eurem verehrten Neffen, auch wenn wir dem Billard kaum frönen.«

»Nein, mit Wrangel gibt es immer genug anderes zu bereden, verehrte Tante, dass weder für die Begutachtung der Damengarderobe noch für Ballspiele Zeit bleibt«, mischte sich der junge Claussen ein.

»Die jungen Prokuratoren am Niedergericht haben es wahrlich nicht leicht«, ließ sich Syndikus Lorenz, ein alter Freund der Familie Claussen, vernehmen. Wrangel hatte zuvor gehört, dass er erst vor wenigen Wochen von einer längeren Reise aus Amsterdam nach Hamburg zurückgekehrt war. »So viele Jahre ich jetzt schon dem Rat dieser Stadt diene, so viel Ränke, Neid und Argwohn habe ich gesehen. Wer sich wohl versteht mit dem Prätor, ist gut beraten, auch familiäre Bande helfen häufig. Doch ist man dieser Stützen bar, so helfen nur

Fleiß und Gehorsam. Wohl dem, dem beides gegeben ist. Ihr, junger Mann«, wandte sich der ältere Herr an Wrangel, »scheint mir mit beidem gesegnet. Auch ist die Lübecker Familie Wrangel doch in Hamburger Kreisen wohlgelitten.«
Wrangel lächelte dem aus freundlichen, mit schweren eisgrauen Brauen beschatteten Augen wohlwollend blickenden Syndikus etwas verlegen zu.
»Hat nicht Euer Großvater damals im, wie man nun sagt, Dreißigjährigen Krieg so glücklich Hamburg mit Pulver und Musketen versorgt, als uns die Dänen bei Altona ganz gewaltig zusetzten und kein Schiff mehr unkontrolliert aus dem Hafen ließen? Da hat so mancher hier in der Stadt ein gutes Geschäft mit dem Wrangel'schen Handelshaus gemacht.«
Wrangel nickte mühsam. Nur ungern ließ er sich mit dem Waffenhandel seines Großvaters in Verbindung bringen, auch wenn letztlich sein heutiger Stand darauf beruhte. »Das Kaufmännische der Wrangels ist schon seit längerem fest in den Händen meines Bruders. Mich hat immer nur die Juristerei gelockt, nie der Handel«, erwiderte er.
»Nun, da habt Ihr viel gemeinsam mit Eurem derzeitigen Prätor. Auch die Wilkens pflegen in ihrer Familie seit vielen Generationen das Zwiegespann aus Kaufmann und Jurist.«
»Wobei, verehrter Syndikus Lorenz«, schaltete sich der weißhaarige Herr neben Otto Claussen, Moses Abelson, in das Gespräch ein, »ein guter Jurist bei Gericht doch immer auch ein Kaufmann sein sollte, denn ohne Handel geht auch dort nicht viel.«
Abelsons kleine Augen blitzten schelmisch hinter seiner silbernen Brille hervor, und seine flinken langen Finger klopften im Takt seiner Worte auf den Tisch. Beschwichtigend wie bei einem Kind legte die rechts neben ihm sitzende junge Dame ihre kleine Hand auf seine tanzenden Finger.

»Aber Vater, wie kannst du nur den Hamburger Gerichten unterstellen, kaufmännisches Interesse über das Recht zu stellen? Tust du da nicht unseren Freunden Unrecht?«

»Nein, Ruth, mein Kind, ganz und gar nicht. Die kaufmännische Vernunft dieser Stadt ist es doch, die dem Recht genügend Raum lässt, um der Willkür eines Tyrannen, wie auch immer er gewandet sein mag, entgegenzuwirken. Und mit dem Recht auch dem Humanismus, dessen Freund unser junger Prokurator hier ist.«

»Doch der Tyrann kann auch in der Gier verborgen sein. Und wer füttert sie besser als der Gewinn des Kaufmanns?«

Ruths graue Augen blitzten ungestüm unter ihren nur mühsam mit einer kleinen Haube gebändigten schwarzen Locken hervor. Ihre kleine spitze Nase und die schön geschwungenen Lippen gaben ihrer Erscheinung etwas Zartes und Zerbrechliches, was so gar nicht zu ihren markanten Äußerungen passen wollte. Wrangel konnte seine Augen nur mühsam von ihr abwenden, als Moses Abelson scherzend das Wort an ihn richtete.

»Denkt bitte nicht schlecht von meiner kleinen Tochter, Prokurator Wrangel. Die Sorge um ihren alten Vater lässt sie manchmal vorlaut werden. Doch im Allgemeinen ist sie eine überaus fürsorgliche und zurückhaltende junge Dame, über die ich keinen Tadel zu führen habe.«

Die Röte schoss Ruth bei den Worten ihres Vaters in die Wangen, und sie schlug den Blick beschämt nieder.

Mit freundlich beschwichtigendem Lächeln ergriff Lorenz erneut das Wort. »Um im Spiel der Mächte einen Ausgleich zu ermöglichen, setzt sich der Rat der Stadt zu gleichen Teilen aus Juristen wie aus Kaufleuten zusammen. Freilich gibt es Familien, die es verstehen, auf beiden Gebieten durch Experten im Rat vertreten zu sein. Die Familie Wilken ist dafür ein berühmtes Beispiel. Neben unserem hochgeschätzten Prätor

Hieronymus Wilken sitzt auch sein jüngerer Bruder Michel, ein außerordentlich talentierter Kaufmann, im Rat.«
»Oh ja«, stimmte Abelson, der Wendung im Gespräch nur zu gern folgend, zu. »Michel Wilken hat sich auch im Geldgeschäft schon einen Namen gemacht. In unserem kleinen Kreis von Bankiers hört man öfter von ihm, erst kürzlich tauschte ich mich mit meinem Amsterdamer Freund Isaak Wiesenthal respektierlich über ihn aus.«
»Dabei stehen die Wilken-Brüder in einer langen Tradition«, ließ sich jetzt Johann Schultze, der Direktor der Gelehrtenschule Johanneum und ein guter Jugendfreund von Otto Claussen, vernehmen. »Schon oft saßen zwei Wilken-Brüder oder Vettern zugleich im Rat. Sie vertraten Hamburg auf den Hansetagen, andere stellten sich der Reformation entgegen, um dann noch im letzten Moment zu glühenden Anhängern des neuen Glaubens zu werden, die durchsetzten, dass nur Lutheraner Bürger der Stadt Hamburg sein durften.«
»Damit haben sie uns so manchen Ärger mit den Papisten vom Leib gehalten und dem rechten Glauben in dieser Stadt eine feste Burg geschaffen«, warf Matthias Claussen ein.
Um Abelsons Mund spielte ein tiefsinniges Lächeln, war ihm doch wegen dieser Regel als Jude trotz seines stattlichen Vermögens jedweder Zugang zum Bürgerstand der Stadt verwehrt. 1697 hatte man sogar auf hartnäckiges Betreiben der Bürgerschaft die Steuern für die Juden verdoppelt. Die hochdeutschen Juden hatten nun dreißigtausend Mark lübisch, die portugiesischen zwanzigtausend Mark lübisch pro Jahr zu zahlen. Dazu hatte man sämtliche Synagogen und jüdische Schulen aus der Stadt verwiesen und verboten, dass freitags bei ihnen die Sabbatlampen brannten. Auch durften Juden keine christlichen Bediensteten für niedere Arbeiten in den Dienst nehmen. Zwar zierte sich der Rat einige Monate, dem Ansin-

nen der Bürgerschaft zu folgen, aber dann gab man nach. All diese unerfreulichen Veränderungen hatten Moses Abelson schließlich auch bewogen, in Amsterdam nach einem möglichen Ehemann für Ruth Ausschau zu halten. Doch trotz der Verschärfungen war Hamburg kaum schlechter als andere Orte, zumindest in deutschen Landen. Für Menschen wie ihn galt es immer, eine besondere Vorsicht walten zu lassen und sich nirgends zu heimisch zu fühlen.

»Auch bei den mühsamen Verhandlungen 1617 mit den Dänen in Glückstadt standen Mitglieder der Familie Wilken, die Brüder Sebastian und Diedrich, in der ersten Reihe«, fuhr Schultze fort. »Zugleich widersetzten sie sich aber dem Bau der neuen Stadtbefestigung. Die Kosten erschienen ihnen zu hoch. Erst als offensichtlich wurde, wie groß die dänische Bedrohung tatsächlich war, schwenkten sie um und trieben die Arbeiten schließlich mit ganzer Energie zu Ende. Diese Familie scheint immer zur rechten Zeit auf Siegers Seiten zu stehen. Der Vater des gegenwärtigen Prätors Hieronymus Wilken hatte 1684 bei dem Aufstand der Bürgerpartei unter Jastram und Schnittger mehrfach die Fronten gewechselt. Als sich das Blatt unter dänischer Belagerung zu wenden begann, verhandelte er schließlich ohne Skrupel mit Lüneburg und Brandenburg über den Einmarsch ihrer Truppen in die Stadt. Damit bereitete er maßgeblich den Sturz von Jastram und Schnittger vor, die draußen auf St. Georg gerädert, enthauptet und im Beisein Tausender öffentlich zerstückelt wurden. Ihre Schädel stecken bis heute über dem Millerntor und dem Steintor, allen Aufrührern eine Warnung.«

»Nein, verehrter Direktor Schultze, das tun sie seit heute Nachmittag nicht mehr!«, widersprach Matthias Claussen lebhaft.

»Was meint Ihr damit?«

»Als ich heute früh nach St. Katharinen kam, geriet ich in eine aufgebrachte Menge, die zum Steintor eilte, um nach Schnittgers Schädel zu schauen. Denn Jastrams Haupt am Millerntor war bei Toröffnung verschwunden.«

»Wie kann das sein?«, empörte sich Otto Claussen.

»Euer Neffe spricht die Wahrheit, guter Freund«, warf Syndikus Lorenz ein. »Mich hat dieser makabre Diebstahl heute auch schon in der Sitzung des Rates beschäftigt. Schnittgers Schädel blieb zum Glück unversehrt. Wir haben ihn verstärkt bewachen lassen. Ist er doch ein Symbol gegen die Tyrannis.«

»Aber wer klaut einen Totenschädel, dazu noch einen so verdammten?«, fragte Margarete Claussen verwundert.

»Das Interesse an Totenschädeln scheint weitaus größer zu sein, als man gemeinhin vermuten mag«, ließ sich nun Wrangel vernehmen. »Gleich der erste Fall, mit dem ich hier in Hamburg in Berührung kam, betraf eine Leiche ohne Kopf.«

»Ja, davon hörte ich, eine junge Frau soll es gewesen sein«, mischte sich Ruth wieder in das Gespräch ein. »Wir machten uns Sorgen damals, dass es nicht bei einer Frauenleiche bleiben könnte. Doch zum Glück ist seitdem kein weiteres so schreckliches Verbrechen in der Stadt geschehen.«

»Doch der Kopf blieb bis zum heutigen Tage verschwunden«, ereiferte sich Wrangel. »Asthusen, der Frohn, klärte mich auf über die Wunderkräfte, die im Pharmazeutischen mit Schädeln in Verbindung gebracht werden.«

»Asthusen?«, warf Margarete Claussen mit leichtem Schauder ein. »Mit ihm verkehrt Ihr?«

»Als Prokurator gehört es zu meinen Pflichten, auch mit dem Frohn zu verkehren, gnädige Frau«, erwiderte Wrangel trocken.

»Liebe Tante, seid unbesorgt, auch mir als Geistlichem ist Asthusen wohlbekannt. Vor dem Scharfrichter schlottern muss man nur, wenn man in tiefem Aberglauben verfangen oder aber in den Händen des Henkers ist. Die übrigen Menschen brauchen vor diesem gottergebenen Mann keine Furcht zu haben.«

»Nun, mein Junge, das ist wohlgesprochen für einen aufgeklärten Theologen, doch bei den Damen lässt so ein Umgang doch das Grauen aufkommen«, vermittelte der alte Claussen gütlich.

»Des pharmazeutischen Interesses wegen kann aber wohl kaum jemand Jastrams Kopf gestohlen haben. Soviel weiß ich aus meinen zweifellos geringen medizinischen Kenntnissen«, brachte Schultze das Gespräch wieder zurück auf unverfänglicheres Terrain. »Vielmehr politisch scheint mir so eine Tat motiviert. Der nordische Krieg der Schweden gegen Russland und Polen gibt den Dänen neue Hoffnung, ihre Klauen in Hamburg einzuschlagen, um die Demütigung, die der junge Schwedenkönig Karl XII. ihnen selbst mit seinem überwältigenden Sieg im vergangenen Jahr angetan hat, wettzumachen. Nun, da sich die Schweden immer tiefer in den Krieg gegen Russland, die Sachsen und auch gegen Polen-Litauen verstricken, scheint der Augenblick günstig für Friedrich IV. zu sein, uns erneut seine dänischen Doggen auf den Leib zu hetzen.«

»Da habt Ihr recht, Herr Schultze, denke ich nur an die Sperren im Hamburger Hafen, die uns seit dem Sommer quälen. Aber warum sollte dafür gerade Jastrams Kopf wichtig sein?«, fragte Lorenz ungläubig grübelnd dazwischen.

»Erinnert Ihr Euch an den Fall Rondeck, verehrter Syndikus Lorenz?«

»Selbstredend, ich diente bereits dem Rat, damals im Sommer 1685. Die Gnadenlosigkeit, mit der Jastram und Schnittger den Mann foltern ließen, weil er versucht hatte, Schnittger zu entführen, war beispiellos gewesen. Der Henker selbst, unser

Asthusen, verweigerte schließlich, dem Gemarterten weitere Qualen zuzufügen. Dabei war von Rondecks Entführungsversuch weit weniger verwerflich, als man annehmen könnte. Schnittger und Jastram hatten schließlich viele ehrenrührige Reden gegen seinen Herrn, den Herzog von Braunschweig-Lüneburg-Celle, geführt, und unser Rat war nicht in der Lage, dem Genugtuung fordernden Herzog diese auch zu bieten. Erst die Köpfe der beiden vor unseren Toren versöhnten den Nachbarn wieder mit Hamburg.«

»Doch vielleicht gilt es ja gerade, diese Versöhnung nun lauthals zu stören ...«

»Verehrte Herren, politische Themen, gepaart mit blutrünstigen Details, sind nichts für eine junge Dame«, unterbrach die Hausherrin mit mahnendem Blick auf Ruth, die mit leuchtenden Augen begierig der Unterhaltung folgte. »Verschiebt diese Erörterungen doch bitte auf später und lasst uns nun lieber erbaulicheren Dingen zuwenden. Liebe Ruth, mögt Ihr uns nicht mit ein wenig Musik am Cembalo erfreuen? Euer Vater lobt Euer Spiel so außerordentlich, dass ich mich schon lange danach sehne, Euch zu hören.«

Wrangel rauschte der Kopf. Gedanken über verschwundene Köpfe vermischten sich mit der für ihn so neuen Dimension der Hamburger Politik. Der schwere Wein und der samtige Kerzenschein trugen das Ihre dazu bei, die Welt für einen Augenblick in einem anderen Licht zu sehen. Vor allem aber verwirrten ihn die leuchtenden grauen Augen der jungen Ruth, die jetzt über die Noten einer Cembalo-Sonate von Johann Mattheson glitten, derweil unter ihren Händen das Cembalo mit strengen und klaren Tönen den Raum füllte.

12

Auf dem Weg in sein Quartier überlegte Wrangel, ob er nicht doch noch in einer der Kneipen einkehren sollte, um über die Gespräche im Haus der Claussens nachzudenken, entschied sich dann aber, ohne Umwege heimzugehen. Bei seiner Wirtin brannte noch Licht. Er klopfte an die schwere Tür. Die Alte öffnete aufgeregt. »Herr Wrangel, es war der Brookvogt da und hat einen Brief abgegeben. Es ist bestimmt eine wichtige Sache, er trägt das Siegel von Prätor Wilken!«
Wrangel öffnete das Schreiben und überflog die Zeilen. Berauscht vom Wein, machte er sich einen Spaß daraus, die Neugier seiner Wirtin auf die Folter zu spannen, die mit lang gerecktem Hals in der Diele stand und ein Licht hielt, damit er lesen konnte. Dabei versuchte auch sie etwas zu entziffern.
Er setzte eine offizielle Miene auf. »Nichts Wichtiges. Der Prätor hat mich zu einer Zeugenvernehmung geladen.«
Im Gesicht der Alten mischte sich ein Ausdruck von Erstaunen mit der Enttäuschung mangelnder Befriedigung.
So konnte er es sich nicht verkneifen, sich ihr auf der Treppe noch einmal mit gespielt verschwörerischem Ton zuzuwenden. »Es geht um das Mannweib, die Frau in Männerkleidern.«
Dann ließ er sie mit ihrer brennenden Neugier allein in der Diele stehen, während in seinen Ohren Matthesons Klänge nachhallten.

Samstag, 5. November 1701

13

Als Hinrich Wrangel Schlag neun in der Frohnerei eintraf, waren bereits sämtliche Zeugen, der Aktuar Dr. Meyer, der Brookvogt und auch Prätor Wilken versammelt. Asthusen hatte die Herrenstube für die Zeugenvernehmung hergerichtet. Vor dem Fenster standen der Tisch und zwei Stühle, einer für den Prätor, einer für den Aktuar. Etwas abseits vom Tisch stand noch ein dritter Stuhl für Wrangel. Der Rest des Raumes war leer geräumt und gründlich gefegt. Links gegenüber vom Fenster waren zwei schwere Eisenringe in die Wand eingelassen, an die man im Zweifelsfalle Gefangene ketten konnte. Vor ihnen stand die Gefangene, an Händen und Füßen gefesselt. In der rechten Ecke neben der Tür tummelten sich die Zeugen. Die blasse Frau mit dem dunklen Kopftuch musste Elisabeth Pausten sein. An sie drängte sich ein älteres Paar in lüneburgischer Bauerntracht, ihre Eltern, die gemeinsam mit dem Sohn, dem jungen Mann rechts neben ihr, Bunk gefasst und angezeigt hatten. Hinter der Familie Pausten erkannte Wrangel die Bauernleute wieder, die vor zehn Tagen Bunk der Entführung von Maria Rieken beschuldigt hatten. Der Brookvogt stand mit gewichtiger Miene neben den Zeugen und achtete darauf, dass sie nicht zu sehr in die Mitte des Zimmers vordrängten.

»Da seid Ihr ja, Wrangel«, ließ sich Wilken kurz vernehmen, »so lasst uns mit dieser Sache anfangen.«

Mit festem Schritt und würdigem Blick durchschritt der Prätor den kleinen Raum und nahm am Tisch Platz. Wrangel und Dr. Meyer folgten ihm schweigend. Asthusen schloss die Tür hinter ihnen und stellte sich dann an die Wand zwischen Wrangel und der Gefangenen, genau austariert einen guten Schritt dichter an der Gefangenen als am Prokurator. Dann ergriff er als Hausherr das Wort, erklärte mit wenigen Sätzen die Umstände der Zeugenvernehmung und übergab die Leitung der Befragung feierlich an Prätor Wilken.

Dieser räusperte sich und ließ seinen durchdringenden Blick über die versammelten Menschen gleiten. »Wir sind also heute hier zusammengekommen, um die Vorwürfe der Familie Pausten gegen die Gefangene …« Er warf einen unwirschen Blick zum Aktuar hinüber. »Wie heißt die Gefangene, Dr. Meyer?«

»Bunk ist ihr Name, Prätor Wilken.«

»Bunk? Wie kann ein Weibsbild Bunk heißen?«

»Nun, es ist ihr Familienname, Prätor.«

»Und ihr Taufname, Dr. Meyer? Was steht in Euren Akten?«

»Hinrich, Prätor Wilken.«

Wilken blitzte den Aktuar mit funkelnden Augen an und wandte sich dann an Wrangel. »Wie heißt Eure Mandantin, Prokurator Wrangel?«

Wrangel räusperte sich verlegen. »Sie hat sich bisher geweigert, uns ihren Taufnamen zu nennen, Prätor Wilken.«

Wilken musterte ihn mit strengem Blick.

»Wie heißt Sie mit Taufnamen?«, wandte er sich nun direkt an Bunk.

Die hielt ihren Blick gesenkt und schwieg.

»Meister Ismael, diese Lücke im Protokoll gilt es später mit einer peinlichen Befragung zu schließen«, beendete Wilken sein kurzes Intermezzo. »Wenden wir uns der Beschuldigung von Elisabeth Pausten zu. Trete Sie vor und erkläre sich.«

Die blasse Frau mit dem Kopftuch machte einen Schritt auf den Tisch zu.
»Name?«
»Pausten, Elisabeth.«
»Wo kommt Sie her?«
»Aus Fuhlengrube im Lüneburgischen.«
»Familienstand?«
Betreten versenkte die Frau den Blick in ihren Rocksaum.
»Familienstand?«, wiederholte Wilken unwirsch.
»Verheiratet«, flüsterte Elisabeth Pausten.
»Name des Ehegatten?«
Da brach sie in Tränen aus, verknotete ihre Hände in der Schürze und schluchzte hilflos.
»Name des Ehegatten?«
»Hinrich Bunk«, presste die Frau mühsam hervor.
Ein Raunen ging durch den Raum, und der Vater mischte sich lauthals ein. »Das ist doch kein Mann! Sie ist nicht verheiratet!«
»Ruhe! Erzähle Sie Ihre Geschichte und wie es zu der Verletzung durch die Gefangene kam«, beendete Wilken das Durcheinander.
»Am Erntedank war es«, setzte Elisabeth Pausten nach einem beherzten Schnäuzer an. »Wir waren zur Ernte bei meiner Familie in Fuhlengrube gewesen. Zum Fest nach dem Gottesdienst hatte ich eine neue Schürze angelegt, die mir Jürgen Lüderer, ein Witwer aus dem Dorf, geschenkt hatte, weil ich ihm zwei Tage lang beim Einkochen zur Hand gegangen war. Als Hinrich mich mit der Schürze sieht, wird er ganz wild vor Eifersucht und beschimpft mich unflätig. Er schreit, für ein bisschen Tand hebe ich wohl gleich für jeden den Rock …«
Mit vor Erregung und Scham zitternder Brust hielt sie einen Augenblick inne. »Dann … dann griff er nach der Schürze und

versuchte, sie mir vom Leib zu reißen. Als sie sich nicht löste, fasste er nach seinem Messer und wollte das Band durchtrennen. Ich versuchte mich zu wehren gegen den Grobian und stieß ihn von mir. Doch er hielt meinen Arm, und ich prallte zurück. Dabei schnitt mir das Messer in die Seite.«
Wilkens gelangweilter Blick wanderte von der Zeugin zur Beschuldigten, weiter zu Asthusen und schließlich zu Wrangel. Es war offensichtlich, dass er seine Zeit hier als vertan ansah. So wie die Frau es schilderte, war das kein Mordversuch, sondern ein Unfall im Rahmen einer Streiterei. Dazu war das Ganze vor geraumer Zeit im Lüneburgischen passiert. Das Hamburger Niedergericht war dafür nicht zuständig. Wrangel konnte förmlich von Wilkens Gesicht ablesen, dass er sich das alles nur anhörte, um vor dem Volk als geflissentlicher Hüter der Ordnung dazustehen.
»So zeige Sie denn Ihre Wunde und sage uns, wer jener Hinrich ist«, wandte er sich schließlich an die Zeugin.
»Na, er, Hinrich Bunk«, deutete sie erregt auf die Gefangene, »mein Mann.«
»Was nennt Sie das Weib da Ihren Mann?«, fuhr Wilken sie scharf an. »Wie kann Sie denn ein Weib zum Manne haben?«
Elisabeth Pausten zitterte am ganzen Leib. »Ich hab ja nicht gewusst, dass Hinrich kein Mann ist. Erst jetzt seh ich's und …«
»Wie kann Sie denn nicht gewusst haben, dass Ihr Mann kein Mann ist? Wo Sie doch mit ihm verheiratet sein will! Hat Sie die Ehe etwa nicht vollzogen?«
Wrangel war unwohl. Nach der Schilderung dieser Elisabeth Pausten war seine Mandantin schließlich stark entlastet. Jetzt den Vorwurf der Sittenwidrigkeit aufzunehmen konnte ihr nur schaden und die ganze Sache ungebührlich in die Länge ziehen. Und ihn würde es immer länger an diesen widerlichen

Fall, dieses verruchte Geschöpf, binden. Nichts wusste er über die Frau. Noch nicht einmal ihren Namen. Er würde nur schweigend abnicken können, was der Prätor da auf den Weg brachte, und sich in die Dinge fügen müssen. Er spürte die Wut der Hilflosigkeit, des Ausgeliefertseins in sich hochkommen. Wie konnte er hier nur so ein erbärmliches Bild als Advocatus und Prokurator abgeben?

»Doch«, flüsterte Elisabeth Pausten verzagt.

»Verhext hat das Weib meine Tochter!«, schrie auf einmal der Vater dazwischen. »Blind gemacht hat es sie, um sie den anständigen, gottesfürchtigen Leuten zu entreißen!«

»Ja, eine Hexe ist das Weib!«, fiel die alte Frau aus den Vierlanden, wohl die Mutter der vermissten Rieken, mit ein.

»Ruhe!«, gebot der Prätor, und der Brookvogt baute sich bedrohlich vor den Zeugen auf, um der Forderung Nachdruck zu verleihen.

Wrangel spürte einen Stich im Magen. Auch wenn ihm dieser Fall nicht passte, konnte er nicht tatenlos zulassen, dass dem Vorwurf der Hexerei mit all seinen entsetzlichen Folgen Futter gegeben wurde. Vielleicht war genau das hier seine Aufgabe. Vielleicht war es eine Prüfung, die Gott ihm abverlangte? Schließlich hatte er bei Christian Thomasius, einem der größten Kämpfer gegen den Hexenwahn, studiert. Er teilte Thomasius' Auffassungen aus tiefstem Herzen, und er wusste auch, dass die Schlacht um den Hexenwahn zwar in den Gesetzbüchern gewonnen war, aber noch lange nicht in den Herzen des einfachen Volkes. Auch bestand kein Zweifel daran, dass Wilken ein vernünftiger, aufgeklärter Mann war und sich nicht auf diesen Wahnsinn einlassen würde. Hoffentlich!

»Erzähle Sie uns, wie Sie zu Ihrem Mann gekommen und wie Sie mit ihm die Ehe vollzogen hat«, wandte sich Wilken mit strengem Ton an Elisabeth Pausten.

»Im Frühjahr war es, kurz nach der Karwoche, da lernte ich ihn, Hinrich, in Altona im Gasthaus kennen. Ich war dort über den Winter in Diensten, half in der Küche und im Schankraum. Er war sehr nett und großzügig zu mir. Hat mir hübsche Geschenke gemacht und liebe Dinge zugeflüstert.« Ihr Gesicht rötete sich, und ein warmer Zug umspielte ihre Lippen. »Mein Herz hat sich für ihn erwärmt. Und als er fragte, ob ich nicht seine Frau sein und mit ihm leben wollte, anstatt in der Schenke zu schuften, da hab ich nicht lang gezögert. Noch vor Christi Himmelfahrt haben wir in Altona geheiratet.«

»In Altona, im Dänischen«, warf Wilken ein. »Dort schaut ja bekanntlich keiner so genau auf Ehre und Anstand der Brautleute. Auch ohne Erlaubnis der Eltern wird dort getraut. Nun, da wundert es einen kaum, dass die Dänen noch nicht einmal bemerken, wenn sie zwei Frauen trauen. Aber spätestens in der Hochzeitsnacht muss Ihr doch aufgefallen sein, dass Ihr Mann kein Mann ist!«

Elisabeth Pausten schluckte schwer und schüttelte nur den Kopf.

»Hat Sie ihn denn nicht unbekleidet gesehen, so wie Gott ihn oder vielmehr sie«, er deutete energisch auf die mit hängendem Kopf in der Ecke stehende Bunk, »geschaffen hat?«

»Nein, ich hab ihn nie ganz ohne Kleider gesehen. Wenn er sich mir näherte, war es immer dunkel.«

»Aber wie kann er Sie ohne Membrum virilis kohabitiert haben?«

Die Frau schaute den Prätor verständnislos an.

Beherzt ergriff der Brookvogt das Wort. »Nun, wie kann er dich genommen haben, wenn seine Hose leer ist?«

Elisabeth Paustens Gesicht wurde hochrot. »Nein, seine Hose war nicht leer.«

Ein Raunen erfüllte den Raum.

»Eine Hexe ist sie! Und verhext hat sie mein Kind!«, rief erneut Paustens Vater dazwischen.
Wilken klopfte mit einem kleinen Hammer energisch auf den Tisch. »Wie es auch immer um die Hose dieses Weibes bestellt gewesen sein mag, so ist in jedem Falle weder die beschuldigte Verletzung noch sittliche Unzucht in Hamburg geschehen, und somit ist das Niedergericht nicht für diese Vergehen zuständig«, brachte der Prätor die Sachlage auf den Punkt.
Wrangel atmete erleichtert auf. Vielleicht war der Prätor wirklich willens, nach dieser kleinen Einlage zur Ergötzung des Pöbels die Sache auf sich beruhen zu lassen und den Fall gar nicht erst anzunehmen. Natürlich hätte dann Asthusen wieder einmal jemanden umsonst durchgefüttert. Aber das Mannweib dürfte in der vergangenen Woche durch die Besichtigungen so einige Taler in seine Börse gespült haben. Und ihm selbst bliebe die Herausforderung als Prokurator erspart, in diesem Sündenpfuhl herumstochern zu müssen, um der Pflicht Genüge zu tun.
Da erhob sich der Scharfrichter. »Erlaubt mir, hochgeehrter Prätor Wilken, Euch auf weitere Zeugen aufmerksam zu machen, die in diesem Mannweib hier jene wiedererkannt zu haben meinen, die ihre Tochter im vergangenen Januar entführt und nach Hamburg gebracht haben soll. Genau zu jener Zeit, als sich auf dem Schweinemarkt eine tote Frau fand.«
Wilken erlaubte es. Seinem sich merklich aufhellenden Gesicht war anzusehen, dass er jene Zeugen nicht nur erlaubte, sondern sogar ersehnte.
Wie hatte er so leichtgläubig sein können, warf sich Wrangel mit innerem Groll vor. Wieso auch sollte der Prätor ein so gefundenes Fressen wie dieses Weib wieder fortwerfen? Doch wer weiß? Vielleicht hatte diese Bunk tatsächlich mit dem Mord zu tun, und ihn zu klären lag Wrangel schließlich eben-

falls am Herzen, wenn auch nicht gerade als des Mörders Advocatus.
Inzwischen war der Vater von Maria Rieken hervorgetreten. Wrangel erkannte in ihm sogleich den tobenden Mann aus der Frohnerei wieder, auch wenn er jetzt ruhig und gefasst mit fester Stimme vom Verschwinden seiner Tochter sprach.
»Eine brave Tochter ist meine Maria. Stets war sie freundlich mit allen und half, wo es nottat. Ihrem Mann, dem Hans Rieken, war sie eine gute Ehefrau.« Mit einer knappen Handbewegung deutete er dabei auf den hinter ihm stehenden grobschlächtigen Bauern mit flachsblondem Haar und einem von Pockennarben entstellten Gesicht. Der nickte nur stumm und heftete den Blick angestrengt auf seine Holzpantinen.
»Im zweiten Jahr waren sie bereits verheiratet, als diese Hexe zu uns in den Dorfkrug kam und meine Tochter entführte. Am Dienstag nach dem Sonntag Septuagesima war es. Beschwatzt hat sie das gute Kind und dann einfach mit sich fortgeführt. Überall haben wir nach ihr gesucht, aber kein Lebenszeichen mehr von Maria erhalten.«
»Zur Ergänzung, Prätor Wilken«, mischte sich der Brookvogt in die Schilderung ein, »sei zu erwähnen, dass an jenem Mittwoch, dem 26. Januar, eine Frau ohne Kopf am Schweinemarkt gefunden worden ist, von der man bis heute nicht weiß, wer sie war und woher sie kam, nur dass sie grausam in Hamburg ermordet wurde.«
Ein lautes Schluchzen unterbrach den Brookvogt. Riekens Mutter hielt sich die knotigen Hände vors Gesicht und brach in ungestümes Weinen aus. Ihr Mann nahm sie in den Arm und flüsterte beruhigende Worte in ihr Ohr.
»Danke für die Erinnerung an jenen Fall, Brookvogt, der mir nicht in Vergessenheit geraten ist und auf dessen Sühne der Scharfrichter noch wartet.«

Mit schaudernder Ehrfurcht wandten sich alle Blicke zu Asthusen, der mit ernstem Gesicht dem Prätor zunickte. Dann fixierte er mit unverwandt strengem Blick die Gefangene, die bei den Ausführungen des Brookvogtes erschrocken den Kopf gehoben hatte. Plötzlich schrie sie mit schriller Stimme los.
»Ich habe niemanden umgebracht! Einen Mord könnt Ihr mir nicht anhängen! Warum hätte ich auch Maria, das arme Weib, töten sollen? Fliehen wollte sie mit meiner Hilfe vor ihrem miesen Ehemann! Geschlagen hat er sie bis aufs Blut! Grün und blau waren ihre Glieder!«
Ein empörtes Grollen drang aus der Zeugenecke. Vater und Schwiegersohn hoben die Fäuste und schleuderten der Gefesselten wüste Verwünschungen entgegen.
Mit mehreren kräftigen Schlägen seines Holzhammers sorgte der Prätor für Ruhe. Dann wandte er sich mit eisigem Blick Bunk zu. »Im Anschluss an diese Zeugenbefragung wird Sie Gelegenheit bekommen, uns Auskunft zu geben über Ihren Namen und Ihre Version der Ereignisse. Jetzt schweige Sie still.«
Bunk zuckte zusammen und musterte dann mit scharfem Blick den Prätor, als wollte sie prüfen, ob sie ihn irgendwoher kannte. Wilken forderte derweil Maria Riekens Vater auf, das Äußere seiner Tochter zu beschreiben, und gab Dr. Meyer Anweisung, alles so genau wie möglich mitzuschreiben.
»Maria ist ein zartes Geschöpf. Gerade mal bis zur Brust reicht sie mir«, begann der Bauer mit seiner Beschreibung und fasste, so als würde er jemandem über den Kopf streicheln, mit der rechten Hand auf seine Brust. »Langes dunkelbraunes Haar hat sie und braune Augen wie ein Reh. Kleine Hände hat sie, mit denen sie flink das Unkraut im Gemüsegarten jätete.«
Riekens Mutter schluchzte erneut auf und drückte sich ein kleines weißes Tuch vor die Nase. Der grobschlächtige Bauer,

Maria Riekens Mann, trat unbeholfen von einem Bein auf das andere, wobei seine Holzpantinen wie Hammer auf die Dielen des Vernehmungszimmers schlugen.
Wrangel sah in Gedanken die kopflose Tote auf dem Schweinemarkt mit ihren ausladenden Brüsten und dem dunkelroten Schamhaar vor sich. Zart war ihm der Körper nicht vorgekommen. Aber wie sollte man beurteilen, was dieser Bauer als zart verstand, wo er doch selber ein Kreuz wie ein Bulle und Pranken wie ein Bär hatte.
Prätor Wilken vergewisserte sich, dass der Aktuar alle Details erfasst hatte, und entließ dann die Zeugen mit dem Hinweis, dass das Niedergericht den Vorwürfen nachgehen und die Gefangene separat hierzu befragen werde.
Während der Brookvogt die Zeugen aus dem kleinen Raum hinausschob, warf Bunk ihnen verächtliche Blicke zu und spuckte kräftig aus. Sogleich packte Jürgen, der Meisterknecht, sie fest am Arm und stieß sie runter. »Deine Stunde kommt noch, Hexe!«
»Meister Ismael«, wandte sich der Prätor an den Scharfrichter, »bereitet alles für die peinliche Befragung vor, während ich mich kurz mit Prokurator Wrangel abstimme. Sagt auch dem Brookvogt, er soll eilen und zwei Schöffen herbeischaffen, die dem Procedere beiwohnen. Ich will nicht unnötig Zeit verlieren und die übrigen Geschäfte über Gebühr warten lassen.«

14

Es gibt da kein großes Wenn und Aber, Wrangel«, belehrte der Prätor seinen jungen Prokurator, während sie sich vor der Frohnerei die Füße vertraten und auf die Ankunft der Schöffen warteten. »Das Mannweib hat reichlich Dreck am Stecken, von den moralischen Abgründen ihres Lebens mal ganz zu schweigen. Wir werden gründlich zu prüfen haben, ob sie nicht tatsächlich mit diesem verfemten Mord zu tun hat. Zuzutrauen wäre es so einer Person ja durchaus. Aber darauf kann das Niedergericht nicht bauen. Je zügiger wir eine vernünftige Aussage, idealerweise ein Geständnis, von der Angeklagten haben, desto besser.«
»Aber Ihr habt doch bereits vermerkt, dass sie für die Messerstecherei gar nicht vors Hamburger Niedergericht gehört. Wäre es da nicht gut, sie einfach zügig an die Gerichtsbarkeit im Lüneburgischen auszuliefern und sich so der Last zu entledigen?«
»Mein lieber Wrangel, natürlich werden wir sie ausliefern, sollte die peinliche Befragung nichts Konkreteres zu der Toten erbringen. Aber denkt doch auch ein wenig politisch. Ein aufgeklärter Mord, gerade von solcher Grausamkeit wie jener damals, lässt das Ansehen aller am Niedergericht steigen. Auch Eures. Das wird Euch Türen öffnen für lukrativere Fälle als diesen hier. Und wer weiß, ob man sich nicht bald auch an Euch als hervorragenden Ermittler im Rat erinnert, wenn ein neuer Fiskal bestellt werden soll.«
Wrangel war verwirrt. Verteidiger war er in diesem Fall, nicht Ermittler. Oder vielleicht doch? Schließlich hatte er damals im Januar so einige Nachforschungen angestellt, der Leichenbeschauung beigewohnt und immer wieder beim Prätor nachge-

hakt. Das schien jenem damals allerdings keinerlei Freude zu bereiten, ganz im Gegenteil. Ausgebremst hatte er ihn und mit nichtssagender Arbeit überhäuft. Andererseits, politisch gedacht, ließ sich die Meinung des Prätors zu Wrangels Anfangseifer wohl durchaus ändern, und es sprang zu guter Letzt vielleicht ein Nutzen für ihn heraus.

»Darum, mein junger Freund, bedenkt bei der kommenden Befragung, dass sie einem höheren Zweck dient, der durchaus die Mittel zu heiligen vermag.«

Ein Frösteln durchzuckte Wrangel. Was würde ihn gleich erwarten? Schon zweimal war er in seiner Funktion als Prokurator bei peinlichen Befragungen hier am Niedergericht dabei gewesen.

Es war jedes Mal ein grausliches Schauspiel. Die Folterkammer war im Keller der Frohnerei untergebracht. Geräumig war sie, sodass die Beiwohnenden einen gebührlichen Abstand zum Beschuldigten und dem Scharfrichter mit seinen Instrumenten halten konnten. Die Mauern waren so dick, dass kaum ein Geräusch nach außen drang. Bisher war es vor Wrangels Augen noch nicht zum Schlimmsten gekommen, der Carolina sei Dank. Diese Gerichtsordnung, die Kaiser Karl V. 1532 als erstes allgemeines deutsches Strafgesetzbuch, verbunden mit einer Strafprozessordnung, geschaffen hatte, hatte der Folter eine allgemeine Mäßigung auferlegt.

Man ging jetzt stufenweise vor. Zuerst führte der Scharfrichter höchstpersönlich dem armen Beschuldigten nur die Instrumente der Tortur vor und erklärte dabei ausgiebig ihre Wirkungen. Meistens zeigte diese Zurschaustellung schon ihre Wirkung und machte den Beschuldigten gesprächig. So war es zumindest während der beiden Befragungen, die Wrangel hier unter Meister Ismael miterlebt hatte. Sollte sich aber so gütlich noch kein Erfolg einstellen, wurde das Opfer bis auf die Haut ausgezogen und der Scharfrichter passte ihm die Daumenstöcke oder auch die Beinstöcke an, ohne diese jedoch anzuziehen. So nackt im Elend stehend, gaben dann die meisten Delinquenten doch auf. Taten sie es nicht und weigerten sie sich auch weiterhin, ein Geständnis abzulegen, folgte der erste Grad der Tortur, meist die Daumenstöcke. Diese waren flache Eisenstücke, in die die Daumen gelegt und dann zusammengepresst wurden. Bis zur dritten Stufe ließen sich die Grausamkeiten steigern.

Doch Wrangel wurde schon beim bloßen Gedanken an die Werkzeuge schlecht, sodass er innig hoffte, Bunk würde ihre Verbocktheit fallenlassen und ihnen ihren Taufnamen sagen, wie auch die anderen Dinge, die sie zu klären hatten. Schließlich ging es hier noch nicht um ein Eingeständnis von Schuld, sondern lediglich um eine konstruktive Zusammenarbeit. Wrangel vertraute dabei auf Asthusen, der wahrlich nicht zu den Schlächtern seines Standes gehörte, sondern ein Mann von Maß war.

In diesem Moment kam der Scharfrichter auch schon auf sie zugeschritten und verkündete, dass man nun so weit sei.

Sechs Fackeln leuchteten die feuchte Kammer hell aus. Tisch und Stühle aus dem Vernehmungszimmer standen neben der Tür, am anderen Ende des Raumes reihten sich ordentlich die Folterwerkzeuge nebeneinander: zwei Paar Daumenstöcke, zwei Fußstöcke, ein Satz Zangen, Kästen mit Nägeln und Splittern verschiedener Art, drei Seile, Ledermanschetten unterschiedlicher Größe, ein mit Wasser gefülltes Fass, Reisigruten in verschiedenen Stärken und eine Lederknute mit ausgefransten Enden. Asthusen und Jürgen flankierten die kleine Ausstellung der Folterinstrumente.

Da haben sie aber ordentlich aufgefahren, dachte Wrangel, als er zu seinem Platz am Ende des Tisches schritt. Ihm folgten

die beiden kurz zuvor eingetroffenen Schöffen des Niedergerichtes. Neben ihnen nahm der Prätor Platz, am linken Ende der Aktuar. Der sortierte auch sogleich seine Federkiele, spannte einen Bogen Papier auf das kleine Tragpult und öffnete das Tintenfass.
Bunk saß bereits auf einem Schemel in der Mitte des Raumes und starrte unruhig auf die Werkzeuge schräg hinter ihr.
»Wir wollen nicht unnötig unsere Zeit vertun«, eröffnete Wilken knapp den zweiten Teil der Vernehmung. »Hat Sie sich inzwischen bereits besonnen auf Ihren Taufnamen?«
Bunk schwieg verbissen.
»Dann beginnt bitte, Meister Ismael, mit der Vorführung Eurer Handwerkszeuge.«
Asthusen griff nach einem Daumenstock und schritt damit vor die Gefangene. »Dies ist ein Daumenstock«, setzte er ruhig an. »Er dient dazu, einen Daumen langsam zu zerquetschen.« Behände lockerte er die Schraube des Geräts und spannte ein kleines Stück Holz zwischen die Eisenplatten. »Der Stock lässt sich sehr genau dosieren, da er über eine feine Windung verfügt.« Dabei drehte er langsam die Schraube fest. Das Holz knarrte zuerst, dann knackte und splitterte es. Die Enden bogen sich leicht nach oben.
Bunk folgte der Vorführung mit starrem Blick. Nur ein heftiges Schlucken verriet ihre Erregung.
Asthusen griff nun nach einem Fußstock und spannte einen Apfel hinein. Wenig später spritzte das Fruchtfleisch über Bunks Gesicht, sodass sie zusammenzuckte und angstvoll den Kopf abwandte.
Wrangel spürte ein Ziehen im Magen. Seine Hände waren feucht und kalt. Er warf einen Blick zu Wilken hinüber. Der saß seelenruhig auf seinem Stuhl und überflog Dr. Meyers Protokollnotizen.

»Wie ist Ihr Taufname?«, fuhr er auf einmal mit scharfem Ton die Gefangene an. »Sei Sie doch nicht so verbockt und rede endlich! Nicht über Schuld oder Unschuld wird hier heute entschieden, sondern es geht doch erst einmal nur um ein ordentliches Protokoll.«
Bunk starrte mit flackerndem Blick vor sich hin, schwieg aber weiter.
Wilken nickte Asthusen zu. Der drehte sich zu seinem Meisterknecht. »Jürgen, bereite die Delinquentin vor.«
Der Angesprochene trat mit einem Schritt an die Frau heran, griff sie mit beiden Händen am Kragen und riss ihr Hemd mit einem Ruck entzwei. Wrangel wollte hochfahren. So viel Brutalität war nicht gerechtfertigt.
Aber Wilken fing seinen Blick auf und verneinte mit einer knappen Kopfbewegung. »Je schneller wir den Namen in das Protokoll eintragen können, lieber Wrangel, desto eher kommen wir alle hier wieder heraus.«
Bunks Brust war mit einem Leinentuch straff zurückgebunden. Mit groben Griffen löste Jürgen zusammen mit dem Hosenbund das Tuch und zog es vom Körper. Dann drückte er die zitternde Frau auf den Schemel nieder und zog ihr die Schnallenschuhe von den Füßen.
Bunk kauerte sich auf dem Schemel zusammen und bedeckte mit den Armen die nackten Brüste. Die Hose war auf die Knöchel hinuntergerutscht, die Strümpfe hatten sich gelöst. Jürgen packte die Frau am Arm und richtete sie auf. Ihr Körper war schlank und muskulös. Vor allem ihre Arme und die kräftigen Hände wirkten männlich, ebenso ihre schmalen Hüften und kräftigen Hinterbacken. Wären da nicht die – wenn auch kleinen – spitzen Brüste und die Scham ohne jegliches Gehänge, so hätte man sich doch schon täuschen lassen können.

Wrangel musterte die Frau eingehend, nahezu selbstvergessen. Erst als sich ihre Blicke trafen, holte ihn die Gegenwart der Folterkammer ein. Er sah in die Augen eines Menschen, der im Begriff war, sein Selbst zu verlieren. Ihr Blick irrte haltlos durch den Raum, das Gesicht hatte sich zu einer Grimasse panischer Angst verzerrt.

Jetzt griff Asthusen ihre linke Hand und passte den Daumenstock an. Bunk stöhnte. Dann zerbrach etwas in ihrem Blick, und die panische Angst in ihrem Gesicht zerbröselte zu müder, verlorener Resignation.

»Ilsabe ist mein Taufname«, stieß sie mit gebrochener Stimme hervor.

»Was sagt Sie? Spreche Sie laut und deutlich, damit wir Sie verstehen können«, entgegnete Wilken trocken.

»Ilsabe Bunk ist mein Name.«

»Wo wohnt Sie, und wovon bestreitet Sie Ihr Leben?«

»In Hamburg auf dem Neuen Markt wohne ich, und mein Leben bestreite ich im Tagelohn, wie es so kommt.«

»So ist es schon besser. Was hat Sie zu dem Vorwurf von Elisabeth Pausten zu sagen, dass Sie jene mit dem Messer aufgeschlitzt haben soll?«

»Ein Missgeschick im Streit war es, nicht böse Absicht. Das Schürzenband wollte ich ihr zerschneiden, da hat sie mich geschlagen und ist dabei ausgerutscht und in die Klinge gefallen.«

Bunk sprach leise, müde geradezu. Sie zitterte am ganzen Körper. Ihr Haar fiel losgelöst die Schultern herab und bedeckte das halbe Gesicht. Die Arme, die Asthusen wieder freigegeben hatte, hingen hilflos an den Seiten herunter.

»Prätor Wilken«, mischte sich Wrangel ein, »da meine Mandantin nun Willen zeigt zu reden, erlaubt ihr, ihre Blöße zu bedecken.«

»Da nun kein Zweifel mehr darüber herrscht, dass Sie eine Frau ist, möge Sie sich wieder bekleiden. Aber erkläre Sie uns, in welcher Beziehung Sie zu Elisabeth Pausten gestanden hat.«

Unfähig, sich zu rühren, stand Bunk da und starrte Wilken mit leerem Blick an. Jürgen warf ihr das zerfetzte Hemd über die Schultern. Endlich bückte sie sich langsam, schlüpfte in die Ärmel, zog die Hose hoch und band sie notdürftig mit der Leibbinde um ihre Hüften.

»Nun rede Sie schon. Den Tag wollen wir hier nicht verbringen.«

»Es war, wie sie berichtet hat. Dem habe ich nichts hinzuzufügen.«

»Nichts hinzuzufügen, Frau? Als Mann hat Sie sich trauen lassen! Als Mann hat Sie gelebt und Ihre Frau beschlafen! Aber das wollen wir heute nicht weiter hier unten besprechen. Sage Sie uns lieber«, Wilken blätterte mit halbgeschlossenen Augen in den vor ihm gestapelten Aufzeichnungen, »was Sie zu dem Verschwinden von Maria Rieken zu berichten hat.«

»Damit hab ich nichts zu tun!« Bunks Augen flackerten nervös. »Ja, ich kenne Maria Rieken, und ich hab ihr auch geholfen, aus diesem elenden Kaff herauszukommen. Sie war ein armes geschundenes Weib. Geprügelt hat ihr Mann sie. Grün und blau war ihr Körper.«

»Wie hat Sie denn bei einem braven Eheweib den Körper sehen können? Hat Sie sich ihr auch lüstern genähert wie der Elisabeth Pausten?«

»Nein. Getröstet hab ich sie, als ich sie weinend im Stall des Dorfkrugs von Neuengamme fand. Als sie sich gar nicht wieder beruhigte, habe ich ihr meine Hilfe angeboten. Sie könnte mit mir nach Hamburg kommen und sich dort als Hausmädchen verdingen. Schlimmer als in Neuengamme hätte es für sie ja kaum werden können. Sie besann sich nicht lange und kam am nächsten Tag mit mir. Im Januar war es, als der große Frost das Land im Griff hatte. Wir hatten Glück, dass noch ein Fährmann übersetzte, denn die Eisschollen fingen schon an, sich am Ufer zu türmen.«

»Was hat Sie dann mit der jungen Frau gemacht? Hat Sie sie mit zu sich nach Hamburg genommen? Hat die Rieken gewusst, dass sie mit einem Weib in Männerkleidern geht? Hat Sie sich der Rieken unsittlich genähert?«

»Nein, ich hab Maria nicht angefasst. Ich habe ihr geholfen, von dort fortzukommen, wo sie viel zu viel und viel zu grob angefasst wurde. Geblutet hat sie zwischen den Beinen, weil ihr Mann, der geile Bock, sie nicht nur windelweich geprügelt, sondern auch gestoßen hat, als wollte er sie durchbohren.«

Wilken verzog angewidert das Gesicht und gab Dr. Meyer einen kleinen Wink. Wrangel fixierte seine Mandantin, deren aufbrodelnde Wut sie beinahe ihre Scham über die eigene Situation vergessen ließ.

»Ich habe Maria Rieken mit nach Hamburg genommen und sie bei einer Frau als Hilfe empfohlen. Mehr hatte ich mit ihr nicht zu schaffen.«

Wilken sah gereizt auf seine Fingerspitzen. Trotz der Fackeln kroch die feuchte Kälte langsam in die Kleider. Es wurde Zeit, aus diesem Raum herauszukommen. Auch Wrangels Finger wurden langsam klamm.

»Wie sind Name und Wohnort der Frau, zu der Sie Maria Rieken gebracht hat?«

»Jähner heißt sie, Maria Jähner. Die Frau eines Arzneienkrämers ist sie und wohnt im Beckergang. Ich habe die Leute aber lange nicht mehr gesehen, weil mich die Arbeit immer wieder aus der Stadt zog.«

»Welcher Arbeit geht Sie denn nach, die Sie so weit fort führt?«, fragte Wilken gelangweilt.

»Dies und das, was sich so ergibt. Mal arbeite ich auf Lastkähnen, mal helfe ich bei der Ernte. Mal arbeite ich als Höker, und wenn es sich ergibt, übernehme ich Botengänge in die eine oder andere nahe gelegene Stadt.«
Wilken blickte von seinen Papieren hoch. Seine Augen hatten einen regelrecht silbergrauen Ton angenommen und sprühten vor Konzentration. Er musterte die Gefangene eindringlich. Dann verzog sich sein Mund zu einer messerscharfen Linie, und mit zynischem Ton fuhr er die Frau an. »Mal ehelicht Sie in solcher Stadt dann auch ein unschuldiges Bauernweib, mal schlitzt Sie der armen Frau den Bauch auf, mal schneidet Sie einem anderen armen Mädchen den Kopf ab …«
»Das will erst noch bewiesen werden, Prätor Wilken«, unterbrach Wrangel. »Noch wissen wir nicht, ob die Tote vom Schweinemarkt tatsächlich diese Maria Rieken ist. Auch gibt es noch keinen Anhaltspunkt, warum Ilsabe Bunk die Rieken hätte töten sollen.«
Wilken warf Wrangel einen scharfen Blick zu, der plötzlich jegliche Nähe, wie der Prätor sie vorhin noch andeutete, Lügen strafte. »Nun, Prokurator Wrangel, dann wird es an Euch sein, mir bis Montag, den 14. November eine ausführliche Aussage Eurer Mandantin einzureichen, aus der sich ersehen lässt, wer dieses sittenlose Geschöpf ist und wie sie ihr Leben bestreitet. Kommt mir bloß nicht wieder mit so einer unzureichenden Arbeit wie heute vor Gericht, wo Ihr noch nicht einmal den Namen des Weibes habt nennen können. Auch will das Niedergericht geklärt wissen, wie dieses Mannweib sich fleischlich mit Frauen vereinigt und diese so blendet, dass sie den Trug nicht merken. Dem Volk dünkt es als Hexerei. Mir hingegen sieht es bisher doch ganz so aus, als haben wir es hier nur mit einem Haufen billiger Lügen zu tun, um die geile Gier dieses Weibes auf eine junge Frau zu vertuschen. Wer der einen den Bauch

aufschlitzt, der ist auch zuzutrauen, der anderen den Kopf abzutrennen.«
»Ich habe niemanden umgebracht!«, schrie Bunk auf und ging zwei große Schritte auf den Tisch zu. Doch schon hatte Jürgen sie gepackt und zu Boden geworfen. Schreiend und fluchend trat sie um sich.
»Meister Ismael, Ihr seid auch weiterhin für die Verwahrung der Gefangenen zuständig, bis wir uns ein klares Bild über ihre Schuld am Verschwinden und vielleicht auch Tod von dieser Rieken machen können. Damit beende ich das Verhör für heute.«
Mit einem kräftigen Ruck schob der Prätor seinen Stuhl zurück und erhob sich. Zugleich war der Brookvogt zur Stelle, half Wilken aus der engen Nische heraus und geleitete ihn durch die schwere, mit Eisen beschlagene Holztür hinaus, die er während des Verhörs mit einfältiger Inbrunst bewacht hatte.

15

Wrangel hatte keine Zeit zu verlieren. Etwas stimmte hier nicht. Keine Frage, diese Bunk war ein liederliches Weib, ein Schandpfuhl für jeden anständigen Menschen. Doch konnte man sie deshalb doch nicht sogleich zum Sündenbock für die ungeklärten Fälle des Prätors machen. Monatelang hatte Wilken die Leiche vom Schweinemarkt nicht ernstlich interessiert. Doch jetzt auf einmal glaubte er aus dieser elendigen Frau politisches Kapital schlagen zu müssen. Hier drohte er die Grenze von Recht und Gerechtigkeit zu überschreiten. Dabei sah ihm das nicht ähnlich. Wrangel hatte

ihn als äußerst korrekten, verantwortungsbewussten Prätor kennengelernt. Zweifel an seiner Arbeit waren ihm bisher noch nicht gekommen.
Vielleicht war es auch Wrangels eigene Schuld. So abgestoßen hatte ihn dieser Fall des Mannweibs, dass er tatsächlich nahezu unvorbereitet in die Zeugenvernehmung getappt war. Ein schöner Prokurator war er, der bereits bei der ersten billigen Frage die Antwort schuldig bleiben musste. Hatte er nicht eine Mitschuld daran, dass die Bunk sogleich einem peinlichen Verhör unterzogen wurde? Er konnte nur hoffen, dass sie daraus gelernt hatte. So wie er. Wollte er seinem juristischen Anspruch gerecht bleiben, galt es, eine rundum befriedigende Aussage zu erstellen, die keinen Zweifel offenließ.
Der erste Zweifel, der ihm sofort in den Kopf schoss, war die Beschreibung von Maria Rieken. In seiner Erinnerung hatte die Leiche gänzlich anders ausgesehen. Dick war sie, um nicht zu sagen fett. Bleich war die Haut der Frau gewesen und rot das Haar, das sich wild um ihre Scham gekräuselt hatte. Er musste zum Physikus Dr. Biester und in dessen Aufzeichnungen nachlesen, wie es tatsächlich um die Leiche bestellt gewesen war. Ebenso musste er zu dieser Krämersfrau im Beckergang. Wenn sie Bunks Aussage bestätigen konnte und vielleicht sogar wusste, wo die Rieken heute zu finden war, dann wäre die Sache schnell vom Tisch.
Eilig machte sich Wrangel auf den Weg. Als es von St. Michaelis zwölf Uhr schlug, bog er in den Beckergang. Die Jähner'sche Arzneienkrämerei war in einem windschiefen kleinen Fachwerkhaus untergebracht, dessen Dachschindeln wie zufällig verstreut langsam auf die Straße zu rutschen drohten. Das eiserne Schild baumelte quietschend an einer rostigen Kette im Wind. Als Wrangel die Tür öffnete, erklang eine Reihe kleiner Glöckchen, die dicht neben den Türangeln angebracht waren.

Der mit dunklem Holz getäfelte Verkaufsraum war leer, ein schwerer Geruch von Kampfer erfüllte die kalte Luft.
Aus einer hinteren Kammer kam eine kleine zierliche Frau hervor.
»Frau Jähner?«
»Die bin ich. Was kann ich für den Herrn tun?«
»Mein Name ist Hinrich Wrangel. Ich bin Prokurator am Niedergericht und möchte von Euch gern einige Erkundigungen einholen.«
Die Frau blinzelte Wrangel neugierig aus ihren braunen Knopfaugen an. »Erkundigungen?«
»Ja, gute Frau. Mir kam zu Ohren, dass Ihr Anfang dieses Jahres eine junge Frau in Dienst genommen habt, ihr Name ist Maria Rieken.«
»Maria, ja, das stimmt. Ein Bekannter meines Mannes hat sie uns empfohlen. Ein ordentliches Mädchen, aber nicht sehr flink.«
»So ist sie noch bei Euch im Dienst? Kann ich sie sprechen?«
»Nein, Herr Prokurator. Gerade einmal eine Woche blieb sie nur. Zu Mariä Lichtmess hat sie uns schon wieder verlassen. Die Dämpfe der Arzneien machten sie krank, behauptete sie, und sie wolle wieder zurück aufs Land.«
»Und Ihr wisst genau, dass es zu Mariä Lichtmess war?«
»Selbstverständlich, Herr Prokurator. Sie ging am Schlenkeltag, an dem anständige Dienstboten ihre Stelle ohne Schande wechseln dürfen.«
»Wisst Ihr, wo sie hinwollte?«
»Nicht mit Sicherheit. Zwar sagte sie, sie wolle aufs Land, aber wohin genau, das hat sie mir nicht gesagt. Warum fragt Ihr das alles, gnädiger Herr? Hat Maria denn Schwierigkeiten?«
»Nein, Frau Jähner, seid unbesorgt. Da sie Euch erst zu Mariä Lichtmess verlassen hat, hat sie mit meinem Fall kaum etwas

zu tun. Ich danke Euch sehr für die Auskunft. Wundert Euch bitte nicht, solltet Ihr beizeiten eine Vorladung als Zeugin am Niedergericht erhalten. Es mag wohl sein, dass man Eure Aussage noch wird zu Protokoll nehmen wollen.«

»Zum Niedergericht? Ich weiß nicht …« Sie zögerte.

»Oh, kein Grund zur Sorge, gute Frau. Das ist eine reine Formalie für die Aktenführung und wird Euch nur kurze Zeit in Anspruch nehmen.«

»Nun, wenn es denn sein muss … Doch selten bringt ein Besuch vor Gericht etwas Gutes.«

»Ihr werdet von uns hören. Habt vielen Dank für Eure Auskunft, gute Frau.«

Nachdem er die Arzneienkrämerei verlassen hatte, wandte sich Wrangel zügig Richtung Eimbeck'sches Haus. Wie großartig! Wilkens Konstrukt bröckelte schon dahin. Mariä Lichtmess war am 2. Februar. Die Leiche aber fand man am 26. Januar, seinem ersten Tag hier in Hamburg. So konnte diese Rieken nicht die Tote sein.

Wrangel spürte ein Zwicken im Magen. Er hatte heute noch nichts gegessen. Dr. Biester konnte noch ein bisschen warten. Zuerst musste er auf eine Suppe in einem Gasthaus einkehren, bevor er seinen Weg fortsetzte.

Kurz nach zwei Uhr traf Wrangel bei Dr. Biester ein. Der Physikus sah den Prokurator erstaunt an, als sich dieser nach den Unterlagen über die kopflose Frau erkundigte.

»Keine Stunde ist es her, dass ein Gerichtsdiener doch genau diese Papiere für das Niedergericht abgeholt hat. Weiß denn dort nicht die linke Hand, was die rechte tut?«

Wrangel blickte verdutzt drein. »Oh, vor einer Stunde. Entschuldigt dann bitte mein Ansinnen. Ich hatte nicht geahnt, dass man so schnell bei Euch sein würde. Ein Gerichtsdiener, sagt Ihr?«

»Prokurator Wrangel, haltet Ihr mich für einen Schwätzer? Ich sagte doch, dass es ein Gerichtsdiener war. Im Auftrag des Brookvogtes holte er die Unterlagen ab. Vom Mittagessen hat er mich hochgejagt. Es eile, sagte er nur. Nun kommt Ihr und holt mich aus meiner Mittagsruhe. All die Unruhe wegen eines fetten kopflosen Körpers, der schon lange von den Würmern vertilgt ist.«

»Entschuldigt bitte die Störung, Dr. Biester«, entgegnete Wrangel. »Doch die Mühlen des Gerichts mahlen manchmal etwas langsam.«

»Und nicht unbedingt sauber aufeinander abgestimmt«, entgegnete der Physikus spitz. »Nun entschuldigt mich. In einer guten Stunde muss ich in die nächste Vorlesung. Bis dahin brauche ich etwas Ruhe.«

»Fett, sagt Ihr?«

»Wie die Schweinebacke, die heute meinen Grünkohl zierte und mir jetzt auf der Galle liegt. Guten Tag, Prokurator.«

Sonntag, 6. November 1701

16

Soeben war das letzte Läuten der Glocken von St. Jacobi verklungen. Ruth Abelson blickte aus dem Fenster ihrer Stube, hinaus auf die kleine Johannisstraße, die wie leergefegt an diesem Sonntagmorgen im frühen Licht des Tages dalag. Sonntagmorgen waren schon immer etwas Besonderes gewesen. Alle gingen in die Kirche, und sie, die Juden, blieben zurückgezogen in ihren Häusern, unsichtbar für die Christen. Früher hatte sie diese erzwungenen Stunden der Ruhe und Muße genossen und dazu genutzt, ihren eigenen Gedanken nachzuhängen. Aber seitdem sie aus Amsterdam zurück war, wurde ihr immer deutlicher bewusst, wie eingeschränkt ihr Leben in Hamburg war. Immer musste sie Rücksicht auf die Bedürfnisse der anderen, der Gojim, nehmen, aber die erlaubten den Juden noch nicht einmal, innerhalb der Stadtmauern ihrem Glauben nachzugehen.

Noch gar nicht lange war es her, da durfte man in Hamburg am Freitagabend keine Kerzen anzünden, um den Sabbat zu begrüßen. Das hatte sich zwar inzwischen verbessert, aber im Vergleich zu Amsterdam war das jüdische Leben in Hamburg trist. Wenn sie nur an die herrliche Synagoge, die Esnoga, in der Visserplein Straat dachte, die so prächtig und erhaben, vor allem so selbstverständlich das reiche jüdische Leben der niederländischen Metropole symbolisierte, dachte sie mit Wehmut an die in Amsterdam verbrachten Wochen zurück.

Ihr Vater hatte womöglich wirklich gute Gründe, sie mit Benjamin Levi zu verheiraten. Dann würde sie in Amsterdam leben und all seine Pracht und Freiheiten genießen können. Ruth verzog das Gesicht bei diesem Gedanken, wusste sie doch, dass eine verheiratete Frau kaum Freiheiten hatte. Ihre Freiheit würde sie unter der Chuppa, dem Hochzeitsbaldachin, abgeben, um sich dann dem göttlichen Willen, die menschliche Gattung zu vermehren, unterzuordnen. Andererseits bedeutete für die Juden ein eheloses Leben eines ohne Freude, ohne Glück, ohne Seligkeit. Sich gar der Fortpflanzung zu verweigern galt als Sünde.

In einer Mischung aus Resignation und Wut schüttelte Ruth den Kopf. Sie wusste nicht weiter, brauchte dringend Rat von einer erfahrenen Frau. Aber wen fragen? Margarete Claussen war eine gute Frau, aber was verstand sie schon von dem Leben der Juden? Lebten die Christenfrauen genauso wie die Jüdinnen?

Bei dem Gedanken an die alte Frau Claussen musste Ruth unwillkürlich an Matthias Claussen, den Vikar, denken. Matthias und sie kannten sich schon seit Kindertagen. Früher hatten sie sogar gemeinsam gespielt. Erst als Matthias vor fünf Jahren nach Greifswald zum Studium gegangen war, hatte sich die vertraute Art zwischen ihnen verloren. Als er drei Jahre später zurückkam, war er ein Mann und sie kein Kind mehr. Matthias war immer schon ein heller Bursche gewesen. Schlagfertig wusste er auf vieles eine Antwort. Das Studium hatte diese Qualitäten noch mehr aus ihm hervorgeholt. Allerdings hatten das Vikariat und seine innige Zuwendung zu der Luther'schen Glaubenslehre ihn innerlich immer weiter von Ruth entfernt. Aber vielleicht hatte sie sich auch von ihm entfernt. War sie ehrlich zu sich selbst, kam sie nicht umhin, den schmächtigen jungen Mann nicht sehr anziehend zu finden, trotz seines brillan-

ten Geistes. Gerade neben seinem Freund, dem neuen Prokurator am Niedergericht, stach doch das Körperliche ins Auge.
Dieser Wrangel hingegen war ohne Zweifel ein Bild von einem Mann. Groß und kräftig, doch zugleich schlank und edel. Er war regelrecht untypisch für die Männer dieser Region, wirkte mit seinen dunklen Haaren und langen, schlanken Gliedmaßen eher wie ein spanischer Edelmann. Nur die klaren blauen Augen ließen den Nordmann in ihm durchscheinen. Wenn er von seiner Arbeit sprach, leuchteten sie vor Begeisterung, und seine Stimme verfiel in einen mitreißenden Singsang. Mit welcher Hingabe er von den Fällen bei Gericht und erst von seinen Reisen und seinem Studium bei diesem Gelehrten aus Halle, dessen Name ihr entfallen war, gesprochen hatte! Was für ein aufregendes Leben dieser Mann führte!
Ruth spürte, dass ihr Herz schneller schlug und ihre Hände feucht wurden. Peinlich berührt wischte sie sie an ihrer Schürze trocken und schüttelte mit einer kräftigen Bewegung ihren Kopf, als wollte sie damit zugleich die Gedanken an all die aufregenden und wunderbaren Dinge, die das Leben bereithielt, aus ihrem Geist verjagen.
Ein Klopfen an der Tür riss Ruth aus ihren Gedanken, und wenige Augenblicke später stand Moses Abelson in der Stube.
»Heute Mittag bekommen wir Besuch von Syndikus Lorenz, liebe Ruth. Hast du den Mägden aufgetragen, sich um alles zu kümmern?«
»Selbstverständlich, Vater. Vor kurzem erst war ich selbst unten in der Küche und habe mich davon überzeugt, dass die Vorbereitungen gut vorankommen.«
»Gut, dann sehe ich dich später unten im Salon.« Damit wandte er sich um und ging zur Tür.
»Vater?«
»Ja?«

»Ich habe …« Zögernd hielt Ruth inne.
»Was hast du?«
»Ich habe eine Bitte. Lass uns an Mutters Todestag zu ihrem Grab fahren und anschließend in die Synagoge gehen. Er fällt dieses Jahr auf den Sabbat.«
Moses Abelson lächelte seine Tochter müde an. »Ich habe auch schon daran gedacht, mein Kind. Aber die Reise nach Wandsbek macht mir Sorgen. Ich fühle mich einfach noch sehr schwach und möchte dem Fieber keine Chance geben, wieder von mir Besitz zu ergreifen. Die Aderlässe von Dr. Biester schwächen mich meist mehr, als dass sie mir Gutes täten.«
»Dann lass mich allein fahren, Vater. Jurek kann mich bringen, und in Wandsbek werde ich bei den Beerenbooms gut untergebracht sein.«
»Das kann ich nicht verantworten, Kind. Die Straßen sind viel zu gefährlich, als dass ich ihnen meine unverheiratete Tochter auch nur für eine so kurze Fahrt wie bis nach Wandsbek anvertraute.«
»Es ist der Todestag meiner Mutter. Ich möchte ihr unbedingt diese Ehre erweisen und ihrer an ihrem Grab gedenken.« Ruths Stimme klang ruhig und fest, obwohl sie im Inneren bebte. So wie jetzt würde sich auch ihre Ehe anfühlen, immer würden andere über ihren Weg entscheiden.
»Ich werde darüber nachdenken«, sagte Abelson und verließ die Stube.

Dienstag, 8. November 1701

17

Mit einem kräftigen Ruck öffnete sich die Tür zur Herrenstube. Jürgen, der Henkersknecht, stand im Rahmen und schob Bunk mit eisernem Griff über die Schwelle. Wrangel, der sich bereits an den kleinen Tisch gesetzt hatte, erhob sich und ging auf die beiden zu.

Bunk zitterte. Vor Kälte, vor Scham, vor Wut, vor Verzweiflung? Er vermochte es nicht zu sagen. Aber seit dem Verhör hatte kaum jemand mehr mit ihr gesprochen. Nur die Henkersknechte stiegen zu ihr hinab ins Verlies und brachten ihr zweimal täglich eine Schüssel mit dünner Suppe oder fadem Brei und einem Kanten harten Brotes. Mehr hatte Asthusen seinen Gefangenen nicht zu bieten. So grob wie Jürgen die Frau hielt, mochte vielleicht auch er Angst davor haben, sie könnte tatsächlich eine Hexe sein, wie die Bauerntölpel beim Verhör geschrien hatten. Schließlich war er es ja gewesen, der ihr die Kleider zerrissen und ihren Körper bloßgestellt hatte. Vielleicht fürchtete er insgeheim eine teuflische Rache? Wrangel traute dem einfältigen Mann durchaus so viel Aberglauben zu.

Bunk stolperte vor dem Henkersknecht auf einen der in die Wand eingelassenen Eisenringe zu, und Jürgen kettete sie mit schnellen Handbewegungen an ihm fest.

Wrangel holte derweil einen großen Laib Brot, vier hartgekochte Eier, ein ordentliches Stück Schinken sowie einen Kanten Hartkäse aus einem ledernen Sack hervor. Er breitete alles sorgfältig auf dem Tisch aus und wandte sich dann Bunk zu. Ihr Anblick war erbärmlich. Das zerfetzte Hemd hatte sie mühselig in die Hose gestopft, die selbst vor Dreck starrte. Die Haare wirr zusammengebunden, das Gesicht verschmiert, stierte sie ihn unverwandt aus rötlich verquollenen Augen an und presste ihre mit Trockenrissen überzogenen Lippen zusammen. Ein beißender Geruch von Schweiß, Urin und Unrat ging von ihr aus, dass es einem den Atem nahm. Aber Wrangel verzog keine Miene.

»Jürgen, bring uns zwei Krüge Bier.« Er reichte dem Meisterknecht zwei Groschen herüber. Der schaute verdutzt auf den Prokurator, wagte jedoch nicht zu widersprechen und ging in die Schankstube.

Mit hungrigem Blick gierte Bunk auf den Tisch. Ihre Hände waren mit ledernen Fesseln vor dem Bauch gebunden, auch die Füße steckten in Fußschellen.

»Hast du Hunger? So wie ich den alten Asthusen kenne, ist seine Suppe meistens dünn und das Brot hart. Setz dich und nimm dir.«

Bunk warf Wrangel einen ungläubigen Blick zu. Ihr Magen knurrte bei dem Duft der Speisen. Sie ließ sich auf einem Schemel nieder und griff mit beiden Händen nach dem Brot. Jürgen brachte die Krüge und stellte sie vor den Prokurator.

»So kann doch niemand vernünftig essen. Lös ihr die Handfesseln, Jürgen. Die Kette an der Wand reicht doch wohl als Sicherung aus. Dann geh und bewache den Raum von draußen. Ich will hier ungestört mit ihr reden.«

Als der Knecht endlich umständlich die Fesseln gelöst hatte und vor die Tür gegangen war, schob Wrangel Bunk einen Krug Bier hinüber. Beherzt griff sie danach und leerte ihn mit wenigen Zügen zur Hälfte. Dann wischte sie sich mit einer kräftigen Armbewegung den Schaum vom Mund.

»Ich habe gute Neuigkeiten für dich. Die Krämersfrau hat deine Aussage bestätigt und mir erzählt, die Rieken sei bis Mariä Lichtmess bei ihr im Dienst gewesen. So kann sie kaum die Tote sein, die man am 26. Januar hinter dem Steintor auf dem Schweinemarkt fand.«
Bunk kaute ausgiebig auf dem Brot herum und starrte den Schinken an. Ihr Blick richtete sich auf Wrangel und wieder auf den Schinken.
Wrangel griff erneut in den Beutel und holte ein kleines Messer hervor. Behände schnitt er einige Streifen von dem Schinken ab und legte sie vor Bunk. Die nahm sie alle auf einmal und stopfte sie schnell in den Mund. Wrangel bemühte sich, sie nicht zu sehr beim Essen zu beobachten. Er schnitt noch ein paar Streifen Schinken ab, klappte dann das Messer zusammen und ließ es in seine Rocktasche gleiten.
»Behandeln sie dich gut?«
Bunk sah ihn verständnislos an.
»Schlagen sie dich, oder treten sie dir sonst irgendwie zu nahe?«
Sie schüttelte mit gesenktem Blick den Kopf. Dann griff sie nach einem Ei, hielt kurz inne, schaute scheu zu Wrangel hinüber. Der nickte und nahm selbst einen Schluck Bier.
»Hör zu, damit wir vorankommen und du möglichst schnell hier rauskommst, musst du mir von deinem Leben erzählen. Das Gericht will wissen, wie du lebst. Dein Leben als Mann verschreckt die Menschen, ja lässt sie sogar in Hexenphantasien verfallen. Wir müssen versuchen, Schlimmeres für dich zu vermeiden. Als Prokurator werde ich dich vor Gericht vertreten. Damit ich es kann, musst du mit mir zusammenarbeiten.«
Bunk schaute Wrangel eindringlich an. Verstand sie, was er von ihr wollte? Sie nahm noch ein Stück Schinken und leerte den Bierkrug. »Kann ich noch ein Bier haben?«

Wrangel ging zur Tür und schickte Jürgen nach einem weiteren Bier. Dann setzte er sich vor sie und wartete.
»Was soll ich denn sagen?«
»Erzähl mir von deinem Leben als Mann. Wieso hast du das getan?«
»Wieso? Weil ich für mich sorgen muss. Als Mann ist es wahrlich leichter, eine ehrliche Arbeit zu finden.«
»Wann fingst du damit an, als Mann zu leben?«
Bunk schaute aus dem Fenster. »Vor sechs Jahren war das, in Bremen.«
»Wie kam es dazu? Brauchtest du Geld?«
»Ich hatte meine Stellung als Magd verloren.«
»Warum? Hattest du gestohlen?«
»Nein!« Bunk schlug mit der Faust auf den Tisch. »Ich war dem Herrn nicht gefügig genug. Er hat mich bestohlen, mir meinen Lohn nicht ausbezahlt.«
»Und dann?«
»Und dann, und dann«, äffte sie ihn nach. »Dann hab ich mir Männerkleider gekauft und sie angelegt. Die Leute hielten mich auf Anhieb für einen Mann.«
Wrangel nickte. Auch er hatte schließlich beim ersten Anblick Bunks eher einen Mann als ein Weib in ihr gesehen. Alle ihre Gesten und Aussprüche wirkten so männlich, dass er sich manches Mal innerlich zurechtweisen musste, damit er nicht vergaß, dass vor ihm kein Kerl saß. Geduldig faltete er die Hände vor sich auf dem Tisch und folgte aufmerksam Bunks Erzählung.

Damals, am Kai in Bremen, heuerte sie als Bootsjunge Hinrich Bunk bei Hein Pieper auf dem Gemüseewer an. Die Arbeit auf dem Ewer war hart. Sie musste täglich zweimal das Deck schrubben, die Taue pflegen, mittags eine Suppe kochen, beim

Löschen der Fracht mit anpacken und, wenn Not am Mann war, mit in die Zugschlaufen steigen und schleppen helfen. Niemand durfte merken, wer sich unter dem alten Rock und der Hose verbarg.

Hein Pieper fuhr mit seinem Ewer und vier Männern regelmäßig die Weser von Bremen flussaufwärts bis nach Hameln und transportierte Waren für die verschiedenen Märkte entlang des Flusses. Häufig folgten die Händler dem Ewer entlang dem Ufer und schimpften, wenn es ihnen nicht schnell genug voranging. Wurde es zu arg, musste Bunk mit anpacken. Abends saß die Mannschaft beisammen und spielte Karten oder Würfel. Bunk war zurückhaltend. So viel sie auch über die Männerwelt zu wissen glaubte, so groß war auch ihre Unkenntnis, wie sie schnell begriff. Vor allem an kleinen Gesten und Handlungen hatte sie noch viel zu lernen, um den anderen nicht zu sonderbar zu erscheinen. Als sie einmal gemeinsam in einem Gasthaus beisammensaßen, kippte Bunk der Bierkrug vom Tisch. Im schnellen Reflex riss sie die Beine auseinander, um ihn aufzufangen. Klirrend zerbrach der Krug in tausend Splitter, und das Bier spritzte an ihren Hosenbeinen hoch.

»Was reißt du die Beine auseinander, als trügst du einen Weiberrock, Kerl?«, schimpfte die Wirtin, die direkt neben Bunk stand.

Kalter Schweiß lief ihr damals den Rücken herunter, und tagelang trainierte sie danach, die Beine im Affekt zusammenzuschlagen statt zu spreizen. Auch merkte Bunk schnell, dass sie an ihrer Stimme arbeiten musste. Trank sie ein Bier zu viel und wurde laut oder lachte gar, so kippte ihre Stimme nach oben. Schon das eine oder andere Mal hatten sie die anderen komisch angeschaut und als Milchgesicht gehänselt.

Aber mit der Zeit verinnerlichte Bunk mehr und mehr die Handgriffe und Gesten von Männern, übte den festen Händedruck und ein lässiges Ausspucken, sodass sie seltener in zweifelhafte Situationen kam. Schwierig aber war und blieb es mit dem Pinkeln. Immer wieder musste sie sich dafür davonschleichen, konnte sie doch nicht einfach wie die anderen Kerle in ihre Hose greifen und im Stehen über die Reling pinkeln. Am schlimmsten war es, wenn die Menstruation einsetzte. Beim ersten Mal schnitt sie sich aus Verzweiflung in den Arm, um die blutigen Binden, die sie zu waschen hatte, zu erklären.

Eineinhalb Jahre blieb Bunk auf Piepers Ewer. Ihre Muskeln nahmen zu, der Körper wurde immer sehniger, und die Hände waren voller Schwielen. Den ersten Winter hatte sie Glück gehabt. Er war so milde ausgefallen, dass der Ewer die dunklen Monate durchfahren konnte und Pieper die Männer hielt. Aber der Winter 1696/97 war hart. Schon Anfang Dezember machte das Eis die Weser unschiffbar. Pieper machte in der Nähe von Bremen fest und entließ die Männer. Sie zogen sich bis zum Frühjahr auf die Höfe ihrer Familien zurück. Bunk blieb nichts anderes übrig, als sich eine neue Arbeit zu suchen. Der Advent war dafür keine gute Jahreszeit.

»Mitten im Winter ohne Arbeit auf der Straße zu sitzen muss sehr schwierig sein. Wie hast du dich denn durchgeschlagen?«

»Ich bin gut zu Fuß. Wenn man läuft, frieren einem die Glieder nicht so schnell ein. So lief ich die Poststraße entlang nach Oldenburg, um dort auf irgendeinem Gestüt als Knecht unterzukommen.«

»Von Bremen nach Oldenburg? Das ist ein ordentlicher Marsch.« Wrangel konnte seine Bewunderung nicht verhehlen. Ging er doch selbst gern und viel zu Fuß. So wusste er auch nur zu gut, wie einem über kurz oder lang der Frost in die Glieder kroch. Wer so etwas über Tage, gar Wochen, auf sich nahm, war sicherlich kein zimperliches Weib. »Wie viele Wochen warst du unterwegs?«

»Zwei vielleicht, dann half mir der Zufall. Schon auf halber Strecke, bei Altendorf, suchte der Wirt eines Gasthauses mit angeschlossener Poststation einen neuen Knecht.«

»Mitten im Dezember?«

»Ja. Der alte Knecht war in der Nacht zuvor erfroren. Sturzbetrunken war er bei eisiger Kälte draußen beim Pinkeln eingeschlafen.«

»Was für ein Glück für dich.«

»Glück?« Bunk spuckte aus und nahm noch einen kräftigen Schluck Bier, bevor sie mit ihrer Geschichte fortfuhr.

Die Arbeit als Knecht lag Bunk. Sie verstand etwas von Pferden, war sie doch in der Garnison als Tochter eines Kavalleristen aufgewachsen. Nun hatte sie sich um zehn Boxen für die täglich wechselnden Gespanne der Postkutschen zu kümmern sowie um die Pferde der privaten Gäste der Station, musste lahme Tiere pflegen, dem Hufschmied zur Hand gehen, wenn er zum Beschlagen gerufen wurde, für Wasser, Futter und frische Streu sorgen, Holz hacken und der Küchenmagd beim Wasserholen helfen. Da der Brunnen immer wieder zufror, war das keine leichte Aufgabe. Zweimal musste Bunk hinunter in den Brunnenschacht steigen und das Eis mit der Hacke zerschlagen, als sie es nicht mehr von oben mit Steinen zerbrechen konnten.

Rosi, die Magd, war eine ältliche, einfältige und dicke Person, aber gutmütig. Sie kochte eine deftige Grütze, und auf ihrer Mittagssuppe drängten sich die Fettaugen. Ab und zu steckte sie Bunk auch einen Wurstzipfel zu, damit der Bursche, wie sie Bunk nannte, nicht ganz vom Fleisch fiele.

Der Wirt hingegen war ein Prahlhans und Säufer. Wenn er zu

viel getrunken hatte, konnte er unangenehm aggressiv werden. Bunk lernte schnell, lieber auf ein paar Schnäpse zu verzichten, als Gefahr zu laufen, sich betrunken mit dem Wirt raufen zu müssen. Nur zu leicht konnte dabei ihr Hemd zerreißen und ungewollte Einblicke schaffen.

Einmal kam er nachts in den Stall getorkelt, wo Bunk auf einer Pritsche schlief. Er lallte von seinen Weibergeschichten. Jede Magd im Umkreis von zehn Kilometern hatte er bestiegen. Kaum konnte er das Frühjahr abwarten, wenn er wieder los konnte auf die Jahrmärkte. »Endlich nicht mehr nur die olle Rosi mit ihren dicken Möpsen. Dich, mein Jung, nehm ich dann mit, damit du auch auf etwas Anständiges raufkommst und trocken wirst hinter den Ohren.« Bunk hörte ihm mit starrem Blick zu. Innerlich aber bebte sie, der Alte könnte ihr Geheimnis entdecken. Zum Glück kam Rosi herüber in den Stall. Das Bett war ihr wohl allein zu kalt geworden. Gemeinsam halfen sie dem Wirt hoch, der sich vor lauter Schnaps kaum noch auf den Beinen halten konnte, und brachten ihn in sein Bett. Nach dieser Nacht wusste Bunk, dass es mit dem Tauwetter Zeit würde, die Poststation zu verlassen.

Bis in den März hinein hatte der Winter das Land fest im Griff. Die Vorräte wurden knapp, die Suppe dünner. Dann kam das Fieber. Den Wirt erwischte es zuerst. Nächtelang hustete er durch, drohte regelrecht zu ersticken. Rosi pflegte ihn mit liebevoller Hingabe. Immer wieder machte sie ihm Wadenwickel und flößte ihm mit Honig gesüßten Tee ein. Zwei Wochen fieberte der Alte. Bunk musste Rosi in der Wirtsstube helfen und sich um die Gäste kümmern. Als der Alte endlich auf dem Weg der Besserung war, wachte Bunk eines Morgens selbst mit Husten, dröhnendem Kopf und Schüttelfrost auf. Sie konnte sich kaum auf den Beinen halten, geschweige denn die Tiere versorgen.

Rosi kam mit einer dicken Decke und den Wadenwickeln in

den Stall. Bunk zitterte am ganzen Körper und dämmerte fiebrig vor sich hin. Mit geübten Griffen ging die Magd daran, Bunk zu entkleiden, um die Wadenwickel anzulegen und einen Kräuterwickel um die Brust zu legen. Plötzlich schrie sie auf, presste aber sogleich die Hände auf ihren Mund und starrte mit großen Kuhaugen auf den fiebernden Körper. »Gütiger Gott, das darf doch nicht wahr sein … aber das gibt es doch nicht … Was soll ich denn jetzt nur …?«

Durch die Fieberschleier hindurch begriff Bunk schlagartig, was passiert war. Mit eisernem Griff packte sie Rosis Arm und zog die dicke Magd zu sich herunter. »Gar nichts sollst du tun. Schweigen sollst du. Kein Wort zu niemandem, oder ich …« Weiter reichten Bunks Kräfte nicht. Ein gewaltiger Hustenkrampf schüttelte sie.

Rosi riss sich los, rannte zur Stalltür und schlug sie auf. Draußen ging ein eisiger Regen auf den Schneematsch nieder, der den Stall vom Haus trennte. Die Magd hielt inne und schnappte nach Luft. Bunk hustete erneut.

»Bist ja kein schlechter Mensch. Wirst schon deine Gründe haben, warum du die Welt täuschen musst«, murmelte sie in den Stall hinein und ging langsam zurück an Bunks Lager. »Aber wenn der Herrgott dich vom Fieber befreit, dann gehst du. Versprich mir das!«

Bunk nickte hustend und versuchte mühsam, sich wieder die Binde um die Brust zu schnüren. Rosi schaute ihr kopfschüttelnd zu, dann legte sie beherzt Hand an und band die Brust so flach zurück, dass Bunk der Atem stockte und ihr der Husten im Hals steckenzubleiben drohte.

Konnte sie der Magd vertrauen? Und wenn sie sie hinterging und dem alten geilen Wirt von ihrer Entdeckung berichtete? Was würde der mit Bunk anstellen? Jetzt zitterte sie nicht nur wegen des Fiebers, sondern auch aus Furcht vor dem Alten.

Wie sollte sie sich wehren, wo sie doch kaum die Kraft hatte, sich aufzusetzen?
Rosi wechselte die Wadenwickel und tupfte Bunk die schweißnasse Stirn ab. Dann hüllte sie die Fiebernde fest in die Decken und verließ kopfschüttelnd den Stall.
Vor Angst gelähmt und vom Fieber geschüttelt, quälte sich Bunk durch den Tag. Der Stall war zur Hälfte leer. Das unwirtliche Wetter verzögerte die Ankunft der Postkutschen. Als es schon dämmerte, polterte der Wirt herein. Die Kutsche war endlich angekommen, an jeder Hand führte er ein durchnässtes Pferd. Die Tiere dampften und bebten in den Flanken. Fluchend trieb der Alte die Pferde in zwei freie Boxen, warf ihnen Decken über und schüttete etwas Hafer in die Krippen. Dann holte er zwei frische Tiere aus den anliegenden Boxen gleich neben Bunks Lager.
»Komm du mir mal wieder auf die Beine, dann kannst du aber was erleben«, murmelte er in ihre Richtung.
Kaum war er mit den Pferden durch die Tür, kam Rosi und brachte eine heiße Suppe. Mit kühler Hand befühlte sie Bunks Stirn und nickte dann zufrieden. »Iss. Je schneller du auf die Beine kommst, desto besser für uns alle.«
Bunk bekam in der Nacht kein Auge zu. Bei jedem Geräusch schreckte sie auf und griff nach der Mistforke, die sie heimlich seitlich neben ihrem Strohsack platziert hatte. Tief in der Nacht drang vom Haupthaus Geschrei zu ihr herüber. Mühsam stemmte sie sich hoch und schlich in eine Pferdebox, um Wasser zu lassen. Doch niemand kam in den Stall. Als sie eine Weile an der Wand der Pferdebox gelehnt hatte, ließ der Schwindel etwas nach.
Sie musste weg. Sie konnte es nicht riskieren, dass Rosi sie verriet. So schnell es ging, schnürte sie ihre Habseligkeiten zu einem kleinen Bündel und band es sich auf den Rücken. Die

schwere Decke, die Rosi ihr gebracht hatte, nahm sie mit als Schutz gegen den Regen und die Kälte.
Endlos viele Stunden stolperte sie durch die Nacht. Als der Morgen graute, entdeckte sie einen etwas abseits gelegenen Heuschober. Sie schlich hinein und verkroch sich hustend und zitternd in die hinterste Ecke. Wie viele Tage und Nächte sie dort blieb, wusste sie nicht. Eines Morgens aber war das Fieber weg, und sie machte sich auf den Weg Richtung Westen.

Wrangel nickte bedächtig mit dem Kopf. »Da hast du wirklich Glück gehabt, dass du mit dem Leben davongekommen bist.«
»Glück«, grunzte Bunk verächtlich. »Aber so nennt man es wohl, wenn man dem Teufel noch einmal von der Schippe gesprungen ist. Jedenfalls war ich froh, dem alten Säufer entkommen zu sein.«
»Wohin gingst du danach?«
»Ich wollte zurück zur Küste, hoffte auf eine neue Heuer. Nun, zunächst kam ich bei einem alten Fährmann und seiner Frau unter.«
»Bei einem Fährmann?«
»Ja, hinter Leer kam ich an die Ems. Der Fährmann, der mich hinüberbringen sollte, war ein alter Greis. Er hatte kaum noch die Kraft, die Taue festzuzurren. Der Winter hatte ihm schwer zugesetzt, und seine Frau, eine runzelige Alte, befürchtete, er fiele tot von der Fähre, müsste er sie allein über den Fluss ziehen.«
»So wurdest du also Fährmann?«
»Nein. Aber einige Wochen blieb ich doch bei den Alten. Kost und Logis war alles, was sie zu bieten hatten, aber mir reichte es, zumal die beiden gute Menschen waren.«
»Und dann?«

»Dann zog ich weiter.«
»Warum? Die Alten waren doch wohl gut zu dir?«
»Es bot sich eben eine gute Gelegenheit.«
»Eine bessere, als Fährmann zu sein?«
»Ich war kein Fährmann. Ich hab dem Alten nur geholfen. In der Woche vor Himmelfahrt kam ein Frachtkahn vorbei, der die Ems flussabwärts Richtung Nordsee fuhr. Auf dem heuerte ich an.«
»Und wohin ging es dann?« Wrangel musterte Bunk interessiert. Was hatte sie bloß weitergetrieben, wo die beiden Alten doch wohl gute Leute waren? Ob sie einfach keine Ruhe hatte, an einem Ort zu bleiben? Ob die Angst, erneut entdeckt zu werden, sie die Flucht nach vorn antreten ließ?
»Es ging nach Holland.«

18

Der Frachtkahn, auf dem Bunk angeheuert hatte, pendelte den Sommer über zwischen Groningen und Amsterdam hin und her und belieferte die niederländischen Waddeneilanden mit verschiedenem Handelsgut. Kochen, schruppen und schleppen wurde erneut Bunks Alltag. Zur Besatzung des Kahns zählten neben Bunk drei kräftige Friesen. Der Kapitän kam aus Amsterdam. Bunk hatte wenig auszustehen, die Männer waren gutmütige Kerle, zufrieden mit Bunks bescheidenen Kochkünsten und nur im Vollrausch mit Vorsicht zu genießen. Bunk hielt sich an ihre Erfahrungen, mied den Schnaps und ging handgreiflichen Streitigkeiten, soweit möglich, aus dem Weg. So verlief das Leben ruhig, bis zum 29. September 1697, dem Tag des Erzengels Michael und aller Engel.

Es war ein sonniger warmer Herbsttag. Der Kahn lag in Amsterdam vor Anker, die Arbeit ging leicht und schnell von der Hand, die Geschäfte liefen gut. Als es sechs Uhr schlug, haute Maik, der kräftige Maat, den anderen auf die Schultern und sagte: »Heute ist mein Namenstag, und da wird gefeiert, dass es kracht!«

Zuerst zogen die Friesen mit Bunk im Schlepptau durch die Bierkneipen am Kai. Der Kapitän, als Einziger von ihnen kein Fremder in dieser Stadt, sondern ein ehrbarer Bürger, blieb grinsend beim Kahn zurück, um Wache zu halten. Für ihn stand immerhin seine Ehre auf dem Spiel, sollte ihn jemand zur falschen Zeit am falschen Ort treffen. Vergnügungen dieser Art leistete er sich nur weitab von seiner Heimatstadt. In den Kneipen gab eine Runde die andere, die Stimmung stieg. Als der Abend dämmerte, waren alle schon etwas wackelig auf den Beinen.

»Und nun los, zu den Amsterdamer Deerns!«, brüllte Maik betrunken in die Runde.

Die Stadt war bekannt für ihre Huren. Nach Paris, der Königin des horizontalen Gewerbes, teilte sich Amsterdam zusammen mit London den zweiten Platz. Bunk wurde mulmig zumute, aber sie hatte keine Chance, sich zu entziehen. Die Männer nahmen sie in die Mitte und zogen los zum Eckhaus an der Geldersekade, in dem das Spielhaus De Zoete Inval untergebracht war. Schon von weitem hörten sie laute Tanzmusik auf die Straße dröhnen, unterlegt von feuchtfröhlichem Stimmengewirr. Als sie an der Schwelle standen, öffnete Maik mit einem kräftigen Ruck die schwere Tür, und eine Wolke feuchtwarmer Luft, geschwängert von Branntwein, Essensdünsten und schwerem Parfüm, schlug ihnen entgegen.

»Aah, das duftet nach Frohsinn«, lachte er fröhlich in die Runde.

Im Saal mischten sich aufreizend hübsch gekleidete Frauen mit stark geschminkten Gesichtern und hochgetürmten Haaren unter Männer jeglicher Couleur. Bunk meinte, viele Fremde auszumachen, vor allem Matrosen und Händler, die man an ihren groben Stoffen erkannte.

»Nein, Jungs, ich kann da nicht hinein. Ich bin ein ehrbarer und anständiger Mann«, versuchte Bunk in letzter Sekunde das Unvermeidliche zu verhindern.

»Schnickschnack«, donnerte Jost, der älteste der drei Friesen. »Jeder anständige Mann kann ruhig in ein Spielhaus gehen, weil hier nichts Unehrenhaftes geschieht. Hier wird nur getrunken, getanzt und gelacht, mein Junge. Der Rest«, er grinste verschlagen, »spielt sich anderswo ab.«

»Mensch, Hinrich, was bist du doch grün hinter den Ohren«, stimmte Maik ein. »Hast du überhaupt schon mal ...?« Er schob mit kräftigem Schwung seine Hüfte vor und zurück. Die Männer grölten auf vor Vergnügen.

Bunk spürte, wie ihr das Blut ins Gesicht schoss. »Ich sag doch, ich bin ein ehrbarer und anständiger Mann«, polterte sie gegen das Gelächter an.

»Na, dann los, Jungchen, dann hast du ja nichts zu befürchten.« Wieder bogen sich die Männer vor Lachen, nahmen Bunk mit kräftigen Armen in ihre Mitte und schoben sie hinein in den Saal. Um sie herum lachten und tanzten die Menschen, die Frauen warfen den Männern begehrliche Blicke zu und zeigten aufreizend die hochgeschnürten Mieder.

Die Männer setzten sich an einen Tisch und tranken noch ein paar Krüge Bier. Bunk musste pinkeln. Aber wo nur ungestört? Hin und wieder kamen Frauen an ihren Tisch, setzten sich den Männern auf den Schoß und flüsterten ihnen Schlüpfrigkeiten ins Ohr. Mit einem Mal stand eine füllige rothaarige Frau vor ihnen. Sie hatte die besten Jahre schon hinter sich, die starke Schminke auf ihren Wangen wirkte maskenhaft. Ihre Haare waren feuerrot aufgetürmt und mit bunten Schleifen verziert. Ihre Brüste drohten dem großzügigen Dekolleté zu entspringen, so kräftig wogten sie über die weiße Spitzenbordüre hinaus.

»Goedenavond, Mijnheers, habt Ihr Interesse an einer privaten Zusammenkunft mit meinen reizenden jungen Damen?« Mit einer einladenden Handbewegung deutete sie auf drei hinter ihr tänzelnde junge Mädchen in bunten, tiefdekolletierten Kleidern, deren leuchtend rote Lippen selbst im Schein der Kerzen aufreizend lächelten. Zwei von ihnen hatten schon auf Maiks und Josts Schoß Probe gesessen.

Maik grinste und wischte sich mit seinem Ärmel den Bierschaum vom Bart. »Na, das kann man wohl meinen. Drei solche Leckerbissen trifft man schon gern einmal für sich. Wo sind sie denn zu haben? Und zu welchem Preis?«

Bunk stieg Übelkeit im Magen auf. Wie kam sie hier bloß weg? Zum Glück waren es nur drei Weiber, und sie waren zu viert.

»Ich habe ein stilles Haus nicht weit von hier mit gemütlichen Kammern für die Herren. Einen Gulden pro Mädchen und Kammer kostet es Euch.«

»Einen Gulden? Sechs Stüber zahl ich für genauso fesche Weiber draußen!«, empörte sich Jost.

»Na, dann sucht Euch ein Weibsbild draußen auf der Straße und einen guten dunklen Winkel dazu. Die Polizei macht dieser Tage jede Nacht Kontrollgänge unter jeder Brücke und durch jede Gasse.«

»Nichts für ungut, gute Frau«, ging Maik dazwischen. »Eure Mädchen sind ja lecker prall. Doch sind sie auch gesund für diesen Preis?«

»Das will ich wohl meinen! In meinem Haus gehen nur die besten ein und aus.«

»Ihr habt drei Täubchen, doch wir sind vier. Und unser kleiner Hinrich hier«, er schlug Bunk kräftig auf die Schulter, sodass sie sich am Bier verschluckte, »ist heute zum ersten Mal dabei.«
Die dicke Rothaarige musterte Bunk eindringlich. Dann lächelte sie breit und leckte sich die Lippen. »Nun, die Premiere für den jungen Kerl geb ich Euch gratis hinzu.«
»Abgemacht, Wirtin, schlagt ein!« Maik streckte der Frau die große Hand entgegen, und sie schlug ein.
»Madame Emilie nennt man mich, Mijnheers, aber nun kommt, der Weg ist nicht weit.«
Bunk wurde schwindelig. Wenn sie das Gemisch aus Friesisch und Niederländisch richtig verstanden hatte, musste sie mit ins Hurenhaus.
Da packten sie schon Jost und Maik beherzt grölend an den Armen. »Nur nicht kneifen, Kleiner! Irgendwann kommt für jeden das erste Mal. Am Tage des Erzengels Michael ist es nun für dich so weit, und dazu noch gratis. Wenn das kein Engelsgeschenk ist!«
Die Männer lachten laut, rülpsten die Kohlensäure des Bieres aus ihren Bäuchen und schoben Bunk zur Straße hinaus um die nächste dunkle Ecke. Hier wartete Madame Emilie auf sie und ließ sich die drei Gulden bezahlen. Dann führte sie die vier Männer durch mehrere enge dunkle Gassen, bis sie schließlich vor einem direkt an einer kleinen Gracht gelegenen windschiefen Holzhaus stehen blieb. Die Hurenwirtin schloss einen gewaltigen Riegel auf und leitete die Gruppe in die dunkle kalte Diele. Im Nu hatten die Mädchen drinnen ein paar Öllampen entzündet und erleuchteten die kleine Diele, von der eine Stiege nach oben zu den Kammern führte. Kichernd und glucksend griffen sie eine nach der anderen nach den drei kräftigen Friesen und führten sie über die Stiege nach oben in ihre Kammern.

Bunk schwitzte.
Madame Emilie deutete mit einem lüsternen Grinsen auf den Lippen auf eine Tür am Ende der Diele. »Hier ist mein Reich. Folg mir, mein Herz.«
»Versteht mich nicht falsch, Madame, aber ich habe wirklich kein Interesse an ... und außerdem muss ich pissen.«
»Seine Interessen muss man erst einmal kennenlernen, bevor man über sie urteilen kann. Einen Pisspott hab ich selbstverständlich bei mir.« Damit schob sie Bunk mit festem Griff durch die Tür in einen kleinen, dunkel verhängten Raum mit einem riesigen Bett voller Kissen, einem zierlichen Schminktischchen in der einen und einem mit chinesischer Malerei verzierten Paravent in der anderen Ecke.
»Hinter dem Paravent findest du den Pisspott. Entspann dich. Niemand wird dich stören.«
Bunk wollte am liebsten auf der Stelle das Haus verlassen, aber ihre Blase drohte zu platzen. So ging sie in die abgeschirmte Ecke und fand dort einen Schemel mit eingelassenem Nachtgeschirr, sodass man sich zum Entleeren hinsetzen konnte. Sie zögerte keinen Augenblick, ihn zu benutzen. Madame Emilie summte derweil eine schmachtende Melodie und bürstete sich das Haar. Erleichtert trat Bunk hinter der Verkleidung hervor, spannte den Körper und ging mit festem Schritt auf die Tür zu.
»Wenn du jetzt gehst, meine Kleine, verpasst du vielleicht die wichtigste Lektion deines Lebens.«
Erstarrt blieb Bunk stehen und wandte den Blick gebannt auf die dicke Rothaarige.
Die lächelte warm und hielt Bunk einladend ihre Hand entgegen. »In meinem Gewerbe ist man vieles gewohnt, und einen Mann rieche ich drei Meilen gegen den Wind. Du hingegen duftest nach Unschuld und süßer Scham. Keine Sorge, ich werde dich nicht verraten. Vielmehr will ich dir helfen, dein

kleines Geheimnis noch besser zu wahren und glücklicher mit ihm zu leben.« Sie ging auf die wie angewurzelt erstarrte Bunk zu, legte ihr mit sanftem, aber festem Griff die Hand um die Taille und schob sie in Richtung Bett.

»Lasst das. Ich will hier raus!«

»Du hast noch viel zu lernen, Kleine. Und ich helfe dir gern.« Sie drückte Bunk auf das weiche Bett und ließ sich neben ihr nieder. Bunk wollte sogleich wieder aufspringen, spürte aber in sich eine plötzliche Sehnsucht nach diesem weichen, fülligen und warmen Körper neben sich, sodass sie sich nicht regen konnte. Noch nie in ihrem Leben war ihr ein Mensch körperlich so nahe gekommen, ohne dass sie sich bedroht und ihre Ehre in Gefahr sah. Neben dieser ältlichen Hurenwirtin aber fühlte sie sich trotz all ihrer Furcht und Wachsamkeit ungewohnt geborgen.

»Das Leben ist hart für uns Frauen. Du hast eine gute Wahl getroffen, die Seite zu wechseln. Das Leben als Mann ist häufig leichter. Aber dir fehlen noch ein paar Dinge, um sicherer durch die Welt zu kommen. Lass dir von mir helfen und vertrau mir. Ich will dir nichts Böses.«

Mit sanftem Druck massierte Madame Emilie Bunks Beckenknochen und glitt mit ihrer Hand dabei immer tiefer in die Hose. Bunk wurde schwindelig. Ein ungezähmtes Kribbeln breitete sich in ihrem Unterleib aus. Ihr Atem ging heftiger, der Speichel versiegte. Die füllige Frau schmiegte sanft ihre enormen Brüste an Bunks Schulter, bis sie beinahe ihre Wangen berührten. Ein warmer süßer Duft stieg ihr in die Nase und steigerte das Kribbeln zwischen ihren Schenkeln. Für einen Moment schloss sie die Augen, um zu sich zu finden. Schon drückte die weiche Brust über ihr sie sanft nach unten, und sie spürte die Finger der Rothaarigen ihren Nacken kraulen.

»Lass es geschehen, mein Kind, nimm es als Geschenk.«
In Bunks Kopf begann es sich zu drehen. Emilies gewaltige Brüste hatten sich aus dem Dekolleté gelöst und überfluteten Bunk mit ihrem betörenden Duft. Sie wollte in ihnen versinken, sie spüren, schmecken, sich in ihrer zarten Weichheit verlieren. Ein aus ihrem tiefsten Inneren hervorbrechendes Zittern durchfuhr ihren Leib und ein Stöhnen entwich ihr. Sie öffnete den Mund, und ein gewaltiger, mit salzigem Schweiß benetzter Nippel presste sich zwischen ihre Lippen. Ein erneutes Beben erfasste ihren Körper. Bunk sah nichts mehr. Ihr ganzer Körper kribbelte, wie von tausend Federn liebkost, ein Rauschen flutete ihre Ohren, die Muskeln zuckten in ihrem ureigenen Rhythmus. Als der Rausch endlich nachließ, wusste sie nicht zu sagen, wie lange er sie gehalten hatte, Stunden oder nur ein paar Minuten.
»Ein Leben ohne Liebe ist es nicht wert, durchlitten zu werden.« Emilie streichelte Bunks Kopf und küsste ihr sanft die Schläfen. »Willst du in dieser Welt als Mann bestehen, musst du dich darauf verstehen, die Frauen zu lieben. Dies war deine erste Lektion. Wenn du willst, führe ich dich ein in die Geheimnisse der Liebe. Niemand kennt die Männer besser als wir Huren. Doch auch keine Frau kennt ihren Körper so wie wir. Du hast sicherlich gehört, was man über uns sagt. Es heißt, wir zaubern den Männern einen Schwanz nach Wunsch, und wenn sie uns nicht bezahlen, dann zaubern wir ihn auch weg.« Bei diesen Worten lachte Emilie leise auf. »Ja, ich weiß alles über Schwänze. Wie du sie aufpumpst, sodass sie den Männern mit dem Blut den Verstand aus dem Kopf saugen, wie du sie schrumpfen lässt wie eine alte Rübe. Ich kenne jede Form und jede Größe, ich kenne die beschnittenen Glatzen der Judenschwänze genauso wie die mit keuscher Kapuze bedeckten Stängel der geilen Pfaffen. Ich kenne auch die kleinen

Zipfel, nicht größer als dein kleiner Finger, die davon träumen, einmal nur in die weiblichen Untiefen einzutauchen und zu versinken in den warmen Grotten der Lust.«
Bunk glotzte die alte Hurenwirtin mit offenem Mund an. Noch nie hatte sie sich Gedanken gemacht über das männliche Membrum, stets nur Angst gehabt, wenn es ihr zu nahe kam.
»Wenn du in der Welt der Männer erfolgreich leben willst, mein Kind, dann brauchst du einen guten Schwanz, der dich vor ihnen schützt und die Frauen beglückt. Und ich kann ihn dir besorgen und dich lehren, ihn richtig zu gebrauchen. Wenn du willst, schlag ein und lebe mit mir als Wirt in diesem Haus. Ich brauche einen Kerl, der sich um die männliche Seite des Geschäftes kümmert. Du scheinst mir dafür gut gemacht. Im Tausch lehre ich dich alles, was ich weiß über die Männer, die Frauen und die Liebe.«
Bunk schlug ein. Als Monsieur Hinrich übernahm sie den männlichen Teil von Madame Emilies Hurenwirtschaft. Sie hatte dafür zu sorgen, dass gezahlt wurde, was vereinbart war, auf Ruhe und Frieden im Haus zu achten, um die Nachbarn nicht gegen die Wirtschaft aufzubringen, denn Hurenhäuser waren in keiner Gegend willkommen. So galt es vor allem, sich und den drei Mädchen, die im Haus von Madame Emilie wohnten, Ärger und daraus resultierende Polizeirazzien vom Leibe zu halten.
Madame Emilie war gut im Geschäft. Insgesamt zählte man in Amsterdam an die fünfundzwanzig Spielhäuser beziehungsweise Hurenhäuser, denn in den Spielhäusern ging es nie direkt zur Sache, sie dienten nur der Verkupplung. Bunk vertrieb sich dort häufig die Abende und spähte geeignete Kundschaft für die Mädchen aus, die dann gezielt die Männer anmachten. Kam ein Geschäft zustande, sorgte Bunk für ein unauffälliges Geleit der Kunden zum stillen Haus. Besonders verheiratete Männer

wussten diese Diskretion in männlicher Begleitung sehr zu schätzen, hatten sie doch mit größtem Ehrverlust zu rechnen, wenn man sie als Freier ertappte.
Als Gegenleistung für diese Dienste führte Madame Emilie Bunk in die Welt der Liebesdienste ein. Sie selbst war eine Frau, die immer schon die Frauen geliebt hatte, so fiel es ihr umso leichter, sich mütterlich und innig um ihre Mädchen zu kümmern. An Bunk aber schien sie einen Narren gefressen zu haben. Die Mischung aus herber männlicher Attitüde und keuscher Unerfahrenheit weckte ihre tiefe Leidenschaft.
In ihrer intimen Erziehung versäumte es Madame Emilie aber nicht, Bunk ausgiebig im männlichen Habitus zu schulen. Dazu gehörte auch, dass sie ihr, wie versprochen, den perfekten Penis besorgte. Dieser war ein maßgefertigtes Meisterwerk aus weichgegerbtem Ziegenleder und erlaubte es Bunk dank einer speziellen Vorrichtung endlich, auch in Gegenwart anderer Männer lässig im Stehen zu urinieren. Ein Geschenk neuer, ungeahnter Freiheit bedeutete diese Konstruktion in Bunks Leben als Mann. Von einer befreundeten Hebamme besorgte Emilie einen Kräutersud, der Bunks Regelblutung nahezu zum Erliegen brachte, sodass auch diese Unbill weitestgehend aus ihrem Leben wich. Emilie lehrte sie aber nicht nur, das Gemächt mit Geschick und Würde zu tragen, sondern auch, es zur Beglückung der Frauen einzusetzen. Nichts wurde dem Zufall überlassen. Als erfahrene Hure wusste sie, wie wichtig vielfältige Erlebnisse waren. So ließ sie Bunk ihr neues Gemächt an den Mädchen ausprobieren und zugleich auf den Geschmack an Frauen kommen, die ihre wahre Identität nicht einmal erahnten.
Der Winter war mild, entsprechend gut liefen die Geschäfte. Bunk hatte sich schnell an das Leben in der nahezu familiären Atmosphäre gewöhnt. Nur selten kam es zu Streit mit den

Freiern. Einmal hatten sie einem dänischen Soldaten seinen Uniformrock als Pfand abgenommen, als sich sein Gulden nach einer langen Nacht als falsch herausstellte. Madame Emilie hatte in ihrer Kammer eine schwere Truhe, in der sie die Pfandstücke der säumigen Zahler sorgsam verwahrte. Schließlich wollte sie sich nicht des Diebstahls beschuldigen lassen. Aber nur selten kam ein Freier zurück, um sein Pfand einzulösen. So besaß sie inzwischen eine kleine Sammlung an handgeschnitzten Pfeifen, mehrere Messer, zwei Paar Stiefel, sogar drei Paar Hosen und als jüngstes Pfand jenen dänischen Uniformrock. Als Bunk ihn dem trunkenen Schuldner abnahm, ahnte sie noch nicht, dass er der Schlüssel für ihr weiteres Schicksal sein sollte.

An einem verregneten Märzabend schlug das Schicksal zu. Madame Emilies stilles Haus fiel einer Polizeirazzia zum Opfer. Um zehn Uhr abends, die Mädchen waren allesamt in ihren Kammern bei der Arbeit, stürmten sieben Mann der Amsterdamer Polizei das kleine windschiefe Holzhaus und zerrten alle Insassen auf die regennasse Straße hinaus. Bunk hatte Glück. Sie war im Spielhaus De Zoete Inval an der Geldersekade zurückgeblieben, um noch eine Runde mit ein paar Zechkumpanen zu trinken. Schon kurz nach zehn erreichte die schlechte Nachricht das Spielhaus und trieb so manchen Gast eiligst nach Hause.

Bunk wusste nicht wohin. Die halbe Nacht schlich sie durch die Straßen und überlegte, was zu tun sei. Madame Emilie war nicht zum ersten Mal in die Hände der Polizei geraten, darum war kaum damit zu rechnen, dass sie mit einer einfachen Ermahnung davonkäme. Vielmehr musste man mit der Einlieferung ins Spinnhaus rechnen. Geschähe das, so würde es nicht lange dauern, bis gierige Neider Emilies stilles Haus ausplünderten bis auf den letzten Fetzen. Bunk würde es kaum gegen sie verteidigen können, denn für eine ernsthaft handfeste Auseinandersetzung fehlte es ihr an Kraft. So entschied sie sich, die Flucht nach vorn anzutreten und sich als Erste bei ihrer Gönnerin zu bedienen. In den frühen Morgenstunden schlich sie unbemerkt ins Haus und nahm sich aus der Pfandtruhe den dänischen Uniformrock, ein paar Stiefel und ein schön geschnitztes Klappmesser mit einer gut zehn Zentimeter langen Klinge. Dann verließ sie das Haus ihrer Lehrmeisterin mit einem Gefühl aus Dankbarkeit und Scham, wissend, dass nun ihre Lehrzeit beendet war.

19

Wrangel griff nach dem Bierkrug, um die Trockenheit aus seiner Kehle zu vertreiben. Er mochte kaum glauben, was er soeben gehört hatte. Über den Rand des Kruges hinweg musterte er erneut Bunk. Sie war seine Mandantin. Er musste dieses Weib verteidigen, ganz gleich, welche Schande sie auf sich geladen hatte. Nach einem weiteren Schluck stellte er den Krug mit kräftigem Schwung auf den Tisch und hoffte, dass seine Stimme nicht seine innere Verfassung erahnen lassen würde.

»Offenbar bist du der Polizei entkommen. Wie hast du das geschafft?«

»Ich lief nach Haarlem. Von dort schiffte ich mich nach Glückstadt ein. Von einigen Soldaten hatte ich gehört, dass die dortige dänische Garnison immer auf der Suche nach Soldaten war, um die Fieberverluste des Sommers auszugleichen.«

»Du wurdest dänischer Soldat?« Wrangel schaute ungläubig auf das vor ihm hockende Weib.

»Ja. Schließlich bin ich das Kind eines Dragoners. Ich bin unter Soldaten aufgewachsen. Das Soldatenleben ist mir vertraut.«
Bunk nahm einen Schluck Bier und wischte sich mit dem schmutzigen Ärmel ihres Hemdes den Schaum vom Mund. »Außerdem brauchte ich nach den Monaten im Hurenhaus eine Abwechslung. Die Glückstädter Garnison bot sie mir.«
»Wann bist du dort angemustert worden?«
»Im Frühling war es, kurz vor der Karwoche. Es war eine gute Zeit. Ich bewohnte eine kleine Dachkammer in der Stadt, weil die Schlafplätze in der Garnison bei weitem nicht für alle Soldaten reichten. So war ich für mich und hatte meine Ruhe.«
»Und der Dienst? Ist denn niemandem etwas aufgefallen?«
Bunk grinste schief. »Ich war ein guter Soldat. Der Dienst und die Exerzierübungen stählten meinen Körper. Endlich führte ich das Leben, von dem ich schon als Kind geträumt hatte. Wäre es nach mir gegangen, so hätte das Leben so weitergehen können.«
Wrangel hielt seinen leeren Bierkrug mit beiden Händen fest. Von der nahen Turmuhr schlug es die zweite Stunde. Er musste zurück ins Niedergericht, die Mittagszeit war um, und Prätor Wilken hatte für den Nachmittag noch drei Fälle angesetzt. Aber er konnte nicht einen klaren Gedanken fassen.
Bunks Geschichte war unglaublich und doch glaubhaft, dachte er an das, was er in der Literatur über solche Frauen gelesen hatte.
Aber was hatte er erwartet, als er sie nach ihrem Leben fragte? Er wusste es selbst nicht. Und jetzt, da er ahnte, was für ein Mannweib er da vor sich sitzen hatte, wusste er noch weniger mit ihr umzugehen. Es verwirrte ihn, mit welcher Schamlosigkeit Bunk von all diesen Dingen sprach. Aber unmöglich konnte er all das selbst über die Lippen bringen, um es dem Prätor zu erläutern. Eine abgespeckte Version musste für ihn reichen,

wollte Wrangel nicht aus Scham vor diesen Dingen selbst im Boden versinken.

»Ich bin sicher, deine Geschichte gibt genug her, um die erfragten Umstände deines Lebens zu erläutern. Wenn ich noch Fragen habe, komme ich wieder.«

»Und was geschieht nun weiter mit mir?«

»Der Prätor will eine schriftliche Erklärung zu deiner Person, um zu beurteilen, wie du mit deiner Darstellung der Dinge zu den bisher vorgetragenen Fakten stehst. Ich werde sie für dich ausarbeiten. Wie gesagt: Wenn ich noch weitere Fragen habe, komme ich wieder.«

Damit erhob sich Wrangel und rief den Knecht herbei, um Bunk zurück ins Verlies führen zu lassen. Die warf Jürgen einen verächtlichen Blick zu.

In der Tür drehte sich Wrangel um. »Wo ist der Gurt geblieben, den du in Amsterdam bekommen hast?«

»Er wurde mir bei einer Schlägerei abgenommen.«

»Bei einer Schlägerei? Wie das?«

»Na, eben so. Nach einem heftigen Saufgelage in der Garnison kam es zu einer Rauferei. Drei Kerle hielten mich fest und rissen mir die Kleider vom Leib, um mich in den Stadtgraben zu werfen. Dabei ist es passiert.«

»Was, einfach so?«

»Nein, ich flog aus der Armee. Aber ich hatte Glück, und man ersparte mir den Staupebesen.«

»Und dann?«

»Ich hatte die Wahl, die Stadt zu verlassen oder ins Spinnhaus zu gehen. Ich verließ Glückstadt und schiffte mich nach Hamburg ein.«

»Als Mann?«

»Nein, man gab mir nur ein altes Kleid, um meine Nacktheit zu bedecken. Den Rest behielten sie dort. Auch den Gurt.«

»Das ist ein Jammer.«
»Warum? Wolltet Ihr ihn haben?«, grinste Bunk Wrangel verschlagen an.
»Nein, aber sicherlich das Niedergericht, um bewiesen zu bekommen, dass du nicht mit Hilfe von Hexerei die Frauen begattet hast, sondern mit jenem ledernen Membrum. Den greifbaren Dingen glaubt man eben mehr als nur den Worten.« Damit ließ er Bunk sitzen und verließ die Frohnerei.

Mittwoch, 9. November 1701

20

Großer Gott, das ist wahrlich eine weitaus wüstere Geschichte als jene, die sich in der Literatur so finden, Wrangel.« Vikar Claussen und Wrangel saßen bereits bei der zweiten Tasse Kaffee auf ihrem Stammplatz im Kaffeehaus am Kattrepel. »Was habt Ihr doch für einen reichen Beruf. Noch vor zwei Wochen wolltet Ihr kaum wahrhaben, dass fleischliche Lust unter Frauen kein Novum ist, und jetzt weiht Ihr mich bereits in die technischen Details des Aktes ein.« Mit einem schelmischen Grinsen nahm Claussen einen Schluck Kaffee.

»Nicht ohne Grund tat ich das, mein lieber Claussen. Gerade die Technik könnte die Frau vor Schlimmerem bewahren. Ihr hättet die aufgebrachte Menge bei der Zeugenvernehmung erleben sollen. Mit geiferndem Maul haben sie das Weib als Zauberin und Hexe beschrien. Es fehlte nicht viel und sie hätten sie am liebsten an Ort und Stelle in Flammen gesteckt.«

»Nun übertreibt Ihr aber, mein Freund.«

»Vielleicht nicht in Flammen, aber in Stücke gerissen hätten sie das Weib schon gern. Doch wisst Ihr, was mich wirklich beschäftigt? Das ist Prätor Wilkens Drängen, dieses zweifelsohne verkommene Geschöpf auch noch mit dem Mord auf dem Schweinemarkt in Verbindung zu bringen.«

»Wieso wundert Euch das? Es liegt doch auf der Hand. So viel Verruchtheit lässt auch eine solche Tat vermuten. Wer weiß? Vielleicht war die Tote ihr beim Liebesspiel nicht willig?«

»Das von Euch, Vikar Claussen!«

»Wir Männer der Kirche sehen der Realität oftmals direkter ins Auge als so mancher Jurist, mein Freund. Aber Spaß beiseite. Was wundert Ihr Euch, wenn Wilken versucht, zum Ende seiner Amtszeit reinen Tisch zu machen? Schließlich geht es auch um seinen Ruf. Ein ungeklärter Mord von solcher Grausamkeit lässt einen Prätor nicht unbefleckt. Und laufen die Geschäfte nicht, so muss wenigstens auf dem Richtplatz Ordnung herrschen. In Hamburg stöhnt man immer lauter. Die Kassen sind wie leer gefegt. Die Dänen graben uns immer kräftiger das Wasser ab. Jedes Schiff, das aus dem Hamburger Hafen läuft, wird in Altona abgefangen und bis in die letzten Winkel durchsucht. Wehe einem Kaufmann, die Dänen finden auch nur ein Staubkörnchen Schwarzpulver oder ein Kügelchen Blei, schon beschlagnahmen sie die gesamte Ladung wegen Waffenschmuggels. Schließlich wahrt Hamburg seine unbedingte Neutralität im Konflikt zwischen Dänemark und Schweden bloß aufgrund der festgeschriebenen Beteuerung, keinerlei kriegerische Handlungen der kämpfenden Parteien in irgendeiner Form zu unterstützen. Die Dänen brennen doch nur darauf, der Stadt die Parteilichkeit für Schweden zu beweisen, um uns mit Krieg zu überziehen. Dabei sind sie selbst die größten Waffenkäufer weit und breit. Man munkelt, dass rund um Hamburg enorme Schwarzpulverlieferungen an die Dänen gegangen seien, und fragt sich, was sie mit solchen Vorräten wohl anfangen wollen. Einige besonders pessimistische Gemüter sprechen sogar davon, dass sie die Wallanlagen in die Luft sprengen wollen.«

»Jetzt übertreibt Ihr aber, mein Freund. Bei aller zänkischer Zwietracht unter den Ratsleuten und der Bürgerschaft hält sich die Stadt doch eisern an die Regeln der Neutralität. Schließlich lebt sie seit Jahrhunderten glänzend von den Geschäften, die gerade dadurch über sie abgewickelt werden.«

»Solange die Gegner sich die Waage halten, ja. Aber zurzeit scheint Dänemark unverhofft im Aufwind zu sein. Erinnert Ihr Euch an das Verschwinden von Jastrams Kopf vor zwei Wochen?«

»Selbstredend, wir saßen zusammen bei Eurem verehrten Onkel. Es war doch Jastram, der in den 1680er Jahren den Dänen beinahe die Stadttore geöffnet hätte und letztlich dafür von den Hamburgern gerichtet wurde.«

»Genau. Und seit sein Kopf, der über dem Millerntor prangte, verschwunden ist, könnte man meinen, ein Fluch hätte Hamburg ergriffen, denn seit dem Tage haben die Dänen den Siegeswind im Rücken. Zehntausend neue Soldaten sollen sie unter Sold genommen haben. Glückstadt platzt aus allen Nähten, und in Altona ist selbst in den Kirchenasylen kein Bett mehr zu bekommen. Dazu die Gerüchte über das Schwarzpulver. Aber woher der ständig klamme Friedrich IV. die finanziellen Mittel für diese Aufrüstung haben soll, bleibt allen ein Rätsel.«

»Woher wisst Ihr all diese Dinge?«

»Erst gestern Abend speiste ich bei meinem Oheim zusammen mit Syndikus Lorenz und Pastor Reichert aus Altona, einem alten Freund der Familie meiner Tante. Er berichtete uns von den Zuständen in Altona.«

»Waren auch Abelson und seine Tochter dabei?«

Claussen schaute Wrangel tief in die Augen, sodass dieser den Blick abwandte und sich innerlich ärgerte, dem Freund auch nur den Deut eines Hinweises auf seine Gedanken an die hübsche junge Jüdin zu geben.

»Nein, leider nicht. Aber Lorenz gab uns einen umfangreichen Lagebericht über die Zustände in der Hamburger Kaufmannschaft. Kaum eine Familie, die nicht ein Schiff voller Ladung im Hafen hat, aber an den Dänen nicht vorbeikommt. Andere kommen nicht herein. Bald wird selbst der Kaffee knapp werden.«

»Dann lasst uns schnell noch einen trinken«, grinste Wrangel und rief den Wirt herbei.

Danach nahm er den Gesprächsfaden wieder auf. »Aber was hat die Belagerung mit Wilkens Interesse an so einem Mannweib zu tun?«

»Wie ich schon sagte, spielt der Aberglaube eine große Rolle. Mit dem Verschwinden von Jastrams Kopf nähert sich der dänische Fluch erneut Hamburgs Wällen. Wenn den Menschen erst einmal die Angst im Nacken sitzt, dann ist der Schrei nach Schuldigen für das Unglück nicht fern. Was bietet sich da schon Besseres an als eine Hexe? Was kommt da gelegener, als wenn Wilken dieses Mannweib – allein schon durch seinen liederlichen Lebenswandel beleidigt es jeden ehrbaren Bürger – eines solchen grausamen Mordes überführen kann? Dann wird er nicht nur die Gemüter der Leute beruhigen, sondern ihnen auch Hoffnung geben, dass sich das Unglücksblatt wendet. Und nicht zuletzt weist er sich damit auch als hervorragender Kandidat für das Bürgermeisteramt aus.«

»Hm. Aber die Frau ohne Kopf kann nicht die Frau sein, die mit meiner Mandantin zusammen verschwunden ist. Ich habe eine Zeugin befragt, die bestätigen kann, dass die Frau, mit der meine Mandantin zusammen war, zu Lichtmess noch gelebt hat. Die Tote aber wurde bereits am 26. Januar gefunden.«

»Wie ich sehe, habt Ihr Euch inzwischen ganz und gar auf Euer Mandat eingelassen. Ihr seid eben durch und durch Jurist.«

Der Wirt stellte zwei neue Tassen Kaffee auf den kleinen Tisch. Wrangel griff nach dem Löffel und rührte ein wenig Zucker in

das schwarzbraune Getränk. »Ja, natürlich bin ich mit Leib und Seele Jurist. Aber darf ich Euch etwas als Freund anvertrauen?«
»Selbstverständlich.«
»Ich glaube, es geht hier um mehr. Natürlich ist dieses Weib ein liederlicher Mensch. Gott straft sie dafür schließlich mit einem ehrlosen Leben ohne Schutz und Halt. Aber darf man ihr deshalb noch mehr Unglück aufladen, für das sie gar nichts kann?«
»Was meint Ihr damit?«
»Ich meine, diese Frau hat gesündigt und sich an den Gesetzen Gottes vergangen. Dafür mag Gott sie strafen. Aber ... ich weiß nicht.«
»Wrangel, mein Freund, was quält Euch? Ich spüre doch, dass in Euch etwas aufgebrochen ist, etwas ...«
Wrangel rührte erneut in seinem Kaffee. Die dunkle Flüssigkeit glänzte wie die Haare von Ruth. Ruckartig setzte er sich auf und schaute den Vikar eindringlich an. »Claussen, mein Freund, Eure Worte vor zwei Wochen über die Liebe sind mir sehr nahegegangen.«
»Ich wollte Euch nicht verletzen, ich ...«
»Nein, entschuldigt Euch nicht, sondern freut Euch. Ihr habt mir die Augen geöffnet. Ich glaube verstanden zu haben, was der Herr von mir will.«
Claussen schaute Wrangel verständnislos, aber höchst aufmerksam an.
»Ich muss dieser Frau helfen, dass ihr Gerechtigkeit widerfährt, nur dann wird mir Gerechtigkeit widerfahren.«
»Wrangel, verrennt Ihr Euch da nicht? Selten gibt der Herr solch klare Aufträge an seine Kinder. Gott möchte, dass wir uns prüfen in unserem Tun und Lassen, auf dass wir ihm gefällig sind. Aber er stellt uns keine Aufgaben wie ein Lehrer in der Schule.«

»Das ist mir wohl bewusst, aber doch stellt er uns vor Aufgaben, an denen wir uns selbst erkennen, oder?«
»Woran erkennt Ihr Euch bei diesem Mannweib? Wrangel, ich bitte Euch …«
»Keine Sorge, mein Freund, ich bin nicht verrückt. Ich glaube nur zu spüren, dass Gott mich prüfen will.«
»Der Prüfungen gibt es viele. Zum Beispiel die schöne Ruth Abelson. Sie ist Euch aufgefallen, nicht wahr?«
Wrangel schoss das Blut in die Wangen. »Ja, natürlich, schließlich saß sie mit uns zusammen bei Tisch, Claussen. Sie da zu übersehen ist schon denkbar schwer.«
Claussen schmunzelte und nahm einen Schluck Kaffee. »Moses Abelson ist ein langjähriger Geschäftspartner meines Oheims. Vor gut dreißig Jahren hat er sich in Hamburg eingekauft. Geld ist sein Geschäft. Man sagt, er gehöre zu den Besten. Aber er ist ein gottesfürchtiger und guter Mann. Und Gott hat ihn hart geprüft. Fünf Kinder hat ihm seine Frau geschenkt. Bis auf Ruth hat der Herr sie ihm alle genommen. Zwei seiner Söhne verlor er schon als Kinder, zwei kehrten nie von ihren Reisen zurück. Ariel, sein ältester Sohn, kam bei einem Schiffsunglück ums Leben, Daniel, seinen dritten, erschlugen besoffene Kerle in Amsterdam. Er war dort bei seinem Onkel in der Lehre. Abelsons Frau starb vor drei Jahren am Fieber. Seitdem führt Ruth ihm den Haushalt. Sie ist sein jüngstes Kind. Er hütet sie wie seinen Augapfel. Die beste Ausbildung lässt er ihr angedeihen. Sie ist belesen in der antiken Philosophie, hat Mathematik und Astronomie zu Hause bei einem Privatgelehrten studiert und übt sich seit Kindesbeinen in Klavierspiel und Gesang.«
»Das ist sehr beeindruckend. Aber warum erzählt Ihr mir das?«
»Weil ich sah, mit welcher Inbrunst Ihr ihrem Cembalospiel lauschtet.«
»Ich liebe Mattheson.«

»Das ist schön. Denn wie ich schon sagte, scheint mir, dass Ihr Euch innerlich wieder freier bewegt und …«

»Mein lieber Claussen, ich habe mich innerlich immer frei bewegt. Das entspricht meiner tiefsten Überzeugung. Nur ein innerlich freier Geist kann die Aufgaben bewältigen, die an ihn gestellt werden.«

»Genau, mein Freund, darum haltet Euren Geist auch weiterhin frei und versteigt Euch nicht in vermeintliche Prüfungen, die vielleicht nichts weiter sind als Stolpersteine auf Eurem Weg. Lieber gönnt auch Eurem Herzen die Freiheit, die Ihr dem Geist so großzügig gewährt.«

Samstag, 12. November 1701

21

Nachdenklich sah Wrangel Bunk dabei zu, wie sie sich begierig einen Brocken Brot nach dem anderen in den Mund stopfte und schmatzend zerkaute. Hin und wieder unterbrach sie die mahlenden Bewegungen ihres Kiefers, um ein Stück von den geräucherten Speckstreifen abzubeißen, die der Prokurator ihr zurechtgeschnitten hatte.

Wrangel wusste nur zu gut, dass diese Speisung der Preis für Bunks weiteren Bericht war. Zwar hatte sich Prätor Wilken anerkennend zu Wrangels letztem Bericht geäußert, aber zugleich mahnend darauf hingewiesen, dass es vor allem Bunks Hamburger Zeit sei, um die es in diesem Fall ging. Nicht in den Untiefen des Sündenpfuhls sollte sich der junge Advocatus verirren, sondern klar und schlüssig Bunks Leben in Hamburg schildern. Genau das hatte Wrangel auch vor. Und mit ein bisschen Glück würde er schon bald dem Niedergericht in aller Deutlichkeit vorführen können, dass Bunk nichts mit der Toten auf dem Schweinemarkt zu schaffen gehabt hatte.

Ein lautes Schlürfen riss den Prokurator aus seinen Gedanken.

»Kann ich noch einen Krug Bier bekommen?«

»Wirst du mir dann auch von deinem Leben hier in Hamburg berichten?«

Bunk grinste Wrangel schief an. »Ja, Herr, sobald meine Kehle vom Bier befeuchtet wurde.«

Wrangel rief den Henkersknecht und schickte ihn nach einem

weiteren Krug. Wenige Augenblicke später kehrte Jürgen zurück und stellte das Bier mit kräftiger Hand auf den kleinen Tisch. »Prokurator Wrangel, mein Meister lässt Euch ausrichten, dass in einer Stunde die Ausstellung der Gefangenen beginnen soll, und bittet Euch, dies bei Eurem Verhör zu berücksichtigen.« Beschämt über diese hinweisenden Worte, wischte sich Jürgen mit dem schmutzigen Ärmel über den Mund und starrte auf seine schweren Holzpantinen.

»Sag deinem Meister, er kann meine Mandantin erst ausstellen, wenn das Niedergericht für heute mit ihr fertig ist. Und nun geh.«

Jürgen nickte stumm und verließ mit gebeugtem Kopf die Stube. Wrangel sah ihm mit unverhohlenem Ärger nach. Schließlich verging seit Wochen kein Markttag, an dem Asthusen das Mannweib nicht über Stunden wie einen Hund angekettet einem nicht abreißen wollenden Strom schaulustiger Leute zum Begaffen preisgab. Täglich ließen sich die Trommeln der Ausrufer vernehmen. Kaum rollten an den Markttagen die ersten Bauernwagen durch die Tore in die Stadt, öffnete die Frohnerei den Gaffern ihre Türen. Einige flüsterten hinter vorgehaltener Hand, das Weib sei eine Hexe. Andere wiederum fassten Bunk gegen einen Aufpreis an, damit sie ihren Grusel noch steigern konnten. Nur zu gut konnte sich Wrangel die geifernde Meute und ihre Bemerkungen vorstellen.

»Schau mal, die Hände sind aber doch die von einem Kerl.«

»Vielleicht, aber die Schultern sicher nicht. Und Brüste hat sie auch, allerdings kleine.«

»Vater, kann die wirklich zaubern? Die Augen glühen so gefährlich.«

»Zurück, mein Kind! Wenn sie dich anfasst, nimmt dich kein Mann mehr.«

Seitdem das Mannweib in der Frohnerei war, liefen Asthusens Geschäfte wieder prächtig. Dafür sollte er froh und dankbar sein und nicht nach noch mehr gieren. Mit einer kräftigen Handbewegung versuchte Wrangel seine ärgerlichen Gedanken über Asthusen zu vertreiben und sich wieder auf Bunks Lebensgeschichte zu konzentrieren.

»Von Glückstadt aus bist du also nach Hamburg gekommen. Wann war das?«

»Im September 1698 schiffte ich mich im Hafen von Glückstadt nach Hamburg ein.« Bunk wischte sich mit ihrem schmutzigen Ärmel über Mund und Nase und griff dann beherzt nach einem weiteren Stück Speck.

Doch bevor sie es in den Mund schieben konnte, klopften Wrangels Finger auf das Holz des Tisches. »Wie hast du die Überfahrt bezahlen können, nachdem man dir alles genommen hatte, wie du das letzte Mal sagtest?«

»Meine Wirtin war so gut, mir mein Bündel mit meinen Kleidern nachzuschicken. Wie ein kleiner Engel kam mir der Junge vor, der auf einmal an der Kaimauer vor mir stand …«

Die Wellen glitzerten im warmen Septemberlicht, als plötzlich jemand zaghaft an Bunks Schulter tippte. Vom Schreck gepackt, drehte sie sich um.

Der jüngste Sohn ihrer alten Wirtin wich unsicher zurück, unter dem Arm ein kleines Bündel haltend. »Die Mutter hat gesagt, ich soll's Euch bringen, denn mit uns seid Ihr stets ordentlich gewesen, sodass wir an Euch nicht ehrlos handeln wollen.«

Er reichte ihr zaghaft das Bündel. Bunk erkannte es sofort. Es war ihre alte Kleidung aus Amsterdam, eine Kniehose, ein rotes Hemd und ein graues Wams. Schnell tastete sie das Wams ab. Unter den Knöpfen spürte sie drei harte Rundungen. Welch ein Glück, die Golddukaten, ihre Notreserve aus Amsterdam,

waren noch da. Wäre sie erst einmal raus aus Glückstadt, konnte sie wieder in ihre gewohnte Haut des Hinrich schlüpfen.
»Danke, mein Junge, Ihr seid gute Leute. Möge der Herr es Euch vergelten.«
Der Junge lächelte verlegen, drehte sich um und verschwand in der Menge. Bunk drückte das Bündel fest an sich und raffte schnell ihr altes Kleid, um an Bord des Ewers zu kommen, der gerade nach Hamburg ablegte. Auch dort würde man zur Zeit der Apfelernte Tagelöhner brauchen.
Mit Hilfe der Golddukaten gelang es Bunk, sich wieder ein passables männliches Äußeres zu verschaffen. Selbst für ein Paar feste Schuhe und einen warmen Umhang für den Winter reichte das Geld. Emilie sei Dank! Sie hatte Bunk stets dazu ermahnt, eine eiserne Reserve im Wams bei sich zu tragen. Man wisse nie, wohin einen das Leben spüle, war ihr Leitsatz dazu.
Wie es ihr wohl ging? Von den Soldaten hatte Bunk gehört, dass die Amsterdamer Polizei den ganzen Sommer über strengste Razzien gemacht hatte, um den städtischen Sündenpfuhl auszutrocknen. Doch wusste im Grunde jeder, dass dieses Gewerbe nicht auszutrocknen war, solange den Männern die Körpersäfte nicht versiegten. So würde auch Madame Emilie über kurz oder lang wieder auf die Beine kommen. Schließlich war sie eine erfahrene Frau und wusste um all die Winkelzüge ihres Geschäftes.
Bunk hingegen musste sich ein neues Auskommen suchen. In Hamburg gab es viele Möglichkeiten, doch gab es auch viele Menschen aus allen Teilen der Welt, die nach Arbeit suchten. Bunk versuchte sich zuerst als Tagelöhner auf dem Scharmarkt. Sie fand auch eine kleine Bude in der Nähe, zwischen dem Brauerknechtgraben und Vorsetzung.
Das neue Leben in Hamburg gefiel ihr, und selbst die harte körperliche Arbeit auf dem Wochenmarkt ging ihr leicht von

der Hand. Mit Schwung warf sie sich die schweren Säcke über die Schultern und schleppte sie von den Karren zu den Ständen. Schnell mistete sie die kleinen Gehege der zum Kauf gebotenen Tiere aus, holte Wasser und trug den Köchinnen der Patrizierfamilien die Einkäufe in die Herrenhäuser hinterher. Als der Winter Einzug hielt, verknappten sich Bunks Einkünfte aus dem Tagelohn jedoch zusehends. Alster und Elbe froren zu, und immer seltener schafften es die Ewer noch in den Hamburger Hafen, um die Märkte mit Waren zu versorgen. Viele Marktleute blieben zu Hause in ihren Dörfern und gaben sich ihren winterlichen Heimarbeiten hin.
Ein glückliches Geschick wollte es, dass Bunk den Arzneienkrämer Johann Jähner kennenlernte und bei ihm als Aushilfe arbeiten konnte. Jähner verstand sich ausgezeichnet auf das Mischen von Tinkturen und kannte viele wirksame Rezepte. Sein Wissen hatte er als Lehrjunge eines Barbiers gesammelt, mit dem er fünf Jahre über die Jahrmärkte gezogen war, auf denen sie neben Kräutersalbe auch zusammengepanschte Wundermittel feilgeboten hatten. Jähner hatte Glück gehabt und die kinderlose Witwe eines Arzeneienkrämers im Beckergang heiraten können.
Die Krämersfrau, Maria Jähner, war eine ältliche kleine Person von gebrechlicher Statur. An die fünfzig Jahre war sie bereits. Ihr graues Haar, stets zu einem strengen Dutt gebunden, trug sie sorgsam unter einer weißen Spitzenhaube verborgen, welche ihr von Trauer gezeichnetes Gesicht umrahmte. Von Natur aus gutmütig und duldsam veranlagt, hatte das Leben Frau Jähner schon einiges abverlangt und tiefe Spuren innerer Ermattung hinterlassen.
Der Arzneienkrämer war an die zehn Jahre jünger als seine Frau und hatte etwas Angeberisches an sich. Von Statur aus groß und kräftig, allerdings mit einem runden Bauch bestückt,

kleidete er sich nach der neuesten Mode und legte peinlich Wert darauf, dass seine Kleidung stets im besten Zustand war. Das blonde Haar trug er offen auf die Schultern wallend, geschmückt von einer Samtmütze, wie sie häufig Apotheker trugen. Aber der durch die Heirat in die wirtschaftliche Selbständigkeit gehobene Mann führte das kleine Geschäft recht ordentlich weiter und sorgte für ein beruhigendes Auskommen. Seine Frau konnte sich sogar ein Dienstmädchen leisten, das ihr bei den alltäglichen Arbeiten zur Hand ging.

Johann Jähner fand schnell Gefallen an dem jungen Hinrich, der ohne viele Worte anpackte und sich vor keiner Arbeit scheute. Zunächst beschäftigte er ihn stundenweise mit Reinigungsarbeiten im Labor der Arzneienhandlung. Dort stellte Jähner aus allerlei Kräutern und tierischen Stoffen Tinkturen, Pülverchen und Säfte her, mischte Tees an und rührte Salben. Da er preislich deutlich unter den Apotheken blieb, konnte er sich einen soliden Kundenkreis bei den einfachen Leuten sichern. Als sein Vertrauen zu Bunk wuchs, schickte er sie auch über die Hamburger Märkte, um getrocknete Kräuter zu suchen.

Bunk gefiel die Arbeit. Sie war leicht und ließ ihr große Freiheiten, da sie dabei weitgehend unbeobachtet blieb, also nicht ständig darauf bedacht sein musste, sich durch Kleinigkeiten zu verraten. Schnell fiel ihr auf, dass Jähner eine gewisse Schwäche für käufliche Mädchen hatte, sich aber nicht selbst an sie herantraute, wohl auch, um seinen Ehefrieden nicht aufs Spiel zu setzen. Im vergangenen Winter in Amsterdam hatte Bunk genug über käufliche Liebe gelernt, um viele der Tricks und Kniffe zu beherrschen, wie man möglichst unauffällig und somit gefahrlos an die Mädchen herankam und im Stillen mit ihnen verhandeln konnte. Als sich einmal die Gelegenheit bot, raunte sie Jähner zu, dass sie sich durchaus mal umhorchen könne, wie es um die hübsche Brünette stehe, die so häufig zwischen dem Zeughausmarkt, der Henricus-Bastion und dem Millerntor hin und her spaziere. Jähner zögerte nicht lange, und schon bald steckte er Bunk regelmäßig, welches Mädchen er gern mal näher kennenlernen wollte.

Als das Frühjahr kam, hatten sich Bunks Dienste für Jähner, sei es Hilfe bei der Kräuterbeschaffung oder den Mädchen, derart eingespielt, dass er Bunk anbot, für ihn als Kräutermann zu arbeiten. Erst einmal sollte Bunk nur über die Dörfer ziehen und die frisch sprießenden Kräuter von alten Weibern erwerben, für die der Weg auf die Hamburger Märkte zu mühsam geworden war. Sie verkauften sie für einen Bruchteil des Preises, den man in der Stadt für Pflanzen zahlte.

Bald schon hatte Bunk auch selbst nach Wurzeln zu graben, Rinden, Kräuter und Blumen zu sammeln. Huflattich und Heilwurz gegen Husten, auch Veilchenwurzeln, die Jähner wegen ihrer antiseptischen Kraft schätzte, Löwenzahn und Ringelblumen, die bei Gallenleiden halfen, Brennnesseln zum Entwässern, Wurmkraut, Katzenkraut für den Magen, so auch Dill und Kamille, Königskerze gegen Schmerzen und Entzündungen, Goldwundkraut gegen Gicht, Maiglöckchenkraut, das bei Epilepsie zu helfen versprach, Mohn zur Beruhigung, Holunder gegen Erkältungen und einen trägen Darm.

Jähner wollte sein Geschäft noch mehr ausweiten und nicht nur Kräuter vom Land beziehen, sondern auch seine Mittelchen auf den Dörfern anbieten. Bunk übernahm auch diese Aufgabe. Ein-, zweimal die Woche traf sie sich mit Jähner, brachte ihm Kräuter, Rinden, Wurzeln und Blumen, je nach Saison, und holte von ihm seine Tinkturen, Tees und Salben ab. Bald traute sich Jähner sogar, selbst Theriak zu brauen und über seinen Kräuterhöker zu vertreiben. Natürlich hielt er sich dabei nicht an das Originalrezept von Damokrates, Kaiser Neros Leibarzt, der dieses prophylaktische Mittel gegen Vergiftungen aus über fünfzig unterschiedlichen, teilweise unsagbar kostbaren Bestandteilen braute. Das hätte auf dem Lande sowieso keiner bezahlen können, und in der Stadt würde er damit bloß die Wut des Ratsapothekers auf sich ziehen. Auch der venezianische Theriak war für die meisten Menschen unerschwinglich teuer. Für ein Viertelpfund musste man zwei Mark lübisch berappen. Um aber eine recht befriedigende Wirkung für sein eigenes Gebräu zu erreichen, genügte es, ein wenig Opium mit Schlangenwurz zu mischen, dazu Angelikawurzel, Baldrian, Szillakraut, Kardamom, Myrrhe, ein winziges Fädchen Safran, Gewürznelke, Schwefeleisen und Honig. Die exotischen Gewürze fand Jähner ohne große Schwierigkeiten bei den Hamburger Gewürzhändlern. Und wenn für Safran das Geld nicht reichte, so tat es auch einfacher Gelbwurz. Das Geschäft lief gut. Fünfzehn Prozent bekam der Höker, und schnell verstand sich Bunk auch darauf, so manches Kraut in die eigene Tasche zu handeln.

Jähner, von regem Geschäftssinn beseelt, war unermüdlich darauf bedacht, Bunks Beschaffungsdienste auszuweiten. Ihm selbst verbot seine Frau loszuziehen. Zu sehr war sie um den Ruf des Geschäftes besorgt, sollte bekannt werden, dass ihr Mann wie ein Höker über die Dörfer zog. Zwar profitierte auch sie von den Extraeinkünften dieser Landpartien, aber auf keinen Fall wollte sie das ehrbare Ansehen ihrer Familie durch Hökerei befleckt sehen. So hatte sich Jähner im Laden aufzuhalten und seine Geschäfte innerhalb der Stadtmauern abzuwickeln.

Um den Umsatz zu steigern, entschloss er sich, sein Geschäft mit den Wunderheilmitteln noch weiter auszubauen. So hatte er sich bereits zunehmend auf Arzneien, die aus tierischen Bestandteilen herzustellen waren, konzentriert, wollte aber auch noch in das besonders lukrative Geschäft mit Arzneien aus menschlichen Bestandteilen einsteigen. Dies war allerdings traditionell den Scharfrichtern und Apothekern vorbehalten. Nur sie hatten unverstellten Zugang zu Menschenfett, das als Basis für ein hochgeschätztes Balsam gegen Krätze, Gicht und Krämpfe diente, oder zu gebrannter menschlicher Hirnschale, die pulverisiert gegen die Fallsucht helfen sollte. Steigern ließ sich die Wirkung noch, vermischte man das Pulver mit Blut von Enthaupteten. Aber daran war selbst auf dunkelsten Kanälen kaum zu kommen, wussten doch die Henker ihr Monopol gut zu schützen. Wesentlich leichter war da das Waschwasser von Leichenwäschern zugänglich, das gegen Warzen und Hautekzeme half. Auch Menschenhaut konnte man hin und wieder ergattern. Aus ihr ließen sich Lederriemen anfertigen, die, um den Leib gelegt, Gebärenden wesentliche Erleichterung verschafften. Gerade Hebammen waren dankbare Abnehmerinnen solcher Gürtel.

Doch so finanziell reizvoll auch der Einstieg in diesen Zweig der Arzneien erschien, so schwierig war er. Darum begnügte Jähner sich fürs Erste darauf, Liebes- und Fruchtbarkeitsmittel zu kreieren. Bunk hielt er an, auf seinen Wanderungen Hirschpenisse und Stierhoden aufzutreiben. Die Schlachter in der Stadt wussten zu gut um ihren Wert, und die drei Apotheker Hamburgs zahlten die geforderten Preise. Auf dem Land hingegen ließ sich so mancher Händel machen, der einem die begehrten Teile günstiger verschaffte. Auch gelang es Bunk von Zeit zu Zeit, ihm einen Hund einzufangen, aus dessen Fett sich Hautcreme machen ließ, die von wohlhabenden älteren Frauen sehr geschätzt wurde.

Aus dem Hundeschädel und dem Blut versuchte Jähner ein Mittel gegen die Fallsucht zu kreieren. Er verkochte noch etwas Maiglöckchenkraut mit dem Sud und bot es bei leichten bis

mittelschweren Anfällen an. Doch der Absatz hielt sich in Grenzen. Weitaus erfolgreicher war er mit seinen spanischen Fliegen, die er aus Insekten des Hamburger Umlandes herstellte. Schluckte ein liebeswilliger, doch fleischlich geschwächter Mann so ein Tierchen, löste die echte spanische Fliege eine lang anhaltende und nur schwer abschwellende künstliche Erektion aus.
Jähner versuchte, die aphrodisierende Wirkung mit heimischen Mitteln nachzustellen, denn er wusste, dass der Glaube an die Arznei ihr die eigentliche Wirkung verlieh. So umhüllte er kleine Käfer mit einer durchsichtigen Zuckerschicht, sodass die Käufer die Insekten sehen und sich zugleich die Vorfreude auf das Liebesspiel versüßen konnten. Seine Liebespillen erfreuten sich bald einer großen Nachfrage unter den älteren Herren der Stadt, welche die Jähner'sche Krämerei zunehmend regelmäßig aufsuchten. Aber die rechten Insekten waren nicht einfach zu finden. So verbrachte Bunk im Sommer viele Stunden damit, die Blätter von Holundersträuchern, jungen Eschen, Pappeln, Flieder und Liguster nach ihnen abzusuchen.

22

Wrangel hörte Bunk aufmerksam zu, bis sie auf einmal innehielt und verloren aus dem kleinen Fenster starrte. »Und, wie ging es weiter?«
Bunk reagierte nicht.
Wrangel überlegte eine Weile. Bunk war also wohl gut bekannt mit dem Haushalt des Arzneienkrämers. So war nichts Ungewöhnliches an ihrer Vermittlung von Maria Rieken als Dienstmädchen in den Jähner'schen Haushalt. Aber war sie damals

noch selbst für Jähner tätig? Hatte sie es vielleicht doch darauf angelegt, mit der jungen Frau in engeren Kontakt zu treten?

»Wann hast du aufgehört, für den Arzneienkrämer zu arbeiten?«

»Es kam zu einem Streit.«

»Mit Jähner? Als Maria Rieken ins Haus kam?«

Bunk schüttelte abweisend den Kopf. »Nein, nicht mit Jähner, zumindest nicht direkt. Es war im Herbst. Eine Messerstecherei auf einer meiner Touren. Ich wurde verletzt.«

»Und Jähner hat dich rausgeschmissen?«

»Nein, nicht direkt.«

»Sondern?«

Bunk stöhnte auf. »Er hat versucht mich zu erpressen.«

»Womit?«

Bunk spuckte verächtlich aus. »Womit? Womit?«

»Erzähl weiter.«

»Er hat gedroht, mich auffliegen zu lassen, wenn ich ihm nicht in der Nacht zu Allerheiligen vom Gottesacker vor St. Georg, dort wo die Armen einfach nur in einer Grube verscharrt werden, ein paar Leichenteile hole.«

Wrangel zuckte zusammen. Leichenfledderei in der Nacht zu Allerheiligen war einer der typischen Vorwürfe für Hexerei.

»Was wollte er damit?«

Bunk grinste schief. »Geld verdienen. Er hatte nämlich von einem fahrenden Händler ein ganz vorzügliches Rezept für eine Gichtsalbe erhalten, für die er einige Gliedmaßen, zumindest aber drei, vier Hände brauchte. Der Erlös der Salbe hätte sicherlich gereicht, uns alle gut über den Winter zu bringen.«

»Aber du wolltest nicht?«

»Nein. Doch er zwang mich dazu.« Verächtlich spuckte Bunk auf den Boden. »Am späten Nachmittag vor Allerheiligen verließ ich mit einer kleinen Schaufel bewaffnet Hamburg durch

das Steintor und machte mich auf den Weg nach St. Georg. Es war ein regnerischer kalter Abend, und das Warten bis zur elften Stunde wurde lang. Kaum hatten die Glocken die elfte Stunde verkündet, schlich ich mich durch ein Gebüsch auf den Gottesacker und suchte nach den frischen Gräbern. Schließlich wollte Jähner auch noch etwas Fleisch an den Armen haben, damit er das Fett auskochen konnte. Der Regen verwandelte den Friedhof in einen einzigen Sumpfpfuhl. Mühsam stapfte ich durch den Matsch und stieß hin und wieder mit der Schaufel in die Erde, um zu prüfen, ob sich unter ihr etwas befand. Plötzlich schlugen Hunde an, und vom Kirchhof her kamen Menschen mit Fackeln auf mich zugestürmt. Ich rannte davon, immer auf das Dickicht zu. Die Hunde bellten wie verrückt, und auch die Männer kamen näher. Ich rannte weiter, direkt zur Alster. Ohne zweimal nachzudenken, stieg ich ins Wasser und watete stromaufwärts dem neuen Fortifikationswerk entgegen.«
Bunk atmete tief ein, als holte sie ihre Erinnerung zurück in die eisigen Fluten.
»Ich kann nicht schwimmen. Aber von den Friesen hatte ich gelernt, dass Hunde die Fährte im Wasser verlieren und dies darum die sicherste Möglichkeit war, sie abzuhängen.«
Wrangel nickte. »Wie ging es weiter?«
»Am folgenden Tag kehrte ich in meine Bude am Neuen Markt zurück und verkroch mich dort für mehrere Tage mit Fieber, Husten und Schnupfen. Nach einer Woche ging ich zu Jähner. Aber der, enttäuscht über die ihm entgangene Lieferung, war kurz angebunden und hatte keine Arbeit mehr für mich.«
»Wie hast du dann den Winter überstanden? Wovon hast du gelebt?«
»Ich hatte ein paar Ersparnisse, suchte mir Arbeit im Tagelohn, und bald fing ich auch an, Botengänge zu übernehmen.

Es ist ein ganz einträgliches Geschäft, wenn man gut zu Fuß und viel unterwegs ist. Gerade über Land und in die Nachbarstädte wie Wandsbek und Altona werden immer wieder Boten gesucht.«

Mit einem kräftigen Ruck öffnete sich die Tür zur Herrenstube, und Asthusen schaute herein. »Verzeiht die Störung, Prokurator, doch vor der Frohnerei sammeln sich bereits die Leute, die von weit her gekommen sind, die Gefangene zu beschauen.«

Wrangel legte die Hände aufeinander und atmete kräftig aus. »Nun, wir sind so weit durch. Aber bringt meiner Mandantin noch einen Krug Eures guten Bieres, Meister Ismael. Langes Reden macht durstig, und bei den Geschäften, die Ihr mit ihr macht, hat sie es sich allemal verdient.«

Asthusen grummelte unverständliche Worte und gab seinen Knechten ein Zeichen. Der eine verschwand sogleich in die Schankstube, der andere betrat die Herrenstube, um die Möbel zur Seite zu rücken und zwei Absperrseile als Pfad durch den Raum, vorbei an der Gefangenen, zu spannen.

Wrangel nickte Bunk zu und folgte dann Asthusen hinüber in die Schankstube.

Kaum hatten die beiden Männer die Herrenstube verlassen, ergoss sich ein Strom schaulustiger Besucher über die Schwelle. Wrangel betrachtete die gaffenden Leute eine Weile und dachte darüber nach, wie sie wohl auf jene Geschichten reagieren würden, die Bunk ihm gerade erzählt hatte. Natürlich standen auch viele von ihnen heimlich an des Arzneienkrämers Tür, um Potenzpillen zu kaufen, und so manche hübsche Frau versuchte ihre Schönheit noch mit Cremes aus Hundefett zu steigern. Die eine oder andere vielleicht sogar mit Creme aus Menschenfett.

Angewidert drehte er sich um und wollte gerade auf einen Tisch

in unmittelbarer Nähe zum Tresen zusteuern, als ihm eine ausnehmend hübsche junge Frau auffiel. Ihr weites blaues Kleid, das unter den vollen runden Brüsten knapp geschnürt war, tänzelte mit jedem Schritt um die Waden herum, verfing sich spielerisch zwischen ihnen, nur um sich beim nächsten Schritt wieder zu lösen. Eine kleine weiße Haube versuchte vergeblich die braunen Locken zu züchtigen. Sie kullerten wie glänzende Kastanien die Wangen hinab. Die vollen Lippen rahmten wohlgeformte Zähne mit einem rosigen Schimmer, aus ihnen perlte ein glockengleiches Lachen hervor, das eine Mischung aus Erfüllung und Vollkommenheit verhieß. Der Duft von frischem Heu wehte wie ein Schleier hinter ihr her und umhüllte für einen kurzen Augenblick Wrangels Sinne. Selbst solche Schönheiten zog das lebendige Elend Bunks an. Kopfschüttelnd riss er seinen Blick von der jungen Frau los und griff nach dem Bier, das ihm Asthusen vorsorglich auf den Tisch gestellt hatte.
»Kommt Ihr gut voran, Prokurator?«
Wrangel wischte sich den Schaum von den Lippen und hob nichtssagend die Schultern. Er wollte nicht voreilig etwas von seinen neuen Erkenntnissen über Bunk preisgeben, zu leicht könnten sie an die falschen Ohren geraten.
Plötzlich drang lauter Tumult aus der Herrenstube zu ihnen herüber. Schnell sprangen Frohn und Prokurator auf und drängten sich durch die Menschenmenge in die Herrenstube. Bunk war von ihrem kleinen Schemel aufgesprungen und riss wie irre an ihrer Kette. Ihr Haar hatte sich gelöst und flog wirr um ihren Kopf, ihre hellen Augen blitzten vor Wut, und sie stieß wilde unverständliche Flüche aus. Die Leute wichen zurück, einige schrien ängstlich auf in dem Glauben, den leibhaftigen Teufel in der armen Kreatur zu erblicken.
Mit zornigem Gebrüll versuchte Bunk die hübsche Brünette in dem blauen Kleid am Arm zu packen. Die wich jedoch an-

gewidert zurück und betrachtete die geifernde Gefangene mit spöttischem Abscheu.
Während sich Asthusen mit wenigen Schritten zu seiner Gefangenen vorarbeitete und versuchte, sie gemeinsam mit Jürgen niederzuringen, folgte Wrangels Blick der jungen hübschen Frau. Sie drehte sich geziert zu dem Mann hinter sich um und flüsterte ihm etwas ins Ohr. Im Gegensatz zu den anderen Leuten schien sie auch nach dem Angriff kein Funke von Panik oder Angst befallen zu haben. Der Mann, ein stattlicher blonder Kerl in einem modischen Rock und mit Samtmütze, fasste die Frau um die Taille und schob sie vorwärts, dem Ausgang entgegen. Sie schmiegte sich wie ein Kätzchen in seinen Arm.
»Cäcilie, mein Täubchen, nun geh schon voran, ich will raus aus dem Lärm«, hörte Wrangel den Mann sagen.
»Was für ein jämmerlicher Anblick. Da fragt man sich doch, wie man so etwas nur ertragen kann. Ja, lass uns an die frische Luft gehen. Mir wird übel bei diesem Gestank.«
Der stattliche blonde Mann räusperte sich etwas verlegen, reckte seinen fetten Hals in die Höhe und drückte das Kreuz durch, um noch ein wenig größer zu erscheinen. Dann schritt er mit ausladenden Bewegungen, denen er wohl eine gewisse Würde unterstellte, der brünetten Schönheit hinterher, die sich an Wrangel vorbei durch die Menge zur Tür hinausschob.
Die Ausstellung des Mannweibes war für diesen Tag beendet. In Gedanken noch bei dieser unerwarteten Attacke seiner Mandantin auf die hübsche junge Frau, verließ Wrangel die Frohnerei, um zum Niedergericht zurückzukehren, als er mit halbem Ohr hinter sich Bunk wütend nach Asthusen rufen hörte.

Montag, 14. November 1701

23

Nachdem nun das Verhältnis meiner Mandantin Ilsabe Bunk zu Elisabeth Pausten, wie auch die Vorgänge, die zu der Verletzung von Elisabeth Pausten führten, hinlänglich beleuchtet wurden, erlaubt mir, Prätor Wilken, auf den zweiten Vorwurf gegen Ilsabe Bunk einzugehen: ihre Beteiligung am Verschwinden von Maria Rieken.«

Wilken sah Wrangel aus gleichmütigen Augen an und nickte dann kurz, als wollte er jede überflüssige Bewegung vermeiden. Wie ein Helm rahmte eine weiße Perücke sein markantes Gesicht und betonte so die gerade Linie seiner Nase. Kein Muskel verriet irgendeine Anteilnahme an den Ausführungen des jungen Prokurators, der schon seit einer knappen halben Stunde seine Verteidigungsschrift für Ilsabe Bunk im Sitzungssaal des Niedergerichts vortrug. Der Brookvogt hingegen wippte gelangweilt auf seinem Hocker in der Ecke und schien nur noch mit Mühe die Augen offen halten zu können. Lediglich die kratzende Feder des Aktuars, der sich mit höchster Konzentration bemühte, möglichst jedes Wort des Prokurators zu protokollieren, unterbrach den gleichmäßigen Redefluss Wrangels.

»Tatsächlich hat meine Mandantin die vermisste Maria Rieken Anfang Januar dieses Jahres in Neuengamme im Dorfkrug kennengelernt. Entgegen den Behauptungen der Riek'schen Familie aber war es Maria Riekens ausdrücklicher Wunsch, aus

Neuengamme fortzugehen und ihren Ehemann Hans Rieken zu verlassen, da er sich nicht an seine christlichen Ehepflichten hielt, sondern seine Frau häufig schlug und dabei auch verletzte, sodass sie Sorge um ihr Leben hatte. Meine Mandantin bot Maria Rieken, die sich ihr in ihrer Not anvertraute, an, sie nach Hamburg zu bringen und ihr dort zu helfen, eine Arbeit als Dienstmädchen zu finden. So verließ Maria Rieken zusammen mit Ilsabe Bunk, hic in der Rolle des Hinrich Bunk, Neuengamme am 25. Januar dieses Jahres und trat am 26. Januar eine Stelle als Dienstmädchen bei der Frau des Arzneienkrämers Johann Jähner an.«

Wilken hob die Brauen und sah Wrangel mit durchdringendem Blick an. »So lebt die vermisste Rieken hier in Hamburg, Prokurator?«

»Leider nicht mehr, Prätor Wilken, denn sie verließ ihre Stelle als Dienstmädchen zu Mariä Lichtmess, da sie aufs Land zurückwollte. So zumindest bestätigte es mir die Frau des Arzneienkrämers, Maria Jähner.«

»So ist diese Frau vorzuladen, um ihre Aussage vor Gericht zu vereidigen.« Wilken verschränkte zufrieden die Hände.

»Erlaubt mir, Prätor Wilken, auch noch auf die Diskrepanzen in der physischen Erscheinung von Maria Rieken und der am Schweinemarkt gefundenen Leiche aufmerksam zu machen. Sowohl der Vater der Rieken wie auch meine Mandantin und die Zeugin Jähner bestätigen einmütig, dass Maria Rieken eine kleine, zierliche Frau mit dunklem Haar gewesen sei. Bei der Leiche am Schweinemarkt jedoch handelte es sich um eine große, beleibte Frau, deren Körperbehaarung rötlich blond war. Zudem wurde die Leiche am Morgen des 26. Januar gefunden, demselben Tag, an dem Maria Rieken bei Frau Maria Jähner als Dienstmädchen anfing.«

Wilkens Blick verfinsterte sich. Wrangel spürte, dass er mit diesem Hinweis zu weit gegangen war. Mit seinen Bemerkungen kritisierte er indirekt die Arbeit des Prätoriats. Schließlich oblag es der Hoheit des Prätors, Tatortbeschreibungen zu liefern und Zeugen zu vernehmen. Gereizt klopfte der Prätor mit den Fingern auf die Tischplatte.

»Das Aussehen einer Frau hängt doch wohl sehr vom Betrachter ab, Prokurator Wrangel. Welche Beweise, welche Zeugnisse könnt Ihr für die äußerlichen Unterschiede der Leiche und der Maria Rieken vorbringen?«

»Ich habe sie selbst gesehen, Prätor Wrangel.«

»Die Rieken, Wrangel?«

»Nein, die Tote, Herr Prätor. Es war mein erster Tag hier am Niedergericht.«

»Ja, ich entsinne mich. Ihr, Prokurator, seid jedoch Advocatus in diesem Fall und könnt darum kein Zeuge sein.«

»Aber dem Gericht liegt doch das Gutachten des Physikus Dr. Biester vor, das kürzlich eingefordert wurde. Dort ist die Leiche detailliert beschrieben.«

»Nun gut«, winkte Wilken ab und wandte sich an den Aktuar. »Dr. Meyer, nehmt zu Protokoll, dass das Gutachten erneut geprüft werden muss. Und Brookvogt, Ihr ladet diese Jähner vor, damit sie ihre Aussagen bestätige.«

Mit kräftigen Schlägen klopfte es plötzlich an der Tür. Als ein Gerichtsdiener beflissentlich öffnete, trat Jürgen, der Meisterknecht des Scharfrichters, in den Saal.

»Verzeiht diese Störung, hohes Gericht, aber mein Herr schickt mich, um Euch wissen zu lassen, dass die Gefangene, also das Mannweib, eine Aussage machen möchte. Sie habe einen Teil der Wahrheit verheimlicht und wolle nun ihr Gewissen erleichtern und bekennen, sagte sie.«

Verunsichert schaute Jürgen von Wilken zu Wrangel und weiter zum Brookvogt, ob er wohl auch alles ordentlich gesagt habe.

Wilken warf Wrangel einen prüfenden Blick zu. Der starrte verdutzt auf den Henkersknecht. Er wusste mit dieser Neuigkeit nichts anzufangen, Bunk hatte nicht mit ihm gesprochen. Was kam jetzt?

»Danke für die Nachricht«, wandte sich der Prätor an Jürgen. »Sage Er Seinem Meister, dass wir uns nach dem Mittagsmahl zum erneuten Verhör in die Frohnerei begeben werden. Er kann gehen.«

24

Angekettet an den eisernen Wandring, hockte Bunk bereits auf einem kleinen Schemel in der Herrenstube der Frohnerei, als Asthusen die Vertreter des Niedergerichtes hereinführte. Neben Wrangel und Wilken waren auch Dr. Meyer und zwei Schöffen erschienen.

»Meister Ismael, Ihr habt uns herkommen lassen wegen einer erneuten Aussage im Falle ...« Mit abschätzigem Blick suchte Wilken in seinen Papieren.

»Bunk, Herr Prätor, Ilsabe Bunk«, sprang ihm der Aktuar Dr. Meyer zu Hilfe.

»Genau, Bunk. Also, was hat Sie uns zu sagen?«

Die Angesprochene hob den Kopf und musterte verächtlich die Männer des Gerichtes. Dann schloss sie kurz die Augen und holte Luft. »Ich habe beim letzten Verhör nicht die ganze Wahrheit gesagt, Herr Prätor. Das möchte ich nun nachholen, um mein Gewissen zu erleichtern.«

»So spreche Sie.«

»Es geht um die Rieken, die ich mit nach Hamburg gebracht habe. Es ist nicht wahr, dass ich sie bei Maria Jähner als Dienstmagd unterbrachte, sondern ich habe sie für Johann Jähner, den Arzneienkrämer, hergebracht, der ihren Kopf wollte, um daraus manch nützliche Arznei zu verfertigen.«

Entsetzt starrte Wrangel Bunk an. Was redete sie da?

»Wie meint Sie das? Erkläre Sie es dem Gericht etwas genauer.«

»Der Arzneienkrämer Johann Jähner wollte einen Menschenkopf für sein Labor. Zusammen mit Cäcilie Jürgens habe ich für ihn als Kräuterhöker gearbeitet. Doch was wir ihm an Kraut und Wurzeln brachten, war ihm nicht genug. Diebsdaumen wollte er haben für eine wundersame Salbe und einen Menschenkopf für eine ganz besondere Tinktur. Die Jürgens und ich sollten es ihm beschaffen. So brachten wir im Januar die Rieken zu ihm.«

Wrangel sprang auf und stieß dabei seinen Stuhl um. Bunk musste von Sinnen sein! Welch wirre Geschichten breitete sie auf einmal vor dem Prätor aus? Kein Wort hatte sie davon zuvor verlauten lassen. Sie zerstörte seine ganze Verteidigungsstrategie! Was war nur auf einmal in das Weib gefahren? Warum beschuldigte sie diesen Arzneienkrämer? Und wer war diese Cäcilie Jürgens überhaupt? Wrangel schlug mit der flachen Hand auf die Tischplatte und fuhr Bunk mit scharfem Ton an: »Was redest du da, Weib?«

»Regt Euch nicht auf, Prokurator. Mit den Jahren sammelt man die Erfahrung, dass der Kerker die Gefangenen läutert und noch so manches dunkle Geheimnis lüftet, wenn die Strafe Gottes naht. Setzt Euch und lasst uns zunächst mit der Befragung fortfahren. Hinterher bleibt Euch genügend Zeit, das Gehörte in Eure Verteidigung einzuarbeiten.«

Mit väterlich gütiger Geste wies Wilken auf den Stuhl, den Wrangel umgeworfen hatte. Asthusen eilte herbei, um ihm beim Aufrichten zu helfen.

»Fahre Sie fort mit Ihrer Schilderung, wie Sie die Rieken zu diesem Arzneienkrämer gebracht hat und was dann passierte.«

»Am 25. Januar kam ich, kurz bevor die Tore geschlossen wurden, mit der Rieken nach Hamburg und brachte sie auf meine Bude, die ich mit Cäcilie Jürgens teilte. Wir gaben ihr zu essen und zu trinken, und dann lief Cäcilie los, um Jähner zu holen. Der kam und brachte Schnaps mit. Damit hat er sie, die Rieken, meine ich, betrunken gemacht. Als sie schlief, hat er ein großes Messer genommen und ihr damit den Kopf abgeschnitten.«

»Und was hat Sie dabei gemacht?« Wilken wies mit dem Kopf auf die Gefangene.

»Nichts. Ich bin rausgegangen. Ich konnte das nicht mit ansehen.«

»Und die andere, diese Jürgens? Was hat die gemacht?«

Bunk zögerte einen Augenblick. Dann heftete sie ihren Blick auf ihre Schuhe. »Sie ist mit mir raus. Sie konnte das auch nicht sehen. Wir waren ja nur Höker und keine Apotheker, die wohl eher wissen, wie man einen Körper zur Gewinnung von Arzneien zerlegt.«

»So war Sie also nicht dabei, als die Rieken starb?«

»Nein. Wir haben im Flur gestanden und aufgepasst, dass keiner kommt.«

»Was geschah dann?«

»Danach hat Jähner den Kopf in einen Sack getan und mitgenommen.«

»Ja, und die Leiche und all das Blut?«

»Das Blut haben sie in einem Fass aufgefangen und auch mitgenommen. Wie ein Schwein haben sie die Rieken ausbluten lassen.«

»Wer ist *sie?*«

»Na, der Jähner und seine Kerle.«

»Was für Kerle denn?«

»Zwei Kerle hat er noch mitgebracht, Bootsleute waren sie, glaub ich. Die haben dann auch die Leiche weggeschafft.«

Wilken schaute Bunk eindringlich an. Dann setzte er sich gerade auf und faltete die schlanken Finger wie zum Gebet. »Was Sie da sagt, sind schwere Anschuldigungen – gegen Sie selbst, aber auch gegen andere Menschen. Ist Sie sich dessen bewusst?«

»Ja, Herr Prätor. Doch mein Gewissen befiehlt mir, die Wahrheit auszusprechen.«

»Was die Wahrheit ist, darüber wird später befunden werden. Sie sage uns jetzt noch einmal ganz genau, wer diese Menschen sind, die Sie des Mordes beschuldigt. In welcher Beziehung steht Sie zu diesen Leuten?«

»Der, der den Kopf abgeschnitten hat, ist Johann Jähner. Er ist Arzneienkrämer und hat seinen Laden im Beckergang.«

»Woher kennt Sie diesen Jähner?«

»Ich habe für ihn gearbeitet als Gehilfe und Kräutermann. Mehr als ein Jahr bin ich für ihn übers Land gezogen und habe Kräuter, Wurzeln und Rinden gesammelt und seine Salben und Tinkturen an die Bauersleute verkauft.«

»Und diese Frau, diese …?« Wilken warf Dr. Meyer einen auffordernden Blick zu.

»Jürgens, Prätor Wilken. Cäcilie Jürgens hat sie sie genannt«, ergänzte der Aktuar ruhig.

»Wer ist diese Jürgens, und woher kennt Sie sie?«

Bunk rieb sich nervös die von den Eisenringen wunden Handgelenke, dass die Ketten klirrten. »Ich habe mit ihr zusammengelebt wie Mann und Frau. Über sie habe ich Jähner kennengelernt. Sie war in seinem Haus als Dienstmagd. Als das mit uns anfing, hörte sie dort auf und half mir, als Kräuterhökerin für Jähner zu arbeiten. Sie hat mit mir zusammen am Neuen Markt gewohnt. Doch nach dieser Geschichte bin ich weg aus Hamburg und hab sie seitdem nicht mehr gesehen. Wo sie heute lebt, kann ich Euch nicht sagen.«

»Dann hat Sie vor der Pausten schon einmal in Unzucht, ja in Sodomie gelebt?« Wilken schüttelte bedächtig den Kopf und atmete kräftig aus.

Wrangel aber stockte der Atem, kleine Schweißperlen traten ihm auf die Stirn. Was redete das Weib da nur? Was hatte sie ihm alles verheimlicht? Sie hatte also mit einer weiteren Frau zusammengelebt? Was mochte wohl noch alles aus diesem Schandweib herausbrechen, setzte man ihr nur genügend zu? Wrangel hielt den Blick gesenkt und schüttelte resigniert den Kopf. Den ganzen Sonntag hatte er an der Verteidigungsschrift für Bunk gesessen. Er hätte es sich sparen können. Auch seine leise Hoffnung, in Bunks Schicksal einen göttlichen Fingerzeig auf sein eigenes Unglück in der Liebe zu finden, verflüchtigte sich in schmerzlicher Enttäuschung. So wie es jetzt aussah, gab es kein Zurück mehr, und das Niedergericht musste sich wohl oder übel mit diesem Mannweib befassen. Wenigstens hatte man jetzt ein klares Geständnis. Damit ließe sich der Fall immerhin sauber und ordentlich abwickeln.

Asthusen, der an der Wand neben Bunk stand, richtete seinen Blick gen Himmel, als dankte er dem Herrn für dieses Geständnis, das dem Henker eine große Hinrichtung verhieß.

»In Unzucht? Wenn Ihr es denn so nennen wollt, Herr Prätor«, antwortete Bunk schließlich. »Ich nenne es in Zweisamkeit.«

Wilken überging diesen Kommentar und gab stattdessen dem Brookvogt Anweisungen, die Beschuldigten ausfindig zu machen und zum Verhör vor das Niedergericht zu bringen. Dann beendete er mit knappen Worten die Vernehmung, erhob sich und verließ im Gefolge der beiden Schöffen und des Aktuars Dr. Meyer die Herrenstube.

Wrangel folgte dem Tross, knurrte aber im Herausgehen Asthusen zu: »Lasst die Bunk noch ein Weilchen hier sitzen, ich will mit ihr reden.«

25

Vor der Frohnerei stach Wrangel der Geruch von Feuer in die Nase, und feine Rußpartikel reizten seine Augen. Mehr und mehr Menschen blieben stehen und beschnupperten geradezu unruhig die rauchige Luft. Mit einem Mal läuteten die Glocken der nahen St.-Petri-Kirche Sturm. Gleich darauf fielen die Glocken der dahinter gelegenen St. Jacobi mit in das Sturmläuten ein.

»Feuer!«, schrien die Leute, die von der Alster her auf den Berg zugelaufen kamen. »Feuer auf der Vincent-Bastion, gleich hinter dem Drillhaus!«

Nun schmeckte Wrangel den Rauch bereits auf der Zunge. Über den Dächern der Stadt stiegen erste feine schwarzgraue Schwaden wie Säulen in den blauen Mittagshimmel. Wilken blickte konzentriert um sich, ganz Herr der Lage in dem zunehmenden Gewühl der Menschen, die nun in Richtung Vincent-Bastion strömten, aus Schaulust oder um bei den Löscharbeiten zu helfen. Dann bellte er den Brookvogt an, zur Bastion zu eilen und ihm umgehend Bericht zu erstatten. Der Brookvogt gab den Befehl sofort an zwei Röper weiter, die vor der Frohnerei auf ihn gewartet hatten.

»Ein Feuer auf den Wällen ist immer gefährlich. Aber wenn eine ganze Bastion brennt, kann es schnell brenzlig für die Sicherheit der Stadt werden«, ließ sich Dr. Meyer vernehmen. Wilken warf ihm einen wütenden Blick zu, sagte aber nichts.

Schon stiegen immer dickere schwarze Rauschschwaden von den Wallanlagen her auf, und mehr und mehr Menschen strömten in Richtung Alster.
Wrangel war unschlüssig, was er tun sollte. Zum einen musste er nach ihrer selbstmörderischen Aussage noch auf jeden Fall mit Bunk reden, zum anderen zog der Brand die ganze Aufmerksamkeit auf sich, denn er gefährdete den Schutz der Stadt. Die Vincent-Bastion, ein gewaltiges steinernes Bollwerk, allerdings mit zahlreichen hölzernen Aufbauten, reichte zur Hälfte in die Alster und sperrte mit ihren drei Kanonen den Zugang nach Hamburg über den Fluss.
Da kehrte einer der Röper des Brookvogtes außer Atem zurück. »Es sieht sehr gefährlich aus«, stieß er hervor. »Das Feuer auf der Bastion hält sich zwar in Grenzen, aber die Leute munkeln, dass in ihrer unmittelbaren Nähe ein großes Schwarzpulverlager sein soll. Wenn das Feuer dorthin überspringt, dann gibt es eine gewaltige Explosion, die den Wall zerreißen kann.«
»Schwarzpulverlager? Wer ist so wahnsinnig und lagert so etwas mitten in der Stadt?«, schrie Wilken aufgebracht. »Los, Brookvogt, alarmiert alle Eure Gehilfen und sorgt für Ordnung und schnelles Handeln bei den Löscharbeiten! Das Feuer darf sich auf keinen Fall ausbreiten. Ich werde mich sofort zum Rat begeben. Denn wenn es zu einer großen Explosion kommen sollte, ist die Stadt in höchster Gefahr.«
Wrangel zögerte nicht länger. Bunk konnte warten. Er rannte die Steinstraße hinunter, aus deren großen Kontorhäusern die Mägde und Knechte mit Eimern und Decken in den Händen herausliefen und sich in den aufgeregten Strom der Menschen einreihten. Vor St. Petri, deren gewaltige Glocken mit ihren heftigen Klöppelschlägen die Luft erzittern ließen, drängten sich mehrere wohlgekleidete Damen aneinander, als hätten sie Angst, von der Flut vorbeilaufender Menschen mitgerissen zu

werden. Für einen kurzen Augenblick meinte Wrangel in einer zierlichen jungen Frau Ruth Abelson zu erkennen. Aber als er sich noch einmal nach ihr umwandte, hatten sich bereits mehrere große Männer zwischen ihn und die Damen geschoben, sodass er niemanden mehr erkennen konnte. So rannte er weiter, hinüber zum Speersort und über den Pferdemarkt, auf dem einige Bauern verzweifelt versuchten, ihre scheuen Tiere zu beruhigen, hinein in die Rosenstraße. Die Menschenmenge wurde immer dichter. Jetzt sah man schon deutlich schwarze Rauchwolken aufsteigen. Er mied die enge und schlecht gepflasterte Watertwiete, die direkt auf das Drillhaus zuführte, wo den Anwärtern auf die Hamburger Bürgerschaft das Exerzieren beigebracht wurde. Stattdessen lief er weiter die Rosenstraße hinunter, vorbei am Haus seiner Wirtin, direkt auf die Wallanlage zwischen der Vincent- und der Hieronymus-Bastion zu, gleich neben dem Steintor.

Mächtig türmte sich der Wall vor ihm auf. Die Menschen drängten sich bis an die hohen Stadtmauern, hinter denen sich der Himmel bereits schwarz gefärbt hatte. Viele taten, was sie konnten, um beim Löschen zu helfen, andere folgten einfach nur dem grausigen Schauspiel des Feuers, das mit großen Flammen die Bastion im Griff hielt und sich von den Eimern voller Wasser, das die Leute von allen Seiten auf die lodernden Zungen kippten, nicht bändigen ließ. Mit jedem Atemzug biss einen der Rauch in den Lungen. Wrangel band sich ein Tuch vor den Mund und suchte sich eine unauffällige Ecke, aus der er das Treiben, ohne zu stören, beobachten konnte.

Direkt hinter der Rosenstraße lag eine Reihe kleinerer Stadtgärten mit vielen Holzverschlägen, in denen die Leute ihr Werkzeug, manchmal sogar kleine Tiere hielten. Auch jetzt rannten quiekende Schweine den Helfern zwischen den Beinen herum und sorgten für weiteren Tumult. Wrangel erkannte drei Röper des Brookvogtes, die versuchten, die Menschen zu einer Kette zu formieren, um die mit Wasser gefüllten Eimer schneller durchreichen zu können.

Plötzlich fiel sein Blick auf zwei junge Männer in weinroten Samtjacken und hellen Kniebundhosen, die in einem Gemüsegarten emsig einen Holzverschlag mit Wasser begossen, wohl um das Holz so zu durchfeuchten, dass es nicht vom Funkenflug Feuer fangen konnte. In ihrem eitel herausgeputzten Aufzug wirkten sie in den vereisten Rabatten äußerst fehl am Platze. Dabei mühten sie sich ab, als ginge es darum, einen Palast zu schützen und nicht einen Holzverschlag. So boten sie ein merkwürdiges Schauspiel, dem es nicht an Komik gefehlt hätte, wäre die gesamte Situation nicht ungemein bedrohlich gewesen. Aber warum ließen die beiden Gecken die Reetdachkate, die ebenfalls auf der kleinen Parzelle stand, völlig außer Acht? Was mochte in dem Holzverschlag sein, dass er so viel Vorsorge verdiente? Wie Bauern sahen die beiden nicht aus, der Kleidung nach schienen sie eher Kaufmannsgehilfen zu sein.

Wrangel wollte sich gerade zu den jungen Männern durchschlagen, als die Vincent-Bastion von einer gewaltigen Explosion erschüttert wurde. Das Feuer musste die Munitionskammer im Inneren des Bollwerks erreicht haben. Zerborstene Balken flogen durch die Luft, Steine und Splitter sausten auf die Menschen nieder. Eine Frau rannte mit lodernd brennenden Kleidern und Haaren schreiend durch die Menge. Die Menschen starrten sie entsetzt an, und es schien eine Ewigkeit zu vergehen, bis zwei Männer sie beherzt packten und ihr einen Eimer Wasser über den Kopf gossen. Kinder riefen weinend nach ihren Eltern, und die Menschen verkeilten sich ineinander, da die vorderen Reihen nach dem Knall zurückdrängten, die hinteren aber weiter nach vorn zur brennenden Bastion strebten.

Wrangel hatte genug gesehen und konnte hier nicht helfen. Er wandte sich entsetzt ab und drängte sich über den Schweinemarkt zurück zur Steinstraße in Richtung Berg.

26

Die dröhnenden Kirchenglocken und die aufgeregten Schreie von draußen füllten auch die Herrenstube der Frohnerei, als Wrangel in Begleitung Asthusens die Tür aufstieß und auf Bunk zuging.

»Prokurator Wrangel möchte mit dir reden, Weib.« Asthusen rückte Wrangel einen Stuhl zurecht und nickte ihm mit ernstem Gesicht zu. Dann prüfte er mit fachmännischem Blick, ob alles in der Herrenstube seine Ordnung hatte, und ließ schließlich Bunk und Wrangel allein.

»Wie konntest du das machen, Weib?«, fuhr er, kaum dass Asthusen die Tür hinter sich geschlossen hatte, Bunk an. »Du hast dich um Kopf und Kragen geredet! Du hast dich dem Henker auf dem Servierteller dargeboten! Was sind das für irre Geschichten, Frau? Die Jähner hat doch bestätigt, dass die Rieken bei ihr war, und der Physikus hat bestätigt, dass die Tote nicht aussah wie die Rieken. Was sollen also diese Bezichtigungen? Du warst schon mit einem Fuß hier heraus, doch jetzt steckst du bis zum Hals im Dreck!«

»Was wisst Ihr schon vom Dreck, hochehrwürdiger Prokurator?«, spöttelte Bunk verächtlich. »Gelehrte Bücher mögt Ihr gelesen haben und schlaue Schriften verfasst. Doch was wisst Ihr von des Lebens Dreck? Ich zumindest weiß, wovon ich meine Seele befreien muss.«

»Aber was sind das für Geschichten, die du da erzählt hast?

Wer ist diese Jürgens? Wenn du mir nichts sagst, dann kann ich dir nicht helfen!«

»Ihr könnt mir sowieso nicht helfen. Zwar könnt Ihr meines Leibes Hunger stillen, doch den Hunger meiner Seele könnt Ihr nicht lindern.«

»Ich bin auch kein Pfaffe, ich bin Advocatus. Ich will dir helfen, dass du nicht zu Unrecht bestraft wirst, nur weil die Leute vor Menschen wie dir Angst haben. Aber du? Du quatschst von Diebsdaumen und abgeschnittenen Köpfen! Jetzt lassen sie dich nicht mehr in Ruhe.«

»Die lassen mich nie in Ruhe, Herr Advocatus. Und Ihr auch nicht, wie ich sehe.«

In Wrangel kochte die Wut immer höher. Was bemühte er sich überhaupt um sie? Sollte sie doch auf dem Richtplatz krepieren! Den Henker würde es freuen, und das sensationslüsterne Volk hätte ein grausiges Vergnügen. Doch er, Hinrich Wrangel, er wäre dann gescheitert. Und mit ihm all die Bemühungen von Thomasius und die Hoffnungen auf eine aufgeklärte Welt.

Er atmete tief durch und zwang sich zur Ruhe. »Erzähl mir von der Jürgens. Zusammengelebt hast du mit ihr?«

Bunk schaute ihn misstrauisch an. »Wozu soll ich das sagen?«

»Damit ich nicht wieder wie der Ochs vorm Prätor stehe. Vor Gericht sprichst nicht du, sondern ich. Darum muss ich deine Geschichte kennen.«

»Ja, ich hab zusammengelebt mit ihr.«

»Wie lange denn? Und habt Ihr auch die Ehe geschlossen, wie du es mit der Pausten in Altona getan hast?«

Bunk winkte störrisch ab.

Wrangel klopfte ungeduldig mit den Fingern auf den Tisch neben sich.

»Ja, das haben wir.«

»Ein bisschen genauer bräuchte ich es schon«, knurrte Wrangel.
»Mehr als ein Jahr lang haben wir zusammengelebt. So genau erinnere ich mich nicht mehr. In Wandsbek haben wir geheiratet. Es war von Vorteil für die Hökerei. Als Eheleute hat man weniger Scherereien.«
»Wann war das?«
»Im Frühjahr ist es zwei Jahre her. In Wandsbek gibt's einen alten Pfaffen, der verkauft für den richtigen Preis auch seine Mutter einem Heiratswilligen als Jungfer.«
»Und was ist mit dem Jähner? Welche krummen Sachen hast du für den gemacht?«
»Das hab ich Euch doch alles schon erzählt. Kräuter hab ich ihm besorgt und Wurzeln, manchmal einen Hirschpenis oder Bullenhoden. Auch ein toter Hund war mal dabei.«
»Und die Daumen und der Kopf?«
Bunk zuckte unwillkürlich zusammen. Dann fasste sie sich wieder. »Ja, ein paarmal haben wir auch Diebsdaumen gestohlen. Jähner wollte sie unbedingt und drängte immer wieder darauf. Wenn sich dann mal eine gute Gelegenheit bot und wir an einem unbewachten Gehängten vorbeikamen, nahmen wir sie mit.«
»Und der Kopf?«
»Das war so, wie ich's gesagt hab. So und nicht anders.« Damit drehte sie sich störrisch zur Seite und schwieg.
Resigniert schüttelte Wrangel den Kopf. Hier kam er nicht weiter. So würde eben erneut die Tortur das Schweigen brechen müssen. Zum Besseren oder zum Schlimmeren.
Die Glocken hatten inzwischen aufgehört zu läuten, das Feuer musste also unter Kontrolle sein. Aber die Luft war voller Ruß und Rauch. Er rief nach Asthusen, um die Gefangene zu übergeben. In seinen Kleidern hing der Brandgeruch, und auch seine Hände und das Gesicht waren verschmiert. Da half nur noch

ein Besuch im Badehaus. Vielleicht befreite es ihn zugleich auch von all den unseligen Geschichten dieses Schandweibes, das sich kopfüber in ihr Unglück stürzte.

27

Mit klammen Fingern ließ Ruth Abelson kaltes Wasser aus dem Krug in die Waschschüssel laufen, die in einem eisernen Ständer in einer Ecke ihrer Schlafkammer stand. Dann schob sie die Ärmel ihres Kleides nach oben, griff nach einem Stück Seife und tauchte ihre Hände in das Wasser, das sich augenblicklich grauschwarz verfärbte. Kräftig rieb sie die Handflächen und Finger aneinander, um all den Ruß und Dreck zu lösen, der an ihnen haftete. Dann warf sie einen flüchtigen Blick in den kleinen Spiegel, der an der Wand hing. Das Gesicht, das ihr entgegenblickte, war ebenfalls rußverschmiert, die Haare wirr, und in den Augen spiegelte sich noch der Schreck der letzten Stunde. So durfte ihr Vater sie auf keinen Fall sehen, genauso wenig, wie er erfahren durfte, was sie gerade erlebt hatte.

Sie war auf dem Weg nach Hause gewesen, hatte den Vormittag genutzt, um einer Bekannten einen kurzen Besuch abzustatten und einige Sticknadeln auszustauschen, als auf einmal der Geruch von Feuer die Luft durchzog und sämtliche Kirchenglocken der Stadt Alarm schlugen. Vor St. Petri sah sie Margarete Claussen mit einigen Freundinnen zusammenstehen und aufgeregt reden. Sie lief zu ihnen und hörte mit Schrecken von einem Feuer auf der Vincent-Bastion. Immer mehr Leute stürmten auf die Straßen, liefen in Richtung Bastion, um zu helfen, den Brand zu löschen.

Ohne auch nur zweimal zu überlegen, ließ Ruth die Damen vor der Kirche stehen und lief ebenfalls auf die Wallanlagen zu. Als sie die Stadtmauer erreichte, wurde das Gewühl der Menschen so dicht, dass sie kaum noch vorankam. Auf einmal stand ein kleines Mädchen neben ihr, weinte bitterlich und rief hilfesuchend nach seiner Mutter. Niemand reagierte, niemand kümmerte sich um das Kind. Die Leute schubsten es vielmehr zur Seite. Ruth schaute sich besorgt um, konnte aber nirgendwo eine ihr Kind suchende Frau ausmachen.

Beherzt ging sie auf die Kleine zu und ergriff ihre winzige, von Tränen ganz feuchte Hand. »Hab keine Angst, Kleines. Wir werden deine Mutter schon finden.«

Von allen Seiten drängten die Leute immer dichter gegen Ruth und das kleine Mädchen, entrissen ihr das zarte Händchen sogar wieder. Ruth schob eine dicke Frau in schmutziger Schürze beiseite, ergriff die Kleine mit beiden Armen und hob sie hoch auf ihre Hüfte. Sie mochte vielleicht vier Jahre alt sein. Große braune Augen starrten sie erschrocken an, dann fasste das Mädchen Vertrauen und hielt sich mit ihren Händchen an Ruths Schulter fest.

»Wo hast du denn deine Mutter verloren?«

»Weiß nicht …«

Ruth schob sich mit dem Kind im Arm gegen den Menschenstrom in Richtung Rosenstraße, um dem ärgsten Gedränge zu entkommen, als mit einem Mal ein gewaltiger Donner die Luft erzittern ließ. Die Leute schrien auf, die Kleine kreischte schrill in Ruths Ohr. Plötzlich bekam sie einen schmerzhaften Schlag gegen die linke Schulter, der sie ins Wanken brachte. Ruth taumelte und drehte sich um, um zu sehen, was sie getroffen hatte. Neben ihr lag ein brennender Balken auf dem Boden, unter ihm eine zusammengekrümmte alte Frau. Entsetzt sprang Ruth einen Schritt zurück, prallte gegen einen schweren Mann hinter ihr und wäre vornüber auf den brennenden Balken gestürzt, hätte der Mann sie nicht mit schnellem Griff am Arm gepackt. Vor Schreck hatte das Kind auf ihrem Arm aufgehört zu schreien, dafür krallten sich die kleinen Finger tief in ihre Schulter. Unter dem Kopf der am Boden liegenden Alten floss ein Rinnsal Blut hervor.

»Man muss den Balken zur Seite ziehen!«

»Wasser, wir brauchen Wasser! Der Balken brennt doch!«

Plötzlich schlug jemand ein Tuch gegen Ruths Beine. Zum Glück hielt der kräftige Mann immer noch ihren Arm, sonst wäre sie endgültig gestürzt.

»Euer Kleid, Frau, es brennt!«

Erneut schlug das Tuch gegen Ruths Beine, und das Kind kreischte auf. Entsetzt starrte Ruth an sich herab. Der Saum ihres Kleides hatte Feuer gefangen, das sich in kräuselnden Schlangenlinien emporfraß. Bevor sie schreien konnte, erfolgte der nächste Schlag. Doch diesmal war es nicht das Tuch. Jemand hatte einen Kübel Wasser gegen ihre Beine geschüttet. Eiskalt legte sich der nasse Stoff um ihre Glieder.

»Ihr müsst hier fort, Frau!« Der kräftige Mann hinter ihr zog sie weg von dem Balken, der blutenden Alten und den eilig Wasser weiterreichenden Menschen. »Ihr müsst Euer Kind in Sicherheit bringen! Dies ist kein Ort für eine junge Mutter. Überlasst diese Arbeit anderen!«

Ruth fasste die Kleine fester und schob sich an den Fassaden der Häuser entlang bis zur nächsten Straßenecke. Dort war es etwas ruhiger. Sie musste das Kind in Sicherheit, am besten nach Hause bringen. Mit einer Hand strich sie sich die Haare aus dem Gesicht und sprach die Kleine so ruhig und freundlich an, wie sie konnte.

»Wie heißt du, Kleines?«

»Marie«, flüsterte sie.

»Das ist ein sehr schöner Name, Marie. Und ich heiße Ruth.«
Die Kleine nickte und wischte sich den Rotz von der Nase.
»Weißt du denn, wo du wohnst, Marie? Dann bringe ich dich zu deiner Mutter.«
Das Mädchen schüttelte nur den Kopf und fing erneut an zu weinen.
»Schschsch, Marie, nicht weinen. Es ist ja alles gut.« Ruth wischte der Kleinen tröstend die Tränen von der Wange und überlegte, was sie tun könnte. »Sag, Marie, weißt du, welchem Tagewerk dein Vater nachgeht?«
Das Kind weinte immer noch und schaute Ruth nur verständnislos an.
»Womit verdient dein Vater sein Brot, Marie?«
»Er sägt Holz.«
»Das ist aber schön. Weißt du auch, wo er das tut? Macht er das hier in der Stadt?«
»Ja, am Wasser bei der Mühle arbeitet er. Meine Mama und ich bringen ihm immer das Essen.«
»Du bist ein braves Mädchen, Marie.« Ruth dachte fieberhaft nach. Die einzige Sägemühle, die sie kannte, lag am Jungfernstieg. Hoffentlich fand sie dort den Vater.
Entschlossen schob sie Marie fester auf ihre Hüfte und machte sich auf den Weg. Je weiter sie sich von der brennenden Bastion entfernte, desto ruhiger wurden die Straßen und Gassen. Sie durchquerte die Rosenstraße und sah vor sich die Petrikirche. Unweit dahinter lag die Sägemühle. Ihr Rücken schmerzte, das nasse Kleid schlug gegen die Beine und erschwerte jeden Schritt. Endlich tauchte das Mühlrad vor ihr auf.
»Ist es hier, Marie, arbeitet hier dein Vater?«
Die Kleine wischte sich die Tränen aus den Augen und spähte um sich. Mit einem Mal schrie sie erregt auf: »Da, da, mein Vater!«, und wedelte mit den kleinen Händen wild um sich.

Ruth folgte mit ihren Augen den Händen und erblickte einen jungen Zimmermann, der gerade seinen großen Hut abgenommen hatte und sich den Schweiß von der Stirn wischte. Mit eiligen Schritten ging sie auf ihn zu.
Doch bevor sie ihn ansprechen konnte, hatte er sie und das Kind bereits erblickt und lief auf sie zu. »Marie, Marie, mein Kind! Allmächtiger, was ist passiert?« Sogleich ergriff er das Mädchen und drückte es an sich. Dann musterte er Ruth in ihrem nassen, verkohlten Kleid. »Wie kommt Ihr zu meinem Kind, Jungfer?«
»Ich fand Eure Tochter weinend und verlassen in der Nähe der brennenden Bastion. Wir konnten die Mutter nicht finden, und da es dort zu gefährlich zum Verweilen war, haben wir Euch gesucht.«
»Dem Herrn sei Dank, dass Ihr das Kind zu mir gebracht habt. Mein Weib war schon bei mir und ist nun erneut los, das Kind zu suchen. Sie hatte es im Getümmel wegen des Brandes verloren. Ihr seid ein guter Christenmensch, Jungfer, vergelt Euch Gott Eure gute Tat.«
Ruth nickte verlegen und strich sich das nasse Kleid glatt. Der Zimmermann küsste Marie auf beide Wangen und wandte sich dann noch einmal an Ruth, die gehen wollte.
»Was für ein Anschlag von jüdischer Tücke ist dieser Brand! Die Bastion schwebt in großer Gefahr und mit ihr unser aller Sicherheit. Fast alle Männer der Mühle sind los, um beim Löschen zu helfen. Nur mich ließ der Meister nicht fort, denn wenigstens einer muss die Maschine im Auge behalten. Wütend war ich auf ihn, doch nun danke ich dem Herrn, dass ich hierblieb und Ihr mich so finden konntet. Der Herr sei mit Euch, Jungfer, habt Dank!«
Ruths Augen verdunkelten sich, aber sie schluckte jegliche Erwiderung hinunter. Es war nicht an ihr, diesen Mann zu beleh-

ren, dass eine Jüdin seinem Kind geholfen hatte. Sie lächelte der kleinen Marie zu und wandte sich dann endgültig ab, um nach Hause zu eilen.

Mit kräftigen Bewegungen seifte Ruth erneut ihre Hände ein und fuhr sich anschließend mit den nassen Händen über Gesicht und Hals, um auch sie vom Ruß zu befreien. Dann griff sie nach dem linnenen Handtuch neben der Waschschüssel und trocknete sich ab.

Von unten herauf hörte sie ihren Vater das Haus betreten. Er kam bestimmt von der Börse zurück und würde gleich nach ihr rufen.

Schnell legte sie das nasse und verschmutzte Kleid ab und rieb mit dem Handtuch über die klammen Beine, deren Haut sich vor Kälte schon rotblau verfärbt hatte. Sie würde das Kleid heimlich ausbessern müssen. Aber vorher musste es gewaschen werden. Sie würde die Magd darauf einschwören, kein Wort über den Zustand des Kleides verlauten zu lassen.

Kaum hatte Ruth sich ein frisches Kleid übergeworfen, als auch schon die Stimme ihres Vaters ertönte.

»Ich bin gleich bei dir, Vater! Hab einen Augenblick Geduld!«

Mittwoch, 16. November 1701

28

Die Glocke von St. Nikolai schlug zwölf Uhr. Ermattet sah Wrangel zu Wilken hinüber, der ebenfalls schon etwas unruhig wirkte und dem Prokurator kurz zunickte. Drei Stunden hatten sie ohne Unterbrechung zu Gericht gesessen. Wie so häufig in den letzten Wochen waren es Streitereien unter Kaufleuten gewesen, die mit ihren Warenlieferungen in Verzug waren, da die Dänen immer wieder die Hafenzufahrt versperrten. Die Kaufleute litten, das war nicht zu übersehen. Und mit ihnen litten die Märkte, da die Waren knapper wurden und die Preise in die Höhe schossen. Zwar kam es in Hamburg immer wieder mal vor, dass es Lieferengpässe gab oder gar ganze Ladungen auf See verschwanden und dadurch Kaufmannshäuser in größte Bedrängnis gebracht wurden. Aber zurzeit waren es weniger die großen Katastrophen, denen man meist mit besonderer gegenseitiger Hilfsbereitschaft entgegenwirkte. Es waren eher die kleinen Unsicherheiten, die zermürbenden politischen Verhältnisse in der Stadt und dazu noch die politische Großwetterlage, bestimmt durch die schwedischen Expansionsgelüste, die ein Reizklima unter den Bürgern Hamburgs schufen, dessen Auswirkungen immer häufiger das Niedergericht beschäftigten.

Endlich griff Wilken nach seinem Hämmerchen und beendete die Sitzung. Der Aktuar Dr. Meyer rückte die Papiere zusammen, und der Prätor warf Wrangel, der schon im Begriff war

aufzustehen, ein joviales Lächeln zu, als der Brookvogt eintrat und die Ankunft der beiden im Falle Bunk beschuldigten Personen meldete.
»Wohlan, Prokurator Wrangel, dann bringen wir es doch am besten gleich hinter uns und befragen die beiden Personen, solange wir hier alle beisammensitzen«, ließ sich Wilken mit erstaunlich frischer Stimme vernehmen. »Heute Nachmittag habe ich dazu keine Zeit. Euer ehrenwerter Bruder und seine reizende junge Gattin besuchen uns auf dem Land. Wenn es sich einrichten lässt und die zu erwartenden neuen Umstände im Fall Bunk Euch nicht zu sehr in Anspruch nehmen«, fuhr Wilken in einladendem Ton fort und legte dabei seine Hand väterlich auf Wrangels Schulter, »so wäre es mir eine Freude, Euch morgen Nachmittag ebenfalls in meinem Landhaus begrüßen zu können. Wie ich hörte, hattet Ihr schon lange keine Gelegenheit mehr, Euren Bruder zu sehen. Doch Familienbande sollte man pflegen. Vielleicht wäre das eine passende Gelegenheit.«
Wrangels Ermattung wich mit einem Mal einem dumpfen Unbehagen. Meisterlich war es ihm gelungen zu verdrängen, dass sein Bruder Albrecht mit Elisabeth gerade in Hamburg weilte. Zum Glück hatte er ihnen bisher auch nirgendwo begegnen müssen. Jetzt aber konnte er dieser Situation kaum noch ausweichen, ohne unhöflich zu sein. »Ich danke Euch für diese freundliche Einladung, Prätor Wilken. Allerdings habe ich sehr viel zu tun und sehe kaum eine Möglichkeit …«
»Mein lieber Wrangel, manchmal muss man die Arbeit auch ruhen lassen. So erwarte ich Euch morgen in meinem Landhaus.« Der Prätor klopfte Wrangel noch einmal freundschaftlich auf die Schulter, dann wandte er sich in geschäftiger Strenge an den Brookvogt. »Und nun, Brookvogt, bringt die beschuldigten Personen herein.«

Dr. Meyer packte gleichmütig seine Schreibutensilien wieder aus. Wieso verzog der Mann bloß nie eine Miene? Wrangel war es heiß und kalt zugleich. Seine einzige Chance, diesem schauerlichen Zusammentreffen am nächsten Tag zu entgehen, war das Verhör von diesem Jähner und der Jürgens. Wenn es genügend hergab, würde Wilken vielleicht auf seine Anwesenheit auf seinem Landsitz verzichten.

Der großgewachsene, leicht dickliche Mann mit blondem Haar, der Wrangel bereits am Samstag in der Frohnerei in Begleitung der hübschen Brünetten aufgefallen war, betrat den Saal. Er war stattlich gekleidet und trug eine Samtmütze auf dem Kopf, die ihn als einen mit den Heilkünsten bewanderten Mann auswies.

Ein Gerichtsdiener wies ihm seinen Platz zu und meldete dem Gerichtsschreiber seinen Namen.

Wilken musterte den Mann distanziert von oben bis unten, bevor er das Wort ergriff. »Johann Friedrich Jähner ist also Sein Name. Arzneienkrämer im Beckergang ist Er?«

»Ja, Herr Prätor, das bin ich. Womit kann ich denn dem ehrwürdigen Gericht dienen? Man sagte mir, es liege etwas gegen mich vor, aber das kann doch nur eine Verwechslung sein, vielleicht …«

»Halte Er ein und höre zuerst, was das Gericht von Ihm zu erfahren wünscht.«

Jähner zuckte zusammen und erschien augenblicklich einen halben Kopf kleiner, als Wilkens scharfer Ton ihn unterbrach.

»Kennt Er einen Hinrich Bunk, und hat Er diesen im letzten Jahr bei sich in der Krämerei als Kräutermann beschäftigt?«

»Ach, hat der etwas angestellt, wofür ich jetzt hier stehen muss?«

»Also kennt Er Bunk und hat ihn auch als Kräutermann beschäftigt?«

»Ja, aber für seine Geschäfte nebenbei, da kann ich nichts für. Für mich hat er nur Kräuter und Wurzeln gesammelt. Was er sonst noch auf dem Kerbholz hat, damit hab ich nichts zu tun.«
Wilken musterte Jähner erneut mit stechendem Blick. »Kennt Er auch eine Cäcilie Jürgens, und hat Er sie ebenfalls im letzten Jahr als Kräuterfrau beschäftigt?«
Jähner blickte unsicher von Wilken zum Aktuar und zum Brookvogt, der sich neben der Ausgangstür postiert hatte. »Ja«, antwortete er schließlich zögerlich.
»Dann hat Er auch gewusst, dass Bunk und die Jürgens wie Mann und Frau zusammengelebt haben?«
»Sie waren ja verlobt und haben dann auch bald auf mein Drängen hin geheiratet. Da war nichts Unehrenhaftes dabei.«
»Hat er die beiden außer pflanzlichen auch tierische Arzneien besorgen lassen oder gar menschliche?«
»Einen Stierhoden brachten sie mir schon mal mit, aber Menschliches nicht, nein.« Jähners Stimme zitterte.
»So hat Er sie nicht nach Diebsdaumen geschickt?«
»Nein, Herr!« Jähners Stimme überschlug sich fast. Schweißtropfen standen auf seiner Stirn. »Ich bin ein ordentlicher Arzneienkrämer, angesehen in meinem Geschäft und ehrbar verheiratet.«
»Er setze sich auf die Bank da drüben und schweige einstweilen still, solange Cäcilie Jürgens vernommen wird.«
Jähner blickte aufgeregt und verunsichert von Wilken zu Wrangel und weiter zum Gerichtsdiener, der ihm einen Platz auf einer an der hinteren Wand stehenden Bank zuwies. Wrangel musterte fragend Wilken, doch der blickte zufrieden auf seine Hände und nickte nur kurz zu Wrangel hinüber, bevor er Cäcilie Jürgens hereinrufen ließ.
Wrangel war verwundert über diese Art der Vernehmung. Warum konfrontierte der Prätor den Beschuldigten nicht klar und

deutlich mit den gegen ihn erhobenen Vorwürfen? Warum verschwieg er überhaupt den Hauptvorwurf des Mordes gegen ihn? Wilken war ein Fuchs, daran bestand kein Zweifel. Aber was dieses Schleichen um den heißen Brei sollte, verstand er nicht. Vielleicht hielt Wilken selbst die Anschuldigungen für so überzogen, dass er sich nicht grundlos lächerlich machen wollte. Aber warum dann überhaupt diese Inquisition?

»Ihr Name ist Cäcilie Jürgens?«, riss Wilkens Stimme Wrangel aus seinen Gedanken.

»Ja, Herr Prätor.«

Wrangel erkannte sofort die ausnehmend hübsche junge Frau mit den vollen Locken aus der Frohnerei wieder, die so unflätig von Bunk beschimpft worden war. Mit ihren sanften braunen Augen den Prätor musternd, nickte sie ihm selbstbewusst lächelnd zu. Ihre perfekt verteilten üppigen weiblichen Formen waren in einem mit bunten Bändern verzierten Kleid auf das vorteilhafteste betont. Ein buntbesticktes Tuch bedeckte dabei züchtig ihre schmalen runden Schultern, eine kleine weiße Haube die dunkle Haarpracht.

»Kennt Sie einen gewissen Hinrich Bunk?«

Das Lächeln erlosch im Gesicht der jungen Frau, während sie ihren Rücken straffte. »Ja, aber warum, Herr Prätor?«

»War Sie mit Bunk verlobt und hat mit ihm wie Mann und Frau am Neuen Markt zusammengelebt?«

Cäcilie Jürgens erbleichte. Sie schaute sich verunsichert im Gerichtssaal um. Da sah sie Johann Jähner auf der hinteren Bank hocken. »Ja«, stieß sie schließlich hervor.

»Dann wusste Sie auch, dass Hinrich Bunk gar kein Mann, sondern ein Weib ist, mit dem Sie in Sodomie verkehrte!«, donnerte Wilken plötzlich durch den Saal.

»Nein, das hab ich nicht gewusst. Mir erschien Hinrich als Mann.«

Wrangel bemerkte, wie der Brookvogt mit lüsternem Blick auf die junge Frau stierte, deren Busen vor Erregung heftig auf und ab wogte.

»Aber Sie hat Bunk doch sogar geheiratet auf das Drängen von Johann Jähner hin, für den Sie gemeinsam mit Bunk gearbeitet hat. Wie konnte Sie die Ehe vollziehen und dabei nicht bemerken, dass Sie mit einem anderen Weib zusammen war?«

Ein Zucken lief über Cäcilies Gesicht. »Der Johann Jähner hat doch für mich geprüft, ob Hinrich ein ganzer gesunder Mann sei, bevor wir geheiratet haben. Und erst als wir verheiratet waren, hab ich den Betrug bemerkt und Hinrich Bunk verlassen, weil ich nicht mit einer Frau in Sodomie leben wollte.«

»Wann war das?«

»Kurz nach der Hochzeit, vor über einem Jahr, im vergangenen Sommer.« Sie schluchzte auf. »Betrogen worden bin ich um meine Ehre. Unschuldig bin ich, Herr Prätor!« Mit einem butterweichen Augenaufschlag sah sie den Prätor unter Tränen an. Wrangel verspürte augenblicklich Mitleid mit der jungen Frau, der hier offenbar übel mitgespielt wurde. Worauf wollte Wilken nur hinaus?

»Aber trotzdem hat Sie für den Arzneienkrämer Jähner weiterhin als Kräuterhökerin gearbeitet?«, setzte Wilken, von den Tränen der Frau unbeeindruckt, nach.

»Wie hätt ich sonst meinen ehrlichen Lebensunterhalt verdienen sollen?«

»Hat Sie auch auf Johann Jähners Wunsch hin Diebsdaumen für ihn besorgt?«

Cäcilie Jürgens riss die Augen auf und starrte Wilken an. Dann wandte sie sich blitzschnell um und warf Jähner einen vernichtenden Blick zu.

»Antworte Sie und schaue nicht in der Gegend herum!«, fuhr Wilken sie eisig an.

»Nein, das hab ich nicht getan. Als man es von mir verlangen wollte, bin ich fortgelaufen und habe nicht mehr als Hökerin für Jähner gearbeitet.«
»Was arbeitet Sie denn jetzt?«, fragte Wilken trocken.
»Im Tagelohn auf dem Markt verdien ich mein ehrlich Brot.«
»Setze Sie sich.« Wilken machte dem Gerichtsdiener ein Zeichen, die Frau zu einer Bank zu führen und Jähner wieder nach vorn zu holen.
»Hat Er gehört, wessen die Befragte Cäcilie Jürgens ihn beschuldigt hat?«
Jähner schaute verstört und ängstlich zu Wilken hinüber, konnte aber kaum reagieren.
»Sie hat Ihn des Betruges und zur Anstiftung eines Verbrechens beschuldigt.«
Jähners Lippen bebten. »Was hab ich sie denn betrogen, die Frau? Geholfen hab ich ihr und sie ausgehalten.«
»Er hat ihr verschwiegen, dass Hinrich Bunk gar kein Mann, sondern ein Weib ist, und sie so trügerisch getäuscht, dass sie eine ehrenrührige Ehe einging.«
Cäcilie nickte heftig und schluchzte dabei leise, als wollte sie ihre Zustimmung zu den Worten des Prätors kundtun.
»Aber ich hab es doch nicht gewusst! Ich hab ihm doch nicht in die Hose geschaut!«
»Aber das war doch genau die Bitte der jungen Frau an Ihn, zu prüfen, ob Bunk für eine Ehe und zur Zeugung gesunder Nachkommen befähigt ist. Wenn Er denn dies nicht geprüft hat, aber behauptete, es getan zu haben, so hat Er ebenfalls die junge Frau trügerisch getäuscht.«
Wrangel beobachtete, wie sich Cäcilies Gesicht zusehends aufklarte. Mit einem kleinen Tuch tupfte sie sich die Tränen aus den Augenwinkeln und legte dann züchtig die Hände in den Schoß, das Tüchlein wie einen Rettungsanker haltend.

Jähner war sprachlos. Wrangel begriff sofort, dass der Arzneienkrämer in der Falle saß, ganz gleich, wie er sich drehte und wendete. Doch die hübsche Cäcilie würde wohl gleich als in ihrer Ehre rehabilitiert den Saal verlassen können.

Ungläubig über dieses Schauspiel, schüttelte Wrangel den Kopf. Indessen fuhr Wilken donnernd mit der Anklage gegen Jähner fort.

»Zudem hat er sowohl Cäcilie Jürgens wie auch Hinrich Bunk, wie beide einmütig behaupten, dazu genötigt, ihm Diebsdaumen für seine Arzneienküche zu besorgen, was eine Anstiftung zu einem Verbrechen ist.«

Jetzt schoss Jähner das Blut in den Kopf, und seine Halsschlagader trat hervor. Sein aufgedunsenes Gesicht fing an zu glühen. »Gelogen ist das! Nie hab ich die beiden nach Diebsdaumen gefragt! Vielmehr geholfen hab ich diesem lästerlichen Pärchen, es beschützt, wohl ahnend, dass ihr Zusammenleben nicht gottgefällig sein konnte, auch nicht, nachdem sie geheiratet hatten.«

»So hat Er doch darum gewusst, dass Bunk kein Mann, sondern ein Weib ist!«

»Ja … Nein!« Jähner raufte sich das Haar.

»Nun, da Er noch nicht einmal auf so eine einfache Frage eine Antwort zu geben weiß, wird er mir wohl auch kaum auf die letzte schwere Beschuldigung, die gegen ihn erhoben wurde, eine treffliche Antwort geben können.«

»Ja, was denn noch?«, stieß Jähner verzweifelt hervor.

»Johann Friedrich Jähner wird beschuldigt, sich von Hinrich Bunk und von Cäcilie Jürgens eine junge Frau mit Namen Maria Rieken gebracht haben zu lassen, die er dann kaltblütig ermordet und der er den Kopf abgeschnitten hat.« Wilken fixierte Jähner wie eine Raubkatze vor dem Sprung.

Jähners Blick irrte völlig hilflos umher. Er schien nicht mehr zu wissen, wie ihm geschah. »Nein, nein, das ist ja alles verrückt! Was sind denn das für Dinge?«, stammelte er verwirrt.

»Zur Prüfung dieser schweren Beschuldigung und wegen der zweifelhaften Glaubwürdigkeit von Johann Friedrich Jähner ordne ich als Prätor des Hamburger Niedergerichtes die Untersuchungshaft des Beschuldigten in der städtischen Frohnerei an, bis seine Schuld oder Unschuld zweifelsfrei bewiesen ist.«

Dazu schlug Wilken unterstützend mit seinem kleinen Hämmerchen auf das Pult. Zwei Gerichtsdiener traten an Jähner heran und ergriffen seine Oberarme. Der schaute immer noch wie im Rausch auf den Prätor und verstand nicht, was ihm geschah. Erst als die Männer ihn umdrehten und zur Tür hinausführten, setzte er sich heftig zur Wehr. Aber im Nu waren der Brookvogt und zwei seiner Röper zur Stelle, um ihn zu binden und aus dem Saal zu führen.

Dann wandte sich Wilken wieder Cäcilie Jürgens zu. »Was nun Sie, Cäcilie Jürgens, angeht, ordne ich als Prätor des Hamburger Niedergerichtes ebenfalls die Untersuchungshaft der Beschuldigten in der städtischen Frohnerei an, bis zweifelsfrei geklärt ist, ob Cäcilie Jürgens, wie ihr von Hinrich Bunk und Johann Friedrich Jähner vorgehalten wird, wissentlich und willentlich in schändlicher Sodomie mit Hinrich Bunk gelebt und mit ihm, alias ihr, zusammen Beihilfe zum Mord an Maria Rieken geleistet hat, als sie die unschuldige Frau ihrem Mörder auslieferte.«

Wieder schlug das kleine Hämmerchen auf das Pult, wurde aber von Cäcilies entsetztem Aufschrei übertönt, die wie eine Furie aufsprang und unflätig losschimpfte, wobei sich ihr hübsches Puppengesicht zu einer Fratze verzog. Wrangel traute seinen Augen kaum. Aber schnell waren die Gerichtsdiener zur Stelle und führten die kreischende Frau ab.

Wilken sah zufrieden auf seine Hände und wandte sich dann an Wrangel. »Nun, Prokurator Wrangel, wie Ihr seht, trifft manchmal die Gunst der Stunde sogar unser Gericht, und ein reuiges Geständnis treibt uns die Mörder vor die Füße.«
Wrangel konnte und wollte Wilken da nicht folgen, hielt sich aber zurück. Dieses soeben inszenierte Schauspiel war alles andere als eine anständige gerichtliche Befragung von Beschuldigten. Die armen Leute wussten ja bis zum letzten Moment noch nicht einmal, was ihnen vorgeworfen wurde. Stattdessen legte man ihnen einen Fallstrick nach dem anderen aus, bis sie sich so verstrickt hatten, dass sie weder vor noch zurück konnten. Was bezweckte Wilken nur damit? War die Not wirklich so groß, den Mord vom Schweinemarkt nun doch noch aufzuklären? Oder brauchte er einfach nur noch einen erfolgreich gelösten und zu richtenden Fall vor dem nahen Ende seiner Amtszeit? Wrangel biss sich auf die Innenseite seiner Wange. Nein, er würde jetzt nicht den Mund aufmachen, sondern erst einmal abwarten, wie diese Posse weiterging.
»Ihr werdet sehen«, fuhr Wilken inzwischen aufgeräumt fort, »dass sich dieser Fall zu aller Wohlgefallen wird lösen lassen und so auch Ihr endlich wieder Luft haben werdet, Euch um die Dinge zu kümmern, die dringend Eurer Aufmerksamkeit harren. In einer Stadt wie Hamburg sollte die Juristerei den Handel unterstützen. Darin liegt eine ihrer wichtigen Aufgaben, deren Ihr Euch künftig stärker annehmen solltet. Schließlich führt ja auch Eure Familie ein florierendes Handelshaus, das Eure juristischen Fähigkeiten zu schätzen wissen wird.«
Wrangels Miene verfinsterte sich, aber er biss sich weiter fest auf die Wange, um seine Zunge im Zaum zu halten.
»Nun lasst uns noch überlegen«, wechselte Wilken lässig das Thema, »wen wir als Pflichtverteidiger für die beiden Beschuldigten einsetzen können. Ihr seid schließlich schon besetzt,

und auch die anderen könnten ruhig mal öfter zu diesen Pflichten herangezogen werden. Was haltet Ihr von Brasche und Garlinghoff? Sie sind beide umgängliche junge Männer, mit denen Ihr sicherlich gut werdet zusammenarbeiten können.«

29

»Nun, Claussen, was haltet Ihr von dieser Geschichte?«, fragte Wrangel seinen Freund, der bedächtig einen Schluck seines heißen Kaffees trank. Seit einer guten halben Stunde saßen die beiden Männer bereits auf ihrem Stammplatz im Kaffeehaus am Kattrepel, und Wrangel hatte ihm, nahezu ohne Luft zu holen, von den neuesten Ereignissen im Fall Bunk erzählt.

»Vielleicht hat der Prätor recht, Wrangel, und Ihr solltet Euer Augenmerk verstärkt auf andere Fälle richten, Euch zumindest nicht zu sehr in diesen hier versteigen. Was sind Eure Beweise schon wert und wie weit könnt Ihr überhaupt den Geschichten dieser Frau trauen? Bei so vielen Menschen, die sie schon angelogen hat, da sollt ausgerechnet Ihr derjenige sein, dem sie die reine Wahrheit sagt?« Claussen schüttelte mit leicht verzagtem Grinsen den Kopf. »Die Dinge sind selten so, wie sie zu sein scheinen. Aber wenn die Frau ein solches Geständnis ohne äußere Not ablegt, dann muss die innere schon sehr groß sein, sie dazu zu treiben. Als ihr Anwalt sollt Ihr auf die Wahrung ihrer Rechte achten und sie vor möglicher Willkür des Gerichtes schützen. Aber es ist nicht Eure Aufgabe, gegen ihren erklärten Willen ihre Unschuld zu beweisen.«

Wrangel kaute auf seiner Unterlippe. Sein Freund hatte recht. Er durfte nicht zu weit gehen mit seiner anwaltlichen Fürsorge für die Frau. Aber er durfte sie auch nicht sehenden Auges in ihr Verderben rennen und dabei noch andere, womöglich unschuldige Menschen mitreißen lassen. Wollte Gott wirklich, dass er für die Unschuld dieser Frau kämpfte? Er war sich nicht mehr sicher. Ihm rauschte einfach nur der Kopf, aber er musste sich zusammennehmen und vernünftig denken.

»Vielleicht habt Ihr recht, Claussen. Ein erneutes Verhör der drei Beschuldigten ist für morgen früh angesetzt. Womöglich bringt es ja etwas Licht in die Sache. Danach werden zumindest drei umfangreiche Aussagen vorhanden sein, die man gegeneinander abwägen kann. Dann ist da auch noch diese Geschichte mit der Trauung in Wandsbek, die sich überprüfen lässt. Da muss es doch noch irgendwelche Aufzeichnungen geben.«

»In Wandsbek? Die Trauung vor Pastor Bredefeld? Seinem Ruf nach führt der nicht gerade Buch über solche Dinge, schon gar nicht, wenn sie ihm Schwierigkeiten machen könnten. Aber mein Pastor Krüger kennt Bredefeld noch aus alten Zeiten. Ich werde ihn gern fragen, ob er Euch ein paar hilfreiche Zeilen für Bredefeld mit auf den Weg geben kann, wenn Ihr denn meint, so weit gehen zu müssen.«

»Danke, Claussen, für Eure Hilfe wie für Euren Rat. Manchmal wüsste ich sonst nicht mehr, wie mir hier in Hamburg der Kopf steht. Eine weitere Sache habe ich Euch nämlich noch gar nicht erzählt. Prätor Wilken hat mich für morgen Nachmittag in sein Landhaus eingeladen. Auch mein Bruder wird dort sein mit seiner Frau.«

»Gerade wollte ich Euch von Eurem Bruder berichten. Gestern speiste ich bei meinem Onkel zu Mittag und traf dort auf Syndikus Lorenz. Am Abend zuvor war er bei Michel Wilken, dem Bruder des Prätors, zu Gast gewesen und hatte dort Euren Bruder kennengelernt. Er war entzückt von seiner jungen Gattin.«

Wrangel stockte der Atem, aber er verzog keine Miene. Warum musste Claussen in dieser Wunde bohren?
Der junge Vikar hingegen merkte sofort, dass sein Freund zwar mit keiner Wimper zuckte, im Innern aber brodelte. »Ich sage das nicht, um Euch zu quälen, mein Freund, sondern um Euch vorzubereiten. Euer Bruder steht bei der Familie Wilken in hoher Gunst. Michel und er scheinen enge Geschäftspartner zu sein und diese Beziehung jetzt auf freundschaftliche Bande auszudehnen. Wenn Ihr morgen dort sein werdet, solltet Ihr wissen, was Euch erwartet. Nur so könnt Ihr Euch auf diese sicherlich nicht leichte Prüfung vorbereiten.«
Clausen hatte recht. Mal wieder. Es galt sich zu beherrschen und für die Begegnung zu wappnen.
»Aber der gute alte Lorenz plauderte nicht nur über die junge Frau Wrangel. Viel interessanter war, was er über die bedrohliche Lage Hamburgs erzählte. Die Dänen schneiden uns ja mehr und mehr vom Handel ab. Damit bedrohen sie die Unabhängigkeit der Stadt, die für unsere Neutralität lebenswichtig ist. Wenn wir erst einmal um die Hilfe der Schweden bitten müssen, werden die Dänen wie die Hunde über uns herfallen. Gnade uns Gott, wenn dann so ein Anschlag wie Montag auf die Wälle passiert!«
»Was für ein Anschlag, Claussen? Wie die Dänen uns das Leben schwermachen, erlebe ich täglich bei Gericht. Vielen Kaufleuten steht das Wasser bis zum Hals. Ihre Waren vermodern auf den Schiffen, die weder in die Stadt herein- noch aus ihr herauskommen. Die Streitereien um offene Rechnungen und ausgebliebene Lieferungen nehmen zu. Ein Bankrott folgt dem nächsten. Doch von einem Anschlag habe ich nichts gehört. Oder meint Ihr etwa das Feuer auf der Vincent-Bastion?«
»Genau das meine ich, Wrangel. Man sagt, um ein Haar wäre die ganze Bastion in die Luft gegangen. Nur wie durch ein

Wunder sei die Munitionskammer der Bastion beinahe leer gewesen, ganz entgegen den Vorratslisten, die im Zeughaus darüber geführt werden. Lorenz erzählte, dass gestern im Rat auf das heftigste über den Brand diskutiert wurde. Die Bürgerschaft tobt. Michel Wilken versuchte wohl, die Gemüter zu beschwichtigen, und bot an, eine genaue Prüfung des Brandes vorzunehmen.«

»Wieso ausgerechnet Michel Wilken?«

»Lorenz sagte, er sei im Rat für die Kontrolle der Buchführung der Munitionsvorräte zuständig.«

»Glaubt Ihr an einen Anschlag, Claussen? Also, ich weiß nicht. Ich war dort, als die Munitionskammer auf der Bastion explodierte. Für einen Anschlag brannte es zu dem Zeitpunkt doch schon viel zu lange, mindestens eine halbe Stunde.«

»Ihr wart dort? Auf der Bastion?«

»Nein, in der Nähe auf den Wallanlagen. Ich habe mir das wilde Treiben aus sicherer Entfernung angesehen. Was hätte ich auch anderes tun können? Wasserträger gab es bereits genug, die Röper des Brookvogtes hatten alles gut im Griff, da hätte so jemand wie ich mit zwei linken Händen nur gestört.«

»Aha. Aber warum sollte es kein Anschlag gewesen sein? Im Rat wurde berichtet, Zeugen hätten zwei junge Kerle auf der Bastion herumschleichen sehen, die dort nicht hingehörten.«

»Reicht das schon, um einen Anschlag anzunehmen? Ich habe bei der Bastion auch ein paar junge Leute herumlaufen sehen, die nicht so aussahen, als ob sie dort hingehörten. Aber deshalb sind sie doch nicht gleich verdächtig.«

»Vielleicht habt Ihr recht, Wrangel, und die Gemüter hier in der Stadt sind einfach überhitzt. Angst und Unsicherheit machen den Menschen zu schaffen und lassen sie vorschnell den Teufel an die Wand malen.«

Die beiden jungen Männer seufzten einvernehmlich und rührten in ihren Kaffeetassen, in denen sich nur noch ein bescheidener braunschwarzer Rest fand. Da erblickten sie Moses Abelson, der sich mit einem freundlich väterlichen Lächeln zwischen den vollbesetzten Tischen zu ihnen hindurchzwängte. Er trug einen eleganten Rock im klassischen Schnitt und hatte sein weißes Haar mit einem Dreispitz bedeckt. Mit der linken Hand stützte er sich auf einen Gehstock mit silbernem Knauf, der ihm im Gedränge des Kaffeehauses allerdings eher hinderlich als hilfreich war.

»Wie schön, die hart arbeitende Jugend auch mal in einem Moment der Entspannung zu sehen, und wie traurig, in Eure resignierten Mienen zu blicken. Matthias, mein Junge, überlasst Eure Sorgen dem Herrn, dem Ihr täglich so ausdauernd dient, und freut Euch Eurer Gesundheit und Jugend. Und Ihr, lieber Prokurator Wrangel, grämt Euch nicht zu sehr wegen der Last der Leiden, mit denen Ihr Euch zu beschäftigen habt. Ein so lebendiger junger Mann wie Ihr sollte auch die Freuden des Lebens genießen. Aber was schwatze ich alter Greis hier Allerweltsweisheiten vor mich her? Darf ich die jungen Herren zu einem weiteren Kaffee einladen, um die Gemüter zu erhellen?«

Claussen und Wrangel mussten beide unweigerlich lächeln, als Abelson ihnen die kleine Standpauke hielt. Ihm stand es auch zu, denn er selbst jammerte nie, ließ auch vor anderen den Kopf nie hängen, egal, wie übel ihm das Schicksal mitspielte. Bescheidenheit und die Freude am gelebten Augenblick zu genießen, das waren seine Maximen.

»Lieber Herr Abelson, wie schön, Euch so wohlauf zu treffen«, ergriff auch Claussen gleich das Wort, »gesellt Euch gern zu uns und erfreut uns mit Eurer geschätzten Anwesenheit.«

Wrangel hatte dem Wirt bereits ein Zeichen gegeben, der sogleich noch einen Stuhl für den alten jüdischen Bankier heranschaffte. Dieser bedankte sich umständlich und bestellte dann eine Runde frischen Kaffee.

»Was gibt es Neues zu berichten aus der Welt der Finanzen?«

»Ach, Matthias, was soll ich Euch junge Leute mit weiteren Unerfreulichkeiten quälen? Gute Neuigkeiten gibt es dieser Tage leider zu wenige, aber dafür manchmal Kuriosa. Ich komme gerade von der Börse. Der Handel scheint zu stocken, die Händler sind vorsichtig geworden, weil die Transportwege unter den politischen Verhältnissen leiden. Die Preise für Kaffee sind schon seit längerem unglaublich hoch, weil sich die Speicher langsam leeren und die Schiffe mit frischer Ware nicht an den Dänen vorbeikommen oder von den Zöllnern gnadenlos geschröpft werden. Ein Importeur ist inzwischen sogar schon dazu übergegangen, seine Ware in Altona löschen zu lassen, um sie von dort über den Landweg nach Hamburg zu bringen. Die Dänen haben ihn aber so ungeheuerlich an Steuern berappen wollen, als er seinen Kaffee wieder aus ihrem Gebiet ausführen wollte, dass an einen Gewinn in Hamburg nur noch mit Wucherpreisen zu denken gewesen wäre. So hat er den Kaffee eben in Altona losgeschlagen. Natürlich führte das hier in Hamburg zu einem Aufschrei, und der Kaufmann musste sich als Verräter beschimpfen lassen. So schnell wird kein Zweiter seinem Beispiel folgen.«

»Ja, auch ich hörte von diesem Fall«, entgegnete Claussen, »Syndikus Lorenz berichtete im Hause meines Onkels davon. Dem Ruf der Hinnrichsen hat diese Aktion sehr geschadet.«

»So ist es. Darum gehen auch mehr und mehr Kaufleute dazu über, ihre Geschäfte nicht mehr für jedermann so offenkundig abzuwickeln. Die Hamburger Bank gibt ihnen mit ihrem ausgefeilten Girosystem dazu viele Möglichkeiten. Die Geschäfte mit der Wisselbank in Amsterdam und mit der Banco Publico in Nürnberg laufen bestens. Auch London ist immer fester in die Depositen- und Girogeschäfte eingebunden. So weiß nicht mehr gleich jeder, wer was mit wem tut oder lässt. Doch auch dieses Verfahren hat seine Tücken. Ihr hättet heute erleben sollen, wie es an der Börse brodelte, weil plötzlich und unerwartet die Preise für Schwarzpulver fielen.«

»Die Preise fielen?«, mischte sich Wrangel erstaunt ein. »Erst heute früh hörte ich von dem unerhörten Mangel, der in der Stadt nach dem Brand herrscht. Wir verhandelten heute einen solchen Fall bei Gericht. Ein Kaufmann konnte nicht wie versprochen an seinen Handelspartner liefern und sollte nun das bereits erhaltene Geld verzinst zurückgeben. Wie können unter solchen Umständen die Preise fallen?«

»Das haben sich auch viele Börsenleute gefragt, Prokurator Wrangel«, antwortete Abelson bedächtig. »Nach dem Brand und der Explosion des Munitionslagers der Vincent-Bastion haben viele auf höhere Preise spekuliert. Von zwei Bankiers weiß ich sogar, dass sie kurzfristig geliehenes Geld einsetzen wollten, um in den Handel einzusteigen. Schließlich muss die Stadt ihre Vorräte an Schwarzpulver auffüllen. Die beiden Bankiers – ihre Namen möchte ich aus Diskretion für mich behalten – kauften heute früh für einen vierstelligen Betrag Schwarzpulver von den beiden Pulvermühlen, die hinter Eppendorf im Moor gelegen sind. Man muss mit mehreren Tagen rechnen, bis das Pulver diskret in die Stadt gebracht werden könnte. Doch das gilt für alle Anbieter. Als die beiden heute Mittag ihr Pulver dem Rat anboten, eröffnete dieser ihnen, man habe bereits ausreichend neues Pulver erworben, das noch heute geliefert werden könne. Ein Lübecker Kaufmann habe spontan große Mengen bereitstellen können, sodass die Hamburger Vorratslager wieder prall gefüllt sind. Kaum war diese Nachricht bekannt, purzelte der Pulverpreis um mehr als die Hälfte.«

Wrangel erbleichte. Konnte der Kaufmann sein Bruder gewesen sein? Seine Familie war schließlich schon früher im Schwarzpulverhandel überaus erfolgreich gewesen.
»Für die beiden Bankiers wurde die Lage brenzlig«, fuhr Abelson ruhig fort. »Das von ihnen investierte Geld hatten sie binnen einer Woche zurückzuzahlen. So schnell aber war kaum mit einer Erholung des Preises zu rechnen. Schließlich saßen noch andere Händler auf Pulverfässern herum, die sie der Stadt verkaufen wollten. Pulver jedoch anderweitig zu verkaufen verstößt gegen die Neutralitätsregeln Hamburgs und wird argwöhnisch von den Dänen überwacht, wie auch vom Rat selbst, um jeglichem Konflikt vorzubeugen. Kurz vor Handelsschluss jedoch reichte Michel Wilken den beiden eine helfende Hand. Er bot ihnen an, ihre Pulverlieferungen umgehend abzukaufen. Zwar machten sie damit fünfzig Prozent Verlust, gewannen aber eine Woche Zeit, diesen durch bessere Geschäfte noch zu verringern. Schweren Herzens schlugen sie ein.«
»Das ist eine wahrlich kuriose Geschichte, die Ihr uns da erzählt, Abelson«, sinnierte Claussen. »Ich hätte Michel Wilken kaum für einen so hilfsbereiten Menschen gehalten. Aber er muss auch sehr wohlhabend sein, wenn er sich einen Kauf leistet, den er auf ungewisse Zeit nicht weiterverkaufen kann. Das ist ein wahres Zeichen christlicher Nächstenliebe an der Börse.«
»Ich will Euch nicht kränken, Matthias, sicherlich kennt Ihr Euch mit den Herzen der Christen viel besser aus als ich alter Jude, aber in Geldgeschäften bin ich wohl mehr bewandert als Ihr. Und so sage ich Euch: Kein guter Kaufmann handelt freiwillig zu seinem Nachteil. Nur erkennen Außenstehende manchmal die Vorteile eines Handels nicht.«
Wrangel zwickte der Magen von dem starken Kaffee. Er hätte doch reichlicher zu Mittag essen sollen. Doch jetzt war ihm

auch der Appetit auf ein Abendessen vergangen. Morgen sollte er mit seinem verhassten Bruder und diesem Michel Wilken zusammensitzen und Freundlichkeiten austauschen. Er musste schnell an etwas anderes denken, sollte sich sein Magen nicht umdrehen.

»Meine Herren, es wird wohl Zeit für mich zu gehen«, wechselte er darum etwas schroff das Thema. »Morgen erwartet mich ein anstrengender Tag in der Frohnerei. Der Prätor hat zwei, wenn nicht sogar drei peinliche Befragungen angesetzt. Und am Freitag will ich in aller Früh aufbrechen und nach Wandsbek gehen, um Erkundigungen über meine Mandantin und die neuen Umstände in ihrem Fall einzuholen.«

»Oh, Ihr müsst nach Wandsbek, Prokurator Wrangel«, wandte sich Abelson an den bereits zum Aufbruch gerüsteten Anwalt. »Ich möchte nicht unverschämt erscheinen, aber erlaubt mir, eine Bitte an Euch zu richten.«

»Selbstverständlich, Herr Abelson, es ist mir ein Vergnügen, Euch behilflich sein zu können.«

»Tatsächlich geht es dabei mehr um meine Tochter als um mich. Wie Ihr vielleicht wisst, hat Hamburg schon seit einiger Zeit Synagogen innerhalb der Stadtmauern verboten. So befinden sich die nächsten unserer Gotteshäuser in Altona und in Wandsbek. Meine Familie ist eng mit der Synagoge in Wandsbek verbunden, der dortige Rabbi Joseph Beerenboom ist ein Jugendfreund von mir. Am nächsten Sabbat ist der vierte Todestag meiner geliebten Frau, und meine Tochter Ruth möchte um jeden Preis zum Beginn des Sabbats in die Synagoge und am nächsten Morgen zum Grab ihrer Mutter. In Wandsbek selbst wird sie bei Beerenboom bleiben können. Mir jedoch ist es aus vielerlei Gründen nicht möglich, ebenfalls nach Wandsbek zu fahren. Allerdings erscheint es mir viel zu gefährlich, eine so junge und unerfahrene Frau allein reisen zu lassen. Wenn es

Euch nun eventuell möglich wäre«, Abelson blickte Wrangel etwas verlegen an, während dieser sein Blut in die Wangen schießen fühlte, »meine Tochter zu begleiten, da Ihr denselben Weg an diesem Tag haben werdet, so wäre mein Herz beruhigt und ich vor Dankbarkeit tief in Eurer Schuld.«

»Verehrter Herr Abelson, es wird mir eine Ehre sein, Eurer Tochter sicheres Geleit nach Wandsbek zu geben. Allerdings hatte ich geplant, die Reise zu Fuß zu unternehmen.«

»Ich bin Euch sehr dankbar und erleichtert. Wenn es Euch nichts ausmacht, so steht Euch selbstverständlich meine Kutsche, ein komfortabler Vierspänner, zur Verfügung. Unser Kutscher Jurek ist ein braver Bursche, der Euch wacker zur Seite stehen wird, sollte es nötig werden.«

»Zum Wohle Eurer verehrten Tochter nehme ich Euer Angebot gern an, selbstverständlich in der Hoffnung, in keine gefahrvolle Situation mit Fräulein Ruth zu kommen.«

»Oh, wir Juden tragen die Vorsicht wie eine zweite Haut. So ist es dann abgemacht, lieber Prokurator, und mein Kutscher wird Euch am Freitag zur Mittagsstunde abholen, damit Ihr Wandsbek deutlich vor Sonnenuntergang erreicht.«

»Es wird mir eine Ehre sein, Herr Abelson. Aber jetzt entschuldigt mich bitte, wie auch Ihr, Claussen. Die Arbeit ruft.«

Claussen nickte zustimmend, konnte sich aber beim Anblick des leicht erröteten Gesichtes seines Freundes ein Schmunzeln nicht verkneifen. Nun würde er es zugleich mit drei Frauen zu tun haben, die ihn, jede auf ihre Art, in ihren Bann schlugen.

Donnerstag, 17. November 1701

30

Schlag acht Uhr betrat Prätor Wilken mit den drei Prokuratoren Wrangel, Brasche und Garlinghoff sowie dem Aktuar Dr. Meyer und zwei Schöffen die Herrenstube der Frohnerei auf dem Berg. Asthusen und der Brookvogt hatten die drei Angeklagten bereits mit gebührlichem Abstand voneinander und jeweils zwei Röper zu ihrer Bewachung auf Bänke verteilt. Nun zerrten die Röper die drei in die Höhe, damit sie den Herren des Niedergerichtes ihre Ehrfurcht erwiesen.
Wrangel musterte die Elendstroika. Neben Bunk, die sich mit schmerzverzerrtem Gesicht auf die Lippen biss, als der Röper ihren Oberarm packte und seine Finger sich dabei geradewegs in eine frisch verschorfte Wunde gruben, stand der Arzneienkrämer Johann Jähner. Sein blondes Haar hing strähnig herab und verdeckte die Hälfte seiner verschmutzten, in Falten gelegten Stirn. Neben Jähner stand Cäcilie Jürgens, ebenfalls von zwei bulligen Röpern bewacht.
Die Herren des Niedergerichtes setzten sich. Links und rechts neben Wrangel hatten sich Brasche und Garlinghoff, die Prokuratoren von Jähner und Jürgens, platziert. Brasche war ein aufgeschwemmter und blässlicher junger Mann, dessen schmale Lippen kaum Konturen zeigten und der seine dicklichen Finger unruhig über den Tisch wuseln ließ. Irritiert wandte sich Wrangel zur anderen Seite. Aber auch Garlinghoff bot keinen sonderlich erbaulichen Anblick. Er hatte ein fliehendes Kinn,

eine kleine spitze Nase, eng zusammenstehende Augen und eine recht flache Stirn, die von der gewaltigen Perücke unvorteilhaft betont wurde.
So schaute Wrangel zu Prätor Wilken. Der kalte und stechende Blick von Wilkens Augen versetzte ihm regelrecht einen klammen Schauder. Wilken taxierte fast ohne jegliches Zucken der Wimpern den Raum und die drei Angeklagten. Drei kräftige Hammerschläge unterbrachen schließlich die eisige Musterung. Prätor Wilken schaute noch einmal kurz in die Runde und hob dann mit fester Stimme zur Eröffnung des Verhöres an.
Nach einer kurzen Einführung verkündete der Prätor, dass der Bürgermeister, der zugleich auch der erste Richter des Obergerichtes war, gestern Abend noch die Erlaubnis des Rates zur peinlichen Befragung unterzeichnet habe, somit einem ausgiebigem Verhör nichts im Wege stehe und es nunmehr an den drei Inquisiten liege, ob man zur peinlichen Befragung in den Keller gehen müsse oder bereits hier oben zu befriedigenden Aussagen käme. Wrangel schluckte bei dem Gedanken an die Folterkammer und die Tortur, die dort zu erwarten war.
Wilken richtete inzwischen seinen Blick auf Bunk. »Die Inquisitin Ilsabe Bunk möge sich erheben, der Zusammenfassung ihrer bisher gemachten Aussagen zuhören und diese hier erneut bestätigen.«
Dr. Meyer erhob sich und verlas mit staubtrockener Stimme das Protokoll von Bunks bisheriger Aussage. »Ilsabe Bunk bekannte, dass sie vor etwa fünf Jahren in Bremen ihre Frauenkleider abgelegt und stattdessen Männerkleider angelegt hat. Auch nahm sie den Männernamen Hinrich Bunk an und hat sich seitdem vorwiegend als Mann ausgegeben. Unter diesem fälschlich angenommenen Namen hat sie ein liederliches Leben geführt und Unzucht getrieben. Vor gut zwei Jahren ist sie

dann als Hinrich Bunk nach Hamburg gekommen und hat sich mit der hier ebenfalls anwesenden Inquisitin Cäcilie Jürgens verlobt und bald darauf in Wandsbek durch priesterliche Hand trauen lassen. Gemeinsam haben beide dann für den hier ebenfalls anwesenden Inquisiten, den Arzneienkrämer Johann Friedrich Jähner, als Kräuterhöker gearbeitet und für ihn neben Kräutern auch Diebsdaumen gestohlen und zum Verkauf an abergläubische Bauern gebracht.«

»Das stimmt nicht!«, ging Jähner ungefragt dazwischen und sprang erregt von seiner Bank auf. Aber schon hatten ihn die beiden Wachen an seinen Seiten gepackt und wieder niedergedrückt.

Wilken schlug kräftig mit dem Holzhämmerchen auf den Tisch. »Er möge sich beruhigen. Auch zu Ihm wird das Gericht noch kommen«, schnitt er dem vor Wut Bebenden das Wort ab und gab dem Aktuar ein Zeichen, mit der Verlesung von Bunks Aussagen fortzufahren.

»Dann hat Ilsabe Bunk alias Hinrich Bunk im Dorfkrug in Neuengamme Maria Rieken, des Hans Rieken Eheweib, verführt, von ihrem Mann fortzulaufen, und sie mit nach Hamburg zu Cäcilie Jürgens gebracht. Dann haben die beiden, Bunk und Jürgens, dabei zugesehen, wie Johann Friedrich Jähner Maria Rieken am 25. Januar 1701 zuerst betrunken machte, sodass sie einschlief, und ihr dann mit einem Messer den Kopf abschnitt, um daraus mancherlei Zauberarznei zu machen.«

Jetzt schrien Jähner und Jürgens zugleich auf, aber ein kräftiger Hammerschlag auf den Tisch reichte, sie wieder zum Schweigen zu bringen.

»Den abgeschnittenen Kopf steckte Jähner in einen Sack und nahm ihn mit sich in seine Arzneienküche in den Beckergang. Den Körper der toten Rieken aber schafften zwei Bootsleute, deren Namen der Inquisitin unbekannt waren, fort aus der

Kammer von Bunk und Jürgens und warfen ihn noch in derselben Nacht in den Abort auf dem Schweinemarkt.«

»Bestätige Sie nun Ihre hier erneut verlesenen Aussagen«, wandte sich Prätor Wilken an Bunk.

Die drehte sich zu Jähner und Cäcilie Jürgens um und musterte die beiden eingehend. Jähners Gesicht war vor Angst und Wut verkrampft, er hielt seine Hände zu Fäusten geballt auf den Schenkeln, den Blick gesenkt. Die Jürgens trug noch ihr hübsches Kleid, allerdings war es arg verschmutzt. Schultern und Busen waren wieder mit einem Tuch bedeckt, und ihre braunen Locken waren unter der ebenfalls schon schmuddeligen Haube kaum zu sehen. Auch an ihr waren die Tage und Nächte in der Frohnerei nicht spurlos vorbeigegangen. Ihre Blicke trafen sich, und Funken blanken Hasses schlugen Bunk entgegen. Schnell wandte sie sich ab.

»Ja, ich bestätige die Aussagen«, entgegnete sie mit fester Stimme dem Prätor, der darauf dem Aktuar ein Zeichen gab.

Dieser fuhr nun fort, die bisherigen Aussagen von Jähner zu verlesen, der alle Vorwürfe weit von sich gewiesen und immer wieder auf seine Ehrbarkeit und Unschuld gepocht hatte. Als der Prätor ihm schließlich das Wort erteilte, um seine bisherigen Aussagen zu bestätigen, holte er erneut zu seiner Verteidigung aus.

»Ein ehrbarer Mann bin ich, Herr Prätor, und ganz unschuldig hier vor Euch gezerrt. Mit meiner Frau Maria führe ich eine ehrbare Krämerei im Beckergang. Noch nie habe ich mir etwas zuschulden kommen lassen. Arglistig getäuscht hat mich dieses Mannweib hier, als es sich bei mir einschlich als Mann, um mir als Hilfsarbeiter zur Hand zu gehen. Meine Gutmütigkeit hat es ausgenutzt und mein Vertrauen in seine Redlichkeit missbraucht. Nie habe ich einen Menschen willentlich verletzt oder gar getötet. Und diese Maria Rieken habe ich nie gesehen. Ein unschuldiges Opfer der Bosheit und Verleumdung dieser Menschen bin ich!« Er zeigte auf Bunk und Jürgens. »Lasst nicht zu, ehrenwerter Prätor, dass dieses liederliche Pärchen mich in meiner Ehre beschmutzt und ins Unglück reißt!«

»Setze Er sich«, beendete Wilken kühl das Bittgesuch des Arzneienkrämers, »Seine Aussagen wurden zur Kenntnis genommen.«

Dann gab er Dr. Meyer erneut ein Zeichen, mit den Aussagen von Cäcilie Jürgens fortzufahren. Während der Aktuar die Zusammenfassung verlas, stand Cäcilie Jürgens mit heftig bebender Brust und leisem Schniefen vor ihrer Bank. Wrangel blickte auf ihre schlanke Taille, die wie der Korken eines Kruges auf den gerundeten Hüften steckte. Die ordentlich gebundene Schürze betonte die Formen. Auch der Brookvogt gaffte Cäcilie an, vielmehr ihre prallen Brüste, die sich wie ein Blasebalg hoben und senkten. Jetzt legte er eine Hand quer über sein Gemächt, als gelte es, eine unangebrachte Schwellung zu verdecken. Angewidert wandte sich Wrangel ab.

»So hat die Inquisitin Cäcilie Jürgens wissentlich in Sodomie mit Ilsabe Bunk gelebt und andere ehrbare Menschen getäuscht, um sich selbst einen geschäftlichen Vorteil zu erschleichen. Des Weiteren hat sie gemeinsam mit Ilsabe Bunk auf Drängen von Johann Friedrich Jähner Diebsdaumen zur Bereitung von speziellen Arzneien gestohlen und diese dann an abergläubisches Volk vertrieben.«

»Nein, das hab ich nicht! Niemals hab ich die Leiche eines Diebes auch nur angefasst. Verkauft hab ich nur, was man mir auftrug zu verkaufen.«

»Wer hat Ihr aufgetragen, was Sie verkaufen sollte?«, fragte der Prätor dazwischen, anstatt wie sonst für Ruhe zu sorgen.

»Na, er«, sie zeigte auf den Arzneienkrämer. »Jähner hat es mir gesagt.«

Wilken nickte erneut Dr. Meyer zu, damit er fortfahre.
»So hat die Inquisitin auch auf Weisung des Arzneienkrämers Johann Jähner zusammen mit Ilsabe Bunk die Bauersfrau Maria Rieken demselben zugeführt, damit er ihr den Kopf abschneiden konnte.«
»Nein, das hab ich nicht!«, schrie die Jürgens erneut schrill dazwischen und ließ sich erst von Wilkens donnerndem Hämmerchen zum Schweigen bringen.
»Wie ich sehe, stehen hier die Aussagen der drei Inquisiten derart gegeneinander, dass es mir als Prätor des Niedergerichtes angebracht erscheint, in einer peinlichen Befragung den Wahrheitsgehalt der Aussagen zu prüfen, um Licht in dieses Dunkel zu bringen.« Erneut klopfte der Prätor mit dem Hämmerchen auf den Tisch. »Meister Ismael, sagt uns bitte, wie viel Zeit Ihr benötigt, um mit der ersten peinlichen Befragung zu beginnen.«
Asthusen erhob sich und ließ seinen Blick kurz über die Gefangenen schweifen. »Eine halbe Stunde sollte genügen, um mich von der ordentlichen Vorbereitung der Martergeräte zu überzeugen.«
»So denn, Brookvogt, schickt jemanden nach dem Physikus, dass er sich so schnell wie möglich hier einfinde.« Dann wandte Wilken sich an die drei Prokuratoren. »Wir, meine Herren, sollten die Unterbrechung nutzen und uns kurz über das weitere Procedere besprechen.«
Wrangel schüttelte missmutig den Kopf und warf dem Prätor einen unwilligen Blick zu.

31

Die Folterkammer war hell erleuchtet. An einem Tisch längs der Wand hatte Wrangel neben dem Prätor, dem Aktuar und den zwei Schöffen Platz genommen. Obwohl man es ihm nicht ansah, fühlte er sich elend. Sein Magen zog sich zusammen, und er war froh, am Morgen auf das Frühstück verzichtet zu haben. Etwas abseits, mit unverstelltem Blick auf die Martergeräte, saß der Physikus Dr. Biester unweit neben dem Scharfrichter. Nun führte der Meisterknecht die zitternde Bunk herein. Es war an Wrangel als ihr Prokurator, sie über das nun Folgende aufzuklären. Für einen kurzen Moment schloss er die Augen, schluckte das elende Gefühl, das ihn zu lähmen drohte, hinunter und richtete das Wort an sie. »Inquisitin Ilsabe Bunk, hör zu, was der Prätor im Namen des Hamburger Niedergerichtes von dir will.«

Bunk schaute Wrangel unverwandt in die Augen.

»Dir wird eine Reihe an Fragen gestellt werden, auf die du ausführlich und getreulich der Wahrheit antworten wirst. Sollten die Vertreter des Niedergerichtes mit deinen Antworten nicht zufrieden sein und Grund zu der Annahme haben, dass du ihnen Unwahrheiten erzählst oder Dinge verheimlichst, wird die Befragung unterbrochen und mit dem ersten Grad der peinlichen Befragung begonnen. Sollten immer noch Zweifel an der Aufrichtigkeit und Ausführlichkeit deiner Antworten bestehen, so wird mit dem zweiten Grad der Befragung fortgefahren, und so fort, wenn es nötig sein sollte, bis zum vierten Grad. Der hier anwesende Physikus Dr. Biester wird derweil darauf achten, dass deine Gesundheit unter der Pein keinen bedrohlichen Schaden nimmt.«

Wrangel räusperte sich und gab das Wort weiter an den Prätor.

Dieser schaute mit versteinertem Gesicht auf einige Papiere, die vor ihm lagen. Dann wandte er sich brüsk von ihnen ab, so als habe ein innerer Glockenschlag ihn aufgerüttelt, und begann das Verhör.
»Die Vertreter des Niedergerichtes möchten von der Inquisitin wissen, zu welchem Zweck sie ihr gottgegebenes Geschlecht verleumdet und als Mann gelebt hat.«
Bunk schaute unsicher vom Prätor zum Aktuar und dann weiter zu Wrangel. Der nickte ihr aufmunternd zu.
»Es ist schwer, ein Leben als ehrbare Frau zu führen, wenn es kein festes Auskommen gibt und das täglich Brot im Tagelohn verdient werden muss.«
Sie zögerte und schaute unsicher zu Wrangel. Der nickte erneut.
»Als Mann war es mir leichter, eine ehrbare und anständig bezahlte Arbeit zu finden. Ich half auf einem Gemüseewer und verdiente so mein Brot.«
»Doch hat Sie damit die Menschen um sich betrogen, und so wurde auch bald Ihr Leben liederlich. Erzähle Sie davon.«
»Verstecken hab ich mich müssen, um mich zu waschen und meine Notdurft zu verrichten ...«
»Doch wie kam es dann, dass Sie begann, auch Weiber zu begehren?«, fragte der Prätor dazwischen.
Bunk zuckte zusammen. »Lebt man als Mann, so hat man die Weiber zu begehren. Wär es anders, hielten einen die anderen Männer für verrückt. In Amsterdam gelang es mir, in einem Hurenhaus ein männliches Glied zu bekommen, was mir half, meinen körperlichen Mangel auszugleichen.«
Die Schöffen flüsterten sich aufgeregt etwas zu. Wilken warf Wrangel einen fragenden Blick zu, der ihn stumm erwiderte. Was sollte er auch sagen? In seinem Bericht hatte nichts über diese Verruchtheit gestanden. Konnte er doch nicht ahnen,

was für Geschichten seine Mandantin noch so vom Stapel lassen würde.
»Wie kann Sie ein männliches Glied bekommen? Zeige Sie es uns!«
»Nein, ich hab es ja nicht mehr, ich hab es verloren.«
»Wie kann das gehen? Lügt Sie uns nicht an?«
Bunks Stimme zitterte. »Nein, ich lüge nicht. Die Amsterdamer Huren sind bekannt dafür, dass sie Männern, die die Zeche nicht bezahlen wollen, ihr Glied wegzaubern. Anderen jedoch, die unzufrieden sind, machen sie ein größeres, das die Frauen glücklicher macht. Mir hat man eins gegeben, damit auch ich die Frauen glücklich machen kann.«
Wrangel schüttelte leicht den Kopf. Wie konnte Bunk nur das Wort Zauberei in den Mund nehmen? War ihr nicht klar, dass sie sich damit dem Scheiterhaufen immer näher brachte? Wrangel verspürte den sehnlichen Wunsch, ganz weit weg von diesem Ort, dieser Frau, diesem Fall zu sein.
Wilken kniff die Brauen zusammen und klopfte mit zwei Fingern auf den Tisch. »Mit einem Hurenglied hat Sie dann die Frauen besprungen? Das sollen wir Ihr glauben? Sie lügt doch und hat nichts vorzuweisen als diese Geschichte!«
»Ich lüge nicht, nein, eine Hure hat es mir angemacht, und es saß so fest, dass ich es Tag und Nacht tragen konnte. Selbst Wasser lassen konnte ich damit. An ihr habe ich es ausprobiert. So glaubt mir doch! Dann in Glückstadt haben die Soldaten es mir abgenommen und in den Graben geworfen. Als so offenbar wurde, dass ich den Körper einer Frau habe, warf man mich aus der Garnison, und ich machte mich auf den Weg nach Hamburg.«
»So ist Sie dann als Frau nach Hamburg gekommen?«
»Nein, als Mann. Das Schicksal half mir erneut in Männerkleider.«

»Und in Hamburg hat Sie dann mit Cäcilie Jürgens angebändelt und mit ihr in Unzucht und Sodomie gelebt?«
»Verlobt hab ich mich mit ihr und sie bald darauf in Wandsbek geheiratet.«
»Warum ist Sie dafür nach Wandsbek gegangen?«
»Dort war es günstiger. Die Hamburger Pfaffen ziehen einem dafür doch das letzte Hemd aus. In Wandsbek war es für zwei Fläschchen Theriak zu haben.«
»Wie kommt Sie denn an Theriak? Eine so teure Arznei kann Sie als Hökerin doch nicht bezahlen.«
»Der Jähner hat es gebraut und uns verkaufen lassen. Da war es ein Leichtes, zwei Fläschchen dafür zu nehmen, dass durch unsere Heirat die Geschäfte besser liefen.«
»So haben Sie und Cäcilie Jürgens den Arzneienkrämer Jähner bestohlen?«
»Nein, nicht bestohlen. Geliehen haben wir es uns.«
»Sie lügt! Glaubt Sie, dass Sie das Gericht an der Nase herumführen kann?« Wilkens Stimme donnerte durch die Kammer, dass die Lichter der Tranlampen flackerten. Bunk zitterte. Wrangel ahnte, dass sie nicht verstand, was der Prätor von ihr wollte. »Als Sie dann mit der Cäcilie Jürgens verheiratet war, wie hat Sie jene kohabitiert?«
Bunk starrte Wilken immer noch verständnislos an.
»Wie du den ehelichen Beischlaf ausgeübt hast, will der Prätor von dir wissen«, half Wrangel ihr schließlich weiter.
»Nun, wie man das so macht«, warf Bunk trotzig in die Runde.
»Wie macht das denn so ein Weib ohne männliches Glied? Denn das lag ja wohl im Glückstädter Graben«, donnerte Wilken erneut los.
»Möchte der Prätor wirklich von mir erfahren, wie man eine Frau beglückt?«

Wrangel hielt den Atem an. Nur das Zischen des verbrennenden Trans war zu hören. Wilken fixierte Bunk mit eisigem Blick. Dann gab er Asthusen ein Zeichen.
Der griff Bunk und drückte sie auf einen kleinen Schemel nieder. »Zu deiner Erinnerung zeige ich dir noch einmal die Daumenschraube und wie sie funktioniert. Möge dir das helfen, deine Zunge gegenüber den ehrenwerten Vertretern des Niedergerichtes im Zaum zu halten.« Mit diesen Worten legte er eine kleine Nuss in den Schraubstock und spannte ihn mit gleichmütigem Gesicht kurz an. Erst knackte, dann krachte es leise. Schalen fielen zu beiden Seiten des Stockes heraus. »Auch für die Füße habe ich ein solches Gerät …«
»Verzeiht, Herr Prätor, ich wollte nicht unverschämt sein«, entschuldigte sich Bunk hastig. »Es ist nur so, dass ich nicht recht weiß, wie ich von solchen Dingen sprechen soll. Aber Cäcilie wusste ja, dass ich einen Frauenkörper habe, und es hat ihr gefallen, was ich mit ihr machte. Ich gab mir schließlich alle Mühe, das, was ich bei den Huren in Amsterdam erfahren hatte, ihr zu ihrem Genuss zu bieten.«
»Seit wann wusste Cäcilie Jürgens, dass Sie eine Frau und kein Mann ist?«
»Das wusste sie schon lange bevor wir heirateten. So gierig war sie nach Zärtlichkeiten, dass sie unkeusch alles einforderte.«
»So hat die Jürgens den Jähner gar nicht gebraucht, um zu prüfen, ob Sie ein rechter Mann sei?«
»Nein, dafür nicht, aber dafür, dass er mir ein neues Glied beschaffte. Als Arzneienkrämer fiel ihm das viel leichter als uns, und wir haben im Gegenzug ja auch alles verkauft, was er in seiner Kräuterküche zusammengebraut hat. Keiner hat gefragt, ob seine Tropfen und Tinkturen hielten, was sie versprachen.«

»So hat Sie dann mittels eines weiteren männlichen Gliedes Cäcilie Jürgens kohabitiert?«
Bunk stockte kurz, dann schien ihr die Bedeutung des lateinischen Wortes wieder einzufallen. »Ja, Herr Prätor.«
»Wie lange ging das so?«
»Zwei Jahre mögen es wohl gewesen sein. Der Jähner wusste alles und hat darum von uns gefordert, was er wollte. Stierhoden mussten wir ihm bringen, tote Hunde und Katzen. Und Menschenteile wollte er auch immer wieder haben. Nägel, Haare und auch Haut. Am liebsten aber Diebsdaumen frisch vom Richtplatz.«
»Woher holte Sie denn die Diebsdaumen?«
»Des Nachts vom Richtplatz hier vor St. Georg haben wir sie geholt. Den Erhängten abgeschnitten.«
Wilken warf Asthusen einen kurzen stechenden Blick zu, bevor er weiterfragte. »Wozu wollte Johann Jähner die Maria Rieken haben?«
»Ihren Kopf wollte er haben«, brach es aus Bunk heraus, »um daraus so mancherlei Gebräu zu kochen. Gegen Gicht soll es helfen. Selbst gegen die Pest, wenn man noch einige geheime Kräuter, am richtigen Ort zur richtigen Zeit gepflückt, hinzutut. Was weiß ich, wie man daraus etwas kocht? Ich war nur der Höker.«
»Wie war das nun genau mit der Rieken? Erzähle Sie uns noch einmal, wie der Mord vonstattenging.«
»Ich habe die Frau nach Hamburg gebracht auf die Bude von Cäcilie und mir. Dann riefen wir den Jähner, dass wir ein treffliches Weib zu Besuch hätten. Wir wussten ja nicht, was er mit ihr vorhatte.«
»Sie wusste es nicht?«
»Nein, er hatte nur gesagt, er braucht eine Frau für Arbeiten in seiner Arzneienküche. Dann kam er auf die Bude am Neuen

Markt, brachte Schnaps mit und machte die Rieken betrunken. Als sie schließlich schlief, zog er ein langes Messer und schnitt ihr den Kopf ab.«

»Das hat Sie gesehen? Sie sagte doch, Sie sei draußen gewesen, als es geschah.«

»Es war ja niemand sonst im Raum. Wer hätte denn schneiden sollen?«

»Was geschah mit dem Blut?«

»Er fing es in einem Sack auf und nahm es mit.«

»Was passierte mit der Leiche?«

»Zwei Bootsleute kamen und trugen sie weg.«

»Wer waren diese Leute? Kannte Sie die beiden?«

»Nein, ich kannte sie nicht. Es waren kräftige Kerle mit dunklen Haaren.«

»So sehen viele aus. Sei Sie genauer!«

Bunk überlegte. »Der eine hatte Locken und trug ein rotes Tuch um den Hals. Der andere hatte einen dunklen Bart, der sein Gesicht bedeckte. Mehr weiß ich nicht. Sie nahmen die Leiche und gingen.«

»Was machten sie mit den Kleidern? Man fand die Frau nackt vor.«

»Sie zogen sie aus und warfen die Kleider in einen Sack.«

»Was geschah mit dem Sack?«

»Ich weiß es nicht. Ich glaube, Cäcilie hat ihn an sich genommen und die Sachen verkauft.«

»Wie kam Sie dann zu Ihrer neuen Ehefrau Elisabeth Pausten?«

Bunk schaute verwirrt zum Prätor und weiter zu Wrangel. Der hatte inzwischen vollends resigniert und starrte auf einen Fleck an der Wand. Er konnte dieser Frau mit ihren Lügenmärchen einfach nicht länger zuhören.

»Es gab einen Streit zwischen Cäcilie und mir, weil sie mit

einem Soldaten angebändelt hatte. Ich war wütend, und so trennten wir uns. Ich suchte mir eine neue Arbeit als Botengänger, brachte Briefe von hier nach dort. So traf ich später Elisabeth. Den Rest der Geschichte kennt Ihr ja. Es war so, wie sie es erzählt hat. Im Streit ist das Unglück mit dem Messer passiert.«
Wilken musterte Bunk eindringlich und schwieg eine Weile, als ob er über sie und ihre Worte nachdenken musste. »So ist Sie wohl schnell eifersüchtig und wird dann gefährlich?«
Bunk antwortete nicht. Schließlich winkte Wilken ab und klopfte mit seinem kleinen Hämmerchen auf den Tisch. »Für das Erste sei dies genug. Man bringe die Inquisitin zurück in ihre Zelle und hole die nächste.«
Der Henkersknecht packte Bunk am Arm und schob sie aus dem Raum. Nun hatte der Prätor wohl, was er wollte. Niedergeschlagen schüttelte Wrangel kaum merklich den Kopf und versuchte seine Gedanken auf schönere Dinge als diesen grausigen Ort zu lenken. Als Prokurator Brasche kam, um Johann Friedrich Jähner im Verhör beizustehen, entschuldigte sich Wrangel für eine kurze Mittagspause im Ratskeller.

32

Eine Stunde später kam ein Gerichtsdiener an Wrangels Tisch und bat ihn, erneut dem Verhör beizuwohnen, da die Reihe bald wieder an seiner Mandantin sei. Ein flaues Gefühl überkam den Prokurator, und er fragte sich, ob an diesem Mittag der Schweinebraten wirklich eine gute Wahl gewesen war.
Auf dem Gang, der an den Verliesen vorbei zur Folterkammer führte, hörte er durch die schweren Türen hindurch ein Stöh-

nen und Wimmern. Aber er konnte nicht sagen, von wem es kam. In der Folterkammer fiel Wrangels Blick auf eine kleine Blutlache am Boden, auf die Sägemehl gestreut war, das sich langsam dunkelbraun verfärbte. Er schluckte den Speichel, der sich augenblicklich in seinem Mund sammelte, hinunter. Zum Glück hatte er der Tortur, deren Folgen langsam in die Sägespäne einsickerten, nicht zusehen müssen.
Kaum hatte er wieder am Tisch Platz genommen, kam Jürgen mit Bunk, schob sie zu dem kleinen Holzschemel und drückte sie darauf nieder.
Wrangel wunderte sich, dass der Prätor ihn gar nicht zuerst über den Verlauf der Verhöre während seiner Abwesenheit informieren wollte, so wie es eigentlich üblich war. Aber Wilken wies nur kurz den Aktuar an, Wrangel das Protokoll lesen zu lassen, und wandte sich dann direkt an Bunk. »Die Aussagen der beiden anderen Inquisiten haben Unstimmigkeiten mit Ihrer Aussage ergeben. Darum wird Sie erneut verhört werden. Überlege Sie sich gut, ob Sie mit dem Gericht kooperiert oder es vorzieht, uns täuschen zu wollen«, eröffnete der Prätor ohne Umschweife das zweite Verhör. »Die Inquisitin Cäcilie Jürgens hat ausgesagt, dass sie bis kurz vor der Hochzeit mit Hinrich Bunk nicht wusste, dass dieser, also sie«, Wilken deutete mit seinem Hämmerchen direkt auf Bunks Gesicht, »ein Weib war und sie sich so der Sodomie schuldig machte. Was hat die Angeklagte Bunk dazu zu sagen?«
»Sie lügt! Cäcilie wusste über meinen Körper Bescheid.«
Wilken musterte Bunk eine Weile mit zusammengekniffenen Augen und schien zu überlegen, dann gab er Asthusen ein Zeichen. Bevor die Gefangene noch ein Wort über die Lippen bringen konnte, war ihr Hemd von den Schultern gerissen, und Jürgen machte sich an ihrer notdürftig um die Brüste gewickelten Binde zu schaffen. Ein zweiter Knecht zog sie vom

Hocker hoch und öffnete ihre Hose. Dann zerrten die beiden die nackte Frau ein Stück vor und schoben sie auf die im hinteren Drittel des Raumes aufgebaute Streckbank zu. Auf den mit Blut vollgesogenen Sägespänen kam sie zum Stehen. Asthusen spannte ein Hanfseil von einem Ende der Bank zum anderen und verknotete es.

»Diese Bank dient dazu, den Inquisiten zu strecken«, begann er in ruhigem Ton seine Erläuterung des Marterinstrumentes. »Du siehst, wie das Seil gespannt ist. Mit jeder Drehung, die ich an diesem Rad vornehme«, er zeigte auf ein schweres Eisenrad, das am Kopfende der Bank befestigt war, »bewegen sich die beiden Längsbalken auseinander und strecken den zwischen ihnen gespannten Körper in die Länge.«

Mit leichter Hand drehte er an dem Rad. Das Hanfseil spannte sich und knirschte. Asthusen legte die zweite Hand an das Rad und drehte es erneut. Das Hanfseil knirschte stärker, erste kleine Fäden rissen und wanden sich so aus der Spannung. Er drehte noch einmal. Die Schraube quietschte leicht, weitere Hanffäden rissen.

»Zuerst renken sich normalerweise die Schultern aus, als Nächstes geben die Sehnen nach und reißen. Die Fuß- und Kniegelenke halten meistens noch ein bisschen durch, die Hüfte am längsten, häufig sogar länger als das Rückgrat, zumindest bei Frauen.«

Noch einmal drehte er mit Schwung an dem Rad. Die weiter reißenden Hanffäden tanzten um das knirschende Seil.

Wrangel hätte sich am liebsten die Ohren zugehalten. Um die makabre Szenerie nicht ansehen zu müssen, hatte er sich in das Protokoll der vorhergegangenen Befragungen vertieft. Aber jetzt konnte er sich einfach nicht weiter darauf konzentrieren. Wie mochte es Bunk bei diesem Anblick gehen? Er konnte sie nur von der Seite sehen. Sie zuckte am ganzen Leib. Auf einmal griff sie sich an den Bauch, röchelte kurz, und schon brach aus ihrem Mund ein gewaltiger Schwall hervor und ergoss sich auf die bereits mit Blut besudelten Sägespäne.

Wilken wartete, bis sie sich wieder etwas aufgerichtet hatte, bevor er mit seiner Befragung fortfuhr.

»Seit wann wusste Ihre Verlobte Cäcilie Jürgens davon, dass Sie nicht Hinrich Bunk, sondern eine Frau ist?«

»Ich bin Hinrich Bunk!«, schrie die Gefangene dem Prätor aufgewühlt entgegen und ballte aus verzweifelter Wut ihre Fäuste.

Wilken schüttelte leicht enerviert den Kopf und wandte seinen Blick zu Wrangel. »Nun, Prokurator, möchtet Ihr Eurer Mandantin noch einmal gut zureden und ihr den Ernst der Lage klarmachen?«

Wrangel räusperte sich. »Ilsabe Bunk, das Gericht will von dir erfahren, seit wann Cäcilie Jürgens wusste, dass du eine Frau bist. Sie selbst hat hier im peinlichen Verhör unter Schmerzen glaubhaft ausgesagt, dass sie es erst kurze Zeit vor der Hochzeit in Wandsbek erfahren habe. Trotzdem habe sie dich geheiratet und den Beischlaf ausgeübt …«

Mit einem kurzen Hammerschlag unterbrach der Prätor ungeduldig die Ausführungen des Prokurators. »Was hat die Inquisitin dazu zu sagen?«

Bunk blickte an sich herab auf die feuchten Sägespäne unter ihren Fußsohlen. Ihre Knie zitterten, die verklebten Haare fielen ihr ins Gesicht. Sie schien mit sich um die Antwort zu ringen. »Es ist so gewesen, wie Cäcilie gesagt hat. Sie hat erst kurz vor der Hochzeit vollends um meinen Körper gewusst«, murmelte sie schließlich.

Die Feder des Aktuars kratzte über das Papier, als er Bunks Aussage notierte. Derweil blätterte der Prätor in den Papieren vor sich. Wrangel atmete erleichtert aus.

»Ebenso verneinte besagte Inquisitin, Bunk dabei geholfen zu haben, ein männliches Glied herzustellen.«
»Dabei hat sie auch nicht geholfen. Der Jähner war es, der dabei half. Das sagte ich doch bereits. Aber benutzt hat sie es mit mir.«
Wilken nickte erneut dem Aktuar zu, der ohne Unterbrechung weiterschrieb.
»Des Weiteren hat die Inquisitin Cäcilie Jürgens glaubhaft ausgesagt, dass sie nicht allein den Erlös der Kleider Maria Riekens nach deren Tod behalten habe, sondern hiervon Bunk ihren Teil des Geldes abgab. Bestätigt Sie das, oder beharrt Sie auf Ihrer früheren Aussage, nichts von den Kleidern und deren Erlös gesehen zu haben?«
Bunk nickte ermattet. »Ich bestätige Cäcilies Aussage.«
»Damit sehe ich die Unstimmigkeiten der beiden verhörten Inquisiten behoben und beende die heutige Befragung.«
Wilkens Hämmerchen klopfte auf den Tisch. Bunk wurde an den Schultern zurück auf den Schemel gezogen, und Jürgen schob ihr mit dem Stiefel ihre Kleider vor die Füße.
»Zieh dich an!«
Eilig griff Bunk nach ihren Kleidern und warf sie sich notdürftig über. Die Mitglieder des Gerichtes erhoben sich von ihren Plätzen und verließen die Kammer.
Wrangel wartete, bis die anderen den Raum verlassen hatten. Dann ging er auf Bunk zu und sah sie mit prüfendem Blick an. »Weißt du, was du getan hast? Wenigstens hast du noch rechtzeitig geredet, um dir die Tortur zu ersparen. Aber ahnst du überhaupt, was nun geschehen kann? Warum nur?«
Bunk stand mit verbissen zusammengekniffenen Lippen vor ihm und starrte auf ihre nackten Füße. Der Henkersknecht, der sie am Arm hielt, schien unschlüssig, ob er sie schon fortzerren sollte oder auf ein Zeichen des Prokurators zu warten

hatte. Wrangel kämpfte um seine Beherrschung. »Wir sprechen uns noch.«
Dann wandte er sich brüsk ab und folgte den anderen Herren des Gerichtes nach draußen in den trüben Novembertag.

33

Ah, Prokurator Wrangel, wie schön, Euch hier draußen zu sehen!», begrüßte Prätor Wilken Wrangel, der sich in der Diele des großzügigen Herrenhauses verloren vorkam. Noch nie zuvor hatte er eines dieser neumodischen Landhäuser von innen betreten. Er war überrascht, wie hell und klar bereits der Eingangsbereich war. Keine dunklen Balken, wie in den hanseatischen Kontorhäusern üblich, trugen die Decken, sondern glatte weiße Säulen. Auch die Türen, die von der Diele abgingen, waren hoch und hell, dabei ganz frei von Schnitzereien.
Damit setzte sich hier drinnen fort, was Wrangel schon am Äußeren des Hauses aufgefallen war. Das ganze Gebäude strahlte Eleganz und Leichtigkeit aus und griff dabei mit seinem sorgsam angelegten Garten so ungeniert Raum, wie es in den engen Straßen der Stadt unmöglich war. Viel zu teuer war dort jeder Meter, sodass einige Gassen selbst in den wohlhabenden Gegenden so eng waren, dass zwei Männer nicht aneinander vorbeigehen konnten, ohne sich zur Seite zu drehen.
Wilken riss Wrangel aus seinen inneren Betrachtungen, indem er ihm, wie schon letztens bei Gericht, freundschaftlich die Hand auf die Schulter legte. »Ich freue mich, dass Ihr Euch nicht von den unerfreulichen Umständen des Morgens habt

abhalten lassen. Folgt mir in den Salon. Die anderen Gäste erwarten uns bereits.«
Stumm lief Wrangel dem Prätor nach, der mit großen Schritten durch die Diele auf eine Flügeltür zuging. Ein livrierter Diener öffnete die Tür genau rechtzeitig, dass die beiden Männer sie, ohne ihr Schritttempo mindern zu müssen, durchqueren konnten. Ein lichtdurchfluteter Salon öffnete sich vor ihnen. Mit taubenblauer Seide bezogene Kanapees und gepolsterte Stühle standen zu Sitzgruppen arrangiert entlang den Wänden, die mit Gobelins verhängt waren. Auf einem Wandteppich erfreuten sich züchtig verhüllte Schönheiten, deren weibliche Reize trotzdem nicht zu verkennen waren, an den Wasserspielen eines Springbrunnens, der zweite zeigte einen Blumengarten, in dem Paradiesvögel ihre Federpracht vorführten. Die dritte Wand war einem großen Kamin aus Marmor vorbehalten, in dem ein behagliches Feuer prasselte. Die Fensterfront, direkt gegenüber der Tür, war durchweg mit bis beinahe zum Boden reichenden Fenstern versehen sowie einer großen Flügeltür, die auf eine Terrasse führte.
Wrangel holte tief Luft und versuchte seiner Nervosität Einhalt zu gebieten. Drei Damen saßen auf den Kanapees, vor ihnen standen zwei Herren, den Rücken zur Tür gewandt, und unterhielten sie. Wilken räusperte sich kurz energisch und unterbrach so dezent den Redefluss. Die Herren drehten sich um. Wrangel erkannte Wilkens jüngeren Bruder Michel sofort am unverkennbar ähnlichen Gesichtsschnitt. Auch Michel hatte, wie sein Bruder, ein klassisches Profil mit scharfen Zügen, allerdings sah er gut zehn Jahre jünger aus, seine Augenbrauen waren weniger buschig und seine Haare noch weitgehend frei von grauen Strähnen. Als er Wrangel sah, umspielte ein wohlwollend gefälliges Lächeln seinen Mund, erfasste jedoch nicht seine silbergrauen Augen.

Schräg hinter Michel Wilken stand Albrecht. Er war im vergangenen Jahr noch fülliger geworden, aber seine braunen Haare, die er schulterlang und offen trug, waren noch frei von Silberfäden, und auch sein Gesicht hatte trotz der Leibesfülle nur mäßig von seinen markanten Zügen eingebüßt. Er war ein stattlicher Mann Anfang dreißig, in edlem dunklem Tuch nach hanseatischer Kaufmannstradition gekleidet, umgeben von einer Aura, die für Hinrich Wrangel nur so strotzte vor Selbstgefälligkeit. Im Gegensatz zu Michel Wilken zeigte sich auf Albrechts Zügen kein Lächeln. Stattdessen setzte er eine Miene wohlwollender Überraschung auf, als er seinen jüngeren Bruder erblickte.

»Hinrich, was für eine Überraschung, dich hier zu treffen, im Hause des ehrenwerten Senators Wilken, der uns seine großzügige Gastfreundschaft genießen lässt!«

»Guten Tag, Albrecht, es ist tatsächlich eine Zeit her, als wir uns das letzte Mal sahen. Du hast dich kaum verändert, wie ich sehe. Guten Tag, Senator Wilken, es ist ehrt mich, Euch persönlich kennenzulernen«, wandte Wrangel sich an Michel Wilken.

Die beiden Männer gaben nach der kurzen Begrüßung den Blick frei auf die Damen. Elisabeth saß in der Mitte. Sie war blass, aber ihre Lippen schimmerten wie früher und ihre schönen wasserblauen Augen glänzten sanft. Das Haar trug sie züchtig unter einer von feinsten geklöppelten Spitzen verzierten Haube verborgen. Ihre Schultern bedeckte eine ebenfalls geklöppelte Stola. Die beiden Hamburgerinnen trugen nur winzige Spitzenhäubchen zu ihren schweren Samtkleidern, die in der Taille eng geschnürt waren. Elisabeths Kleid hingegen wölbte sich unter dem Busen. Wrangel spürte, wie ihm das Blut in den Adern stockte, als er auf ihren Leib sah. Sie war unverkennbar schwanger.

Schweißperlen traten auf seine Stirn, und in seiner Mundhöhle versiegte der Speichel. Verlegen hielt er sich die Hand vor den Mund und versuchte, durch eiliges Schlucken den Speichelfluss wieder in Gang zu bekommen, um überhaupt ein Wort sagen zu können. Da eilte ihm schon die Hausherrin zu Hilfe.

»Welch eine Freude, Prokurator Wrangel, Euch heute bei uns begrüßen zu dürfen! Schon viel Gutes hörte ich von Eurer engagierten Arbeit bei Gericht. Ihr müsst wissen, mein Gatte ist voll des Lobes für Euch. Darf ich Euch meine junge Schwägerin Annemarie Wilken vorstellen? Sie ist der Sonnenschein unserer Familie.«

Die junge Frau lächelte Wrangel ein wenig verlegen an und tupfte sich sogleich mit einem zierlichen Spitzentaschentuch die Mundwinkel, die eine Reihe unansehnlich schief gewachsener Zähne einrahmten.

»Den Sonnenschein der Familie Wrangel, Eure Schwägerin, die entzückende Elisabeth, kennt Ihr selbstverständlich.«

Wrangel bekam kein Wort über die Lippen. Nach einer ihm schier endlos scheinenden Weile raffte er sich endlich auf und begrüßte die Damen. Als er Elisabeths Hand als letzte ergriff, lag sie eisig und feucht in seiner, und er spürte sie zittern.

Die Diener servierten inzwischen heiße Schokolade und feines Gebäck, und die Herren nahmen um ein kleines Tischchen herum Platz, das vor das Kanapee gestellt worden war.

Wrangel konnte kaum einen klaren Gedanken fassen, geschweige denn dem sich sofort entwickelnden Gespräch folgen.

Der Anblick Elisabeths hatte ihn tiefer getroffen, als er befürchtet hatte. Vor allem, dass sie bereits schwanger war und, wie es schien, auch schon sehr weit, ließ Schmerz, Eifersucht und die Wut auf seinen Bruder erneut aufschäumen. Sie war so zart und weich und jetzt, in diesem Zustand, auch so hilfsbedürftig, dass ihm seine Einsamkeit, sein Verstecken hinter juristischen Büchern nur umso stärker aufstieß. Claussen hatte recht gehabt. Er hätte um sie kämpfen, sich bemühen, ihr seine Liebe zeigen sollen. Stattdessen hatte er sich immer weiter hineingesteigert in die philosophischen Gedankengänge von Thomasius und versucht, seinem Meister nachzueifern. Und was war der Lohn? Sein feister Bruder hatte sich Elisabeth genommen und sie geschwängert. Und er, der kleine idealistische Bruder Hinrich, lebte allein in einer fremden Stadt und schlug sich mit der Verteidigung eines Mannweibs herum, dem man einen Mord anhängen wollte.

»Findet Ihr das nicht auch, Prokurator Wrangel?«, riss Michel Wilken Wrangel aus seinen Gedanken. Er schaute den Senator unverwandt an und wusste nichts zu antworten.

»Die Familienbande, Prokurator, meine ich.«

»Die Familienbande, ja, Senator«, haspelte Wrangel Michel Wilken zerstreut nach.

»Sie sind wohl das wichtigste Gut, das wir zu pflegen haben, meine ich.«

»Ja, sehr wichtig, da habt Ihr recht.«

»Darum ist es mir ja so eine Freude, dass es uns heute gelungen ist, Euch und Euren Bruder hier bei meinem Bruder wieder zusammenzuführen, nachdem Euch die wirtschaftlichen Verpflichtungen über Jahre haben getrennte Wege gehen lassen. Da hier nun bereits die nächste Generation der Wrangels heranwächst«, er deutete lächelnd auf Elisabeth, die leicht errötete, »und nicht nur mein Freund Albrecht ein stolzer Vater, sondern auch Ihr bald zum Oheim werdet, ist es doch an der Zeit, die Bande der Familie wieder enger zu knüpfen. In unserer Familie ist es Tradition, dass der Bruder dem Bruder als Pate für das erstgeborene Kind zur Seite steht.«

Wrangel spürte einen gewaltigen Kloß im Hals, als Albrecht sich nickend räusperte.
»Das ist wahrlich eine gute Tradition im Hause Wilken, die ...«
»... die im Hause Wrangel jedoch keine Tradition hat, da bei uns doch schon immer jeder seinem eigenen Stern gefolgt ist«, unterbrach Wrangel seinen Bruder.
»Nun, jede Tradition muss einmal begonnen werden, lieber Prokurator Wrangel«, mischte sich der Prätor ein. »Könnte es einen besseren Beginn geben, als hier und jetzt Verantwortung für diese wachsende Familie mit zu übernehmen und so die Familienbande neu zu schmieden?«
In Wrangel kochte die Wut hoch. Wie von Hausierern über den Tisch gezogen fühlte er sich in diesem Wilken'schen Salon bei Schokolade und livrierten Dienern.
Schon jegliche Konvention vergessend wollte er sich erheben und gehen, als er Elisabeths Stimme hörte. »Auch ich könnte mir keinen besseren Paten für mein erstes Kind wünschen als meinen alten Jugendfreund und Schwager Hinrich. Es wäre mir eine Ehre, wenn du diese Bürde auf dich nähmest.«
Wrangel schloss die Augen und versuchte seine Gefühle zu bezähmen.
»Der Wunsch meiner lieben Frau sei mir Befehl. So wäre es auch mir eine Ehre, Hinrich, wenn du die Patenschaft für unser erstes Kind übernähmest.«
»Nehmt die Bitte an, Prokurator, und dann lasst uns auf diese Freude das Glas erheben!«
Der Prätor gab einem Diener ein Zeichen, der daraufhin eine Karaffe Portwein und sechs kleine Kristallgläser an den Tisch brachte und einschenkte.
»Meiner Schwägerin kann ich diesen Wunsch nicht abschlagen«, murmelte Wrangel in die Runde und bekam sofort von Wilken ein Glas in die Hand gedrückt.

»Dann lasst uns trinken auf die Gründung einer neuen Tradition im Hause Wrangel und auf die künftige Patenschaft!«, ließ sich nun Michel Wilken vernehmen und erhob sein Glas.

34

Wrangel leerte sein Glas in einem Zug. Der Schnaps brannte in seiner Kehle und überdeckte so für einen Augenblick den Schmerz des Nachmittags. Aber es hielt nicht lange vor. Er hatte schon sechs Schnäpse in dieser Kneipe auf dem Wandrahm geleert, und die Scham und Wut brannten immer noch in ihm. Er hatte sich einwickeln und über den Tisch ziehen lassen. Er hatte seinem selbstgefälligen Bruder ein Zugeständnis machen müssen. Er hatte sich für die Patenschaft eines Kindes bereit erklärt, das sein Kind hätte sein sollen. Er war ein Idiot, ein Feigling, ein Schwächling.

Der Wirt stellte auf sein Zeichen einen weiteren Schnaps vor ihm auf die Theke.

Hätte Elisabeth ihn nicht gebeten, er hätte nie eingewilligt. Aber ihr konnte er wirklich nichts abschlagen. Wusste er doch in seinem Herzen immer noch nicht, ob er nicht falsch gehandelt hatte, als er sie allein in Lübeck ließ. Hatte er ihre Liebe wirklich verraten, so wie Claussen es sagte, weil er die Juristerei nun einmal über alles stellte? Hatte er sie in die Arme seines Bruders getrieben, weil er nicht da war, als sie ihn brauchte? Es war wohl dieses Gefühl diffuser Schuld, das ihn ihrem Wunsch, die Patenschaft zu übernehmen, nachgeben ließ.

Wrangel setzte das gefüllte Glas Schnaps an seine Lippen. Ölig feurig züngelte die Flüssigkeit seine Kehle hinab. Er schloss die Augen und spürte, wie der Boden unter seinen Füßen schwankte. So wie er selbst schwankte in seinen Gefühlen. Freikommen wollte er von den Wrangels und hatte sich nun in die Pflicht nehmen lassen. Aber er hatte ja noch Zeit. Erst musste das Kind geboren werden. Ob er dann überhaupt zur Taufe anwesend sein würde, stand auf einem anderen Blatt. Vielleicht überlegte es sich Albrecht noch einmal anders und wählte statt seiner einen vielversprechenden Geschäftspartner als Paten. Vielleicht sogar Michel Wilken …

In Wrangels Kopf begann sich langsam alles zu drehen. Er hielt seine Augen geschlossen, stützte den Kopf in die Hände und versuchte sich zu konzentrieren.

In der Wirtschaft war es voll und laut. Es roch nach Männerschweiß und Bier. Die Leute redeten durcheinander, immer wieder grölte jemand laut dazwischen. Wrangel versuchte seine Aufmerksamkeit auf irgendetwas Konstantes zu richten, um nicht dem Sog des Schwindels in seinem Kopf nachgeben zu müssen. Neben ihm hockten zwei kräftige Männer in groben Hemden aus blauem Hanf mit dünnen weißen Streifen, so wie sie die Elbfischer trugen, und hielten sich an ihren Bierkrügen fest.

»Fünfzig Mark lübisch für Jastrams Schädel? Das war ein sattes Geschäft, mein Lieber! Wer hat denn so viel für ihn lockergemacht? Ein Däne?«

»Nein, es war ein Hamburger. Das ist es ja! Und weißt du was? Noch nicht einmal haben wollte er den Kopf. Verstecken soll ich ihn nur und beizeiten zurückbringen. Ein Zeichen will er mir dann schicken. Aber mir soll's recht sein. Meine Familie wird es über den Winter bringen und für uns, Bruder, ist auch noch ein dritter Krug Bier heute Abend drin.«

»Zurückbringen? Einen alten Knochen? Was den Leuten so einfällt, wenn sie sich keine Sorgen um ihr täglich Brot machen müssen. Aber ich gönn es dir, Fiete. Ich weiß ja, dein

Boot braucht frischen Teer, und die kleine Marta ist so häufig krank, dass deine Frau schon ganz grau vor Sorge ist. Auch der Herrgott wird verstehen, wenn du den Schädel eines Verbrechers mal für ein paar Wochen von seinem Spieß entfernst. Wem soll das auch schon schaden? Prost, auf den Fang, Bruder!«

Wrangel kramte ein paar Münzen aus seinem Rock und legte sie auf die Theke. Er musste nach Hause ins Bett, bevor er nicht mehr sicher sein konnte, dass sein Kopf verstand, was seine Ohren hörten.

Freitag, 18. November 1701

35

Wrangel schmerzte der Kopf. Wie unter heftigen Hammerschlägen pochten seine Schläfen bei jedem Stein, über den Abelsons elegante Kutsche hinwegrollte. Schlag zwölf Uhr hatte ihn Jurek, ein großer rothaariger Bursche, in der Rosenstraße abgeholt. Seine Wirtin hatte riesige Augen bekommen, als der Vierspänner mit den edlen Braunen vor ihrer Tür hielt. Wrangel informierte sie knapp, dass er über Nacht fort sein würde und sie sich nicht um ihn sorgen sollte, dann verschwand er in dem mit Samt und Leder ausgeschlagenen Fond der Kutsche.

Ruth Abelson, in strengem Schwarz gekleidet, ließ bisher kaum ein Wort verlauten, von einer höflichen Begrüßung einmal abgesehen. Gerade hatten sie das Steintor passiert und fuhren nun am Richtplatz vorbei auf das den Wällen vorgelagerte neue Fortifikationswerk zu. Gestern war Wrangel hier noch zu Fuß entlanggegangen, als er Wilkens Landhaus am Luftgarten kurz vor Einbruch der Dunkelheit verließ. Da hatte er allerdings so gut wie nichts um sich herum wahrgenommen, noch nicht einmal den Regen, der sich in der Krempe seines Hutes wie in einer Regenrinne gesammelt hatte und schließlich als Rinnsal auf seinen Umhang floss.

Auch heute war der Himmel von schwerem Grau verhangen, aber es regnete nicht. Vor dem Tor des Fortifikationswerkes gab es einen kleinen Stau. Wenigstens holperte es dadurch für eine Weile nicht. In Schaffelle gehüllte Bauern zogen an der Kutsche vorbei. Einer versuchte sogar, mit seinen Ziegen zu überholen, aber die Tiere scheuten vor den Pferden, vielleicht auch vor Jureks Peitsche, deren Ende bedrohlich durch die Luft kreiste. Schließlich musste der Bauer die nervösen Tiere wieder hinter die Kutsche treiben, sehr zum Ärger der nachfolgenden Leute, die ebenfalls zurückfielen. Flüche mischten sich unter das Gemecker der Ziegen, irgendwo bellte ein Hund.

»Hoffentlich fahren wir bald weiter, dieser Tumult ist einfach nur lästig.« Ruth zupfte ungeduldig an ihrer schwarzen Pelerine.

»Der Schweinemarkt wird bald zu Ende sein. Wer einen weiten Heimweg hat, der muss jetzt los, will er noch vor Einbruch der Dunkelheit nach Hause kommen.«

»Warum hat man nicht zwei Durchgänge, mit denen man die Kutschen von dem Fußvolk trennen könnte?«

»Das wäre wohl dem Schutz, den diese Fortifikation zu leisten hat, abträglich. Je größer der Durchgang, desto schwerer sind die Verteidigung der Anlage und die Einnahme der Zölle. Schließlich dient sie dem Schutz und dem Einkommen der Stadt und nicht der Reisebequemlichkeit.« Wrangel war nicht nach Gespräch zumute, schon gar nicht nach nörgelndem Weibergeplänkel.

»Ihr habt natürlich recht. Das habe ich in meiner Ungeduld nicht wohl bedacht. Aber es steht einer Frau ja auch nicht an, über den Rand ihres Rocksaumes hinauszudenken. Sie hat zu tun, was man ihr sagt, sie hat zu glauben, was man ihr als recht erklärt, und sie hat hinzunehmen, was andere für sie entscheiden.«

Der schnippische Unterton in Ruths Stimme war selbst bei dröhnendem Kopfschmerz kaum zu überhören. Wrangel tat es trotzdem.

Bleiernes Schweigen füllte die Kutsche.
»Aber ich bin Euch dankbar, dass Ihr der Bitte meines Vaters gefolgt seid und mir somit diese Reise ermöglicht. Ich hörte, dass Ihr den Weg eigentlich zu Fuß gehen wolltet. Welch eine Freiheit doch ein Mann hat, einfach so von einem Ort zum anderen zu ziehen, ohne zu fragen, ob es jemandem recht sei oder gar, ob es sich denn schicke. Will ich mich von hier nach dort bewegen, so bin ich auf die Hilfe vieler angewiesen.«
»Es ist die Freiheit, sich Blasen zu laufen, sich nass regnen zu lassen oder im schlimmsten Fall sogar Wegelagerern in die Hände zu fallen. Was wiegt dagegen der selbstbestimmte Schritt?«
»Wohl genug, dass Ihr ihn gewählt hättet, ohne finanzielle Not, wie ich bei Eurer Stellung annehmen darf, um vielleicht wirklich über Euch selbst bestimmen zu können. Jetzt sitzt Ihr hier in dieser zwar luxuriösen, aber doch beengten Kutsche mit mir, ob es Euch passt oder nicht, müsst Euch mein Geplänkel anhören und hoffen, dass Jurek bald das Tor passiert, damit wir dem Ziel näher kommen.«
Wrangel drehte seinen immer noch dröhnenden Kopf und schaute Ruth ins Gesicht. Wahrlich, sie war nicht einfach ein verwöhntes meckerndes Zicklein. Sie war eine Frau, die ihren Verstand zu gebrauchen wusste und ihn einsetzte, um ihn zu fordern. In diesem Moment zog die Kutsche an, und sie rollten auf die Torwachen zu. Jurek regelte alle Formalien, ohne dass auch nur ein Blick in den Wagen geworfen wurde. Noch nie hatte Wrangel einen Grenzposten auf diese Weise passiert.
»Erzählt mir von der Freiheit, sich zu bewegen, wie man es wünscht, ganz ohne Rücksicht auf all die, die sonst immer das Sagen haben.«
Wrangel betrachtete die junge Frau. Ihre hübschen grauen Augen funkelten wie polierter Graphit, und ihre Wangen waren

mit einem zarten rosa Schimmer überzogen. Sie war schön. So schön, wie er seit langem keine Frau mehr empfunden hatte. Selbst Elisabeth hatte nie so gestrahlt wie diese Frau. Als er sie gestern sah, wirkte sie sogar eher fahl oder müde. Das mochte an ihren anderen Umständen gelegen haben, aber es war ihm ins Herz gegangen, dass ihre frühere Frische verschwunden war. Natürlich war sie immer noch eine bezaubernde Erscheinung mit ihrem vollen blonden Haar, den wasserblauen Augen und dem Kirschmund, der stets so glänzte, als sei er frisch mit Wasser benetzt. Aber nie leuchtete aus ihr diese Kraft, dieser Wille wie ein Feuer, das Ruth bei lebendigem Leibe zu verzehren schien.

»Nun, es ist wohl die Freiheit, seinen Gedanken ihren Rhythmus zu lassen, die Schritte als Metrum zu verstehen und Weg und Wetter als Tempusvorgabe. Ihr müsst wissen, ich bin bisher alle großen Wege meines Lebens zu Fuß gegangen. Es spendete mir innere Ruhe. Der Weg wurde zum Ziel und das Ziel zu einer Art Erfüllung all dessen, was mich unterwegs bewegte.«

»Das hört sich regelrecht poetisch an. Eine Poesie, die einer Frau wie mir auf immer verschlossen sein wird, da andere über ihren Weg entscheiden.«

»Seid nicht so hart gegen Euren Vater. Er hat sein Bestes getan, um Euch Euren Wunsch nach Freiraum zu ermöglichen. Ihr fahrt nach Wandsbek. Diesen Weg im November zu Fuß zurückzulegen kann nicht wirklich Euer Herzenswunsch sein. Auch ich bin dankbar, heute hier mit Euch zu sitzen, anstatt über nasse und verschlammte Wege zu Fuß mein Ziel zu erreichen.«

»Was ist denn Euer Ziel? Was führt Euch nach Wandsbek?«

»Eine Frau, die die Knechtschaft der Männer noch weniger ertrug als Ihr und sich weitaus radikaler gegen sie stellte, als Ihr überhaupt zu träumen vermögt.«

»Erzählt mir von ihr. Vielleicht sind wir Schwestern im Geiste.«
»Wohl kaum. Es geht um das Mannweib, das ich verteidige. Ihr wird eine Verwicklung in einen Mordfall vorgeworfen, die ich zu bezweifeln wage, was ich aber nicht beweisen kann. Noch nicht. Darum möchte ich in Wandsbek einige Nachforschungen anstellen.«
»Die Frau in Männerkleidern, die seit Wochen schon auf dem Berg zur Schau gestellt wird? Man sagt, wie ich hörte, dass sie mit einer anderen Frau verheiratet gewesen sein soll, diese aber dann mit einem Messer fast getötet habe. Sprecht Ihr von dieser Frau?«
»Ja, von dieser Frau. Sie wählte das Leben als Mann, um nicht zu verhungern und selbst zu entscheiden, was sie tat oder ließ. Nun, Ihr seht, wohin sie das geführt hat.«
»Zu Messerstecherei und Mord, wollt Ihr sagen?«
Wollte Wrangel das sagen? Seine Schläfen pochten immer noch. Was wollte er überhaupt zu Ruth sagen?
»Aber warum hat sie eine Frau geheiratet, wenn sie frei sein wollte? Damit begab sie sich doch in die größte Abhängigkeit. Die Frau musste ja ihr Geheimnis erfahren und es im Zweifelsfalle gegen sie verwenden. Glaubt Ihr, dass es vielleicht deshalb zu diesen schrecklichen Ereignissen kam?«
Wrangel horchte auf. Auf diesen Gedanken war er noch überhaupt nicht gekommen. Vielleicht hatte Bunk tatsächlich allen Grund, gewalttätig zu sein, um sich selbst zu schützen. »Wieso muss sie es denn gegen sie verwenden? Warum lebten sie nicht einfach friedlich miteinander?«
»Das frage ich Euch. Ihr seid der Anwalt.«
»Wie es scheint, wurde meine Mandantin erpresst.«
»Das sag ich doch! Warum hat sie sich überhaupt darauf eingelassen, sich von jemand anders abhängig zu machen? Wäre sie für sich geblieben, wäre sie auch frei geblieben.«

»Und wenn sie es allein nicht mehr aushielt? Wenn sie Sehnsucht nach Wärme hatte?«

Ruth schaute Wrangel mit ihren funkelnden Augen an. Obwohl sie keine Miene verzog, meinte Wrangel eine Hitze zu spüren, die ihn wie ein Stich in die Brust traf.

»Dann war ihr Wunsch nach Freiheit wohl nicht stark genug.« Ruth wandte sich ab und blickte aus dem Fenster.

Die Felder zu beiden Seiten der Landstraße wichen einem ausgedehnten Buchenwald. Das Laub war bereits zum großen Teil von den Bäumen gefallen, nur vereinzelt wehten noch einige nasse gelbliche Blätter wie vergessene Fetzen an dünnen Ästen. Der Wind spielte mit ihnen, bis eins nach dem anderen im schunkelnden Flug auf die Erde fiel. Krähen saßen in den Ästen und schrien.

Die Hitze in Wrangels Brust durchflutete allmählich seinen ganzen Körper. Er spürte, wie der Kopfschmerz verschwand und sich stattdessen ein Gefühl aus Wehmut und dem Wunsch nach Bewegung in ihm ausbreitete. »Manchmal kann der Preis der Freiheit einfach zu hoch sein.«

»Das sagt Ihr als Mann, dem die Freiheit in die Wiege gelegt wurde. Ihr seid ein studierter Mann, gelehrt und unabhängig. Ihr ahnt gar nicht, wie sehr ich Euch darum beneide.«

»Ihr beneidet mich?«

»Ja! Mein Traum ist es, zu studieren und die Welt zu erkunden. Ich möchte reisen und frei darüber bestimmen, mit wem ich meine Zeit verbringe.«

»Verzeiht mir, wenn ich Euch mit meiner Gegenwart nötige. Es lag nicht im Geringsten in meiner Absicht, Euch Unbehagen zu bereiten.«

»Nein, bitte verzeiht, Ihr habt mich falsch verstanden.« Ruths Wangen erröteten, und beschwichtigend legte sie ihre Hand auf Wrangels. Sie brannte im ersten Moment wie Feuer, war aber gleichzeitig so zart und weich, dass ein schmerzlich süßes Gefühl von seinem Arm direkt in sein Innerstes kroch und dann in leichten Wellen durch seinen Körper wogte.

»Ich wollte Euch nicht kränken, Prokurator Wrangel, vielmehr weiß ich es sehr zu schätzen, dass ich hier ungestört und offen mit Euch reden darf. Ihr seid ein intelligenter und gelehrter Mann, Ihr lebt ein Leben, das ich mir wünschen würde, dürfte ich es, und Ihr …«

Verschreckt zog Ruth ihre Hand von Wrangels, als habe sie soeben erst bemerkt, dass sie ihn berührte. Ihre Wangen erröteten noch tiefer, und unbeholfen suchte sie nach einem Tuch, um sich das Gesicht abzutupfen. Die Haut, auf der ihre Finger geruht hatten, kühlte unangenehm aus und hinterließ bei Wrangel erneut eine Wehmut, wie er sie schon lange nicht mehr gespürt hatte.

»Ihr habt mich nicht gekränkt, verzeiht meine scharfe Replik. Es ist mir eine Ehre und ein besonderes Vergnügen, Euch mit meiner Anwesenheit dienen zu können. Noch nie bin ich einer jungen Dame begegnet, die nicht nur durch ihre bezaubernde Erscheinung, ihr elegantes Klavierspiel, sondern auch durch die Brillanz ihres Geistes strahlt.«

Ruth blickte verlegen auf ihre Hände und spielte mit dem Tüchlein.

»Aber seht nur«, versuchte Wrangel das Gespräch in seichtere Gefilde zu ziehen, »wir fahren bereits durch den Wald. Dahinter liegt Wandsbek. So sollten wir in Kürze dort eintreffen.«

36

Der Himmel wurde bereits fahl, als Jurek Wrangel vor dem Gasthof absetzte, in dem er die Nacht verbringen wollte. Die Luft war kalt und feucht und kroch sogleich unter Wrangels Kragen. Fröstelnd schlang er seinen Umhang fester um sich und strebte nach der Tür.
Die Gaststube war bereits gut gefüllt, angeregtes Stimmengewirr mischte sich mit dem Klirren von Krügen. Wrangel hatte einige Mühe, sich zur Theke hindurchzuschieben, um den Wirt nach einem Zimmer zu fragen. Doch kaum hatte dieser den großen jungen Mann in dem schweren Umhang gesehen, war er auch schon zur Stelle, als schiene er das gute Geschäft zu riechen. Keine zehn Minuten später war Wrangel wieder vor der Tür und folgte einem jungen Burschen, der ihn für ein paar Münzen zu Pastor Bredefeld führen sollte.
Das letzte Tageslicht war schon beinahe gewichen, als sie vor dem kleinen Pastorat ankamen. Wrangel entlohnte seinen Begleiter und klopfte an die Tür. Es dauerte eine Weile, bis sich eine kleine Klappe in der Tür öffnete und eine ältliche Frau sich nach seinem Begehren erkundigte. Wrangel trug kurz und knapp sein Anliegen vor, Pastor Bredefeld persönlich sprechen zu wollen, und schob das Empfehlungsschreiben von Pastor Krüger von St. Katharinen durch die Luke. Erneut verging eine kleine Ewigkeit, bis sich endlich die Tür öffnete und Pastor Bredefeld persönlich ihn hereinbat.
»Ihr müsst meine Vorsicht entschuldigen, verehrter Prokurator. Aber heutzutage kann man nicht vorsichtig genug sein. Selbst vor Pastoren machen manche Strolche keinen Halt. Vor drei Wochen erst wurde unser Küster, ein gottesfürchtiger alter Mann, am helllichten Tage auf offener Straße über-

fallen und ausgeplündert. Dabei ist der gute Mann noch ärmer als die Mäuse, die sich in meiner Speisekammer tummeln. Aber kommt herein und lasst uns von erfreulicheren Dingen sprechen. Wie ich las, seid Ihr ein Freund von Pastor Krügers tüchtigem Vikar Matthias Claussen.«

Damit schob Bredefeld, ein Mann Ende fünfzig mit rundem Bauch und einem ebenso runden dünnen Haarkranz um den glänzenden Schädel, Wrangel hinein in die Stube. Seine kleinen grauen Augen blitzten wachsam, während er mit für seine Leibesfülle erstaunlich flinken Schritten einen schweren Stuhl für seinen Gast zurechtrückte. Kaum hatten die beiden Männer Platz genommen, als sich die Tür öffnete und die Haushälterin, jene Alte, welche Wrangel zuerst an der Tür gesehen hatte, ein Tablett mit einer Kanne heißem Tee hereinbrachte.

»Erzählt, Prokurator, was Euch an diesem finsteren Herbstabend von Hamburg zu mir nach Wandsbek führt und womit ich Euch dienen kann.«

Wrangel zögerte nicht lange, sondern berichtete Bredefeld so knapp wie möglich und zugleich ausführlich wie nötig von dem Fall Bunk und der Beziehung der Gefangenen zu Cäcilie Jürgens.

»Hab ich Euch recht verstanden, dass Ihr nun von mir wissen wollt, ob ich wissentlich zwei Frauen vor Gottes Angesicht getraut hätte?«, fragte Bredefeld nach einer kurzen Pause.

»Nein, Pastor Bredefeld, versteht mich bitte nicht falsch. Nicht einen Augenblick hege ich Zweifel an Euer Rechtschaffenheit und Eurem gesunden Augenmaß. Und selbst wenn Ihr Euch hättet täuschen lassen von dem Pärchen, so wäre es Euch einfach nur genauso ergangen wie schon so manchem vor Euch. Es war für Außenstehende nicht zu ahnen, dass die Bunk kein Mann, sondern ein Weib ist. Ich selbst traute meinen Augen kaum, als ich sie das erste Mal zu Gesicht bekam. Nicht nur ihre

Kleidung ließ sie als Mann erscheinen, jede Bewegung, jede Geste ihres Körpers schien männlich. Tatsächlich fielen selbst meine letzten Zweifel erst, als der Henker sie entblößte.«
Erleichterung breitete sich in Bredefelds Gesicht nach diesen Worten aus, und er ergriff mit betont nachdenklicher Miene das Wort. »Nun, an ihn, also dieses angebliche Mannweib, kann ich mich tatsächlich kaum erinnern. Zu durchschnittlich war wohl seine Erscheinung. Aber die junge Frau ist mir im Gedächtnis geblieben. Sie war ein auffallend hübsches Ding, und ihre Sorge, in Sünde leben zu müssen, quälte sie augenscheinlich sehr.«
Wrangel nickte aufmunternd.
»Sie kam vor zwei Jahren an einem warmen Sommerabend zu mir und bat mich um Hilfe. Unter Tränen gestand sie mir ihr Leid. Ein Kerl habe sich über sie hergemacht und sie habe nichts tun können als nachzugeben, um ihre eigenen Haut vor Schlimmerem zu bewahren.« Bredefeld räusperte sich und nahm einen Schluck Tee. »Ein so hübsches Kind. Nun sei sie durch diesen Kerl, der sich an ihr vergangen und ihr die Unschuld geraubt habe, in andere Umstände gekommen. Sie bat mich flehentlich darum, ihr zu helfen. Sie habe einen jungen Mann gefunden, einen ordentlichen Kräuterhöker, der sie ehelichen wolle. Doch sowohl er als auch sie kämen nicht von hier, und so sei es nicht möglich, die Erlaubnis der Eltern einzuholen, wie es sich ja eigentlich schicke. Sie schluchzte, dass bis dahin sicher alle Welt ihren Bauch sähe und ihr der junge Mann davonliefe. Dann müsse sie in Schande und Elend leben wegen eines Verbrechens, das ein anderer an ihr begangen habe. Könnte sie aber sogleich die Ehe eingehen, so käme das arme Kind in ehelicher Ordnung zur Welt und hätte auch einen anständigen Vater, der, so jung, wie er sei, jetzt noch kaum bemerken werde, dass es vielleicht nicht sein eigenes Kind sei.« Wieder nahm Bredefeld einen Schluck Tee und schaute Wrangel prüfend an.

Dieser nickte erneut und trank ebenfalls einen Schluck. »Ich sehe, Ihr wart in einer Zwickmühle. Entweder konntet Ihr Mutter und Kind vor Schande und Elend bewahren oder aber den jungen Mann vor einem Kuckucksei.«

»So war es, Prokurator. Im Antlitz von Gottes Erbarmen wählte auch ich das Erbarmen. Eine junge Frau, die um ihr Leben zitternd Leid und Schmach ertragen hat, konnte ich nicht ohne die Hilfe des Herrn lassen, zumal er selbst ihr ja den jungen heiratswilligen Burschen zugeführt hatte.«

Wrangel nickte wieder und verriet mit keiner Miene, was er von dieser Geschichte hielt. Auf jeden Fall passte sie ganz und gar nicht zu dem, was die Jürgens vor dem Prätor ausgesagt hatte. Soviel er wusste, reichten angeblich bei Bredefeld ein paar Gulden für sein Erbarmen und kirchliche Hilfsdienste dieser Art. Aber vielleicht fürchtete sich der Pastor vor ihm und griff deshalb zu dieser Geschichte.

»Wie ging es dann weiter? Wann habt Ihr das junge Paar getraut?«

»Zwei Tage später war es wohl. Da die beiden in ihrer misslichen Lage kein Aufsehen erregen wollten, habe ich die Trauung an einem Freitagabend in der kleinen Kapelle der Kirche vorgenommen.«

»Wer waren die Trauzeugen der beiden?«

»Erika Bruhn, die örtliche Hebamme, war die eine. Der zweite war ein Mann, nicht von hier, den ich noch nie zuvor gesehen hatte und auch seitdem nicht wieder.«

»Aber die Hebamme, die lebt noch hier? Wisst Ihr, wo ich sie finden kann?«

»Sie wohnt in einem kleinen Häuschen am Ende der Untergasse. Ihr könnt es kaum verfehlen, große Rosenstöcke zieren den Eingang.«

»Habt Dank, Pastor Bredefeld. Noch eine Frage, bevor ich

Euch verlasse: Habt Ihr die beiden später noch einmal gesehen? Und bekam die Frau ihr Kind?«

»Nein, ich habe die beiden nicht wiedergesehen. Sie waren ein Hökerpärchen. Heute hier, morgen dort, aber selten nur in Gottes Haus.« Der Pastor faltete selbstgerecht die Hände über seinem runden Bauch. »Doch nach Eurem Bericht zu urteilen werde ich die beiden wohl so schnell auch nicht wiedersehen, Prokurator. Beim Henker sitzen sie jetzt ... Was für ein grausiges Schicksal für die junge Frau. Sie war ein so hübsches Ding und voller Lebensfreude. Was wird nun aus dem Kind?«

»Soweit bekannt, hat die Frau kein Kind.«

»So hat sie es vielleicht verloren.«

»Vielleicht. Habt nochmals Dank, Pastor Bredefeld. Ich will Euch nicht länger die Zeit stehlen.«

Wrangel erhob sich und reichte dem Pastor zum Abschied die Hand.

37

Eine knappe Stunde später saß Wrangel im Gasthof bei einem großen Stück Sauerfleisch und einem Krug Bier und dachte über Bredefelds Geschichte nach.

Im Großen und Ganzen passte sie schon in das Bild. Zumindest hatte er die beiden getraut, so wie sie es bei der Befragung angegeben hatten. Was aber, wenn keine von beiden mit ehrlichen Karten gespielt hatte? Wenn die Jürgens wirklich schwanger war und sich vor der Schande retten wollte, warum heiratete sie dann die Bunk, die sie nur noch mehr in die Schande riss? Oder wusste sie wirklich nicht, dass die Bunk ein Weib war? Dann aber fragte man sich, wie das angehen konnte.

Doch auch Elisabeth Pausten behauptete ja steif und fest, dass die Bunk für sie ein Mann gewesen sei. Konnte Bunk die Frauen sogar bei den intimsten Zärtlichkeiten täuschen?
Wrangel wurde plötzlich heiß. Die Vorstellung körperlicher Intimitäten pumpte das Blut schneller durch seinen Körper. Er spürte ein angenehmes Ziehen in den Lenden, und gierige Lust floss langsam durch ihn hindurch. Um sich abzukühlen, griff er nach dem Krug und trank ihn in wenigen Zügen leer.
Er rief die Magd, dass sie ihm einen neuen brächte. Die lächelte ihm zu, bevor sie keck ihren Kopf neigte und mit tanzenden Hüften zum Schanktresen schritt. Als sie sich kurz darauf mit dem schweren Krug in der Hand über den Tisch beugte, roch Wrangel den süßlichen Schweiß ihres Busens und sah die Brüste, die sich unter der großzügig geschnittenen Bluse hervorwölbten.
»Wenn du magst, besuch mich später in meiner Kammer. Ich will es dir lohnen.«
Das Mädchen zwinkerte Wrangel mit verschmitzten Augen zu und lächelte. Als sie sich schließlich umdrehte, schien es Wrangel, als habe sie ihm zur Antwort unmerklich zugenickt. Schnell griff er den frischen Krug und trank gegen die erneut aufwallende Hitze seines Körpers an. Was hatte er soeben getan? Noch nie hatte er sich einer Frau genähert, schon gar nicht auf diese Art und Weise. Was sollte er tun, wenn sie tatsächlich in der Nacht zu ihm kam?
Nun, das, was alle tun und was man wohl auch kennenlernen musste, wollte man in diesem Fall Bunk und die Frauen auch nur annähernd verstehen. Beherzt schnitt er ein Stück Sauerfleisch ab und steckte es sich in den Mund.

Samstag, 19. November 1701

38

Der Morgen graute bereits, als Wrangel aufwachte. Noch schlaftrunken und wohlig reckte er seine Glieder und streckte die Arme zu den Seiten. Das Mädchen war weg. Sofort waren die Bilder der vergangenen Nacht wieder in seinem Kopf. Leise wie ein Kätzchen war Greta in seine Kammer geschlichen und hatte den Riegel vorgelegt. Das Quietschen des Eisens hatte ihn geweckt. Reglos war er liegen geblieben und hatte in die Dunkelheit gestarrt. Sie war leise, ohne ein einziges Wort, zu ihm unter die Decke gekrochen und hatte ihren warmen duftenden Körper an ihn gepresst. Noch jetzt meinte er Gretas Hände auf seinem Körper, ihre Lippen an seinem Hals zu spüren. Wrangel wurde bei der Erinnerung erneut schwindelig, und das Blut schoss ihm wieder in die Lenden. Stunden war sie bei ihm geblieben, bis sie beide vor Erschöpfung eingeschlafen waren.

Schnell stand er auf, goss etwas kaltes Wasser in die Waschschale und schüttete es sich ins Gesicht. Dann kleidete er sich an und kletterte über eine steile Stiege hinunter in die Gaststube. Greta war nirgendwo zu sehen. Der Wirt persönlich brachte ihm einen Schale Hafergrütze und einen Krug Wasser. Wrangel ließ sich von ihm den Weg zur Untergasse erklären und machte sich, kaum dass er seine Schale geleert hatte, auf den Weg.

Der Himmel war genauso verhangen wie am Tag zuvor. Es roch nach moderndem Laub und kalter, verbrannter Holzkohle.

Wrangel zog den Hut etwas tiefer ins Gesicht und ging mit langen Schritten die Straßen entlang. Obwohl die Nacht sehr kurz gewesen war, fühlte er sich wunderbar erfrischt und voller Kraft. Er würde sich jetzt die Hebamme vornehmen und dann den Nachmittag im Badehaus verbringen, anschließend gut zu Abend essen und dann noch eine weitere wunderbare Nacht mit der kleinen Greta verbringen. Sonntagmittag erst würde Jurek ihn abholen. Bis dahin war noch viel Zeit.

Es dauerte keine zwanzig Minuten, bis er vor dem kleinen, mit Reet gedeckten Haus in der Untergasse stand. Es war von einem verwitterten Staketenzaun umgeben, hinter dem gepflegte Rabatten auf einen Kräutergarten schließen ließen. Zu dieser Jahreszeit stand freilich kaum noch ein Kraut im Grün. Die Pforte war mit einem Riegel verschlossen. Wrangel schob ihn umständlich zurück und ging über nasse Schieferplatten auf die Haustür zu. Neben der Tür hing eine kleine Glocke. Er läutete, und schon wenig später hörte er jemanden zur Tür schlurfen.

Eine großgewachsene Frau mit strahlend blauen Augen öffnete ihm. Ihr Gesicht war ebenmäßig geschnitten und wirkte alterslos. Lediglich die grauen Haare, die sich unter der weißen Haube zeigten, ließen erahnen, dass die Frau bereits jenseits der vierzig sein mochte. Sie schaute Wrangel mit fragendem Blick an.

»Guten Tag, gute Frau, seid Ihr die Hebamme Erika Bruhn?«

»Die bin ich. Aber wer seid Ihr und was kann ich für Euch tun?«, fragte sie mit tiefer, ruhiger Stimme zurück.

»Mein Name ist Hinrich Wrangel, ich bin Prokurator am Hamburger Niedergericht und komme zu Euch in der Hoffnung, dass Ihr mir bei einem Gerichtsfall helfen könnt. Es geht um Hinrich Bunk und Cäcilie Jürgens.«

Ein leiser Schatten huschte über das Gesicht der Frau, aber sie

verzog mit keiner Miene das Gesicht. »Ist einer von den beiden mit dem Gesetz in Konflikt geraten?«
»Beide sind derzeit als Verdächtige in einem Mordfall eingesperrt. Ich vertrete Bunk vor dem Niedergericht als Advocatus und hoffe sehr, dass Ihr mir helfen könnt, etwas Licht in diese dunkle Geschichte zu bringen.«
»So kommt herein, trinkt einen Tee mit mir und erzählt in Ruhe, was passiert ist und wie ich Euch helfen kann.«
Damit ging die große Frau einen Schritt zur Seite und ließ Wrangel hinein in eine geräumige Küche. Der Boden war mit Holzbohlen ausgelegt, ein großer Ofen mit einem Kochgestell nahm gut ein Drittel des Raumes ein. An seinen Seiten hingen mehrere kupferne Töpfe und Siedepfannen. Daneben waren ordentlich Holzscheite gestapelt. Entlang der Wände standen zwei große Vitrinen, gefüllt mit vielen verschiedenen Keramiktöpfen. Unter der Decke des niedrigen Raumes trockneten Kräuterbündel und Pilze. Sie verbreiteten einen süßlich herben Duft im Raum.
Die Hebamme führte Wrangel zu einem Tisch und ließ ihn Platz nehmen. Dann nahm sie aus einem Regal einen tönernen Becher und goss ein heißes Gebräu aus einem kleinen kupfernen Kessel hinein. »Das ist ein Wacholderaufguss. Der beugt besonders zu dieser Jahreszeit Erkältungen vor.« Sie setzte sich auf einem Stuhl Wrangel gegenüber und sah ihn ruhig an.
»Danke, das ist sehr freundlich von Euch.« Vorsichtig trank Wrangel einen kleinen Schluck des heißen Getränks. Es schmeckte erstaunlich frisch und fruchtig und verbreitete umgehend eine wohltuende Wärme im Körper.
»Wie kommt Ihr ausgerechnet auf mich, Prokurator? Hat Bunk Euch zu mir geschickt?«
»Nein, Pastor Bredefeld erzählte mir von Euch.«

Die Frau verzog für einen kleinen Moment das Gesicht. »Soso, der Pastor. Was erzählte er denn?«
»Er berichtete mir, dass Ihr Trauzeugin bei der Hochzeit der beiden wart, die er im Sommer vor zwei Jahren vorgenommen hat. Er glaubte, dass Ihr vielleicht mehr über das Paar wüsstet als er selbst, denn er hat sie nach der Trauung nicht mehr gesehen. Aber wie kommt Ihr darauf, dass Bunk mich geschickt haben könnte?«
»Nun, Ihr seid Bunks Anwalt.«
»Das ist richtig.«
Es trat Stille ein. Die Hebamme wartete gelassen, bis Wrangel wieder das Wort ergriff.
»Von Pastor Bredefeld erfuhr ich, dass Cäcilie Jürgens ein Kind erwartet haben soll. Ihr als Hebamme wisst vielleicht mehr darüber. Könnt Ihr mir dazu etwas sagen?«
»Genaues über eine Schwangerschaft von Cäcilie weiß ich nicht. Aber sie hat einmal bei mir Erkundigungen eingeholt, wie man eine Schwangerschaft unterbrechen kann. Das will jedoch nichts heißen. Genauso hat sie sich bei mir nach Verhütungsmöglichkeiten erkundigt, ebenso wie nach Mixturen gegen Fieberkrämpfe. Als Hökerin kam sie an viele Kräuter und Wurzeln. Sie war immer neugierig und wollte wissen, was man damit anstellen kann. Ob sie es an sich selbst ausprobierte, kann ich nicht sagen.«
»Eine Schwangerschaft lässt sich unterbrechen?«
»Selbstverständlich, junger Mann. Es birgt allerdings immer hohe Risiken für die Frau. Vielleicht wird sie danach nie wieder ein Kind haben können oder beim Abbruch selbst verbluten. Man pfuscht der Natur selten ungestraft ins Handwerk. Cäcilie mochte ich damals nicht in die Details der Möglichkeiten einweihen. Ich empfahl ihr Petersilienkampfer.«
Wrangel merkte, dass er sich hier auf einem Gebiet befand, von

dem er so wenig wusste wie eine Kuh vom Eierlegen. Zwar hatte er in der vergangenen Nacht enorme Fortschritte gemacht. Aber davon, die Natur des Weibes auch nur zu erahnen, war er noch weit entfernt. »So habt Ihr aufgrund der Kräuterhökerei mit Bunk und Jürgens zu tun gehabt.«

»Das liegt doch auf der Hand, Prokurator. Ich bin Hebamme und brauche viele Kräuter für meine Arbeit. Das meiste sammle ich selbst, meine Überschüsse verkaufe ich nach Möglichkeit und erhandle mir so jene Wurzeln und Tinkturen, über die ich nicht selber verfüge. Die beiden haben hier in der Gegend gehökert, im letzten Jahr allerdings nur noch Bunk. Die Jürgens habe ich schon lange nicht mehr gesehen. Nun berichtet mir aber, worum es geht bei diesem Mord und was mein Wissen damit zu tun haben kann.«

»Es muss jetzt ungefähr vier Wochen her sein, dass Hinrich Bunk in Hamburg gefasst und beschuldigt wurde, eine Frau namens Elisabeth Pausten mit einem Messer in der Seite verletzt zu haben. Bei der Verhaftung wurde offensichtlich, dass Hinrich Bunk gar kein Mann, sondern in Wirklichkeit ein Weib ist.«

Wrangel hielt inne, um die Wirkung dieser Nachricht auf dem Gesicht der Hebamme abzulesen. Sie verzog keine Miene, sondern wartete ruhig auf seine Fortsetzung.

»Ihr wisst darum?«

»Nein, ich wusste nicht, dass man Bunk verhaftet hat.«

»Ich meine darum, dass Bunk eine Frau ist.«

»Ja. Erzählt bitte weiter.«

Wrangel schaute der Frau irritiert in ihre blauen Augen, fuhr dann aber mit seiner Erzählung fort. »Ismael Asthusen, der Hamburger Scharfrichter, stellte das Mannweib dem Volk zur Schau. So geschah es, dass Leute aus Neuengamme in Bunk jene oder jenen erkannten, der ihre Tochter Maria Rieken mit sich genommen haben soll. Diese wird seit Januar dieses Jahres vermisst. Genau zu der Zeit jedoch fand man auf dem Hamburger Schweinemarkt eine tote Frau ohne Kopf. Da Bunk Maria Rieken als Letzte lebend gesehen hat, gilt sie als verdächtig.«

Die Hebamme seufzte verächtlich. »Ach, reicht es nun schon, jemanden als Letzten gesehen zu haben, um sein Mörder zu sein? Und was ist das mit der Messerstecherei? Bunk soll eine Frau gestochen haben? Das traue ich ihm kaum zu.«

»Ihr.«

»Ihm oder auch ihr.«

»Warum nicht?«

Erika Bruhn sah Wrangel prüfend an. »Weil Bunk die Frauen liebt.«

»Aber auch wer liebt, kann doch verletzen oder sogar töten. Habt Ihr nicht mehr Futter für Euren Zweifel an meiner Schilderung?«

Die Hebamme lächelte. »Doch wohl. Ich kenne Bunk. Ich wage sogar zu behaupten, dass ich ihn verstehe.«

»Sie.«

Bruhn schüttelte leicht gequält den Kopf. »Sie oder ihn. Das scheint für Euch sehr wichtig zu sein. Dabei ist es doch vielmehr sie und er in einem.«

»Für Euch vielleicht. Nicht aber für das Gericht. Auch nicht für die Menschen in Hamburg. Da gilt Bunk vielmehr als eine Frau, die wundersame Fähigkeiten an den Tag legt, um die Menschen über ihr Geschlecht zu täuschen. Böse, abergläubische Zungen reden sogar von einer Hexe. Ich denke, Ihr«, er ließ seinen Blick durch die Kräuterküche schweifen, »könnt Euch sicherlich vorstellen, was das für Folgen haben kann.«

»Ja, das kann ich.«

»Seht, ich bin nicht zu Euch gekommen, weil ich solche Gedanken teile, sondern vielmehr, weil ich an Bunks Unschuld glaube. Die Geschichte mit dem Messer steht kaum noch zur Debatte. Die Verletzte selbst sagte aus, dass es eher ein Unfall als ein Angriff war. Viel schlimmer wiegt jedoch, dass es eine Verbindung zwischen Bunk und der toten Frau zu geben scheint. Auch ich glaube nicht, dass Bunk eine Mörderin ist. Ich fürchte aber, dass sie auf irgendeine Weise in diesen Mordfall verstrickt ist. Ich möchte ihr helfen. Ich möchte verhindern, dass sie ihr Leben auf dem Richtplatz von St. Georg beendet. Darum muss ich mehr über Bunk und Cäcilie Jürgens erfahren. Und ich glaube, Ihr könnt mir dabei helfen, wenn Ihr es wollt.«

Wrangel schaute die Hebamme eindringlich an. Sie saß ihm schweigend gegenüber und dachte nach. Dann nahm sie den kleinen Kupferkessel und schenkte beiden noch einen Becher Wacholderaufguss ein.

»Gut, ich will Euch erzählen, was ich von den beiden weiß«, begann sie nach einer kleinen Weile. »Zuerst lernte ich Hinrich kennen. Er kam auf einer seiner Hökertouren einmal durch diese Gasse und sah meinen kleinen Kräutergarten vor dem Haus. Er sprach mich darauf an, und wir kamen ins Geschäft über ein paar Kräuter. So trafen wir uns einige Male. Einmal fragte er mich, ob er bei mir nächtigen dürfte, da es im Gasthaus schnell gefährlich wurde für einen Höker. Ich begriff sofort, dass die wahre Gefahr nicht im Hökertum, sondern an seinem Körper lag. Ich bin Hebamme. Ich kenne die Frauen. Und ich weiß um die Schwierigkeiten, die ein Leben als Mann für sie mitbringt. So gestattete ich es ihm, und mein Haus wurde zu seinem Quartier in Wandsbek. Wir kamen ins Gespräch. Bunk erzählte mir von Cäcilie, seiner großen Liebe. Er hatte sie auf einem Kutter kennengelernt, mit dem beide von Glückstadt nach Hamburg fuhren. Cäcilie hatte eine Anstellung als Hausmädchen bei einem Arzneienkrämer gefunden. Bunk traf sie beim Erntedankfest auf dem Kirchplatz von St. Michaelis wieder, und schnell entwickelte sich eine stürmische Leidenschaft zwischen den beiden. Vor allem Bunk war so versunken in seine Gefühle, ja in seine Liebe zu dieser Frau, dass kaum etwas anderes zu ihm durchdrang. Cäcilie hatte ihn mit Haut und Haar in ihren Bann gezogen. Auch störte es sie wohl nicht, dass Bunk als Hinrich lebte. Sie hieß es vielmehr gut. Bunk verdiente als Mann deutlich mehr Geld und konnte sich ungezwungener bewegen. So verschaffte Bunks Stand Cäcilie mehr Vor- als Nachteile. Er umsorgte sie und bezahlte ihre kleinen Ausgaben. Sie lebte gut von ihrem Geliebten ... Einige Zeit später lernte ich dann Cäcilie persönlich kennen. Sie war ein auffallend hübsches Weib und strotzte nur so vor Lebensfreude. Ich begriff allerdings sehr schnell, dass zwischen ihr und Bunk kein Gleichklang herrschte.«

»Was meint Ihr damit?«

Die Hebamme schmunzelte. »Bunk liebte Cäcilie, aber Cäcilie liebte nicht Bunk. Natürlich ließ sie ihn das nicht merken. Aber mir blieb es nicht verborgen.«

»Wieso? Woran habt Ihr es festgestellt?«

»Ihr fehlte jegliche Zuwendung für Bunk. Er machte und besorgte alles für sie, kümmerte sich, sorgte sich, sie hingegen nahm, ohne ihm auch nur einmal die Hand zu reichen. Auch die Ehe schien Cäcilie aus reinem Kalkül zu schließen. Die Vorstellung, vom Waschtrog und Besen befreit zu sein, gefiel ihr. Der Arzneienkrämer, für den Bunk durch Cäcilies Vermittlung als Höker arbeitete, schlug den beiden schließlich vor, zu heiraten und gemeinsam für ihn als Höker zu arbeiten. Bunk war wie berauscht von der Idee. Am 24. Juni 1699, dem Tag der Geburt Johannes des Täufers, heirateten die beiden hier in Wandsbek. Bunk war glücklich. Und ganz Mann, nahm er Cäcilies mangelnde Zuwendung für ihn in dem Glauben hin, dass so die

Liebe sei.« Bruhn nahm einen Schluck Wacholderaufguss und schaute versonnen aus dem Fenster.

»Wie?«

»Nun, eben so. Der liebende Mann gibt der Herzdame, was sie begehrt, und fragt nicht nach seinen eigenen Bedürfnissen. Da war Bunk ganz Mann. Viel mehr als so mancher wahre Mann. Doch reichte sein Mannsein nie aus, die weibliche Seite und ihre Wünsche in ihm totzuschweigen. Die Sehnsucht nach Fürsorge, nach Geborgenheit, nach Wärme …« Bruhn nahm erneut einen Schluck Wachholderaufguss und hing für einen Moment ihren Gedanken nach. »So waren zwei Seelen gefangen in Bunk. Er liebte wie ein Mann und wollte geliebt werden wie eine Frau.«

»Wie meint Ihr das?«

»Bunk suchte eine behütende Liebe, Geborgenheit, Wärme. Bedürfnisse, die Cäcilie kaum befriedigte. Sie war wie ein Schmetterling, suchte den Spaß an jeder Ecke, war lustig und fröhlich, dachte dabei aber hauptsächlich an sich selbst. Ich habe mir von Anfang an insgeheim Sorgen gemacht, dass sie Bunk Schwierigkeiten machen könnte. Als sie mich wiederholt nach Mitteln fragte, die eine Schwangerschaft verhüteten, wurde ich stutzig, wusste ich doch, dass Bunk sie kaum in so eine missliche Lage bringen würde. Aber ich sagte nichts. Ich glaube, es interessierte sie noch nicht einmal wirklich, ob ich um Bunks doppeltes Sein wusste. Ich empfahl ihr, täglich einen Perlkrautaufguss zu trinken. Auch Petersilienkampfer legte ich ihr nahe, wie ich schon sagte. Dann habe ich sie plötzlich gar nicht mehr gesehen. Auch Bunk war für einige Zeit verschwunden. Als er wieder einmal vorbeikam, sah er schlecht aus. Abgemagert, ausgezehrt, traurig. Er erzählte mir, sie hätten Probleme. Cäcilie ließe sich zu leicht von jedem Mann betören. Er könne nicht ständig auf sie aufpassen. Sie stritten sich wohl viel. Im September 1700 schließlich war es zum großen Eklat gekommen. Als die Geschäfte den beiden einmal verschiedene Wege aufzwangen, traf Bunk am Abend durch bloßen Zufall auf Cäcilie – die im Arm eines stattlichen Soldaten in dänischer Uniform lag. Eine wüste Schlägerei folgte, in der Cäcilie Bunk gefährlich mit ihrer Kräutersichel verletzte. Der Arzneienkrämer verarztete Bunk später, brauchte der ihn doch zur Hochsaison der Kräuter- und Wurzelernte. So traf ich Bunk wieder und hörte mir seine Geschichte an.«

»Wann war das?«

»Im vergangenen Herbst. November oder vielleicht auch schon Dezember muss es gewesen sein. Es war das letzte Mal, dass Bunk als Höker zu mir kam. Den Rest des Winters verdingte er sich wohl als Tagelöhner oder Bote. Zumindest arbeitete er nicht mehr mit Cäcilie zusammen und auch nicht mehr für den Hamburger Arzneienkrämer, soweit ich weiß.«

»Da seid Ihr ganz sicher? Bunk hatte im letzten Winter nichts mehr mit den beiden zu tun?«

»Soweit ich weiß, nicht, wie ich schon sagte. Es hat zumindest nicht den Anschein gehabt.«

Die Hebamme hielt inne und dachte eine Weile schweigend nach. Dann erhob sie sich und ging an eine Schublade, öffnete sie und zog ein Bündel Briefe heraus.

»Ich halte Euch für einen anständigen Menschen, Prokurator Wrangel. Ich glaube Euch, dass Ihr Bunk helfen wollt. Ich weiß zwar nicht, wie es um Bunks Taten steht, aber er ist kein böser Mensch. Und schon gar keine Hexe. Bunk hat sich nie wirklich für Kräuter und ihre Heilkräfte interessiert. Ihm ging es immer nur darum, genug Geld zu verdienen, um ohne Sorgen mit Cäcilie leben zu können. Als die beiden nicht mehr zusammen waren, verzehrte ihn das Unglück. Diese Briefe hier hat er bei mir hinterlegt, damit ich sie Cäcilie gebe, wenn sie mal bei mir vorbeischauen sollte.«

Bruhn reichte Wrangel das Bündel. Er musterte die Briefe, fünf Stück waren es, alle in verschiedener Handschrift geschrieben. Auf dreien stand als Adressat Cäcilie, die zwei anderen waren ohne Adressaten, aber mit einem Wrangel unbekannten Siegel verschlossen.

»Die sind von Bunk? Sie kann doch gar nicht schreiben!«

»Bunk hat die Briefe schreiben lassen, soweit ich weiß.«

»Und diese hier, die keinen Absender haben?«

Die Hebamme musterte verwundert die beiden versiegelten Briefe. »Ich weiß es nicht«, sagte sie schließlich. »Ich hatte Bunk angeboten, seine Briefe in dieser Schublade zu lagern. Ich selbst habe nicht nachgesehen, was er hineintat.«

»Wann habt Ihr Bunk das letzte Mal gesehen?«

»Im Frühjahr war es. In der Woche vor Palmsonntag übernachtete Bunk hier auf einem Botengang nach Lübeck. Ich selbst musste in der Nacht raus zu einer schwierigen Geburt. Als ich am nächsten Tag wiederkam, war er schon weg. Seitdem habe ich nichts mehr von ihm gehört. Bis Ihr heute zu mir kamt.«

Die Hebamme nahm noch einen Schluck Wacholderaufguss und strich ihre Schürze glatt.

»Habt Ihr die Schreiben gelesen?«

Bruhn schaute Wrangel fragend an. »Natürlich nicht. Sie sind ja nicht an mich gerichtet.«

»Darf ich die Briefe mitnehmen? Vielleicht könnten sie helfen zu beweisen, dass Bunk und Cäcilie zur Zeit des Mordes in Hamburg schon gar keinen Kontakt mehr zueinander hatten.«

»Nehmt sie ruhig mit. Sie gehören Bunk. Und wenn sie ihm heute helfen können, so hat sich das Geld für den Schreiber wenigstens noch gelohnt.«

»Sollte es nötig werden, darf ich Euch dann als Zeugin nach Hamburg an das Niedergericht bitten?«

»Wenn es nicht unbedingt sein muss, Prokurator, dann lasst es lieber sein. Menschen wie ich machen in einem Prozess, in dem die Angst um Hexerei mitspielt, selten eine gute Figur. Mögen die Briefe Euch hoffentlich genügen.«

»Hoffentlich. Habt Dank, Frau Bruhn.«

Sonntag, 20. November 1701

39

Wrangel saß in der Gaststube und wartete auf die Kutsche. Nach und nach kamen Männer herein und bestellten Bier. Die Kirche war aus, der Gottespflicht Genüge getan. Auch Wrangel hatte sich die Predigt von Pastor Bredefeld angehört. Wenig schwungvoll war sie gewesen, ein einziges Ermahnen vor den Fallstricken, die Gott auf den Wegen der armen Sünder zuließe. Reumütig hatte man im Chor genickt und ein »Herr, erbarme dich!« gesungen.

Auch Wrangel selbst hatte diese Fallstricke kennengelernt. Genau hier, in Wandsbek. Schon der gestrige Besuch des Wandsbeker Badehauses war ein Genuss für die Sinne gewesen. Hier nahm man es mit der Trennung nach Geschlechtern nicht allzu genau, sodass man immer wieder einen Blick auf nur mit leichten Tüchern verhüllte Frauen werfen konnte.

Wrangel hatte zunächst lange auf der Schwitzbank zugebracht und sich dabei angeregt mit einem Kaufmann aus Lüneburg unterhalten, der im Salzgeschäft tätig war und regelmäßig die ganze Salzstraße abreiste. Er hatte viele lustige Anekdoten zu erzählen, die er mit manchem zotigen Spruch zu würzen verstand. Anschließend hatte Wrangel sich von einem Gehilfen des Baders in einem großen Badekübel abseifen und baden lassen. Der Junge verstand sein Handwerk gut und massierte ihm auch ordentlich den Rücken.

Frisch gewaschen und rasiert hatte er sich dann an einem Span-

ferkel satt gegessen und zwei Krüge Starkbier geleert. Am späten Abend schließlich war wieder die kleine Magd zu ihm gekommen und hatte ihm eine Nacht köstlichster Sinnesfreuden geschenkt. Kurz, er hatte den Samstag rundheraus genossen und fühlte sich auch jetzt einfach nicht wie ein armer Sünder.
So klang sein »Herr, erbarme dich!« hohl in ihm nach. Wie lebendig er dagegen aber noch das Prickeln auf seiner Haut spürte, die das Mädchen liebkost hatte! Vielleicht lag es einfach an der mangelnden Überzeugungskraft der Worte des Pastors. Hätte Claussen gesprochen, so wäre ihm die Sünde sicherlich anders unter die Haut gefahren.
Die Gaststube hatte sich bereits gut gefüllt, auch erste Reisende von der Straße waren eingetroffen. Zwei Männer am Nebentisch tauschten Neuigkeiten aus Hamburg aus. Schnell kamen sie auf die neueste, beim Henker zu bestaunende Attraktion zu sprechen.
»Verbrennen soll man diese Hexe! Männern, die in ihre Fänge geraten, zaubert sie das Glied weg und hängt es sich selber an, um dann ihre Frauen zu besteigen! Auch Jungfrauen führt sie sich zu Gemüte und schändet sie so für das ganze Leben.«
»Das ist ja fürchterlich! Und keiner tut was gegen solche Schande! Aber wenigstens haben sie das Weib gefasst, und das Gericht wird endlich einmal zeigen können, dass es weiß, was es seinen Bürgern zum Erhalt der öffentlichen Ordnung schuldig ist. Das wird ein Fest, wenn der Henker sie mit glühenden Zangen zwickt für jede Jungfer, die sie sich nahm. Den Tag werden wir nicht verpassen, Christoph, das sag ich dir! Prost!«
Wrangel stand abrupt auf, nahm seinen Lederbeutel und ging vor die Tür. Es sah nicht gut aus für Bunk. Asthusen hatte mit seiner Zurschaustellung ordentlich Öl ins Feuer gegossen. Jetzt wollten die Leute auch etwas sehen und ihre abergläubischen Ängste mit dem Feuer des Scheiterhaufens ver-

treiben. Dabei war in Hamburg schon seit knapp sechzig Jahren keine Frau mehr als Hexe verurteilt oder gar hingerichtet worden. Das letzte Opfer war 1642 eine gewisse Cillie Hemels gewesen, die wegen Zauberei und Mordes an ihrem Mann zum Tod durch den Scheiterhaufen verurteilt worden war. Wrangel kannte den Fall aus seinem Studium bei Thomasius in Halle. Der hatte daran gezeigt, wie die Hamburger ihre Hexen mehr oder minder wie gewöhnliche Verbrecher vor Gericht stellten und somit vielerlei Scherereien und Hysterien aus dem Weg gingen. Tatsächlich hatten sich Rat und Niedergericht der Stadt schon lange der Vernunft verschrieben und sie bisher auch walten lassen. Aber in den Köpfen der Menschen war sie noch nicht eingekehrt, schon gar nicht, wenn es um die Ängste der Männer ging.
»Prokurator Wrangel, was wartet Ihr auf der Straße im Regen? Steigt schnell ein und wärmt Euch auf!«
Jurek sprang mit einem großen Satz vom Kutschbock und schob Wrangel zum Verschlag der Kutsche. Der bemerkte erst jetzt, dass der Regen von seiner Hutkrempe tropfte.
»Was ist Euch widerfahren? Ihr seht ganz bleich aus!«, begrüßte Ruth besorgt den nassen Mann und reichte ihm ein Tüchlein, damit er sein Gesicht trocknen konnte.
»Es sieht nicht gut aus für meine Mandantin, obwohl meine Zweifel an ihrer Schuld immer größer werden.«
»Wie kann das sein? Erzählt mir, was Ihr hier herausgefunden habt. Vielleicht hilft es Euch, Eure Gedanken zu ordnen und klarer zu sehen.«
Wrangel lehnte sich zurück in die schweren Lederpolster der Kutsche, atmete tief durch und begann zu erzählen. Ruth hörte ihm aufmerksam zu und studierte jede seiner Gesten während der Schilderung der letzten zwei Tage.
»... Als sich die beiden Männer vorhin genüsslich geifernd über

das Schicksal der Bunk ereiferten, wurde mir klar, dass die Last der Verantwortung, die auf mir liegt, weit über das Schicksal dieser Frau hinausreicht und ich mit ihrer Verteidigung auch für den Erfolg von Vernunft und Aufklärung kämpfe. Nur weiß ich einfach nicht, wie ich einem Menschen helfen soll, der sich nicht helfen lassen will.«

»Warum will sich Eure Mandantin denn nicht helfen lassen?«

»Wenn ich das wüsste, liebe Ruth, wäre mir schon viel geholfen.«

Ruth fixierte konzentriert ihre Fingerspitzen und dachte eine Weile schweigend nach. »Ihr sagtet, die Hebamme habe von zwei Seelen in Bunks Brust gesprochen. Kann es nicht damit zu tun haben, dass Ihr nicht an sie herankommt?«

»Warum? Was hab ich schon mit der Seele dieser Frau zu tun? Nicht ihr Pastor bin ich, sondern ihr Advocatus. Nicht für die Rettung ihrer Seele bin ich zuständig, sondern für die Rettung ihres Leibes und Lebens vor dem Schafott.«

»Vielleicht hängt aber gerade das enger zusammen, als Ihr ahnt«, warf Ruth vorsichtig ein. »Denn ist die Seele nicht zu retten, kann der Leib nicht weiterleben. Wie ich Eurer Erzählung entnehme, hat die Hebamme gewusst, dass Bunk eine Frau ist, aber beständig von ihr als Mann gesprochen. Damit hat sie Bunks Wunsch, ein Mann zu sein, Respekt gezeigt.«

Wrangel sah die junge Frau verwirrt an. »Ja, aber Bunk war doch gar nicht dabei. Vor mir hätte sie einfach so sprechen können, wie die Dinge sind, eben von der Frau.«

»Aber vielleicht sind die Dinge gar nicht so, wie Ihr glaubt, dass sie sind.«

Jetzt war Wrangel wirklich verwirrt. Worauf wollte Ruth hinaus? Dass die Frau doch keine Frau, sondern ein Mann war? Es bestand aber kein Zweifel daran, dass es sich bei Bunk um eine Frau handelte. »Glaubt mir, Ruth, ich erkenne eine Frau, wenn ich sie sehe, zumal wenn sie – entschuldigt die direkten Worte – nackt vor mir steht.«

Ruth erwiderte unerschrocken Wrangels Blick. »Ihr erkennt den Körper als den einer Frau. Aber Ihr erkennt nicht die Seele, die in ihm lebt.«

Wrangel schüttelte abwiegelnd den Kopf.

»Lasst es mich anders versuchen, Euch zu erklären«, fuhr Ruth unbeirrt fort. »Wie Ihr wisst, habe ich die letzten beiden Tage bei einem engen Freund meines Vaters verbracht. Seine Frau wiederum war eine enge Freundin meiner Mutter. Es war das erste Mal seit dem Tod meiner Mutter vor drei Jahren, dass ihre Freundin Judith zu mir von Frau zu Frau über meine Eltern sprach. Bis gestern habe ich nicht verstanden, warum meine Mutter als junges Mädchen mit meinem Vater – einem Mann, der zwanzig Jahre älter war als sie – verheiratet wurde. Ich war bisher davon überzeugt, dass sie sich in diese Ehe aus Gehorsam ihrem strengen Vater gegenüber gefügt hatte. Ich selbst habe meine Mutter immer nur als tief im Herzen trauernde, aber zugleich liebevoll sorgende Frau erlebt. Für mich erklärte sich die große Trauer aus dem furchtbaren Verlust ihrer Kinder, meiner vier Brüder, und die Sorge aus der Angst um mich. Am vergangenen Sabbat nun lernte ich meine Mutter durch ihre Freundin Judith von einer ganz anderen Seite kennen. Judith spürte meine Ungehaltenheit gegenüber der Fürsorge und Vorsicht meines Vaters sowie meinen Unwillen, mich seinen Wünschen nach einem Ehemann zu beugen.«

Wrangel schaute Ruth betroffen an. »Ihr werdet heiraten?«

Die junge Frau errötete leicht, winkte dann aber lächelnd ab. »Bisher gibt es dafür weder Pläne noch einen geeigneten Ehemann«, sagte sie ablenkend. Dann fuhr sie unbeirrt mit ihrer Erzählung fort. »Jeder gläubige Jude hat aber zu heiraten und seine Frau in der Liebe glücklich zu machen. Dies schreibt uns unser Gesetz vor. Und genau hier glaubte ich, dass mein Vater meine Mutter enttäuscht hatte. Darum war ich auch nicht bereit, mich ohne Vorbehalt seinen Wünschen nach einem Ehemann zu fügen. Von Judith nun erfuhr ich, dass es tatsächlich der Herzenswunsch meiner Mutter gewesen war, meinen Vater zu heiraten. Sie war das älteste von elf Kindern und hatte von klein auf an Verantwortung für ihre Geschwister tragen müssen. Nie hatte sie ausreichend elterliche Wärme und Geborgenheit genossen, stets war sie ihrer Mutter zur Hand gegangen bei all den Arbeiten, die ein so großes Haus mit sich bringt. Als sie dann meinen Vater mit fünfzehn Jahren kennenlernte, war es das erste Mal in ihrem Leben, dass ihr jemand die Last des Alltags abnahm und sie unbeschwert fröhlich sein konnte. Judith erzählte mir, dass meine Mutter in ihrem um so vieles älteren Mann die väterliche Liebe und Geborgenheit fand, die sie immer gesucht hatte und die nun die Kinderseele in ihrer Brust zum Leben erweckte und ihr Herz mit grenzenloser Liebe zu ihrem Mann erfüllte. Mein Vater hat meiner Mutter fünf Jahre unbeschwerter Zeit geschenkt, in der sie seine Liebe nehmen durfte, ohne schon durch eigene Kinder erneut in große Verantwortung eingebunden zu sein. Die Trauer, die ich als Kind in den Augen meiner Mutter sah, war neben dem Leid um ihre Kinder auch der Schmerz um das Leid meines Vaters, der nur ihr sein Herz öffnen konnte, um sein Leid zu teilen. Nicht um meiner Mutter Seelenfrieden willen bin ich auf die Welt gekommen, wie ich bisher vermutete, sondern weil meine Mutter meinem Vater um seiner Seele willen noch ein Kind schenken wollte, das seinem Herzen wieder Freude bringen würde. Aber sie wusste auch, dass sie mit einem weiteren Kind ihre eigene Gesundheit in größte Gefahr brächte. Ihrer Freundin Judith sagte sie, dass in ihrer Seele zwei Seelen lebten, von der die eine so viel genommen hatte, dass die andere nun so viel geben möchte. So drang erst auf dieser Reise in meinen Verstand, was mein Herz schon lange ahnte, dass nämlich mein Vater wohl nie eine Entscheidung gegen mein Wohl treffen würde und meine Mutter trotz aller Prüfungen des Lebens eine zutiefst glückliche Ehefrau war, die durch ihre große Liebe die zwei Seelen in ihrer Brust vereinen konnte.«

Ruth wandte ihren Blick ab und schaute eine Weile nachdenklich aus dem Fenster.

Wrangel war berührt von so viel Offenheit, ja so viel Intimität, die die junge Frau vor ihm ausbreitete. Er versuchte sich zu fangen und aus ihren Worten den Bezug zu seinem Fall herzustellen. »So meint Ihr, dass auch Bunk innerlich jemand anders sein könnte, als sie zu sein vorgibt?«

»Genau. Sagte die Hebamme nicht, Bunk habe diese Cäcilie geliebt? Vielleicht treibt die Liebe sie zu handeln.«

»Aber warum sollte sie aus Liebe diese Cäcilie vor Gericht schleifen?«

»Aus verletzter, aus enttäuschter Liebe könnte sie es tun. Sagtet Ihr nicht, die Hebamme habe Euch Briefe von Bunk an Cäcilie gegeben? Was steht denn in ihnen? Geben sie keinen Hinweis auf ihr Verhalten?«

»Ich habe sie noch nicht gelesen«, gestand Wrangel betreten ein.

»Warum nicht? Vielleicht helfen sie Euch weiter.«

Wrangel schämte sich einzugestehen, dass er vor lauter Liebesgier nach der kleinen Magd die Briefe verdrängt hatte und sich lieber einem ausgiebigen Bad und den nächtlichen Liebesspielen hingegeben hatte, als an seinen Fall zu denken. »Ich wollte die Briefe zuerst Bunk geben und sie entscheiden lassen, was mit ihnen geschehen soll«, log er.

»Wie leichtsinnig! Die Frau will sich nicht helfen lassen, so müsst Ihr damit rechnen, dass sie die Briefe, sobald sie sie bekommt, vernichtet. Das könnt Ihr aber nicht zulassen, ohne vorher ihren Inhalt zu kennen. Habt Ihr die Briefe bei Euch?«

»Ja.«

»Dann lest sie jetzt. Und wenn ich Euch helfen kann, sie zu deuten, so will ich es gern versuchen.«

Wrangel schaute in Ruths graue Augen und spürte, wie ein warmer Schauder über seinen Rücken lief. Aber er fühlte sich ganz anders an als jene, die ihm die kleine Magd versetzt hatte. Sogleich schämte er sich, in seinen Gedanken Ruth mit diesem Mädchen zu vergleichen. Nicht aber der Magd wegen, sondern weil er an ihrer statt Ruth an sich geschmiegt sah.

Umständlich öffnete er seinen Lederbeutel und holte den Stapel Briefe heraus. Er öffnete den ersten, der an Cäcilie gerichtet war, und begann zu lesen.

7. November, Anno 1700

Herzliebe Frau,
ich habe vernommen, dass Du noch bei guter Gesundheit bist. Es ist mir lieb, dies zu hören. Auch ich danke dem lieben Gott für gute Gesundheit und lasse Dich hiermit wissen, dass ich in Sicherheit bin. Ich habe eine neue Arbeit gefunden als Koch für einen Major unter den Lüneburgischen und werde kaum noch in Hamburg sein. Ihr habt große Schuld an all dem, was uns passiert ist. Darum habe ich aus unserem Vorrat Kleider, einen Sack Mehl und die Bratpfanne mitgenommen. Den Rest magst Du verkaufen, wo und wie Du willst. Ich verlange auch nicht, dass Ihr mir noch mal unter die Augen kommt. Auch ich will nicht wieder zu Dir kommen. So befehle ich Dich in den Schutz des Allerhöchsten.

Hinrich Bunk

»Das hört sich nach Streit und Trennung an«, kommentierte Ruth den fragenden Blick, den Wrangel ihr nach der Lektüre zuwarf. »Lest weiter, was im nächsten steht.«

11. November, Anno 1700

Cäcilie,
ich hoffe, dass Ihr Euch noch gesund und wohl befindet, weil Ihr dann wohl auch wisst, wie es um unser beider Sache steht. Große Treulosigkeit habt Ihr an mir verübt und habt Euch mit meiner Person nicht begnügen wollen. Darum bitte ich zu Gott, dass er Euch bekehren und Euch Eure Sünden vergeben wolle. Ich bitte Euch, dass Ihr nicht wieder an meine Seite kommen wollt, damit ich selbst in Ruhe und Frieden mich ehrlich ernähren kann. Gott bekehre Euch und lass Euch nicht in Euren Sünden sterben. Ich will geduldig und unaufhörlich für Euch beten und verbleibe nach freundlicher Begrüßung und göttlicher Gnaden Befehlung
Euer geneigter Freund Hinrich Bunk
PS: Ich bitte noch mal, gebt mir doch, wenn Ihr dieses lest, Bescheid, damit ich weiß, was ich tun und lassen soll.

»Was ist das für ein lächerlich gedrechselter Stil für diese Frau?«, fragte Ruth verwundert.
»Sicherlich hat sie kein Wort selbst erfunden, sondern einen Schreiber dafür bezahlt. Auch die Schrift ist ganz anders als im ersten Brief.«
»Gut, lest bitte weiter.«.

4. Dezember, Anno 1700

Jesus zum Gruß, herzliebe Frau,
ich kann nicht umhin, Dir mit diesem kleinen Schreiben meinen betrübten Zustand mitzuteilen, um den Du ohne Zwei-

fel wissen wirst, da ich in Deiner Abwesenheit leben muss. Wir hätten dies wohl ändern können, aber jetzt müssen wir beide ohne einander leben. Wärest Du bei mir geblieben, so wäre alles gut geworden und wir wären gemeinsam fortgegangen, um woanders ein neues Leben aufzubauen. Jetzt aber muss ich fort aus Hamburg und werde Dich wohl lange Zeit nicht sehen können, selbst wenn wir es jetzt doch wieder wollten. Darum bitte ich Dich, mich aufzusuchen, bevor ich gehen muss. Ich habe extra darum gebeten, noch ein bisschen hierzubleiben, um Dich zu sprechen. Sollte dies aber nicht geschehen, so bitte ich Gott, Dir keine Ruhe zu lassen Tag und Nacht, wenn ich sterben sollte.

Herzliebe Frau, ich kann Dir nicht alles schreiben, so wie ich es möchte, darum bitt ich Dich, dass Du mich bald in Hamburg aufsuchst, damit wir reden können.

Ich wünsche Dir alles Gute an Seele und Leib, was Dir nützt und hilft, und

verbleibe Dein geliebter Mann.

Meinen Namen will ich Dir jetzt nicht drunterschreiben, denn ich weiß nicht, woran ich bin.

PS: Meine herzgeliebte Frau, ich bitte Dich höflich, dieses Schreiben doch für Dich zu behalten und nicht allen Leuten mitzuteilen, was Du auf dem Herzen hast. Wenn Du es nicht für Dich behalten kannst, sag es mir und nicht anderen Leuten.

Nach diesem letzten Brief sahen sich Ruth und Wrangel eine Weile schweigend an.

»Nun habt Ihr zumindest schwarz auf weiß, was Euch die Hebamme bereits erzählte und was Ihr nach dem, was Eure Mandantin vor Gericht ausgesagt hat, schon selbst vermuten konntet: Sie hat diese Cäcilie einmal sehr geliebt, es kam zur

Trennung, wohl aus Eifersucht oder auch Untreue, und Eure Mandantin hat darunter zunehmend gelitten, sodass sie bald sogar dazu bereit war, um ein Wiedersehen zu betteln. Wir wissen aber nicht, ob sie ihre Cäcilie auch tatsächlich wiedergesehen hat. Der letzte Brief ist im Dezember 1700 verfasst, der Mord fand im Januar des neuen Jahres statt.«

»Ihr solltet Anwältin werden, Ruth. Ihr kombiniert schnell und sicher.«

»Macht Euch nicht lustig über mich. Ihr wisst genau, dass mir jegliches Studium an einer Universität auf immer versagt ist und ich meinen Geist nur im Privaten und auch da nur vor mir gewogenen und weltoffenen Menschen zeigen darf. Oder wolltet Ihr mir etwa nahelegen, dass ich den Weg Eurer Mandantin wählen und mich in Männerkleidern an einer Universität einschreiben sollte?«

»Verzeiht, natürlich nicht. Ich wollte Euch nur sagen, dass es eine Freude ist, mit Euch gemeinsam über ein Problem nachzudenken. Und dass Ihr mir bei diesem Fall eine wertvolle Hilfe seid. Niemals würde ich Euch nahelegen wollen, den Pfad eines ehrlosen Lebens zu beschreiten.«

Ruth schaute Wrangel einen Augenblick fest in die Augen, bis dieser leicht errötete. Dann lächelte sie einlenkend. »Gut, also lasst uns weiter über Euren Fall nachdenken. Euch zur Hilfe und mir zum Vergnügen.«

»Dann will ich Eure Schlussfolgerungen ergänzen: Der letzte Brief ist im Dezember 1700 datiert. Aber kurz vor Palmsonntag 1701 war Bunk das letzte Mal bei der Hebamme in Wandsbek. Warum hätte sie die Briefe, die Cäcilie ja wohl nie erhalten und gelesen hat, dort in der Schublade liegen lassen sollen, wenn sie sie inzwischen getroffen hätte und wieder mit ihr zusammenlebte? Warum sollte sie sich nachträglich noch die Blöße für diese Liebesbettelei geben wollen?«

»Vielleicht hat sie die Briefe vergessen?«
»Dann sollten wir die anderen Schreiben öffnen und sehen, ob uns deren Datierungen weiterhelfen. Sind sie nämlich jünger als die Briefe an Cäcilie, wird Bunk sie kaum vergessen haben.« Damit brach Wrangel das schwere Siegel des vierten Briefes, der keinen Adressaten nannte, und begann zu lesen. Aber augenblicklich hielt er inne und schaute Ruth an. »Was immer dies zu bedeuten hat, wird es uns im Falle Bunk kaum weiterbringen.«
»Warum? Was steht in dem Brief?«
»Das weiß der Himmel.«
»Ist es in einer anderen Sprache geschrieben?«
»Seht selbst.« Wrangel reichte Ruth den Brief. Er bestand aus vier Zeilen scheinbar willkürlich aneinandergereihter Buchstaben und enthielt weder ein Datum noch eine Unterschrift.
»Ihr habt recht, das mag der Himmel wissen. Zumindest sieht es nicht nach einer Sprache aus, die mir bekannt ist.«
Wrangel brach inzwischen das Siegel des zweiten Schreibens. »Dies hilft uns schon eher weiter. Hört zu: *Verehrter Hieronymus, am Dienstag, den 7. April werde ich Dich, wie vereinbart, zur Mittagsstunde besuchen. Mit Gottes Gruß, Nikolaus.*«
Ruth schaute Wrangel nachdenklich an. »Das ist die Bestätigung einer Verabredung. Sehr knapp gehalten, aber immerhin mit einem Datum versehen, das uns weiterhilft. Der Brief ist mit Sicherheit vor dem 7. April geschrieben, aber wohl kaum mehrere Monate davor. Das wäre selbst für ein Mittagessen übertrieben. Kurz vor Palmsonntag soll Bunk doch in Wandsbek gewesen sein. Das käme ungefähr hin. Wie Ihr schon eben überlegtet, hätte Bunk dann Cäcilie zwischen Dezember und April nicht mehr gesehen. Wenn sie Euch das bestätigt, könnt Ihr die Frau damit stark entlasten. Bravo, Hinrich!«
Wrangel reagierte nicht sofort auf Ruths kleinen Freudenaus-

bruch, sondern dachte nach. So fiel ihm auch erst allmählich auf, dass ihn die junge Frau eben beim Vornamen angesprochen hatte. Dann aber huschte ein Lächeln über sein Gesicht, und er erinnerte sich an ihre kleine Hand, die sich auf der Hinfahrt so selbstverständlich auf die seine gelegt hatte. Er schaute ihr in die Augen und sann eine Weile nach, bevor er seine Überlegungen erläuterte.

»Ihr habt recht mit dem Datum, Ruth. Mich beschäftigt aber der andere Brief. Was für eine Sprache soll das sein? Mir scheint, wir haben es nicht mit einer fremden Sprache, sondern mit einer Verschlüsselung zu tun. Dabei ist der Brief aber mit demselben Siegel verschlossen wie diese kleine freundschaftliche Note. Beide Briefe haben keinen Adressaten. Wir wissen nicht, für wen sie sind, und auch das Siegel gibt uns keinen erkennbaren Hinweis.«

»Doch, Hinrich, Nikolaus schreibt an Hieronymus. Das wissen wir aus der kleinen Note. Aber ich sehe noch nicht, wozu Ihr darüber Näheres wissen müsst. Die Bestätigung der Verabredung ist nie eingetroffen. Entweder kam der Gast überraschend oder er wurde ohnehin erwartet. Auf jeden Fall ist das Essen schon lange vorüber. Und Ihr könnt diese kleine Note für Eure Mandantin nutzen, ohne dass es darauf noch einen Einfluss hat. Aber ich ahne, was Euch umtreibt. Wenn Ihr erlaubt, so werde ich die beiden Briefe an mich nehmen und sie meinem Vater zeigen. Er ist ein Mann, dem die Welt der geheimen Zeichen und Sprachen nicht unbekannt ist. Vielleicht kann er Euch weiterhelfen.«

»Wenn Ihr das für mich tun könntet, wäre es mir eine große Hilfe, Ruth«, erwiderte Wrangel, legte behutsam seine Hand auf Ruths und schaute ihr erneut in die Augen, diesmal allerdings nicht mit den Gedanken bei seinem Fall, sondern ganz bei der pulsierenden Wärme ihrer zarten Haut.

»Gut«, sagte Ruth leise nach einer langen Weile, »dann gebt sie mir bitte, damit ich sie sicher verstauen kann.«
»Ja«, entgegnete Wrangel und blieb regungslos mit seiner Hand auf der ihren sitzen.
Mit einem Ruck kam die Kutsche plötzlich zum Halten. Sie hatten das Fortifikationswerk erreicht. Wrangel durchzog ein leichter Schauder. Er ließ Ruths Hand los, faltete die beiden Briefe zusammen und reichte sie ihr. Sie verstaute sie in dem kleinen Beutel, der an ihrem Rock unter der Schürze befestigt war. Wrangel legte die drei Briefe von Bunk wieder in seinen ledernen Rucksack und verschnürte ihn sorgsam.
»Was werdet Ihr jetzt als Nächstes tun?«, fragte Ruth nach einer Weile.
»Nun«, räusperte sich Wrangel etwas verlegen, »ich werde wohl noch heute mit Bunk reden und versuchen herauszufinden, was wirklich geschah und warum sie diese Geschichte erzählt hat. Vielleicht kann ich sie dazu überreden, dass sie ihre letzten Aussagen widerruft.«
»Das ist ein guter Plan. Ich wünsche Euch viel Erfolg. Und ich freue mich«, fügte sie nach einer kurzen Pause hinzu, »wenn ich bald von Euch höre, wie der Fall weiter verläuft.«
Wrangel lächelte und war im Begriff, erneut ihre Hand zu nehmen, hielt sich aber zurück, denn die Kutsche erreichte das Steintor, und er hörte, wie Jurek mit den Torwachen verhandelte.

40

Wrangels Blick wanderte von Bunks verschlossenem Gesicht hinaus zum kleinen Fenster der Herrenstube der Frohnerei. Die blasse Sonne schaffte es kaum noch, die schweren grauen Wolkenbänke zu durchdringen. Der Nachmittag war schon weit fortgeschritten, bald würde die Dämmerung einsetzen. Seit einer guten halben Stunde hatte er ununterbrochen auf Bunk eingeredet, ihr von seinen Erkundigungen in Wandsbek berichtet sowie von den Briefen und der Möglichkeit, sie damit deutlich zu entlasten. Aber Bunk hatte die ganze Zeit nur verbissen geschwiegen und mit dem Ende ihres schmutzigen Hemdes langsam ihren Zeigefinger ein- und wieder ausgewickelt.

Wrangel war müde und hungrig. Die Kälte im unbeheizten Zimmer kroch ihm den Rücken hoch. Seit dem Frühstück hatte er nichts mehr zu sich genommen. Er musste hier endlich vorankommen. Bunk musste doch irgendwie zu bewegen sein.

»Hör zu, Bunk«, setzte er erneut an, »wenn du nicht auf dem Richtplatz, ja vielleicht sogar auf dem Scheiterhaufen enden willst, dann musst du mit mir zusammenarbeiten.«

Bunk grinste schief und spuckte aus.

»Mir kannst du nichts vormachen. Du hast nichts mit der toten Frau vom Schweinemarkt zu tun, und sie kann auch nicht die vermisste Maria Rieken sein. Denn die sah ganz anders aus als die Tote. Was immer dich dazu treibt, an deiner Geschichte festzuhalten, frag dich, ob das den Preis der Folter und des Scheiterhaufens wert ist. Ich weiß, dass du Cäcilie Jürgens geliebt hast. Ich weiß, dass ihr euch überworfen habt. Ich weiß, dass du dich von ihr gelöst hast, und ich verstehe nicht, warum du jetzt nicht auch von ihr lassen kannst. Du hast sie bereits vor den Prätor und in die Folterkammer gezerrt. Damit hast du sie schon hart bestraft. Lass es gut sein jetzt und denk an dich. Die Leute auf den Straßen geifern schon, dich als Hexe brennen zu sehen. Sie werden dich durch die Straßen der Stadt schleifen wie einen Sack, dir die Kleider vom Leib zu reißen versuchen und die Haare vom Kopf. Sie werden dich besudeln mit jedem Unrat, den sie greifen können. Sie werden dich mit glühenden Zangen zwicken. Sie werden dich auf den Scheiterhaufen binden und langsam von unten her rösten. Sie werden erst Ruhe geben, wenn das letzte Häuflein deiner Asche unter dem Galgen vergraben ist. Und selbst die werden sie noch heimlich nachts wieder ausgraben, um daraus Elixiere zu brauen, die ihren Aberglauben weiter nähren.«

Wrangel stützte den Kopf auf seine Hände und schwieg. Schon die Vorstellung dieser Barbareien widerte ihn an.

»Und was könnt Ihr für mich tun?«

Wrangel blickte Bunk erstaunt an. Es war das erste Mal, dass sie überhaupt von sich aus einen Schritt auf ihn zu machte. »Ich kann beweisen, dass die Tote nicht Maria Rieken ist, und ich kann beweisen, dass du im Januar keinen Kontakt zu Cäcilie Jürgens hattest. Damit kann ich dich hoffentlich von dem Vorwurf der Beihilfe zum Mord befreien. Dann läge nur noch die Verletzung von Elisabeth Pausten gegen dich vor, aber die wird nicht so gravierend sein ohne die anderen Vorwürfe. Wenn alles gut läuft, wirst du ein paar Stunden am Pranger stehen und vielleicht auch mit der Rute ausgestrichen werden. Dann wird man dich vor die Tore der Stadt bringen und dir den Zutritt verweigern. Aber du wirst leben und woanders hingehen können, so wie du es bisher ja auch getan hast.«

»Und was muss ich dafür tun?«

»Du musst widerrufen, Bunk! Du musst deine Anschuldigungen gegen Cäcilie Jürgens und gegen diesen Arzneienkrämer

Jähner zurücknehmen. Die falsche Beschuldigung vor Gericht wird dir natürlich noch ein paar zusätzliche Rutenhiebe einbringen, aber mehr nicht.«
»Und die kommen dann frei, ja?«
»Ja.« Wrangel sah, wie Bunk mit sich rang. »Aber gestraft sind sie dennoch. Denn wer kauft noch bei einem Arzneienkrämer, den der Henker in der Mangel hatte? Der Makel haftet ihnen weiter an.«
Bunk schloss die Augen. »Nun gut, ich will es tun. Aber Ihr müsst mir zuvor noch einen Gefallen tun.«
»Was soll das sein?«, fragte Wrangel zurückhaltend.
»Für ein neues Leben brauche ich Geld. Keine Sorge, ich habe welches, von Eurem will ich nichts. Aber ich komme nicht mehr dran. Es ist versteckt auf meiner Bude am Neuen Markt. Könntet Ihr es mir holen?«
Wrangel überlegte. »Nur, wenn du mir etwas verrätst.«
Bunks Gesicht verfinsterte sich schlagartig.
»Was waren das für andere Briefe, die bei der Hebamme in Wandsbek lagen?«
»Ach die«, atmete Bunk entspannt auf, »das waren Briefe, die ich als Bote nach Lübeck bringen sollte. Um genau zu sein, sollte ich nur einen bringen. Ein Kumpan von mir, der ebenfalls Kuriergänge macht, gab mir seinen mit, weil er sich seinen Fuß verletzt hatte und nicht glaubte, den Weg im Regen heil zu schaffen.«
»Aber warum hast du sie nicht abgegeben?«
»Warum, warum?«, entgegnete Bunk gereizt. »Weil ich es vergessen hab. Den Kopf hab ich mir zugesoffen mit ein paar Kerlen. Einer von ihnen bot mir an, am nächsten Morgen in aller Früh auf seinem Wagen mit nach Altona zu kommen, wo es jede Menge guter Arbeit geben sollte. Ich hab dem Lahmen gesagt, wo er die Briefe findet, wenn er wieder auf die Beine

kommt, damit er sie noch wegbringen kann. Aber da Ihr sie gefunden habt, hat er es wohl nie zur alten Bruhn geschafft.«
»Für wen solltest du die Briefe bringen und wem solltest du sie übergeben?«
»Ein großer blonder Kerl mit Lederwams hat sie mir gebracht. Seinen Namen kenn ich nicht, aber ich glaube, dass er in Hamburg als Schlupfwächter arbeitet. Übergeben sollte ich sie vor dem Holstentor zu Lübeck einem Mann, der mir das passende Siegel zeigen sollte. Mehr weiß ich nicht über ihn. Das war der dritte Gang, den ich für den Kerl im Lederwams machte. Aber nachdem ich den letzten Brief nicht abgegeben habe und auch kaum mehr in Hamburg war, hatte sich diese Botenarbeit erledigt.«
Wrangel nickte stumm. »In Ordnung. Wo finde ich das Geld, das ich dir holen soll?«

41

Vorsichtig stieg Wrangel die dunkle Stiege des windschiefen Hauses am Neuen Markt hinauf. Die Nacht war bereits hereingebrochen, und nur eine kleine Kerze leuchtete ihm flackernd den Weg über die abgewetzten und schmierigen Stufen. Er konnte es nicht verhehlen, ihm war nicht wohl bei diesem Gang. Schon auf der Straße hatte er sich beobachtet gefühlt. Zwar konnte er niemanden ausmachen, aber ihm war, als folgte ihm ein Schatten.
Unter ihm knarrte eine Tür. Ob noch jemand das Haus betrat? Dabei war die Wirtin, Frau Niemann, eine ältliche Witwe, bereits ihm gegenüber sehr misstrauisch gewesen und wollte ihn zunächst nicht hereinlassen. Erst als er ihr zweimal laut und

deutlich erklärt hatte, dass er Prokurator des Hamburger Niedergerichtes sei und sicherstellen wolle, dass alles in ihrem Hause seine Ordnung und Richtigkeit habe, hatte sie ihm schließlich aufgesperrt. Dass sie nun einfach mir nichts, dir nichts einem Nächsten die Tür öffnen würde, hoffte er nicht. Vielleicht war es ja auch eine Tür im Haus.

Wrangel musste bis ganz nach oben steigen, Bunk hatte in der Dachkammer gewohnt. Zum Glück war die Miete bereits für vier Wochen im Voraus gezahlt. Dieser war der letzte bezahlte Abend gewesen.

Frau Niemann hatte Wrangel deutlich zu verstehen gegeben, dass sie sich morgen schon nach einem neuen, vor allem einem ehrbaren Mieter umsehen würde. Aber da sie selbst eine ehrbare Frau sei, habe sie so lange damit gewartet, wie die Miete beglichen gewesen sei. So war Wrangel keinen Augenblick zu spät erschienen.

Endlich erreichte er die kleine Tür zur Dachkammer. Unten fiel eine weitere Tür ins Schloss. Wrangel zuckte zusammen. Umständlich schob er den Riegel beiseite und betrat die finstere Kammer. Das flackernde Licht der Kerze warf unwirkliche Schatten auf den Boden. Auf allen vieren kriechend befühlte Wrangel die einzelnen Bodendielen, um endlich jene lockere aufzuspüren, unter der Bunk einen kleinen Geldbeutel versteckt hatte. Er warf nur einen kurzen Blick hinein, zählte aber nicht das Geld.

Am Haken der Kammertür hing ein warmer Rock, und ein Paar feste Stiefel standen neben einem Schemel. Beides raffte er zusammen. Bunk würde es gebrauchen können. Dann verschloss er eilig die Kammertür hinter sich und kletterte die steile Stiege wieder hinab. Endlich hatte er die letzte Stufe erreicht und trat durch die niedrige Holztür hinaus auf die Straße.

Plötzlich packte ihn jemand mit festem Griff an Schulter und Arm und zog ihn seitlich nach hinten in eine enge Gasse zwischen den Häusern, die mit Fäkalien bedeckt war. Wrangel hatte sich also doch nicht geirrt, jemand war ihm gefolgt. Er versuchte sich umzudrehen und aus dem eisernen Griff des Angreifers zu befreien. Doch der Mann war kräftig und untersetzt. Wrangel gelang es, ihm hart ans Schienbein zu treten. Der Griff an seinem Arm lockerte sich. Gerade wollte Wrangel ausholen, um dem Kerl seinen Ellenbogen in den Magen zu rammen, als ihn auf einmal ein stechender Schmerz in der rechten Niere durchfuhr. Ein anderer Kerl, der plötzlich aufgetaucht war, hatte ihm einen kräftigen Tritt mit seinem schweren eisenbeschlagenen Stiefel verpasst. Wrangel schwankte und ließ Bunks Stiefel und Rock fallen. Bevor er seinen Arm schützend vor sich halten konnte, schlug ihm der vordere Mann mit voller Wucht seine Faust in den Magen, dass Wrangel die Luft wegblieb und er zusammensackte. Der hintere Mann verpasste ihm noch einen weiteren Tritt in die Kniekehle, und Wrangel brach zusammen.

»Na, du diebischer Spitzel, was treibst du dich nachts in fremden Häusern rum?«

Wrangel wollte sich aufrichten, aber schon hatte er eine Faust im Gesicht. Es knirschte und der warme eiserne Geschmack von Blut breitete sich in seinem Mund aus.

»Los, Mann, lass uns schauen, was er bei sich hat!«

Die Männer rissen seinen Mantel auf und durchwühlten seine Kleider. Schnell hatten sie den kleinen Lederbeutel von Bunk gefunden. Auch sein eigener Geldsack entging ihnen nicht.

»Er muss sie haben, Jan, sieh unter seinem Hemd nach, ob da die Briefe sind.«

Wrangel stöhnte leise. Über sich gebeugt sah er einen großen schweren Mann stehen, dessen lange blonde Haare strähnig auf eine kurze Jacke fielen, die er über einem ledernen Wams trug. Blitzschnell riss Wrangel seinen Arm hoch, packte den Mann am Wams, bekam einen Knopf zu fassen und versuchte, ihn über seine Schulter auf den Boden zu reißen. Da erzitterte sein Kopf unter einem kräftigen Schlag, und alles um ihn herum wurde dunkel.

Montag, 21. November 1701

42

Der Geruch von frisch gebratenem Fleisch stieg Wrangel in die Nase, und augenblicklich verspürte er heftigen Hunger. Er öffnete die Augen und blickte an eine weißgekalkte Decke. Wo war er? Wrangel versuchte sich aufzurichten, aber stechende Schmerzen in seiner Brust und seinem Kopf zwangen ihn zurück auf sein Lager. Er lag auf einem Strohsack, bemerkte er jetzt. Wo war sein Hemd? Erneut zog ein Schwaden Bratenduftes in seine Nase. Dann öffnete sich eine Tür, und Schritte schwerer Holzpantinen hallten ihm entgegen.

»Oh, Ihr seid aufgewacht, Prokurator. Ich werde den Meister holen.«

Wrangels rechte Seite schmerzte. Ihm war, als steche ihm mit jedem Atemzug ein Messer in die Seite.

»Wrangel, mein Junge, wie fühlt Ihr Euch?« Asthusen trat an das Bettlager und legte seine große kühle Hand auf Wrangels Stirn.

»Meister Ismael, was ist passiert? Warum …?« Weiter kam er nicht, da seine Lippen geschwollen und verklebt waren.

»Schsch. Lasst das Sprechen lieber noch eine Weile sein. Kurt, mein Knecht, der sich um die Abdeckerei kümmert, hat Euch in einer Gosse am Neuen Markt gefunden. Ihr wart in einem erbärmlichen Zustand. Zum Glück erkannte er Euch und zögerte nicht, Euch zu mir zu bringen. Man hat Euch übel zuge-

richtet.« Asthusen nahm seine Hand von der Stirn und griff Wrangels Handgelenk. »Das Fieber ist noch da, aber nicht mehr so hoch wie heute früh.«
»Was …?«
»Nicht sprechen, Wrangel. Eure Lippen und die Wange sind aufgeplatzt. An Eurem Hinterkopf klafft ein großes Loch, auf der rechten Seite habt Ihr ein paar Rippen gebrochen, und eine Schulter war Euch ausgerenkt.«
Wrangel schloss die Augen und fuhr sich mit seiner Zunge durch den Mund. Auf der rechten Seite wackelte ein Zahn. Er schluckte vorsichtig.
Asthusen legte ihm einen feuchten Lappen auf die Stirn und zog die Decke über die Brust. »Ihr habt Glück gehabt, Wrangel. Ich hab Euch nach bester Kunst zusammengeflickt. Ihr wisst, dass mein Ruf nicht nur als Scharfrichter, sondern auch als Chirurg ein guter ist. Das Loch am Hinterkopf konnte ich Euch flicken und mit einem heilsamen Kräuterverband versorgen. Auch die aufgeplatzte Wange habe ich mit einer meiner geheimen Heiltinkturen behandelt. Die Schulter haben Jürgen und ich Euch schon gestern Abend wieder eingerenkt. Zum Glück seid Ihr jung und von gesundem, kräftigem Körperbau. In ein paar Tagen sollte wenigstens die Schulter Euch keine Plage mehr bereiten. Die Rippen allerdings machen mir Sorgen, da ich nicht tasten konnte, ob sie Euch im Inneren verletzt haben. So habe ich sie nur leicht bandagiert und rate Euch zu größter Ruhe, damit sie heilen können.«
»Aber wie kam ich dorthin?«
»Ihr seid wohl überfallen und ausgeplündert worden. Mantel, Sack und Stiefel waren nicht mehr zu finden, als Kurt Euch entdeckte.«
Wrangel versuchte sich an die Ereignisse zu erinnern, aber sein Kopf dröhnte und erlaubte keinen klaren Gedanken.

»Die Bunk hat nicht schlecht gestaunt, als Jürgen ihr heute früh erzählte, wo und wie man Euch fand, wart Ihr doch wohl ihretwegen zum Neuen Markt gegangen, nicht wahr?«
Einige Bilder huschten an Wrangels innerem Auge vorbei. Die Kammer mit der lockeren Diele und die kleine Geldbörse, die er daraus hervorgeholt hatte. Die steile Stiege, die er im Dunkeln herab musste. Doch an mehr konnte er sich nicht erinnern.
»Ich muss …«
»Ihr müsst liegen bleiben und Euch ausruhen. Ich habe bereits Jürgen zum Niedergericht geschickt, damit er den Prätor in Kenntnis um Euren Zustand setze.«
»Ich muss etwas essen.«
Asthusen grinste breit. »Da habt Ihr wohl meinen Braten gerochen, was? Ich bring Euch gleich eine Suppe mit ein paar ordentlichen Stücken Fleisch. Doch weiß ich nicht, ob Ihr das schon werdet kauen können.«
Nachdem Wrangel mit Asthusens Hilfe eine Schüssel kräftiger Brühe getrunken und auch einige kleinere Brocken Fleisch heruntergewürgt hatte, fiel er ermattet zurück auf sein Lager. Wie fürsorglich dieser Mann doch war, wie bedacht er mit Wrangels Verletzungen umging, obwohl sein eigentliches Handwerk das gezielte Zufügen von Qualen, Schmerzen und Verletzungen war, das er ebenso mit größter Sorgfalt und Prägnanz verrichtete. Asthusens Fähigkeiten, das Richtschwert mit sicherer Hand und enormer Kraft zu führen, waren weit über Hamburg hinaus bekannt. Noch nie war es ihm passiert, einen Kopf nicht gleich beim ersten Schlag vom Leib zu lösen. Doch genauso berühmt war er als Heilkünstler. So mancher Bürger der Stadt schickte nach ihm nicht nur, wenn er sich einen Bruch zugezogen, sondern auch, wenn innere Leibesqualen ihn peinigten. Er hatte Wrangel einmal bei einem Bier in seiner Schankstube erzählt, dass die Asthusens ein altes Henkersgeschlecht seien und

schon sein Vater und sein Großvater Hamburg als Scharfrichter gedient hätten. Zu ihrer Tradition gehörte es, nicht nur die Fähigkeiten in der Folterkammer und auf dem Richtplatz, sondern auch die chirurgischen Praktiken und andere Heilkünste sorgsam von den Vätern an die Söhne weiterzugeben. Umso trauriger war Asthusen, dass er selbst keine Familie hatte gründen können, weil sich einfach kein Weib fand, das bereit gewesen wäre, ein Leben am Rand der Gesellschaft mit ihm zu führen, selbst auf die Gewissheit hin, dass die Speisekammer stets gut gefüllt und der Ofen warm sein würde. So lebten auch in Asthusen zwei Seelen, wie Ruth es genannt hatte: die des Henkers und die des Heilers.

Ruth! Was würde sie sagen, wenn sie hörte, was ihm widerfahren war? Beim Gedanken an sie breitete sich eine wohltuende Wärme in seinem Körper aus, als streichelten sanfte Hände sein Inneres. Vielleicht lebten ja auch in ihm zwei Seelen. Und nicht, wie Claussen behauptet hatte, nur ein verbissener, durch und durch der Juristerei verschriebener Gelehrter. Während er versuchte, sich seine zweite Seele auszumalen, schlief Wrangel ein.

Es dämmerte bereits, als er aufwachte, weil sich jemand an seinem Kopf zu schaffen machte.

»Na, wie fühlt Ihr Euch inzwischen? Den Wunden an Eurem Kopf zumindest geht es schon besser.«

»Danke, Meister Ismael. Ihr seid ein guter Mann.«

Asthusen grinste ein wenig beschämt und reichte Wrangel einen Becher mit einem Kräuteraufguss. »Trinkt das. Es wird das Fieber im Zaum halten und die innere Heilung fördern.«

»Was ist das?«

»Das ist ein Gemisch aus Arnika, Silbermantelkraut, Blutkraut, Schwarzwurz, Sanikel, Schöllkraut, Mutterkraut, Schafgarbe, Eichenrinde und noch ein paar geheimen Dingen aus meinem Vorrat. Verzieht nicht das Gesicht, sondern trinkt. Es ist nach einem Rezept meiner Urgroßmutter gemischt, das ich Euch bei aller Freundschaft aber nicht verraten werde.«

Der Aufguss schmeckte bitter, aber Wrangel trank ihn gehorsam bis zur Neige.

»Ich muss mit Bunk sprechen, Meister Ismael. Könnt Ihr sie herbringen? Nur für einen Augenblick, bitte.«

Asthusen brummte etwas von Ruhe und Genesung, machte sich dann aber auf den Weg. Fünf Minuten später kam er mit Bunk, die an Händen und Füßen gefesselt war, zurück. Sie starrte ungläubig auf den Verletzten.

»Was ist Euch passiert?«

»Das würde ich auch gern wissen, Bunk. Ich war in deiner Kammer, fand, was du mir zu suchen aufgabst, hatte das Haus kaum verlassen, als zwei Kerle über mich herfielen.«

Das Sprechen fiel Wrangel sichtlich schwer. Bunk verzog das Gesicht, sagte aber nichts.

»Sie haben mitgenommen, was sie tragen konnten: Stiefel, Mantel, meine Börse und auch deine. Alles weg. Es tut mir leid.«

»Wie sahen die Kerle aus?«, fragte Bunk ohne Umstände.

Wrangel seufzte verzerrt durch seine verkrusteten Lippen. »Ich weiß es nicht, es war dunkel. Groß und bullig waren sie. Der eine hatte blondes Haar.« Wrangel versuchte sich den Mann wieder vor Augen zu rufen. Da fiel sein Blick auf einen ledernen Knopf, der auf einem Hocker neben seinem Bett lag. Ja, er hatte den Mann am Wams gepackt und musste ihm dabei wohl den Knopf abgerissen haben. »Der Blonde trug ein ledernes Wams. Einen Knopf hab ich ihm abgerissen. Er liegt hier auf dem Hocker.«

Bunks Blick verfinsterte sich, als sie den Knopf musterte.

»An mehr kann ich mich nicht erinnern. Aber sag mir, wirst du trotzdem deine Aussage widerrufen, ich meine, auch wenn dein Geld weg ist?«

Bunk schaute schweigend zum Fenster.
»Bitte, Bunk, denk an dein Leben. Das mit dem Geld wird sich schon regeln lassen.«
Wrangel musste husten. Seine Brust brannte, und er meinte beinahe ersticken zu müssen. Asthusen schob Bunk zur Seite und half ihm, sich ein wenig aufzurichten, um dem Hustenreiz entgegenzuwirken. Dann schlug er die Decke zurück, löste den Verband über der rechten Seite und wischte mit einem feuchten Tuch eine dicke verkrustete Kräuterauflage ab. Er nahm eine kleine Schlüssel, die mit einem grünen Brei gefüllt war, und strich ihn in dicken Schichten über die blauschwarz geschwollene Haut.
»Was ist das?«, stöhnte Wrangel leise, noch immer mit einem leichten Kratzen im Hals.
»Ein Kräuterbrei gegen die Prellungen, aus Ringelblumen, Arnika und Kamille. Haltet still.«
»Wenn Ihr ihn anreichert mit Gänseblümchen, Calendula und Hypericum, dann wirkt er noch stärker.«
Asthusen hielt inne und warf Bunk einen verwunderten Blick zu. »Was weißt du denn davon? Lass mich mein Handwerk tun und quatsch nicht dazwischen.«
»Es wird die Blutergüsse schneller abschwellen lassen«, entgegnete Bunk trocken.
Asthusen schnaubte wütend, trug den Brei weiter auf und verband dann mit wenigen geschickten Handgriffen die Seite erneut mit frischen Binden.
Wrangel stöhnte. »Wirst du widerrufen?«, presste er leise zwischen den Lippen hervor.
Bunk sah ihn einen Augenblick gedankenverloren an, dann nickte sie wortlos.
»Gut. Ich bereite alles vor, dass du am Mittwoch vor den Prätor kannst.« Ein schwaches Lächeln flog über Wrangels zerschundenes Gesicht, und er schloss ermattet die Augen.

Mittwoch, 23. November 1701

43

»Wahrlich, der letzte Funken Vernunft scheint aus Eurem Leib geprügelt worden zu sein!« Mit donnernder Faust schlug Wilken auf den Eichentisch. »Wir haben hier einen klaren Fall übereinstimmender Beschuldigungen und Geständnisse. Aber Ihr, in Eurem Unwillen, den Nutzen des Gerichtes sowie der Stadt Hamburg zu sehen, auf einen Schlag nicht nur einen Mord zu klären, sondern auch noch ein moralisch höchst verwerfliches Gaunertrio von den Hamburger Märkten zu vertreiben, schießt quer, ganz nach Art und Vorbild Eures Lehrers Thomasius!«

»Mit Verlaub, Prätor Wilken: Wie ich Euch bereits ausgiebig darlegte, sind sowohl die Beschuldigungen wie auch die Geständnisse nicht in Einklang zu bringen mit den Fakten und Beweisen, die ich aufgedeckt habe. Somit verlieren Beschuldigungen und Geständnisse ihre Grundlage und können dem Niedergericht nicht mehr ohne weiteres dienen. Nicht um meinen Unwillen geht es hier, sondern um den Anspruch der Justiz, eine Strafprozessordnung im Einklang mit der menschlichen Vernunft anzuwenden.«

»Ich sage es doch, Ihr redet schon wie Euer zum modischen Gockel verkommener Professor. Erst verweigert er sich in seinen Vorlesungen dem Latein und liest stattdessen in gewöhnlichem Deutsch, damit ihm auch der letzte Kutscher folgen kann, dann tauscht er den Talar gegen modische Anzüge und

Degen mit goldenem Gehänge, um selbst den jungen Frauen den Kopf zu verdrehen. Nicht umsonst schimpft man ihn einen Verführer und Verderber der Jugend. Und Ihr, Wrangel, seid eines seiner ersten Opfer! Wie konnte ich nur so gutgläubig sein und darauf vertrauen, dass Thomasius' Gedankengut bei Euch nicht hätte Wurzeln schlagen können, wie konnte ich Euch mit einem Fall betrauen, der den Sumpf von Bigamie und Hexerei streift. Eure Familie, Euer so bedachter, sich auf das Wichtige im Leben verstehende Bruder muss es gewesen sein, der in mir die Hoffnung schürte, Ihr wäret ihm ähnlich.« Wilken hielt inne, legte seine Hände ruhig nebeneinander auf die Tischplatte und schloss eine Weile die Augen, bevor er erneut ansetzte.

»Prokurator Wrangel, ich will versuchen, es Euch anders zu erklären, was mich quält. Zwölf Tage ist es erst her, dass Euer Lehrer Thomasius an der Universität Halle vor versammeltem gelehrtem Publikum einen jungen Magister namens Johann Reich zur Erlangung der juristischen Licentiatenwürde hat Thesen über das Verbrechen der Zauberei verteidigen lassen. Wie jeder juristisch profund geschulte Mensch kann ich zwar philosophisch betrachtet seinen Argumenten folgen, vermisse aber dabei den gesunden Menschenverstand bei der praktischen Umsetzung. Einfache Menschen haben einen einfachen Glauben und einen einfachen Verstand. Wir dürfen sie nicht überfordern mit öffentlichen Verlautbarungen bei Gericht. Ihr habt selbst erlebt, dass dieses Mannweib für das Volk auf der Straße eher eine Hexe als eine kleine Gaunerin mit liederlichsten Gelüsten ist. Am liebsten sähe man sie brennen. Glaubt mir, Wrangel, ich wünschte, sie wäre hier niemals aufgetaucht. Denn straften wir sie nur für das, was juristisch möglich ist, verprellen wir das abergläubische Volk und ziehen uns seinen Hass zu. Was der Hass des Volkes in Hamburg heißt, weiß

man hier seit Jastram und Schnittger nur zu gut. Kein wohledler Bürger dieser Stadt möchte das nochmals erleben. Nun schenkt Gott diesem Mannweib die Eingebung eines Geständnisses, das den Weg zu einem für alle gütlichen Verfahren ebnet, indem er uns einen Prozess ermöglicht, der das Wort Zauberei außen vor lässt, wohl aber das einfache Volk zufriedenstellen wird. Die Geschichte des zu allerlei Medizin verarbeiteten Kopfes durch diesen Arzneienkrämer hat Hand und Fuß und wird die abergläubischen Gelüste der Leute ablenken von Eurer Mandantin. Aber Ihr, der Ihr helfen sollt auf ihrem Weg durch unser Gericht, Ihr wollt dieses Geschenk verwerfen wegen der Aussage einer zwielichtigen Hebamme, drei Briefen, die Euch angeblich gestohlen wurden und die Ihr dem Gericht darum nicht vorlegen könnt, sowie Eurer eigenen Erinnerung an Form und Größe einer Leiche. Wem tut Ihr damit einen Gefallen? Weder Eurer Mandantin noch dem Niedergericht, noch Hamburg und schon gar nicht Euch selbst. Seht Euch nur an. Geschlagen und zerschunden, wie Ihr hier steht, seht Ihr Eurer Mandantin ähnlicher, als Euch lieb sein sollte. Ihr müsst Euch pflegen und die Wunden heilen lassen. Darum beurlaube ich Euch hiermit nach dem Ende dieser Sitzung für zwei Wochen vom Niedergericht und Euren damit verbundenen Verpflichtungen. Möge der Fall ein wenig ruhen und Ihr über Eure Verantwortung nachdenken.«
»Prätor Wilken, Ihr habt mich vorhin nicht ausreden lassen. Somit lasst mich jetzt meinen Antrag vor dem Niedergericht zu Ende führen. Meine Mandantin Ilsabe Bunk möchte widerrufen. Sie wartet bereits in Begleitung des Frohns vor der Tür, um Euch hier ausführlich vor Zeugen ihren Widerruf darzulegen.«
Wilken erbleichte, und der eben noch so selbstsichere Ton wich einem heiseren Flüstern, als er den Gerichtsdiener anwies, die Angeklagte hereinzurufen.

Dann wandte er sich noch einmal kurz zu Wrangel. »Ihr ahnt gar nicht, wie viel Leid Ihr mit diesem Widerruf anrichtet. Wahrlich, nicht nur Euren Körper, auch Euren Verstand haben die Schläge ganz zweifelsfrei in Mitleidenschaft gezogen. Als Schüler von Thomasius solltet Ihr nicht nur um die Grauen der Folter und ihre Mängel als Instrument der Wahrheitsfindung wissen, sondern auch um die Notwendigkeit der vorläufigen Beibehaltung ihrer Anwendung zum Schutze der Rechtspflege.«

Gegen Wrangels Schläfen pochte es schmerzhaft, und seine verkrustete Wange brannte. Es war noch nicht vorbei. Der Widerruf würde nur einen Aufschub bringen. Er musste die zwei Wochen Zwangsurlaub, die Wilken ihm soeben verordnet hatte, nutzen, um seine Fakten besser zu untermauern. Das medizinische Gutachten vom Physikus Dr. Biester musste er ebenso heranziehen, wie Frau Jähner als Zeugin gewinnen, damit sie bestätigte, dass die Rieken noch lebte, als man die kopflose Tote fand. Darüber hinaus galt es, Jähners Nutzen an dem Mord zu entkräften. Er musste schnellstmöglich eine hieb- und stichfeste Verteidigungsschrift verfassen, die Bunk dorthin zurückführte, weshalb sie überhaupt in die Frohnerei gekommen war: wegen Körperverletzung bei einer Rauferei aus Eifersucht.

44

Kaum hatte Wilken nach Bunks Widerruf und Rückführung in die Frohnerei die Sitzung des Niedergerichts beendet und sich, ohne Wrangel eines weiteren Blickes zu würdigen, in sein Arbeitszimmer zurückgezogen, humpelte der Prokurator hinüber zum Aktuar Dr. Meyer, der noch mit letzten Korrekturen am Protokoll beschäftigt war.

»Dr. Meyer, entschuldigt die Störung Eurer hochgeschätzten Arbeit. Da ich aber auf Anordnung des Prätors erst meine Gesundheit wiederherzustellen habe, bevor ich erneut am Niedergericht erscheinen darf, muss ich Euch dringend vorher um Eure Hilfe bitten.«

Der Aktuar musterte mit zurückhaltendem Blick Wrangels verbundenes Gesicht. »Wahrlich, das Krankenbett scheint auch mir für Euch ein angemessenerer Ort zu sein als der Gerichtssaal. Was gibt es denn, das Euch von der Genesungsruhe abhält?«

»Ich brauche das medizinische Gutachten, das der Physikus im vergangenen Januar von der Frauenleiche ohne Kopf erstellt hat. Es muss vor knapp drei Wochen an das Niedergericht übergeben worden sein, und ich möchte es dringend einsehen.«

»Zwar kann ich mich an kein Gutachten dieser Art erinnern, aber ich werde sehen, was ich für Euch tun kann.«

»Danke, Dr. Meyer.«

Als Wrangel in die schneidend kalte Herbstluft hinaustrat, erinnerte er sich, am ganzen Leibe zitternd, dass er zunächst einige Besorgungen tätigen musste, um seinen gestohlenen Umhang und die Stiefel zu ersetzen. Hinter den Bleichen gab es einen alten Schuhmachermeister, der ausgezeichnete Leisten hatte und Stiefel von hervorragender Qualität anzufertigen wusste. Zurzeit waren Wrangels Füße nur notdürftig mit einem leichteren Schuhwerk bekleidet, das sonst warmen, trockenen Sommertagen vorbehalten war. Einen guten Schneider unweit seines Quartiers in der Rosenstraße kannte er über seine Wirtin, nur anständigen Stoff würde er selbst kaufen müssen. In der Caffamacherreihe gab es mehrere niederländische Weber, die ihr Handwerk bestens verstanden und ihn würden bedienen können.

Bloß mit einem, wenn auch wärmer gearbeiteten Rock bekleidet, machte sich Wrangel zielstrebig auf den Weg, als ihn ein stechender Schmerz in seiner Brust daran erinnerte, dass nicht nur sein Kopf, sondern auch sein Leib noch schwer unter den Verletzungen zu leiden hatte und ein Fußmarsch von einer guten Stunde ihm bestimmt nicht dienlich wäre. Seufzend blieb er stehen und überlegte, wo er in der Nähe einkehren könnte, um sich zunächst ein wenig zu stärken. Da fiel sein Blick auf die Ratsapotheke. Hatte Wilken nicht gesagt, der Kopf sei dem Arzneienkrämer medizinisch dienlich gewesen? Was stellte man aus so etwas her? Der Ratsapotheker sollte es wissen.

Als Wrangel die schwere Tür der Apotheke öffnete, schellte ein Spiel aus fünf Glöckchen über seinem Kopf, und er betrat den ganz in dunklem Holz gehaltenen Raum der ersten Apotheke der Stadt. Hinter der mächtigen Theke standen drei halbhohe Schränke mit quadratischen Schubladen, jede mit einem Namensschild versehen. Soweit Wrangel es aus der Entfernung erkennen konnte, waren sie mit lateinischen Kräuternamen beschriftet. An den Seitenwänden und der Rückwand des eher kleinen Raumes drängten sich bis unter die Decke Regale, die wiederum in sorgfältigster Ordnung mit Glasflaschen und Keramiktiegeln bestückt waren und im unteren Bereich größere Schubladen hatten. An den hinteren Ecken des Raumes waren jeweils zwei Türen. Die eine führte in das Laboratorium, die zweite, die offen stand, musste ins Magazin führen, wo für gewöhnlich die Arzneivorräte vorbereitet, getrocknet und aufbewahrt wurden.

Es dauerte nicht lange und ein Mann mit einer gewaltigen silberfarbenen Perücke und einem strengen dunklen Rock aus festem Tuch schritt geschäftig durch die Magazintür zur Theke auf Wrangel zu. Er musterte den für die Jahreszeit unpassend gekleideten Mann samt seinem Verband um den Kopf ein

wenig abschätzig, bevor er sich in üblicher Manier nach seinem Begehr erkundigte.
Kaum hatte sich Wrangel als Prokurator des Niedergerichtes vorgestellt, hellte sich die Miene des Apothekers sichtlich auf.
»Prokurator Wrangel, es ist mir eine Ehre, Euch in meiner Apotheke, die so wohlwollend vom Rat der Stadt gefördert wird, zu begrüßen. Ich bin Christian Kirchhoff, Erster Apotheker der Stadt. Wie ich sehe, führen Euch keine freudigen Umstände zu mir. Hattet Ihr einen Unfall?«
»Nein, Apotheker Kirchhoff, keinen Unfall, es war ein Überfall. Aber gefallen bin ich auf jeden Fall.«
»Wie ich sehe, seid Ihr bereits gut verarztet worden. Bedarf es Euch an weiterer Medizin, mit der ich Euch weiterhelfen könnte?«
»Ja, eine Mischung für einen frischen Kräuterbrei könnte ich gut gebrauchen. Auch etwas gegen Kopfschmerzen wäre mir recht hilfreich. Aber vor allem, verehrter Apotheker Kirchhoff, habe ich Euch aufgesucht, um Eure weithin gerühmten Kenntnisse über Arzneizubereitungen aus tierischen und vor allem menschlichen Produkten befragen zu dürfen.«
Der Apotheker zog die linke Augenbraue in die Höhe, drückte die Schultern nach hinten und legte die Hände nebeneinander auf die dunkle Theke. »Nun, ich werde sehen, wie ich Euch da zu Hilfe sein kann. Um welche Art Arznei geht es Euch denn konkret?«
»Ich möchte wissen, zu welchen medizinischen Mitteln man einen menschlichen Kopf verwenden kann.«
»Einen Kopf? Da gibt es einige Rezepturen, die mir dazu einfallen. Ein sehr wirksames Öl und auch ein flüchtiges Salz, das nur recht aufwendig durch lange Destillation zu gewinnen ist, fallen mir auf Anhieb ein. Sie kurieren Fieber und Pestilenz, wirken Faulungen entgegen und öffnen alle Arten

von Verstopfungen. Doch so hochwirksam diese Mittel sind, so schwierig ist es auch, sie herzustellen. Sie werden aus der Hirnschale eines Menschen gekocht, der eines gewaltsamen Todes gestorben ist.«

»Eines Verbrechers also.«

»Nicht zwangsläufig, Prokurator. Natürlich gelangen hauptsächlich Köpfe Enthaupteter in die Laboratorien der Apotheker. Das hängt aber eher mit dem Angebot zusammen. Ansonsten sind Köpfe von Menschen, die eines gewaltsamen Todes gestorben sind, nur schwer zu bekommen. Werden sie doch normalerweise zusammen mit dem Körper des Verblichenen einem christlichen Begräbnis zugeführt. Seht, das Entscheidende ist nicht, warum ein Mensch gewaltsam starb, sondern dass er es überhaupt tat. Denn nur beim gewaltsam herbeigeführten Tod mischt sich mit den letzten Atemzügen des Menschen die Kraft des noch nicht vollendeten Lebens mit der Macht des Todes und reichert das Blut des Sterbenden mit dieser besonderen Mixtur aus Lebenskraft und Tod an, die der daraus gewonnenen Medizin ihre besondere Heilkraft verleiht.«

»Verstehe ich Euch richtig, so ist nicht der Kopf entscheidend für die Arzneigewinnung, sondern das Blut.«

»Ja und nein. Ohne den Wandel der Konsistenz des Blutes im Moment des gewaltsamen Todes könnte der Kopf als Arznei nicht reifen. Aber ist er einmal gereift, so soll er in seiner Wirkung noch die des reinen Blutes übertreffen. Unumstritten ist aber die Heilkraft von alten getrockneten Köpfen oder von Mumien. Überzeugt Euch selbst.«

Kirchhoff holte einen tönernen Topf herbei. »Hier, riecht! Gemächte von Türken, welche die Kaiserlichen bei Pest erbeuteten. Vierzig Jahre sind sie alt.«

Wrangel spürte wieder einen stechenden Schmerz in den Schläfen, und ein leichter Schüttelfrost packte ihn.

Kirchhoff sah ihn mit besorgtem Blick an. »Ihr solltet Euch setzen, Prokurator. Eure Verwundung scheint Euch doch übler mitzuspielen, als Euch lieb sein mag. Wenn ich Euch bitten darf, so folgt mir einfach nach hinten in mein Laboratorium. Dort ist es angenehm warm, weil die Öfen zur Gänze befeuert werden, um verschiedene Kräuter zu trocknen. Ihr könnt dort eine Weile ausruhen, derweil ich Eure Arzneien anrühre und Eure Fragen versuche zu beantworten.«

Damit öffnete er eine vorher kaum sichtbare Klappe in der Theke und ließ Wrangel in den hinteren Teil der Apotheke ein. Hier standen drei große Tische, auf denen Arzneien angerührt wurden. Wie Wrangel bereits vermutet hatte, lag das Laboratorium hinter der geschlossenen Tür an der Rückwand der Offizin. Eine Woge warmer, nach Kräutern duftender Luft schlug ihm entgegen, als der Apotheker die Tür öffnete. Sie betraten einen kleinen, erstaunlich hellen Raum, in dessen hinteren Ecken jeweils ein großer Ofen stand. Die Wand zwischen ihnen war von zwei großen Fenstern durchbrochen, zu deren Füßen noch drei kleinere, tragbare Öfen standen. An den Seitenwänden befanden sich Schränke mit Glastüren, gefüllt mit verschiedensten Gerätschaften: Kesseln aus Zinn und Kupfer, auch welchen aus Eisen, Pfannen, Tenakeln und Agitakeln sowie Sieben in allerlei Größen, auch Zangen und Pressen waren da. In einem anderen Schrank standen Reagenzgläser, Kolben, Flaschen, Stein- und Eisenmörser sowie Stoßeisen, Raspeln, Wiegemesser, Wurzelmesser und Weidengestelle in allen Größen. Der Fußboden war aus Stein, leicht abschüssig, und wies im hinteren Drittel einen Abfluss im Boden auf. Die niedrige Decke wölbte sich leicht. Vorn, gleich neben der Tür, durch die sie hineingekommen waren, befand sich ein kleiner Pumpbrunnen, der das Wasser in ein tiefes Steinbecken leitete. In der Mitte des Raumes stand ein kleiner schwerer Tisch mit einer Platte aus Marmor. Unter ihm zog Kirchhoff einen Schemel hervor und bat Wrangel, Platz zu nehmen.

»Ihr seht schon, für mehr Gemütlichkeit ist hier kein Platz. Auch hat möglichst alles feuerfest zu sein, sodass jeder Stuhl zu viel ein Risiko wäre. Aber schließlich ist dieser Raum auch nicht für Besucher gedacht, sondern zur konzentrierten Arbeit. Da Ihr aber leicht zu fiebern scheint, wird Euch die Wärme hier guttun. Ihr habt heute früh wohl nicht bedacht, dass es draußen schon sehr frisch ist«, merkte er mit einem Blick auf Wrangels Kleidung an.

»Das wohl schon, Apotheker Kirchhoff. Aber wie ich schon andeutete, bin ich überfallen worden, und neben meiner Gesundheit wurden mir auch die Stiefel und mein Umhang geraubt. So müssen mir vorübergehend die leichteren Sommerkleider dienen, bis Schneider und Schuhmacher ihre Arbeit getan haben. Habt Dank für Eure Freundlichkeit, mich hier ins Warme zu setzen. Ich fühle mich schon gleich viel wohler. Darf ich Euch noch weiter wegen des Menschenkopfes befragen?«

»Nur zu. Ihr scheint ja ein sehr konkretes Anliegen zu haben.«

»So ist es auch. Im Januar dieses Jahres fand man auf dem Schweinemarkt eine Frauenleiche, deren Kopf fehlte. Nun scheint es so, als ob jene aufgespürt wurden, die den Kopf dieser Frau haben wollten, um ihn für Arzneien zu verwenden.«

»Ich erinnere mich gut an den Fall. Auch in Apothekerkreisen sprach man viel von diesem sonderbaren Mord, und wir alle achteten darauf, ob vermehrt Caput mortuum – oder Totenkopf – angeboten wird, wie wir das flüchtige Salz nennen, das sich aus der Hirnschale gewinnen lässt. Aber ich persönlich habe davon nichts bemerkt.«

Der Apotheker holte einen kleinen Mörser hervor und schüttete verschiedene Kräuter und Wurzelstückchen hinein. Dann zerstampfte er die Mischung zu einem feinen Pulver.

»So glaubt Ihr nicht, dass jener Kopf zu Medizin verarbeitet wurde?«

»Das will ich so nicht sagen. Vielleicht hat man die daraus gewonnenen Arzneien außerhalb Hamburgs verkauft. Im Dänischen zum Beispiel. Früher kamen die Dänen häufiger nach Hamburg, um sich bei uns mit unserer vorzüglichen Arznei einzudecken. Schließlich verfügen die Hamburger Apotheker über eine Vielzahl an Arzneien, die sich nur aus Stoffen herstellen lassen, welche aus Übersee importiert werden. Heute ist das bei all der Feindschaft, die zwischen uns und dem Dänenkönig herrscht, kaum noch möglich.«

Wrangel saß grübelnd auf dem kleinen Schemel und rieb seine Schläfen, die immer noch pochten.

Kirchhoff schüttete das inzwischen zerstoßene Pulver in einen kleinen Tonbecher und ging hinüber zu einem der kleinen Öfen, auf denen ein Wasserkessel stand. Er füllte den Becher mit heißem Wasser auf und reichte ihn Wrangel. »Trinkt das, dann wird es Euch gleich bessergehen.«

Vorsichtig führte Wrangel den Becher an seine verschorften Lippen und trank. Die Mischung schmeckte würzig-bitter und löste umgehend eine wohlige Wärme und Entspannung in seinem Körper aus. »Das tut gut. Danke.«

Dann wandte er sich wieder der Frage der Kopfverarbeitung zu. »Sind destilliertes Öl und flüchtiges Salz aus der Hirnschale das Einzige, was sich aus einem Kopf an Medizin gewinnen lässt?«

»Keineswegs. In China versteht man sich darauf, Köpfe auf besondere Weise zu mumifizieren und sie dann zu einem Pulver zu verarbeiten, dem man nachsagt, dass es ewiges Leben schenken soll. Allerdings werden diese Mumienköpfe,

soweit ich davon gehört habe, von Neugeborenen gewonnen. Mit eigenen Augen gesehen habe ich diese Wundermedizin allerdings noch nie.«
Wrangel fühlte eine leichte Übelkeit aufsteigen und war sich unsicher, ob sie an dem Getränk oder am Gesprächsthema lag. Er setzte sich so aufrecht wie möglich hin und stützte seine verletzte Seite mit der Hand ab.
»Aber ich will Euch nicht mit Details aus der pharmazeutischen Wissenschaft belasten, Prokurator. Was mir bei Eurem Fall absurd erscheint, ist, dass jemand sich die Mühe macht, den Kopf einer gewaltsam Getöteten verschwinden zu lassen, den übrigen Körper aber einfach fortwirft.«
»Wieso?«
»Nicht nur aus dem menschlichen Kopf gewinnt man Arzneien, Prokurator Wrangel, aus dem Blut lassen sich ähnlich wirksame Öle und flüchtige Salze destillieren wie aus der Hirnschale. Aus eingelegtem Menschenfleisch gewinnt man eine hochwirksame Tinktur, die vor allen giftigen und pestilenzischen Krankheiten schützt. Auch innere Schäden und Geschwüre bekämpft sie wunderbar. Aus Menschenhaut lassen sich hervorragende Gürtel arbeiten, die den Frauen die Niederkunft erleichtern, und kein Mittel wirkt besser gegen rheumatische Beschwerden als ein Balsam aus Menschenfett. Warum also sollte jemand, der sich auf die Bereitung von Arzneien versteht, nur den Kopf nehmen, den Rest des Körpers aber liegen lassen?«
Wrangels Augen blitzten auf. »Ihr habt vollkommen recht, Apotheker Kirchhoff! Das ergibt wahrlich keinen Sinn. Ihr ahnt gar nicht, wie sehr Ihr mir gerade weitergeholfen habt.«
Der Apotheker warf Wrangel ein zufriedenes Lächeln zu. »Es ist mir eine Ehre, Euch und dem Niedergericht bei der mühseligen Arbeit der Rechtsfindung mit meinen bescheidenen Kennt-

nissen helfen zu können. Wartet einen Moment, dann habe ich die Mixtur für Euren Kräuterbrei zusammengestellt.«
Wrangel fühlte, wie neue Kräfte in seinem Körper aufstiegen. Die Wahrheit war eben nicht einfach zu verdrängen. Sie fand immer ihren Weg an die Öffentlichkeit, und sei es durch den fachkundigen Mund dieses braven Apothekers. Mit diesen Ausführungen würde er das Mordmotiv Jähners widerlegen und den Unsinn all der Beschuldigungen noch einmal untermauern können.
Eine kleine Weile später kam der Apotheker mit einer Schale voll verschiedener getrockneter Kräuter zurück. »Ich werde Euch diese Kräuter noch zermahlen, dann rührt Ihr so viel, wie Ihr jeweils braucht, mit warmem Wasser an und lasst Eure Wunden fingerdick damit bestreichen.«
»Die Kräuter riechen gut. Sagt, sind auch Gänseblümchen, Calendula und Hypericum dabei?«
Kirchhoff lächelte. »Ihr seid ein größerer Kenner der Heilkunst, als ich dachte. Ja, ich habe jeweils zwei Unzen davon hinzugegeben sowie auch je zwei Unzen Arnika und Ringelblume und drei Unzen Kamille. Dazu noch etwas Eichenrinde, Blutwurz und Schafgarbe.«

45

Mit geringer Verspätung traf Wrangel am Nachmittag im Kaffeehaus am Kattrepel ein. Nach seinem Besuch bei dem Ratsapotheker hatte er sich kurzerhand eine Lohnkutsche genommen, um in seiner unpassenden Kleidung dem Novemberregen zu entfliehen, der am frühen Nachmittag eingesetzt hatte. Mit dem Schuhmacher war er sich schnell einig geworden, dieser hatte versprochen, das Paar Stiefel bis zum nächsten Montag fertigzustellen. In der Caffamacherreihe war allerdings mit der Kutsche kein Durchkommen, sodass er den Kutscher anwies, mit ihm zum Jungfernstieg zu fahren, wo zwei große Schneidersalons zu finden waren. Dort konnte er wenigstens im Warmen und in Ruhe die Stoffe besehen. Schließlich fiel seine Wahl auf ein solides englisches Tuch in dunklem Grau. Man nahm umgehend von ihm Maß und versprach, den Mantel ebenfalls bis zum nächsten Montag fertigzustellen.

Am Freitag wollte der Schneider persönlich bei Wrangel zur Anprobe vorbeikommen, um den armen Verletzten nicht ein zweites Mal aus dem Haus treiben zu müssen.

Müde und erschöpft betrat Wrangel das gut gefüllte Kaffeehaus. Sein Kopf schmerzte, und auch in der Seite stach es öfter, wenn er tief durchatmete. Aber er wollte Claussen nicht versetzen, sondern wenigstens kurz mit ihm über all die Ereignisse der vergangenen Woche reden. Was war nicht alles passiert seit ihrer letzten gemeinsamen Tasse Kaffee! Vor allem: Was war mit ihm selbst passiert? War er noch derselbe wie vor einer Woche?

»Allmächtiger Gott, was ist Euch widerfahren?« Claussen sprang vom Stuhl des kleinen Kaffeetischchens auf, als er Wrangel erblickte. »Wrangel, mein Freund, kommt her und setzt Euch erst einmal hin!«

»Bin ich wirklich so ein furchterregender Anblick, Claussen?«, lächelte der Prokurator matt.

»Ihr seht entsetzlich aus, ich will es nicht verschweigen. Hattet Ihr auf der Reise nach Wandsbek einen Unfall?«

»Weder auf der Reise nach Wandsbek noch einen Unfall, mein Freund. Hier in Hamburg bin ich überfallen, niedergeschlagen und ausgeraubt worden.«

Wrangel nahm dankbar einen Schluck Kaffee, den der Wirt, ebenfalls mit besorgtem Blick, sogleich seinem Stammgast brachte. Dann erzählte er Claussen von dem Überfall und dem Glück, das er hatte, von Asthusens Knecht gefunden worden zu sein.

Claussen hörte aufmerksam zu. »Was für ein unglücklicher Zufall, der Euch in die Hände dieser Kerle trieb.«

»Um ehrlich zu sein, bezweifle ich, dass dies ein Zufall war.«

Claussen schaute Wrangel erstaunt an. »Was wollt Ihr damit sagen?«

»Ich glaube, die Männer suchten etwas, was sie bei mir vermuteten. Mir sind einige Erinnerungen an die Tat wieder ins Gedächtnis gekommen. Die Kerle redeten darüber, während sie mir die Sachen vom Leib rissen.«

Claussens Miene verdunkelte sich zusehends. »Auf was für einem Terrain bewegt Ihr Euch, mein Freund? Hat es mit Eurer Arbeit zu tun?«

»Ja. Und ich je mehr ich darüber nachdenke, glaube ich, dass noch viel mehr dahinterstecken könnte. Ich habe in Wandsbek einige Entdeckungen gemacht, die dem Fall Bunk eine entscheidende Wende geben können. Ich fand Beweisstücke dafür, dass Bunk nichts mit der Toten vom Schweinemarkt zu tun hat und auch ihre Geschichten und Beschuldigungen nicht der Wahrheit entsprechen. Und genau jene Beweisstücke – Briefe, die ich in Wandsbek fand – haben mir die Kerle, die mich überfielen, gestohlen.«

»Und?«

»Nun muss ich darauf hoffen, dass mir der Prätor Glauben schenkt, auch wenn ich die Briefe nicht mehr vorweisen kann. Ansonsten werde ich versuchen, die Wahrheit anders zu belegen. Ich habe noch eine Zeugin gefunden, die ich im schlimmsten Fall heranziehen muss.«

»Aber wer sollte daran Interesse haben, eine Entlastung Eurer Mandantin zu verhindern?«
»Zum Beispiel die beiden von ihr Beschuldigten. Die allerdings konnten kaum etwas von diesen Briefen wissen. Aber vielleicht kommt das Interesse auch aus einer ganz anderen Ecke, von jemandem, dem ein großer Prozess Nutzen brächte.«
»Ihr meint den Scharfrichter?«
»Ihr habt schon recht, er hätte einen großen Nutzen von einer spektakulären Hinrichtung. Aber Asthusen ist ein anständiger Mensch und ehrlich, auch wenn sein Beruf ihm den Makel der Unehrlichkeit aufdrückt. Es widerstrebt mir, ihn zu verdächtigen.«
»Aber sein Knecht fand und pflegte Euch. Mag er es aus schlechtem Gewissen getan haben?«
Wrangel schloss müde die Augen und seufzte leise. »Ich will es nicht hoffen. Doch nicht nur er hätte einen Nutzen. Ein geklärter Mord bringt auch dem amtierenden Prätor einiges.«
»Ihr verdächtigt Wilken? Seid vorsichtig mit dem, was Ihr laut über die Wilkens sagt. Die Familie ist mächtig und ihre Ehre ist unantastbar.« Claussen schaute schnell um sich, um eventuell unerwünschte Zuhörer zu entdecken. Aber niemand schien auf die beiden Männer in der Ecke zu achten.
»Deshalb sind sie aber noch nicht unbedingt über jeden Zweifel erhaben«, entgegnete Wrangel. »Kurz bevor ich aus Wandsbek losfuhr, hörte ich ein Gespräch zwischen zwei Männern, die sich schon geifernd auf eine grandiose Hinrichtung meiner Mandantin freuten. Für sie war sie zweifelsfrei eine Hexe, und sie hielten es für die Pflicht und Schuldigkeit des Niedergerichtes, sie auf den Scheiterhaufen zu bringen. Der Druck auf Wilken ist also groß. Hättet Ihr ihn heute früh im Niedergericht erlebt, als ich ihm meine Erkenntnisse zur Unschuld meiner Mandantin am Mord mitteilte, stimmtet Ihr mir ohne

Zweifel zu. Er hat mich kurzerhand wegen meines Gesundheitszustandes als Prokurator für zwei Wochen suspendiert.«
»Daran hat er gut getan. Ihr gehört ins Bett, Wrangel, und nicht in den Gerichtssaal. Ihr nützt niemandem in Eurem derzeitigen Zustand.«
»Nun, dem Schuhmacher und dem Schneider schon«, grinste Wrangel herausfordernd. »Zumindest hat Wilken mit seiner Suspendierung nicht verhindern können, dass Bunk ihr Geständnis und all ihre Beschuldigungen widerrief. Als der Prätor das hörte, wurde er so weiß wie seine antiquierte Perücke. Nichts erinnerte da mehr an den liebenswürdigen väterlichen Gastgeber, den er mir ein paar Tage zuvor geboten hatte. Und mir bleiben jetzt zwei Wochen, in denen ich mich zum einen auskurieren, zum anderen aber vollends auf eine messerscharfe Verteidigungsschrift konzentrieren kann.«
»Mit Eurer Bemerkung über den Prätor gebt Ihr mir den Einsatz zu einer Frage, die mir schon die ganze Zeit auf der Zunge brennt: Wie war das Treffen mit Eurem Bruder?«
Wrangel schaute seinen Freund resigniert an und nahm zwei Schluck des fast schon kalten Kaffees, bevor er antwortete. »Es war fürchterlich. Nur die danach auf mich einstürzenden Ereignisse haben mich bisher davon abgehalten, genauer darüber nachzudenken.«
Nicht nur Ereignisse, auch Gefühle waren es, dachte Wrangel, behielt diese kleine Nuance aber für sich.
»Wenn Ihr mögt, so erzählt mir davon.«
»Elisabeth ist schwanger.«
Claussen holte tief Luft. »Das ist nicht ungewöhnlich für eine junge und gesunde verheiratete Frau. Aber ich verstehe Eure Gefühle. Der Anblick der Schwangeren machte Euch wohl erst richtig bewusst, was Ihr verlort.«
Wrangel lächelte bitter. Seine Wange schmerzte. Claussen hatte

recht und zugleich nicht, denn er hatte auch gewonnen. Nämlich durch den Verlust Elisabeths die Freiheit, andere Frauen zu sehen und sich sogar zu nehmen. »Nicht nur verloren habe ich, mein Freund, sondern auch etwas erlangt, was ich mir nie zu erlangen wünschte. Man trug mir die Patenschaft für das Kind an.«

»Nein!«

»Doch. Es war ein Vorschlag der Wilken-Brüder. Sie redeten irgendwas von Traditionen in ihrer Familie und der Stärkung des familiären Zusammenhalts. Albrecht schien nicht wirklich von der Idee begeistert. Vielleicht hatte er gehofft, Michel Wilken als Paten zu gewinnen, was für ihn geschäftlich sicherlich von Vorteil gewesen wäre. Aber dann bat mich Elisabeth, die Patenschaft zu übernehmen. Ich konnte es ihr nicht abschlagen.«

Die Männer schwiegen eine Weile.

»Wie fühlt Ihr Euch mit dieser Verantwortung? Ein Pate spielt schließlich eine wichtige Rolle im Leben eines Menschen.«

»Um ehrlich zu sein, habe ich darüber bislang nicht nachdenken können. Schließlich ist das Kind noch nicht geboren, und wer weiß, vielleicht überlegt mein Bruder es sich bald anders. Zuzutrauen wäre es ihm.«

»Wohl nicht gegen den Willen seiner Frau.«

Wrangel machte eine wegwerfende Geste mit dem Kopf und stützte diesen dann auf seinen Arm. »Zumindest lullte mich das joviale Geplänkel des Prätors und die ganze Atmosphäre ausreichend ein, dass ich meinen Verstand nicht rechtzeitig einsetzen konnte.«

»Ihr hattet keine Chance, Wrangel. Als Elisabeth Euch bat, öffnete sie die Schleusen Eurer angestauten Selbstvorwürfe. Vielleicht wusste sie es nicht. Aber sie hat Euch damit auch einen Gefallen getan. Nun könnt Ihr mit Euch selbst ins Reine kommen und eine gütlichere Haltung zu Eurer Familie finden, anstatt als oberstes Ziel im Leben eine gegen sie gerichtete Abneigung zum Maßstab Eurer Entscheidungen zu machen.«

Wrangel zog die Stirn kraus. »Haltet Ihr mich wirklich für derart verschroben?«

»Hm. Erst letztens erzähltet Ihr mir, Euer Schicksal sei mit dem Eurer Mandantin verbunden. Da kann man sich schon Sorgen machen, ob Ihr Euch nicht bereits zu weit in eine Welt von Phantasmen verstiegen habt, anstatt den Realitäten des Lebens ins Auge zu blicken.«

Wrangel musste unwillkürlich grinsen. Ja, den Realitäten war er in der letzten Woche reichlich nah gekommen. Besonders auch den griffig-weichen. Aber was wusste davon der Vikar? An Wrangel sollte es zumindest nicht sein, ihn davon wissen zu lassen. »Bis das Kind geboren wird und ich mit ihm ans Taufbecken schreiten muss, habe ich noch etwas Zeit. Bis dahin werde ich hoffentlich wissen, wie ich mit meiner Familie weiterhin zu verkehren gedenke. Doch verzeiht, lieber Freund, wenn ich unser anregendes Gespräch beenden muss. Die Schmerzen nehmen zu. Ich brauche Ruhe.«

»So hat der Prätor vielleicht sogar zweimal besser an Euch gehandelt, als Ihr im ersten Augenblick meintet. Ich werde Euch eine Lohnkutsche rufen, sodass Ihr warm und sicher nach Hause kommt.«

46

Ruth, ich habe traurige Neuigkeiten für dich.« Moses Abelson setzte sich umständlich in einen bequemen Sessel unweit des Kamins und wartete auf seine Tochter, die sich noch im Speisezimmer zu schaffen machte.
Als sie zu ihm in den Salon kam, deutete er mit seinem Gehstock auf die Karaffe mit Portwein. »Sei so gut, mein Kind, und schenke uns beiden ein Gläschen davon ein.«
Ruth griff sogleich nach der Karaffe, betrachtete dabei aber aus dem Augenwinkel ihren Vater. Er sah müde und erschöpft aus. Das feuchtkalte Wetter schien ihm zuzusetzen. Sie reichte ihm das gefüllte Glas und nahm auf dem zweiten Sessel Platz.
»Auf dem Heimweg von der Börse traf ich den jungen Vikar Claussen. Er berichtete mir, dass der ehrenwerte Prokurator Wrangel kurz nach Eurer glücklichen Rückkehr aus Wandsbek überfallen und übel zugerichtet wurde.«
Erschrocken schlug Ruth die Hände vor den Mund und riss die Augen auf. Ihr Atem stockte, und sie brauchte einen Augenblick, bis sie all die Ängste und Fragen, die ihr durch den Kopf schossen, in Worte fassen konnte. »Was ist ihm denn passiert, Vater? Berichtet mir bitte alles so genau wie möglich.«
»Meine Neuigkeiten stammen bereits aus zweiter Hand. Aber der Vikar berichtete, er hätte heute Nachmittag den Prokurator wie gewöhnlich im Kaffeehaus am Kattrepel erwartet, wo dieser hinkend, mit zerschundenem Gesicht und einem Verband um den Kopf erschienen sei. Man hatte ihn am Sonntagabend auf dem Neuen Markt überfallen, wohin ihn noch zu fortgeschrittener Stunde Geschäfte geführt hatten. Ein Frohnknecht fand den armen Prokurator schließlich niedergeschlagen und seiner Kleidung beraubt in der Gosse.«

Ruth schüttelte entsetzt den Kopf. Ihr Herz krampfte sich bei dem Gedanken an den verletzten Wrangel zusammen. Sie sah sein Gesicht vor sich, wie er ihr in der Kutsche von all den Neuigkeiten seines Falls berichtete. Seine blauen Augen hatten so hell gestrahlt, seine Wangen waren vor Erregung leicht gerötet gewesen. Sie dachte daran, wie sie seine Hand berührt, seine warme Haut gespürt hatte. Erneut zog sich ihr Herz zusammen, zugleich aber spürte sie eine noch nie zuvor erlebte Wärme in ihrem Inneren, eine Zuneigung zu diesem jungen Mann, wie sie noch nie für jemanden empfunden hatte. Beschämt über diese plötzliche Erkenntnis, schlug Ruth die Augen nieder. Doch dann schoss ihr durch den Kopf: Man hatte Hinrich beraubt. Ob man ihn auch der Briefe beraubt hatte? Welch ein Glück, dass die beiden sonderbaren Briefe bei ihr gewesen waren. Bisher hatte sie noch keine Gelegenheit gefunden, ihrem Vater von den Schreiben und ihren Überlegungen dazu zu erzählen.

»Ach, Vater, ich bin sehr in Sorge, dass dieser Überfall auf den Prokurator nicht einfach nur ein unglücklicher Zufall, sondern ein gezieltes Unterfangen war.«

»Wie kommst du auf solche Gedanken, mein Kind?« Abelson betrachtete seine Tochter mit einem prüfenden Blick. Ihre tiefe innere Erregung blieb dem erfahrenen Mann nicht verborgen.

»Der Prokurator hat in Wandsbek einige Hinweise entdeckt, die das Weib, das er verteidigt, von den Vorwürfen, welche man ihm macht, entlasten. So fand er einige Briefe. Vielleicht wollte man ihm diese abnehmen, denn eines ist sicher: Zwei von diesen Schreiben bergen ein Geheimnis.«

»Was weißt du von diesen Schreiben, Kind?«

Ruth schluckte, dann berichtete sie ihrem Vater von dem Fund der beiden versiegelten Briefe, die sie an sich genommen hatte, um sie ihm zu zeigen, damit er Wrangel vielleicht helfen könne.

»Diese geheimnisvollen Briefe sind also in deinem Gewahrsam? Zeige sie mir bitte.«
Nickend erhob sich Ruth und ging auf ihre Kammer, um die Briefe zu holen. Abelson starrte in das Feuer. Der Glanz in den Augen seiner Tochter sprach Bände über ihre Gefühle für den jungen Prokurator. Aber er war ein Goj. Eine tiefere Verbindung mit ihm stand außerhalb jeglicher Tradition. Seine Tochter, sein einziges noch lebendes Kind, würde sämtliche Traditionen und Werte der Familie hinter sich lassen müssen, ginge sie einen solchen Weg.
»Hier sind die Briefe, Vater.«
Abelson nahm die beiden Schreiben, warf einen langen Blick auf die gebrochenen Siegel und musterte dann eindringlich seine Tochter. »Das Wesentliche in unserem Leben, Ruth, sind die Werte, die Traditionen, die wir wahren und weitergeben. Unsere Familie hat eine lange und bewegte Geschichte. Sie hat Zeiten des Glücks und Zeiten des Leids durchlebt. Unsere Ahnen haben Unterdrückung, Schmach und Verfolgungen überstanden. Niemals haben sie ihren Glauben verloren, niemals sich durch Zweifel verführen lassen, von dem alten, dem wahren Weg abzukommen. Unsere Familie stand zu ihren Traditionen und Werten unter den islamischen Herrschern Südspaniens, die ihr ungeahnte Freiheiten und Wohlstand ermöglichten, ebenso wie unter den christlichen Königen und Kaisern, die sie nicht schützten vor dem Aberglauben und dem Hass ihrer Untertanen. Wir haben die Zeiten der Kreuzzüge überstanden, ohne uns dem Kreuz zu unterwerfen. Immer hat es unsere Familie als ihre Aufgabe verstanden, dem Wesentlichen treu zu bleiben. Dies ist auch deine Aufgabe.«
»Das weiß ich, Vater. Und genau darum geht es hier, um das Wesentliche im Leben, um Liebe und Tod.«

Freitag, 25. November 1701

47

Bunk erwachte von dem quietschenden Geräusch, mit dem der Riegel zu ihrem Kerker zurückgeschoben wurde. Durch den kleinen Lichtschacht unter der Decke fiel nur fahles Dämmerlicht herein. Es musste noch sehr früh sein. Sie hatte schlecht geschlafen. Wilde Träume hatten sie immer wieder aufgeschreckt, und anschließend fand sie auf dem klammen Strohsack in dem kalten Verlies lange nicht zurück in den Schlaf. Zudem hatte sie Hunger. Seit ihr Prokurator so übel zugerichtet worden war, hatte er ihr kein Essen mehr zustecken können. Ob er sich in seinem Zustand überhaupt selbst auf den Beinen halten konnte?

Als sich die Kerkertür öffnete, fiel ein gewaltiger Schatten bis vor ihr Lager. »Steh auf, der Prätor will dich sehen.«

Jürgen blieb an der Tür stehen und wartete auf Bunk, anstatt sie wie sonst sofort zu greifen und fortzuzerren. In seinem Gesicht glaubte Bunk einen Funken Mitleid zu erkennen. Oder irrte sie sich?

Jürgen führte sie hinauf in die Herrenstube, in der bereits der Prätor, einer der beiden Prokuratoren, die sie schon einmal bei Gericht gesehen hatte, der Aktuar sowie der Scharfrichter versammelt waren. Wrangel allerdings fehlte. Wo mochte er sein? Vielleicht hatten ihm seine Verletzungen doch stärker zugesetzt. Aber jetzt brauchte sie ihn, das wurde Bunk schlagartig klar. Wo war er?

Kaum hatte Jürgen Bunk hereingeführt, ergriff der Prätor das Wort.

»Nachdem die hier nun anwesende Gefangene und Inquisitin Ilsabe Bunk vor zwei Tagen ihr bisheriges Geständnis überraschenderweise widerrufen hat, sah sich das Prätorat gezwungen, nochmals sämtliche Punkte der Anklage sowie die bisherigen Aussagen gründlich zu prüfen. Aus dieser Prüfung ergaben sich eine Reihe neuer Fragen, die nun an die Inquisitin Bunk zu stellen sind, sollte sie auf ihrem unerklärlichen Widerruf bestehen. So beginne ich sogleich mit der ersten Frage: Besteht die Inquisitin Ilsabe Bunk auf den Widerruf all ihrer bisherigen Geständnisse?«

Bunk schaute unruhig von einem zum anderen. Was ging hier vor sich? Sie hatte doch laut und deutlich bereits vor zwei Tagen alles widerrufen. Warum wollte der Prätor das nun in Zweifel ziehen? Verdammt, wo war Wrangel?

»Wo ist mein Advocatus?«

Wilken verzog verärgert das Gesicht und warf dem Prokurator, der neben ihm saß, einen kurzen Blick zu.

Dieser ergriff sogleich das Wort. »Prokurator Wrangel, der dich bisher vor Gericht vertrat, ist aufgrund schwerer Verletzungen für die nächsten zwölf Tage von seinen juristischen Pflichten entbunden. Ich, Prokurator Garlinghoff, vertrete ihn solange. Nun antworte dem ehrenwerten Prätor und bedenke: Wenn du deinen Widerruf zurückziehst, geht das hier alles ganz schnell.«

Bunk funkelte den Mann wütend an. Wie ein aufgeblähter Kürbis saß er auf seinem Stuhl und drehte seine dicklichen Daumen umeinander. Sein Milchgesicht verriet keinerlei Festigkeit, und seine dünnen Lippen zuckten unruhig, während er sprach. Auf den konnte sie gut verzichten.

»Ich bleibe bei meinem Widerruf.«

Wilken warf Bunk einen kurzen kalten Blick zu. Sie kannte diesen Mann irgendwoher. Wo bloß hatte sie ihn vor ihrer Verhaftung schon einmal gesehen? Er sah nicht aus wie einer, der zu den Huren ging. Aber sein stechender Blick kam ihr so bekannt vor.

»Wie Sie will. So beantworte Sie meine Fragen gemäß der Wahrheit. Wie lange hat Maria Rieken mit Ihr und der Inquisitin Cäcilie Jürgens zusammen in der gemeinsamen Bude am Neuen Markt gehaust?«

»Maria hat dort gar nicht gehaust. Ich habe sie, als wir im Januar nach Hamburg kamen, umgehend zu Maria Jähner gebracht, wo sie dann als Hausmädchen anfing.«

»Sie soll die Wahrheit sprechen!«

»Das ist die Wahrheit, so wahr mir Gott helfe.«

»Dem Prätorat liegt aber eine überzeugende Aussage von Cäcilie Jürgens vor, dass Maria Rieken am Abend des 25. Januar 1701 in der Bude, die Cäcilie Jürgens gemeinsam mit der hier befragten Ilsabe Bunk bewohnt hat, geweilt habe.«

»Die Rieken war nie in der Bude, und im Januar 1701 habe auch ich dort nicht mehr gemeinsam mit Cäcilie Jürgens gelebt, da diese schon im Herbst fortgegangen war.«

»Sie soll die Wahrheit sprechen und nicht lügen, wie es Ihr in den Kram passt!« Wilkens Stimme donnerte durch die Herrenstube.

Bunk wusste nicht, was sie sagen sollte, da er ihre Antworten einfach nicht gelten ließ. So schwieg sie.

»Da Ihr die Lüge wohl die Sprache verschlagen hat, versuchen wir es zunächst mit einer anderen Frage: Als Sie am 25. Januar loslief, um den hier ebenfalls inquisierten Arzneienkrämer Johann Friedrich Jähner zu sich zum Neuen Markt zu holen, hat sie da die Kammertür verschlossen, sodass weder Maria Rieken noch Cäcilie Jürgens die Bude verlassen konnten?«

»Ich bin an jenem Abend nicht zu Jähner gegangen. Ich war, soweit ich mich erinnere, noch nicht einmal in Hamburg, sondern auf einem Botengang unterwegs. Ich habe Cäcilie mit Maria niemals irgendwo eingeschlossen.«
»Was redet Sie so stur dagegen an? Begreift Sie denn nicht, dass dem Prätoriat die überaus glaubwürdige Zeugenaussage über all diese Dinge von Cäcilie Jürgens vorliegt?«
»Aber was redet die denn für dummes Zeug? Nie hat Cäcilie Maria Rieken auch nur zu Gesicht bekommen. Zumindest nicht von mir!«
Wilken überging Bunks Antwort kommentarlos und schob ungerührt die nächste Frage nach. »Kann die Inquisitin Ilsabe Bunk bestätigen, dass Sie dem Arzneienkrämer Johann Friedrich Jähner tatkräftig mit beiden Händen half, den abgeschnittenen Kopf der Maria Rieken in ein Fass mit alkoholischer Lösung zu tauchen und dieses mit einem festen Riemen zu verschnüren?«
Bunk stockte der Atem. Was fragte der Mann? Sie hatte doch deutlich alles widerrufen, was irgendeinen Kontakt zwischen ihr, Jähner, Cäcilie und Maria Rieken angedeutet hatte. Hilfesuchend schaute sie zu dem aufgedunsenen Prokurator Garlinghoff hinüber. Der hatte seine schmalen Lippen derart zusammengebissen, dass man kaum noch ihren Rand ausmachen konnte und sein Mund wie ein einziger Kohlenstrich aussah. Seine Augen fixierten konzentriert die dicken Finger, die gefaltet vor seiner gewölbten Brust lagen. Dieses Geschöpf würde ihr nicht helfen. Verdammt, sie brauchte ihren Advocatus. Er hatte ihr doch versprochen, ihr beizustehen. Es half nichts. Bunk musste sich selbst helfen.
»Aber ich habe doch schon am Mittwoch deutlich und vor Zeugen bei Gericht ausgesagt, dass ich nie …«
»Was ist Sie nur so verstockt? Kann Sie nicht antworten, oder

will Sie nicht? Hat Sie denn nicht begriffen, dass Sie zu diesen glaubwürdigen und unter Eid beschworenen Aussagen Stellung zu beziehen hat?«

»Ich habe niemals zusammen mit Johann Jähner irgendjemandes Kopf in ein Fass mit Alkohol getaucht. Das ist alles erstunken und erlogen! Ich habe bereits alle Beschuldigungen, die ich gegen Dritte in dieser Sache aussprach, widerrufen, nie habe ich …«

Die kräftigen Schläge von Prätor Wilkens kleinem Hammer auf dem Holztisch unterbrachen abrupt Bunks Verteidigung.

»Genug der Gaukelei. Meister Ismael, wie lange werdet Ihr brauchen, die Vorbereitungen für die peinliche Befragung zu treffen und Eure Knechte nach den Schöffen und dem Physikus zu schicken?«

»In einer Stunde sollte alles bereit sein, Prätor Wilken.«

»Gut. Stellt Euch darauf ein, dass wir heute keine Territion, sondern eine wahrhaft peinliche Befragung der Inquisitin Ilsabe Bunk durchführen werden.«

Wilken klopfte erneut auf den Tisch und erklärte die Befragung für unterbrochen. Jürgen, der Meisterknecht, sprang sogleich herbei, packte Bunk fest am Oberarm und führte sie zurück in ihr Verlies.

»Schon als ich die vorhin ankommen sah, hab ich geahnt, dass wir heute Ernst machen.«

»Was meinst du damit?«, fragte Bunk zurück.

»Keine Territion wie die letzten beiden Male.«

»Was heißt das?«

»Diesmal machen wir dir nicht nur ein bisschen Angst mit den Instrumenten, sondern wir bereiten dir echten Schmerz.«

Über Jürgens Gesicht huschte wieder ein Schatten von Mitleid. Bunks Magen zog sich zusammen. Sie hatte sich vorhin nicht geirrt.

48

Die Folterkammer war mit großen Fackeln, die in Eisenhaltern an den Wänden hingen, hell ausgeleuchtet. Neben Prätor Wilken und dem schwammigen Prokurator saßen noch drei weitere Männer, ihrer Kleidung nach zwei Schöffen sowie Dr. Biester, der Physikus. Dr. Meyer, der Aktuar, hatte sich etwas abseits direkt unter eine Fackel gesetzt und sortierte bereits seine Schreibutensilien.

Jürgen schob Bunk in die Mitte des Raumes und blieb hinter ihr stehen.

Asthusen trat ein und wandte sich an Wilken. »Mein Knecht berichtet mir, dass Prätor Garsmann sich wegen dringlichster Geschäfte entschuldigen lässt und ganz auf Euch vertraut bei der Durchführung der peinlichen Befragung.«

Wilken nickte kurz und gab dem Aktuar ein Zeichen, eine Notiz zu machen. Dann räusperte er sich und begann die Befragung.

»Die Inquisitin Ilsabe Bunk möge nach Wissen und Gewissen die reine Wahrheit auf meine Fragen antworten. Wie lange hat Maria Rieken mit ihr in der Bude am Neuen Markt gehaust? Hat die Inquisitin die Kammertür verschlossen, als sie am Abend des 25. Januar losging, um den Arzneienkrämer Johann Friedrich Jähner zu holen, sodass niemand die Bude verlassen konnte? Hat die Inquisitin dem Arzneienkrämer Johann Friedrich Jähner tatkräftig mit beiden Händen geholfen, den abgeschnittenen Kopf der Maria Rieken in ein Fass mit alkoholischer Lösung zu tauchen und dieses mit einem festen Riemen zu verschnüren?«

Obwohl die Angst Bunk beinahe die Kehle zuschnürte, straffte sie ihren Rücken, nahm all ihre Kraft zusammen und zwang ihre Angst in kontrollierte Wut. »Weder war die Rieken je zusammen mit Cäcilie und mir auf unserer Bude am Wandrahm, noch habe ich die beiden in dieser Kammer eingeschlossen, und niemals habe ich den abgeschnittenen Kopf der Rieken in irgendein Fass getan, verehrter Prätor des Niedergerichtes.« Bunks Stimme war laut und fest. Er sollte ihr zuhören und ihre Antwort respektieren, dieser eiskalte Patrizier. War sie auch nur die Tochter eines Verdener Dragoners, so hatte er sie dennoch wahrzunehmen. Das verlangte schließlich das Gesetz von ihm.

Wilken würdigte Bunk keines Blickes, sondern gab dem Scharfrichter ein Zeichen, mit der Folter zu beginnen.

Mit einem kräftigen Ruck riss Jürgen Bunk die Kleider vom Leib. Ein Schauder überkam sie, aber sie biss die Zähne zusammen. Hatten sie sie doch alle schon nackt begafft. Und auch jene, die jetzt in ihren prunkvollen Kleidern auf ihren Stühlen entlang der Wand saßen, waren darunter genauso nackt und armselig, wie Gott sie geschaffen hatte. Davon wollte sie sich nicht schrecken lassen. Der Henkersknecht schob seine kräftigen Arme unter ihren Achseln um ihre Brust herum und packte sie fest. Dabei quetschte er ein Stück ihrer linken Brust zwischen seinen Unterarmen ein. Der zweite Henkersknecht, ebenfalls ein kräftiger Kerl, aber nicht ganz so gewaltig wie Jürgen, trat von der linken Seite an sie heran und zog ihre zusammengebundenen Hände nach vorn.

Asthusen kam von der anderen Seite auf sie zu und zeigte ihr den Daumenstock. »Du erinnerst dich sicherlich noch an die letzte Demonstration dieses Geräts. Diesmal werde ich keine Nuss, sondern deine beiden Daumen zwischen die Eisenplatten legen.«

Er öffnete das schwere, aber gut geölte Eisengewinde. Drei Reihen spitzer Eisenknöpfe, die auf beiden Seiten wie Zähne

übereinanderlagen, wurden sichtbar. Dann packte Asthusen Bunks Hände, spreizte die Daumen ab und fixierte sie mit geübtem Griff auf der unteren Eisenplatte. Der Henkersknecht zu ihrer Linken hielt mit einer Hand ihre Arme fest, mit der anderen das Ende des Daumenstockes.
»Möchtest du aussagen?«, fragte Asthusen noch einmal.
»Ich habe bereits laut und deutlich ausgesagt.«
Asthusen nickte und zog den Schraubschlüssel an, der die beiden Platten zusammendrückte. Bunk spürte einen ziehenden Schmerz auf den Nagelbetten, in die sich die angespitzten Eisenknöpfe bohrten. Sie atmete tief und kräftig aus, schwieg aber. Asthusen drehte den Schraubschlüssel um das Gewinde. Der Schmerz wurde beißend heiß und trieb Bunk Tränen in die Augen. Sie musste standhalten, es ging um ihr Leben! Nur ihr Widerruf konnte sie vor dem sicheren Tod retten. Das hatte ihr Advocatus Wrangel mehrfach deutlich gemacht. Entschlossen atmete sie noch lauter und biss sich auf die Lippen. Als der Schraubschlüssel erneut um das Gewinde kreiste, schmeckte sie Blut auf ihrer Zunge. Sie hatte sich die Lippe blutig gebissen.
Asthusen schaute sie an, aber Bunk starrte verbissen hinüber zu Prätor Wilken, der sich gleichgültig auf seinem Stuhl zurechtsetzte. Asthusen drehte den Schraubschlüssel ein weiteres Mal herum. Bunk fühlte, wie Metall sich in ihr Fleisch bohrte. Die Tränen rannen ihr über das Gesicht, und Schleim verstopfte ihre Nase. Sie japste nach Luft, aber ihre Stimmbänder gehorchten nicht mehr ihrem Willen, und ein Schrei entfuhr ihrer Kehle.
»Sei nicht närrisch, Weib, und mach eine Aussage. Bei der nächsten Drehung greifen bereits die Eisenknöpfe ineinander.«
Bunk schüttelte den Kopf, die Lippen fest zusammengepresst.
Asthusen drehte den Schraubschlüssel erneut. Das Blut pochte

wie wild in Bunks Schläfen, als wären auch sie in einen Schraubstock eingeklemmt. Die Daumen spürte sie nicht mehr. Vielmehr schienen ihre Arme zu brennen und die Fesseln um ihre Handgelenke ins Fleisch zu schneiden. Wütend suchte ihr Blick Wilken.

Der musterte sie inzwischen mit kalter Gleichgültigkeit und schüttelte langsam den Kopf. »Will Sie nun endlich eine Aussage machen, in der Sie bekennt, dass Maria Rieken bei Ihr auf Ihrer Bude am Wandrahm war?«

»Ich habe bereits ausgesagt«, stieß Bunk leise keuchend zwischen zusammengebissenen Zähnen hervor. »Und ich bleibe dabei.«

Der Prätor gab dem Scharfrichter ein Zeichen. Plötzlich spürte Bunk, wie der Druck auf ihre Daumen nachließ und das Blut in ihnen pochte. Jürgen lockerte den Griff um ihre Brust und hielt sie nur noch an den Schultern. Erschöpft ließ sie die Arme sinken und schwankte unsicher und vom Schmerz geschüttelt hin und her. Jürgen führte Bunk zu einem Lehnstuhl und drückte sie nieder. Der zweite Henkersknecht brachte einen Hocker, auf den er ihren rechten Fuß legte.

Asthusen kam mit einer schweren eisernen Beinschraube auf sie zu. »Dies ist ein spanischer Stiefel. Er wird dir um den Unterschenkel gelegt werden. Du siehst hier, bis auf welches Maß er sich zusammenschrauben lässt, und du siehst deine kräftigen Waden. Es wird eng für sie werden. Möchtest du nicht doch lieber eine Aussage machen, Weib?«

Tränen rannen Bunk über ihr Gesicht und vermischten sich mit dem Blut, das ihre Lippen herablief. Aber sie schüttelte verbissen den Kopf. Der Prätor hatte ihre Aussage zu respektieren. Wenn er ihr auch jeden Knochen quetschen ließ, so würde sie ihm dennoch nicht nach dem Munde reden und so ihre Ehre und vielleicht auch die letzte Hoffnung auf eine Ver-

söhnung mit Cäcilie opfern. Denn auch sie käme schließlich mit dem Leben davon, hielt Bunk nur stand und blieb bei ihrem Widerruf.
Asthusen legte ruhig und sicher die schwere eiserne Schelle um ihren nackten Unterschenkel. Die Innenseite des kalten Eisens war mit scharfkantigen Rillen versehen, die sich sofort in die Haut gruben. Das obere Eisen, das sich über das Schien- und Wadenbein legte, war zu einem Halbkreis gewölbt, damit nicht ihre Knochen brächen, sondern lediglich der Muskel gequetscht würde.
Jürgen hielt Bunk erneut rücklings im festen Griff. Der zweite Knecht half Asthusen, die Schraubenmuttern auf den langen Schraubenspindeln zu befestigen und die Schraubenschlüssel überzuziehen. Bevor Asthusen zur ersten Drehung ansetzte, schaute er ihr nochmals kurz fragend in die Augen. Sie schüttelte fast unmerklich den Kopf und versuchte ihren Atem zu beruhigen. Das Eisen fraß sich langsam und immer fester in ihren Wadenmuskel hinein. Der dumpfe Druck mischte sich mit einem stechenden Brennen der zwischen den Rillen eingeklemmten Haut. Bunk versuchte gegen den Schmerz anzuatmen. Aber die Daumen stachen und brannten, und ihre Schläfen pochten, und ein heftiger Schwindel überfiel sie.
Asthusen sah sofort, dass sie im Begriff war zu hyperventilieren und gleich in Ohnmacht fallen würde. Er hielt mit dem Schrauben inne und sprach sie erneut an. Sie schüttelte nur den Kopf, aber er zwang sie zu reden, damit ihre Atmung sich beruhigte. Doch Bunk schüttelte nur noch wilder den Kopf. Asthusen gab Jürgen ein Zeichen, und der drückte umgehend seine riesige Hand über Bunks Mund, sodass sie nur noch durch die Nase atmen konnte. Sie riss verschreckt die Augen auf und versuchte zu schreien, aber nur ein dumpfes Stöhnen drang durch Jürgens Hand hindurch. Nach ein paar Minuten

hatte sich ihr Atem wieder gefangen, und Asthusen zog erneut den Schraubenschlüssel an. Bunk stieß einen gellenden Schrei aus, warf ihren Kopf hin und her und versuchte sich aufzurichten. Doch Jürgen hatte sie fest im Griff und hielt sie auf dem Lehnstuhl niedergedrückt.

Nach zwei weiteren Umdrehungen des Schraubenschlüssels gebot Wilken dem Scharfrichter Einhalt. »Will Sie jetzt über Maria Rieken sprechen?«

Bunk konnte vor Schmerz kaum etwas um sie herum erkennen. Doch auf einmal sah sie Cäcilie, wie sie mit ihrem bezaubernden Glockenlachen auf sie zukam und ihre zarten weichen Hände liebevoll auf Bunks Gesicht legte und sie streichelte. Sie konnte den Duft von Cäcilies Haaren riechen und spürte ihre warmen Lippen auf ihrer Haut.

»Cäcilie, mein Liebstes«, flüsterte sie tonlos vor sich hin.

Asthusen musterte sie eindringlich. Dann erhob er sich und ging zum Prätor.

»Prätor Wilken«, raunte er ihm mit verhaltener Stimme zu. »Natürlich können wir diese Prozedur noch fortsetzen. Aber meine Erfahrung sagt mir, dass dieses Weib kurz davor ist, in eine tiefe Ohnmacht zu fallen. Erlaubt mir darum, Euch unter vier Augen einen Vorschlag zu machen, der vielleicht allen dienlich wäre.«

Wilken nickte wortlos und verließ mit Asthusen den Raum. Der kalte Luftzug, der durch die geöffnete Tür hereinkam, streifte Bunks schweißnassen nackten Körper und ließ sie erzittern. Zugleich verschwand das Bild Cäcilies vor ihrem inneren Auge.

Sie versuchte sich erneut auf ihre Atmung zu konzentrieren, um den Schmerz zu bändigen. Aber ihr Kopf dröhnte inzwischen wie ein gewaltiger Mühlbach, der das Mühlrad hinabstürzt.

Plötzlich lockerte sich der eiserne Griff um ihre Wade, und undeutlich vernahm sie aus der Ferne eine Stimme.
»Die peinliche Befragung wird aus medizinischen Gründen unterbrochen. Die Inquisitin darf aber die Kammer nicht verlassen, sondern möge sich im hinteren Teil auf einer Bank ausruhen.«
Bunk spürte, wie Jürgen sie vom Stuhl hochzog und quer durch den Raum schleppte. Er legte sie ohne viel Aufwand auf eine kalte, harte Holzbank und warf eine schwere, modrig riechende Decke über sie. Bunk stöhnte nur leise. Dann spürte sie eine feuchte Holzkelle an ihrem Mund.
»Trink einen Schluck Wasser. Aber langsam, sonst musst du kotzen.«
Sie trank gierig und fühlte augenblicklich die Übelkeit aufsteigen. Erschöpft ließ sie den Kopf zurücksinken und gab sich dem schmerzenden Pochen und Brennen ihrer Glieder hin.

49

Die Kammer war von unruhigem Stimmengewirr gefüllt. Wie lange sie so dalag und vor sich hin dämmerte, wusste Bunk nicht. Plötzlich hörte sie Cäcilies Glockenlachen. Aber es war nicht fröhlich und leicht, sondern hysterisch hoch.
»Nein, nein, Ihr braucht mir das nicht anzulegen. Ich gestehe alles, Herr Prätor! Ja, ich habe in Unzucht gelebt und mich der Folgen entledigt. Ich will es gar nicht leugnen. Ich gebe alles zu!«
Wieder lachte Cäcilie hysterisch auf. »Mit der Bunk habe ich nur zusammengelebt, weil sie mich ausgehalten hat. Für die

Liebe hatte ich noch andere. Einen Müller östlich von Hamburg, der meine Zugänglichkeit regelmäßig mit einem Säckchen Mehl belohnte, einen Bauernsohn aus den Vierlanden, der wild war wie ein junger Hengst und mich nie ohne ein ordentliches Stück gut abgehangenen Specks vom Hof ließ. Am häufigsten aber traf ich einen kräftigen Soldaten aus dem Dänischen. Wir haben regelmäßig Unzucht getrieben, wenn ich an seiner Garnison an der Alster, nicht weit vom Ochsenzoll, vorbeikam. Das war in der Hochsaison jede zweite Woche. Er war zwar ein guter Kerl und ein großartiger Liebhaber, aber als Soldatenweib mit kleinen Kindern an der Schürze im dänischen Kriegstross wollte ich nicht enden. Ich habe nichts gegen Kinder, ich will sie aber nicht für mich. So kam es dann, dass ich den Jähner um Hilfe bitten musste, damit ich die Leibesfrucht wieder loswurde. Jähner besorgte mir all die Kräuter und Samen, die man braucht, dass der Leib so eine Liebesfrucht verstößt. Als Entlohnung habe ich mit ihm ebenfalls das Lager geteilt. Auch bot er mir an, dass ich bei ihm weilen durfte, bis alles vorbei war und sich die Blutung wieder gelegt hatte. Bunk hat davon nichts bemerkt. Hat sie doch keine Ahnung, was das Liebesleben einer wahren Frau ausmacht.«

Bunks Magen krampfte sich zusammen, als hätte eine eiserne Faust sich in ihn hineingebohrt. Für einen Augenblick spürte sie weder ihr Bein noch ihre pochenden Daumen. Nur eine eisige, alles erstarren lassende Kälte packte ihren Leib, schnürte ihren Atem ab und ließ ihren Herzschlag aussetzen.

Cäcilie hatte sie verraten. Nicht nur einmal, als Bunk sie mit diesem Soldatenkerl erwischte, sondern tausendfach in jeder Nacht, die sie nicht bei ihr war. Und selbst jetzt noch verriet sie Bunk und spottete und besudelte ihre Liebe. Ein übermächtiges Rauschen füllte Bunks Kopf und drohte ihn zu sprengen. Sie konnte ihre erstarrten Glieder nicht mehr bewegen und glaubte, im nächsten Moment wie ein gefrorener Krug zerspringen zu müssen.

Da legte sich eine warme Hand auf ihren Arm. Es war der grobschlächtige Henkersknecht, der sie vorhin die ganze Zeit gehalten hatte.

»Sag dem Prätor, ich will aussagen.«

In eine schwere Decke gehüllt, saß Bunk keine halbe Stunde später erneut auf einem Stuhl in der Mitte der Folterkammer, die beiden Henkersknechte als Wachen links und rechts von ihr postiert. Dabei konnte sie vor Schmerz nicht einen einzigen Schritt allein gehen. Jürgen hatte ihr zuvor noch eine Schale heißer Fleischbrühe gebracht, sodass die starre Kälte wenigstens ein bisschen aus ihren Gliedern gewichen war.

»Die Inquisitin Ilsabe Bunk möchte nun auf meine Fragen antworten?«, fragte Wilken betont ruhig.

»Ja, Herr Prätor. Ich nehme meinen Widerruf zurück. Alles war genau so, wie ich es zuvor gesagt habe. Aber ich will noch hinzufügen, dass Cäcilie Jürgens sich zusammen mit Johann Jähner in allerlei Zauberei verdingt hat. Darum wollte Jähner auch einen Kopf haben, um daraus vielerlei geheimnisvolles Gebräu zu kochen. Gemeinsam mit der Jürgens hat Jähner in seiner Arzneienküche in des Teufels Namen Zaubertränke bereitet, die Cäcilie Jürgens auf ihren Wanderungen als Hökerin säumigen Zahlern heimlich verabreicht und ihnen so einigen Schaden zugefügt hat. In Kuddewörde hat sie dem Wirt Hans Wackern den Brunnen vergiftet, dass er und seine ganze Familie auf geheimnisvolle Weise erkrankt sind und er selbst bis zum heutigen Tag gelähmt blieb. Auch hat die Jürgens ein unzeitig Kind geboren, das ihr der Jähner gemacht hat, und es dann in Teufels Namen auf einem Acker vergraben, sodass dem Bauern, dem der Acker gehörte, die Ernte verdorben ist und seine Familie Hunger leiden musste. Doch weil die Jür-

gens auch danach noch immer so gierig der geilen Lust nachjagte, hat sie sich dem Teufel dargeboten, auf dass er sie bespringe und mit seinem riesigen eisernen Glied besame.«
Prätor Wilken fixierte Bunk mit strengem Blick. Deren Augen glänzten fiebrig, ihr Körper zitterte.
»Das reicht mir als glaubhafte Aussage von der Inquisitin, um ausreichende Übereinstimmung mit den anderen Aussagen zu finden. Sie macht den Anschein, als ob Sie nun Ruhe brauche, damit die peinliche Befragung, der Sie sich ausgesetzt hat, keine größeren Schäden an Ihrem Leib anrichte. Das Protokoll für die Urgicht mag Sie später unterschreiben, wenn Sie sich etwas erholt hat. Meister Ismael, man bringe die Inquisitin zurück in ihr Verlies und versorge sie mit dem Nötigen.«
Dann wandte er sich mit gesenkter Stimme an den Aktuar. »Den letzten Teil mit dem Teufel, den streicht aus dem Protokoll.«

50

Bunk lag in klamme Decken gehüllt auf ihrem Strohsack im Verlies. Asthusen hatte seine Knechte angewiesen, ihn noch einmal ordentlich aufzufüllen, sodass sie warm und weich genug lag. Er selbst hatte ihre Wunden behandelt. Ihre Daumennägel und das Fleisch darum herum waren schwarz. Sie würden bald abfallen. Aber mit etwas Glück wüchsen ihr neue, meinte der Henker. Ihr Bein hatte er mit einem dicken Kräuterbrei bestrichen und in Tücher gewickelt. Er hatte ihr einen Kräutersud gegen das Fieber eingeflößt und auch eine fette Suppe mit etwas Fleisch. Danach war sie erschöpft eingeschlafen.

Wie lange sie geschlafen hatte, wusste sie nicht. Aber es fiel noch Licht durch den kleinen Schacht. Das Blut pochte in ihren Daumen, und das Bein brannte. Nur das Rauschen im Kopf hatte etwas nachgelassen.

Plötzlich hörte sie einen gellenden Schmerzensschrei, der in ein langgezogenes Wimmern überging. Ihr Magen krampfte sich reflexartig zusammen. Nein, sie war raus aus der Folterkammer. Es musste Jähner sein, der da schrie. Es geschah ihm recht für all die Schmerzen und Lügen, die er ihr zugefügt hatte. Ein grimmiger Schauder überkam ihren Körper. Keiner sollte sie ungestraft erniedrigen und entehren. Selbst hier nicht, an diesem Ort des Grauens. Cäcilie hatte sie es heimgezahlt. Sogar dieser Prätor hatte schließlich im angemessenen Ton mit ihr gesprochen und seinen Blick auf sie gerichtet.

Dieser Blick … Wo hatte sie ihn schon mal gesehen?

Dienstag, 6. Dezember 1701

51

Wrangel fühlte sich gut. Diesen Morgen war er zum ersten Mal ohne Schmerzen aufgewacht und den dritten Tag in Folge fieberfrei. Tatsächlich hatten ihm seine Verletzungen weitaus stärker zugesetzt, als er es wahrhaben wollte. Auch war es nahezu fahrlässig gegen seine Gesundheit gewesen, kaum dass er wieder allein auf zwei Beinen stehen konnte, zu Gericht zu eilen und anschließend den ganzen Tag durch die Stadt zu ziehen. Claussen hatte recht gehabt: Prätor Wilken hatte ihm mit seiner Zwangsbeurlaubung etwas Gutes getan.
Die letzten zwölf Tage hatte Wrangel fast ausschließlich im Bett verbracht, die meisten davon leicht fiebernd. Jetzt aber ging es seinen Rippen deutlich besser, die Schulter war abgeschwollen und das Gesicht zeigte nur noch leichte Spuren des Überfalls. Auch die Wunde am Kopf war schon gut verschorft.
Die letzten drei Tage hatte er genutzt, um eine umfangreiche Verteidigungsschrift für Bunk zu erstellen. Er hatte alle Fakten und Unstimmigkeiten aufgelistet sowie juristische Begründungen gegen eine Verurteilung Bunks in Hamburg wegen der Messerstecherei ausgeführt.
Morgen früh würde er dem Prätor die Verteidigungsschrift zur Eröffnung des Gerichtstages überreichen. Aber heute wollte er noch die Krämersfrau Jähner aufsuchen und sie um ihre Zeugenaussage bitten. Wrangel freute sich auf den Spaziergang durch die schon winterliche Stadt, als er seine Bleibe

in der Rosenstraße verließ. Die Kälte war dieses Jahr früh gekommen und hatte die tiefen Spurrillen auf den Straßen vereist. Aber die Alster floss noch träge, still und schwarz der Elbe entgegen.
Der neue Mantel wärmte hervorragend, und auch die Stiefel waren fest und warm. Der wahre Grund seiner Freude lag aber weder am Wetter oder seiner neuen Kleidung, sondern an dem kleinen Billett, das ihm ein Bote am letzten Freitag vorbeigebracht hatte. Es war von Ruth, die sich auf höfliche Weise nach seiner Gesundheit erkundigte und ihr großes Mitgefühl für seine Verletzungen zum Ausdruck brachte. Wrangel meinte, eine heimliche Zärtlichkeit in ihren freundlichen Floskeln zu spüren, als er sie wieder und wieder las. Auf jeden Fall aber spürte er deutlich zärtliche Gefühle für Ruth, die seinen gerade genesenen Körper ungewohnt verwirrten. So hatte er auch fünf Anläufe gebraucht, bis ihm sein Antwortbillett im richtigen Ton erschien.
Auf dem Pferdemarkt bog er rechts in Richtung Herrenstall ab und folgte später Voglers Wall, der die kleine Alster hinunter bis zum Neuen Zeughausplatz führte. Dort überquerte er die Alster und folgte ihrem Lauf den Herrengraben hinunter, bis rechts der Beckergang abzweigte.
Das Schild der Arzneienkrämerei hing wie erstarrt in seinen Angeln, und die Tür war verschlossen. Wrangel klopfte kräftig an die Tür und wartete. Alles blieb still. Er klopfte noch lauter. Nach seinem dritten Versuch öffnete sich im ersten Stock ein Fenster. Frau Jähner, in einen schwarzen Schal gehüllt, schaute mit verstörtem Blick herunter.
»Frau Jähner?«, rief Wrangel nach oben. »Guten Tag, ich bin Prokurator Wrangel. Ich möchte noch einmal mit Euch über Maria Rieken sprechen. Darf ich hereinkommen?«
Wortlos schloss die Frau das Fenster. Es dauerte lange, bis sich

der schwere Schlüssel im Schloss drehte und die Tür aufging. Die Krämersfrau sah noch kleiner und eingefallener aus als bei seinem ersten Besuch. Ihre Augen waren gerötet, die Lippen rissig. Die Haft ihres Mannes nagte an ihr.
»Frau Jähner, wie ich Euch schon bei meinem letzten Besuch sagte, brauche ich nun tatsächlich Eure Zeugenaussage vor Gericht. Ihr müsstet bestätigen, dass Maria Rieken bis zu Lichtmess bei Euch als Hausmädchen war, und Ihr müsstet ihr Aussehen beschreiben.«
Die Frau schloss die Augen und zitterte. »Ich sage gar nichts aus, Prokurator. Stattdessen bete ich inständig zu Gott, dass mein Mann seine Marterungen überlebt und mir meine kleine Existenz erhalten bleibt.«
»Aber Eure Aussage wird Eurem Mann helfen, Frau Jähner. Ilsabe Bunk hat ihre Anschuldigungen gegen ihn widerrufen. Eure Aussage wird dies bezeugen. Sie wird bestätigen, dass Maria Rieken nicht tot ist und Euer Mann sie somit auch nicht umgebracht haben kann. Man wird ihn freisprechen.«
»Wann soll denn diese Bunk widerrufen haben?«
»Vor dreizehn Tagen schon.«
Frau Jähner schluchzte kurz auf, dann fasste sie sich wieder. »Davon ist mir nichts bekannt. Ich weiß nur, dass mein Mann letzte Woche bis aufs Blut gemartert wurde und anschließend der Brookvogt mit seinen Leuten hier war und sie alles Mögliche aus der Arzneienküche fortgeschleppt haben. Der Brookvogt sagte mir, der Fall sei so gut wie abgeschlossen. In dieser Woche noch soll die Urgicht vor dem Richter beschworen werden. Was redet Ihr da also von Freispruch?«
Wrangel erstarrte. Was war in den letzten zwei Wochen passiert? Der Prätor hatte ihm doch gesagt, dass der Fall ruhen würde, bis er genesen war. Plötzlich fielen ihm wieder Wilkens letzte Worte vom Leid und von der Notwendigkeit der Folter

zur Wahrheitsfindung ein. Heiße Wut stieg in ihm auf. Er musste zur Frohnerei und sehen, was los war.

»Frau Jähner, ich bitte Euch! Ich werde der Sache auf den Grund gehen, aber Ihr, Ihr müsst als Zeugin aussagen!«

Sie schüttelte langsam den Kopf und schloss leise, aber bestimmt die Tür.

Wrangels Rücken war schweißnass, als er keine zwanzig Minuten später bei Asthusen an die Tür klopfte. Der Scharfrichter musterte ihn mit ernstem Blick, als er die Tür öffnete.

»Was ist passiert, Meister Ismael?«

»Guten Tag, Prokurator Wrangel, welches Anliegen führt Euch zu mir?«, hielt sich Asthusen streng an die formelle Begrüßung.

»Ich denke, das wisst Ihr nur zu gut. Darf ich eintreten und mit Euch reden?«

»So kommt herein.« Asthusen schloss sorgfältig die Tür hinter Wrangel und führte ihn in die Schankstube. »Nehmt Platz, ich bringe Euch ein Bier. Ihr seht erhitzt und durstig aus.«

»Danke, ich möchte nichts trinken, sondern wissen, was hier in den letzten zwei Wochen vorgefallen ist.«

Ungerührt von Wrangels Ablehnung griff Asthusen zwei Krüge und zapfte geduldig Bier vom Fass. »Der Prätor ist mit der Untersuchung fortgefahren. Bunk hat ihren Widerruf zurückgezogen. Die Befragungen wurden so lange fortgesetzt, bis drei Geständnisse vorlagen, die miteinander glaubhaft übereinstimmten.«

»Ihr habt die drei gefoltert?«

»Prokurator Wrangel, der Prätor hat nach dem Widerruf Eurer Mandantin eine erneute Befragung angesetzt, weil der Widerruf den Geständnissen der beiden anderen Inquisiten widersprach. Eure Mandantin war erst unter der peinlichen Befragung bereit, ihre Aussagen noch einmal zu überdenken.«

»Ihr habt sie so lange gefoltert, bis sie alles gesagt hat, was Ihr hören wolltet, ja?« Wütend schlug Wrangel mit der Faust auf den Tisch, dass das Bier über den Rand des Kruges schwappte. Asthusen fixierte ihn mit strengem Blick. »Prokurator Wrangel, der Prätor hat während Eurer Abwesenheit seine Arbeit fortgesetzt. Ihr seid Jurist und wisst um den Ablauf von Verhören. Haltet weder dem Prätor noch mir unsere Arbeit vor, die wir gemäß unserer Pflicht erfüllt haben.«

Wrangel schäumte vor Wut. Aber er sah, dass er beim Henker auf Granit biss. Dieser ließ nichts auf seine Arbeit kommen, und Folter gehörte nun einmal traditionell dazu.

Wrangel zwang sich also zur Ruhe, bevor er darum bat, Bunk zu sprechen. Asthusen führte ihn hinüber in die Herrenstube. Fünf Minuten später brachte der Meisterknecht die gefesselte Bunk herein und schob sie auf einen Schemel. Dann verließ er wortlos den Raum und bezog vor der Tür Wache.

Wrangel traute seinen Augen nicht. Bunks Kleidung war blutverschmiert, ihre Augen gerötet und fiebrig glänzend. Um die Daumen klebten schmutzige blutverkrustete Stofflappen. Auch ihr linker Unterschenkel war mit einem verdreckten Lappen verbunden. Daumenstock und spanischer Stiefel, dachte Wrangel, unverkennbar.

»Es tut mir sehr leid, dass sie dir das angetan haben, Bunk. Hätte ich davon gewusst, hätte ich versucht, es zu verhindern. Territion ist eine Sache, aber angewandte Folter eine andere. Was ist schon ein Geständnis wert, das unter brutalen Schmerzen erpresst wurde? Alles Lüge! Du kannst es widerrufen, Bunk, wenn du willst. Ich werde dir helfen und beistehen.«

Bunk warf ihm einen müden Blick zu. »Beistehen? Lasst es gut sein, Prokurator. Ich habe nichts zu widerrufen. Ich habe freiwillig ausgesagt.«

»Was redest du da? Sieh dich doch an! Was war da freiwillig?«

Bunk spuckte wütend aus. »Ich habe getan, was ich tun wollte. Niemand hat mich dazu gezwungen.«
»Wenn du nicht widerrufst, wird man dich zum Tod verurteilen. Ich kann verhindern, dass sie dich nochmals foltern. Ich werde auf die Last der Indizien verweisen. Deine Unschuld ist nicht zu leugnen.«
»Ich bin nicht unschuldig, Prokurator. Genauso wenig wie die beiden anderen. Jeder von uns wird seine gerechte Strafe erhalten, so wie der Herrgott sie vorbestimmt hat.«
Wrangel schüttelte ungläubig den Kopf. Aber er konnte hier nicht viel tun. Bunk war offensichtlich verwirrt durch ihr Leid, die Schmerzen und das Fieber. Asthusen musste sie besser pflegen, dann würde sie schon ihren Lebenswillen wiederfinden. Er jedoch musste zusehen, dass er seine Indizien zusammensammelte. Er brauchte endlich die Unterlagen von der Obduktion der Frau ohne Kopf. Der Aktuar hatte sie ihm nicht geschickt, sie mussten also noch im Niedergericht sein.
Eilig verließ Wrangel die Frohnerei, nachdem er Jürgen angewiesen hatte, der Gefangenen erst noch einen Teller kräftige Suppe und ein Bier zu bringen, bevor er sie zurück in ihr Verlies brachte.

52

Der Aktuar Dr. Meyer war gerade im Begriff, das Niedergericht zum Mittagessen zu verlassen, als Wrangel ihn vor der Tür ansprach und sich nach den Unterlagen des Physikus erkundigte.
»Prokurator Wrangel, wie ich sehe, geht es Euch schon wieder bedeutend besser. Dabei rechnet man frühestens morgen mit

Euch. Nun, die Unterlagen, von denen Ihr sprecht, kenne ich leider nicht. Ich habe sie nie bei den Akten des Gerichtes gesehen, und wie Ihr Euch denken könnt, entgeht mir kaum irgendeine Notiz, die das Niedergericht betrifft.«

Der Aktuar hüstelte verhalten, und Wrangel konnte sich des Eindrucks nicht erwehren, dass seinem Mund eine kleine Staubwolke entwich.

»Aber wie kann das sein, Dr. Meyer? Dr. Biester hat mir doch selbst gesagt, dass er die Unterlagen einem Boten des Gerichtes übergeben habe.«

Der Aktuar winkte ab und bedeutete Wrangel, ihm ein paar Schritte zu folgen. »Es ist Mittagszeit, Prokurator. Ihr solltet erst einmal eine kleine Stärkung zu Euch nehmen, bevor Ihr weiter versucht, Euch gegen den Mühlstein des Gerichtes zu stemmen.« Er warf Wrangel einen verstohlenen Blick zu und schlug den Weg Richtung Deichstraße ein, in der mehrere Gasthäuser zum Mittagessen einluden.

Wrangel folgte ihm. »Was wollt Ihr damit sagen, Dr. Meyer?«

»Ich meine damit, dass Ihr den Dingen ihren Lauf lassen sollt, wie er durch die Umstände und Notwendigkeiten bestimmt ist. Darum solltet Ihr jetzt essen.«

Wrangel ärgerte sich über die verklausulierte Antwort des Aktuars. »Ich habe keinen Hunger. Ich muss eine unschuldige Frau verteidigen und brauche dafür diese Unterlagen als Beweis.«

»Für die Beweisführung ist der Prätor verantwortlich, Prokurator, vergesst das nicht und legt Euch nicht unnütz mit ihm an. Auch versucht weder, die Zuständigkeiten beim Niedergericht neu zu ordnen, noch den Akt der Rechtsfindung umzuwälzen. Gemäß der Carolina ist das Ziel der gerichtlichen Befragung, den Missetäter seiner Tat zu überführen und ein freies Geständnis zu erhalten und nicht etwa ihn zu entlasten. Vor dem Richter hat neben zwei glaubwürdigen Zeugen nur ein freies Geständnis als Beweis Bestand und nicht irgendwelche Indizien. Mit Euren Nachforschungen schadet Ihr Euch mehr, als dass sie irgendjemandem nützen.«

Damit wandte sich der Aktuar brüsk ab und trat in ein gutbesuchtes Gasthaus ein.

Wrangel blieb verwundert draußen stehen. Noch nie hatte Dr. Meyer so deutlich mit ihm geredet, ja ihn sogar gewarnt. Normalerweise enthielt er sich grundsätzlich einer Meinung, weshalb er als Doktor der Juristerei auch nicht Prokurator, Fiskal oder Richter, sondern Aktuar geworden war.

Nachdenklich kehrte Wrangel um. Trotz dieser Warnung wollte er versuchen zu beweisen, dass die Tote nicht Maria Rieken war. Sollte sich Bunk doch noch dazu entschließen, erneut zu widerrufen, so lägen dann wenigstens die Fakten zu ihrer Unterstützung bereit. Wenn die Unterlagen über dic anatomische Begutachtung nicht mehr aufzufinden waren, so könnte zumindest der Physikus als Zeuge aussagen.

Keine zehn Minuten später klopfte Wrangel an der Haustür des Physikus. Mit schlurfendem Schritt kam der Mann an die Tür und musterte ihn skeptisch.

»Guten Tag, Dr. Biester. Ich bin Prokurator Wrangel und war bereits vor vier Wochen bei Euch wegen der Unterlagen über die anatomische Begutachtung der Frau ohne Kopf. Erinnert Ihr Euch?«

»Ja, aber was behelligt Ihr mich schon wieder zur Mittagszeit? Die ungestörte Einnahme einer Mahlzeit ist essentiell für die Gesundheit«, brummte der kräftige Mann.

»Leider ist der Bericht über Eure Begutachtung, der bei Euch von einem Gerichtsdiener abgeholt wurde, nicht mehr auffindbar.«

»Was für ein Bericht? Ich kann mich an keinen Bericht erinnern.«

Wrangel stutzte. »Aber Ihr erinnert Euch noch an die Frau ohne Kopf, nicht wahr? Ihr sagtet mir, sie sei dick gewesen. Wärt ihr bereit, dies vor dem Niedergericht zu bezeugen?«

»Woher soll ich wissen, wie irgendeine Tote auf meinem Seziertisch aussah? Wisst Ihr, wie viele Patienten ich alljährlich sehe und wie viele Leichen jedes Jahr über meinen Tisch wandern? Zusammengenommen an die tausend Stück! Wie soll ich mich da an eine einzelne erinnern? Ihr verlangt Unmögliches von mir, Prokurator. Ich kann gar nichts dergleichen bezeugen. Und nun entschuldigt mich, mein Essen wartet.« Damit schloss er, ohne auf eine Erwiderung zu warten, die Haustür.

So kam er nicht weiter, das war Wrangel klar. Aber vielleicht sollte er auch gar nicht weiterkommen, zumindest nicht auf diesem Weg. Aus einem offenen Fenster des Ratskellers zog der Duft gebratenen Fleisches in seine Nase. Er hatte Hunger, Bunks Verteidigung hin oder her. Mit vollem Magen ließ es sich bestimmt besser über all die Widerstände bei diesem Mandat nachdenken.

Die Schankstube des Ratskellers war gut besucht. Wrangel begrüßte einige Männer, die er vom Gericht her kannte, und suchte sich dann einen Platz in einer abgelegenen Ecke. Kaum hatte eine Magd ihm einen Krug Bier und ein ordentliches Stück Spanferkel gebracht, als sich die Tür des Ratskellers öffnete und Michel Wilken in Begleitung von Wrangels Bruder Albrecht hereinkam. Wrangel versteckte sein Gesicht hinter dem erhobenen Bierkrug. Aber die beiden achteten auf niemanden im vorderen Teil der Schankstube, sondern gingen direkt zu den Ratsherrentischen.

Wrangel spähte ihnen hinterher. Beide wirkten sichtlich aufgeräumt und zufrieden, als ob ihnen der Morgen an der Börse reichliche Gewinne gebracht hätte. Albrecht hielt seine dicken Finger über dem gewölbten Bauch verschränkt und lachte hin und wieder polternd auf. Auf einmal überkam Wrangel die Vorstellung, wie diese dicken Finger die zarte Elisabeth anfassten, ihren nackten Körper hielten und sich überall dorthin vergruben, wovon Wrangel früher noch nicht einmal zu träumen gewagt hatte. Heiße Eifersucht packte ihn.

Schon immer hatte sein Bruder ihm weggenommen, was er nur konnte. Die Aufmerksamkeit des Vaters, auch die Liebe und Zärtlichkeit der Mutter. Stets drängte sein Bruder sich dazwischen, wenn die Eltern sich einmal mit ihm, dem kleinen Hinrich, beschäftigten, und führte ihnen sofort vor Augen, was er besser als sein kleiner Bruder konnte und um wie vieles ordentlicher und gehorsamer er war. Auch im elterlichen Kontor sorgte Albrecht dafür, dass er die wichtigeren Aufgaben zu erledigen bekam, als der Vater entschied, dass die Jungen früh um das kaufmännische Handwerk wissen sollten. Hinrich stellte er, so oft es ging, als Trottel dar, bloß weil er mit dem Rechnen noch nicht so sicher war. Als die Jungen zu St. Nikolaus jeder einen Teller mit Nüssen und Spekulatius bekamen, aß Albrecht heimlich Hinrichs Kekse auf, weil dieser einmal nicht auf seinen Teller achtgab. Und genau so hatte er ihm auch Elisabeth entrissen, kaum dass Hinrich einmal nicht vor Ort war. Jetzt saß er hier in Hamburg und speiste in inniger Freundschaft mit dem Bruder des Prätors, unter dem Wrangel arbeitete, und drängte sich so in Wrangels neues Leben. Was würde er ihm hier wohl als Nächstes versuchen wegzunehmen?

Auf einmal versperrten zwei junge Männer in weinroten Samtjacken und hellen Kniebundhosen Wrangel die Sicht. Sie drängten durch die Schankstube auf die Ratsherrentische zu, kamen vor Michel Wilken zum Stehen und verbeugten sich leicht vor ihm. Wrangel konnte bei dem Lärm im Raum nicht hören, worüber sie mit Wilken redeten, aber als sie sich um-

wandten und zurückkamen, las er in ihren Gesichtern eine leichte Aufregung. Die beiden kamen ihm irgendwie bekannt vor. Sahen sie nicht aus wie die jungen Männer, die er dabei beobachtet hatte, wie sie einen Schuppen wässerten, während die Vincent-Bastion brannte? Er erinnerte sich plötzlich wieder an ihre auffallend roten Jacken.
Ein Mann am Tisch neben Wrangel musterte die beiden Männer abfällig, während er schmatzend sein Fleisch kaute.
»Wisst Ihr, wer die sind?«, fragte Wrangel seinen Nachbarn.
»Hm«, antwortete der und wischte sich mit dem Ärmel über den vor Fett triefenden Mund. »Das sind zwei Wilken'sche Kontorjungen. Vier beschäftigt er insgesamt, und alle kleidet er wie Lackaffen, weil er meint, dass das seinem Handelshaus mehr Ansehen gebe. Dabei kennt das Kontor sowieso jeder in der Stadt, ist es doch das einzige, das auch in diesen harten Zeiten des dänischen Embargos Kaffee und Zucker verkauft – und sogar Pulver kaufen kann.«
Dann schaute der Mann Wrangel abschätzend an. »Ihr seid wohl kein Kaufmann, was?«
»Nein, ich bin Advocatus und Prokurator am Niedergericht.«
Sein Nachbar zog die Brauen hoch. »Und da setzt Ihr Euch hier in diese Ecke, in der die glücklosen Kaufleute ihr karges Mal nach einem schlechten Handelstag möglichst ungesehen zu sich nehmen?
»Nun, glücklos kann man auch als Advocatus sein und an einem schlechten Tag lieber ungesehen speisen.«
Sein Nachbar verzog die Miene zu einem schrägen Grinsen und hob dann seinen Bierkrug. »Auf dass wieder bessere Tage kommen mögen. Prost!«

Mittwoch, 7. Dezember 1701

53

Als die Turmuhr von St. Katharinen drei Uhr schlug, klopfte Wrangel an die Tür des Vikars.

Claussen musterte ihn erstaunt. Noch nie war Wrangel zu ihm nach St. Katharinen gekommen, und nun sogar an einem Tag, an dem sie sich für gewöhnlich sowieso am Nachmittag zum Kaffee am Kattrepel trafen. Aber Wrangels unruhige Züge verrieten ihm sofort, dass sein Freund einen triftigen Grund für diesen Besuch haben musste.

»Wrangel, mein Freund, welch eine Überraschung! Seid willkommen und tretet ein in mein bescheidenes Heim.«

»Danke, Claussen, aber ich will Euch keine Umstände machen. Ich dachte lediglich, wir könnten gemeinsam einen Spaziergang zum Kattrepel machen und dabei etwas ungestörter reden.«

»Das ist ein guter Vorschlag, zumal bei diesem herrlichen Winterwetter. Wer weiß schon, wann dieser trockene Frost in nasskalten Schneeregen übergehen wird? Kommt herein, ich will nur schnell meinen Mantel holen.«

Keine fünf Minuten später waren die beiden jungen Männer auf dem Weg hinaus aus der Stadt zum Grasbrook. Kaum hatten sie die engen Gassen und das Grasbrook Tor passiert, als Wrangel eine lederne Mappe unter seinem Mantel hervorholte und sie Claussen reichte.

»Was ist das?«

»Das ist die Verteidigungsschrift, die ich für das Mannweib, Ilsabe Bunk, verfasst habe. Wilken hat sie nur lächelnd durchgeblättert. Noch nicht einmal lesen wollte er sie. Der Prätor scheint sich nicht mehr für das Recht der gefangenen Inquisiten zu interessieren. Stattdessen foltert er sich ihm genehme Aussagen herbei.«
Claussen schlug die Mappe auf und überflog die in Wrangels akkurater Handschrift geschriebenen Seiten. »Das ist eine gut argumentierende und stichhaltige Verteidigung. Haben die aufgeführten Zeugen schon einer Aussage zugestimmt?«
Wrangel verzog das Gesicht. »Nein. So wenig wie der Prätor meine Ausführungen überhaupt lesen wollte, so wenig wollten sich die Zeugen an die Vorgänge erinnern. Selbst der Ratsapotheker Kirchhoff, der mir noch vor zwei Wochen ausführlich erläuterte, warum es überaus unwahrscheinlich ist, dass nur der Kopf der Toten zu Medizin verarbeitet wurde, hat nun schriftlich beim Prätor eine Aussage hinterlegt, die dessen zweifelhafte Version der medizinischen Verarbeitung des Kopfes stützt. Wilken zeigte sie mir heute Vormittag. Aber damit noch nicht genug. Selbst Bunk hat ihren Widerruf zurückgezogen und scheint gewillt zu sein, auf dem Richtplatz zu enden. Wilken gab mir ihre neue Aussage. Die ist ungeheuerlich. Bunk hat ihre Beschuldigungen gegen die Jürgensen sogar noch erweitert. Selbst vor dem Teufel schreckt sie nicht zurück, um die Frau als Hexe erscheinen zu lassen. Und ich, mein lieber Claussen, stehe da wie ein Trottel, der dem Recht zu seinem Recht verhelfen will, aber keinen interessiert es. Kommenden Montag bereits will der Prätor die Inquisiten vor dem Richter die Urgicht schwören lassen, damit noch in diesem Jahr ein Urteil gefällt werden kann.«
Claussen schwieg und ließ seinen Blick über die winterlichen Grasflächen streifen. Die Halme waren vereist und glitzerten in

der Sonne. Träge floss die Elbe im Süden dahin. Zwei Jungen hüteten eine kleine Herde Schafe, die genügsam die eisigen Halme abknabberten. Die beiden Männer gingen unterhalb der Wallanlagen über einen Trampelpfad auf das Sandtor zu. Auf dem Wassergraben bildeten sich schon erste Eisflächen.

»Was Ihr da erzählt, gibt mir wirklich zu denken. Wie es scheint, haben sich alle Beteiligten in den letzten zwei Wochen dafür entschieden, eine einheitliche klare Lösung für den Fall anzustreben, der Prätor ebenso wie Eure Mandantin. Nur mit den Fakten, die bezeugen, was wirklich geschah, scheint all dies wenig zu tun zu haben.«

»Genau so sehe ich es auch. Aber leider haben die Fakten allein vor Gericht keine Beweiskraft. Worauf es ankommt, sind die Geständnisse aus freien Stücken. Und an diesem Punkt versagt mein Verstand. Denn Bunk wurde gefoltert, ohne dass sie ein einziges Wort widerrief. Ihre beiden Daumen sind bis auf die Knochen zerquetscht, ihr linkes Bein ist blauschwarz gepresst. Erst als man schon von ihr abgelassen hatte, entschied sie sich auf einmal, ganz von sich aus, so sagt es zumindest der Aktuar, ihren Widerruf zurückzuziehen und noch weitere sie selbst und die anderen belastende Aussagen zu machen. Warum nur, Claussen? Was ist in sie gefahren, und was soll ich jetzt tun?«

»Sie muss einen triftigen Grund dafür haben, dass ihr der Tod erstrebenswerter erscheint als das Leben. Aber Ihr, Wrangel, Ihr müsst gar nichts tun. Es ist nicht Eure Aufgabe, diese Frau vor sich selbst zu schützen, sondern lediglich, sie und ihre Rechte vor dem Niedergericht zu vertreten und damit die Ordnung aufrechtzuerhalten. Verrennt Euch nicht mit Eurer Aufgabe als ihr Advocatus.«

»Was meint Ihr damit?«

»Nun.« Claussen blieb stehen, faltete seine Hände und blickte

Wrangel direkt in die Augen. »Was wisst Ihr über die Abgründe, in die Eure Mandantin in ihrem Leben geschaut hat? Ihr Leben als ständiges Geheimnis, die Angst der Enttarnung, die Furcht vor der Sünde, die sie tagein, tagaus beging. Ein Mensch, der so einen Weg beschreitet wie jene Ilsabe Bunk, scheint mir auf der verzweifelten Suche nach sich selbst zu sein, ohne sich jedoch je finden zu können. Denn sie will sich nicht fügen in die unumstößlichen Vorgaben, die Gott ihr mit auf den Weg gegeben hat. So findet sie kaum je einen Platz in der Gesellschaft, an dem sie verweilen und in Geborgenheit ruhen kann. Auch wird sie kaum einen Menschen finden, dem sie vertrauen kann. Einsamkeit und Enttäuschungen, sicherlich auch tiefe Verletzungen dürften die täglichen Begleiter durch ihr Leben sein. Da mag ihr der Tod als Erlösung erscheinen.«

»Aber warum will sie unschuldige Menschen mit sich in diesen Abgrund stürzten?«

»Vielleicht hat ihr sündiges, glückloses Leben sie schon so verdorben, dass sie in jedem einen Schuldigen an ihrem eigenen Leid sieht und blinde Rache für all das nimmt, was sie selbst durchlitten hat. Darum, mein Freund, hört meine Warnung. Lasst Euch nicht in diese Spirale des Hasses und der Rache hineinziehen, die Euer eigenes Leben vergiften könnte.«

Wrangel schluckte.

»Der Prätor aber«, fuhr Claussen fort, »ist ein erfahrener Mann, der es versteht, aus menschlichen Schwächen politischen Nutzen zu ziehen. Ein sauber gelöster Mordfall dürfte ihm gut zu Gesicht stehen in diesen unruhigen Zeiten, in denen sich die Menschen von allen Seiten bedroht fühlen. Ich will kein Urteil über den moralischen Aspekt seines Handelns sprechen. Dem Gemeinwohl aber dient es, sofern er sich nach den Vorgaben richtet, die laut Gesetz für die Urteilsfindung vorgesehen sind.«

»Aber diese Vorgaben sind barbarisch, Claussen, und das wisst Ihr genauso gut wie ich. Die Folter dient nicht der Gerechtigkeit, sondern verschafft jenem einen Vorteil, der sie für seine Interessen einsetzen kann. Das hat weder etwas mit Recht noch mit Gerechtigkeit zu tun.«

»Was sich in den Hörsälen der Universitäten und aus dem Munde Eures geschätzten Thomasius gut anhört, lieber Wrangel, und was die Realität in der Gesellschaft fordert, sind zwei Paar Stiefel ... Aber lasst uns zugehen, sonst schließt noch das Sandtor vor unserer Nase und wir müssen die Wachen teuer bezahlen ... Nur strenge Ordnung hält die Menschen im Zaum. Glaubt Ihr vielleicht, die Kirche wäre noch existent, wäre sie immer nur barmherzig? Auch uns Kirchenmännern obliegt es, darüber zu wachen, dass der Sünder bestraft wird zum Wohle jener, welche die Sünde meiden und das Gemeinwohl fördern. Nur eine Ordnung, die jedem seinen festen Platz zuweist, lässt das gemeinsame Leben gedeihen. Das geltende Recht, zu dem nun einmal die peinliche Befragung gehört – mag man sie auch verabscheuen –, verhilft uns zu dieser Ordnung. Die höhere Gerechtigkeit hingegen mögen wir Gott überlassen. Er wird richten über die Lebenden und die Toten und unseren Mangel an Einsicht mit seiner Weisheit ausgleichen. Vertraut auf Gott, Wrangel, und schützt die Ordnung, die uns erst in die Lage versetzt, sein Lob zu singen.«

Die beiden Männer schritten aus und passierten das Sandtor, das sie auf die Kehrwiederspitze führte. Von dort aus öffnete sich ein herrlicher Blick über den Hafen, in dem unzählige Schiffe dicht an dicht im silbern glitzernden Wasser vertäut lagen und mit ihren abgeriggten Masten einem lichten Wald glichen. Die Hafeneinfahrt war mit Hunderten, wenn nicht sogar Tausenden Baumstämmen vor den dänischen Kriegsschiffen geschützt. Allein in den letzten vier Wochen hatte der

Rat noch einmal fünfhundert Bäume in Duvenstedt schlagen und über die Alster hinunterflößen lassen. Der so errichtete Baumwall war ein seit Jahrhunderten bewährtes Mittel, um angreifende Schiffe vom Hafen fernzuhalten.

Das Abendrot leuchtete schon über der Stadt, als Wrangel und Claussen endlich am Kattrepel eintrafen und ihre durchgefrorenen Glieder mit einer Tasse Kaffee aufwärmten.

Das Kaffeehaus war berstend voll, und die Leute redeten erregt durcheinander. Wrangel war froh, dass Claussen und er unter diesen Gegebenheiten ihr Gespräch nicht fortsetzten. Er musste erst einmal in Ruhe über Claussens Worte nachdenken, vor allem, was Bunk betraf. Denn an seiner unerschütterlichen Einstellung zur Folter konnte auch sein Freund nichts ändern. Aber die Triebfeder der Rache und des Hasses machte ihm zu schaffen, ahnte er doch, dass er sie selbst tiefer in sich trug, als ihm recht sein mochte.

Die beiden Männer hatten ihre Kaffeetassen noch nicht bis zur Hälfte geleert, als Moses Abelson aus dem hinteren Teil des Kaffeehauses auf sie zukam und sich ohne große Umschweife zu ihnen setzte.

»Verehrter Prokurator Wrangel, ich freue mich sehr, Euch wieder wohlauf zu sehen. Eine schreckliche Sache, die Euch da passiert ist. Ich hoffe, man wird die Verbrecher fassen, die über Euch herfielen.«

»Danke, Herr Abelson, für Eure Anteilnahme. Ja, es geht mir schon wieder besser, zumindest, was meine Gesundheit betrifft. Aber ich mache mir wenig Hoffnung, dass man die Kerle finden wird, zumal ich mich selbst kaum an etwas erinnern kann.«

»Sagt, Herr Abelson, was ist passiert? Die Leute reden so aufgeregt an allen Tischen, als stünde Großes bevor«, hakte Claussen ein.

»Ob Großes bevorsteht, muss sich noch zeigen, aber die Nachrichten, die heute hier eintrafen, sind nicht erfreulich. Der russische Zar scheint sich bestens von seiner Niederlage gegen Karl XII. zu erholen. Er soll wieder mit Friedrich IV. in Verhandlungen getreten sein, und auch Sachsens Kurfürst, August der Starke, der ja ebenfalls König von Polen ist, scheint nicht zu zaudern, erneut mit den Russen und Dänen gemeinsame Sache gegen die Schweden zu machen. Hamburg muss aufs höchste um die Wahrung seiner Neutralität besorgt sein, damit wir nicht zwischen Sachsen und Dänen aufgerieben werden. Heute aber kursierte an der Börse das Gerücht, dass der russische Zar Peter bereits seit einem knappen Jahr mit Hamburger Geld über London seine bei Narwa verlorene Artillerie kontinuierlich ersetze. Dazu soll er sein Offizierskorps mit ausländischen Kräften neu bestückt haben, deren Sold ebenfalls mit Hamburger Geld bezahlt werde. Es geht hier um wahrlich große Summen, wie Ihr Euch denken könnt. Wenn dieses Geld wahrhaftig aus Hamburg kommt, dann füttern wir mit der linken Hand den Feind, den die rechte abwehrt. Mit der Hamburger Neutralität aber ist es dann auf jeden Fall vorbei. Das wiederum gefährdet den Hamburger Anspruch auf Reichsunmittelbarkeit. Schließlich bekämpfen die Dänen schon seit Jahrzehnten unseren Status als Reichsstadt und wollen uns ihrem Königreich einverleiben. Wenn finanzstarke Kräfte innerhalb Hamburgs diese Tendenzen fördern, haben wir den Feind im eigenen Haus, und das könnte das Ende für unsere Freiheit und Unabhängigkeit bedeuten.«
»Ihr habt recht, Abelson, es hört sich nicht gut an, was Ihr zu berichten habt. Hamburg kann sich keine Schwäche nach außen leisten, reichen doch schon die inneren Spannungen und der ständige Streit zwischen dem Rat und der Bürgerschaft. Der Rezess, dem sich der Rat auf Druck der Bürgerschaft vor

zwei Jahren unterwerfen musste, hat nicht die erhoffte Ruhe gebracht. Zwar liegt die Herrschaft jetzt wieder bei den mittelmäßig Begüterten, aber sie schaffen es einfach nicht, die Stadt voranzubringen. Die Patrizier haben das Nachsehen. Mein Onkel beschwert sich regelmäßig über die unausgegorene Politik, welche Männer wie Pastor Mayer von St. Jacobi betrieben haben. Es reicht eben nicht allein, orthodoxer Lutheraner zu sein, auch die ökonomischen Interessen der Stadt sind immer im Auge zu behalten.«

»Nun ist ja Pastor Mayer schon seit einigen Wochen aus der Verantwortung, aber sein Nachfolger, Pastor Krumbholtz von St. Petri, scheint die Konfrontation mit dem Patriziat unbeirrt fortzuführen. Sosehr man auch den Rat missbilligen mag, ohne ihn hat Hamburg keine Zukunft.«

»Das sagt Ihr, verehrter Abelson«, warf Wrangel ein, »der Ihr als Jude noch nicht einmal die Bürgerrechte dieser Stadt erwerben dürft, ganz gleich, mit wie viel Geld und fachkundiger Hilfe Ihr Hamburg zur Seite steht.«

»Ja, Prokurator, auch meine Zukunft liegt in dieser Stadt. Ich habe hier mein Geld investiert in der Hoffnung, dass der Geist der Freiheit und der ökonomischen Vernunft, der seit jeher Hamburg geprägt hat, auch eines Tages mir und meiner Familie eine Zukunft als freie Hamburger Bürger bietet.«

»Die Dänen sind da schon weiter«, gab Wrangel zu bedenken. »In Altona und Glückstadt dürfen Juden Grund und Boden sowie Bürgerrechte erwerben.«

»Aber doch nur, um das jüdische Geld aus Hamburg anzulocken. Altona und Glückstadt werden einer Stadt wie Hamburg niemals den Rang ablaufen können, wenn sich die Hamburger wieder auf ihre Stärke der Selbstbestimmung besinnen und ihr Handeln konzentriert nach dem Wohl der Stadt und nicht nach den Interessen einzelner Parteien ausrichten. Diese

Art der Freiheit ist es, Prokurator, an die ich glaube und in der ich eine Zukunft für meine Familie sehe.«

»Aber diese Freiheit steht auf dem Spiel, sollte sich das bewahrheiten, wovon Ihr uns gerade berichtet habt, verehrter Abelson«, mischte sich Claussen ein. »Als Bürger der Stadt bin ich besorgt und frage mich, wer zu so einem Verrat fähig wäre. Ich kann es mir von keinem Patrizier vorstellen, weiß doch jeder von ihnen, was es hieße, unter dänische Herrschaft zu fallen. So will ich beten und hoffen, dass Ihr Euch irrt und die Gerüchte sich zu Recht im Sande verlaufen.«

»Aber leider, lieber Vikar, gibt es immer wieder Menschen, denen die persönliche Bereicherung wichtiger ist als das Wohl ihrer Heimat. Doch ich hoffe mit Euch.«

Abelson nippte mit müdem Blick an seinem Kaffee, den ihm der Wirt an den Tisch gebracht hatte. Auch Wrangel hielt sich an seiner Kaffeetasse fest. Das Hemd ist dem Menschen nun einmal näher als der Rock, dachte er, nicht nur in der Frage des Geldes, auch im persönlichen Wohl und Wehe. Er selbst hatte es am Tag zuvor erst zur Genüge gelernt. Jeder hatte nur seinen eigenen kleinen Vorteil im Sinn, keiner das große Ganze. Und er selbst? Dachte er wirklich an das Recht oder auch nur an den eigenen kleinen Vorteil, den Fall in seinem Sinne erfolgreich abzuschließen, um mit sich selbst und seiner Weltsicht zufrieden sein zu können? Und Abelson, dachte der wirklich an das Wohl Hamburgs oder auch nur an seines und an das Geld, das er anscheinend in Hamburger Geschäfte angelegt hatte? Viel Glaube und Hoffnung täten not, damit auch der Rock dem Menschen einmal näher käme.

»Die Geschäfte warten, liebe Freunde, ich muss mich wieder auf den Weg machen«, unterbrach Abelson Wrangels Gedanken. »Aber bevor ich gehe, darf ich Euch bitten, verehrter Prokurator, auf Eurem Weg nach Hause kurz bei mir vorbei-

zukommen, da ich noch eine Kleinigkeit für Euch habe als Dank für Eure liebenswürdige Reisebegleitung meiner Tochter.«
»Sehr gern, Herr Abelson, es wird mir eine Ehre sein.«
»Gut, dann erwarte ich Euch heute Abend. Ruth wird sich auch freuen zu sehen, dass es Euch wieder bessergeht. Sie war sehr in Sorge.«
Kaum war Abelson gegangen, grinste Claussen schelmisch zu Wrangel hinüber. »Ich sehe in Eurem Gesicht geschrieben, dass die Freude gegenseitig ist. Nehmt mein Grinsen gelassen, lieber Freund. Ich freue mich nur, dass die liebenswerte Ruth es schafft, Euren Gedanken und – wenn ich mich nicht irre – auch Gefühlen neue Horizonte zu öffnen.«
»Was meint Ihr damit?«
»Nichts weiter als das, was ich sagte. Ich ahne nur, dass Ihr bezüglich Eurer Gefühle tatsächlich Eure innere Freiheit zurückgewinnt. Aber achtet darauf, dass Ihr sie nicht gleich wieder verliert. Ruth ist nicht nur das behütete Kleinod ihres Vaters. Sie ist auch Jüdin, was einer Verbindung so manchen Stein in den Weg legen kann.«
»Claussen, ich muss Euch doch sehr bitten! Eure Phantasie geht mit Euch durch.« Wrangel spürte die heiße Röte, die bei Claussens Worten in sein Gesicht geschossen war.
»Keineswegs. Hätte ich mich nicht der Theologie verschrieben und stünde ich nicht kurz vor der Berufung zum Pastor, so würde ich meinem Herzen auch gern die Zügel schießenlassen für dieses entzückende Mädchen. Aber eine Jüdin ist in einem Hamburger Pastorat nicht denkbar.«
»Ich bin müde, Claussen, und nicht zu Euren Hirngespinsten aufgelegt. Lasst uns gehen.«
»Nichts für ungut«, lächelte der Vikar vielsagend und schlug seinem Freund auf die Schulter.

Wrangel zuckte zusammen. Die noch nicht ganz verheilte Wunde unter seinem Hemd brannte.

54

Gerade hatten die Glocken sechs Uhr geläutet, als Wrangel vor dem Haus, in dem Abelson in der Kleinen Johannisstraße wohnte, ankam. Gemäß ihrer Gewohnheit hatte er zuvor Claussen zurück nach St. Katharinen begleitet. Doch auf dem Weg tauschten sie nur noch Belanglosigkeiten aus. Jetzt, vor der schweren Haustür mit einem Löwenkopf als Klopfknauf, packte ihn eine leichte Unruhe. Er freute sich auf Ruth, wollte es sich aber nicht anmerken lassen.

Kaum hatte er den Löwenkopf auf die Eichentür geschlagen, als diese sich auch schon öffnete und Jurek ihn freundlich empfing. Nachdem er seinen Mantel abgelegt hatte, führte der Diener ihn in den Salon, wo sogleich Abelson auf ihn zukam.

»Ich freue mich, Prokurator, dass Ihr nicht gezögert und noch diesen kleinen Umweg hierher unternommen habt. Darf ich Euch ein Glas Portwein anbieten, den mir mein Schwager regelmäßig aus Lissabon zukommen lässt? Ein köstliches Getränk, in dem die schwere Süße des Südens eingefangen ist.«

»Sehr gern, Herr Abelson.«

Wrangel ließ seinen Blick neugierig durch den Salon streifen. Er war für Hamburger Verhältnisse ungewöhnlich eingerichtet. Seine Aufmerksamkeit wurde besonders von einer mittelgroßen Holztruhe angezogen, deren auffallende Maserung unter der blank polierten Oberfläche schimmerte und deren Ränder fremdartige Schnitzereien schmückten, welche sich wie ein Ornamentkranz um die Truhe schlangen. Über der

Holztruhe hing ein in Öl gemaltes Stillleben aus Südfrüchten, die auf einem Tisch vor einem filigran bemalten Porzellankrug drapiert waren. Die Früchte waren derart appetitlich arrangiert dargestellt, dass Wrangel regelrecht Lust bekam, sie zu kosten.

»Sie sind zum Hineinbeißen, nicht wahr?«

»Ja, wirklich. Eine ausnehmend anziehende Komposition. Von wem stammt dieses Bild?«

»Von einem Meister des Lichts aus den Niederlanden. Willem Kalf ist sein Name. Mein Sohn Daniel hatte die Ehre, ihn in Amsterdam persönlich kennenzulernen. Er war so beeindruckt von Kalfs Kunst, dass er dieses Stillleben als Geschenk für seine Mutter und mich erwarb. Leider konnte er es uns nicht mehr persönlich geben. Er kam nur kurze Zeit später in Amsterdam ums Leben.«

»Das tut mir sehr leid für Euch, Herr Abelson.« Wrangel erinnerte sich an Claussens Ausführungen über den dramatischen Tod von Abelsons zweitem Sohn, der während seiner Lehrzeit in Amsterdam überfallen und zu Tode geprügelt worden war.

»Ich danke Euch, Prokurator. Dieses traurige Ereignis ist nun schon viele Jahre her. Aber das Gemälde in seiner Sinnlichkeit schenkt mir immer wieder schöne Erinnerungen an meinen Sohn. Darum habe ich es hier über meine alte Reisetruhe gehängt, die mich mahnt, mein Herz an nichts zu sehr zu hängen, da die Reise des Lebens einen doch immer weiter treibt.«

»Auch diese Truhe ist von ausgesuchter Schönheit, Herr Abelson. Was ist das für ein Holz? So eine Maserung habe ich noch nie gesehen.«

»Es ist Olivenholz aus dem Süden Spaniens. Mein Großvater schenkte sie meiner Mutter zu meiner Geburt. Wir sind sephardische Juden, wie Ihr vielleicht wisst. Die Familie meiner Mutter stammte ursprünglich aus Andalusien, siedelte aber schon vor vielen Generationen nach Fes über. Dort ist meine Mutter aufgewachsen. Erst die Ehe mit meinem Vater führte sie in den Norden, nach Amsterdam und London. Mich hat diese Reisetruhe auf allen meinen Reisen stets begleitet. Erst in den letzten Jahren ist sie in diesem Haus zur Ruhe gekommen, wie ich selbst.«

»Die Schnitzereien sind sehr filigran. Haben sie eine Bedeutung?«

»Es sind arabische Schriftzeichen, Prokurator. Sie geben Suren aus dem Koran wieder, der heiligen Schrift der Moslems. Mein Großvater hat die Truhe von einem Tischler in Fes anfertigen lassen. Der brave Mann hat in tiefer Gläubigkeit Suren ausgewählt, die sowohl für Moslems wie auch für Juden und Christen Gültigkeit haben. So sollte mich die Truhe mit guten Wünschen durch die ganze Welt begleiten und beschützen. Bisher ist es ihr gelungen. Und inzwischen bin ich zu alt geworden, um weiter zu reisen.«

»Aber Ihr seid doch hier in Hamburg zu Hause, und Euer schönes Haus lässt hoffen, dass dies für viele Generationen Eurer Familie so bleiben wird.«

Abelson lächelte müde und führte Wrangel hinüber zu zwei schweren Stühlen an einem kleinen Tisch, auf dem schon eine Karaffe Portwein und zwei kristallene Gläser bereitstanden.

»Für uns Juden, Prokurator, gibt es nur selten Orte, an denen wir lange gern gesehen sind. Darum ist uns die Bindung an Grund und Boden oft versagt. Auch hier in Hamburg. Der Grundbesitz in der Stadt berechtigt zur Mitsprache im jeweiligen Kirchspiel. Das lässt sich mit dem Judentum nicht vereinbaren. Dieses schöne Haus bewohne ich darum mit meiner Tochter zur Miete. Der Eigentümer ist ein Geschäftspartner von mir, und der Mietzins, den ich ihm jährlich entrichte, ist so bemessen, dass eine andere Nutzung für ihn kaum lukrativer sein kann. Aber lasst uns nicht länger von mir altem Mann sprechen, sondern ein Glas trinken und auf das zu sprechen kommen, weshalb ich Euch herbat.«

Der Portwein schmeckte köstlich. Wrangel spürte, wie ihm der Alkohol warm ins Blut stieg und seine Sinne aufhellte.

»Meine Tochter gab mir Briefe, Prokurator Wrangel, die Ihr bei Euren Ermittlungen in Eurem derzeitigen Fall gefunden habt.«

»So ist es, Herr Abelson. Sie bot mir an, Euch die Schreiben, die für uns unleserlich waren, zu zeigen, da Ihr über Kenntnisse zu Verschlüsselungen verfügt, wie sie sich ausdrückte. Habt Ihr mit diesen Briefen etwas anfangen können?«

Abelson betrachtete Wrangel prüfend, bevor er antwortete. »Bisher nicht sehr viel, Prokurator. Um überhaupt an eine Dechiffrierung denken zu können, brauche ich weitere Informationen von Euch. Warum glaubt Ihr, dass diese Briefe für Euren Fall wichtig sein könnten?«

Nun schaute Wrangel Abelson prüfend an. Konnte er ihm vertrauen? »Es spricht einiges dafür, dass die Schreiben etwas mit meinem Fall zu tun haben. Meine Mandantin war die Botin für einen der Briefe. Der andere kam eher durch Zufall in ihre Hände. Aber beide weisen das gleiche Siegel auf, sprechen also für denselben Absender. Mehr aber noch …«, Wrangel zögerte, während Abelson aufmerksam zuhörte, »ist es ein anderer Umstand, der mich einen Zusammenhang vermuten lässt. Doch bevor ich Euch dies verrate, müsst Ihr mir absolutes Stillschweigen darüber versprechen.«

»Das verspreche ich Euch, Prokurator Wrangel. Schon dass Ihr mir diese Briefe zeigtet, beweist Euer Vertrauen, das ich nicht enttäuschen werde.«

Wrangel räusperte sich. »Als ich überfallen wurde, schien es mir, dass die beiden Kerle nach diesen Briefen suchten. Sie durchwühlten meine Taschen, und ich hörte, wie der eine den anderen anhielt, besonders auf die Briefe zu achten. Daraus schließe ich, dass ich nicht aus Zufall überfallen wurde und dass die Briefe, die ich fand, eine Bedeutung haben müssen. Ob dies allerdings auch für diese beiden Schreiben gilt oder nur für jene, die meine Mandantin an ihre damalige Geliebte schrieb und die die Kerle an sich nahmen, vermag ich nicht zu sagen, wage es aber zu vermuten.«

Abelson nickte bedächtig und trank noch einen Schluck Portwein. »Aus meiner langen Lebenserfahrung heraus teile ich Eure Vermutung, Prokurator. Auch darum erwähnte ich heute Nachmittag im Kaffeehaus nicht den tatsächlichen Grund, weshalb ich Euch sprechen wollte. Ich habe viele Jahre an der Börse in London gearbeitet und in dieser Zeit Bekanntschaft, um nicht zu sagen Freundschaft mit einem sehr begabten Mathematiker geschlossen. Sein Name ist Sir John Wallis. Seine mathematischen Fähigkeiten und meine Marktkenntnisse haben uns geschäftlich gut miteinander arbeiten lassen. Weitaus faszinierender fand ich jedoch Wallis begnadetes Talent für Dechiffrierungen. Er ist ein wahrer Meister darin, verschlüsselte Zeichen zu erkennen und zu deuten. In vielen langen Gesprächen habe ich mich von seinen Fähigkeiten auf diesem Gebiet immer wieder überzeugen können und durfte auch so einiges über die Kunst der Kryptoanalyse, wie man im Griechischen sagt, erfahren. Schon Cromwell wusste Wallis' Fähigkeiten sehr zu schätzen und beschäftigte ihn ausgiebig mit der Entschlüsselung geheimer Nachrichten, die seine Wachen und Späher abfingen. Im Sommer 1645 gelang es Wallis, abgefangene Briefe von König Charles an seine Frau zu entschlüsseln. Sie bewiesen, dass er an einem Komplott gegen das englische Parlament beteiligt war, und halfen mit, ihn zu Fall zu bringen. Ein weiterer großartiger Coup gelang Wallis 1689, als man ihm die verschlüsselte Korrespondenz des französischen Königs an den französischen Botschafter in Polen vorlegte. Er selbst fand diese Leistung nur durchschnittlich, wie er mir erzählte, da man im französischen Königshaus nach dem Tod des meisterhaften Verschlüsselers Antoine Rossignol zu häufig auf dessen Erfindung der großen Chiffre, einem nicht zu entschlüsselnden Nomenklator, verzichtete und damit selbst schuld an der so entstandenen Vereinfachung des Codes war. Offiziell redet man bis heute nicht von diesem Coup. Nicht aber, weil er so durchschnittlich war, sondern weil sich seine politischen Auswirkungen als so gravierend erwiesen. Ludwig XIV. plante nämlich eine heimliche Allianz mit dem polnischen König gegen Preußen, wie sich in seiner Korrespondenz zeigte. Doch das entsprach nicht den Interessen des englischen Königs. Wilhelm ließ die Sache geschickt an die Öffentlichkeit bringen und vereitelte somit das Bündnis. Preußen rüstet seitdem weiter kontinuierlich auf und ist höchst wachsam gegenüber Frankreich. So hat Friedrich in den letzten Jahren alle Hebel in Bewegung gesetzt, um aus seinem Kurfürstentum Brandenburg und seinem Herzogtum Preußen ein Königreich zu schmieden. Anfang dieses Jahres endlich hatte er Erfolg und ließ sich in Königsberg zu Friedrich I. König in Preußen krönen. Zu höheren Zugeständnissen, etwa einem König von Preußen, waren weder der Kaiser noch der deutsche Klerus bereit. Dabei hatte ihnen Friedrich ihre Zustimmung schon vergoldet. Man munkelt, dass gut zwei Millionen Dukaten aus der preußischen Schatulle an Kaiser Leopold I. flossen und auch der Klerus mehr als fünfhunderttausend Dukaten eingesackt haben soll. Einige sprechen sogar von sechshunderttausend. Und die Jesuiten haben die Hände natürlich auch aufgehalten. Aber wie viel in deren Säckel fiel, ist mir nicht bekannt. Ihr seht hier aber, welche Folgen gelüftete geheime Botschaften haben können.«

Wrangel schaute Abelson mit großen Augen an. »Und Ihr glaubt, dass die Briefe, die ich fand, solche Dimensionen erlangen können?«
Abelson schmunzelte. »Ich weiß nicht, was ich glauben soll, Prokurator, denn ich weiß nicht, was in ihnen steht. Auf jeden Fall aber ist es etwas, was nicht jedermann erfahren soll. Sonst hätte man sich nicht die Mühe machen müssen, es zu verschlüsseln.«
»Ja, vielleicht bergen diese Briefe wirklich ein Geheimnis, das helfen könnte, die vielen Unstimmigkeiten, welche in dem mir anvertrauten Fall aufgetreten sind, zu lüften. Glaubt Ihr, dass es Euch möglich ist, die Schreiben zu entschlüsseln?«
»Wenn Euch daran gelegen ist, werde ich es mit Eurer Hilfe versuchen.«
»Ja, lasst es uns versuchen. Wie kann ich Euch helfen?«
»Kommt mit in mein Kabinett. Dort habe ich die Briefe aufbewahrt.«
Wrangel folgte Abelson quer durch den Salon in das dahintergelegene Kabinett. Es war deutlich kleiner. An der linken Wand standen zwei große Bücherschränke. Bewundernd warf Wrangel einen Blick auf die vielen in Leder gebundenen Bände, die sich dort hinter Glas befanden. Der überwiegende Teil der Bücher war auf Latein verfasst, aber auch englische sowie griechische und hebräische Werke entdeckte er. Selbst eine Bibel in Luthers Übersetzung besaß Abelson. In der Mitte des Kabinetts stand ein großer französischer Schreibtisch aus dunklem Ebenholz und füllte beinahe den ganzen Raum. Neben ihm, auf einem kleinen, passenden Tisch vor dem Fenster, befand sich ein Globus. Schräg dahinter hing neben dem Fenster eine in Kupfer gestochene Karte Hamburgs. Sie war so präzise, dass man nicht nur jede Mauer der einzelnen Bastionen der Wallanlagen, sondern auch jede Straße und Gasse, ja

nahezu jedes Haus in der Stadt genau erkennen konnte. Einem Igel gleich lag Hamburg mit seinen wie Speerspitzen hervorstechenden zweiundzwanzig Bastionen an die Elbe geschmiegt da. Die Kanäle und Fleete der Alster durchzogen die Stadt wie Adern, bevor sie schließlich im Hafenbecken hinter dem Baumwall mündeten.

Wrangel ließ noch einmal seinen Blick durch den kleinen Raum schweifen. Dieses Kabinett sah nicht aus wie die Schreibstube eines Händlers, es war das Arbeitszimmer eines wohlhabenden Gelehrten. Allein die Bücher mussten ein nicht unbedeutendes Vermögen ausmachen.

Abelson unterbrach Wrangels Überlegungen. »Hier, Prokurator, befindet Ihr Euch inmitten der Dinge, die mir zum angenehmsten Zeitvertreib dienen. Kommt doch bitte herüber an den Schreibtisch und nehmt Platz, damit wir uns die Briefe näher anschauen können.«

Wrangel beeilte sich, neben den alten Mann zu treten und einen Blick auf die Briefe zu werfen.

»Um eine Nachricht entschlüsseln zu können, kann jede noch so kleine Information wichtig sein. Sie könnte einen Hinweis auf die Art der Chiffrierung geben. Soweit wir bisher wissen, haben wir es hier bei den beiden Schreiben mit ein und demselben Absender zu tun. Dies verrät uns neben dem Siegel auch die Schrift. Beide Briefe wurden zu einem ähnlichen Zeitpunkt verfasst, aber verschiedenen Boten übergeben. Tatsächlich aber haben sie beide denselben Bestimmungsort, wenn ich Euch richtig verstand.«

»Genau. Heute früh, bevor ich ans Gericht ging, war ich nochmals bei meiner Mandantin und befragte sie nach den Briefen. Sie sagte mir, sie hätte den einen Brief von einem erkrankten Boten übernommen. Beide Briefe sollten nach Lübeck. Sie sagte, bei der Übergabe hätte man ihr zur Identifizierung das Siegel

zeigen müssen. Das Gleiche galt wohl für den anderen Brief des zweiten Boten. Übernommen hat sie den zweiten Brief in Wandsbek, einen halben Tagesmarsch von Hamburg entfernt und gut zwei, bei schlechtem Wetter auch drei bis nach Lübeck.«
»Was wisst Ihr über den Absender? Wurden die Boten gut bezahlt?«
»Es war wohl kein schlechtes Geschäft, aber dennoch nicht so gut, denn sie ließ die Briefe schließlich einfach liegen und verzichtete damit auf weitere Aufträge dieser Art.«
»War es das erste Mal, dass sie als Botin für diesen Absender ging?«
»Nein, sie hatte es wohl schon das eine oder andere Mal getan. Genaueres wusste sie nicht mehr. Es war angeblich immer derselbe Mann, der ihr die Briefe gab. Sie beschrieb ihn als groß, kräftig und blond. Also keine Seltenheit in dieser Gegend.«
»Die Briefe sind somit kurz hintereinander, vielleicht sogar zugleich aus Hamburg abgeschickt worden. Sie haben denselben Weg und denselben Empfänger. Aber sie reisen jeder mit einem anderen Boten. Daraus können wir schließen, dass sie nicht miteinander in Verbindung gebracht werden sollten. Es dürfte also ein reiner Zufall, wohl ein unglücklicher für den Absender, gewesen sein, dass die beiden Briefe in die Hand von ein und demselben Boten gerieten. Das spräche auch dafür, dass man genau diese Schreiben bei Euch suchte, als man Euch überfiel. Denn man wusste, wer die Boten waren. So können wir vermuten, dass diese Briefe zueinander in einer Beziehung stehen, dass also das Schreiben mit der lesbaren Nachricht einen offenen Code enthält.«
Wrangel schaute Abelson fragend an. Er hatte keinerlei Ahnung von Verschlüsselungen. In seinem bisherigen Leben hatten Dinge dieser Art keine Rolle gespielt. »Was ist ein offener Code, Herr Abelson?«

»Damit bezeichnen die Kryptoanalytiker versteckte Informationen in einer scheinbar harmlosen Nachricht. In diesem Brief hier haben wir es auf den ersten Blick mit der Bestätigung einer Verabredung zum Mittagessen zu tun. Hier steht: *Verehrter Hieronymus, am Dienstag, den 7. April werde ich Dich, wie vereinbart, zur Mittagsstunde besuchen. Mit Gottes Gruß, Nikolaus.* Wir haben hier also zwei Namen, ein Datum und eine Uhrzeit. Vorerst nicht mehr und nicht weniger. Darin kann aber durchaus ein Code für eine Transposition versteckt sein, also eine Regel, nach der in einem kryptographischen System Wörter oder Buchstaben verschoben werden. Betrachten wir also den zweiten Brief.« Abelson schob die vier Zeilen in die Mitte des Tisches. »Hm. Vier Zeilen, jeweils sieben Buchstaben aneinander, dann ein Abstand. Keine auffälligen Häufungen bestimmter Buchstaben, keine Wiederholungen, soweit ich es sehe. Gar keine Unregelmäßigkeiten. Da können wir nicht unbedingt auf einen Nomenklator schließen.«

»Verzeiht, Herr Abelson, aber ich kann Euch nicht folgen.«

Abelson schüttelte nachdenklich den Kopf. »Da gibt es leider auch wenig zu folgen, junger Mann. Aber ich will Euch gern in das wenige, was ich weiß, einführen. Verschlüsselte Nachrichten basieren häufig auf der Idee der Transposition, also der systematischen Verschiebung von Zeichen. Weil so etwas aber einem geübten Kryptoanalytiker zu schnell auffällt, da gewisse Regelmäßigkeiten wiederkehren, verschlüsselt ein geschickter Chiffrierer gern noch mit Hilfe eines Nomenklators. Dabei handelt es sich um eine bestimmte Sammlung von Silben, Wörtern und Namen besonders wichtiger Ausdrücke, die in einem Geheimtextalphabet verschlüsselt sind. Der Rest des Textes ist dann einfach nur per Transposition chiffriert. Um den Nomenklator entschlüsseln zu können, muss man das Geheimalphabet kennen. Dies ist eine grundsätzlich sichere

Methode, allerdings läuft man bei häufiger Benutzung in Gefahr, dass mitlesende Dritte dem Geheimalphabet auf die Schliche kommen, wenn man es nicht regelmäßig neu verabreden kann. Dafür wiederum muss man sich aber im Vertrauen austauschen können. Dennoch ist dies eine ungemein beliebte Methode der Chiffrierung, wie ich von Sir John Wallis weiß. Eine weitere Möglichkeit der Verschlüsselung bietet eine Chiffrierscheibe. Sie arbeitet auch auf der Basis der Transposition, verwürfelt also Buchstaben, Ziffern und Symbole scheinbar willkürlich.«

»Wie das?«

»Es handelt sich hier um die Erfindung eines italienischen Architekten mit Namen Leon Battista Alberti. Stellt Euch zwei Ringe vor. Auf dem äußeren Ring läuft das Alphabet in geordneter Reihenfolge, auf dem inneren jedoch in völliger Unordnung. Nun müsst Ihr lediglich bestimmen, welche Buchstaben der jeweiligen Ringe die Ausgangspunkte für die Chiffrierung sind. Schiebt sie entsprechend aufeinander, dann wisst Ihr, welcher Buchstabe in geordneter Form wie in der ungeordneten lautet. Danach schreibt Ihr dann Euren Text um. Der Vorteil ist, dass Ihr ständig die Transposition wechseln könnt, zum Beispiel dadurch, dass alle fünf Buchstaben neue Ausgangspunkte festgesetzt werden. Damit sind dann keine Regelmäßigkeiten mehr zu erkennen. Jedes Schreiben lässt sich also individuell verschlüsseln, und den Code kann nur knacken, wer die Chiffrierscheibe kennt. Das bedeutet aber, dass alle, die sich auf diese Weise Nachrichten übermitteln, identische Chiffrierscheiben haben müssen. Je mehr Scheiben es gibt, desto größer ist das Risiko, dass sie entdeckt werden. Natürlich käme auch eine dritte Möglichkeit der Verschlüsselung in Frage, nämlich die Tabula Recta des Trithemius. Aber damit will ich Euch jetzt verschonen, Prokurator. Ihr sollt nur sehen, dass es viele Möglichkeiten gibt, Nachrichten zu chiffrieren. Man braucht einfach ein besonderes Gespür, um den Schlüssel zu erahnen.«

Wrangel versuchte, all die Informationen, die Abelson ihm zugeworfen hatte, zu ordnen. Aber tatsächlich war die kryptische Verschachtelung von Zeichen nichts, was ihn irgendwie ansprach. Es erschien ihm als eine Welt für sich, weit weg von den juristischen Fragen, die ihn normalerweise beschäftigten.

»Was Ihr da erläutert, Herr Abelson, lässt doch auf eine Unzahl von Möglichkeiten schließen, für die man eine kleine Ewigkeit bräuchte, wollte man sie alle durchprobieren, vorausgesetzt, man wüsste überhaupt, wo man anfangen sollte.«

»Darum sagte ich eingangs, dass jede noch so kleine Information über diese Briefe uns helfen könnte, den Zugang zum Schlüssel zu finden. Aber heute ist es schon spät. Es wird am besten sein, Ihr denkt in Ruhe über alles nach, und wir sprechen uns in den nächsten Tagen noch einmal. Dann wird vielleicht auch meine Tochter hier sein und sich mit Freuden persönlich von Eurer Genesung überzeugen. Heute jedoch ist sie bei Frau Claussen zur gemeinsamen Handarbeit.«

Wrangel spürte ein Ziehen im Magen. Natürlich war ihm aufgefallen, dass er Ruth noch nicht im Haus angetroffen hatte. Aber er ging davon aus, dass sie sich etwas später zu ihnen gesellt hätte. Nun zu wissen, dass er sie heute gar nicht sehen würde, ließ eine unerwartet klamme Leere in ihm aufkommen. Schnell verscheuchte er das unangenehme Gefühl. Abelson hatte ihn schließlich nicht wegen seiner Tochter hergebeten, sondern der Briefe wegen. Der großzügige alte Herr hatte ihm schon jetzt mehr geholfen als irgendwer sonst bei diesem Fall. Immerhin hatte sich Wrangels Verdacht erhärtet, dass er nicht zufällig überfallen worden war. Vielleicht waren nicht nur die Briefe, sondern auch sein vorübergehender Ausfall als Bunks

Prokurator Ziel und Zweck des Angriffs gewesen. Und wie war die plötzliche Zurückhaltung aller möglichen Zeugen einzuordnen? Hatte ihnen vielleicht jemand Schweigen nahegelegt? Und die Bemühungen verschiedener Leute, ihn selbst in diesem Fall zu bremsen, wie passten die in das Bild? Was könnten die Tote vom Schweinemarkt, Bunk und die Briefe miteinander zu tun haben? Es gab reichlich Stoff zum Nachdenken.

Nachdem er noch ein paar Freundlichkeiten mit Abelson ausgetauscht und ein Treffen für den kommenden Dienstag ausgemacht hatte, verabschiedete sich Wrangel von dem Bankier und machte sich auf den Heimweg.

Montag, 12. Dezember 1701

55

Das Knarren und Quietschen des schweren Türriegels weckte Bunk. Es war noch dunkel, und klamme Kälte hielt ihre Glieder gefangen. Mühsam hob sie den Kopf und schaute zur Tür.

Im fahlen Lichtschein einer Tranlampe trat nicht wie sonst Jürgen, der Meisterknecht, ein, sondern Asthusen, der Henker persönlich. Noch nie hatte er einen Fuß in Bunks schmutziges Verlies gesetzt, kaum jemals das Wort an sie gerichtet.

»Heute ist ein wichtiger Tag, Weib. Ich will mit dir reden.« Asthusen ging einige Schritte auf Bunk zu und beleuchtete ihren abgemagerten Körper mit den blutgetränkten Lappen um Hand und Fuß.

»Heute beginnt dein Gerichtsprozess. Das ist ein wichtiger Tag in deinem Leben. Er wird darüber entscheiden, ob du den Rest deines jämmerlichen und verwerflichen Daseins in Leid und Pein, Kälte, Schmerz und Hunger verbringen wirst, oder ob du den Weg der Reue beschreiten willst und dem Herrn die Möglichkeit gibst, dir einige kleine Gnaden zuzugestehen.«

Bunk spuckte aus und legte sich zurück auf den fauligen Strohsack.

»Hör zu, Weib, du weißt, dass deine Schuld gewaltig und die Strafe, die dich erwartet, gerecht sein wird. Du bist der Abschaum unserer Gesellschaft, ein wandelnder Schand- und Sündenpfuhl, der herausgeschnitten gehört aus der Gemeinschaft ehrlicher Christenmenschen. Es gibt für dich kein Zurück mehr in den Kreis ehrlicher und geachteter Menschen und keinen Weg zu Gottes Gnade außer durch die reinigende Kraft der Strafe des Gerichtes. Bedenke das, wenn du nachher vor den Schöffen des Niedergerichtes stehst und deine Urgicht ablegen sollst.«

»Du redest wie ein Pfaffe, Henker. Was spreizt du deine Worte so salbungsvoll, anstatt mir zu sagen, was du von mir willst?«

Bunk sah aus dem Augenwinkel, wie Asthusen seinen Ärger über ihren beleidigenden Ton und das respektlose Duzen hinunterschluckte und nach einer passenden Replik suchte. Nur zu, er wollte schließlich etwas von ihr, nicht umgekehrt.

»Mach nicht wieder Theater und komm bloß nicht auf die Idee, dein Geständnis zu widerrufen, sondern lege heute die Urgicht ab. Wenn du das tust, werde ich dafür sorgen, dass deine Zeit in diesem Verlies deutlich angenehmer als bisher verläuft.«

»Was hast du zu bieten?«

Asthusen holte langsam Luft. »Besseres Essen, einen frischen Strohsack, sogar eine Decke wäre möglich. Wenn du allerdings widerrufst, werde ich dir bei der dich dann zu erwartenden peinlichen Befragung Schmerzen bereiten, von denen du noch nicht ahntest, dass es sie gibt. Jähner haben wir auf der Streckbank fast entzweigerissen.«

Bunk schloss die Augen und schwieg.

»Denke ruhig einen Augenblick nach. Du wirst aus dieser Sache nicht mehr herauskommen. Allerdings liegt es in deiner Hand, wie viel Schmerz und Leid du noch bis zu deinem Ende ertragen musst.«

»Ich will auch Bier und Fleisch.«

Asthusen atmete erleichtert aus. »Das wird sich machen lassen. Genauso wie ein Kübel Waschwasser und ein sauberes

Hemd, damit du nicht in diesem Zustand vor die hohen Herren treten musst.«
Damit drehte er sich um und ging zur Tür. »Meine Knechte werden dir die Sachen bringen und deine Verbände wechseln. Dann führen sie dich zum Niedergericht.«
Eine knappe Stunde später schoben zwei Gerichtsdiener Bunk durch die Tür in den Gerichtssaal. Sie fröstelte in dem langen gebleichten Hemd aus Hanf. Aber es war eine Wohltat gewesen, die schmutzigen, zerfetzten Kleider abzulegen und sich den gröbsten Dreck vom Körper waschen zu können. Das Wasser war sogar lauwarm gewesen. Jürgen hatte ihre Wunden mit sauberen Bandagen frisch verbunden und ihr ein kurzes Band mitgebracht, mit dem sie ihr Haar notdürftig zu einem Zopf zusammenbinden konnte. Auf dem Weg hierher hatte er ihr eine alte Decke über die Schultern gelegt, sie ihr aber kurz vor dem Gericht wieder abgenommen, als er sie den Gerichtsdienern übergab. Die ganze Zeit hatte er kein Wort mit ihr gesprochen, noch nicht einmal eine seiner sonst üblichen Beleidigungen ausgestoßen.
Der kleine Saal war voll mit Menschen. An der rechten Seite auf den Zeugenbänken erkannte Bunk den Bauern aus Neuengamme, den Vater von Maria Rieken. Auch deren Mann, der versoffene Schläger, war anwesend. In der Reihe dahinter saß Elisabeth Pausten, schüchtern in ihr dunkles Tuch gehüllt und die Hände sittsam auf dem Schoß gefaltet. Auch sie war so eine falsche Natter. Hier gab sie sich natürlich als tugendhafte keusche Frau. Aber wie sie grunzen und quietschen konnte, wenn man ihre Brüste knetete, und wie sie stöhnte, rieb man ihren Schoß.
Angewidert wandte Bunk sich ab. Schräg vor der Pausten saß ein kräftiger blonder Mann. Er trug ein schwarzes Lederwams und hatte seine Hände in den Hosentaschen vergraben. Das

war doch der Kerl, der ihr ein paarmal Botengänge aufgetragen hatte! Was machte der hier? Hatte ihr Anwalt, dieser Wrangel, ihn etwa als Zeugen aufgetan? Aber für was bloß? Was musste der Advocatus auch in allem herumwühlen?

Die Gerichtsdiener zogen und schoben sie nach links in Richtung Anklagebank. Dort saß bereits Cäcilie, ebenfalls mit einem gebleichten Hanfkleid bekleidet, das Gesicht ausgezehrt, die Augen verquollen, der Blick stumpf und abwesend. Neben ihr erkannte Bunk Jähner, dessen Arme von der Behandlung auf der Streckbank schlaff wie Tücher an seinem Körper herunterhingen. Blonde Haarsträhnen fielen in sein fahles, mit einem stoppeligen Bart überzogenes Gesicht. Er hielt die Augen geschlossen, und seine Lippen bewegten sich, als betete er.

Die Gerichtsdiener schoben Bunk in Jähners Richtung und drückten sie neben ihm auf die Bank nieder. Jähner reagierte nicht, sondern setzte mit bebenden Lippen sein stilles Gebet fort.

Die Seitentür am hinteren Ende des Saals öffnete sich. Unter leisem Gemurmel traten vierzehn in schwarze Roben gekleidete Männer ein. Einige von ihnen hatten gepuderte Perücken auf, die jüngeren allerdings, unter ihnen auch ihr Anwalt, trugen das Haar offen über dem Kragen. Acht der Männer nahmen auf der Schöffenbank Platz, drei, darunter Wrangel, setzten sich an die rechte Flanke, die beiden Prätoren an die linke. Der Aktuar, ein alter, vertrockneter kleiner Mann, den sie aus der Folterkammer erinnerte, platzierte sich hinter einem Schreibpult.

Der Gerichtsvogt erhob sich von seinem seitlich vom Hauptgang platzierten Tisch und klopfte mit einem kleinen Hammer auf denselben. Ihm gegenüber, auf der anderen Seite des Hauptgangs, erkannte Bunk den roten Umhang des Scharfrichters.

»Ich bitte um Ruhe für den Präses des ehrenwerten Hamburger Niedergerichtes, den Senator Dr. Diedrich Ankelmann.«
Ein Mann mittleren Alters nickte dem Gerichtsvogt von der Schöffenbank her zu und ergriff, nachdem vollends Ruhe eingetreten war, das Wort. »Hiermit eröffne ich als Präses des ehrenwerten Hamburger Niedergerichtes die Verhandlung gegen die Angeklagten Johann Friedrich Jähner, Cäcilie Jürgens und Ilsabe Bunk wegen Mordes und Beihilfe zum Mord an Maria Rieken, die am 26. Januar dieses Jahres innerhalb der Mauern unserer Stadt tot aufgefunden wurde. Im Auftrag des Rates der Hansestadt Hamburg bestelle ich hiermit Prätor Wilken als offiziellen Fiskal und erteile ihm das Wort zur Ausführung der Anklage.«
Wilken erhob sich würdevoll von seinem Stuhl und musterte die Versammelten mit strengem Blick.
»Hoch- und Wohledle, die Ihr heute hier erschienen seid, um die peinliche Klage des Fiskals gegen Johann Friedrich Jähner zu hören, wisset, dass alle nun folgenden Punkte bereits von dem Beklagten klar bekannt wurden und er hierherkam, um vor Euch als Gottes Zeugen die Urgicht abzulegen. Johann Friedrich Jähner hat zum Ersten gewusst, dass die Mitgefangene Bunk, die sich als Mann ausgab, tatsächlich eine Weibsperson ist. Doch hat er sich nicht verwehrt, sondern vielmehr förderlich geholfen, dass dieselbe sich mit der zweiten Mitgefangenen, Cäcilie Jürgens, zu Wandsbek hat ordentlich trauen lassen und dieselben sich miteinander widernatürlich vermischt haben. Zum Zweiten hat er mit besagter Jürgens selbst Unzucht getrieben und sie geschwängert. Zum Dritten hat er zusammen mit der Jürgens und der Bunk allerhand heillose und abergläubische Dinge und gotteslästerliche Zauberkünste betrieben und gelehrt. Endlich zum Vierten aber ist Jähner durch des Satans Eingeben dahin verfallen, dass er des Hans

Rieken, eines in Neuengamme wohnenden Bauern, eheliche Hausfrau Maria auf der Bude der Mitgefangenen Jürgens und Bunk am Neuen Markt im Januar dieses Jahres in grausamer Weise mit einem Strick erwürgt, danach den Kopf abgeschnitten und den Körper von zweien für diese schreckliche Mordtat erkauften Bootsleuten in einem Sack zum öffentlichen Abort beim Schweinemarkt vor dem Steintor hat tragen lassen. Den Kopf aber hat er in Stücke geschnitten und in einem Kessel mit Branntwein übergossen, um daraus ein Elixier herzustellen.«

Wilken hielt inne und musterte noch einmal eingehend die acht Schöffen. Dann drehte er sich in Richtung der Angeklagten und forderte Jähner auf, sich zu erheben, um öffentlich vor Gericht seine Urgicht auf diese Anklage abzulegen.

Bunk lief es heiß und kalt über den Rücken. Das Schwein hatte mit Cäcilie geschlafen. Aber nicht nur das, er hatte sie sogar geschwängert! Belogen und betrogen hatten die beiden sie, genau wie sie es geahnt und gefürchtet hatte. Der Henker hatte es aus dem fetten alten Sack herausgequetscht. So geschah es ihm recht.

Jähner neben ihr rührte sich nicht. Da packten ihn zwei Gerichtsdiener an den Armen und stellten ihn auf. Mit leerem Blick starrte der Arzneienkrämer auf Wilken, der ihm aufmunternd zunickte.

Mit leiser zitternder Stimme haspelte er die von ihm erwarteten Worte heraus.

»Ich, Johann Friedrich Jähner, Arzneienkrämer in Hamburg, bekenne mich schuldig der Anklagen, die hier gegen mich vorgebracht wurden.«

Kaum hatte er den Satz herausgepresst, sackte er zurück auf die Anklagebank. Ein unruhiges Gemurmel erfasste den kleinen Saal und schwoll schnell zu einem Raunen an. Die kurzen kräftigen Hammerschläge des Präses auf sein Pult brachten die Menge schließlich zur Ruhe.

»Hört nun die peinliche Klage gegen Cäcilie Jürgens und wisset auch hier, dass alle nun folgenden Punkte bereits von der Beklagten klar bekannt wurden und auch sie hierherkam, um vor Euch als Gottes Zeugen die Urgicht abzulegen. Cäcilie Jürgens wird angeklagt, sich zum Ersten mit der Mitgefangenen Ilsabe Bunk verlobt zu haben und die Verlobung auch aufrechterhalten zu haben, als sie erfuhr, dass dieselbe ein Weib ist. Sie hat deshalb ein Instrument in Form eines männlichen Gliedes gemacht und dieses der Bunk gegeben. Zum Zweiten hat sie sich dieses Instrumentes sowohl vor als auch nach der priesterlichen Trauung zu Wandsbek mit Bunk bedient, um Unzucht zu treiben. Knapp zwei Jahre währte diese geschlechtliche Beiwohnung. Zum Dritten aber hat sie zwischenzeitlich sowohl mit dem Mitgefangenen Johann Friedrich Jähner als auch mit einem Soldaten Unzucht getrieben, sodass sie sogar von beiden schwanger geworden und von dem Letzten zwei unzeitig tote Kinder durch eine Abtreibung zur Welt gebracht hat. Zum Vierten hat sie verschiedene abergläubische Dinge und Zaubereien, zum Teil sogar in des Teufels Namen, getrieben und dabei auch den Namen Gottes missbraucht. Zum Fünften schließlich hat sie zugestimmt und mitgeholfen, dass Johann Friedrich Jähner Maria Rieken auf ihrer Bude erwürgte und umgebracht hat. Sie war dabei, als er das Opfer erwürgte, hat ihm den Sack gehalten, in den das Blut lief, als er den Kopf abgeschnitten, und hat danach den Boden mit einem Feudel aufgewischt. Dann hat sie die Kleider der ermordeten Rieken an sich genommen und diese verkauft. Von dem daraus erlösten Geld hat sie ihren diebischen Anteil genommen.«

Bunk kochte innerlich vor Wut. Die ganze Zeit über hatte Cäcilie sich von anderen Männern besteigen lassen. Kein einziger

ihrer Liebesschwüre war jemals echt gewesen. Nie hatte Bunk ihr gereicht. So geil und hemmungslos war sie sogar gewesen, dass sie sich hatte mehrfach schwängern lassen, obwohl sie bestens wusste, wie das zu vermeiden war.
Langsam wich der brodelnde Zorn in ihr wieder einer kalten und harten Stille. Nur schemenhaft sah sie, wie sich Cäcilie von der Bank erhob. Ihre beiden Hände waren in Lappen gewickelt, der linke Arm hing schlaff und lahm herunter. Ihre üppigen braunen Locken waren zu einem verfilzten Knoten gebändigt. Die trübe gewordenen Augen fixierten starr den Boden vor ihr, während sie ihre aufgesprungenen Lippen bewegte. Aber Bunk hörte nichts, sondern spürte nur, wie die in ihr aufsteigende Kälte langsam ihre Glieder lähmte und ihren Atem flacher werden ließ.
Plötzlich hörte sie den Fiskal ihren Namen rufen. Sie richtete ihren Blick auf seine Lippen und versuchte den Worten, die zwischen ihnen hervordrangen, einen Sinn zu geben. *In Männerkleidern herumgelaufen … eines falschen Namens bedient … sich als Mannsperson ausgegeben … schändliche Händel … Betrügereien und Zauberpossen getrieben …* Der Mund des Fiskals war schmal und scharf umrissen. Seine Zähne blinkten bei den Zischlauten hervor. *Elisabeth Pausten geehelicht … mit Hilfe eines Instrumentes in Form eines Membrum virilis sich schändlich und wider die Natur vermischt …* Der Mund war von einem kantigen Gesicht umrahmt. Dunkle Augenbrauen warfen Schatten auf die Augenlider und schienen seltsam unwirklich im Kontrast zu der weißen Allongeperücke, die sich um die markanten Züge lockte. *Cäcilie Jürgens geehelicht und Unzucht getrieben … Maria Rieken nach Hamburg entführt und bei ihrer Ermordung zugesehen … Geld für ihre Kleider erhalten …*
Auf einmal fixierten die Augen Bunk. *Nun die Urgicht abzu-*

legen … Zwei Hände griffen ihre Arme und zogen sie hoch. Sie löste ihren Blick vom Fiskal und ließ ihn durch den Saal streifen. Die Schöffen musterten sie verkniffen, der Aktuar hielt seine Augen auf das Papier geheftet, über dem in regelmäßigen Bewegungen seine Hand kreiste. Wrangel schüttelte in ungläubigem Entsetzen den Kopf, als wollte er sie von dem, was sie nun tun würde, immer noch abhalten.

»Ich, Ilsabe Bunk, aus Verden stammend, bekenne mich schuldig der Anklagen, die hier gegen mich vorgebracht wurden.«

Die beiden Hände drückten sie zurück auf die Bank. Es war getan, und es war gut so. Langsam drangen die Geräusche wieder gleichmäßiger in ihre Ohren, und die lähmende Kälte ließ nach.

Der Fiskal hatte inzwischen begonnen, das Strafmaß zu beantragen. »… nach den hiesigen Stadtrechten als ein vorsätzlicher und boshafter Mörder mit dem Rad getötet und dessen Gliedmaßen mit dem Rad zerstoßen und der Körper darauf gelegt werden solle. Auch sei er zu wohlverdienter Strafe und anderen dergleichen boshaften Übeltätern zum Abscheu und Exempel zuerst am Neuen Markt, wo diese Mordtat geschehen, mit glühenden Eisen zu zwicken … Die Angeklagte Cäcilie Jürgens ist für eine solche vorsätzliche und abscheuliche Mordtat sowie für das Abtreiben ihrer vorzeitig geborenen Kinder ebenfalls mit dem Rad zu bestrafen. Da sie aber auch als Weib mit einem Weib Unkeuschheit trieb und sich dazu sogar in gottloser Weise von einem Priester ordentlich trauen ließ, um ihre Schandtaten besser zu verdecken, soll sie auch mit dem Feuer vom Leben zum Tod gebracht werden. Doch zuvor soll sie ebenfalls auf dem Neuen Markt, wo die Mordtat geschehen ist, wegen Mordes, Sodomie und Zauberei mit glühenden Zangen gezwickt werden … Die Angeklagte Ilsabe Bunk soll wegen begangener Mordtat und Sodomie zur wohlverdienten Strafe und anderen dergleichen Missetätern zum Abscheu zuerst auf dem Neuen Markt, wo der Mord geschehen, mit glühenden Zangen gezwickt, darauf auf dem Richtplatz mit dem Rad getötet werden, hinterher soll der Körper verbrannt werden …«

Bunk erstarrte. Ihr Magen zog sich heftig zusammen. Sie schmeckte schon die Magensäure im Mund. Das war nun also der Preis für ihre Rache an Cäcilie und Jähner. Sie versuchte ruhig und tief zu atmen, um der Übelkeit entgegenzuwirken. Das Rauschen in ihren Ohren nahm zu. Nur schemenhaft konnte sie dem Spektakel im Gerichtsaal folgen.

Die Reihe schien jetzt an den Prätoren zu sein, ihre Mandanten zu verteidigen. Sie wollte gar nicht hören, welche Hässlichkeiten Jähner und Cäcilie ihren Advokaten über sie erzählt hatten. Aber … hatten sie nicht eben auch die Urgicht abgelegt? Doch! Wozu dann noch verteidigen?

Bunk schaute zu dem dicklichen Prätor mit dem weichen Gesicht, der gerade auf eine kleine, in sich zusammengesunkene Frau auf der Zeugenbank zeigte: Maria Jähner.

»… und bitte darum, das Gnadengesuch der angetrauten Ehefrau meines Mandanten, Maria Jähner, verlesen zu dürfen …«

Bunk reckte den Hals, um sie besser sehen zu können. Sie hatte nur wenig mit ihr zu tun gehabt, als sie noch für Jähner Kräuter sammelte. Manchmal kam die kleine Alte in die Kräuterküche und stellte ein paar knappe Fragen. Aber meistens hielt sie sich aus den Geschäften ihres Mannes raus. Schließlich hatte sie ihn wohl nur dafür geheiratet, dass er sie anständig versorgte. Bunk hatte nicht bedacht, dass Jähners Lage auch ihr den Boden unter den Füßen wegziehen würde. Mit ihm würde sie in Unehre fallen, das Geschäft würde eingehen. Dann bliebe ihr wohl kaum noch etwas zum Leben. Auch einen anderen Mann würde sie als Frau eines Mörders nicht mehr finden. Außerdem war sie dafür schon zu alt. Die Armut und Unehre würden sie verzehren.

»… so fühlt sich Frau Jähner gemüßigt, demütigst anzuzeigen, dass ihr Mann Johann Friedrich Jähner an dem Riek'schen Mord so wenig schuldig sei und sein könnte und dass alles nur auf den verlogenen Aussagen der Angeklagten Ilsabe Bunk beruhe, die eine Schandvettel und der nicht zu trauen sei, da sie schon immer alle Welt belogen habe als Herr Hinrich …«

Mit grimmiger Genugtuung schluckte Bunk ihren bitteren Speichel hinunter. Sollte die Alte nur über sie hetzen. Es würde ihr doch nichts nützen. Sie hätte sich eben einen besseren Mann für ihr Geschäft suchen sollen. Stattdessen nahm sie diesen alten geilen Bock in der Hoffnung, dass er ihren Lebensabend wirtschaftlich sicherte. Das hatte sie nun davon. Nun entehrte er sie nicht nur im Verborgenen, wenn er zu den Huren ging, sondern vor aller Welt und für alle Zeit. Wer wohl dann die größere Schandvettel war!

»… seine Eidschwüre hier vor Gericht nur auf die schreckliche Tortur zurückzuführen ist und er anders niemals hätte zu so einer Aussage gebracht werden können. Auch ist sein Gesundheitszustand ohnehin schwächlich, und schon deshalb hätte er nicht so hart gefoltert werden sollen, dass nun sein linker Arm lahm geworden und man ihn auf Wochen wie ein Kind füttern und kleiden müsse …«

Bunk spähte neugierig zu Jähner herüber. Sein linker Arm hing schlaff herunter, die Finger krampfhaft ineinander verkrallt, so als wollten sie in sich selbst eine Stütze vor dem Fall suchen.

»… Darum möchte sie hier Folgendes schwören, damit ihr unschuldiger Mann möge gerettet werden, weil er den Mord nicht hat begehen können.«

Die kleine Frau stand mühsam auf und trat nach vorn in den Zeugenstand. »Ich schwöre, ich habe keinen toten Rumpf in meinem Haus oder gar in meiner Küche gehabt, denn sonst hätte ich darum gewusst, weil ich weiß, was in meiner Küche geschieht. Mein Mann hat keinen Menschenkopf destilliert, denn sonst wüsste ich davon, da ich ihm immer beim Destillieren geholfen habe. Mein Mann ist zwischen Weihnachten und Fastnacht weder eine Nacht noch einen Abend spät nach Haus gekommen. An dem Tag des Mordes ist er den ganzen Tag und die ganze Nacht bei mir zu Hause geblieben.«

Wenn er auch nur halb so viel bei seiner Frau geblieben wäre, wie sie hier schwört, dachte Bunk, wann hätte er dann bloß all die kleinen Huren vernaschen sollen, die sie ihm vermittelt hatte? Und obendrein auch noch Cäcilie schwängern sollen? Beißende Häme kroch in ihr hoch.

»... Darum bittet Frau Maria Jähner demütigst, die Unschuld ihres Mannes in Betracht zu ziehen und die von ihr vorgeschlagenen Zeugen vernehmen zu lassen.«

Ohne ein weiteres Wort nahm der dickliche Prätor wieder Platz, und Maria Jähner ging zurück zur Zeugenbank. Der Präses erteilte dem Nächsten das Wort. Wrangel erhob sich und begann mit ruhiger klarer Stimme seine Verteidigung für Bunk. Die starrte ihn missmutig an. Warum tat er das? Sie wollte nicht verteidigt werden. Sie wollte Bestrafung. Für Cäcilie und Jähner wie auch für sich selbst als Preis. Da redete er nun von den Schwierigkeiten ihres Lebens als unverheiratete Frau und versuchte zu erklären, warum ihr Tragen von Männerkleidern nichts mit Teufelszeug zu tun hatte. Auch den Streit mit Elisabeth Pausten stellte er als unglücklichen Unfall dar. Dann fing er auf einmal an darzulegen, warum die Tote nicht Maria Rieken sein konnte. Maria hatte dunkles Haar und war klein und mager. Die Tote aber hatte einen großen dicken Köper, der mit rotblonden Haaren bewachsen war. Auch ihre Hände waren frei von Schwielen gewesen, nicht wie Bauernhände.

Bunk wollte das alles nicht hören. Sie schloss die Augen und versuchte sich die Ohren zuzuhalten. Ihre mit einem Strick gebundenen Hände ließen sich nur gemeinsam hochheben. Schon hatte sie ein Gerichtsdiener gepackt und drückte die Hände mit roher Gewalt wieder nach unten. So versuchte sie, sich mit heftigem Atmen abzulenken und sich dem Sinn der Worte, die in ihre Ohren drangen, zu verschließen.

Das kräftige Klopfen des Holzhammers holte sie zurück. Wrangel saß bereits wieder auf seinem Platz und hielt seine Papiere ordentlich zusammengelegt in der Hand.

»Nachdem nun alle Parteien ihre Anliegen haben vorbringen können, werden wir Schöffen des Hamburger Niedergerichtes uns zur Beratung zurückziehen und heute in sieben Tagen das Urteil verkünden. Damit beendige ich die Verhandlung des Niedergerichtes, bitte aber die hier anwesenden Zeugen, sich auch nächste Woche wieder einzufinden, sollten ihre Aussagen doch noch vonnöten sein.«

Wieder klopfte das Hämmerchen, und gleich drauf brach ein reges Gemurmel im Saal aus. Zwei Arme packten Bunk, zogen sie von ihrer Bank hoch und schoben sie mit eisernem Griff den Gang hinunter zur Tür.

56

Eisig fuhr der Wind durch Wrangels Haar und ließ die Spitzen wirr unter seinem Hut hervorflattern. Seine Hände hielt er tief im Mantel vergraben und dachte nicht daran, seinen Hut fester ins Gesicht zu drücken, um dem Spiel des Windes Einhalt zu gebieten. Mit ausgreifenden Schritten ging er die Mattentwiete hinunter, passierte den Cremon und hielt direkt auf das Sandtor zu. Er brauchte frische Luft und wollte allein sein, um in Ruhe über diese unsägliche Gerichtsverhandlung nachzudenken.

Wie eine schlechte Posse kam ihm die Verhandlung vor. Alle drei Angeklagten hatten widerstandslos die Urgicht abgelegt, wobei ihre geschundenen Körper den Ursprung dieser Geständnisse geradezu herausschrien. Die hübsche junge Jürgens sah um zwanzig Jahre gealtert aus. Nichts war mehr geblieben von der prallen rosigen Fülle ihrer Haut. Schwarzgerändert waren ihren Augen, die Wangen eingefallen und beide Hände dick in Lappen gewickelt, um dem Gericht den Anblick ihrer zerquetschten Daumen zu ersparen. Und der Arzneienkrämer erst. Seine Frau hatte völlig recht, was seinen Arm betraf. Er konnte ihn nicht bewegen. Die Sehnen mussten gerissen sein, als man ihn auf der Streckbank rücklings an seinen Armen hochzog. Zum Glück war Wrangel nicht bei der Folter anwesend gewesen. Er hätte diese Barbarei nicht ertragen. Asthusen hatte ihm im Nachhinein jede Tortur der drei im Einzelnen erzählt. Jähner hatte am längsten durchgehalten und am bitterlichsten geweint und gefleht. Doch als ihm die Sehnen rissen, gestand er alles.

Das Sandtor war nahezu menschenleer. Kein Wunder, es hatte die letzten Tage fast ununterbrochen geregnet und der Grasbrook stand unter Wasser. Wer ihn nicht unbedingt queren musste, nahm lieber das Steintor, zu dem eine gut befestigte Straße führte. Kaum hatte Wrangel die Wachen passiert und das Torhaus verlassen, fiel sein Blick auf Hunderte von Baumstämmen, die Richtung Hafen neben dem Blockhaus gestapelt waren und als Reserve für den Baumwall zum Schutz vor fremden Schiffen herangeschafft worden waren. In der Ferne sah er vier dänische Kriegsschiffe, die die Elbe überwachten. Kein noch so kleiner Kahn kam unbemerkt und unkontrol-

liert an ihnen vorbei. Hier konnte er die Bedrohung Hamburgs mit eigenen Augen sehen.
Er wandte sich gen Osten in Richtung Grasbrooktor. Der Weg über die Wiese lag unter Wasser. Darum blieb er auf dem kleinen Pfad, der über den Rücken der Wallanlage lief. Eigentlich war er den Wachen vorbehalten. Aber heute waren so wenige Menschen unterwegs, dass er die Wachleute kaum bei ihrer Arbeit behindern würde.
Auch Bunk hatte ohne jegliches Zögern die Urgicht abgelegt. Er verstand diese Frau nicht. Was brachte sie dazu, sich und die beiden anderen in den Tod zu treiben? War der Grund, dass die Jürgens sie betrogen hatte, noch dazu mit dem Jähner? Wie viel Hass musste man in sich haben, um so weit zu gehen? Aber auch Wilken hatte so einiges geboten. Sein gefordertes Strafmaß war hoch. Zweifelsfrei wollte er das ganz große Spektakel. Wenn er damit durchkam, und da bestand bei diesen Schöffen kaum Zweifel, würde es ein riesiges Ereignis für Asthusen und seine Knechte werden. So mancher Silberling dürfte dann in den Taschen des Frohns klimpern.
Nichts passte in diesem Fall so recht zusammen. Zwar gab es eine Tote, aber die, die sie sein sollte, konnte sie nicht sein. Doch das wollten die, die es gekonnt hätten, nicht bezeugen. Dann gab es auch Beschuldigte. Doch keiner von ihnen hatte einen triftigen Grund für diese Tat. Ja, der angebliche Mörder hatte bei seiner ersten Vernehmung nicht einmal im Entferntesten daran gedacht, dass man ihm einen Mord zuschreiben wollte.
Und die Bunk? Zuerst hatte sie sich mit Händen und Füßen gegen alle Vorwürfe gewehrt, dann ihre Rache an ihrer ehemaligen großen Liebe gesucht, um sich schließlich wieder eines Besseren zu besinnen und zu widerrufen. Was hatten sie in der Folterkammer nur mit ihr gemacht, dass sie auf einmal bereit war, ihr und das Leben der beiden anderen auszulöschen?

Und wo stand er selbst in diesem Szenario? Wilken hatte ihm diesen Fall aufgedrängt. Doch kaum hatte er sich innerlich dazu durchgerungen, ihn ernst zu nehmen und Bunk zu verteidigen, da bremste man ihn aus. Schließlich war er sogar brutal zusammengeschlagen worden. Er hätte tot sein können, hätte ihn Asthusens Knecht nicht gefunden.

Wer war diese Bunk, und was hatte es mit den Briefen auf sich? Ihm hatte sie nur gesagt, sie sei ein einfacher Bote gewesen. Aber gab man so geheimnisvolle, ja, wohl auch wichtige Schreiben irgendeinem einfachen Boten? Wer wäre so leichtsinnig? Nun gut, Bunk konnte nicht lesen, so vermochte sie mit den Briefen auch nichts anzufangen. Vielleicht konnte man auch nicht ahnen, dass sie so unzuverlässig war.

Wrangel schmerzte der Kopf. Es half ja doch alles nichts. Dieser Fall würde auf dem Richtplatz enden, genau so, wie er es am meisten verabscheute. Vielleicht war das Amt eines Prokurators doch nicht das Richtige für ihn und er sollte zurückkehren an die Universität. Missmutig stampfte er mit dem Fuß auf und trat gegen einen lockeren Erdklumpen, der auf dem schmalen Weg lag.

»Sachte, sachte, der Herr. Dies ist kein Weg für jedermann. Doch wenn Ihr schon meint, ihn nehmen zu müssen, so richtet nicht auch noch Schaden auf ihm an, denn davon haben wir auf diesen Wallanlagen schon genug.«

Wrangel schaute auf. Vor ihm stand ein rundlicher älterer Wachmann. Er hatte ein freundliches Lächeln auf seinem runzeligen und wettergegerbten Gesicht.

»Entschuldigt den Tritt, Wachmann. Aber heute scheint kein guter Tag zu sein.«

»Das könnt Ihr wohl laut sagen. Der Regen schlägt aufs Gemüt. Der Boden ist schon so durchnässt, dass die Hänge am Wall abzurutschen drohen.«

»Aber die Wälle sind doch eine solide Konstruktion aus Holz und Stein. Wie können die abrutschen?«
»Nicht das Mauerwerk selber, Herr. Aber diese Erdwälle, auf denen wir beide gerade stehen, die den Graben schützen sollen, damit sein Wasser nicht über den Grasbrook abfließt.«
Der Wachmann schnäuzte sich laut, sichtlich zufrieden, auf seiner eintönigen langen Runde in Wrangel eine kleine Abwechslung gefunden zu haben. »Ich sag Euch, Herr, diese Wallanlagen sind verflucht.«
Wrangel schaute den rundlichen Mann erstaunt an. »Verflucht? Ich dachte, sie sind der Stolz und Schutz Hamburgs. Warum sollten sie da verflucht sein?«
»Nun, seit Monaten, ach, zwei Jahre sind es schon fast, passieren hier immer wieder unheimliche Dinge, die von sich reden machen.« Er warf Wrangel einen verschwörerischen Blick zu. »Es begann im Winter vor zwei Jahren, dass wir Wachleute auf unserem Rundgang hier vor der Ericus-Bastion vier tote Schafe mit aufgeschlitzten Kehlen fanden. Sie sahen aus, als hätten Juden sie geschächtet. Die ganze Stadt war damals in Aufruhr, fürchteten doch die abergläubischen Leute, dass als Nächstes kleine Kinder geschlachtet werden würden.«
Wrangel schaute ihn skeptisch an.
»Aber damit begann die Reihe von Unheimlichkeiten ja erst. Vier Monate später in der Karwoche brannte des Nachts ein großes Holzkreuz auf der Rudolphus-Bastion. Niemand wusste, wie es dort hingekommen war, aber alle fürchteten, dass wieder die Juden oder gar Satan persönlich damit zu tun hatten. Wir verstärkten die Wachen, und es blieb einige Zeit ruhig. Doch dann, im vergangenen Januar, fand man eine Frauenleiche ohne Kopf auf dem Abort am Schweinemarkt, direkt an der Wallmauer. Den Kopf samt allem Blut der Frau hat Satan an sich genommen. So sagen es zumindest die Leute.

Ich weiß ja nicht, ob das stimmt, aber dass schon wieder so ein Unglück hier am Fuß des Walles geschah, reicht mir schon.«
Wrangel horchte auf. So gab es also durchaus Gründe, warum Wilken den Aspekt der Zauberei mit in seine Anklage gebracht hatte. Er musste die Leute zufriedenstellen, um ihnen die Angst zu nehmen, dass hier Unheimliches vor sich ging.
Der Wachmann bemerkte Wrangels zunehmendes Interesse und fuhr eifrig fort. »Am Montag nach Palmsonntag dann waren sämtliche Türen der Bartholdus-Bastion mit Blut beschmiert. So wie die Juden es machten, im Alten Testament, bei Moses, als die Plagen die Ägypter heimsuchten. Vor zwei Monaten schließlich verschwand dann Jastrams Kopf direkt vor dem Millerntor, unweit der Casparius-Bastion. Von dort oben hatte man ihn jahrelang im Wind schaukeln sehen. Keiner hat etwas von dem Diebstahl bemerkt. Wie von Teufels Hand war der Kopf auf einmal weg. Ja, und dann, das Feuer vor einem Monat? Um ein Haar wäre die Vincent-Bastion in die Luft geflogen. Nur ein Wunder hat die Stadt vor dieser Katastrophe bewahrt.«
Wrangel nickte zustimmend. »Das ist wirklich eine Kette von unglücklichen Ereignissen, die hier geschehen sind.«
»Unglücklich? Verflucht sind sie. Dabei hat noch mein Vater mit eigenen Händen geholfen, die Wallanlagen zu bauen, damit sie uns als uneinnehmbarer Verteidigungsring mit ihren vielen Bastionen schützt. Doch statt ein schützender Ring zu sein, erscheint sie mir manchmal wie ein gigantischer Drudenfuß, der von Teufels Hand über unsere Stadt gezogen wurde und sie in ihr Unglück treibt. Ach, einer, was rede ich, sechs Drudenfüße, für jedes verfluchte Unglück einer. Zwar konnte noch niemand durch den Wallring brechen, aber in der Stadt wird das Leben immer toller. Rat und Bürgerschaft liegen sich in den Haaren, die fünf Kirchspiele gehen bissig aufeinander

los, anstatt gemeinsam der Ehre des Herrn und dem Wohl der Menschen zu dienen. Ich sag Euch, mein Herr, wäre ich nicht schon so alt und hätte eine kranke Frau zu Hause, ich suchte mir eine andere Arbeit, als hier im Winterregen den verfluchten Wallring abzulaufen wie ein Uhrzeiger die Kirchturmuhr.«
Wrangel zuckte zusammen. Das könnte es sein. Der Wall, die Bastionen, die Kirchturmuhr, der Zeiger. Sein Puls hämmerte in kräftigen Schlägen gegen seine Schläfen. Was hatte Abelson noch über Chiffrierungen gesagt? Man benutzte Scheiben, die man gegeneinander verschieben konnte. Und er, Wrangel, stand hier genau auf so einer Scheibe! Natürlich nicht auf einer kleinen, die man mit sich führen konnte. Nein, auf einer riesigen Scheibe, von der jeder wissen konnte, der um die Kunst der Verschlüsselung wusste. Für einen Ahnungslosen würde diese Anlage immer bloß eine Wallanlage sein. Nur der eingeweihte Kenner verstünde es, sie als Chiffrierscheibe für sich zu nutzen, egal, wo er sich gerade selbst befand. So konnten viele Menschen untereinander geheime Botschaften austauschen, ohne dass sie wegen des Schlüssels in direkten Kontakt treten mussten. Als Markierung reichte es notfalls sogar aus, wenn sie Neuigkeiten über die Ereignisse auf den Wallanlagen erführen. Und je spektakulärer die Ereignisse waren, desto weiter gelangten die Nachrichten über sie.
»Wie viele Bastionen hat der Wall, Wachmann?«
Der Alte schaute erstaunt in Wrangels plötzlich gerötetes Gesicht. »Zweiundzwanzig sind es, dazu sechs Tore. Alle sind gut bewaffnet und gesichert … Ist Euch nicht gut, Herr? Ihr seht plötzlich so erregt aus.«
»Das ist nur das furchtbare Wetter, guter Mann. Ich sollte mich nicht länger hier draußen bei Nässe und Kälte aufhalten.«
»Da sprecht Ihr die Wahrheit. Die klamme Kälte zieht in die Knochen und lässt sie nicht mehr los. Manchmal hat sie mich

auf meinen Rundgängen so im Griff, dass ich nach Dienstschluss nicht einmal mehr sitzen kann. Geht nur zu, Herr, bis zum Grasbrooktor habt Ihr keine zweihundert Schritte mehr.«

»Danke für Eure Geschichte von dem Wall! Und eine ruhige Wache noch!«

Wrangel eilte so schnell davon, wie es der glitschige Pfad zuließ. Weder Wind noch Regen spürte er auf seiner Haut. Er musste zu Abelson, so schnell er konnte.

Mittwoch, 14. Dezember 1701

57

Müde und von innerer Unruhe getrieben bog Wrangel in die Kleine Johannisstraße ein. Wie gewöhnlich hatte er Vikar Claussen nach ihrem gemeinsamen Kaffee nach Hause begleitet. Sie hatten eine gute Stunde über die jüngsten politischen Entwicklungen in der Stadt gesprochen. Claussen machte sich Sorgen über die feindlichen Haltungen der Kirchspiele untereinander. Vor allem in Pastor Krumbholtz von St. Petri sah er einen Anführer der Konfrontationen, nicht nur unter den Kirchspielen, sondern auch zwischen der Bürgerschaft und dem Rat. Wrangel hatte nur mit halbem Ohr zugehört, aber versucht, es sich nicht anmerken zu lassen. Von den Briefen hatte er nichts erzählt. Er war sich nicht sicher. Selbst Abelson hatte davon abgeraten, über die Sache zu sprechen, solange sie nicht weitergekommen waren.

Es hatte wieder angefangen zu regnen. Wenn es so weiterging, würde Wrangels Mantel gar nicht mehr durchtrocknen können. Ihn fröstelte. Das lag bestimmt an der Müdigkeit. Den vorigen Tag hatte er bis tief in die Nacht hinein mit Abelson über den Briefen gegrübelt. Immer wieder hatten sie den Stich der Wallanlagen in Abelsons Arbeitszimmer in Augenschein genommen. Zweiundzwanzig Bastionen waren es, alle benannt nach ehemaligen Bürgermeistern der Stadt, dazu kamen sechs Tore, auch alle mit eigenen Namen. Ihre Scheibe hatte also achtundzwanzig Zacken. Darauf passte ohne Probleme das Alphabet. Aber gab es eine zweite Scheibe? Und wenn ja, dann wo? Ebenfalls in den Zacken der Wallanlagen versteckt? Die Verabredung von Hieronymus und Nikolaus zum Essen, wie passte sie da hinein? Beide Namen fanden sich auch unter den Bastionsnamen wieder. Stundenlang hatten sie Buchstaben hin und her geschoben, mal nach links, mal nach rechts, mal entsprechend der Zahlen, die im Datum angegeben waren: 7, 4, 12 Uhr. Nichts hatte funktioniert.

Irgendwann schlug Abelson vor, seinen alten Freund Sir Wallis in London hinzuzuziehen. Aber Wrangel war das zu langwierig. Es konnte Wochen dauern, bis sie eine Antwort erhielten. Wenn die Briefe überhaupt unbeschadet nach London gelangten. Für Montag war schon die Urteilsverkündung angesetzt. Die zu erwartende Hinrichtung würde dann nicht mehr lange auf sich warten lassen. Wenn diese Briefe etwas mit Bunk und dem Mord zu tun hatten, woran er immer fester glaubte, je länger er sie betrachtete, wäre es dann zu spät. So hatte er mit Abelson verabredet, heute nach seinem Treffen mit Claussen wieder vorbeizukommen und es noch einmal zu versuchen.

Den Vormittag über war Wrangel am Niedergericht gewesen. Wilken hatte ihm zum Ende seiner Amtszeit als Prätor, die nach Neujahr auslief, großzügig zwei kleine Fälle zugeschoben. Streitigkeiten wegen Zahlungsverzug. Keine sonderlich lukrativen Dinge. Aber immerhin keine Pflichtverteidigung, sodass mit einem Honorar zu rechnen war. Zwar mochte er eigentlich nichts von Wilken annehmen, aber einen Affront wollte er nicht noch einmal riskieren. Auch konnte er nicht ausschließlich von seinen Rücklagen leben, sondern sollte wenigstens die laufenden Kosten aus seinem Einkommen als Prokurator bestreiten können, wollte er nicht an dem Ast sägen, auf dem er saß.

Es schlug sechs Uhr, als er vor Abelsons Tür stand. Jurek öffnete ihm mit einer kurzen Verbeugung und geleitete Wrangel direkt ins Kabinett, nachdem er ihm den nassen Mantel abgenommen hatte. Das kräftige Kaminfeuer warf bizarre Schatten an die Wände. Abelson saß hinter seinem Schreibtisch und schrieb an etwas. Als er Wrangel eintreten sah, erhob er sich und begrüßte ihn herzlich.

»Guten Abend, Prokurator Wrangel. Schön, dass Ihr bei diesem furchtbaren Wetter noch hierher gefunden habt. Erlaubt mir, Euch zum Abendessen einzuladen. Ruth steht schon seit Stunden mit unserer Köchin zusammen in der Küche und versucht sich an einem neuen Bratenrezept.«

»Guten Abend, Herr Abelson, sehr gern nehme ich die Einladung an. Ein guter Braten vertreibt am besten kleine Sorgen.«

»Die Sorgen, die Sorgen. Fast den ganzen Tag grüble ich nun schon über unserem Rätsel. Aber es will mir einfach nicht gelingen, die Chiffre zu verstehen. Dabei hat der verschlüsselte Text auffallend viele typische Wiederholungen, die darauf hindeuten, dass wir es hier nicht mit einem Nomenklator zu tun haben. Aber das sagte ich schon einmal, oder?«

Wrangel nickte lächelnd und rieb sich müde die Augenbrauen.

»Kommt, junger Mann, bevor wir uns hier erneut in die Welt der Zeichen vertiefen, genehmigen wir uns zunächst ein Glas Portwein. Der regt die Lebensgeister an.« Abelson stand auf und führte Wrangel hinüber in den Salon. Wieder standen eine Karaffe Portwein und zwei Gläser bereit. »Erzählt mir doch noch einmal in Ruhe, wie Ihr überhaupt auf die Idee mit den Wallanlagen als riesige Chiffrierscheibe gekommen seid.«

»Der Wachmann, den ich auf dem oberen Pfad der Wallanlagen traf, erzählte mir, dass er die Anlagen für verflucht halte. Er sprach von ihnen als einem Ring mit spitzen Zacken und verglich seine Wachgänge mit einem Uhrzeiger, der um das Zifferblatt kreist. Als ich mir sein Bild vorzustellen versuchte, sah ich auf einmal eine große Scheibe vor mir wie jene von diesem Italiener, von der Ihr spracht.«

»Leon Battista Alberti.«

»Genau. Dann fiel mir Euer Stich von der Wallanlage wieder ein, die mich an einen Igel erinnert hatte. Jetzt sah ich die Scheibe in ihr.«

»Aber wieso hielt der Wachmann die Anlagen für verflucht?«

»Er sprach von all den Unglücksfällen, die in der Vergangenheit dort passiert sind. Die kopflose Leiche zählte er auch gleich hinzu, obwohl sie doch gar nicht auf dem Wall gefunden wurde.«

»Wohl aber in der Nähe des Walles«, überlegte Abelson und trank noch einen Schluck Wein.

»Ja, am Abort vor der Bartholdus-Bastion, direkt auf dem Schweinemarkt.«

»Und was für Unglücke nannte er noch?«

Wrangel war es etwas unangenehm, Abelson gegenüber von den judenfeindlichen Beschimpfungen zu reden. Das abergläubische Geschwätz der Leute gegen Andersartige hatte ihn schon immer gestört, darum wollte er es nicht noch selbst verbreiten. »Er sprach von dem Diebstahl von Jastrams Kopf am Millerntor und auch von dem Feuer auf der Vincent-Bastion.«

»Das stimmt, es häuft sich. Im letzten Jahr gab es mehrere Vorfälle, die wohl die Juden in Verruf bringen sollten. So fand man beispielsweise geschächtete Schafe an der Wallmauer. Und dieses Jahr, kurz vor Pessach, wurden die Türen irgendeiner Bastion mit Blut beschmiert. Alles unschöne Ereignisse, die unser unauffälliges, ruhiges Leben hier gefährden.«

»Es war die Bartholdus-Bastion, die in der Nacht nach Palmsonntag beschmiert wurde. Der Wachmann erwähnte es auch. Aber was hat das mit unseren Briefen zu tun?«

»Ich weiß es nicht. Doch der Wachmann hat recht. Bei so vielen

Unglücksfällen kommt man schnell auf die Idee, dass etwas nicht mit rechten Dingen zugeht, ja, dass die Wälle mit einem Fluch belegt sind.«

Wrangel trank einen Schluck Portwein und griff dann nach dem unverschlüsselten Brief. »Hieronymus trifft Nikolaus am 7. April zum Mittag. Hm. Wo liegt die Hieronymus-Bastion genau und wo die Nikolaus-Bastion?«

Die beiden Männer gingen wieder zurück ins Arbeitszimmer und vertieften sich erneut in den Stich der Wallanlagen an der Wand.

»Hier oben, östlich der Vincent-Bastion«, erläuterte Abelson. »Nach ihr kommt die Sebastianus-Bastion, dann die Bartholdus-, die Erikus- und hier die Nikolaus-Bastion.«

»Die Bartholdus-Bastion ... das könnte es sein! Abelson, schaut her! Die Bartholdus-Bastion liegt genau in der Mitte zwischen der Hieronymus- und der Nikolaus-Bastion. Und am Montag nach Palmsonntag, einen Tag bevor das Essen stattfinden sollte, ist sie blutverschmiert. Das ist es!«

Abelson schaute den jungen Mann prüfend an. »Was ist es?«

»Die Lösung, Abelson, die Lösung! Kommt, wir wollen den chiffrierten Brief noch einmal untersuchen.«

»Wonach?«

»Nach der Bartholdus-Bastion. Ich meine, wir versuchen ihn damit zu knacken.«

»Wieso Bartholdus?«

»Sie war markiert, kurz vor dem Tag, an dem das Essen stattfinden sollte.«

Abelson schüttelte irritiert den Kopf.

»Ihr sagtet doch, man soll auf kleine Zeichen achten. Seht her. Palmsonntag war am 5. April. Am 6. April waren die Türen der Bartholdus-Bastion verschmiert und erregten so viel Aufsehen, dass es wie ein Lauffeuer durch die Stadt ging. Wir haben es

nicht mit einem Fluch zu tun, Abelson, sondern mit einer Markierung! Die Unglücke sind Markierungen auf der Scheibe!«
Abelson begriff. Hastig breiteten sie den chiffrierten Brief auf dem Schreibtisch aus und schrieben »Bartholdus« auf ein leeres Blatt.
»Zehn Buchstaben, drei davon Vokale, keine Dopplungen.«
»Lasst uns mit ›B‹ als erste Transposition beginnen«, sagte Wrangel.
Emsig machten sich die beiden Männer über die chiffrierten Zeilen her.
»Vzkrufn… das ist wirr.« Abelson kniff die Augen zusammen.
»Lasst uns die Konsonanten streichen. Dann sind wir im Rhythmus der Buchstaben.«
Erneut schrieben sie das Alphabet nach dem konsonantenfreien Schlüssel auf. Wrangel spürte, wie sein Blut in Wallung geriet. Sie waren ganz nahe dran. Seine Idee war richtig gewesen. Er hielt einen Augenblick inne und dankte dem alten Wachmann im Stillen für seine Gruselgeschichte.
»Wrangel, Ihr seid ein Genie! Schaut her, es geht auf!«
Fieberhaft dechiffrierten die beiden Männer Buchstaben für Buchstaben nach dem konsonantenfreien Schlüssel.
»*hiermit weiseic halbrecht wrangel kaufman nzulübe ckanfü rdiesen wechsel zumeine rlastdi esummev onvierz igtausen dmarklüb ischam7 april17 01andie amsterd amschew isselba nkzugun stendes kontosf ivzuzah lenhamb urg2apr il1701w ilken*«, entzifferte Abelson.
»Aber was ist das für ein Kauderwelsch?«
»Habt Geduld, junger Freund. Wir brauchen ein bisschen Feingefühl, dann haben wir es.«
Abelson versenkte sich leise murmelnd in den Buchstabensalat. Da ging die Tür auf, und Ruth betrat das Arbeitszimmer. Wrangel hatte sie seit ihrer gemeinsamen Fahrt nach Wandsbek nicht

mehr gesehen. Wie schön sie war. Ihre grauen Augen strahlten, und ihr schwarzes Haar schimmerte sanft im Licht des Kamins.
»Darf ich die Herren zu Tisch bitten?«
»Einen Augenblick noch, wir kommen gleich, mein Kind.« Abelson hob noch nicht einmal den Kopf, so sehr war er in die vor ihm liegenden Zeilen vertieft.
Wrangel lächelte Ruth freundlich nickend zu. »Ich freue mich sehr, Euch wiederzusehen.«
»Ich ebenfalls. Vor allem freue ich mich, Euch wieder bei guter Gesundheit zu sehen. Wir haben uns große Sorgen um Euch gemacht, als wir erfuhren, in was für einen schrecklichen Überfall Ihr geraten seid.«
Wrangel fühlte, wie ihm das Blut in die Wangen schoss, und hoffte inständig, dass es im Raum dunkel genug war, damit es Ruth verborgen blieb. Sie trug ein hochgeschlossenes graues Kleid mit weißen Spitzen an den Enden und über dem Dekolleté.
»Das ist es! Setzt Euch hin, Wrangel, und hört zu:

Hiermit weise ich Albrecht Wrangel, Kaufmann zu Lübeck, an, für diesen Wechsel zu meiner Last die Summe von vierzigtausend Mark lübisch am 7. April 1701 an die Amsterdam'sche Wisselbank zugunsten des Kontos FIV zu zahlen. Hamburg, 2. April 1701, Wilken.«

Wrangel pfiff leise durch die Zähne. Eher um seine Erregung herunterzuspielen, als dass er solche Geräusche schätzte. Sein Bruder machte Geschäfte mit Michel Wilken, und das heimlich …
»Das ist wirklich eine Entdeckung, Abelson.«
»Ja, Prokurator. Doch ist es erst der Anfang. Hier scheinen wahrlich merkwürdige Dinge zu passieren.«

Ruth schaute die beiden Männer abwechselnd an. »Worum geht es hier, Vater?«

»Um Wechsel in gewaltiger Höhe, mein Kind.«

»Wechsel?«

»Lasst uns zu Tisch gehen. Ich werde es Euch beim Essen erläutern.«

Die beiden Männer folgten Ruth ins Esszimmer, einen hellerleuchteten Raum, in dessen Mitte ein großer runder Eichentisch mit schweren Stühlen stand. Auf ihm stand eine große Menora, der siebenarmige Leuchter, den die Juden traditionell zu ihrem Chanukkafest entzündeten. Wrangel hatte über dieses Lichterfest gelesen, das immer relativ kurz vor der christlichen Weihnacht stattfand. Ruth griff nach einer kleinen Kerze, die an einem besonderen Arm des Leuchters befestigt war, und entzündete mit ihr vier der großen Kerzen, während der alte Abelson leise, aber inbrünstig hebräische Segenssprüche murmelte.

Beschämt stellte Wrangel fest, dass er hier heute in ein Fest hineingeplatzt war, von dessen Existenz er zwar wusste, worüber er sich aber noch nie konkrete Gedanken gemacht hatte.

Ruth bemerkte seine Beklommenheit und versuchte sie mit Fröhlichkeit zu überspielen. »Wir freuen uns sehr, dass Ihr heute mit uns diesen Braten verzehrt. Allein könnten wir ihn niemals bewältigen. Zudem ist doch die Lösung Eures Chiffrierrätsels ein Fest der gemeinsamen Freude wert.«

Dann gab sie dem Mädchen, das in einer Zimmerecke geduldig gewartet hatte, ein Zeichen, mit dem Servieren zu beginnen.

»So ist es, lieber Prokurator Wrangel. Wir freuen uns sehr, dass Ihr heute Abend unser Gast seid und somit drei frohe Ereignisse zusammenkommen: Euer Besuch in unserem Haus, des Rätsels Lösung und der vierte Tag des Chanukkafestes.«

»Aber nun erkläre bitte, Vater, was es mit dieser geheimnisvollen Nachricht genau auf sich hat. Was ist ein Wechsel?«

Abelson lächelte seiner stürmischen Tochter freundlich zu und suchte dann den aufmerksamen Blick Wrangels. »Ein Wechsel ist ein Transferinstrument im Geschäftsleben, mein Kind. Damit lässt sich zum Beispiel Geld von einem Ort zum anderen bewegen, ohne dass das Geld jemals selbst bewegt werden muss.«

»Wie das? Ist es Zauberei und darum verschlüsselt?«

»Ruth, sei nicht albern, sondern denke nach. Nein, mit Zauberei hat das alles nichts zu tun, sondern mit Versprechen und Vertrauen. Der, der einen Wechsel ausstellt, weist den Empfänger an, unbedingt in seinem Namen an eine im Wechsel genannte Person eine bestimmte Summe auszuzahlen. Damit können Anweisender und Begünstigter einen Geldtransfer vornehmen, ohne es sich selbst von der einen in die andere Hand zu geben. In unserem Fall ist es aber noch etwas spezieller. Hier hat der Aussteller, Michel Wilken, Prokurator Wrangels Bruder Alfred angewiesen, an einen Kunden der Wisselbank in Amsterdam Geld auszuzahlen. Wir könnten daraus schließen, dass beispielsweise der Aussteller keine direkte Verbindung zur Wisselbank hat und somit das Geld nicht direkt transferieren kann, oder aber …«, Abelson hielt inne und suchte Wrangels Blick, »er möchte nicht direkt transferieren.«

»Warum sollte er nicht direkt transferieren wollen?«, fragte Ruth irritiert.

»Weil er vielleicht nicht als Geschäftspartner bekannt werden möchte.«

»Was ist die Wisselbank?«

»Die Amsterdam'sche Wisselbank ist die wichtigste Wechselbank in Westeuropa. Sie hat ein internationales Wechselsystem eingeführt, das eine stabile Handelswährung, den Bankgulden, schuf, mit dem sich im Ostseeraum, in der Levante und in Ostindien problemlos handeln lässt. Kaufleute unterhalten normalerweise Konten bei der Wisselbank, auf die sie Wechsel ziehen können, und die Bank überweist dann Beträge des einen Kunden auf das Konto eines anderen. Auch ich unterhalte dort ein Konto, Ruth. Die Bankkunden können auch Gold oder Silber bei der Wisselbank einzahlen, dafür eine Quittung erhalten und mit diesen Quittungen wieder andere Verpflichtungen begleichen. So müssen die Kaufleute nicht mit ihrem Gold und Silber reisen, und Amsterdam ist dadurch ein bedeutender Edelmetallmarkt geworden. Die Wisselbank hat so gut wie jede gewünschte internationale Grobmünze vorrätig.«

»Aber die Hamburger Bank funktioniert doch im Wesentlichen genauso, Herr Abelson.«

»So ist es, Prokurator. Sie wurde ja auch 1619 nach dem Amsterdamer Vorbild gegründet.«

»Warum dann die Amsterdam'sche Wisselbank?«

»Ich vermute einmal, um den Handel nicht über Hamburg laufen lassen zu müssen. Da würde es sich unter Umständen schnell herumsprechen, wer mit wem welche Geschäfte macht.«

Wrangel dachte einen Augenblick nach. »Also vermutet Ihr, dass Michel Wilken und mein Bruder Geschäfte machen, die in Hamburg nicht bekannt werden sollen?«

»Das wäre durchaus denkbar. Allerdings sind sie dabei wohl mit einem Dritten im Bunde, dem Inhaber des Kontos ›FIV‹, wer oder was auch immer das ist.«

Wrangel spürte heiße Wut in sich aufsteigen. Sein Bruder machte irgendwelche heimlichen Geschäfte, bei denen es um sehr, sehr viel Geld ging und die wegen ihrer Geheimniskrämerei anderen schadeten: Es hatte deshalb tote Schafe, Brände, sogar eine Leiche gegeben. Und Michel Wilken war mit von der Partie. Ob der Prätor wusste, was sein Bruder trieb? Ob er sogar daran beteiligt war? Und diese Bande hatte versucht ihn einzulullen, ihn als Paten für Albrechts ungeborenes Kind zu verpflichten! Nicht genug, dass der sich schon Elisabeth genommen hatte, jetzt wollte er ihn auch noch in seine schmutzigen Geschäfte verwickeln! Wrangel wusste kaum noch wohin mit seiner Wut, als er Abelsons knöchrige Hand auf seiner spürte.

»Ihr habt sicherlich so manchen Grund, wütend auf Euren Bruder zu sein. Doch lasst uns besonnen vorgehen. Dieser Brief sagt uns zwar, dass Euer Bruder in große Geldgeschäfte der Wilkens verwickelt ist, er sagt uns aber nicht, worum es bei diesen Geschäften genau geht und ob dies Euer Bruder überhaupt weiß. Bedenkt, nichts ist gefährlicher als Unbesonnenheit. Denn dann begeht man Fehler, die man bitter bereuen könnte.«

Wrangel fasste sich wieder und versuchte seine Gefühle unter Kontrolle zu bringen. Neben ihm saß Ruth und schaute ihn mit warmem Blick an. Abelson hatte recht. Er durfte nichts überstürzen und sich nicht von seinem Groll fortreißen lassen. Er war doch weit gekommen im vergangenen Jahr. Er hatte in Hamburg ein neues Leben angefangen, auch wenn er gerade an seinen Fähigkeiten als Prokurator zweifelte. Er hatte trotz seiner ihm eher unangenehmen Kollegen neue Freunde gefunden und sogar – wenn er sich denn traute, ganz tief in sich hineinzuhorchen – eine neue Liebe. Das durfte er nicht alles aufs Spiel setzen, nur weil sein Blut wegen alter Verletzungen in Wallung geriet. Sonst erginge es ihm wohlmöglich nicht viel besser als Bunk, die für ihre Rache augenscheinlich sogar bereit war, ihr Leben zu geben.

»Was können wir denn jetzt weiter tun? Habt Ihr eine Idee, Herr Abelson?«

»Zuerst einmal genießen wir in aller Ruhe Ruths wunderbaren Braten. An Chanukka wird nicht gearbeitet, solange die Kerzen der Menora brennen.« Abelson erhob sein Glas Rotwein. »Lasst uns dieses schöne Fest der Freude unter Freunden in Frieden feiern. Zum Wohl!«

Gut gesättigt und vom schweren Wein besänftigt, ging Wrangel mit Abelson eine gute Stunde später zurück in Abelsons Arbeitszimmer.

»Ich habe Euch einen Vorschlag zu machen, Prokurator Wrangel.« Abelson nahm den dechiffrierten Wechsel in die Hand und las ihn noch einmal laut vor. »Vierzigtausend Mark lübisch sind eine stattliche Summe. Sie entspricht ungefähr dem Jahressalär des halben Hamburger Rates. Mit so einer Summe ist schon einiges zu bewegen. Wenn ich beispielsweise daran denke, dass Peter I. von Russland seine Armee aufrüstet und dafür Geld aus verschiedensten Kanälen über die Börse in London akquiriert … Oder aber die Geschichte mit dem Pulver hier in Hamburg. Erinnert Ihr Euch?«

»Ja, Michel Wilken hatte so viel Geld zur Verfügung, dass er Schwarzpulver auf Vorrat kaufen konnte, obwohl Hamburg es ihm nicht abnehmen würde. Und ein Lübecker Kaufmann bediente Hamburg zuvor mit ausreichend Pulver, das schon zufällig in der Stadt war. Und zufällig war in der in Brand geratenen Vincent-Bastion weitaus weniger Schwarzpulver, als es laut Vorratslisten, für die Michel Wilken verantwortlich war, hätte sein sollen.«

Innerlich brodelte Wrangel wieder. Ihm fielen die beiden Wilken'schen Kontorjungen ein, die während des Brandes lieber einen alten Holzverschlag als die dahinterstehende Reetdachkate vor den Flammen schützten. Wenn sich in diesem Verschlag nun das Schwarzpulver befunden hatte? Und wenn sein Bruder dieser Kaufmann war, der zufällig gerade Pulver in Hamburg zu verkaufen hatte? Wenn die beiden wirklich unter einer Decke steckten, dann …

»Ja, Prokurator, so ungefähr lief das. Sollte es irgendeine Beziehung zwischen diesen Ereignissen und dem Wechselgeschäft hier geben, ist es kein Wunder, dass es heimlich transferiert wurde. Wollen wir herausfinden, was hinter dieser Transaktion steckt, müssen wir wissen, an wen das Geld in letzter Instanz ging.«

Abelson bemerkte Wrangels Erregung. Beschwichtigend legte er seine Hand auf den Arm des jungen Prokurators. »Wie ich schon sagte, Wrangel, vielleicht hat Euer Bruder da gar nicht mehr seine Hände im Spiel, sondern ist nur ein Mittelsmann, um die Operation noch schwerer nachvollziehbar zu machen. Auf jeden Fall aber ist er ein engvertrauter Geschäftspartner von Michel Wilken. Sonst würde er für eine solche Summe keinen Wechsel annehmen. Doch wir dürfen auch nicht vergessen, dass dem Versender das größtmögliche Unglück passiert ist, das man bei so einem geheimen Wechsel haben kann: Sowohl der chiffrierte Brief wie auch der Brief mit dem offenen Code sind gemeinsam in die Hände findiger Menschen gefallen und entschlüsselt worden. Wir müssen sehr vorsichtig sein, damit niemand uns dahinter vermutet.«

»Und was habt Ihr vorzuschlagen, Abelson?«

Der alte Mann lächelte. »Die Jugend ist so ungestüm, um nicht zu sagen ungeduldig. Zunächst einmal verliert zu niemandem ein einziges Wort über diese Dinge. Ich habe sehr gute Beziehungen nach Amsterdam, direkt in die Wisselbank. Ich schlage Euch vor, dass ich mich ein bisschen umhöre, um Näheres über dieses mysteriöse ›FIV‹-Konto herauszufinden. Übt Euch in Geduld und Verschwiegenheit und gebt mir ein paar Tage Zeit, dann wissen wir mehr.«

Wrangel nickte und bemühte sich, seine Wut unter Kontrolle zu halten. »In Ordnung. Wann sehen wir uns wieder?«

»In einer Woche.«

»Gut, in einer Woche.«

Donnerstag, 15. Dezember 1701

58

Ruth nippte vorsichtig an ihrer Tasse Tee, die ihr Margarete Claussen eingeschenkt hatte. Die beiden Frauen hatten sich nach dem Abendessen in einen kleinen Salon zurückgezogen, um ungestört vom Tabakrauch der Männer zu plaudern.

»Ruth, du siehst ein bisschen blass um die Nase aus. Macht dir die finstre Jahreszeit zu schaffen, oder quälen gar trübe Gedanken deinen hübschen Kopf?«

Margarete Claussen lächelte der jungen Frau aufmunternd zu. Sie hatte Ruth, die sie schon seit deren frühen Kindertagen kannte, fest ins Herz geschlossen. Seit dem Tod von Ruths Mutter aber fühlte sie sich auch in gewisser Weise für die Halbwaise verantwortlich. Schließlich gab es im Abelson'schen Haushalt keine Frau mehr, die Ruth auf dem mühsamen Weg des Erwachsenwerdens zur Seite stehen konnte. Die Claussens hatten selbst keine Kinder, der Herr hatte sie nicht mit dieser Gnade bedacht, umso mehr kümmerte sich Margarete Claussen um andere Menschen, die weiblicher Fürsorge bedurften. Ihr Neffe Matthias zählte genauso dazu wie Syndikus Lorenz, der vor einiger Zeit zum Witwer geworden war.

»Weniger die Jahreszeit ist es, liebe Frau Claussen, als die Worte des verehrten Syndikus Lorenz, die mir nahegehen.«

»Du meinst seine Ausführungen über den Mordfall, in dem in der nächsten Woche das Urteil gesprochen werden soll?«

»Genau die. Während meiner Fahrt nach Wandsbek hatte ich Gelegenheit, mit Prokurator Wrangel über diesen Fall zu sprechen und so einiges über die Frau zu erfahren, die verurteilt werden soll.«

»Das Mannweib, meinst du? Dieses Geschöpf, über das die Leute die schauerlichsten Dinge zu erzählen wissen? Über diesen Schandpfuhl unserer Gesellschaft solltest du dir nicht deinen Kopf zerbrechen, mein Kind. Ein verbrecherisches, ja ein teuflisches Geschöpf ist es, das es verdient, für seine Schandtaten gemäß dem Gesetz verurteilt zu werden.«

Ruth schluckte und schlug die Augen nieder. »Verzeiht, Frau Claussen, aber nach all dem, was ich über diese Frau gehört habe, kann ich Eure Meinung nicht teilen.«

Margarete Claussen schaute verwundert auf Ruth, die an ihrer Schürze nestelte.

»Vielleicht wisst Ihr nicht, dass der Prokurator Wrangel gute Beweise dafür hat, dass die Frau nichts mit dem Mord, den man ihr vorhält, zu tun hat.«

»Aber Kind, du hast es doch eben selbst von Syndikus Lorenz gehört: Das Schandweib hat den Mord gestanden!«

»Nein, gestanden hat die Frau lediglich, dass sie daran beteiligt war. Und auch das ist sehr zweifelhaft, bedenkt man die Umstände ihres Geständnisses.«

»Was meinst du damit?«

»Nun, sie hat die Taten, die man ihr vorhielt, unter schwerster Tortur gestanden.«

»Ruth«, unterbrach Margarete Claussen die junge Frau, »über solche Gräuel sollte ein Mädchen wie du noch nicht einmal im Entferntesten nachdenken. Vielmehr solltest du deine Seele mit erbaulichen und schönen Dingen erheitern. Nur dadurch kann sich deine Weiblichkeit zu vollem Glanz entfalten. Du stehst an der Schwelle des ehelichen Lebens, mein Kind, so-

fern ich deinen Vater letztens richtig verstand«, sie warf Ruth ein verschmitztes Zwinkern zu, »und da gilt es, sich auf die neuen, großen Aufgaben, die auf dich warten, vorzubereiten.«
Ruth spürte, wie ihr die Röte in die Wangen stieg. »Darf ich offen mit Euch sprechen, Frau Claussen?«
»Selbstverständlich, Ruth, verstehe mich bitte als deine mütterliche Freundin, der du dich ohne Angst anvertrauen kannst.«
»Um ehrlich zu sein, plagen mich große Zweifel wegen des Wunsches meines Vaters, mich möglichst bald zu verheiraten.«
Margarete Claussen griff nach ihrer Teetasse, um sich einen Moment Bedenkzeit für ihre Antwort zu erlauben. »Das ist nichts Ungewöhnliches, liebe Ruth. Der Schritt zur Ehefrau ist ein großer im Leben einer Frau. Nur der zur Mutter mag noch gewaltiger sein, doch ist mir leider versagt, dies persönlich zu beurteilen.« Mit einem leichten Räuspern stellte sie die Teetasse zurück auf den kleinen Tisch.
»Wisst Ihr, ich fühle keine Wärme für den Mann, den mein Vater für mich als Ehemann im Sinne hat. Von Liebe ganz zu schweigen.«
»Es ist nicht selten, dass die Liebe zwischen Eheleuten Zeit braucht, um zu wachsen. So wie ein Kind Zeit braucht, um zur Frau zu erblühen. Das weibliche Wesen will gehegt und gepflegt werden, liebe Ruth. Wird es vernachlässigt, gelangt es nie zur vollen Blüte und kann dem Weibe in seiner gottgegebenen Rolle keine Erfüllung schenken.«
Ruth rührte nachdenklich mit dem Löffel in ihrer Teetasse. »Ich teile Eure Meinung zutiefst, liebe Frau Claussen. Denn gerade das ist es, was mich so sehr an dem Mordfall bewegt, über den wir eben sprachen. Diese Frau, das ›Schandweib‹, wie Ihr sie nennt, hatte in ihrem Leben nie die Möglichkeit, ihr weibliches Wesen zu entfalten. Sie wurde früh zur Waise und hat sich stets selbst ihrer Haut erwehren müssen gegen so

manchen Kerl, der ihr zu nahe kam. In solcher Not, der sich nicht entfliehen lässt, ist es doch verständlich, dass dieses Weib sich in Manneskleidern versteckte.«

»Nicht die Flucht in Männerkleider ist es, Ruth, was dieses Geschöpf so verwerflich macht. Zwar ist auch solche Kleidung schon eine Täuschung der anderen, die nicht ungestraft hingenommen werden kann, soll die öffentliche Ordnung aufrechterhalten werden. Stell dir nur vor, man könnte sich nicht mehr darauf verlassen, dass ein Mensch auch der ist, der er vorgibt zu sein. Zweifel und Misstrauen griffen allerorts um sich und störten die Sicherheit, die zum Gedeih des gemeinschaftlichen Lebens nötig ist. Aber das wirklich Verwerfliche ist doch, dass dieses Weib sich nicht in Männerkleider hüllte, um sich zu verstecken, sondern um Frauen nachzustellen und einer frevlerischen Lust die Zügel schießenzulassen. So hat dieses Schandweib jene Frauen, die sich ihr in dem Glauben anvertrauten, sie hätten es mit einem Mann zu tun, aufs tiefste und unsittlichste betrogen und zugleich jene Frauen mit in die Sünde der Sodomie gezerrt und Schande über sie gebracht.«

»Und wenn sie dies nun tat, weil ihr Herz sich so sehr nach Liebe sehnte?«

»So hätte sie die Liebe in Gott suchen und finden können, mein Kind.«

»Aber die lutherische Kirche hat doch die Klöster aufgelöst und das monastische Leben verdammt.«

»Keineswegs. Viele Klöster und Konvente wurden erhalten, wenn sie denn zum lutherischen Glauben wechselten. So beispielsweise das Kloster Medingen, das im Lüneburgischen liegt und nun schon seit weit über hundert Jahren als Damenstift fortbesteht. Es ist die Herberge so mancher ledigen Patriziertochter geworden.«

»Glaubt Ihr wirklich, die Waise eines Dragoners wäre in einem Damenstift untergekommen?«
»Ruth, wir Christen sorgen uns um unsere Brüder und Schwestern. Es ist ein Akt der Nächstenliebe, der uns zutiefst mit unserem Herrn Jesus verbindet. Das mag dir, die dem mosaischen Glauben anhängt, fremd sein. Aber glaube mir: Hätte dieses Weib voll Inbrunst zu unserem Herrn gebetet und sich demütig dem Schutz der Kirche anvertraut, so hätten sich bestimmt Türen für sie geöffnet, um ihr Schutz und ein ehrbares Leben zu gewähren.«
Margarete Claussen faltete nach dieser Feststellung bedacht die Hände, um ihren Worten einen würdigen Nachdruck zu verleihen. Ruth ahnte, dass sie sich nicht weiter auf dieses gefährliche Gebiet der christlichen Fürsorge und Nächstenliebe begeben sollte. Zu leicht konnten da ihre Zweifel an konkreten Gegebenheiten als Missachtung des Christentums verstanden wurde. Und das wiederum war das Gefährlichste, was Juden in der christlichen Welt passieren konnte. So nickte sie bedächtig und sann darauf, das Gespräch zurück in sichere Gefilde zu führen.
»Aber was kann man tun, wenn es nicht der Wunsch nach Liebe, sondern die Liebe selbst ist, die einen treibt?«
Margarete Claussen horchte auf und fixierte aufmerksam Ruths Gesicht. »Jetzt reden wir aber doch wohl von anderen Dingen, nicht wahr?«
Ruth nickte. Ohne es verhindern zu können, waren ihre Gedanken von dem Schandweib direkt zu dessen Verteidiger, Hinrich Wrangel, geglitten. So wie sie es seit ihrer gemeinsamen Fahrt nach Wandsbek ständig taten, ganz gleich, woran die junge Frau gerade dachte. Und kaum hatte sich Wrangel wieder in ihren Kopf hineingeschlichen, da erfasste sie jedes Mal ein wohlig-schauriges Kribbbeln, das sich, zwang sie ihre Gedanken

nicht schnell genug fort, in eine berauschende Unruhe ausbreitete. Schloss sie die Augen, sah sie sein Gesicht. Berührte sie unvermittelt einen weichen Gegenstand, so glaubte sie, seine Hand zu spüren. Die Gedanken an seine Verletzungen hatten ihr schon so manche Stunde Schlaf geraubt, und als sie ihn gestern Abend endlich wieder sah, ergriff ihren ganzen Körper eine Wärme, wie sie sie noch nie zuvor gespürt hatte. Mochte Margarete Claussen noch so viel davon reden, dass die Liebe erst mit der Ehe wuchs, in Ruth Abelson war bereits eine Liebe entbrannt, die sie nur schwer im Zaum halten konnte.

»Nun, mein Kind«, riss ihre mütterliche Freundin sie aus ihren Gedanken, »wenn es die Liebe ist, die einen treibt, dann kann man nur hoffen, dass sie in den Hafen der Ehe mündet.«

»Aber wenn es keinen gemeinsamen Hafen der Ehe für die Liebenden gibt?«

»Dann gilt es, auf Gottes Hilfe zu vertrauen. Denn der Herr in Seiner Gnade nimmt sich Seiner Schäfchen an.«

Ruth schluckte und schwieg.

»Doch du, liebe Ruth, solltest auch den Mut haben, der Weisheit und Güte deines Vaters zu vertrauen, wenn dich ein solcher Zweifel bedrängt. Dein Vater weiß, was für dich das Beste ist, und wird seine Entscheidungen über deine Zukunft wohl bedenken und weise treffen.«

»Aber wenn daran mein Herz zerbräche, Frau Claussen?«

»So schnell zerbricht es nicht. Der Sturm der Gefühle, der einem solches vorgaukelt, ist befeuert durch die Jugend. Das Leben aber reicht weit über die Jugend hinaus. Nicht die Gefühle, die jetzt in dir toben, werden dich durch das Leben leiten, sondern die wohlbedachten Entscheidungen, welche die ganze Vielfalt deiner Bedürfnisse sowie der Traditionen mit einbeziehen und ihnen Rechnung tragen. So wie es ein Privileg der Jugend ist, in Liebe zu brennen, so ist es auch ihre Pflicht, den Entscheidungen der Erfahrenen Folge zu leisten.«

Bei diesen Worten musste sich Ruth innerlich schütteln. Aber es stand ihr nicht an, der älteren Frau zu widersprechen. Auch wusste sie nur zu gut, dass es hier nicht um richtig oder falsch ging, sondern um die Macht der Entscheidung. Und die lag nicht bei ihr. Darin glich sie, ob sie es wollte oder nicht, diesem Schandweib im Kerker des Henkers. Und dafür, dass diese Frau die Entscheidungen über ihr Leben an sich gerissen hatte, würde sie nun vielleicht mit dem Tod bezahlen müssen. So einen Preis zu zahlen war sie, Ruth Abelson, nicht bereit.

Montag, 19. Dezember 1701

59

Ihr Anwalt saß bereits an dem kleinen Tisch in der Herrenstube, als Bunk in die Tür trat. Sie trug wieder das gebleichte Hanfhemd und hatte die Haare ordentlich zusammengebunden. Sogar Hände und Gesicht hatte sie waschen können. Der Henkersknecht schob sie zu einem freien Schemel.

»Jürgen, bring uns zwei kleine Krüge Bier. Es wird ein anstrengender Tag werden.«

Jürgen nickte dem Prokurator zu und verließ den Raum.

»Wie geht es dir an diesem wichtigen Morgen?«

»Ich bin mit mir im Reinen, Herr.«

»Du willst also nicht widerrufen?«

»Nein, Herr.«

»Dann musst du mit dem Schlimmsten rechnen. Der Prätor hat den Tod durch das Rad gefordert. Du wirst sterben, obwohl du nichts mit der kopflosen Frau zu tun hast. Das weißt du genauso gut wie ich. Warum nur, Bunk?«

Sie sah dem jungen Mann ins Gesicht. Er hatte ungefähr ihr Alter, und doch trennten sie Welten. Was wusste er schon von ihrem Leben, was von ihren Gefühlen? Wusste er überhaupt etwas von der Liebe? Doch schien er ihr nicht mehr ganz so grün wie noch vor einigen Wochen. Aber das mochte daran liegen, dass sie in den vielen Gesprächen mit ihm und auch im Gerichtssaal die Schärfe seines Verstandes kennengelernt hatte. Er war weder überheblich noch selbstgefällig. Eine seltene Gabe bei Menschen seines Standes. Er hatte wirklich versucht, sie zu verteidigen, so gut es ging. Er konnte schließlich nichts dafür, dass sie sich nicht verteidigen lassen wollte, dass sie das Gericht auf ihre Art nutzen wollte. Überhaupt schien er ein guter Mensch zu sein. Nie kam er mit leeren Händen zu ihr. Stets sorgte er dafür, dass sie etwas zu essen oder einen Krug Bier bekam. Auch jetzt kam Jürgen mit dem Bier und brachte zwei Schalen Grütze mit.

Wrangel erwiderte ihren Blick. Sie musste antworten. Sie war es diesem jungen, so um sie bemühten Mann schuldig.

»Ich bin ein einfacher Mensch, Prokurator. Ich habe weder vernünftig lesen noch schreiben gelernt, auch kein rechtes Handwerk, und vom Führen eines Haushaltes verstehe ich ebenfalls nicht viel. Aber doch habe ich meine Ehre, die ich mir von niemandem rauben lasse und die auch niemand ungestraft verletzen darf. Dafür habe ich schon viele Dinge im Leben ertragen, die Arbeit verloren, selbst das Dach über dem Kopf. Vielleicht werde ich heute dafür sogar mit meinem Leben bezahlen müssen. Aber das ist es mir wert.«

Wrangel sah Bunk tief in die Augen. »Aber deine Ehre ist doch schon ruiniert, Bunk. Jeder Tag, den du hier in der Frohnerei verbringst, tritt sie mit Füßen. Wofür willst du da noch dein Leben geben?«

»Was für ein Leben bleibt mir denn, Prokurator? Alles, was mir wichtig war, ist zerstört. Ich habe weder Familie noch Freunde. Ich habe kein Zuhause. Wenn man mich nicht tot vom Richtplatz schleift, so schleift man mich geschändet vor die Tore der Stadt. Dann werde ich nicht durch des Henkers Hand sterben, sondern vogelfrei irgendwo durch die Hand irgendeines Strolches. Doch meine verletzte Ehre werde ich dann nicht mehr rächen können.«

»Und für deine … Ehre müssen auch Unschuldige sterben?«
»Niemand ist unschuldig, Prokurator.«
Wrangel schüttelte resigniert den Kopf und erhob sich. »Wir sehen uns später im Rathaus. Die Urteilsverkündung wird dort durch den Bürgermeister, der zugleich der oberste Richter ist, erfolgen.«
Bunk nickte stumm und trank einen Schluck Bier. Es war schon der zweite Krug, den sie an diesem Morgen leerte. Er stieg ihr zu Kopf. Seit ihrer Urgicht brachte ihr Jürgen jeden Morgen eine fette Grütze und einen kleinen Krug Bier, so wie es Asthusen ihr zugesagt hatte.
Bunk verzog ihren Mund zu einer bitteren Grimasse. Dass es ausgerechnet ein Henker sein würde, der ihr das bittere Leben ein wenig versüßte. Wie viel Leid sie schon hatte ertragen müssen, wie viel bittere Seelenpein. Sie dachte an ihre Mutter und spürte, wie die Tränen sich ihren Weg bahnen wollten.
Nein! Wie ein wackerer Kavallerist wollte sie bis zum bitteren Ende mutig und tapfer sein und ihre Ehre retten. So wie ihr Vater. Und sie summte die alten Lieder von damals, die sie, auf seinem Schoß reitend, lauthals mit den wackeren Soldaten des Verdener Regiments zusammen gesungen hatte.

60

Schlag zehn Uhr schoben zwei Gerichtsdiener Bunk in den großen Saal des Rathauses. Überall standen Wachen, aber die mit scharlachrotem Stoff beschlagenen Bänke waren leer. Bunk schaute scheu und verängstigt um sich. Es waren tatsächlich keine Zuschauer anwesend. Nur am Ende des Saales stand quer ein schmaler Tisch, ebenfalls bis zum Boden scharlachrot bedeckt und mit dem Hamburger Wappen in Silber verziert, hinter dem vier Männer saßen: die beiden amtierenden Bürgermeister sowie ihre Vorgänger. Vor ihnen auf dem Tisch lagen, in roten Samt eingeschlagen und in silberne Ecken gefasst, ein dickes Buch, daneben silbernes Schreibzeug und eine Sanduhr.

Hinter den Bürgermeistern machte Bunk, als sie aus dem Gegenlicht trat, weitere Menschen ausfindig. Vierundzwanzig zählte sie, alle in schwarze Mäntel gekleidet und die Köpfe mit spitzen Hüten bedeckt, so wie auch die Bürgermeister vor ihnen. Es mussten die Ratsherren sein. Sie bildeten das Obergericht, die höchste juristische Instanz der Stadt.

Plötzlich hörte Bunk, wie sich die schwere Tür hinter ihr erneut öffnete, und versuchte sich umzudrehen. Cäcilie wurde hereingeführt, hinter ihr Jähner. Die Gerichtsdiener führten alle drei zu einer unscheinbaren Bank in der Mitte des Saales und drückten sie nieder.

Als Bunk sich zu Cäcilie wandte, spuckte die ihr vor die Füße. »Mögest du elendiglich krepieren, du Miststück.«

Bunk biss sich auf die Lippen. Nein, sie musste nichts mehr sagen. Die Richter würden es für sie tun.

Auf einmal wurde es laut im Saal. Die Türen hatten sich erneut geöffnet, und die Zuschauer strömten hinein. Alle hielten den Kopf bedeckt. Der Saal füllte sich bis auf den letzten Platz, und ein Geruch nach Körperausdünstungen und feuchten Kleidern erfüllte die Luft. Auf einer Bank seitlich zu den Bürgermeistern erspähte Bunk ihren Prokurator. Auch er war ganz in Schwarz gekleidet.

Der Gerichtsdiener klopfte mit seinem Amtsstab auf den Boden, und Ruhe trat ein. Kurz darauf ergriff auch schon der Pronotarius des Obergerichtes, ebenfalls ganz in Schwarz, das Wort und eröffnete die Sitzung. Nachdem er die Formalien geklärt hatte, mussten sich alle erheben, um die Urteilsverkündung im Stehen zu hören. Bunk suchte Wrangels Blick. Der stand ruhig zwischen den beiden anderen Prokuratoren und fixierte etwas an der Wand über den Köpfen der Ratsherrn. Bunk folgte seinem Blick und bemerkte ein kleines Bild, auf dem eine in ein wallendes Gewand gekleidete Frau eine Waage in der Hand hielt. Ihre Augen waren verbunden. Justitia.

Auf einmal hörte sie ihren Namen. Es kam die Reihe an sie.

»Das Obergericht der Freien Reichs- und Hansestadt Hamburg ist zu dem Urteil gekommen, dass Ilsabe Bunk schuldig ist in folgenden Anklagepunkten: Erstens, sie legte ihre Weibeskleider ab und Manneskleider an und nahm auch den Namen eines Mannes an, um unter solchem Schanddeckel allerhand schändliche Dinge, Betrügereien und Zauberpossen zu treiben. Zweitens hat sie sich mit der Mitgefangenen Cäcilie Jürgens sowie mit der hier anwesenden Elisabeth Pausten verlobt und mit beiden mittels eines Instrumentes in Form eines Membrum virilis schändlich und wider die Natur in heilloser Weise vermischet. Drittens hat sie sich mit den beiden nacheinander durch priesterliche Hand trauen lassen. Viertens hat sie zugesehen bei der Ermordung von Maria Rieken und diese zuvor selbst dazu verleitet, ihren Mann in Neuengamme zu verlassen. Anschließend hat sie geholfen, der Ermordeten die Kleider auszuziehen, diese zu verkaufen und von dem Erlös ihren Anteil genommen. Schließlich hat sie sich mit den beiden Mitgefangenen verbunden, über alle Verbrechen zu schweigen. Darum wird sie zu folgenden Strafen nach dem Recht der Freien und Hansestadt Hamburg und gemäß dem Constitutio Criminalis Carolinae, Artikel 137 für Beihilfe zum vorsätzlichen Mord, Artikel 116 für das Verbrechen der Sodomie unter Frauen verurteilt: Poena rota und Poena ignis, die Strafe des Rades und die Strafe des Feuers. Die peinlich

Angeklagte Ilsabe Bunk wird wegen der begangenen Mordtat und Sodomie ihr zur wohlverdienten Strafe und anderen dergleichen Missetätern zum Abscheu zuvörderst auf dem Neuen Markt, wo der Mord geschehen, mit glühenden Zangen gezwickt, darauf auf dem Richtplatz mit dem Rad getötet, und nachgehend wird ihr Körper an Ort und Stelle verbrannt. Die Hinrichtung soll öffentlich erfolgen am ersten Sonnabend nach dem Heiligen-Drei-Könige-Tag im Januar zur Mittagsstunde.«

Bunk meinte eine bleierne Fessel um ihre Lunge zu spüren, die ihr die Luft abschnürte. Sie blickte zum obersten Richter hinüber, der seinen Hut abgenommen hatte. Was in Hamburg so viel bedeutete wie andernorts, den Stab über einen Angeklagten zu brechen und dadurch alle Hoffnung auf Gnade abzuschneiden. Nun war es also entschieden. Sie würde unter dem Rad sterben. Wie eine Wanze würde sie stückchenweise zerquetscht werden. Der Henker würde ihr mit dem gewaltigen Wagenrad zuerst die Beine, dann die Arme, dann das Becken, danach das Rückgrat brechen und zum Schluss endlich das Genick. Das, was dann noch von ihr übrig blieb, würden sie verbrennen wie eine Hexe.

Als endlich wieder Luft durch ihre Kehle drang, hörte sie den Prätor etwas sagen, dessen Sinn sie allerdings nicht verstand. Die Worte strichen an ihrem Ohr vorbei, ohne Halt in ihrem Kopf zu finden. Es war nur ein Zischen, einem scharfen Luftzug gleich. So wie … genau, wie die Stimme des Mannes in der Kutsche, der wegen des peitschenden Windes die Kapuze tief ins Gesicht gezogen und den Kopf nur leicht zur Tür hinausgelehnt hatte!

Jäh wandte sich Bunk dem Gerichtsdiener hinter ihr zu. »Ich will meinen Prokurator sprechen. Sorgt dafür, dass er es erfährt.«

»Jetzt pisst du dir ins Hemd, du Hexe, wo du hörst, was man mit dir und deinesgleichen anstellen wird.« Der kräftige Kerl grinste hämisch und spuckte durch eine Zahnlücke aus.

»Sorg dafür, dass er es erfährt, oder ich sorge dafür, dass dein Schwanz nie mehr größer wird als dein kleiner Finger!«

61

Wrangel verließ mit eiligem Schritt den Ratskeller. Er hatte sich dem gemeinsamen Mittagessen mit den anderen Mitgliedern des Gerichtes nach der Urteilsverkündigung nicht entziehen können. Der Fall war abgeschlossen, das Urteil ganz im Sinne des Prätors, und neben jenem würden auch der Frohn und das einfache Volk auf ihre Kosten kommen. Schmallippig hatte Wrangel gemeinsam mit Garlinghoff und Brasche, den Pflichtverteidigern der beiden anderen Verurteilten, an einer Ecke des großen Tisches gesessen und den weitschweifigen Ausführungen Wilkens zu den Ermittlungen zugehört, der jetzt, nachdem die Sache entschieden war, den Schöffen allerlei Unterhaltsames aus den Untersuchungen zu berichten hatte. Wilkens Laune war glänzend. Seine Amtszeit als Prätor lief aus, und er würde sich wieder als einfacher Senator der Arbeit im Rat und vor allem seinen persönlichen Geschäften widmen.

Garsmann, sein Nachfolger als Erster Prätor, hatte neben ihm gesessen und geflissentlich lächelnd Wilkens Erzählung verfolgt. Natürlich hatte Wilken sich nicht ein paar Seitenhiebe auf Wrangel verkneifen können, seinen Übereifer belächelt, mit dem der »Licenciat Hinrich« den »Monsieur Hinrich« gegen dessen ausdrückliche Aussagen zur Unschuld bekehren wollte, wo doch bei so einem verkommenen Wesen die Schuld aus jeder Pore kröche. Wrangel hatte sich auf die Zunge gebissen und geschwiegen.

Nun hatte er endlich den mit Bratendunst geschwängerten Raum verlassen können und sog tief die frostige Nachmittagsluft ein. Es gab nichts zu beschönigen. Er hatte wider besseres Wissen um ihre Unschuld zugelassen, dass seine Mandantin zum Tode verurteilt worden war. Zwar hatte sie es so gewollt, aber mit seiner Auffassung von Recht hatte das nichts zu tun. Er fühlte sich benutzt, ja sogar missbraucht von Bunk wie auch von Wilken, die in diesem Prozess beide nur an ihre eigenen Interessen dachten. Genauso auch von seinem Bruder, der irgendwelche geheimen Geschäfte machte und von ihm erwartete, dass er über die Patenschaft in den Schoß der Familie, die ihm so zuwider geworden war, zurückkehrte. Wenn er schon nicht vor Gericht seinen Überzeugungen Gehör verschaffen konnte, so wenigstens vor seiner Familie. Entschlossen bog er in die Große Reichenstraße ein, in der sein Bruder in Michel Wilkens Haus zu Gast war.

Kaum hatte Wrangel an die schwere Eichenholztür geklopft, öffnete auch schon ein Diener in weinroter Samtjacke. Augenblicklich fielen ihm die beiden jungen Kerle wieder ein, die er zuerst beim Brand der Vincent-Bastion und einige Zeit später im Ratskeller gesehen hatte. Wilkens Kontorburschen. Wrangel stellte sich mit knappen Worten vor und fragte nach seinem Bruder.

Der Diener führte ihn in eine mit dunklem Holz getäfelte Diele und bat ihn, einen Augenblick zu warten. Aus einer hinteren Tür trat Elisabeth auf ihn zu.

»Hinrich, wie schön, dich zu sehen! Albrecht ist leider noch geschäftlich unterwegs, aber er kommt bestimmt bald zurück.«

Wrangel schluckte und musterte Elisabeth mit flüchtigem Blick. Er hatte vor lauter Wut auf seinen Bruder gar nicht damit gerechnet, auch sie hier treffen zu können. Welch eine Dummheit von ihm. Elisabeths Bauch war noch runder geworden. Die Geburt würde sicherlich nicht mehr allzu lange auf sich warten lassen. Ihre Wangen waren rosig, und das füllige blonde Haar drängte unter der Haube hervor.

»Mein Anliegen kann ich sicherlich auch dir mitteilen, Elisabeth. Ich möchte ...« Wrangel hielt einen Moment inne. »Ich möchte dir mitteilen, dass ich nicht mit euch zusammen das Weihnachtsfest feiern werde. Genauso wenig möchte ich die Patenschaft für euer Kind übernehmen.«

Elisabeth wich einen Schritt zurück. »Warum nicht? Ich dachte, es wäre dir eine Ehre.«

Wrangel zögerte erneut. Wie weit konnte er gehen, um sein Handeln zu erklären? Wie viel konnte er einer schwangeren Frau zumuten?

»Ich hatte gute Gründe, mich aus dem Leben meiner Familie zurückzuziehen. Das Handeln meines Bruders gereicht mir nicht zur Ehre. Ich wünsche keine Verbindung zu ihm. Seine geschäftlichen Praktiken sind fragwürdig und könnten schon bald große Probleme hervorbringen.«

Das Blut wich aus Elisabeths Wangen, sie legte schützend ihre Hände über ihren Bauch. »Was ist passiert, Hinrich, dass du solche harten Worte wählst?«

»Nichts ist passiert. Aber ich habe meine Gründe.«

»Sag mir die Wahrheit. Ich bitte dich!«

Wrangel schaute Elisabeth in die Augen. Sie spiegelten ihre Unsicherheit und auch Angst. Er durfte sie nicht zu sehr verschrecken. Andererseits wollte er sie nicht in Hamburg, nicht in seiner Nähe wissen. Sollte sie doch einfach schnell nach Lübeck zurückkehren.

»Ich darf dir nichts sagen, Elisabeth, das wäre zu gefährlich. Auch für dich. Aber aufgrund dessen, was uns beide einst verband, gebe ich dir den Rat, für dein eigenes Wohlergehen so schnell wie möglich zusammen mit deinem Mann nach Lübeck zurückzukehren.« Er hielt einen Augenblick inne und schaute Elisabeth fest in die Augen.

Sie zitterte. »Ich hätte nicht gedacht, dass du es so schwer nehmen würdest, Hinrich. Du hast mich allein in Lübeck gelassen und all deine Zeit und Liebe deinem Studium gewidmet. Albrecht kümmerte sich um mich, als meine Mutter erkrankte und wir Hilfe brauchten. Du warst nicht da, Hinrich. Ich glaubte, ich bedeutete dir einfach nicht genug. Albrecht ist ein guter Mann, Hinrich. Er sorgt für mich. Als er um meine Hand anhielt, hatte ich bereits wochenlang nichts von dir gehört. Meine Mutter schalt mich töricht, als ich zögerte. Auch auf unsere Verlobung hast du nicht reagiert. Wie sollte ich da noch an deine Liebe glauben?«

Wrangel schluckte. Sein Herz krampfte sich zusammen. All die Seelenqualen von damals flammten erneut auf. »Ich habe dir jede Woche geschrieben.«

»Ich habe keine Briefe von dir erhalten.«

»Es ist müßig, darüber nun zu streiten. Aber sei dir gewiss, dass mein Herz immer dir gehörte und erst deine Heirat mich zwang, mich von dir loszureißen. Und bitte glaube mir, Elisabeth, es geht hier nicht um Rache, sondern ich mache mir Sorgen um dich. Bring Albrecht dazu, dass ihr Hamburg verlasst. Das ist das Beste für euch. Seine Ehre steht auf dem Spiel. Wenn du es schaffst, dass ihr noch vor Weihnachten abfahrt, wird meine Absage zum Fest hinfällig. Sicherlich wird es Albrecht dir auch nicht übelnehmen, wenn du ihn um einen anderen Taufpaten bittest. Möge der Herr dich und dein Kind beschützen.«

Damit wandte er sich um und ging zur Tür. Er spürte, dass er seine Gefühle nicht länger im Zaum halten konnte. War er zu weit gegangen? Hatte er zu viel gesagt? Er konnte nur hoffen, dass Elisabeth das Richtige tun würde.

Mittwoch, 21. Dezember 1701

62

»Ihr seht nicht gut aus, Wrangel.«

Claussen rührte in seiner Kaffeetasse und musterte eindringlich seinen Freund.

»Liegt es daran, dass Euer Bruder und Eure Schwägerin heute früh Hamburg verlassen haben? Ich hörte es gestern von Syndikus Lorenz, der es wiederum von Michel Wilken gehört hatte. Eurer Schwägerin scheint es nicht gutgegangen zu sein, und sie wünschte sich sehnlich, für die Niederkunft in der Nähe ihrer alten Amme zu sein.«

Wrangel atmete innerlich auf. Elisabeth hatte auf ihn gehört. »Das sind gute Neuigkeiten, Claussen.«

Sein Freund stutzte.

Wrangel lächelte ihm aufmunternd zu. »Versteht mich nicht falsch. Ich wünsche meiner Schwägerin nichts Schlechtes. Vor zwei Tagen traf ich sie mehr zufällig, und wir hatten zum ersten Mal die Gelegenheit, uns auszusprechen.« Er hielt inne und trank einen Schluck Kaffee.

»Und daraufhin hat sie das Weite gesucht, wollt Ihr mir das sagen?«

»Vielleicht. Aber bei Euch will ich mich vielmehr bedanken. Was Ihr damals über mich und Elisabeth gesagt habt, war nicht verkehrt. Tatsächlich habe ich mich wirklich nicht genügend um sie gekümmert. Sie hat es mir nun selbst gesagt.«

»Rührt daher Euer bekümmertes Gesicht?«

»Zum Teil. Aber die Nachricht, dass die beiden abgereist sind, erleichtert mich sehr. Es wird für alle Beteiligten das Beste sein.«

»Häufig ist die Einsicht in so schmerzliche Wahrheiten unangenehm, aber auch heilend. Ihr scheint mir da schon auf dem richtigen Weg zu sein. Doch Eure Seele betrübt noch mehr. Das spüre ich. Das Urteil ist Euch nahegegangen, nicht wahr?«

»Ja. Die Strafe ist drakonisch und ihre Rechtfertigung, eine moralisch abschreckende Wirkung auf das Volk zu haben, erscheint mir verlogen. Ein Fest des Blutrausches und des Aberglaubens wird es werden. Die Leute werden dem Henker die Schankstube einrennen, um keine noch so winzige Kleinigkeit des Spektakels zu verpassen.«

»Ich verstehe Eure Abscheu. Aber die Strafe ist nicht ungewöhnlich für so ein Verbrechen. Brutalen und hinterhältigen Mord mit dem Rad zu bestrafen hat eine lange Tradition und befriedigt das Rechtsempfinden der Menschen. Das wisst Ihr als Jurist noch besser als ich.«

»Ja, aber Ihr wisst so gut wie ich, dass hier drei Unschuldige sterben werden. Und als sei das nicht genug, wurden sie alle drei zum zweifachen Tod verurteilt. Die Leichen der Gerichteten zu verbrennen ist nichts weiter als ein fragwürdiger Tribut an den Aberglauben des Volkes an Hexen und Zauberer.«

»Niemand ist unschuldig. Auch wisst Ihr, dass die drei mit Kräutern und Tinkturen allerlei Schabernack getrieben haben.«

»Aber sie sind unschuldig an diesem Mord. Claussen, ich habe Hinweise darauf, dass die Tote aus ganz anderen Gründen gestorben ist, die nichts mit diesen Menschen zu tun haben.«

»Was für Hinweise?«

Wrangel hielt inne. Konnte er Claussen vertrauen? Dieser rotblonde junge Mann, der wohl sein einziger Freund in Hamburg war, war er aufrecht genug, um solche Ungeheuerlichkeiten wie jene um den chiffrierten Geldverkehr als Geheimnis zu wahren? Wer sonst, wenn nicht dieser Mann?

»Es gibt Hinweise darauf, dass die Tote nicht ohne Grund genau an jenem Ort und zu jener Zeit in so einem aufsehenerregenden Zustand gefunden wurde. Sie war ein Zeichen.«

»Ein Zeichen? Was redet Ihr da?«

Wrangel zögerte.

»Wrangel, mein Freund, versteigt Euch nicht in Vergeltungsphantasien. Habt Vertrauen zu Gott und auf seine höhere Gerechtigkeit. Manchmal verstehen wir seine Wege nicht, aber wenn wir ihm vertrauen, führt er uns zur Glückseligkeit.«

»Guten Tag, meine Herren. Wie ich höre, beschäftigt man sich hier mit großen theologischen Fragen.« Abelson trat freundlich lächelnd an den Tisch heran und verbeugte sich leicht.

»Herr Abelson, welch eine Freude, Euch zu sehen! Leistet uns ein wenig Gesellschaft. Mein Freund Wrangel ist betrübt wegen des Urteils, das über seine Mandantin gesprochen wurde.«

»Ich habe von dem harten Urteil gehört. Die Hinrichtung wird ein großes Spektakel werden und dem Henker eine entsprechende Meisterleistung abfordern. Ihr haltet das Urteil nicht für gerecht, Prokurator Wrangel, wenn ich recht verstanden habe?«

»Ich halte es für eine Barbarei, Herr Abelson, und es fällt mir wahrlich schwer, den Worten meines Freundes Claussen zu folgen und der höheren Gerechtigkeit des Herrn zu vertrauen.«

»Ja, das Vertrauen in höhere Sphären ist eine große Prüfung für die Menschen. Und der Rat Jesu, auch die andere Wange hinzuhalten, erfordert neben großem Vertrauen auch viel Mut. Wir Juden haben es da leichter. Wir halten uns nach wie vor an die alte Regel: Auge um Auge, Zahn um Zahn. Sie hat sich seit

Jahrtausenden bewährt. Obwohl auch sie so manches Mal der Barbarei Tür und Tor öffnet. Doch das Niedergericht lässt unsere alte Regel nicht ohne Acht, wenn es auf einen grausamen Tod einen grausamen Tod folgen lässt.«

»Doch ich habe nach wie vor meine berechtigten Zweifel, dass hier die Richtigen bestraft werden.«

Abelson zog eine seiner buschigen weißen Augenbrauen in die Höhe und schüttelte dann fast unmerklich den Kopf.

»Aber vielleicht habt Ihr recht, Claussen«, fuhr Wrangel einlenkend fort, »und es gilt hier innig darauf zu hoffen, dass noch ein Wunder geschehe, Bunk doch noch widerruft und die wahren Schuldigen entblößt werden.«

»Habt Gottvertrauen, Wrangel, und folgt Eurem gesunden Menschenverstand, der eine völlig durcheinandergeworfene moralische Ordnung nicht befürworten kann. Wer anders soll über wahre Schuld richten als Gott selbst?«

Abelson stimmte Claussen lächelnd bei. »Gottes Wege sind wunderbar, Prokurator Wrangel, darum hört auf Euren jungen Freund, den Vikar, und habt Vertrauen und Geduld.«

»Prokurator Wrangel?« Ein kräftiger Gerichtsdiener war an den Tisch der drei Männer getreten und starrte mit unsicherem Blick auf Wrangel.

»Das bin ich. Was gibt es, dass Ihr mich hier aufsucht? Wer schickt Euch?«

Der Gerichtsdiener trat verlegen von einem Fuß auf den anderen. Er war erst an diesem Tag losgezogen, um den Prokurator zu suchen, und das auch nur, weil seine Kumpel ihm beim abendlichen Bier ordentlich zugesetzt hatten, als er ihnen von der Drohung des Weibes erzählte. Mit Hexen solle man nicht spaßen. Und was wolle er erst einmal tun, wenn sie ihm wirklich seinen Schwanz schrumpfen ließe? Hinterher sei guter Rat teuer.

»Verzeiht die Störung, Herr, aber ich suche Euch schon geraume Zeit. Die Verurteilte, die Ihr vor Gericht vertreten habt, will Euch sprechen.«
Wrangel verspürte einen kleinen Stich. Hoffentlich hatte Bunk sich besonnen und wollte nun doch widerrufen! »Danke für die Nachricht. Ich werde sie aufsuchen.«
Verlegen nickend zog sich der Mann zurück. Als Wrangel ihm ein Geldstück für den Botendienst reichte, blickte er ihn verwundert an, trat aber schnell noch einmal zwei Schritte auf ihn zu, um den Obolus in Empfang zu nehmen.
Der Vikar schlug Wrangel auf die Schulter. »Nun seht, so fügt sich eins zum anderen. Vielleicht geht nun Euer Wunsch in Erfüllung und das Weib widerruft doch noch. Habt Vertrauen in Gott und in Euren gesunden Menschenverstand, Wrangel, dann wird sich Euch ein Weg auftun.«

63

Eine knappe halbe Stunde später klopfte Wrangel ungeduldig an die Tür der Frohnerei. Es war bereits dunkel und kaum noch jemand auf dem Berg unterwegs. Asthusen schlurfte in schweren Filzpantoffeln zur Tür und schaute verwundert auf Wrangel.
»Was führt Euch zu so später Stunde noch zu mir, Prokurator?«
»Guten Abend, Meister Ismael, Recht und Gesetz führen mich her, wie es mein Amt will.«
»So tretet dann ein in mein Haus.«
Wrangel folgte Asthusen durch den kleinen Flur in die Herrenstube.

»Die Verurteilte wollt Ihr also sprechen? Sind denn immer noch Fragen offen? Das Urteil ist doch bereits gefällt.« Asthusen kratzte sich am Kinn. »Ihr wollt das Weib doch wohl nicht erneut zu einem Widerruf treiben, oder, Prokurator?«
Wrangel konnte ein spöttisches Grinsen kaum unterdrücken. Schließlich war für Asthusen der Fall bisher glänzend gelaufen. Die Gefangene hatte seine Einnahmen so erfreulich aufgestockt, dass er keine Not für den Winter zu befürchten hatte. Die Hinrichtung würde ein Übriges tun, um dem Henker auch für das nächste Jahr einen üppigen Vorrat zu sichern.
»Gern hätte ich nämlich diesen Fall hinter mich gebracht. Denn im Oldenburgischen ist kürzlich eine junge Henkersfrau verwitwet. Vielleicht sagt sie nicht nein zu einer erneuten Ehe, auch wenn ich nicht mehr der Jüngste bin.« Asthusen grinste verschämt. »Für unsereins ist es schließlich nicht leicht, ein Weib zu finden. Und auch das Leben einer Henkerswitwe ist einsam und öd.«
Wrangel schaute ihn ungläubig an. Wollte Asthusen ihn beschwatzen?
Doch der Henker legte nach. »Außerdem wisst Ihr doch, Prokurator: Nichts ist für einen Scharfrichter schlimmer als ein armer Sünder auf dem Richtplatz, der kein Einsehen in die gerechte Strafe hat. Denn misslingt eine Hinrichtung, kann das schnell den Tod des Henkers bedeuten.«
»Was meint Ihr damit, Meister Ismael?«
Asthusen schüttelte unwirsch den Kopf. »Ich werde Euch von meinem Jugendfreund Boy Boysen aus Husum erzählen, dann wisst Ihr, was ich meine. Boysen und ich verbrachten ein Lehrjahr zusammen. Später wurde er Scharfrichter in Lüneburg. Aber das Schicksal meinte es nicht gut mit ihm. Eines Tages sollte er ein junges Mädchen mit dem Schwert richten. Das Mädchen war wunderschön und weinte bitterlich. Noch

als er das Schwert hob, beteuerte es seine Unschuld. Zweimal rutschte Boysen das Richtschwert ab, sodass er das Mädchen regelrecht zerhackte. Die Menschen nahmen ihm das so übel – zumal auch sie die Verurteilte nicht wirklich für schuldig hielten, sondern glaubten, dass sich ein reicher Adliger nur seiner unliebsamen Gespielin entledigen wollte –, dass sie Boysen hinterher des Nachts in einer dunklen Gasse mit Knüppeln wie einen Hund erschlugen.«

»Das ist eine grausige Geschichte. Aber Ihr, Meister Ismael, habt noch nie einen armen Sünder verfehlt, nicht wahr?«

Asthusen brummte nur.

»Bunk hat mich rufen lassen, Meister Ismael. Ich bin hier, weil sie mich sprechen will.«

»Sie hat Euch rufen lassen? Davon weiß ich nichts. Aber eine Hexe wie die hat da sicherlich ihre eigenen Mittel.« Missmutig stapfte er auf den Flur hinaus, um einen Knecht zu rufen, damit er die Gefangene holte. »Geduldet Euch eine Weile. Man wird sie Euch herbringen.« Damit wandte er sich ab und ging hinauf in sein Arbeitszimmer.

Fünf Minuten später führte einer von Asthusens Knechten Bunk in die Herrenstube.

»Ihr habt aber auf Euch warten lassen, Herr«, begrüßte Bunk ihren Anwalt. Jetzt trug sie nicht das helle Hanfhemd, sondern ihre zerschlissene Kleidung, hatte sich allerdings in eine alte Decke gehüllt. Sie war blass, schien jedoch insgesamt bei Kräften zu sein. Asthusen versorgte sie wohl deutlich besser, als zu erwarten gewesen wäre.

»Wie kommst du darauf? Vor einer halben Stunde erst fand mich der Gerichtsdiener.«

»Nun, ich hatte ihm schon im Rathaussaal gesagt, dass ich Euch sprechen wolle. Aber vielleicht hat der Kerl noch etwas mit sich und seiner Manneskraft gerungen, bevor er Euch aufsuchte.«

Wrangel verstand nicht, was sie meinte, ließ es aber darauf beruhen. »Jetzt bin ich ja hier. Worum geht es? Willst du nach diesem Urteil doch noch widerrufen?«
Bunk spuckte aus. »Es gibt nichts zu widerrufen, das sagte ich Euch doch bereits.«
»Worum geht es dann?«
»Es geht um die Briefe.«
Wrangel horchte auf und blickte Bunk fest in die Augen. »Was ist mit ihnen?«
»Mit den Briefen? Das weiß ich nicht. Aber ich weiß jetzt, wer sie geschickt hat.«
»Wer?«
Bunk schaute Wrangel eine Weile schweigend an. »Der Prätor.«
Wrangel atmete heftig aus. Nicht Michel, sondern Hieronymus also! Das war wirklich eine Neuigkeit. »Bist du dir sicher?«
»Ich habe ihn im Rathaus wiedererkannt. Die ganze Zeit schon hatte ich so ein eigenartiges Gefühl, den Mann irgendwoher zu kennen. Aber wer wie ich lange Zeit Freier zu den Dirnen geführt hat, hat schon viele Männer gesehen. Wer weiß, ob er nicht einer von denen war? Am Montag jedoch fiel es mir wieder ein. Es war das Zischen in seiner Stimme, das ich erkannte. Er hat in der Kutsche gesessen und dem Mann, der mir den Brief gab, Anweisungen zugezischt.«
Wrangel hatte keinen Grund, an ihr zu zweifeln. Sie wollte nichts von ihm, und er selbst wusste, dass ein Wilken in die Sache verstrickt war. Aber dass es der Prätor sein konnte, hätte er nicht gedacht. »Ich danke dir für diese Information, Bunk. Sie passt genau in mein Bild.«
»Wenn sie Euch weiterhilft, so soll es mir recht sein, habe ich doch sonst nicht viel, um Euch Eure Hilfe zu vergelten.«

»Da gibt es nicht viel zu vergelten. Das Niedergericht stellt jedem Gefangenen einen Pflichtverteidiger.«

»Aber nicht jeder bemüht sich so wie Ihr. Und das selbst dann, wenn man es gar nicht will.« Bunk erhob sich, zum Zeichen, dass sie zurück in ihre Zelle wollte.

»Kann ich noch etwas für dich tun?«

»Für eine weitere Decke wäre ich dankbar. Es ist kalt dort unten.«

Wrangel nickte ihr zu, erhob sich ebenfalls und rief den Knecht herein.

Auf dem Flur kam ihm Asthusen entgegen. »Na, will sie erneut widerrufen?«

»Keine Sorge, Meister Ismael. Sie wird bei ihrer Urgicht bleiben, solange Ihr sie gut versorgt. Eine zweite Decke braucht sie und zumindest einmal am Tag eine Schale mit Holzkohlen, damit sie sich etwas aufwärmen kann. Mit Speis und Trank versorgt Ihr sie wohl gut. Das behaltet ruhig weiter bei. Sicher hat sie dafür auch so manchen Silbertaler in Eure Taschen gespült.«

Asthusen stutzte bei diesen konkreten Anweisungen, war aber sichtlich erleichtert, dass es keinen Widerruf geben sollte. »Ihr müsst Euch eine härtere Schale zulegen, Prokurator, um mit den Widrigkeiten Eurer Arbeit besser umzugehen. Glaubt mir, Ihr seid ein guter Advocatus.«

Über den verbindlichen Ton Asthusens erstaunt, verabschiedete sich Wrangel mit einem kurzen Lächeln, und der Henker entließ ihn in den frostigen Abend.

64

Vom Berg bis zur Kleinen Johannisstraße war es nicht sehr weit. Schon zehn Minuten später klopfte Wrangel an Abelsons Haustür. Wie immer öffnete Jurek die Tür und geleitete den Prokurator hinein. Wrangel konnte es kaum erwarten, Abelson die Neuigkeit, die er von Bunk erfahren hatte, zu erzählen. Aber der alte Bankier ließ den Prokurator warten.

Statt seiner betrat Ruth den Salon und begrüßte Wrangel freundlich. Sie trug ein dunkelblaues Kleid, das im Licht der Kerzen schimmerte und die zarte Blässe ihrer Haut betonte. Sie bot ihm einen Portwein an und lächelte ihn dabei unbefangen an. »Ich habe gehört, dass Eure Mandantin hart abgeurteilt wurde und Ihr damit unzufrieden seid. Das tut mir sehr leid für Euch. Dabei bin ich sicher, dass Ihr alles getan habt, was in Eurer Macht stand, um der Frau zu helfen.«

»Ich habe sie nicht dazu gebracht, sich helfen zu lassen. Darum ist es so gekommen.«

»Aber Ihr habt es versucht.«

Wrangel zuckte mit den Schultern. »Wie geht es Euch? Ihr seht bezaubernd aus.«

Röte schoss in Ruths Wangen, sie schlug die Augen nieder. Bevor sie antworten konnte, öffnete sich die Tür, und Abelson trat ein.

»Prokurator Wrangel, schön, Euch hier erneut zu begrüßen. Verzeiht meine Verspätung. Wie ich sehe, hat sich meine Tochter bereits um Euch gekümmert. Ruth, mein Kind, sorge doch bitte dafür, dass unser Gast noch eine Kleinigkeit zu essen bekommt. Ich bin mir sicher, dass er seit heute Mittag nichts mehr zu sich genommen hat.«

Kaum hatte Ruth den Raum verlassen, als Wrangel auch schon mit seinen Neuigkeiten herausrückte. »Herr Abelson, ich habe interessante Dinge von Bunk erfahren. Nicht Michel Wilken, sondern …«

»… sein Bruder Hieronymus verschickte die Briefe.«

»Genau! Woher wisst Ihr das?«

»Auch ich habe in dieser Woche so manche Neuigkeiten erhalten, Prokurator. Und sie machen den Fall nicht leichter.«

»Was habt Ihr erfahren?«

Abelson schenkte sich ebenfalls ein Glas Portwein ein und setzte sich in einen schweren Holzstuhl vor den Kamin. »Nehmt Platz, junger Mann. Solche Dinge sollte man nicht im Stehen besprechen. Wie Ihr schon sagt, ist Hieronymus Wilken der Aussteller des Wechsels. Aber nicht ohne Bedacht hat er seinen Taufnamen auf dem Papier verschwiegen. Ich wage sogar zu bezweifeln, ob Euer Bruder wusste, mit welchem der beiden Brüder er da Geschäfte machte. Zumindest haben beide Wilken-Brüder Konten bei der Wisselbank in Amsterdam. Michel Wilken nutzt seines regelmäßig für Geschäfte mit der Ostindien-Kompanie. Allerdings sind die Beträge, über die er Wechsel ausstellt, nie besonders hoch. Einen vierstelligen Betrag überschreitet er nicht. Hieronymus hingegen stellt kaum Wechsel aus, und wenn, dann nur über geringe Summen. Höchstens dreistellige Beträge. Allerdings wurden in den vergangenen zwei Jahren mehrfach hohe Wechsel aus Spanien bei ihm gutgeschrieben. Auch verfügt er über ein beachtliches Silberdepot, das aus dem Vizekönigreich Neuspanien bestückt wurde.«

»Woher habt Ihr diese Informationen?«

Abelson lächelte. »Ich wäre nicht der, der ich bin, verriete ich meine Quellen. Im Geldgeschäft, Prokurator, geht nichts ohne verlässliche geheime Quellen.«

Wrangel nickte zustimmend. »Habt Ihr auch etwas über das Konto herausfinden können, das begünstigt wurde, dieses ›FIV‹-Konto?«
»Ja. Zuerst über seinen korrekten Namen. Es heißt F IV.«
»F vier?«
»Genau. Sagt Euch das etwas?«
»Nein, oder … es ist ein Kürzel, nicht wahr?«
»Ja. Es steht für Friedrich IV.«
»Den dänischen König!«
»Genau. Es handelt sich um ein geheimes Privatkonto von Friedrich IV. von Dänemark. Er scheint es dafür zu benutzen, um verborgene Finanzströme aufzubauen.«
»Und Wilken hat ihm vierzigtausend Mark lübisch zukommen lassen? Dem gefährlichsten Feind Hamburgs? Ein Hamburger Senator versorgt den dänischen König mit Geld, derweil dessen Truppen Hamburg bedrohen und seine Kriegsschiffe den Zugang zum Hamburger Hafen kontrollieren. Die Stadt liegt im dänischen Würgegriff und Wilken füttert die dänischen Doggen, anstatt zu helfen, sie auszuhungern. Das ist Hochverrat!«
Abelson schwieg.
»Was sollen wir jetzt tun, Abelson?«
»Wir trinken noch einen Schluck Portwein.«
Wrangel konnte es kaum fassen. Für seine persönliche Bereicherung riskierte der Prätor das Wohl und die Sicherheit Hamburgs. Denn sicherlich zahlte auch der dänische König gute Zinsen für das Geld. Oder bot dem Hamburger Senator andere Annehmlichkeiten. Vielleicht ein schönes Landgut in Dänemark und eine Erhebung in den dänischen Adelsstand gleich dazu. Hamburgs politische Linie war eindeutig auf strikte Neutralität ausgerichtet. Nur so konnte die Stadt unter schwierigsten außenpolitischen Verhältnissen weiterhin erfolgreich wirtschaften. Erführe

allerdings eine der Kriegsparteien von der direkten finanziellen Unterstützung Dänemarks durch einen hohen Senator der Stadt, gäbe es keinen Grund mehr, Hamburgs Neutralität zu respektieren, und schnell könnte es vorbei sein mit der Freien Stadt.

»Wir können nicht tatenlos zusehen, Abelson, wie dieser Wilken Hamburg in tödliche Gefahr bringt. Unser aller Existenz hängt davon ab. Wir müssen den Rat informieren und Wilken ausschalten.«

»Und was glaubt Ihr, junger Freund, was dann passieren wird? Glaubt Ihr wirklich, der Hamburger Rat wird auf einen zugereisten Lübecker Licentiaten der Rechtswissenschaft und auf einen alten jüdischen Bankier hören und sich gegen einen honorigen, alteingesessenen Hamburger aus dem Patriziat wenden, weil wir zwei Briefe vorzuweisen haben, die ein zum Tode verurteiltes gottlästerliches Mannweib unterschlagen hat? Nein, Wrangel. Vielmehr wird Eure Zeit als Prokurator schneller abgelaufen sein, als Ihr Euch vorstellen könnt. Und mein Leben sowie das meiner Familie – meiner Tochter – wäre keinen Pfifferling mehr wert. Nein, Prokurator, wir müssen uns schon etwas Besseres einfallen lassen als den direkten Weg.«

Wrangel blickte verschreckt auf Abelson. Natürlich, der alte Mann hatte recht. Wer würde ihnen schon glauben? Kaum einer. Und handeln würden noch weniger. Nicht einmal Matthias Claussen traute er zu, dass er diesen Weg mit beschreiten würde. Sein Freund hatte nicht umsonst Gottvertrauen und den gesunden Menschenverstand angemahnt. Aber es ging Wrangel zutiefst gegen sein Rechts- und Ehrgefühl, diesen Mann davonkommen zu lassen.

»Abelson, Wilken begeht nicht nur Hochverrat, womöglich hat er sogar den Tod der kopflosen Frau zu verantworten. Wenn sie wirklich als Markierung zur Dechiffrierung seiner Briefe starb, wie wir wohl vermuten können, geschah dieser Mord vielleicht in seinem Auftrag. Und jetzt wird er Unschuldige richten lassen, um den Fall ad acta zu legen und das Volk zu befriedigen! Und war die Frau eine Markierung, so war es auch der Brand der Vincent-Bastion, der um ein Haar den Wall hätte gefährlich beschädigen können. Was sollen wir tun? Wir können doch nicht tatenlos zusehen, wie hier größte Verbrechen aus Habgier geschehen. Denn was für einen anderen Grund könnte ein so wohlhabender Senator haben, wenn er mit heimlichen Geldgeschäften seine Stadt in größte Gefahr bringt?«

»Was die Habgier angeht, da mögt Ihr richtigliegen.« Abelson hielt einen Moment inne. »Ich bin Jude, Prokurator, darum folgt mein Rechtsempfinden der alten Weisheit: Auge um Auge, Zahn um Zahn. Mein Metier ist das Geld. Mit dem weiß ich besser umzugehen als so mancher Musketier mit seinen Waffen. Ihr aber seid ein junger Mann, ein Christ mit guten und ehrenwerten Grundsätzen. Ihr habt das Leben vor Euch und der Welt noch viel zu geben. Vergleiche ich uns beide, so schlage ich vor, dass Ihr es mir überlasst, einen Weg zu finden, Wilken sein Handwerk zu legen.«

»Und wie wollt Ihr das anstellen, ohne Euch und Ruth in Gefahr zu bringen?«

Abelson nippte schweigend an seinem Glas Portwein und betrachtete die gelblich züngelnden Flammen im Kamin. »Ich werde ihn mit meinen Waffen schlagen, die ja auch die seinen sind: mit Geld.«

»Mit Geld? Dieser Mann ist reich und gesellschaftlich bestens gebettet, wie Ihr selbst gerade festgestellt habt.«

»Aber er ist gierig, wie Ihr richtig bemerkt habt. Ich werde dafür sorgen, dass man ihm ein unwiderstehliches Angebot macht und er sich an seiner Gier verschluckt.«

»Was für ein Angebot wollt Ihr ihm unterbreiten?«

Abelson schüttelte den Kopf. »Ihr seid sehr neugierig, junger

Mann, und lasst nicht locker, nicht wahr? Nun, man kann mit vielem handeln. Mit Waren, mit Geld, mit Versprechen auf Geld, mit Hoffnung auf Geld, mit Schulden und manchmal auch mit Dingen, die nicht existieren. Eine richtige Mischung hieraus kann die Gier so sehr entfachen, dass der Verstand vergessen wird. Wie Ihr bereits wisst, habe ich viele gute Kontakte in der Welt des Geldes und des Handels. So wird schon ein rechtes Angebot zustande kommen. Ich möchte Euch lieber nicht zu früh zu viel davon erzählen. Es könnte Euch in Gefahr bringen. Damit mein Plan gelingt, muss alles ruhig bleiben und Wilken sich in Sicherheit wiegen. Wenn er dann einen gewaltigen Brocken vor die Nase gehängt bekommt, braucht er nur noch zuzuschnappen. Und daran zu ersticken.«

Wrangel betrachtete Abelson angespannt. Was hatte der Mann vor? Konnte er sich diese Sache wirklich von dem alten Bankier aus der Hand nehmen lassen?

Abelson bemerkte Wrangels Zweifel. »Ein Mann wie Hieronymus Wilken wird nicht auf dem Richtplatz enden, Wrangel, so sehr Ihr Euch das auch wünschen mögt. Das heißt aber nicht, dass er seiner gerechten Strafe entgehen wird. Hört auf Euren Freund Claussen und habt mehr Gottvertrauen. Mit Gottes Hilfe wird Wilken seine gerechte Strafe erhalten. Ich bin bereit, meinen Teil dazu beizutragen. Aber auch Ihr sollt Euren beitragen. Ihr müsst mir ein paar Wochen Zeit geben, damit ich die Falle auslegen kann. So lange haltet Euch zurück, erwähnt mit keiner Silbe mehr irgendeine Unstimmigkeit in dieser Angelegenheit und hütet Euch vor Äußerungen über Wilken. Und …«, Abelson blickte Wrangel streng in die Augen, »kein Wort über diese Dinge zu Ruth. So scharfsinnig meine Tochter auch ist, dies ist keine Angelegenheit für Frauen.«

Wrangel nickte schweigend.

Nahezu im selben Moment öffnete sich die Tür und Ruth trat

ein. »Ich hoffe, ich störe nicht. Aber das Abendessen für unseren Gast ist aufgetragen.«

»Du störst uns nicht, meine Liebe. Wir sind soeben mit allem fertig geworden. Leiste unserem Gast doch Gesellschaft und entschuldigt mich für einen Augenblick. Ich habe noch etwas Wichtiges zu erledigen.«

65

Es war schon später Abend, als Wrangel durch die dunklen Straßen heimwärts Richtung Rosenstraße ging. Zwei Nachtwächter mit Tranlampen kamen ihm entgegen und grüßten ihn kurz. Einige Katzen streunten durch die gefrorenen Furchen auf der Straße und suchten nach Abfällen. Ansonsten war alles still und ins kalte Licht des Wintermondes getaucht. Wrangel sog die eisige Nachtluft ein und versuchte Ordnung in seine Gefühle zu bringen.

Nach dem Gespräch mit Abelson hatte er eine gute Stunde allein mit Ruth verbracht. Sie hatte ihn während des Essens mit ihren Gedanken zu Aristoteles' Ethik unterhalten. Anschließend spielte sie ihm einige Stücke auf dem Cembalo vor. Bei der Erinnerung an ihre zarte Gestalt und ihre volle wohlklingende Stimme wurde ihm ganz warm. Noch nie hatte er mit einer Frau so tiefgründige Gespräche führen können. Noch nie hatte er überhaupt eine Frau kennengelernt, die sich ernsthaft für andere Dinge als Klatsch und Mode interessierte.

Ja, er war in Ruth verliebt. Anders ließen sich seine Gefühle für sie nicht bezeichnen. Wieder einmal hatte Claussen recht gehabt. Er musste mit ihm reden. Claussen würde schon wissen, welche Wege und Möglichkeiten es für diese Liebe geben konnte.

Samstag, 7. Januar 1702

66

Über den Kirchtürmen der Stadt brach die Sonne blutrot durch die morgendlichen Nebel und färbte sie in ein weiches Rosa, als Wrangel sein Quartier in der Rosenstraße verließ und sich zur Frohnerei aufmachte. Alles sah danach aus, dass es ein sonnig-frostiger Tag werden würde. Eiszapfen hingen von den Dächern der Häuser, und der Atem verwandelte sich zu dichtem Nebel, sobald er die warme Mundhöhle verließ. Wrangel hatte noch gut eine Stunde Zeit, bevor man sich wegen der anstehenden Hinrichtung mit den Senatoren im Rathaus traf. Um zehn Uhr sollte der Hinrichtungszug durch die Stadt beginnen.

Die vergangenen zwei Wochen waren ruhig und sogar besinnlich verlaufen, soweit das in seinem angespannten Zustand möglich war. Am Heiligen Abend hatte er an dem Gottesdienst in der St.-Katharinen-Kirche teilgenommen und dort Claussens Oheim getroffen. Der lud ihn ohne Umstände zum familiären Weihnachtsessen in sein Haus ein, hatte er doch von der plötzlichen Abreise seines Bruders gehört. Wrangel war es recht gewesen. Bei den Claussens war immer mit einer anregenden Unterhaltung zu rechnen.

So gestaltete sich auch das Weihnachtsfest. Nach dem weihnachtlichen Gottesdienst, den man auch wieder in St. Katharinen beging, wurde bei Claussens in der Großen Reichenstraße eine große Weihnachtsgans serviert. Neben Wrangel war auch

Syndikus Lorenz eingeladen. Seit knapp zwei Jahren war er verwitwet und fand hier ebenfalls den weihnachtlichen Frieden im Kreis von Freunden.
Von Abelson hatte Wrangel so gut wie nichts gehört. Zwar traf er ihn zusammen mit Ruth auf einem Spaziergang am Jungfernstieg, aber man tauschte nur einige Freundlichkeiten aus. Dafür jedoch hatte er am Silvestertag ein langes Gespräch mit Matthias Claussen geführt. Claussen war wirklich ein Freund. Und ein guter Menschenkenner. Wrangel hatte ihm seine Gefühle für Ruth eingestanden, und gemeinsam hatten sie die Probleme und Möglichkeiten erörtert, die eine etwaige Verbindung aufwerfen würde. Das größte Problem war sicher der alte Abelson. Auch wenn man es ihm nicht immer anmerkte, war er ein gläubiger Mann und darauf bedacht, dass sein jüngstes und nunmehr einziges Kind einen jüdischen Mann heiratete. Sie war sein Augenstern, seine Lebensfreude, und er hatte sie privat sehr sorgfältig ausbilden lassen. Davon hatte Wrangel ja schon einige Kostproben erhalten. Ruth war belesen und wusste mit ihrem Wissen umzugehen.
Aber heute war nicht der Tag, um seinen Gefühlen für Ruth Abelson nachzuhängen, obgleich sie ihm sehr über die auferlegte Zurückhaltung in Bezug auf Wilken geholfen hatten. Er hatte sich jegliche gedankliche Abschweifung zu dessen Verbrechen verboten und verdrängt, was zu verdrängen ging. Heute nun sollte die Hinrichtung von Bunk, Jürgensen und Jähner stattfinden.
Als er um die Straßenecke bog und auf dem Berg ankam, konnte er schon von weitem das rege Treiben in der Frohnerei erblicken. Die Knechte ölten die Räder des Schinderkarrens und hantierten mit verschiedenen Geräten herum. Der grobschlächtige Meisterknecht bestückte zwei tragbare kleine Öfen mit Kohle. Schließlich mussten die Zangen für die Pein

auf dem Weg zur Hinrichtung an Ort und Stelle zum Glühen gebracht werden. Das Zwicken der armen Sünder fiel ihm zu. Asthusen würde sich bis zum großen Finale zurückhalten.
Über dem Pranger, der unweit der Frohnerei stand, hingen einige geschmeidig gewichste Lederriemen. Eine größere Menge Schaulustiger hatte sich bereits eingefunden, um den Vorbereitungen hautnah zu folgen. Eine Hinrichtung war stets etwas Besonderes. Eine Mischung aus Grauen, Abschreckung und Mitleid erfasste die Zuschauenden, waren sie sich doch bewusst, dass die grässlichen Strafen auch dazu dienten, sie alle vor den Folgen eines ähnlichen Verbrechens zu warnen. Zugleich aber strafte die Exekution exemplarisch all jene mit ab, die eine geschehene Untat verteidigten oder entschuldigten oder sich eines ähnlichen Verbrechens sogar selbst schuldig gemacht hatten. Die kehrten dann mit dem Gefühl der Erleichterung, noch einmal davongekommen zu sein, und häufig geläutert von der Hinrichtung der armen Sünder zurück.
Wrangel wurde flau im Magen. Tatsächlich hatte er den heutigen Tag in den vergangenen zwei Wochen weitestgehend verdrängt. Umso heftiger holte ihn nun die Gegenwart ein. An der Eingangstür der Frohnerei trat ihm Asthusen entgegen. Er trug bereits seinen schweren ledernen Rock und die eng anliegenden Beinkleider.
»Seid gegrüßt, Meister Ismael. Ich möchte auf ein letztes Wort zu meiner Mandantin.«
»Seid gegrüßt, Prokurator. Kommt nur herein. Pastor Krüger und sein Vikar Claussen von St. Katharinen sind schon da und beten mit den armen Sündern.«
Wrangel war verdutzt. Claussen hatte ihm nichts davon erzählt, dass der Pastor von St. Katharinen ausgewählt worden war, den letzten Weg der armen Sünder zum Schafott zu be-

gleiten und die Predigt nach der Urteilsverkündung zu halten. So etwas war eine große Sache, es bot dem jeweiligen Pastor eine bedeutsame Bühne und so manche Anerkennung.
Auf dem Flur der Frohnerei trat Claussen aus der Herrenstube Wrangel entgegen und begrüßte ihn freundlich. »Bunk ist hier oben. Ich habe gerade mit ihr gesprochen. Nun verstehe ich Euch noch besser, Wrangel. Diese Frau hat einen sehr starken Willen und eine ebenso eigene Auffassung dessen, was gut und was böse ist. Natürlich hat sie Angst vor der Hinrichtung, nicht aber vor dem Tod. Ich bin mir sicher, dass Meister Ismael sich um sie auf dem Schafott keine Sorgen machen muss. Ihr wollt noch einmal zu Ihr, nicht wahr?«
»So ist es. Ich weiß auch nicht genau, warum. Aber erinnert Ihr Euch daran, dass ich einmal sagte, an ihrem Schicksal scheine mein eigenes zu hängen?«
»Ja, Ihr wart damals allerdings etwas verwirrt.«
Wrangel nickte, behielt aber sein besseres Wissen für sich. Es war weder der Ort noch der Zeitpunkt, dies mit Claussen zu erörtern. Ein anderes Mal. Vielleicht.
»Ich gehe jetzt zu der zweiten armen Sünderin, der Jürgensen. Pastor Krüger spricht noch mit Jähner in der Schankstube. Der arme Kerl scheint sehr neben sich zu stehen. Wir sehen uns nachher im Rathaus.«
»Ihr werdet bei der Hinrichtung ebenfalls zugegen sein?«
»Ja.«
»Gut. Bis später.«
Wrangel öffnete die Tür zur Herrenstube. Bunk saß in dem hellen Hanfkleid, das sie schon vor Gericht getragen hatte, auf einem Schemel und starrte auf ihre Hände, die über Kreuz gebunden in ihrem Schoß lagen.
»Ich wollte mich von dir verabschieden und sichergehen, dass du dich nicht doch noch anders entschieden hast und wider-

rufen möchtest. Es ist immer noch möglich. Das weißt du, nicht wahr?«

Bunk starrte weiter auf ihre Hände und antwortete nicht.

»Kann ich noch etwas für dich tun? Möchtest du einen Schnaps?«

Sie schwieg reglos weiter. Dann hob sie plötzlich ihren Kopf und schaute Wrangel direkt in die Augen. »Ihr seid ein guter Mann, Prokurator. Auch wenn Ihr mich nicht vom Schafott abhalten könnt, so habt Ihr mir in den letzten Wochen doch geholfen. Ich danke Euch dafür.«

»Das war meine Aufgabe und meine Pflicht.«

Bunk grinste schief. »Die beiden anderen haben in der ganzen Zeit nicht einmal ihre Prokuratoren hier gesehen.«

Wrangel zuckte mit den Schultern.

»Ich möchte Euch noch etwas sagen, Prokurator.«

»Ich höre.«

Bunk atmete tief ein. »Mein Taufname ist … Anna.«

Wrangel schluckte und nickte.

Bunk wandte sich wieder ihren Händen zu. Nach einer kleinen Weile rief Wrangel nach einem Knecht und schickte ihn nach einem Schnaps. Bunk nahm den Becher zwischen ihre gebundenen Hände und trank ihn in einem Zug leer.

»Der Herr sei mit dir und gebe dir Kraft für deinen letzten Weg …« Wrangel stand auf, ging zur Tür und drehte sich auf der Schwelle noch einmal nach Bunk um. »… Anna.«

Dann verließ er mit eiligen Schritten die Frohnerei.

67

Auf dem Rathausplatz herrschte reges Treiben. Überall hatten sich fliegende Händler postiert und boten ihre Waren feil. Da der Samstag ein Markttag war, hatten sich viele Menschen aus dem Umland eingefunden und drängten sich nun vor dem Rathaus, um den Beginn des Hinrichtungsspektakels nicht zu verpassen.

Wrangel bahnte sich seinen Weg durch die Menschenmenge bis vor die Haupttür des Rathauses, die von mehreren Röpern bewacht wurde. Zeitgleich mit ihm traf der Aktuar Dr. Meyer ein, der den gesamten Verlauf der Hinrichtung zu protokollieren hatte. Im Saal hatten sich bereits mehrere Senatoren versammelt und waren in rege Gespräche vertieft. Sie trugen ihre spanischen Hüte, wie es sich für diese ernste Feierlichkeit gehörte. Wilken stand mitten unter ihnen. Er sah sehr zufrieden mit sich aus und redete selbstgefällig auf einen jüngeren Senator ein, der etwas unbeholfen wirkte. Auch Syndikus Lorenz war unter den Anwesenden.

Er ging auf Wrangel zu und begrüßte ihn freundlich. »Ich wünsche Euch einen reibungslosen Verlauf, Prokurator.«

Kräftige Hammerschläge unterbrachen die Gespräche. Die beiden Bürgermeister, Hieronymus Hartwig Moller und Peter von Lengerke, traten vor die übrigen Senatoren und eröffneten die Versammlung. Kurz erläuterten sie noch einmal den geplanten Ablauf der Hinrichtung, an der sie als Richter des Obergerichtes zusammen mit den Schöffen, den Prätoren und den Prokuratoren bis zum Ende teilhaben würden. Den übrigen Ratsmitgliedern wurde die Teilnahme freigestellt, denn das blutrünstige Spektakel war nicht für jedermanns Nerven geeignet. Auf alle Fälle träfe man sich hinterher wieder im

Rathaus, um gemeinsam das die Strafprozedur abschließende Mahl einzunehmen.
Lärm und Unruhe vor der Tür kündigten die Ankunft des Scharfrichters mit den armen Sündern an. Gemeinsam mit den anderen Prokuratoren und den zwei Prätoren schritt Wrangel hinter den beiden Bürgermeistern und den Schöffen durch die Halle nach draußen. Auf dem von den Röpern freigehaltenen Platz vor dem Rathaus stellten sie sich ihrem Rang nach auf, während die Henkersknechte mit Unterstützung der Röper die Verurteilten neben den Scharfrichter führten, der sich in seinem leuchtend roten Umhang rechts neben den Richtern postiert hatte. Links von ihnen standen Pastor Krüger und Vikar Claussen.
Langsam kam die Menge zur Ruhe und wartete auf die erneute Verkündung des Todesurteils. Weit vorn unter den Wartenden machte Wrangel Johann Schultze, den Direktor des Johanneums, zusammen mit einem guten Dutzend Schülern aus. Mit unverhohlener Neugierde musterten die Jungen die drei Verurteilten und tuschelten miteinander. Einige von ihnen hielten Flugblätter in den Händen.
Die Menschen drängelten sich immer dichter an die Absperrung heran. Viele Frauen und auch Kinder waren unter ihnen. Ein kleiner Junge saß auf den Schultern seines Vaters und starrte gebannt auf den Henker. Weiter hinten erspähte Wrangel Maria Riekens Familie. Elisabeth Pausten konnte er jedoch nicht entdecken.
Der Erste Bürgermeister Moller entrollte eine lange Schriftrolle, auf der die drei Todesurteile abgefasst waren. Mit lauter, erhabener Stimme verlas er den Text. Wrangel hörte nicht zu. Er kannte den Inhalt zur Genüge. Stattdessen musterte er Wilken, der schräg vor ihm stand. Er hatte eine feierliche Miene aufgesetzt und hielt sich sehr aufrecht. Seine Allongeperücke

war frisch gepudert und hatte einige kleine Talgpartikel auf dem spanischen Hut hinterlassen. Es war nicht zu verkennen: Diese Stunde war auch seine. Unter seiner Prätur wurden drei Menschen für einen grausamen Mord gerichtet. Dies war die Krönung seines Amtes. Damit hatte er sich für eine Kandidatur zum Bürgermeister empfohlen. In einem halben Jahr lief die Amtszeit von Moller ab. Wrangel spürte einen Zorn aufkommen bei der Vorstellung, dass Wilken mit seinen miesen Geschäften durchkommen sollte und vielleicht sogar noch neuer Bürgermeister wurde.

Was hatte Abelson bloß vor? Und was hatte er schon erreicht? Kaum war Moller mit dem Verlesen der Urteile fertig, als sich der Hinrichtungszug formierte. Voran schritt der Brookvogt, von jeweils drei Röpern flankiert, dahinter kamen die beiden Bürgermeister, gefolgt von den Schöffen. Ihnen folgten die beiden Prätoren und die Prokuratoren. Dann kam mit gebührendem Abstand der Scharfrichter. Sein roter Umhang flatterte um seine Schultern, und sein Haupt war bereits unter einer Ledermaske verborgen. Die drei Verurteilten standen, mit ihren hellen Hanfhemden in der Januarkälte nur dürftig bekleidet und in schwere Ketten gelegt, auf dem Schinderkarren, der links und rechts von den Henkersknechten flankiert wurde. Dahinter gingen die beiden Geistlichen. Ihnen folgten nochmals acht Röper, die mit ihren langen Stangen die Menge zurückhalten sollten.

Der Zug setzte sich in Richtung Neuer Zeughausplatz in Bewegung. Die Menschen gafften und schrien Spottsprüche hinter den armen Sündern her, Gaukler machten ihre dreckigen Späße und fliegende Händler priesen lauthals ihre Flugblätter an, auf denen nach der Melodie von »Herr Jesu ist Mensch und Gott« ein für den Anlass gedichtetes Schandlied mit dem Titel »Der bestrafte Mord« abgedruckt war. Schon bald stimmten die ersten Leute in die Melodie ein, die einige Flötenspieler vorgaben.

»Viel Böses habe ich getan,
Drum klagt mich mein Gewissen an.
Da ich zur Frauen ward geborn,
Hab ich Mannskleider auserkorn.

Die legt ich an, damit ich frei
Verüben konnte Schelmerei.
Drum ich mich Hinrich nennen ließ,
Da ich sonst Ilsabeten hieß.«

Auf der Brücke, die über den Alsterarm hinüber zum Herrengraben und weiter auf den Alten-Müllern-Steinweg führte, war das Gedränge so groß, dass die Röper mit ihren Stangen eine Phalanx entlang des Schinderkarrens bildeten und die Leute kräftig zurückschieben mussten. Einige versuchten sogar, die Kleider der Verurteilten zu fassen zu bekommen. Die jedoch standen apathisch auf dem Karren und schienen das Treiben um sie herum kaum wahrzunehmen. Wrangel fragte sich, ob Asthusen da wohl mit etwas Laudanum oder anderen betäubenden Mitteln nachgeholfen hatte.
Hinter der Brücke tauchten direkt neben Wrangel die Johanneer mit Direktor Schultze auf und fielen lauthals in das Schandlied mit ein.

»Die Probe ward in Amsterdam,
Als ich von Bremen dahin kam,
Mit Schelmenstücken abgelegt,
Wie böser Leute Rotte pflegt.

Des Herren Priester äffet ich
Und ließe zweimal trauen mich
Allzeit mit einem anderen Weib,
Als hätt ich eines Mannes Leib.«

Auf dem Neuen Markt hatte sich schon eine große Traube Menschen rings um den kleinen Kohlenofen versammelt, den Asthusens Meisterknecht bereits kräftig befeuert hatte, um die Zangen zum Glühen zu bringen. Am Eingang zum Neuen Markt entdeckte Wrangel die verhutzelte Gestalt von Maria Jähner. Sie hatte sich ein schwarzes Tuch um den Kopf geschlagen, sodass man kaum etwas von ihrem Gesicht erkennen konnte. Wrangel fühlte Mitleid mit der alten Frau, deren ehrbare Existenz mit dem heutigen Tag zu Ende ging.

Unmittelbar vor dem kleinen Kohlenofen mitten auf dem Neuen Markt kam der Zug zum Stehen. Die beiden Henkersknechte, die den Schinderkarren flankiert hatten, griffen Cäcilie und zogen sie vom Karren herunter. Mit geübten Griffen lösten sie das Hanfkleid und präsentierten sie der Menschenmenge splitternackt. Die Leute grölten, und so mancher Mann stieß einen wilden Pfiff beim Anblick ihres wohlgeformten, selbst nach Wochen des Kerkers noch üppigen Körpers aus. Die beiden Knechte fixierten Cäcilie mit geübtem Griff direkt vor dem Meisterknecht, der, von einem schweren ledernen Handschuh geschützt, eine der drei glühenden Zangen aus dem Ofen zog. Kurz darauf erfüllte ein gellend hoher Schrei die kalte Winterluft. Cäcilie wand sich wie ein Aal und versuchte mit aller Kraft dem festen Griff der Männer zu entkommen. Aber schon war Jürgen ihr ein zweites Mal mit der Zange in die Seite gefahren. Die Leute schrien vor Begeisterung und verhöhnten die vor Schmerz und Kälte zitternde Frau.

Keine fünf Minuten später war Bunk an der Reihe. Auch sie

schrie und stöhnte, wehrte sich aber nicht gegen den festen Griff der Knechte. Der Geruch von verbranntem Fleisch breitete sich aus. Wrangel wurde übel.
Jähner wimmerte ununterbrochen. Als die glühenden Eisen ihm ins Fleisch fuhren, jaulte er wie ein verwundetes Tier auf, um kurz darauf erneut in ein Wimmern zurückzufallen.
Das Spektakel auf dem Neuen Markt dauerte eine gute halbe Stunde, dann setzte sich der Zug wieder in Bewegung zum Johanniskloster, wo den Verurteilten auf ihrem Weg zum Schafott nach altem Brauch von den Ordensschwestern ein stärkender Trunk gereicht wurde.

»Der einen schnitt ich auf den Leib,
Und da ich diese Tat betreib',
Ward ich zuletzt davongejagt,
Sonst hätt ich sie gar umgebracht.

Der Schelmenstücke sind so viel
Noch überdies, dass, wenn ich will
Sie nach der Ordnung zeigen an,
Nicht Worte g'nug erfinden kann.«

Die gesamte Schar zog beim Fuhlbek hoch bis zur Neuen Straße, überquerte die Fuhltwiete und folgte der ABC-Straße hinauf bis zum Gänsemarkt. Überall waren die Straßen von Menschen gesäumt, die neugierig und in schauriger Anspannung ihre Blicke auf den Schinderkarren mit den drei Verurteilten richteten. Die hatten ihre Kleider wieder übergeworfen, aber über den frischen Brandwunden verfärbte sich der Stoff rotbraun. Vom Gänsemarkt ging es weiter über den Jungfernstieg. Hier drängten sich die Leute auf den Balkonen und an den offenen Fenstern der großen Häuser. Nachdem der Zug das Alsterfleet ein zweites Mal überquert hatte, bog er rechts hinter dem breiten Giebel ab, der direkt zum Johanniskloster führte. Dort standen bereits die Ordensschwestern vor dem Tor und sangen »Jesus, meine Zuversicht«.

Als der Schinderkarren vor dem Tor zum Stehen kam, traten drei Schwestern aus der Gruppe heraus und auf die Gefangenen zu. Jede trug feierlich einen Becher Wein vor sich her. Wrangel stutzte. Die Ordensschwester, die auf Bunk zuging, war auffallend groß und schlank und hatte stahlblaue Augen, mit denen sie Bunk fixierte. Es war Erika Bruhn, die Hebamme aus Wandsbek! Wie hatte sie sich unter die Schwestern schleichen können? Kurz bevor sie Bunk das Getränk reichte, knickte ihr Handgelenk etwas über dem Becher ein, und Wrangel vermeinte zu sehen, dass aus ihrer Hand eine Flüssigkeit in den Becher floss. Wrangel glaubte kaum, was er da sah, hoffte aber inständig, dass es niemandem sonst auffiel.

Bunk hatte sich geirrt. Sie hatte doch eine Freundin. Und was für eine! Erika Bruhn riskierte viel, um Bunk auf diesem letzten harten Weg den Schmerz zu lindern, ja vielleicht sogar einen unauffälligen sanften Tod zu bereiten. Denn was sonst als einen kräftigen Schuss Laudanum hatte sie da gerade in den Wein geträufelt.

»In Sonderheit hab ich vexiert
Viel Mädchen, welche ich gespürt
Lust haben zu verbot'ner Frucht
Und liegen in der Männer Sucht.

Ich bin auch von der Gaukelei
Und bösen Künsten nicht ganz frei.
Kurz, meiner Laster Grausamkeit
Ist fast erhört zu keiner Zeit.«

Wrangel spürte, wie ihm kalter Angstschweiß den Nacken herunterlief. Vorsichtig spähte er nach links und rechts, ob auch niemand den Kunstgriff der Hebamme bemerkt hatte. Aber er konnte keine Anzeichen in den Gesichtern der Leute erkennen. Sie gierten vielmehr darauf, dass der Zug seinen Weg fortsetzte und zum Schweinemarkt kam, wo bereits die nächsten glühenden Eisen auf die armen Sünder warteten.

Weiter ging es über die Große Johannisstraße auf den Berg hinauf, an der Frohnerei vorbei und die Steinstraße hinab bis zum Schweinemarkt, der sich zwischen der Sebastianus- und der Hieronymus-Bastion erstreckte. Immer mehr Volk kam zusammen, immer dichter wurde das Gedränge. Auf dem Schweinemarkt hatten sich schon viele Gaukler eingefunden und gaben ihr Bestes, die Leute bis zur Ankunft des Schinderkarrens mit ihren Kunststücken zu unterhalten.

Wrangel drehte sich unauffällig zu Bunk um. Sie hatte die Augen geschlossen und ließ den Kopf hängen. Jähner wimmerte immer noch. Die Jürgens schwieg, starrte aber mit irrem Blick in die tobenden Menschenmassen.

Mit einem Ruck hielt der Wagen kurz vor dem Abort, wo man vor einem knappen Jahr die kopflose Frau gefunden hatte.

»Drum leide ich nun mit Geduld,
Was ich durch solche hab verschuld't;
Ein jeder spiegle sich an mir
Und hüte sich mit Fleiß dafür.

Mit Zangen werde ich gezwickt.
Hätt ich mich besser angeschickt,
So wär ich frei von solcher Pein,
Nun aber kann's nicht anders sein.«

Wieder zogen die Henkersknechte die drei Verurteilten vom Karren, rissen ihnen die Kleider vom Leib und gaben sie den glühenden Zangen preis. Die Schreie der Gepeinigten mischten sich mit dem aufpeitschenden Gejohle der Zuschauer.
Wrangel ließ seinen Blick über den Markt schweifen. Viele der Verkaufskoben waren noch mit Schweinen und Ferkeln gefüllt, auch auf den Marktständen pries man noch reichlich Ware an. Aber kaum einer interessierte sich im Augenblick dafür. Alles gaffte auf die Verurteilten.
Als die wieder auf dem Schinderkarren verladen waren, machte sich der Zug durch das Steintor auf in Richtung St. Georg zum Richtplatz. Nach einer knappen halben Stunde erreichte er den Köppelberg. Auf dem viereckigen Hügel war ein großes hölzernes Schafott aufgebaut. Drei Räder, an das Geländer gelehnt, warfen ihre gefächerten Schatten auf das Holz. Die Zugbrücke, die den Wassergraben rings um den Richtplatz überspannte, wurde erst kurz bevor sie ankamen heruntergelassen. Während der Henker, seine Knechte und die Röper den Schinderkarren hineinmanövrierten, schritten die gerichtlichen Würdenträger jenseits des Grabens auf eine neuerrichtete Tribüne zu, von der aus sie die Hinrichtung zu bezeugen hatten.
Wrangel stieg vorsichtig die mit Eis bedeckten Stufen hinauf. Von dort oben konnte man nicht nur das gesamte Schafott, sondern auch den Platz bis hinüber zum Galgenhügel einsehen. Es summte nur so von Menschen. Zum Glück war es so kalt, dass sich die üblen Gerüche, die sie ausströmten, in der klirrenden Luft schnell verflüchtigten.

»Durchs Rad ist mir der Tod beschert,
Des Grabes ist der Leib nicht wert.
Der wird verbrannt durchs Feuer heut,
Die Asche in die Luft gestreut.

Gott aber, dem ja keine Lust
An des Gottlosen Tod bewusst,
Ich kehre mich nun ganz zu dir,
Lass Gnade widerfahren mir.«

Die Falltür auf dem Schafott öffnete sich, und hinaus trat der Scharfrichter, dicht gefolgt von seinen Knechten, die drei Todgeweihten fest im Griff. Asthusen in seinem roten Umhang hatte schwere lederne Handschuhe über die Hände gestreift und hielt damit das schwere Rad, dessen Felgen mit blankem Eisen beschlagen waren. Sein Gesicht war bis auf Augen, Mund und Nase von einer Ledermaske bedeckt. Mit festem Schritt maß er das Schafott ab und lehnte das Rad gegen die seitliche Balustrade.

Nach den Knechten kletterte Pastor Krüger aus der Falltür. Claussen aber hatte sich bereits hinter Wrangel auf die Tribüne gestellt und fasste ihn kurz freundschaftlich am Arm. Krüger schritt indessen vor an die Kante zu den Zuschauern, erhob die Arme zum Zeichen der Ruhe und neigte dann sein Haupt zum stillen Gebet.

Nach wenigen Minuten richtete er sich auf, ließ seinen Blick erneut über die gewaltige Menschenmenge schweifen und begann mit seiner Predigt.

»Ja, ihr, die ihr nicht an eurem Ende ein Scheusal der Natur, eine Verachtung des Volkes und ein Schandfleck eurer Freundschaft werden wollt, schaffet und machet, dass ihr unter den Händen eurer Freunde den Geist aufgeben könnt und nicht unter den Händen des Henkers solches tun müsst.«

Hinter ihm zwangen die Knechte die Verurteilten in die Knie, legten sie anschließend flach auf den Rücken und schoben schwere Holzblöcke unter ihre Ober- und Unterarme, die Ober- und Unterschenkel sowie unter das Becken und den

Nacken. Dann fesselten sie die Hände mit Lederriemen an extra ins Schafott eingelassenen Eisenringen.

»Schaffet und machet, dass ihr fröhlich, sanft und stille auf eurem Bette oder Stroh aus dieser Welt fahren könnt und nicht auf einem solch schaurigen Richtplatz mit Furcht und Herzensleid euer Leben endigen müsset.«

Während Cäcilie Jürgens strampelte und schrie, ließ sich Bunk von den Henkersknechten zurechtrücken, wie es ihnen beliebte. Das Laudanum schien zu wirken. Wrangel schmeckte bitteren Magensaft in seiner Mundhöhle. Beherzt schluckte er ihn hinunter.

»Schaffet und machet, dass eure entseelten Leiber auf den Schultern ehrlicher Christen zu Grab getragen werden können und nicht von Henkers Hand verbrannt werden.«

Jähner stöhnte laut auf, als ihm der Holzkeil unter das Becken geschoben wurde und sein Bauch sich leicht nach oben wölbte. Die Menschen schrien und pfiffen, sodass Pastor Krüger sie mitten in seiner Predigt noch einmal zur Ruhe bringen musste.

»Schaffet und machet, dass eure erkalteten Gebeine ein Räumlein bei den geheiligten Gräbern frommer Christen dort auf dem Gottesacker bekommen können und nicht zur Schmach und Schande auf dem Rad geflochten verwesen müssen.«

Mit weit ausladender Geste zeigte er auf die drei Räder, die hinter den auf dem Boden Gefesselten am Geländer standen. Auf sie würden später die in Stücke gebrochenen Leiber geflochten werden. Dann neigte Krüger erneut kurz sein Haupt zum stillen Gebet und schritt anschließend zügig zurück zur Falltür. Wenige Minuten später betrat er ebenfalls die Tribüne.

Inzwischen prüfte Asthusen jeden der Stricke, den seine Knechte an die Verurteilten angelegt hatten, auf ihren sicheren Halt. Auf keinen Fall durften sie sich während der Exekution lösen. Dann schritt er zu seinem eisenbeschlagenen Rad und packte es mit festem Griff. Als Erstes kam die Reihe an Cäcilie Jürgens. Schlagartig wurde es totenstill auf dem Platz, nur Jähners Gewimmer war noch leise zu hören. Mit wohldosierter Wucht fuhr das schwere Rad hinab auf Cäcilies rechten Unterarm. Ein gellender Schrei erfüllte die Luft.

Die Menge johlte auf. Viele klatschten. »Gut so, gib es der Hexe!«

Unbeirrt setzte der Scharfrichter zum nächsten Stoß auf den Oberarm an. Cäcilies Schreie vermischten sich mit stoßhaftem Japsen nach Luft.

»Los, sie soll stöhnen, als wenn der Teufel es ihr besorgt!«

Wrangel war angewidert. Unruhig streifte sein Blick über die Menschenmassen. Wie die Tiere geilten sie sich an dem Leid und Schmerz der zu Richtenden auf. Am seitlichen Rand des Platzes fiel ihm eine große schlanke Gestalt auf, die graubraune Kapuze tief ins Gesicht gezogen. Einige graue Haarsträhnen fielen darunter hervor.

Als sie den Kopf leicht wandte, leuchteten ihre stahlblauen Augen im Sonnenlicht. Die Hebamme Bruhn war also auch bis hierher mitgekommen.

Plötzlich verstummten die Schreie. Das schwere Rad hatte Cäcilie Jürgens' Brustbein zerschmettert und ihr wohl durch den Gegenruck das Genick gebrochen.

Einige Menschen fingen an zu maulen. »Was, so schnell?« – »Die hätte aber mehr verdient.«

Unbeirrt von den murrenden Kommentaren, setzte Asthusen sein blutiges Handwerk fort. Mit voller Wucht schmetterte er das Rad auf ihren Bauch in der Höhe des Nabels. Das Hemd färbte sich tiefrot. Das Eisen hatte die Bauchdecke aufplatzen lassen.

»Ah« und »Oh« ertönte es aus der Menschenmenge, und die Meckereien verstummten.

Als Nächstes kamen die Oberschenkel dran. Das Rad sauste auf und nieder, und die Knochen splitterten im Rhythmus von Asthusens Stößen. Nachdem die vorgeschriebenen zehn Stöße ausgeführt waren, ließ der Henker von der zertrümmerten Leiche ab und wandte sich der nächsten Verurteilten zu. Zugleich sprangen zwei seiner Knechte herbei, schoben das erste der drei gegen das hintere Geländer gelehnten Räder neben die Gerichtete und begannen die Fesseln an ihren Gelenken zu lösen.

Wieder schwoll das Schreien und Grölen der Menge an. »Jetzt ist das Mannweib dran.« – »Ob sie die Stöße auch so gut einsteckt, wie sie sie ausgeteilt hat?«

Die Knechte zogen Jürgens' zertrümmerten Leib auf das Rad und bogen ihre gebrochenen Glieder um die Speichen. Danach fixierten sie sie mit leichten Hanfseilen und schleppten das Rad zurück ans Geländer, damit die Menge es begaffen konnte.

Asthusen holte inzwischen zum ersten Stoß gegen Bunk aus. Ein tiefes und lang anhaltendes Stöhnen erfüllte die Luft, das sich mit dem zweiten Stoß auf den Oberarm noch verstärkte. Wrangel musste sich abwenden. Er hatte kein Bedürfnis, dieser Frau beim Sterben zuzusehen. Erneut suchte er die Hebamme in der Menge zu finden. Sie war gerade im Begriff, den Platz zu verlassen, wohl zufrieden mit der Wirkung ihres Trunkes.

Plötzlich bemerkte Wrangel einen jungen Kerl in weinroter Samtjacke, der sich eilig durch die Menge schob und auf die Tribüne zueilte. Wrangel warf einen verstohlenen Blick zu Wilken hinüber. Der Prätor hatte nichts bemerkt. Aber nur wenige Augenblicke später stand der junge Mann diskret hinter Wilken und schob ihm ein Papier zu.

Ein schauerliches Stöhnen Bunks stieg in die Luft auf.

Wrangel fixierte gebannt Wilken. Was konnte so dringend sein, dass er in dieser Stunde gestört wurde? Plötzlich schien sämtliches Blut aus Wilkens Gesicht zu weichen, und er sah im selben Augenblick um zwanzig Jahre gealtert aus. Mechanisch knüllte er das Papier in seiner Hand zusammen und starrte mit leerem Blick auf das Schafott.

In diesem Moment ließ der Scharfrichter das schwere Rad auf Bunks Brustbein niederdonnern, das mit einem dumpfen Krachen nachgab. Kein anderer Laut war zu hören.

Bunk war tot.

Die Menschen johlten und schrien kurz darauf und verlangten nach mehr. Wie schon bei Jürgens machte Asthusen sich nun daran, die übrigen Gliedmaßen eins nach dem anderen zu brechen, und ließ es dabei nicht an effektvoller Härte missen.

Wrangel schaute erneut zu Wilken herüber. Der starrte immer noch kreidebleich vor sich hin. Der Bote war verschwunden.

Ein warmes Gefühl der Genugtuung überkam Wrangel. Der Prätor musste eine ausgenommen schlechte Nachricht erhalten haben. Vielleicht war Abelsons Falle endlich zugeschnappt. Wrangel konnte es kaum erwarten, den alten Bankier zu sprechen, erinnerte sich aber an sein Versprechen, nicht von sich aus mit ihm in Kontakt zu treten, sondern auf eine Nachricht Abelsons zu warten.

Inzwischen zerrten die Henkersknechte den verrenkten Körper Bunks auf das Rad und flochten ihn darauf fest. Der Scharfrichter hatte sich schon vor Jähner in Position gebracht und hob das Rad zum ersten Stoß.

Wrangel konnte nicht mehr. Er hatte für heute genug Pein und Tod verfolgt und sehnte sich nach wärmender Geborgenheit. Ein schönes Kaminfeuer und ein heißer Tee würden seine langsam erstarrenden Glieder wieder aufwärmen.

Die Menge vor dem Schafott tobte. Jähner war zum Tod durch das Rad von unten nach oben verurteilt worden, konnte also nicht auf die leichtere Form von oben nach unten hoffen, mit der die Frauen gerichtet worden waren. Der tödliche Stoß würde bei ihm erst der zehnte und letzte sein, den Asthusen auszuführen hatte. Mit jedem Stoß des Henkers wurden das Geschrei des Sterbenden irrer und winselnder und die Johlerei der Leute auf dem Platz lauter.

Wrangel schloss angewidert die Augen und versuchte seine Sinne und Gedanken umzulenken. Immer wieder warf er einen Blick zu Wilken herüber. Der schien sich seit Bunks Tod nicht mehr bewegt zu haben, so als ob ihr Todesstoß auch der seinige gewesen war.

Es dauerte noch eine knappe Stunde, bis die beiden Räder mit den Frauenleichen auf einen Scheiterhaufen geworfen und entflammt und das Rad mit Jähners Gebeinen auf einen hohen Mast gezogen war, wo er den schon seit Stunden über dem Platz kreisenden Krähen als Futter dienen würde.

Als das Urteil vollstreckt war, trat der Scharfrichter vor den obersten Richter Moller und bat demütig um die Bestätigung der ordentlichen Ausführung seines Amtes. Kaum war diese ausgesprochen, machten sich die Männer des Gerichtes von der Tribüne auf und kehrten in zeremonieller Formation unter den Rauchschwaden der Scheiterhaufen zurück in das Rathaus, um dort den Vollzug zu berichten und das die Strafprozedur abschließende Mahl einzunehmen.

Im Rathaus war bereits ein Tisch aufgebaut, auf dem sich der Extralohn für den Scharfrichter häufte: zehn Pfund gekochtes Rindfleisch und zehn Pfund gebratenes Kalbfleisch samt Fleisch- und Bratenbrühe sowie den Töpfen und Pfannen, in denen das Fleisch zubereitet worden war. Zusätzlich erhielt er noch pro gerichteten Kopf zehn Mark lübisch, da eine ein-

wandfrei abgelaufene dreifache Räderung eine besondere Leistung war.
Wrangel betrachtete den Tisch im Vorbeigehen. So war Asthusen auf jeden Fall auf seine Kosten gekommen und hatte das gute Essen, das er Bunk in den letzten Wochen hatte zukommen lassen, mehrfach wieder hereinbekommen.
Im Ratskeller herrschte eine erleichterte, nahezu fröhliche Stimmung an den Tischen der Ratsherren. Die Hinrichtung war reibungslos verlaufen und das Volk zufrieden. Die Bediensteten trugen große Platten gebratenen Fleisches auf. Es roch wie das verbrannte Fleisch der Gerichteten. Wrangel wurde wieder übel. Aber es half nichts, er hatte an diesem Essen teilzunehmen, wie es die Tradition forderte.
Nachdem allen aufgetan war, hob der Erste Bürgermeister Moller sein Glas auf den erfolgreichen Abschluss von Prätor Wilkens Fall und nickte ihm wohlwollend zu. Wilken, der dem Bürgermeister gegenübersaß, erwiderte die Geste, aber sein Gesicht war immer noch starr und blass. Als sich Wrangel fünf Minuten später erneut nach ihm umsah, war der Prätor verschwunden.

Montag, 9. Januar 1702

68

Ein eisiger Wind schnitt Wrangel ins Gesicht, als er sich noch in der Dämmerung zum Niedergericht aufmachte. Zerzauste Wolkenfetzen zogen über die Stadt hinweg, nur vereinzelt war der graublaue Morgenhimmel zwischen ihnen zu sehen. Es war noch recht früh für das Gericht, aber Wrangel war unruhig und hoffte sich bei einem kleinen Spaziergang zu sammeln.

Den Sonntag hatte er nach dem Gottesdienst weitestgehend zu Hause verbracht und auf eine Nachricht von Abelson gewartet. Stundenlang hatte er in Thomasius' Schriften gelesen, zuerst noch einmal in *De crimine bigamiae*, das er auch für seine Verteidigungsschrift von Bunk herangezogen hatte. Dann widmete er sich der Magisterarbeit von Johann Reich über das Verbrechen der Zauberei. Thomasius persönlich hatte ihm eine Abschrift zukommen lassen, nachdem er ihm während seiner Zwangsbeurlaubung durch Prätor Wilken in einem Brief darum gebeten hatte. Es war eine gute Arbeit, der man die geistige Leitlinie von Thomasius in jedem Absatz anmerkte. Doch letztlich hatte ihn die Lektüre nur noch mehr aufgewühlt, weil sie ihm die juristischen Fragwürdigkeiten bei dem Urteil über Bunk und die beiden anderen erneut vor Augen führte.

Er lief im Zickzack durch die Straßen und Gassen, um all jene Wege zu meiden, die der Hinrichtungszug vor zwei Tagen genommen hatte. Als er den Fischmarkt überquerte, um in die Große Reichenstraße zu kommen, fielen ihm Leute auf, die aufgeregt die Köpfe zusammensteckten.

»Ja, fast wieder an der Stelle, wo damals die Schafe lagen! Direkt im Wallgraben beim Grasbrook. Ein Jud soll er sein. Der Brookvogt meint, es wäre ein Unfall. Aber das glaubt doch keiner mehr. Auch soll sein Schädel ganz eingeschlagen sein.«

Wrangel wurde mulmig, als er die Worte des alten Fischhändlers hörte, der die anderen über die Neuigkeiten aufklärte.

»Was redet ihr da über eingeschlagene Schädel, gute Leute?«

»Man hat heute früh einen Toten im Wallgraben gefunden, Herr.«

»Und was soll da geschehen sein?«

»Der Brookvogt sagt, es war ein Unfall. Er hat die Leiche fortbringen lassen.«

»Wisst Ihr, wer es gewesen ist?«

»Es war wohl ein alter Mann, Herr.« Der Fischhändler musterte Wrangel argwöhnisch. »Mehr weiß ich auch nicht.«

Wrangel bedankte sich kurz und ging eilig die Große Reichenstraße hinunter in Richtung des Niedergerichtes. Dort hatten sich schon mehrere Leute vor der Tür eingefunden und warteten wohl auf Neuigkeiten über den Toten. Die Röper hielten sie vom Eingang fern. Wrangel schob sich an ihnen vorbei und betrat das Gericht. Wilken war noch nicht da. Prätor Garsmann redete mit dem Brookvogt und warf Wrangel nur einen kurzen Blick zu. Die anderen Prokuratoren standen beisammen und unterhielten sich leise. Wrangel zögerte einen Moment, dann ging der auf Garsmann zu und lauschte dem Bericht des Brookvogtes.

»Wie ich schon eingangs sagte, Herr Prätor, es sieht mir ganz nach einem unglücklichen Unfall aus. Der Mann wird auf dem Wallweg ausgerutscht und in die Tiefe gestürzt sein.«

Garsmann nickte bedächtig. »Das hört sich für mich doch nach einer wahrscheinlichen Erklärung an. Da Prätor Wilken nicht anwesend ist und ich die Leitung hier übernehme, gedenke ich, mich Eurer Beurteilung anzuschließen, Brookvogt.«

»Verzeiht die Einmischung, aber darf ich nachfragen, was passiert ist? Die Leute auf den Straßen sprachen von einem Toten im Wallgraben.«

»Ja, Prokurator, das ist richtig. Der Brookvogt berichtete mir soeben, dass ein alter Mann auf dem kleinen Weg entlang der Wallanlage gestürzt ist und dabei unglücklicherweise zu Tode kam.«

»Um wen handelt es sich dabei?«

»Ein alter Jude, Moses Abelson ist wohl sein Name, soweit der Brookvogt es herausfinden konnte.«

Wrangels Magen krampfte sich zusammen. Abelson war tot! Der Fischhändler hatte von einem eingeschlagenen Schädel gesprochen. Davon, dass Abelson allein auf dem vereisten Wallweg spazieren ging, war selbst bei wenig Menschenverstand nicht auszugehen. Das war kein Unfall, sondern ein Mord!

»Ihr werdet doch eine Untersuchung einleiten, Prätor Garsmann, nicht wahr?«

»Nein, Prokurator. Die Umstände sind sehr klar und weisen auf einen tragischen Unfall hin.«

»Aber ein alter Mann geht doch nicht allein außerhalb der Stadtmauer auf dem vereisten …«

»Prokurator Wrangel, ich bitte Euch. Der Brookvogt hat sich bereits um alles gekümmert. Bei dem Toten handelt es sich doch nur um einen alten Juden.«

»Moses Abelson ist ein bedeutender Bankier in Hamburg, Prätor Garsmann, das solltet Ihr als Senator eigentlich wissen.«

Garsmann warf Wrangel einen scharfen Blick zu. »Ihr kennt den Mann, Wrangel? Verkehrt Ihr mit Juden?«
Wrangel fielen Abelsons mahnende Worte wieder ein. Auf keinen Fall sollte er sich mit ihm in Verbindung bringen lassen. »Geschäftlich ist er mir bekannt, Prätor Garsmann.«
»Soso. Aber auch ein jüdischer Bankier kann einem Unfall erliegen, Prokurator Wrangel, zumal in seinem hohen Alter und bei dieser frostigen Witterung. Wendet Eure Aufmerksamkeit lieber Euren tatsächlichen Fällen zu und überlasst dem Brookvogt seine Arbeit.«
Aufgewühlt wandte sich Wrangel ab und suchte sich einen ruhigen Ort, um über das Geschehene nachzudenken. Abelson hatte ihn gewarnt, dass es gefährlich werden könnte. Dass es auch tödlich enden könnte, hatte er nicht gesagt. Was würde jetzt aus Ruth werden? Wrangel spürte einen schmerzhaften Stich im Herzen. Er musste zu Ruth, er musste ihr beistehen! Mit einer dünnen Ausrede entschuldigte er sich bei Garsman und verließ das Niedergericht.
Vor dem Rathaus traf Wrangel auf Syndikus Lorenz. Der sonst so bedachte Mann wirkte durcheinander und eilte auf Wrangel zu.
»Habt Ihr schon davon gehört, Prokurator?«
»Ja, Herr Syndikus Lorenz. Ich bin fassungslos.«
»Ich ebenfalls, junger Mann. Wie kann man so unglaubliche Risiken eingehen und seine ganze Familie an den Rand des Abgrunds führen?«
»Unglaubliche Risiken?«
»Wie wollt Ihr es sonst nennen, wenn man sich derart verschuldet, in der Hoffnung, mit einem einzigen grandiosen Geschäft das Zehnfache wieder hereinzuholen?«
»Wovon sprecht Ihr, Syndikus?«
»Na, ich dachte, Ihr wisst es bereits. Seit einer halben Stunde

spricht man an der Börse von nichts anderem. Prätor Wilken hat das gesamte Vermögen der Familie verpfändet und dazu noch einen Schuldschein unterzeichnet, um eine Fleute zu kaufen, die mit einer kostbaren Mischfracht aus Gewürzen, Seide, Edelsteinen, Gold, Porzellan und Tee aus Batavia auf dem Weg nach Hamburg ist. Und nun gilt das Schiff als vermisst. Wenn es nicht wieder auftaucht, dann Gnade ihm Gott!«

Wrangel durchzuckte es. Wilken hatte also Abelsons unwiderstehliches Angebot angenommen! »Nein, davon habe ich tatsächlich noch nichts gehört, Syndikus Lorenz. Aber an der Börse spricht man davon?«

»Was heißt, man spricht davon? Die Börse brodelt und kocht! Wisst Ihr, was so eine Fleute wert ist, junger Mann? Vierhunderttausend Gulden hat Wilken für das Schiff bezahlt und es mit Wechseln über sein gesamtes Vermögen finanziert. Morgen werden die Wechsel fällig, und das Schiff ist noch immer nicht in die Elbe eingelaufen. Da könnt Ihr Euch vorstellen, was da drüben los ist.« Er deutete mit fahriger Hand in Richtung Börse.

»Wo ist denn Wilken? Er war heute nicht bei Gericht.«

»Der hat zurzeit sicherlich andere Sorgen. Vielleicht findet Ihr ihn in der Kirche, den Herrn um Hilfe bittend.«

Wrangel drückte dem aufgeregten Syndikus freundschaftlich die Hand und verabschiedete sich. Nach diesen Neuigkeiten wollte er nicht für noch mehr Unruhe mit der Nachricht von Abelsons Tod sorgen. Lorenz würde früh genug davon erfahren.

Schnell lief er in Richtung St. Katharinen. Claussen musste ihm helfen. Er konnte Ruth nicht allein diese furchtbare Nachricht überbringen.

Keine fünfzehn Minuten später liefen Wrangel und Claussen so schnell es das glatte Kopfsteinpflaster zuließ zur Kleinen

Johannisstraße. Jurek öffnete ihnen mit versteinerter Miene die Tür. Im Haus war alles dunkel, nur aus dem Kabinett drang ein kleiner Lichtstrahl auf den Flur hinaus.

»Der Herr ist seit gestern Abend nicht nach Hause gekommen. Das Fräulein und ich befürchten das Schlimmste.«

Wrangel schluckte und nickte dem kräftigen Mann zu.

»Er wollte nicht, dass ich ihn begleite, Herr. Er sagte, es dauere nicht lange. Und nun ist er schon die ganze Nacht fort.«

»Es ist ein schreckliches Unglück passiert, Jurek«, sagte Wrangel. »Bring uns bitte zu Fräulein Ruth, und dann bereite alles vor, damit sie von hier fortkann.«

Jurek starrte die beiden Männer mit aufgerissenen Augen und herunterhängendem Kiefer an. Dann fasste er sich und führte sie ins Kabinett.

Ruth saß zusammengesunken und in eine schwere Stola gehüllt an dem Schreibtisch ihres Vaters und spielte mit einem Brief in ihren Händen.

Als die beiden eintraten, erbleichte sie, und ihre Lippen fingen an zu beben. »Mein Vater verabschiedete sich von mir mit den Worten, sollte er nicht zurückkehren, werdet Ihr kommen, und dieser Brief sei dann für Euch.«

Wrangel kämpfte gegen einen gewaltigen Kloß in seiner Kehle, der ihm den Atem nahm und das Sprechen unmöglich machte.

»Was ist passiert, Hinrich? Sagt es mir bitte, ich sehe Eurem Gesicht an, dass es …«

»Ruth, ein furchtbares Unglück ist geschehen«, fiel ihr Claussen ins Wort. »Euer Vater ist tot.«

Ruths Gesicht erstarrte. Ihre Hände klammerten sich an den Brief, ihre Augen fingen an, unwirklich zu glänzen. Dann rollten Tränen über die starren bleichen Wangen, liefen den Hals hinab und verfingen sich in der schweren Stola.

Wrangel ging auf sie zu. »Ruth, es tut mir so furchtbar leid. Ich erfuhr es heute früh am Niedergericht. Der Brookvogt behauptete, Euer Vater sei auf einem glatten Weg auf der Wallanlage ausgerutscht und in die Tiefe gestürzt. Aber …«

»Mein Vater spaziert nicht in der Dunkelheit auf der Wallanlage entlang. Auch gibt er mir keinen Brief für Euch, wenn er nicht ahnte, was ihn erwarten könnte.« Sie stand auf und hielt Wrangel den Brief entgegen. Kaum nahm er ihn, schluchzte sie auf, bedeckte ihr Gesicht mit den nun frei gewordenen Händen und taumelte nach hinten.

Claussen eilte herbei, nahm sie fest in seine Arme und setzte sie behutsam auf einen Stuhl. »Ruth, Ihr könnt hier vorerst nicht allein bleiben. Wir bringen Euch in das Haus meines Oheims. Meine Tante wird sich um Euch kümmern, und mein Oheim wird helfen, alles zu organisieren, was für Euch notwendig ist.«

»Hinrich, öffnet den Brief und sagt mir, ob es den Preis wert war.« Ruth starrte Wrangel mit tränennassen Augen flehend an.

»Kein Preis ist dies wert, liebe Ruth. Aber bitte, hört auf Matthias und packt ein paar Sachen zusammen. Ich werde inzwischen den Brief lesen.«

Behutsam half Claussen Ruth aus dem Stuhl und führte sie hinaus, um ihr beim Packen behilflich zu sein.

Allein in Abelsons Arbeitszimmer, setzte sich Wrangel innerlich erschlagen auf einen Stuhl neben dem Globus und brach vorsichtig das Siegel des Briefes in seiner Hand. Als er ihn auseinanderfaltete, fiel ihm ein kleinerer, ebenfalls versiegelter Brief entgegen. Er war an Ruth adressiert. Wrangel legte ihn zur Seite, um zuerst Abelsons Schreiben an ihn zu lesen.

Hochverehrter Prokurator Wrangel,
geschätzter Freund,
wenn Euch meine Tochter diesen Brief übergibt, heißt das, dass ich nicht mehr am Leben bin. Es heißt aber auch, dass die alte biblische Regel, Auge um Auge, Zahn um Zahn, sich erfüllt haben wird. So hoffe und bete ich zumindest inständig.
Ich bitte Euch um äußerste Vorsicht und um Bedacht bei allem, was Ihr von nun an in unserer Sache weiter unternehmt, um nicht nur Euch, sondern auch und vor allem meine Tochter zu schützen.
Ihr habt mir in den letzten Wochen viel Vertrauen entgegengebracht, indem Ihr Euch vorbildlich zurücknahmt und mich im Verborgenen handeln ließet. So bin ich Euch nun, bei der letzten mir verbleibenden Gelegenheit, eine Erläuterung meines Handelns schuldig.
Dank meiner Kontakte nach London ist es mir zusammen mit vertrauenswürdigen Freunden gelungen, Hieronymus Wilken dazu zu bringen, ein Geisterschiff zu kaufen. So nennen wir Schiffe, die untergegangen sind, was aber noch nicht bekannt ist. Es gelang uns, ihn zum Kauf der Fleute Voetboog für den Vorzugspreis von 400 000 Goldgulden zu animieren, die mit einer höchst kostbaren Ladung von 595 Tonnen im Wert von 533 251 Goldgulden von Batavia aus unterwegs war. Das vorherige Eigentümerquartett war angeblich aufgrund anderer Verpflichtungen in Zahlungsschwierigkeiten geraten und darum zu einem Verkauf weit unter Wert bereit. Wilken investierte sein gesamtes Vermögen sowie einen beträchtlichen Teil des Vermögens seines Bruders in dieses Geschäft. Dank guter Verbindungen und treuer Freunde gelang es uns, ihm fingierte Botschaften über die Route und das baldige Eintreffen der Voetboog in Hamburg zukommen zu lassen. Ihr dürft dabei nicht schlecht

von uns denken, aber Wilken gehörte 1697 zu den entschiedensten Befürwortern und Antreibern einer neuen Besteuerung der Juden in Hamburg, die unsere kleine Gemeinde 50000 Mark lübisch gekostet hat. Die Nachricht vom Sinken der Voetboog sollte Wilken am Samstag während der Hinrichtung ereilt haben.

Trotz aller Vorsicht und Sorgfalt scheint es mir nicht gelungen zu sein, sämtliche Spuren gründlich zu verwischen. Ich fürchte, Wilken ist dahintergekommen, dass die Gutachten und Finanzierungsgelder für dieses Geschäft über mich abgewickelt wurden. Niemand anders hätte ich dieser Gefahr aussetzen können. So muss ich mit seiner Rache rechnen. Denn vor einer knappen Stunde erreichte mich die mündliche Nachricht, überbracht von einem großen blonden Kerl, der sich als Peter Ohlrogge vorstellte, dass der Senator Wilken mich in einer dringenden Angelegenheit sprechen wollte. Ihr werdet verstehen, dass ich diese Bitte nicht abschlagen konnte, denn sollte er mich nicht verdächtigen, würde er es spätestens dann tun.

Darum bete ich zu Gott, dass er mir beistehe, meine Tochter und Euch beschütze und dieser Brief Euch hoffentlich niemals erreichen muss, sondern wir beide in Kürze gemeinsam bei einem Glas Portwein eine angeregte Unterhaltung haben werden.

Wenn er Euch aber doch erreicht, junger Freund, so bitte ich Euch aus der Tiefe meines Herzens: Kümmert Euch um Ruth und helft ihr in dieser schweren Zeit. Für meine Tochter ist ein beachtliches Vermögen bei meinem Freund Isaak Wiesenthal in Amsterdam angelegt. Sie soll darüber frei verfügen und genauso frei über ihr künftiges Leben entscheiden können. Gebt Ihr bitte den beigefügten Brief, damit sie in meiner Handschrift diesen meinen Willen erfahre.

Nun seid so gut und vernünftig und verbrennt diesen Brief im nächsten Feuer, das Ihr erreichen könnt, damit Ihr von jedem Zeugnis der Mitwisserschaft verschont bleibt.
In tiefer Verbundenheit,

Euer Moses Abelson

Sorgfältig faltete Wrangel den Brief zusammen und strich über das Siegel. Leise öffnete sich die Tür, und Claussen trat zusammen mit Ruth in das Arbeitszimmer.
»Ihr habt den Brief meines Vaters gelesen?«
»Ja.«
Ruth sah Wrangel erwartungsvoll an.
»Lest ihn am besten selbst. So werdet Ihr Euer eigenes Urteil fällen können.« Er reichte ihr den zusammengefalteten Brief. »Euer Vater legte auch noch ein weiteres Schreiben für Euch mit hinein. Bitte.«
Ruth nahm die beiden Briefe, setzte sich an den Schreibtisch ihres Vaters und begann zu lesen. Claussen entschuldigte sich mit dem Hinweis zu prüfen, ob Jurek so weit alles vorbereitet hatte.
Wrangel ging zu dem Stich mit der Wallanlage und betrachtete ihn nachdenklich. Hin und wieder warf er einen Blick auf Ruth, die sichtlich bewegt die Zeilen ihres Vaters las. Schließlich legte sie den ersten Brief beiseite und öffnete das an sie persönlich gerichtete Schreiben.

Liebe Ruth,
meine über alles geliebte Tochter,
Du bist das größte Geschenk, die größte Freude meines Lebens. Kein Kind könnte seinen Vater glücklicher machen, als Du mich stets gemacht hast. Wisse, dass ich bei all meinem Tun und Handeln stets Dein Glück und Wohl im Auge und

im Herzen habe, so auch in diesem schweren Augenblick, da Du diese Zeilen liest.
Du weißt, wie viel mir immer an der Tradition unserer Religion wie auch unserer Familie lag. Aber noch wichtiger sind mir Dein Leben und Dein Lebensglück.
Ich halte Hinrich Wrangel für einen aufrichtigen und standhaften Menschen, mit einem großen und gütigen Herzen und einem ausgeprägten Sinn für Gerechtigkeit. Wenn Dein Herz so für ihn schlägt, wie ich es meine zu fühlen, dann wisse, dass ich Deine Wahl für gut und richtig halte, Dich von der Tradition unseres Glaubens entbinde und Dir von Herzen erlaube, seinen Glauben anzunehmen, um mit ihm zusammen in die Zukunft zu leben. Weiß ich doch, dass Du die Kraft haben wirst, zwei Traditionen in einem Glauben zu vereinen.
Gehe Deinen Weg und wisse, dass ich immer bei Dir sein werde.

Dein Dich liebender Vater

Starr und still blieb Ruth am Schreibtisch sitzen, während ihr Tränen über die Wangen liefen.
Wrangels Herz schnürte sich bei dem Anblick zusammen. »Ruth, es tut mir so furchtbar leid. Ich werde alles tun, um Euch zu helfen. Ich …«
»So lasst uns den Brief verbrennen, so wie mein Vater es Euch geraten hat.«
Mit zitternden Gliedern erhob sie sich und schritt auf Wrangel zu. Der nahm sie behutsam beim Arm und ging mit ihr zum Kamin. Dort griff er eine Feuerzange, klemmte den Brief hinein und hielt ihn in die Flammen. Lodernd fing das Papier Feuer. Gelb-blau züngelten die Flammen an den Rändern hoch. Gebannt standen die beiden dicht beieinander und ver-

folgten den Feuerfraß, bis auch das letzte Zipfelchen zu Asche geworden war. Dann schmiegte sich Ruth schluchzend an Wrangel, der sie sanft in den Arm nahm und zur Tür hinausführte, wo Claussen und Jurek schon mit den schweren Mänteln auf sie warteten.

69

Nachdem die drei in der Großen Reichenstraße bei Claussens Oheim eingetroffen und Ruth in seine Obhut übergeben hatten, machte sich Wrangel auf zum Niedergericht, um Neuigkeiten zu erfahren.

Am Gericht herrschte unterdrückte Nervosität. Wilken war immer noch nicht aufgetaucht, und Garsmann sorgte mit bedachter Manier dafür, dass die Arbeit wie gewohnt weiterging. Aber spätestens nach dem Mittagessen, als die Nachrichten von der Börse ans Niedergericht drangen, war das aufgeregte Tuscheln unter den Prokuratoren und Gerichtsdienern kaum noch zu überhören.

Dr. Meyer kam kopfschüttelnd und leise hüstelnd auf Wrangel zu, um von ihm seine Unterschrift unter das Hinrichtungsprotokoll einzuholen. »Was für entsetzliche Nachrichten da aus der Börse dringen, nicht wahr, Prokurator? Das erinnert doch sehr an das trügerisch-riskante Spiel, auf das sich der erste Wilken, Thomas, seinerzeit einließ. So scheint auch unser Prätor sein Schicksal auf Gedeih und Verderb an ein einziges waghalsiges Geschäft gebunden zu haben. Doch für so etwas braucht es einen guten Grund und die Gnade des Herrn, damit es gelinge. So wollen wir hoffen, dass der Herr unserem Prätor gnädig sei.«

»Ansonsten endet womöglich die Familienchronik der Wilkens, wie sie begann, nicht wahr, Dr. Meyer? Mit Täuschung und Gier.«

Dr. Meyer schüttelte hüstelnd den Kopf, als wollte er Wrangels Worte nicht gehört haben, und hielt ihm die Feder zur Unterschrift hin.

Kaum war der Tag bei Gericht beendet, eilte Wrangel zu den Claussens in die Große Reichenstraße. Ihm rauschte der Kopf von all den Ereignissen, die über ihn hereingebrochen waren. Wie mochte es Ruth gehen? Sie hatte ihren Vater verloren und mit ihm den letzten noch lebenden Verwandten. Trug Wrangel daran nicht eine Mitschuld? War es richtig gewesen, den alten Abelson allein das Risiko tragen zu lassen? Wäre es nicht doch besser gewesen, auf die Justiz zu vertrauen und Wilken vor Gericht zu stellen? Dann würde Abelson vielleicht noch leben. Jetzt aber war dieser gute Mann tot und Wilken, dieser Verräter, am Leben.

Das elegante Stadthaus der Claussens war hell erleuchtet, als Wrangel eintraf. Ein Diener nahm ihm den schweren Mantel ab und führte ihn dann sogleich in den Salon. Die Familie Claussen saß gemeinsam mit Ruth vor dem großen Kamin und hörte gebannt Syndikus Lorenz zu, der erst kurz vor Wrangel eingetroffen war und Neuigkeiten aus dem Rat zu berichten hatte. Leise setzte sich Wrangel in die Runde und lauschte ebenfalls.

Zum Ende der Ratssitzung waren noch zwei entsetzliche Nachrichten eingetroffen, wusste der Syndikus zu berichten. Aus Amsterdam, dem Heimathafen der Voetboog, war die offizielle Bestätigung gekommen, dass die Fleute bereits vor Wochen vor der brasilianischen Küste gesunken war, womit auf Anhieb sämtliche Wechsel platzten, die der Senator Hieronymus Wilken ausgestellt hatte. Damit war die Familie Wilken finanziell ruiniert.

Der Prätor selbst hatte wohl bereits am Sonntagabend Hamburg überstürzt verlassen und war von seinem Landhaus aus Richtung Kopenhagen aufgebrochen. Keiner konnte sich so recht erklären, was Wilken bei dem verfeindeten Nachbarn wollte. Aber dann habe seine Kutsche bei der Überquerung der Travefurt einen furchtbaren Unfall auf dem glatten Eis gehabt, bei dem der Senator auf das Eis hinausgeschleudert und von einer entgegenkommenden Kutsche so unglücklich erfasst wurde, dass sie ihm mit dem Wagenrad den Kopf abtrennte.

Ruth und Wrangel tauschten verstohlene Blicke aus, und für einen Augenblick blitzten Ruths Augen hell auf. Dabei murmelte sie kaum hörbar: »Auge um Auge, Zahn um Zahn …«

Wrangel aber las es von ihren Lippen ab und begann an die Macht der alten Weisheit zu glauben, der sein Freund Abelson vertraut hatte.

Glossar

Historische Personen

Alberti, Leon Battista: *1404 in Genua, †1472 in Rom. Alberti war ein italienischer Humanist. Er betätigte sich als Schriftsteller, Mathematiker, Kryptologe und als Architekt. Als Architekturtheoretiker der Renaissance machte er sich einen Namen, und die erste Grammatik der italienischen Sprache stammt von ihm. Neben vielen anderen Schriften schrieb er auch ein Chiffrentraktat über Kryptologie, *De componendis cifris*.

Christian IV.: *1577 im Schloss Frederiksborg, †1648 in Kopenhagen. Von 1588 an war Christian König von Dänemark und Norwegen. Mit kriegerischen Mitteln versuchte er wiederholt erfolglos, den dänisch-norwegischen Staat zu einer Großmacht auszubauen. Als innenpolitischer Reformer hingegen legte er den Grundstein zur Etablierung des Absolutismus. Auch gründete er 1617 Glückstadt.

Eugen Franz, Prinz von Savoyen-Cargignan: *1663 in Paris, †1736 in Wien. Unter dem Namen Prinz Eugen bekannt, war Eugen einer der berühmtesten Feldherren des Hauses Österreich und eine seiner bedeutendsten Stützen für dessen Großmachtstellung innerhalb Europas. Während des Spanischen Erbfolgekrieges (1701–1714) war Eugen Franz Oberkommandierender der antifranzösischen Alliierten.

Friedrich August I. von Sachsen/Friedrich August II. von Polen, genannt August der Starke: *1670 in Dresden, †1733 in Warschau. Friedrich August war Kurfürst von Sachsen und wurde 1697 in Personalunion König von Polen sowie Großfürst von Litauen. Er gilt als eine der schillerndsten Figuren höfischer Prachtentfaltung und absolutistischer Selbstdarstellung. Unter ihm entwickelte sich Dresden zu einer barocken Metropole. Im Großen Nordischen Krieg kämpfte er an der Seite Russlands gegen Schweden.

Friedrich I., Barbarossa: *1122, †1190 im Fluss Saleph, im Armenischen Königreich von Kilikien. Aus dem Geschlecht der Staufer stammend, war Friedrich Herzog von Schwaben, römisch-deutscher König und ab 1155 bis zu seinem Tod Kaiser des Heiligen Römischen Reiches. Er ertrank während des Dritten Kreuzzugs bei der Überquerung des Flusses Saleph (in der heutigen Türkei gelegen). Seinen Beinamen Barbarossa gab man ihm in Italien wegen seines rötlich schimmernden Barts.

Friedrich I. König in Preußen: *1657 in Königsberg, †1713 in Berlin. Friedrich war seit 1701 der erste König in Preußen. Als Friedrich III. war er Marktgraf von Brandenburg, Erzkämmerer und Kurfürst des Heiligen Römischen Reiches sowie souveräner Herzog in Preußen. Mit seiner Standeserhöhung zum König gelang es F., das zerrissene Brandenburg-Preußen zum Königreich Preußen umzuwandeln und damit den Grundstein für den Einheitsstaat Preußen zu legen, der unter seinen Nachfolgern zur europäischen Großmacht aufstieg.

Friedrich IV.: *1671 in Kopenhagen, †1730 in Odense. Von 1699 an war Friedrich König von Dänemark und Norwegen, sowie Herzog von Schleswig und Holstein. In seine Regierungszeit fiel der Große Nordische Krieg, in dem sich Dänemark zweimal mit Schweden auseinandersetzte.

Hemels, Cillie: Zwischen 1444 und 1581 wurden etwa vierzig Frauen in Hamburg in Hexen- bzw. Zauberprozessen verurteilt und verbrannt. Eine grundlegende Erweiterung der städtischen Rechtsnormen zu Beginn des 17. Jahrhunderts führte dazu, dass danach nur noch sechs weitere Urteile dieser Art vollzogen wurden. Cillie Hemels war 1642 die letzte Gerichtete.

Jastram, Cord: *1634 in Hamburg, †1686 in Hamburg. Jastram war Reeder und Politiker. Erlernt hatte er das Handwerk des Färbers, betrieb aber aufgrund der finanziellen Unterstützung des Kaufmanns Hieronymus Schnittger ab 1672 eine erfolgreiche Walfangflotte. Anfang der 1680er Jahre stieg er gemeinsam mit Schnittger zum Wortführer der Hamburger Bürgerschaft auf und geriet so in schwere innerstädtische Auseinandersetzungen zwischen der Bürgerschaft und dem Rat der Stadt. Eine politische Wende in der städtischen Politik führte schließlich zu seiner Verurteilung und Hinrichtung.

Karl II./Carlos II.: *1661 in Madrid, †1700 in Madrid. Karl, genannt *El Hechizado*, »der Verhexte«, war König von Spanien. Er war zugleich der letzte Habsburger auf dem spanischen Thron. Durch seinen kinderlosen Tod brach der Spanische Erbfolgekrieg (1701–1714) aus.

Karl V.: *1500 in Gent, †1558 im Kloster von Yuste, Extremadura. Der Habsburger bestieg 1516 als Karl I./Carlos I. den spanischen Thron und wurde mit seiner Wahl 1519 Römisch-Deutscher König, nannte sich aber nach seiner Krönung »erwählter« Kaiser des Heiligen Römischen Reiches. 1530 wurde er offiziell durch den Papst zum Kaiser gekrönt. 1556 verzichtete er zugunsten seines Sohnes Philipp II. auf die spanische Krone und zugunsten seines Bruders Ferdinand I. auf die Kaiserwürde und verbrachte seinen Lebensabend im Kloster von Yuste.

Karl XII.: *1682 in Stockholm, †1718 bei Fredrikshald. Ab 1697 war Karl König von Schweden sowie Herzog von Bremen und Verden. Bereits mit fünfzehn Jahren vom schwedischen Reichstag für volljährig erklärt und zum König gekrönt, führte Karl die Hälfte seines Lebens den Großen Nordischen Krieg gegen Dänemark, Sachsen, Polen und Russland. Obwohl mit Karls Tod die schwedische Großmachtstellung und das seit 1611 währende Ringen um die Ostseeherrschaft endete und Russland Schweden als Großmacht ablöste, ging Karl als bedeutender Feldherr und großer militärischer Taktiker in die Geschichte ein.

Leopold I.: *1640 in Wien, †1705 in Wien. Aus dem Hause Habsburg stammend, war Leopold von 1658 an Kaiser des Heiligen Römischen Reiches sowie König von Ungarn, Böhmen, Kroatien und Slawonien. Seine vom absolutistischen Herrschaftsstil geprägte Regierungszeit gilt als Beginn der Großmacht Österreich. Leopold löste den Spanischen Erbfolgekrieg aus, weil er der Ansicht war, dass seiner Familie das Erbe des letzten spanischen Königs aus dem Haus Habsburg zustände.

Nicolas de Catinat: *1637 in Paris, †1712 auf Schloss St. Gratien bei St. Denis. Nicolas de Catinat war Marschall von Frankreich und ein französischer General. 1701 wurde ihm der Oberbefehl über die italienische Armee im Mailändischen übertragen. Am 9. Juli 1701 wurde er von Prinz Eugen in der Schlacht bei Carpi geschlagen, einer der ersten kriegerischen Auseinandersetzungen im Spanischen Erbfolgekrieg (1701–1714). Nicolas verlor das Kommando, befehligte 1702 aber wieder im Elsass. Bald darauf nahm er seinen Abschied und zog sich auf sein Gut St. Gratien zurück.

Peter I.: *1672 in Moskau, †1725 in St. Petersburg. Peter war von 1682 an Zar von Russland. 1721, nach dem endgültigen Sieg über Schweden im Nordischen Krieg, wurde er der erste Kaiser Russlands und erhielt den Beinamen »der Große«, mit dem er in die Geschichte einging. Peter veränderte mit seinen Petrinischen Reformen das Russische Reich grundlegend und öffnete es dem europäischen Westen. 1703 gründete er die neue Hauptstadt St. Petersburg.

Philipp V. von Anjou: *1683 in Versailles, †1746 in Madrid. Philipp war Herzog von Anjou. Von 1710 bis 1746 war er auch König von Spanien, bis 1713 zudem König von Sardinien. Seine Thronbesteigung als erster spanischer König aus dem Hause Bourbon löste den Spanischen Erbfolgekrieg (1701–1714) aus.

Rossignol, Antoine: *1600 in Albi, †1682 in Albi. Rossignol war Mathematiker, Kryptograph und Kryptoanalytiker. Er verbesserte die Nomenklator-Chiffrierung und führte den *Grand Chiffre* ein. Der französische König Ludwig XIV.

machte sich seine Dienste zunutze, und Rossignol arbeitete in Versailles für ihn. Bis zu seinem Tod trug er den Titel *conseiller du Roi.*

Schnittger, Hieronymus/Snitger: *1648, †1686 in Hamburg. Schnittger war Kaufmann und Politiker. Anfang der 1680er Jahre stieg er gemeinsam mit Jastram, den er schon seit Jahren finanziell unterstützt hatte, zu einem der Wortführer der Hamburgischen Bürgerschaft auf und geriet so in schwere innerstädtische Auseinandersetzungen zwischen der Bürgerschaft und dem Rat der Stadt. Eine politische Wende in der städtischen Politik führte schließlich zu seiner Verurteilung und Hinrichtung.

Thomasius, Christian: *1665 in Leipzig, †1728 in Halle. Thomasius war Jurist und Philosoph. Er lehrte an der Universität Halle und begründete dort sogar die juristische Fakultät. 1710 wurde er Ordinarius. Als überzeugter Anhänger der Aufklärung trat er für eine humane Strafordnung ein und trug damit entscheidend zur Abschaffung der Hexenprozesse sowie der Folter bei.

Trithemius, Johannes: *1462 in Trittenheim, †1516 in Würzburg. Trithemius war Benediktiner, Abt im Kloster Sponheim, Gelehrter und Humanist. Auch als Hexentheoretiker machte er sich einen Namen. Er war ebenso Verfasser eines Standardwerkes über Kryptographie.

Wallis, Sir John: *1616 in Ashford, Kent, †1703 in Oxford. Wallis war ein englischer Mathematiker, der Beiträge zur Infinitesimalrechnung und zur Berechnung der Zahl leistete. Er war Mitglied der Royal Society, schrieb eine englische

Grammatik und gab auch Texte antiker griechischer Mathematiker heraus. 1642 fragte ihn ein befreundeter Geistlicher halb im Scherz, ob er eine verschlüsselte Botschaft der Royalisten entschlüsseln könne, was ihm in diesem und in folgenden Fällen auch gelang. Unter anderem deswegen wurde er 1649 von Cromwell auf den Savilian Chair of Geometry in Oxford berufen. Seinen Lehrstuhl behielt er auch nach der Restauration 1660, er wurde sogar königlicher Kaplan.

Historische Begriffe

Abortanbieter: Bevor es öffentliche Bedürfnisanstalten gab, verdienten Abortanbieter ihr Geld damit, in größeren Städten Bürgern, die ihre Notdurft öffentlich verrichten mussten, hierfür einen Eimer und einen Sichtschutz, wie etwa einen ledernen Radmantel, anzubieten.

Advocatus: lat. Anwalt

Agitakel: ein keulenartiges Rührholz, mit dem Pulver mit dicklichen Flüssigkeiten vermischt werden. Den Vorgang nennt man »agitieren«.

Aktuar: auch Actuar, lat. Actuarius, »Schnellschreiber« – Sekretär und Verantwortlicher für die Schriftstücke bei Gericht

Allongeperücke: Perücke mit herabhängenden Locken

Baumwall: Der Baumwall war ein Teil der Hamburger Stadtbefestigung. Er bestand aus Baumstämmen, die den an der Alstermündung gelegenen Binnenhafen von der Norderelbe trennten. Bis 1852 wurde der Binnenhafen nachts mittels Baumstämmen unpassierbar gemacht.

Bastion: vorgeschobener Teil einer Festung, die als Verteidigungsstellung dient

Bigamie: bezeichnet das Eingehen einer weiteren Ehe, bevor eine daneben schon bestehende Ehe aufgelöst worden ist.

Brookvogt: oberster Gerichtsdiener oder Polizeiherr. Der Brookvogt unterstand direkt dem Prätor.

Buhlerei: altertümliche Bezeichnung für ein Liebesverhältnis sexueller Art

Bürgerschaft: historische Bezeichnung für den Stand der Bürger innerhalb der Ständeordnung. Um in der Frühen Neuzeit der Hamburgischen Bürgerschaft anzugehören, musste ein Mann Eigentümer eines Grundstückes innerhalb der Stadt sein oder aber einen akademischen Beruf ausüben.

Carolina = »Constitutio Criminalis Carolinae«: Die Carolina wurde 1532 verfasst und gilt als erstes allgemeines deutsches Strafgesetzbuch. Schon früh wurde sie auf Deutsch als »peinliche Halsgerichtsordnung« Karls V. bezeichnet, wobei »peinlich« sich auf das lateinische *poena* – Strafe – bezieht und Leibes- sowie Lebensstrafen bezeichnet.

Emissär: Abgesandter

Ewer: kleiner, aus Friesland stammender Segelschifftyp mit Flachkiel und einem oder zwei Masten. Ewer wurden besonders als Frachtschiffe in der Küsten- und Flussschifffahrt genutzt, teilweise auch für die Fischerei.

Frohn/Frohnerei: Als Frohn wurde der Scharfrichter bzw. Henker bezeichnet. Sein Haus, das üblicherweise auch einige Verliese hatte sowie eine Folterkammer und oft vor der Tür den Pranger, bezeichnete man als Frohnerei.

Höker: Kleinhändler, der vor allem auf Märkten seinem Geschäft nachging

Husar: Bezeichnung für einen Soldaten in der Truppengattung der leichten Reiterei

Kiepe: ein aus Weidenruten oder ähnlichem Material hergestellter Korb, der mit Tragegurten ausgestattet auf dem Rücken getragen wurde. Eine Kiepe hatte meist eine D-förmige oder quadratische Grundfläche.

Küster: Kirchendiener

Laudanum: Opiumtinktur

Licentiat: Als Licentiat wird jemand bezeichnet, der den akademischen Grad der Licentiatur erreicht hat. Sie ist unterhalb der Doktorwürde angesiedelt und erlaubt somit noch nicht, eigenverantwortlich Vorlesungen an einer Universität zu halten.

Niedergericht: Das Niedergericht war in Hamburg seit dem 13. Jahrhundert das erstinstanzliche Gericht für Zivil- und Strafsachen. Zwei Ratsherren waren als Prätoren allein für die Urteilsfindung in Bagatellfällen zuständig. Bei größeren Fällen standen ihnen zwei Rechtsgelehrte und sieben Bürger aus dem Handelsstand als Schöffen für die Urteilsfindung zur Seite. Über Kapitalverbrechen konnte hier nicht gerichtet werden. Darüber entschied in Hamburg das Obergericht.

Obergericht: Das Obergericht war die höhere hamburgische Gerichtsinstanz und wurde durch den Rat gebildet. Es urteilte über Delikte, die mit Körper- oder Lebensstrafen zu bestrafen waren. Hierzu zählten etwa Mord, Diebstahl, Brandstiftung, Vergewaltigung, Ketzerei, Zauberei, Sodomie oder Abtreibung.

Offizin: Werkstatt oder Arbeitsraum einer Apotheke

Patrizier: Angehöriger einer sozial relativ abgeschlossenen Oberschicht in frühneuzeitlichen Städten

Peinliche Befragung: auch Tortur oder scharfe Frage genannt, war ein Verfahrenselement der frühneuzeitlichen Gerichtsbarkeit, wobei »peinlich« sich auf das lateinische *poena* – Strafe – bezieht. Im Allgemeinen verstand man unter der peinlichen Befragung den Einsatz der Folter, um dem Angeklagten ein Geständnis abzuringen.

Peinliche Halsgerichtsordnung: Gerichtsordnung für die Blutgerichtsbarkeit, also über Straftaten, die mit Verstümmelungen oder dem Tod bestraft werden konnten und somit »blutige Strafen« waren

Pranger: Der Pranger, Schandpfahl, in Hamburg auch Kaak genannt, war eine Säule oder ein Pfosten, an dem ein zu Bestrafender gefesselt und öffentlich vorgeführt wurde. Die Strafe bestand vor allem in der öffentlichen Schande, die der Verurteilte zu erdulden hatte.

Prätor: Als Prätor bezeichnete man in Hamburg den Vorsteher des Niedergerichts. Er war zugleich Ratsherr und auf Zeit gewählt. Der Prätor hatte auch die Polizeigewalt inne.

priemen: Tabak kauen

Privet: Abort

Prokurator: In Hamburg die Anwälte am Niedergericht, ähnlich einem heutigen Staatsanwalt.

Pronotarius: Erster Sekretär

Rat: Der Rat der Stadt Hamburg hatte sich seit Ende des 12. Jahrhunderts als Selbstverwaltungsorgan der Bürger herausgebildet. Er setzte sich im 17. Jahrhundert aus zwanzig bis dreißig ehrenamtlichen Mitgliedern zusammen, die wohlhabende Grundeigentümer oder Kaufleute waren. An seiner Spitze standen zwei Bürgermeister. Zu seinen Aufgaben zählte u.a. auch die Rechtsprechung als Obergericht. Der Rat wurde als Obrigkeit allgemein anerkannt, repräsentierte aber gemeinsam mit der Bürgerschaft die Stadt und hatte darum keine alleinige exekutive Gewalt inne.

Röper: Knechte des Brookvogts, die polizeiliche Hilfsdienste ausübten. Im Nachtwächterdienst oblag den Röpern das Ausrufen der Stunden.

Schafott: eine erhöhte Richtstätte für Hinrichtungen
Schandmetze: ein Schimpfwort für eine Frau
Schinderwagen: Wagen, auf dem Verurteilte zum Richtplatz gefahren wurden
Schlupfwächter: Bezeichnung des Volkes für Gerichtsdiener, weil diese auf die Schlupfwinkel von Verbrechern ein wachsames Auge haben sollten
Schöffe: ehrenamtlicher Richter in der Strafgerichtsbarkeit
Senator: lat. Synonym für Ratsherr, das in Hamburg im Laufe des 18. Jahrhunderts mehr und mehr benutzt wurde
Sodomie: Während Sodomie heute ausschließlich sexuelle Handlungen mit Tieren bezeichnet, stand der Begriff in der Frühen Neuzeit noch für viele sexuelle Handlungen, die nicht der Fortpflanzung dienten und als widernatürlich angesehen wurden. Zu ihnen zählte jegliche Art gleichgeschlechtlicher sexueller Handlungen.
Stäupung: auch Stäupen genannt, bezeichnete eine Körperstrafe, bei der der Verurteilte am Pranger geschlagen wurde. Dafür wurde meist ein Reisigbündel aus Birkenreisig verwendet, der sogenannte Staupbesen.
Syndikus: ein Rechtsanwalt, der aufgrund eines ständigen Dienst- oder ähnlichen Beschäftigungsverhältnisses seine Arbeitszeit und -kraft einem nichtanwaltlichen Arbeitgeber, hier dem Rat der Stadt Hamburg, zur Verfügung stellt.
Tenakel: Wundrandhalter
Territion: auch Schreckung genannt, bezeichnete das Zeigen der Folterinstrumente. Dem zu Verhörenden konnten die Folterwerkzeuge auch angelegt werden, aber ohne ihm Schmerz zuzufügen. Die Territion wurde als Vorstufe der peinlichen Befragung benutzt.
Theriak: eine ursprünglich als Gegengift entwickelte Arznei, die seit dem Mittelalter als universelles Wundermittel ge-

gen alle möglichen Krankheiten und Gebrechen eingesetzt wurde

Urgicht: Als Urgicht bezeichnete man das Geständnis als Verfahrenselement der frühneuzeitlichen Gerichtsbarkeit.

Vikar: In der evangelischen Kirche ist der Vikar ein Theologe in der praktischen Ausbildung zum Pastor.

Gerichtsvogt: gerichtlicher Amtstitel

Wallanlagen: Die Hamburger Wallanlagen waren Befestigungen, die von 1616 bis 1625 um Hamburg errichtet wurden. Sie waren nach niederländischem Vorbild aus Erde gebaut und mit einem breiten Wassergraben umgeben. Um sie möglichst geschlossen um die Stadt zu errichten, wurde ein Wall aufgeschüttet, der die Binnen- von der Außenalster trennte. Insgesamt waren die Wallanlagen mit zweiundzwanzig Bastionen und zunächst fünf Toren versehen. Die Hamburger Bevölkerung wurde dazu verpflichtet, sich am Bau zu beteiligen, da die Kosten enorm hoch waren.

Nicole Steyer

Das Pestkind

Roman

Rosenheim zur Zeit des Dreißigjährigen Krieges: Die junge Marianne lebt und arbeitet in der Brauerei, die von der Witwe Hedwig Thaler geführt wird. Die alte Frau hat Marianne bei sich aufgenommen und aufgezogen – doch das Mädchen hat von ihr nur böse Worte und Ungerechtigkeiten empfangen. Einzig der Pfarrer des Ortes begegnet Marianne freundlich und nimmt sie vor den Anfeindungen der Leute in Schutz: Diese sehen in ihr so etwas wie eine Hexe, da sie einst die Pest überlebt hat. Doch dann liegt eines Tages Hedwig Thaler erschlagen auf dem Hof – und nur Marianne ahnt, wer der Mörder ist …

KNAUR